SIMONE NEUMANN

Die Flucht der Gauklerin

GOLDMANN
Lesen erleben

Buch

Marie ist eine Fremde in ihrem Dorf in Westfalen. Eines Tages hatte sie blutüberströmt vor der Tür des armen Bauern Ulrich gestanden und war von da an bei dem Witwer geblieben. Die junge Frau redet nicht darüber, woher sie kommt und was sie in das abgelegene Dorf getrieben hat. Denn sie hat Angst. Sie fürchtet, dass ihr brutaler Ziehvater sie finden und Rache an ihr üben wird. Als dieser tatsächlich in dem Dorf auftaucht, gelingt Marie in letzter Sekunde die Flucht. Sie schließt sich der bunten Pilgergruppe eines Spielmanns an. Auf dem gefahrenvollen Weg zum weit entfernten Altvatergebirge gesellen sich immer neue Weggefährten zu den Reisenden, so auch der edle, geheimnisvolle Kreuzritter Konrad, in den sich Marie unsterblich verliebt. Doch als die Menschen um sie herum an einer furchtbaren Plage erkranken, wird Konrad bezichtigt, die Pest in sich zu tragen. Ein verzweifelter Wettlauf gegen den Schwarzen Tod beginnt. Und auch Maries Ziehvater ist ihr dicht auf den Fersen …

Weitere Informationen zu Simone Neumann
sowie zu lieferbaren Titeln der Autorin
finden Sie am Ende des Buches.

Simone Neumann

Die Flucht der Gauklerin

Historischer Roman

GOLDMANN

Dieses Buch ist auch als E-Book erhältlich

MIX
Papier aus verantwortungsvollen Quellen
FSC® C014496

Verlagsgruppe Random House FSC® N001967
Das FSC®-zertifizierte Papier *München Super* für dieses Buch
liefert Arctic Paper Mochenwangen GmbH.

1. Auflage
Originalausgabe Juni 2013

Umschlaggestaltung: UNO Werbeagentur, München
Umschlagmotiv: FinePic, München; The Bridgeman Art Library/
A Village Fair, Schoevaerdts, Mathys (c.1665-p.1694)/
Alexander Gallery, London, UK
Redaktion: Eva Wagner
MR · Herstellung: Str.
Satz: Buch-Werkstatt GmbH, Bad Aibling
Druck und Bindung: GGP Media GmbH, Pößneck
Printed in Germany
ISBN: 978-3-442-47693-0
www.goldmann-verlag.de

Besuchen Sie den Goldmann Verlag im Netz

PROLOG

Messina auf Sizilien, im Oktober 1347

»Ihr seid Brüder vom Deutschen Orden, nicht wahr?«

Konrad von Tiefenbrunn nickte nur missmutig. Das böswillige Gesicht des Mannes gefiel ihm nicht. Er war es gewohnt, in seinem weißen Umhang mit dem schwarzen Kreuz nicht überall auf Gegenliebe zu stoßen. Dennoch konnte er sich nur selten dazu durchringen, den meist bloß durch Blicke, Worte und Gesten geäußerten Feindseligkeiten der Menschen mit der gleichen Milde zu begegnen, wie sie seinem Bruder Crispin zu eigen war.

»Was wollt Ihr hier?«, fragte der sonnengegerbte, kleingewachsene Wirt weiter, der sich keine Mühe gab, seine Abneigung zu verbergen.

»Wein und eine warme Mahlzeit, wenn's beliebt«, knurrte Konrad und fasste dabei unwillkürlich unter seinen Mantel und an den Griff seines großen, scharfen Schwertes. Dieser Sizilianer begann ihm auf die Nerven zu gehen.

»Das meinte ich nicht«, erwiderte der Wirt ungerührt, während er bereits dabei war, den fünf ungeliebten Gästen von seinem schlechtesten Wein einzuschenken. Er entschuldigte sich nicht einmal, als einige rote Tropfen auf den Mantel des jungen Bruders Friedrich spritzten.

»Was meinst du dann?«, fragte Konrad und kostete von dem bitteren Wein, woraufhin er angewidert das Gesicht verzog.

»Ihr Leute aus den Ländern jenseits der Alpen habt hier

nichts mehr verloren. Die Zeiten der Züge ins Heilige Land sind vorüber, keines Eurer Schiffe muss mehr von Sizilien aus übersetzen. Und auch die Ära Eurer Kaiser aus dem Geschlechte der Staufer hat ein trauriges Ende gefunden. Alle Bande zwischen Euch und unserer Insel sind nun gelöst, wir brauchen Euch hier nicht mehr und haben Euch hier nie gebraucht.«

Das waren klare Worte.

»Ich verstehe«, erwiderte Konrad bloß und kippte mit einer gleichgültig wirkenden Geste den Fusel auf den Boden. »Jetzt hätten wir gerne besseren Wein und etwas zu essen.«

Dabei griff er erneut unter seinen weißen Mantel und holte aus einem dort verborgenen Beutel drei Silbermünzen hervor, die er vor dem Wirt auf den Tisch warf. Dieser machte sogleich große Augen, und sein Gesicht begann sich wie durch ein Wunder zu erhellen.

»Wie der Herr wünschen«, stieß er rasch aus, langte flink nach dem Geld und dem Krug mit gepanschtem, saurem Wein und kehrte im Nu mit einem größeren Krug zurück, dessen Inhalt von kräftigerem Rot und zudem auch kräftigerem Duft war.

»So wollen wir es haben«, grinste Konrad und zwinkerte seinen Brüdern zu. »Hier auf Sizilien ist es doch nicht notwendig, einen Wein zu trinken, der schlimmer schmeckt als unsere Kulmer Traube.«

Die anderen lachten, wohl wissend, wie ungenießbar der ordenseigene Rebensaft aus dem kalten Nordosten des Kontinents war.

Sie waren fünf an der Zahl: Konrad, dessen Ritterbruder Crispin, dann noch der junge Ritteranwärter Friedrich sowie die beiden gestandenen, tapferen Sariantbrüder Walter und Bertold, denen allein ihre nichtadelige Herkunft den Ritterstand versagte. Eine monatelange Reise durch zahlreiche Balleien, die Zweigstellen ihres Ordens, hatten sie hinter sich. Aufgebrochen von der unweit des nördlichen Ostmeeres gelegenen Marienburg, hatten sie in einem großen Bogen Thüringen, Westfalen, Lothringen und Franken durchquert, überall Station gemacht, um dann den beschwerlichen Weg über die Alpen zu den Ordensbesitzungen in Italien anzutreten. Im Gepäck einen Auftrag ihres Hochmeisters Heinrich von Dusemer. Vordergründig ging es dabei um die Visitation der Balleien. Konrad und dessen Leute sollten deren wirtschaftliche, aber auch moralische Situation in Augenschein nehmen und darüber Bericht erstatten – eine wichtige Aufgabe, die dem Hochmeister in dessen weit abgelegenem Sitz ein großes Anliegen war. Tatsächlich gab es da aber noch einen weiteren, einen unausgesprochenen Grund für diese lange Reise: Heinrich von Dusemer war es wichtig, Konrad von Tiefenbrunn für eine ganze Weile fern der Marienburg zu wissen. Es hatte einen Vorfall gegeben, in welchen der mitunter störrische, leicht aufbrausende und wenig umsichtige Ritter verwickelt gewesen war – ein zunächst unbedeutender Vorfall, ein Streit oder vielmehr eine Schlägerei mit zwei jungen Edelleuten. Leider jedoch hatte diese handfeste Auseinandersetzung eine ganze Kette unangenehmer Folgen nach sich gezogen, die den Hochmeister dazu zwangen, seinen Günstling Konrad von Tiefenbrunn möglichst weit fortzuschicken, um nicht nur diesen, sondern auch die Reputation des ganzen Ordens zu schützen.

So waren Konrad und seine Leute nun von der Ostsee bis ans Mittelmeer gezogen, wo ihre letzte Station Sizilien hieß. Auf der Insel verfügte der Orden über Niederlassungen und Besitzungen, die noch aus den ruhmreichen Zeiten der Kreuzzüge stammten, und diese Güter galt es zu halten und zu verwalten. Grundsätzlich war das Halten und Verwalten sowie das Mehren von Land mittlerweile zum Hauptanliegen der einst so wehrhaften Kreuzritter geworden, die vor vielen Generationen ins Heilige Land ausgezogen waren, um dort gegen Feinde des christlichen Glaubens zu kämpfen, Pilgern Schutz und Geleit zu geben sowie Kranken und Bedürftigen in einem eigens errichteten Hospital beizustehen. Im Laufe der letzten Jahrzehnte hatten sie eine durchaus fruchttragende Wandlung durchlaufen – und das nicht zuletzt dank ihres einflussreichen Großmeisters Hermann von Salza, der es verstanden hatte, die Zeichen der Zeit zu erkennen und mit einem Haufen aus dem Heiligen Land vertriebener Kreuzzügler einen eigenen Staat an der Ostsee zu gründen. Einen aufgrund seiner durchdachten Organisation immer reicher werdenden Staat, der aus Abenteurern Kaufleute werden ließ, die es an klugem Wirtschaftssinn durchaus mit den Venezianern oder Florentinern aufnehmen konnten.

»Na, Ihr schwarz-weißen Ordensritter habt es besser getroffen als die Templer. Ihr musstet nicht auf den Scheiterhaufen, als Euer König und der Papst Eure ehrenhaften Dienste nicht mehr benötigten«, scherzte nun der kleine Wirt, während er ihnen eine üppige Platte voller Meeresfrüchte, frischem Brot und in Knoblauch eingelegtem Gemüse vorsetzte. Seine Laune war nun offenbar bestens, was an den Silberlingen lag, die hell in seiner Tasche klangen.

Konrad zuckte mit den Schultern. Er hatte wenig Lust, mit dem plötzlich freundlich gewordenen Kerl zu reden, und griff stattdessen lieber nach einer herrlich duftenden Languste.

»Es war eine Schande, was den Templern widerfahren ist«, meldete sich jedoch Bruder Crispin de Montbard aufgebracht zu Wort. Er stammte aus der Familie eines der neun Gründer des Templerordens und vertrug es nicht, wenn man schlecht über diese vor wenigen Jahrzehnten zerstörte Gemeinschaft sprach. »Keine der böswilligen Anschuldigungen, die ihnen entgegengebracht wurden, entsprach der Wahrheit.«

Konrad kannte Crispin gut und wusste, dass es nur wenige Themen gab, die es vermochten, den sonst so ruhigen und besonnenen Mann zur Weißglut zu bringen, und die hinterhältige, grausame Zerschlagung des Templerordens zählte zu diesen Themen. Crispin wäre aufgrund seiner Herkunft gewiss eher den Templern als den Deutschordensrittern beigetreten, wenn Erstere nicht in Crispins Jugend von König Philipp dem Schönen – aus reiner Habgier, wie es hieß – als Ketzer verbrannt oder vertrieben und ihr Orden aufgelöst worden wäre.

Kam man auf diese schrecklichen Ereignisse zu sprechen, so konnte Crispin sehr ungemütlich werden. Deshalb war es auch äußerst unklug von dem sizilianischen Wirt, nun eine mehr als eindeutige Bewegung mit seinem Unterleib zu machen, die in verulkender Form auf die angeblich sodomitischen Vergehen der Templer hinweisen sollte, denen man nachgesagt hatte, ihr Keuschheitsgelübde nur in Hinsicht auf körperliche Nähe zu Weibsvolk eingehalten zu haben.

»Untersteh dich!«, fuhr Crispin ihn an. Er war aufgestanden und kurz davor, sein Schwert zu ziehen. Ruhig griff Konrad nach dem Arm des Freundes und forderte ihn mit einem entschiedenen Nicken auf, sich wieder zu setzen.

»Erzähl von den Seeleuten aus Kaffa, Wirt«, meinte Konrad nun, an den Gastgeber gewandt, um von den Templern abzulenken, indem er ein Gerücht ansprach, welches sie auf ihrem Ritt durch die Gassen der Hafenstadt Messina immer wieder aufgeschnappt hatten.

»Ah, du meinst die Genueser!«, der Wirt schien nicht nachtragend. Vielmehr beachtete er den noch immer vor Zorn geröteten Crispin gar nicht, sondern drückte sich zu dem jungen Friedrich auf die Bank und schenkte sich selbst von seinem den zahlenden Gästen gereichten Wein ein.

Friedrich sowie die Laienbrüder Walter und Bertold blickten sich bloß verdutzt an. Sie hatten bislang nicht ein Wort verstanden. Anders als Konrad und Crispin waren sie des Italienischen nicht mächtig und blieben deshalb auch ahnungslos, als der Wirt jetzt die tragische Geschichte erzählte, welche über die vor drei Tagen von der Krim eingetroffenen Seeleute aus Genua im Umlauf war.

»Gegen die wilden Tataren haben sie gekämpft, die Genueser. In Kaffa, das ist eine ihrer Niederlassungen am Schwarzen Meer. Die Tataren belagerten die Stadt schon eine ganze Zeit. Alles sah danach aus, als hätten sie die Genueser bald ausgehungert, aber dann begann der Tod unter den Wilden um sich zu greifen. Einfach dahingerafft haben soll es einen großen Teil von ihnen, wie die Fliegen sollen sie gestorben sein. Eine schreckliche Seuche. Ihren Ursprung hat sie in Asien, so sagt man, wo eines Tages Blut und Schlangen vom Himmel geregnet kamen, was einen ungeheuren Gestank und damit die Pestilenz auslöste. Und die Tataren hatten diese Seuche nach Kaffa getragen. Die Genueser konnten es von den Stadtmauern aus beobachten, wie die gottlosen Wilden mir nichts, dir nichts reihenweise umfielen. Doch Barbaren wären keine Barbaren, wenn ihnen nicht barbarische Einfälle in den Sinn kämen. Sogar in ihrer eigenen größten Not. Wisst Ihr, was die überlebenden Tataren gemacht haben? Na, wisst Ihr es, Deutsche Ritter?«

»Sie haben die Leichen ihrer eigenen Leute über die Mauern katapultiert, um den Genuesern in Kaffa die Luft zu verpesten«, antwortete Konrad mit ruhiger Stimme, die sich deutlich von der des temperamentvoll erzählenden Sizilianers unterschied.

»Ja, Ihr habt es also schon gehört, werter Ritterfreund. Widerwärtig sind sie, die Barbaren, aber wem sage ich das?« Und mit einem kecken Blick auf sein Gegenüber machte der Wirt eine kurze Erzählpause, um herauszufinden, ob Konrad die Spitze verstanden hatte. Er hatte verstanden, doch es bekümmerte ihn nicht mehr. Hungrig griff er mit seinen von Olivenöl triefenden Fingern erneut auf die sich allmählich leerende Platte und nahm sich eine Handvoll Muscheln, die er mit den Zähnen knackte.

Ganz so, als sähe er sich durch diese Geste in seiner Meinung über die in seinen Augen ebenfalls barbarische Herkunft seiner Gäste bestätigt, nickte der Wirt und fuhr mit seinem Bericht fort: »Dann aber, nach wenigen Tagen, verschwanden die Tataren. Ihrer wurden immer weniger. Das Sterben unter ihnen wollte kein Ende nehmen. Aber mit dem Gestank ihrer als Geschenk gereichten Leichen ist der faulige Wind tatsächlich in Kaffa eingedrungen, sodass das Sterben auch dort begann. Wer von den Genuesern es vermochte, der bestieg ein Schiff und trat schleunigst die Heimreise an. Auch unterwegs auf dem Meer musste so manch einer von ihnen tot über Bord geworfen werden. Die wenigen, die nun vor drei Tagen lebendig den Hafen von Messina erreichten, lassen sich jetzt in den Freudenhäusern und Tavernen gesundpflegen. Sie sind dem Unglück um Haaresbreite entgangen.«

»Na, dann hat ja wenigstens ihnen der Himmel beigestanden«, meinte Konrad kauend, während sein Freund Crispin entsetzt den Kopf schüttelte. Crispin hatte als einer der wenigen unter den Ordensrittern noch Erfahrungen im Spitaldienst gesammelt, und bei den Worten des Wirtes stellten sich ihm die Nackenhaare auf.

»Denkst du wirklich, das Übel sei mit den letzten Toten im Meer versunken?«, fragte er den Wirt. Sein Tonfall war nun nicht mehr wütend wie zuvor, vielmehr klang er traurig und warnend.

Er musste jedoch nicht auf eine Antwort des Wirtes warten, denn diese erscholl urplötzlich und dröhnend von draußen, aus der engen, langen Gasse. Ein Klagen aus mehr als fünfzig Kehlen war zu vernehmen. Eine immer größer werdende Menschentraube zog durch die Straßen von Messina. Sie war aus dem Hafenviertel herbeigekommen, dem Ort, an dem die Flüchtlinge aus Kaffa Herberge gefunden hatten. Schnell und unerwartet war dort etwas geschehen, das die Hafenbewohner in diesen verzweifelten Aufruhr versetzte.

»*Mortalega grande, Mortalega grande*«, riefen sie, immer und immer wieder.

Es war ein bitterlicher Gesang, der sämtlichen Anwesenden durch Mark und Bein ging. Die meisten der sizilianischen Gäste des Wirtshauses standen sofort auf und strömten hinaus, mit ihnen der Wirt. Nur die Gesandtschaft der Ordensritter blieb starr an ihrem Tisch sitzen.

»Was rufen sie da?«, fragte der junge Friedrich mit bleichem Gesicht.

»*Das große Sterben*«, übersetzte Konrad die Klageworte und schaute besorgt zu dem mit einem Male ebenfalls blass werdenden Crispin hinüber. Der letzte Bissen blieb ihm dabei im Halse stecken.

»Messina stirbt. Ich hatte es befürchtet.«

I

Im selben Jahr in einem kleinen Dorf in Westfalen

Der Herrgott hatte ihm diese Frau gesandt.

Der Überzeugung war der Bauer Ulrich Filzhut bereits am Tage ihres plötzlichen Erscheinens in seiner bescheidenen Heimstatt gewesen. Und dieser Überzeugung war er auch noch ein Jahr später, obwohl die übrigen Männer und auch die Weiber aus dem Dorf es anders sahen. Und mit dieser ihrer Meinung hielten sie nicht hinterm Berg, raunten Ulrich auf den schmalen Feldwegen, sobald er ihnen mit seinem Karren entgegenkam, Ermahnungen zu, warnten ihn nach einem jeden Kirchgang oder redeten eindringlich auf ihn ein, wenn er – was selten der Fall war – den Dorfkrug aufsuchte.

Eine Undurchschaubare sei sie, eine Fremde, eine Verteufelte gar, viel zu schön für einen alternden, gebeutelten Mann wie ihn. Ob er sich nie frage, woher sie stamme? Ob er sich nie frage, was sie ausgerechnet auf seinen erbärmlichen Hof getrieben habe? Ob er sich nie frage, was ihr eigentliches Ansinnen sei? So oder ähnlich waren ihre Worte.

Ja, die zweite Frau des Bauern Filzhut war wahrlich kein gewöhnliches Weib, und sie gab sich auch nur wenig Mühe, ihren zweifelhaften Leumund zu verbessern. Zwar benahm sie sich sittsam und war fleißig, aber im Gegensatz zu den anderen Frauen des Dorfes und seiner Umgebung legte sie keinen Wert darauf zu reden. Sie sprach mit kaum jemandem. Wäre sie stumm gewesen, so hätte man ihre Verschwiegenheit verstehen können. Doch sie war nicht stumm, sie konnte sprechen und tat es auch, wenn es um das Nötigste ging. Doch darüber hinaus sagte sie nichts. Kein Wort.

War ihr Verhalten den Menschen im Dorf unheimlich, so erkannte Ulrich in ihrer Zurückhaltung einen Segen. Er liebte sie, hielt sie für einen Engel, eine Himmelsbotin, die ihm niemand anders als seine verstorbene Elsa im Auftrag der Mutter Gottes auf die Erde geschickt hatte, um für ihn, den Witwer, und seine drei Kinder zu sorgen. Und sie sorgte in der Tat gut für sie, war emsig, sauber und sich keiner Arbeit zu schade. Sie kümmerte sich rührend um die Kinder, um das Haus, den Garten, den Stall und das Vieh. Sie kümmerte sich auch um Ulrich, verweigerte sich ihm niemals, war immerzu gütig, lauschte seinem Kummer, seinen Sorgen und betete mit ihm. Nichts, aber auch rein gar nichts gab es an diesem Weib zu beanstanden. Es sei denn, man war interessiert an ihrer Vergangenheit und ihrer Herkunft, über welche sie entschieden den Umhang des ihr eigenen Schweigens hüllte.

Keine sieben Tage hatte Elsa unter der Erde geruht, da war Marie plötzlich aufgetaucht. Elsa hatte lange gelitten, nicht mehr arbeiten können, war rasch dünner und dünner geworden, bis schließlich nur noch ein hohläugiges, mit fahler Haut überzogenes Gerippe in dem kleinen Bett des Bauernhäuschens gelegen hatte. Für alle war es eine Erlösung gewesen, dass Gott sich schließlich ihrer erbarmte und sie zu sich nahm. Dennoch war die Trauer groß und Ulrich noch ganz blass und benommen, als es eines Abends leise an seine Kate geklopft hatte.

Spät war es gewesen, starker Regen war gefallen. Ulrich hatte geglaubt, der Pfarrer erbitte Einlass, um wegen der Seelenmessen anzufragen, von denen sich der arme Bauer lediglich eine einzige würde leisten können. Doch nicht der fettleibige

Pfarrer hatte vor der Tür im Regen gestanden, sondern eine durchnässte, zitternde, blutende Frau. Eingehüllt in einen grauen Wollmantel, hatte sie Ulrich aus großen Augen flehentlich angeblickt und war dann auf der Schwelle zusammengebrochen. Er hatte sie aufgehoben und auf sein Lager gebettet, und nachdem sie am folgenden Morgen erwacht war, blieb sie. Sie blieb bei Ulrich und seinen Kindern. Man zahlte dem Grundherrn den Stechgroschen, galt somit als verheiratet und lebte seither in Zufriedenheit beisammen.

Ja, Ulrich fühlte sich zeitweise sogar glücklich in diesem neuen Leben.

Nicht so Marie.

Doch darüber sprach sie nicht.

»Du kannst mich nicht verlassen! Ich werde dich finden!«

Von diesen Worten erwachte sie in nahezu jeder dritten Nacht, wenn sie neben ihrem treuen Ulrich in dessen engem Bettkasten ruhte. Ein Albtraum war es, wiederkehrend und zukunftsweisend, denn Marie glaubte fest daran, dass diese Drohung sich eines Tages erfüllen würde. Dann nämlich, wenn er, der ihr so deutlich in diesem Traume erschien, leibhaftig vor ihr stünde.

Er, der bei ihr gewesen war, seitdem sie hatte denken können. Ihr Ziehvater, ihr Begleiter, ihr eigentlicher Gatte. Mit nur zwei Jahren war sie von ihrer Mutter für ein Stück Speck, ein Ei und einen schmutzigen Taler an ihn verkauft worden. Damals in Köln, zu Füßen des unfertigen Domes, war dies gewesen, als die Mutter sich zusätzlich rücklings in eine Nische des Gotteshauses zwängte und er seinen entblößten Unterleib stoßweise an ihr Hinterteil drückte. Danach hatte er das im Dreck sitzende Kind gegriffen und es mit sich genommen. Marie war bei ihm groß geworden, hatte von ihm einiges gelernt: Seiltanz,

Singen, Handlesen, Lügen, Stehlen und sich aus dem Staube machen – auf all das verstand sie sich bereits mit fünf Jahren bestens. In den entferntesten Gegenden kamen sie herum, zu Fuß meist, mitunter auf einem gestohlenen Wagen. Oft wurden sie bespuckt, verjagt, verfolgt, litten unter Hunger, Durst und Kälte, aber dennoch blieben sie am Leben, obwohl Marie sich bereits als Kind häufig gewünscht hatte, sterben zu dürfen.

Doch wirklich schrecklich war es erst geworden, als ihre Brüste zu wachsen begannen und die monatlichen Blutungen einsetzten. An jenem Tage veranstaltete er ein Freudenfest für sie beide, er schmückte Marie mit Blumen, kaufte ein ganzes gebratenes Huhn und ließ es sie allein essen. Nicht einmal mit seinen geliebten zahmen Ratten, die ihm sonst wichtiger waren als jedes menschliche Wesen, hatte sie teilen müssen. In der Nacht dann wurde sie erstmals zu seiner Geliebten. Und blieb es dreizehn schreckliche Jahre lang.

Sie hörte in diesen Jahren auf zu zählen, wie oft er mit ihr zu zwielichtigen Hebammen, alten Zigeunerinnen und anderen Engelmacherinnen ging – je nachdem, wo sie sich gerade befanden, ob auf dem Lande oder in der Stadt –, nein, sie zählte nicht mehr, verdrängte die Schmerzen, die Demütigungen, stumpfte ab und fügte sich.

Dann – sie hatte bereits ihr fünfundzwanzigstes Jahr erreicht – wurde sie uninteressant für ihn. Sie genügte ihm nicht mehr, und er kaufte sich in einem kleinen Dorf bei einer armen Tagelöhnerfamilie ein neues Mädchen. Doch dieses Kind überlebte keine Woche in seiner Gesellschaft, es war nicht so stark, so robust, so stumpf wie Marie. Es starb in Maries Armen, nachdem er es gegen sechs Eier eine ganze Nacht lang an eine im Wald lebende Horde von ausgehungerten Aschenbrennern verliehen hatte.

Mit dem Tod dieses unschuldigen Mädchens sollte sich auch

für Marie plötzlich alles ändern. In dem Moment, als sie den leblosen, geschändeten Körper zu Boden gleiten ließ, übermannte es sie – das Leben kehrte mit all seiner Wut und Verzweiflung in ihren ebenfalls geschändeten, aber noch nicht gänzlich toten Leib zurück. Rasend stürmte Marie auf den in der Sonne Schlummernden zu, riss das Messer an sich, welches in seinem Gürtel steckte, und stach blind auf ihn ein. Sie traf ihn überall, sie zerschnitt ihm die Haut im Gesicht, zog die Klinge durch sein rechtes Auge, sie rammte sie in seine Schulter, in seinen Rücken, stach ihn in Arme und Beine. Sie schrie dabei. Und als ihr das Messer aus den blutigen Händen glitt, schlug sie mit den Fäusten auf ihn ein. Erst als sie nicht mehr konnte, als sie völlig außer Atem war, als ihr fast schwindelig und übel vor Erschöpfung wurde, erst da ließ sie von ihm ab.

Doch er war nicht tot. Er lebte, lachte sogar noch, lachte sie an.

Marie meinte damals zum ersten Male in ihm den leibhaftigen Teufel zu erkennen. Ohne den Blick von der unberechenbaren Gestalt abzuwenden, griff sie erneut nach dem am Boden liegenden Messer. Sie war plötzlich ganz ruhig geworden, der Zorn war verraucht, Trauer und Müdigkeit hatten sich ihrer bemächtigt. Dennoch musste es sein. Sie würde diese Sache nun zu einem Ende führen müssen, sonst würde er ihr seinerseits ein Ende bereiten.

Als sie aber zum finalen Streich ausholte, ein letztes Mal zustechen wollte, da konnte sie nicht. Es war ihr nicht mehr möglich, es widerte sie an, ihn, den Wehrlosen, den Verletzten, aber nach wie vor so Mächtigen wieder berühren zu müssen. Entsetzt ließ sie das Messer fallen und taumelte davon.

Er aber raffte sich auf, blickte ihr aus dem verbliebenen Auge in seinem entsetzlich entstellten, blutüberströmten Gesicht nach und rief:

»Du kannst mich nicht verlassen! Ich werde dich finden! Das verspreche ich dir. Du gehörst mir.«

Ein ganzes Jahr war seither vergangen. Marie war damals bis tief in die Nacht hinein um ihr Leben gelaufen, hatte zahlreiche Meilen hinter sich gebracht, und auch am folgenden Tage war sie unermüdlich weitergehastet. Erst am zweiten Abend gönnte sie sich Ruhe. Sie war mehr tot als lebendig, als sie auf die nächstbeste Hütte in einem fremden Dorf zusteuerte und mit letzter Kraft an die Türe des Bauern Ulrich Filzhut schlug.

Und obgleich es Marie von da an besser erging als je zuvor in ihrem Leben, blieb dennoch die Angst. Die Zeit strich ins Land. Genügend Zeit für ihn, um zu genesen, um seine berüchtigte Rachsucht reifen zu lassen, um Nachforschungen anzustellen. Marie kannte ihn nur zu gut. Sie wusste, wie zäh, wie unnachgiebig er war. Er würde seine Drohung wahrmachen, er suchte sie längst. Und bald, da war sich Marie sicher, würde er sie finden. Von da an wäre ihr ruhiges und warmes Leben in der Hütte des Bauern Ulrich, umringt von dessen lebhaften Kindern, vorbei. Dann müsste sie wieder aufbrechen, wieder gehen, weiter und weiter durch die Fremde ziehen.

Aber wenn Marie ganz ehrlich zu sich war, dann war es genau das, was sie sich tief in ihrem Inneren wünschte. Sie wollte weiter, sie wollte fort von diesem sesshaften Leben, sie wollte wieder in die Ferne. Denn so wie in einem jeden Menschen, der den Großteil seines Lebens wandernd, pilgernd oder umherstreifend verbracht hatte, wohnte auch in ihr eine Unrast, die in manch behaglicher, inniger Stunde im Kreise der Familie Filzhut zu einer brennenden Qual werden konnte. Marie verabscheute dieses Gefühl. Sie hätte alles gegeben, um es abzutöten, doch das gelang ihr nicht. Immer wieder flammte sie auf, die Rastlosigkeit, zog wie tausend Nadelstiche durch sämtliche

Glieder ihres Körpers und ließ Marie unvermittelt aufstehen und aus der Hütte rennen, nur um bald wieder zurückzukehren. Sie brachte es nicht übers Herz, den Witwer Ulrich und dessen Kinder zu verlassen. Auf ihre Weise liebte sie diese kleine Welt, in der sie Schutz und Geborgenheit gefunden hatte.

Ein verstecktes Dörfchen war es, ruhig und beschaulich. Am Fuße einer trutzigen Burg gelegen, war es eingeschlossen von fruchtbaren Hügeln, und bei gutem Wetter konnte man in der Ferne die Türme des reichen Klosters Marienmünster in der Sonne glänzen sehen.

Leider aber war dieses friedliche, besinnliche Bild, welches Marie sich so gern machte, nichts weiter als ein Trugbild, denn bereits seit Jahren herrschte alles andere als gutes Wetter. Die Sonne schien kaum, und die Türme des Klosters waren selbst im Sommer meist von einem grauen Regenschleier verhangen. Darum konnte man auch die Hügel mit ihren Feldern nicht mehr fruchtbar nennen, da das Korn verfaulte, falls es, nach dem bis in den Mai hineinreichenden Frost, überhaupt je gewachsen war. Im letzten Jahr hatte man von einer misslichen Lage gesprochen, in diesem Jahr, dem Jahre 1347, war bereits von einer drohenden, unausweichlichen Hungersnot die Rede.

Auf die Hilfe des Grundherrn, das wussten die Bauern, war nicht zu hoffen. Denn die Herren kamen und gingen. Waren es in einem Jahr zwei Ritterbrüder gewesen, die über sie herrschten, so wurden diese im nächsten durch die Ministerialen einer entfernten Adelsfamilie ersetzt, dann wieder sahen sich die nahen Benediktiner zuständig für das Einholen der Abgaben, und danach kam mit einem Mal wieder ein Burgherr aus dem Nichts zurück. Die Lehen wurden hin- und hergegeben, man befehdete sich, vertrug sich wieder, Rechte und Pflichten wurden verschachert, verliehen, verschenkt, und mit ihnen die daranhängenden Bauern. Diesen war es recht gewesen, solange sie von Brandschatzungen und Plünderungen durch Fehden verschont blieben und es ihnen gelang, mit den neuen Herren auch bessere Bedingungen auszuhandeln. So waren im Laufe der Zeit die Frondienste entfallen und die schwankenden Naturalabgaben in einen festen Pachtzins umgewandelt worden, den die Bauern in Form von Geld zu entrichten hatten. Das waren goldene Zeiten gewesen. Doch diese hatten sich bald wieder gewandelt.

Schuld daran trugen einerseits die wiederholt auftretenden, wetterbedingten Missernten der letzten zwanzig Jahre, und die Schuld daran trug auch – so hatte es der Dorfpfarrer mahnend von der Kanzel gepredigt –, dass, trotz wachsender Armut, die Leute keine Hemmungen kannten, sich schier grenzenlos zu vermehren. Und damit hatte er recht: Die Zahl der Menschen in Dörfern und Städten wuchs rasch, während andererseits das Essen immer knapper wurde. Da deshalb auch den Edlen langsam die Not ins Haus stand, verfielen sie bald darauf, Altes, längst Vergangenes wieder einzuführen: Der Frondienst kam zurück, und auch Naturalabgaben wurden wieder erhoben, ohne dass jedoch der Pachtzins gekürzt oder gar abgeschafft wurde. Es waren harte Zeiten, und viele befürchteten, darin nur die Vorboten eines noch schlimmeren Übels zu erkennen, eines Übels, welches bald kommen und den Tag des Jüngsten Gerichts einläuten würde.

Marie bekümmerten diese düsteren Prophezeiungen nicht, welche die Dorfbewohner in seltsamen Wolkenformationen, am Flug der Raben oder an der Farbe des Regens zu erkennen glaubten. Sie hatte dem Schrecken bereits ins Auge gesehen. Und nichts war so schrecklich wie das Leben mit dem Mann, den sie zwar nahe wähnte, von dem sie aber nicht wusste, dass er tatsächlich nur wenige Meilen entfernt in einem Walde zusammen mit einer Handvoll Mönchen lebte.

II

Seit nunmehr einem Jahr war dieser mystische, heilige, ja fabelhafte Ort Vitus Fips eine Heimat geworden. Nie jedoch hatte er ein Auge für die wunderbare Eigentümlichkeit seiner Wohnstatt besessen, deren Anblick für einen jeden anderen, der zum ersten Mal in diese Gegend kam, so unglaublich beeindruckend war: Vollkommen unerwartet ragten plötzlich, sobald man nach einem Marsch durch einen urwüchsigen Wald eine große Lichtung betrat, fünf enorme Felsen vor dem überraschten Pilger auf – Externsteine genannt. In den fernen Alpen hätte diese Formation nur wenig Aufsehen erregt, hier aber, inmitten des zwar hügeligen, aber dennoch sanften, begrünten Teutoburger Waldes, stellten die schroffen Gesteinsblöcke eine staunenswerte Sonderbarkeit dar. Man konnte sich nicht erklären, wie diese nicht von Menschenhand geschaffene Felsenburg einst an diesen Ort gekommen war – eine Gegend, die sonst keinerlei derartige Naturerscheinungen aufwies.

Bereits in heidnischen Zeiten hatten sich die Menschen darüber die Köpfe zerbrochen und die merkwürdigen Felsen zu ihrer Kultstätte gemacht, und auch jetzt, nach Einzug des Christentums, blieben sie ein heiliger Ort. Ein Ort, der gerade in den letzten Jahrzehnten Unmengen von Pilgern anzog, denn geschickte Gottesleute hatten diese fremdartige Kulisse gekonnt in einen Wallfahrtsort verwandelt, wo man bußfertigen Menschen die Möglichkeit bot, einen beeindruckenden Nachbau des Jerusalemer Höhlengrabes zu besuchen. Die Kreuzzüge waren lange vorüber, und mit der Rückkehr der letzten Ritter aus dem Heiligen Land sowie der endgültigen Eroberung Jerusalems durch die Mohammedaner war es frommen Pilgern und auch dazu verurteilten Sündern nur unter größten Gefahren möglich, den Originalschauplatz der Kreuzigung und Grablegung Christi aufzusuchen. Aber die zu diesem Zwecke kunstvoll bearbeiteten Externsteine boten einen willkommenen – und zudem weniger aufwendig zu erreichenden – Ersatz: Sie verfügten über eine in einer Höhle liegende Wallfahrtskapelle, einer ihrer Gipfel war zum Hügel Golgatha umgestaltet worden, ein geschickter Steinmetz hatte sogar das Grab Jesu in einen Felsen gehauen, und ein noch fähigerer Kollege hatte ein großes, eindrucksvolles Bild gemeißelt, welches auf äußerst lebendige Weise die Abnahme Christi vom Kreuze darstellte. Darüber hinaus – und das war nicht unwesentlich – waren an diesem Ort auch die gewünschten Ablassbriefe zu erhalten, ausgestellt von den hier in nahen Holzhütten wohnenden Mönchen, unter denen Vitus Fips nun seit Längerem lebte.

Man konnte sich also an diesen Pilgersteinen gegen eine kleine oder gern auch größere Spende von allerlei Sünden befreien und somit seine Zeit im Fegefeuer beträchtlich verkürzen. Darum wunderte es nicht, dass das Kommen und Gehen von Wallfahrern aus aller Herren Länder ein großes war. Die Aufgabe von Vitus Fips war die, sich um das Wohl der häufig erschöpften Menschen zu kümmern, da viele von ihnen am Ende ihrer Kräfte waren, sobald sie das Ziel ihrer Reise erreicht hatten. Das lag nicht allein an dem weiten Marsch. Nein, um die selbst oder vom Beichtvater auferlegte Pilgerschaft noch zu erschweren, gingen einige in mit schweren Steinen behangenen Ketten, andere mit Nägeln in den Schuhen, wieder andere verzichteten während der Reise vollkommen auf Nahrung.

Es gab sogar solche, die ihren Weg auf allen vieren krabbelnd bestritten. Und die Wege waren mitunter sehr lang. Nicht nur aus dem Reich reisten die Pilger an, es gab auch solche, die aus Flandern, Tirol oder Polen hierherkamen.

Um einen dieser weit gereisten Pilger, der mit gegeißeltem, eitrig verschorftem Rücken vom Altvatergebirge in Mähren, welches zum Königreich Böhmen zählte, bis zu den Externsteinen gewandert war, kümmerte sich Vitus Fips seit einigen Tagen besonders ausgiebig.

Er tat dies nicht aus Nächstenliebe.

Das war eine ihm völlig fremde Gemütsregung. Nein, Fips hatte einen anderen, einen besseren Grund.

Der Pilger, ein etwa vierzigjähriger, kräftiger Holzfäller, lag im Sterben. Die durch eine mit Nägeln versehene, neunschwänzige Peitsche selbst zugefügten Wunden an seinem Rücken hatten sich zum Teil so stark entzündet, dass bereits ein Brand entstanden war und sich sogar Maden in einigen der offenen Stellen eingenistet hatten. Sein Fieber war hoch, er sprach wirr, verkrampfte Hände und Füße zu Klauen, doch der Tod wollte noch nicht kommen. Und das war gut so, denn Vitus Fips musste noch einiges in Erfahrung bringen, bevor sein Gast aus Mähren dahinschied.

Also pflegte und hegte er den siechen Mann, so gut es ging, und die an der Pilgerstätte lebenden Geistlichen waren mit dieser sorgfältigen, hingebungsvollen Arbeit ihres Schützlings sehr zufrieden.

Denn das, was die Mönche einst ihm getan hatten, das sollte er nun anderen tun. So lauteten die Erwartungen, welche die Gottesmänner in Vitus Fips setzten, den sie vor einem Jahr blutüberströmt und halbtot im Wald aufgefunden hatten. Sie hatten den anscheinend von Räubern übel zugerichteten Mann mühevoll gesundgepflegt und ihm danach gestattet, bei ihnen zu bleiben, um in ewiger Dankbarkeit geschwächten Pilgern nun seinerseits seine pflegende Hilfe anzubieten.

Fips tat, was man von ihm erwartete, obwohl es ihn anwiderte. Doch das ließ er sich nicht anmerken, vielmehr wartete er geduldig auf einen günstigen Moment. Bis dahin wollte er hier bei den Mönchen noch weitere Kraft schöpfen, um schließlich bereit für die Fortsetzung seines wahren Lebens zu sein. Und mit diesem mährischen Holzfäller war nun ein solcher Moment gekommen. Das Waschen von eitrigen Wunden, das Reinigen verkoteter Leiber, das Flicken stinkender Lumpen hatte sich tatsächlich gelohnt. Vitus Fips war sehr zufrieden.

»Ich wollte ihn nicht töten!«, stöhnte der Mann aus Mähren kraftlos.

Fips verdrehte die Augen. Diesen Satz hörte er nun schon zum hundertsten, nein, zum tausendsten Male, dabei war es etwas ganz anderes, was er aus dem Pilger, Wenzeslaus mit Namen, herausbringen wollte.

»Es war die Wut. Die Wut …«, stöhnte der Fiebernde weiter, während Fips versuchte, ihm einen heißen Kräutertrank einzuflößen. Sie waren allein in einer der bescheidenen, aus unbearbeiteten Ästen gefertigten Hütten der Mönche, fernab von den übrigen, an den Felsen betenden und ruhenden Menschen.

»Ja, es war die Wut«, bestätigte Fips gelangweilt die Worte des Kranken. »Ich weiß, dass du deinen Nachbarn nicht töten wolltest. Doch es ist geschehen, und nun hast du deine Buße getan. Mehr noch, dein eigenes Leben wirst du geben für diese Tat. Das ist mehr, als Gott von dir verlangt hat. Glaube mir, Wenzeslaus, dein letzter Weg wird dich in den Himmel führen. Das ist gewiss.«

Der Holzfäller lächelte und griff mit seinen sich immer wieder verkrampfenden Fingern nach der verkrüppelten Hand seines Heilers.

»Du bist ein guter Mensch, Bruder Vitus. Ich bin froh, dich hier angetroffen zu haben. Mein Geheimnis ist gut bei dir aufgehoben.«

Fips nickte. Ein ungeduldiger, gieriger Zug huschte über sein entstelltes Gesicht, doch er fing sich schnell und setzte stattdessen eine sanfte, mitfühlende Miene auf.

»Ich verspreche dir, Wenzeslaus, die Kunde von deinem Tod und von deinem geheimen Fund an dein Weib und deine Kinder weiterzugeben. Doch du solltest mir noch einiges darüber berichten, denn ich fürchte, dass ein törichtes Weib und unmündige Bälger mit einer Karte allein nur wenig anzufangen wissen.«

Fips griff unwillkürlich an seine graue Laienbruderkutte, unter welcher er im Hüftbereich erleichtert das eingerollte Stück Pergament spürte, das er sich mit einem Strick an den Leib gebunden hatte. Es handelte sich dabei um die Karte, die Wenzeslaus in der letzten Nacht unter großen Mühen und unter ständigem Antreiben seines Pflegers gezeichnet hatte. Eine Karte, die im wahrsten Sinne des Wortes Gold wert war.

»Ja, du hast recht.« Der Holzfäller blickte Fips mit blutunterlaufenen Augen an, seine Lippen waren trocken und gerissen, sie zitterten stark. Fips starrte erwartungsvoll auf diesen Mund, aus dem er nun neue, wichtige Informationen erwartete.

Doch es kam nichts. Nur ein erneutes, qualvolles Stöhnen.

Eine entsetzliche Wut breitete sich in Fips aus. Am liebsten hätte er diesem stinkenden, tumben Kerl den Schwamm, den er nun in Händen hielt, aufs Gesicht gedrückt, damit er endlich erstickte und seinem langweiligen Leiden ein Ende gesetzt war. Doch stattdessen beherrschte sich Fips und wrang den Schwamm über den Lippen des Kranken aus, benetzte diese somit mit Wasser und hoffte, dass Wenzeslaus nun zum Weitersprechen in der Lage war.

Ja, er war es.

»Der Eingang der Höhle liegt in einer tiefen, engen Schlucht, Dachsschlucht genannt«, flüsterte er leise und langsam. »So tief und eng ist sie, dass bislang niemand dort hineingestiegen ist. Außerdem, so heißt es, sei der Ort verwunschen. Keine Menschenseele wagt sich freiwillig dorthin. Beim Holzfällen verirrte ich mich und stürzte tief hinein, überlebte glücklich und fand dort unten die Höhle. Sie ist voller Golderz. Riesige Klumpen.«

»Wem gehört das Land?« Wieder benetzte Fips die Lippen des Pilgers.

»Dem Bischof. Doch er weiß nichts von seinem Glück. Das Bergregal obliegt jedoch nicht dem Grundherrn, sondern dem König von Böhmen.«

»Das heißt, dass alles Gold, was man dort findet, dem König Karl zukommt.« Fips kratzte sich nachdenklich am Kinn.

»Nicht, wenn er nichts davon weiß«, ächzte Wenzeslaus und verdrehte besorgniserregend die Augen. Fips begann den Pilger zu schütteln, wobei er ihn immer wieder mit dem wunden Rücken gegen den Strohsack stieß, auf dem er lag. Der schreckliche Schmerz ließ ihn wieder erwachen.

»Du sagst, die Schlucht sei so abgelegen, dass niemand sie finden kann? Und selbst wenn man an ihrem Rande steht, kann man die Höhle von oben nicht erkennen?«

»So ist es.«

»Keiner ahnt, dass dort Gold zu finden ist?«

»Einige Meilen nordöstlich graben sie wie die Verrückten. Aber dort, an der Stelle, die ich gefunden habe, dort sucht man nicht.«

»Die Leute des Grundherrn gelangen dort niemals hin?«

»Es gibt keinen Weg. Nicht einmal einen Pfad.«

»Deine Frau und deine Kinder könnten das Gold also heimlich herausholen? Niemand würde es bemerken?«

Wenzeslaus nickte und schloss seine geröteten Augen vor Erschöpfung, doch Fips bohrte weiter.

»Werden sie das denn können? Sollte man ihnen nicht helfen?«

»Sie können niemanden aus der Gegend anheuern. Das ist zu gefährlich«, stammelte Wenzeslaus nur noch unverständlich.

»Man benötigt also ortsfremde Bergleute, die mit keinem aus den umliegenden Dörfern zu tun haben und im Zweifelsfall den Mund halten. Das sollte gelingen.« Fips sagte dies mehr zu sich als zu dem Kranken, dessen Kopf nun zur Seite kippte. Er schien bewusstlos geworden zu sein.

»Ja, das ist gut«, murmelte Fips nun äußerst zufrieden grinsend. »Vielen Dank, Wenzeslaus. Mehr muss ich nicht wissen.«

Wieder griff Fips zum Schwamm.

Doch dieses Mal nicht, um dem Pilger die trockenen Lippen zu befeuchten. Nein, er vollendete jetzt, was er sich ohnehin vorgenommen hatte, sobald es ihm endlich gelungen war, alles Notwendige in Erfahrung zu bringen. Fips musste nicht besonders fest zudrücken.

»Ruhe in Frieden, mein goldbringender Freund«, lachte er, nachdem Wenzeslaus' letzte, schwache Zuckungen aufgehört hatten.

Fips war sehr glücklich, als er mit einer seiner zahmen Ratten auf der Schulter hinaus ins Freie trat und die von einem Regenschleier verhangenen Externsteine betrachtete. Endlich hatte er wieder ein Ziel. Er würde leben, reich sein und neu beginnen – mit Marie an seiner Seite. Seit nunmehr einem Jahr träumte er davon. Er hatte gelernt, sie zu vermissen, hatte erfahren müssen, wie sehr er sich doch nach ihrer Anwesenheit sehnte. Er wusste, wo sie war, hatte es längst herausgefunden und sie mitunter beobachtet. Sie gehörte zu ihm, sie würde mit ihm gehen müssen, und spätestens dann, wenn er im Altvatergebirge aus ihr ein Goldmariechen gemacht hätte, würde sie auch freiwillig bei ihm bleiben.

Doch alles zu seiner Zeit.

Erst einmal mussten sämtliche weiteren Fäden zu einem ausgefeilten Plan verknüpft werden, bei dessen Ausführung Fips lediglich der Puppenspieler im Hintergrund zu bleiben trachtete. Denn die Drecksarbeit sollten andere für ihn erledigen.

III

»Nimm nicht so viele Garben für ein Bündel, Marie.«

Marie ließ sich von dem jungen Johann gern das Bündel mit dem geschnittenen Roggen aus der Hand nehmen. Er zeigte ihr, wie sie es geschickt binden konnte, damit der Meier in der Herrenscheuer den Eindruck gewann, sie hätten weitaus mehr von dem kläglichen Getreidefeld des Grundherrn geerntet. Es war der zweite Tag des Frondienstes, den die Leute aus dem Dorf auf den Gütern ihres Beschützers und Pachtgebers leisten mussten. Und es würde voraussichtlich der letzte sein, denn die Arbeit war schneller getan als befürchtet.

»Es ist ohnehin alles verdorben«, wandte sich nun Ulrich, der ebenfalls auf dem Feld arbeitete, an Johann. »Wenn du mich fragst, das Zeug kann man nur noch zerstampfen und den Schweinen zum Fraß vorwerfen. Sieh es dir an«, und dabei brach er eine Ähre und hielt sie dem jungen Burschen unter die Nase. »Faulig ist es. Und stinken tut's auch. Wie will man davon ein gutes Korn erhalten?«

»Besser als nichts, Ulrich«, erwiderte Johann gut gelaunt und reichte Marie das fertige Bündel zurück. Er war, mit Ausnahme ihres Gatten Ulrich, der Einzige auf diesem Feld, der freundlich zu ihr war. Alle anderen Dienste leistenden Leute aus dem Dorf beachteten sie entweder gar nicht oder warfen ihr schiefe Blicke zu. So auch jetzt, wo Marie sich absichtlich dumm anzustellen schien, um sich von dem schönen Jüngling helfen zu lassen, während ihr Gemahl arglos danebenstand. Besonders die Frauen schüttelten darüber verächtlich die Köpfe.

Auch als sie am Mittag am Rande des Feldes inmitten eines Eichenhains saßen, um auf dem feuchten, moosigen Untergrund, geschützt vor dem trüben Nieselregen, ein bescheidenes Mahl einzunehmen, wurde der fremden Frau des Ulrich absichtlich keine Beachtung geschenkt. Alle anderen jedoch hatten ihren Spaß: ulkten, erzählten sich wenig fromme Geschichten, ahmten den stotternden Küster nach und führten lustige Tänze auf. Marie lauschte nur stumm, während sie aus Grashalmen eine Kette flocht, um nicht in die Gesichter blicken zu müssen.

»Da kommt der Meier«, rief schließlich Johann, als er gerade aufgestanden war, um den anderen vorzuführen, wie er kürzlich zwei alternde Jungfern in Verlegenheit gebracht hatte. »Na, dem werd ich eine Geschichte erzählen, dem Dummhans. Habt ihr noch Lust zu arbeiten, Freunde?«

Ein eindeutig verneinendes Gemurmel der Umsitzenden gab Johann den Anstoß, sein kühnes Vorhaben in die Tat umzusetzen. Wie, das wusste er noch nicht, aber bis der einfältige Meier bei ihnen war, würde ihm gewiss etwas in den Sinn kommen. Keck wandte er sich noch einmal kurz nach Marie um und kniff dabei ein Auge zu.

Sie blickte auf und lächelte zurück. Johann war ein freundlicher Kerl. Er mochte vielleicht zwanzig Jahre zählen, war der Drittgeborene eines ordentlichen Bauern und wahrlich das ansehnlichste Mannsbild im Dorf. Und das wusste Johann. Rank und schlank, mit dichtem blondem Schopf und den Augen eines kleinen Jungen, verzückte er jedes Mädchen weit und breit. Das nutzte er durchaus aus, das genoss er, aber das war ihm nicht genug. Johann strebte nach mehr, und eines Tages, da war er sich sicher, würde er seine Siebensachen packen und von dannen ziehen. Allein, es fehlte bisher an der Gelegenheit. Und vielleicht fehlte es ihm auch an Mut. Denn – das hatte Marie längst bemerkt und deshalb mochte sie den Jungen auch besonders gern –, denn im Grunde seines Herzens war Johann scheu wie ein Reh und fromm wie ein Lamm. Jetzt jedoch setzte er wieder seine spitzbübische Miene auf und erwartete mit unschuldigem Blick den sich nähernden Meier.

Dieser klägliche Mensch, mit seinen großen, runden Augen, in denen das Weiße ganz zu fehlen schien, seinem wie gerupft aussehenden Haar und seinem krummen Rücken, hätte einem wahrlich leidtun können, denn schwer lastete offenbar die Bürde des Verwalters auf seinen knochigen Schultern. Er war nicht wirklich dumm, durchaus nicht. In seinen stillen Stunden reimte er sich sogar Gedichte der niederen Minne zusammen, in denen es zünftig zuging, die er aber niemals jemandem vorzutragen wagte. Nein, dumm war er nicht, vielmehr konnte man ihn eher leichtgläubig nennen, und das wusste der schlaue Johann einmal wieder auszunutzen. Wie gerufen kam ihm da eine Krähe, die sich unmittelbar neben den Meier auf einen Baumstumpf setzte und laut sowie anhaltend zu krächzen begann.

»Was habt ihr da für einen Vogel, liebe Leut'?«, fragte der Meier, sich erstaunt nach dem schwarzen Tier umblickend, das nicht aufhören wollte, seinen unschönen Gesang von sich zu geben.

»Unser Zeitvogel ist das, mein guter Herr Meier. Kennst du den etwa nicht?«, fragte Johann.

»Euer Zeitvogel?«

»Ja, er ist von Gott gesandt. Wenn er erscheint, dann heißt das, der Frondienst ist vorüber, und wir Bauersleut dürfen nach Hause gehen.«

»Ach?« Der Meier blickte erstaunt in die Runde, doch da alle wie selbstverständlich nickten, wagte er diese Aussage nicht in Zweifel zu ziehen.

»Ja, der kam schon zu den Zeiten unserer Vorväter, als es noch die Fronarbeit gab. Lange Jahre war er fort, doch nun, da wir wieder für die Herren schaffen müssen, ist er erneut aufgetaucht. Bös kann er werden, wenn man ihm nicht Folge leistet.«

»Ach«, wiederholte der Meier nur.

»Meine Großmutter wusste zu berichten, dass er gar einem Meier, der ihn nicht hatte beachten wollen und die Bauern zur weiteren Arbeit antrieb, beide Äugelein ausgehackt habe.« Mit diesen Worten näherte sich Johann dem Meier und machte mit beiden Zeigefingern eine leichte Hackbewegung.

»Jetzt übertreibt er es«, flüsterte Ulrich Marie ins Ohr, die gebannt der Szene folgte.

»Ob das gutgeht?«, bestätigte sie die Bedenken ihres Gemahls. Doch es ging gut. Der Meier ließ die Bauern ziehen, die Krähe flog fort, die Garben lagen noch einen weiteren Tag sowie eine weitere Nacht im Nieselregen. Und das Übel, welches sich ohnehin schon in ihnen eingenistet hatte und bezüglich dessen die Menschen ahnungslos waren, konnte weiter prächtig gedeihen.

»Es wird schwer, unser aller Mäuler in diesem Winter zu stopfen«, sagte Ulrich leise, seine stumpfe, alte Sense tragend. Marie und er passierten soeben ein schmales Waldstück, durch welches ein Weg von den Feldern des Grundherrn zurück zu ihrer bescheidenen Kate führte. »Die von der Burg werden ihren ritterlichen Pflichten nachkommen müssen und für uns Bauern ihre Speicher öffnen. Machen sie es nicht, dann wird es Hungertote geben. Lutz Rotschopf – du weißt, der mit den neun Kindern –, er hat von seinem Rübenacker nicht einen Schubkarren voll geerntet, und die wenigen Rüben, die er aus dem

Boden geholt hat, waren klein, schrumpelig und bereits völlig zerfressen. Bei uns wird es nicht anders sein, ich fürchte mich schon davor. Zumal unser Acker die meiste Zeit im Schatten liegt. Ginge es in diesem verregneten Jahr darum, Moos einzufahren, ich wäre ein reicher Mann.«

Bei diesen Worten legte Ulrich sein ohnehin schon runzeliges Gesicht in noch tiefere Sorgenfalten. Marie blickte ihn von der Seite mitleidig an. Sie hatte ihn wirklich gern, diesen Bauern Filzhut. Er war ein guter Mensch, der beste, der ihr je im Leben begegnet war. Und sie wünschte sich nichts sehnlicher, als dass seine Befürchtungen unbegründet waren. Denn das schlechte Gewissen plagte sie, wenn sie daran dachte, sich in dem bevorstehenden entbehrungsreichen Winter ein weiteres Mal bei einer armen Familie durchzuschlagen und mit den ohnehin mageren Kindern das wenige Brot zu teilen, um dann womöglich bereits im Frühjahr Lebewohl zu sagen.

Doch mit einem Mal verschwanden diese trüben Gedanken, und Marie musste lächeln.

»Vater, Stiefmutter, da seid ihr endlich!« Ein fröhliches Mädchen kam ihnen lachend mit bloßen Füßen durch den Schlamm entgegengerannt und stürzte sich sogleich in Maries Arme. »Ein Mönch ist unten im Waldgrund im sumpfigen Weiher stecken geblieben. Wir haben ihm gemeinsam mit einem langen Stock herausgeholfen. Und sieh an, was er uns zum Dank geschenkt hat!«

Aus ihrer Rocktasche zog die Zehnjährige drei blankpolierte, mächtig große, rote Äpfel, die in ihrer Üppigkeit und Schönheit im schier grotesken Widerspruch zu den grauen, mageren Menschen und dem modernden, mickrigen Korn am Wegesrand standen.

»Wir wollten mit der Überraschung auf euch warten und sie mit euch teilen, wenn ihr nach Hause kommt«, sagte das Kind,

Gretchen mit Namen, freudestrahlend und wandte sich dabei nach einem weiteren Kind, einem kleinen Jungen von sechs Jahren, um, der nun ebenfalls auf dünnen, aber äußerst flinken Beinen angerannt kam und sein schmutziges Gesichtchen lachend in Maries Schürze verbarg.

»Was hast du ausgefressen, Toni?«, fragte Marie, ging in die Hocke und blickte den kleinen Schelm nur scheinbar streng an.

»Toni war es, der den Mönch so sehr erschreckt hat, dass er in den Sumpf gefallen ist. Mit seiner Steinschleuder hat er auf ihn geschossen«, verpetzte nun Grete ihren kleinen Bruder.

»So etwas macht man doch nicht mit einem Gottesmann, du kleiner Raubritter«, schimpfte Marie, konnte sich aber das Lachen nicht verkneifen.

»Macht nur«, winkte Ulrich ab und strich seinem Jüngsten mit seiner prankenartigen, abgearbeiteten Hand über den Wuschelkopf. »Wer in solch schlechten Erntezeiten wie diesen über derart prächtiges Obst verfügt, der darf gern einmal etwas davon hergeben.«

»Lauft Kinder, bringt eurem großen Bruder den dritten Apfel. Ihr braucht so hart verdienten Lohn nicht mit uns zu teilen. Lasst es euch schmecken«, rief Marie und sah den beiden Kleinen hinterher, wie sie fröhlich zurück zu der niedrigen, moosbedeckten Hütte rannten.

In manchen Momenten beneidete Marie diese Kinder. Bitterarm waren sie, ihre Mutter hatten sie verloren, litten oft Hunger, aber dennoch blieben sie so unbeschwert, so fröhlich, was allein an der Liebe lag, die ihnen zeit ihres Lebens zuteil geworden war und die sie so freigiebig an sie, die Fremde, weitergaben. Stolz müsste sie sein auf dieses unbezahlbare Geschenk. Doch Marie war vielmehr peinlich berührt von der unverdienten Zuneigung, welche ihr von diesen kleinen Menschen entgegengebracht wurde. Manchmal wünschte sie sich gar, ihre Stiefkinder würden sie verabscheuen und Ulrich wäre ein garstiger, brutaler Trunkenbold – denn das hätte ihr den Abschied erleichtert.

Und so zogen die Monate ins Land.

Der Winter nahte, und mit ihm die Furcht vor dem Hunger. Maries schlechtes Gewissen blieb, und mit ihm die Albträume. Immer wieder sah sie des Nachts das Gesicht ihres Peinigers vor Augen, und jedes Mal sprach er die gleiche Aufforderung, ja Drohung an sie aus: »Ich finde dich. Wir gehören zusammen.«

Es war ein deutliches Zeichen. Marie würde nicht mehr lange bleiben können, denn auch tagsüber beschlich sie mitunter das untrügliche Gefühl, dass er sie nicht nur in ihren Träumen aufsuchte. Manchmal, wenn sie allein oder auch in Begleitung von Gretchen in den Wald ging, um Brennholz zu sammeln, da meinte sie ihn mitunter hinter einem umgestürzten Baum lauern zu sehen. Ja, sie glaubte deutlich seine entstellte, vernarbte Fratze erkennen zu können. In solchen Momenten kam es vor, dass sie das mühsam zusammengesuchte Reisig fallen ließ, das verdutzte Kind an die Hand nahm und hastig davoneilte. Ulrich erzählte sie nichts von ihrer Furcht, und der kleinen Grete erklärte sie ihr seltsames Verhalten mit der Lüge, einen Wolf gesichtet zu haben.

Doch während Maries Angst vor ihrem Verfolger eher einem panischen Wahn glich und sie sich selbst oft den Vorwurf der bloßen Einbildung machen musste, so erwies sich eine andere Befürchtung bald als schreckliche Wahrheit: Der Hunger stand bedrohlich vor den Türen der Hütten und Höfe. Noch vor Weihnachten waren sämtliche ohnehin mageren Kornspeicher leer, und auch das ebenfalls hungernde, dürre Vieh erweckte nicht den Eindruck, sämtliche Bewohner des Dorfes über den Winter bringen zu können. Baumrinde, Eicheln, Frösche, Spatzen und Katzen würden als Nahrung dienen müssen – so ekelerregend dies auch klang, wäre es dennoch nicht das erste Mal gewesen. Man machte sich also darauf gefasst, dass es in den kommenden kalten Monaten viel Leid und auch Tote geben würde.

Doch dann geschah ein Wunder, denn eines Sonntags verkündete der Pfarrer in der winzigen, hölzernen Kirche, dass der Grundherr seinen Hintersassen von seinem Korn abgeben werde. Eine großzügige Gabe sei dies, denn auch der Ritter selbst habe nun das dritte Jahr in Folge große Ernteverluste eingefahren und somit keinerlei Überschüsse erwirtschaftet.

Mit Freuden wurde der Wagen erwartet, welcher gleich einen Tag später eine Ladung Roggen brachte, von dem sich jeder pro Mann und Frau einen Viertel, pro Kind einen Achtel Scheffel nehmen durfte.

»Drei Hände voll Roggen sollen uns also über den Winter bringen. Da müssen wir dann wohl auf Almosen des Klosters hoffen, sonst werden wir eingehen wie die Fliegen«, murmelte Ulrich mürrisch, während sich sein ältester Sohn daranmachte, das Säcklein, welches tatsächlich mickrig vor ihnen auf dem Tisch lag, aufzuknüpfen.

»Seltsam riecht das«, meinte der Zwölfjährige nur und hielt nun auch seiner Schwester Grete den Sack unter die Nase.

»Das hat schon gestunken, als wir es geerntet haben«, erinnerte sich Ulrich kopfschüttelnd.

»Lasst, Kinder, es ist noch feucht, wir werden es auf dem Speicher trocknen und dann zur Mühle bringen«, versuchte Marie sie alle zu beruhigen, nahm den Sack vom Tisch und trug ihn die steile Leiter, welche sich unmittelbar neben der in die Wand eingelassenen Schlafstatt befand, hinauf auf den Heuboden.

Der Raum unter dem Strohdach der Hütte war klein, aber dennoch so gut wie leer. In einer Ecke lagerten wenige Rüben, und auf einem klapprigen Holzregal faulten, obgleich erst im Herbst gepflückt, winzige Äpfel vor sich hin. Das war alles, denn die Vorräte an eigenem Korn waren nie der Rede wert gewesen und längst verbraucht. Stumm schüttete Marie die Roggenkörner auf dem Boden aus. Sie waren viel zu zeitig geerntet und gedroschen worden, teilweise hingen sie noch an den Ähren, welche sich nun auf den hölzernen Dielen verteilten. Dennoch gab es keinen Grund zur Klage: Getrocknet, gemahlen und gestreckt, würde diese Gabe ausreichen, um reichlich Brei zu kochen und womöglich auch einen Laib Brot zu backen. Vielleicht gab es ja Hoffnung, vielleicht folgten tatsächlich noch mehr Spenden, und sie würden allesamt wohlbehalten über den Winter kommen.

Ein wenig Zuversicht keimte in ihr auf, als sie langsam zu der kleinen Dachluke ging und hinaus in die Dunkelheit blickte, wo sich der volle, helle Mond seinen Weg hinter dicken Wolken hervorzubahnen versuchte. Zuversicht nicht nur der Spenden des Grundherrn wegen, sondern auch deshalb, weil sie wusste, dass ihr Verfolger des Winters gewiss nicht umherstreifen würde, um sie ausfindig zu machen.

Fips hasste Schnee und Kälte. Als sie noch bei ihm war, hatte er mit Marie in einem jeden Jahr zwischen Dezember und März die schützenden Mauern einer Stadt aufgesucht, wo sie sich mit Diebereien, Kupplereien und Betrügereien einigermaßen über Wasser gehalten hatten.

»In den nächsten Monaten ist Ruhe«, flüsterte sie leise, noch immer den Blick auf den Mond gerichtet, dessen Licht nun dabei war, den Kampf gegen die Wolken aufzugeben.

IV

Der Pfarrer erfuhr bald von den Mönchen aus dem nahen Kloster, dass man das, was seit dem Weihnachtsfest im Dorf sein Unwesen trieb, als *»ignis sacer«*, heiliges Feuer, bezeichnete. Und er hatte auch gesagt bekommen, wen man gegen dieses Übel anrufen musste, nämlich den heiligen Antonius. Einst in der Wüste vom Teufel in Versuchung geführt, hatte Antonius den Höllenfürsten schließlich bezwungen und galt nun als Schutzpatron gegen das brennende Leiden, welches in diesem ohnehin entbehrungsreichen Winter zusätzlich so zahlreiche Menschen quälte und einige gar zu Tode brachte.

Mehr als ein Dutzend Dorfbewohner war bereits befallen. Begonnen hatte es mit einem Kitzeln in Händen und Füßen, dann hatte die Haut sich gerötet, brannte, juckte, Blasen bildeten sich am ganzen Körper, wie Feuer zog es über den Leib, trieb die Befallenen schier in den Wahnsinn und färbte bei einigen Finger, Ohren und Nasen schwarz, bis diese schließlich abfielen. Niemand wusste zu sagen, woher die entsetzliche Heimsuchung kam. Es musste eine Strafe sein, eine Strafe Gottes, ein weiteres Vorzeichen des nahenden großen Endes, oder aber die Rache des heiligen Antonius, der sich bis dato nicht genügend verehrt gefühlt hatte. Zur Sicherheit betete man nun täglich zu ihm, morgens, mittags und abends fanden Andachten in der Kirche statt, man machte Prozessionen zu den Häusern der Kranken und besprenkelte sie mit Weihwasser.

Ratsamer wäre es gewesen, die Roggenfelder mit Weihwasser zu besprenkeln, denn sie bildeten den eigentlichen Quell des Übels. Auf ihnen war er in dem kaltnassen Sommer gekeimt – der unsichtbare Unheilbringer. Selbst im getrockneten, gedroschenen und gemahlenen Zustand behielt das von ihm befallene Korn seine tödliche Wirkung bei. Doch darüber herrschte unter den Menschen Unwissenheit. Sie verdächtigten nicht das verunreinigte Mehl, sie suchten die Schuld vielmehr bei sich selbst, in ihrem Unglauben, ihren Sünden und ihren heimlichen Schandtaten.

So betrachteten sie es als notwendiges Opfer, als verdiente Bußleistung, dass einige von ihnen eines entsetzlichen Todes starben, kurz bevor der Lenz nach einem harten, bitterkalten Winter Einzug hielt. Neun waren es, zumeist aus den ärmeren der ohnehin wenig betuchten Bauernhäuser des Dorfes. Alte waren darunter, aber auch Kinder, unter anderem alle drei Sprösslinge des bedauernswerten Ulrich Filzhut, dem unlängst erst sein treues Weib Elsa genommen worden war.

Ulrich selbst hatte das Antoniusfeuer überlebt. Zwei Finger der rechten Hand büßte er ein, war aber alsbald am Leib wieder genesen. Nicht so an der Seele, die derart verletzt war, dass er in seinen bittersten Stunden an Gott zu zweifeln begann. Ja, man hatte ihn sogar des Nachts auf dem Kirchhof gesehen, wo er laute, unflätige Flüche in Richtung Himmel ausgestoßen haben sollte. Sein neues Weib habe ihn daraufhin beruhigt und nach Hause geführt. Sie selbst – so hieß es – war die Einzige im Hause, die vom Feuer vollkommen verschont geblieben war. Warum dies so war, darüber wurde man bald müde, sich das Maul zu zerreißen, denn der Frühling stand ins Haus, der Neubeginn, der Wandel. Es gab viel zu tun, und auch wenn Hunger, Seuchen und anhaltend düstere Zukunftsaussichten die letzten Jahre geprägt hatten, so war die Hoffnung auf Gnade dennoch nicht gänzlich verloren.

Das Leben musste weitergehen.

So lange zumindest, bis es Gott gefiel, tatsächlich den allerletzten Tag auf Erden einzuläuten.

»Ihr glaubt es nicht, Ihr glaubt es nicht.
Liebe Leut, liebe Leut,
die Botschaft, die ich bringe heut,
ist so froh, so gut, so wunderbar
da jauchzt das Schwein am Spieße gar.«

Marie traute ihren Ohren kaum. Es war der erste sonnige Frühjahrstag nach der so tödlichen, kalten Jahreszeit, und sie war gerade dabei, nach den soeben geborenen Kaninchen zu schauen, als sie diese seltsamen lauten, frivolen Klänge vernahm. Zunächst war es nur ein melodisches Pfeifen gewesen, dann hatte die durchdringende Stimme zu singen begonnen. Nicht einmal die Kirchturmglocken des nahen Klosters hatten sie zu übertönen vermocht.

Wie durch einen Paukenschlag wurden die Bewohner des kleinen, traurigen Ortes daran erinnert, dass das Leben offensichtlich auch lustige Seiten bereithielt.

»Meister Lenz ist da!«, riefen einige Buben und Mädchen und rannten über den holprigen Weg an dem stillen, kinderlosen Haus des Bauern Filzhut vorüber in Richtung des singenden Mannes, der gewiss auf dem Dorfplatz unter der Linde zu finden war.

»Ein Fremder ist in den Ort gekommen«, berichtete Marie ihrem Mann aufgeregt, nachdem sie in die Kate zurückgegangen war.

Aber Ulrich kümmerte sich nicht um Maries Worte. Er kümmerte sich um gar nichts mehr. Alles Leben, alle Freude hatten ihn verlassen. Mit dem Tod seiner Kinder war auch sein eigenes Dasein lediglich zu einem mühseligen Fortbestehen geworden. Selbst die Fürsorge seiner jungen Frau konnte ihn nicht aufmuntern, sodass er die meiste Zeit des Tages damit verbrachte, dumpf auf einer Bank in der dunkelsten Ecke des kleinen Häuschens zu hocken.

»Komm, guter Ulrich, wir wollen nachschauen gehen, wer der fremde Mensch ist«, forderte Marie ihn nun auf, ihr hinaus an die frische Luft zu folgen.

Es war ein herrlicher Tag und das Erscheinen des Musikanten im Dorf ein willkommener Anlass, Ulrich Filzhut seine tiefe Trauer für einen Moment vergessen zu lassen. In dessen Gesicht zeigte sich wahrlich mehr vom Tode als vom Leben. Wenn er weiterhin in solch tiefer Trauer versank, würde Marie ihn bald neben seiner ersten Frau und seinen drei Kindern auf dem Kirchhof zu Grabe tragen müssen. Dann wäre sie allein, ihr Gewissen wäre befreit, und sie könnte gehen, ohne jemanden verlassen zu müssen. Doch das wollte sie nicht. Sie mochte diesen kauzigen, alternden Mann, und noch lieber hatte sie dessen Kinder gehabt, um welche sie in jeder Nacht weinte. Es war ihre Pflicht, dafür zu sorgen, dass es Ulrich wieder besser ging, dass er ins irdische Leben zurückfand, und darum zog sie ihn nun an der verkrüppelten, noch immer verbundenen Hand von seiner Bank. Willenlos folgte er ihr und trottete langsam mit gesenktem Kopf neben seiner Frau her zum Dorfplatz.

Hier war bereits eine ganze Reihe von Leuten versammelt. Bis auf den Pfarrer und den Meier hatten sich sämtliche Dorfbewohner, die den harten Winter überstanden hatten, eingefunden, um den Fremden kritisch in Augenschein zu nehmen. Blass waren sie allesamt, und selbst die wenigen, die noch im letzten Jahr einen stattlichen Bauch vor sich hergetragen hatten, wirkten nach den entbehrungsreichen Monaten eingefallen und krank. Wie eine Schar lebendiger Toter umringten sie nun einen Mann, dessen Erscheinung im größtmöglichen Kontrast zu seinem grauen, fahlen Publikum stand.

Denn dieser Mann war schlicht und einfach bunt. Ja, alles an ihm leuchtete in den schillerndsten Farben. Vom Wams über die enge Hose und die lustige Kappe bis hin zu den spitzen Schuhen – ein Pfau hätte nicht glänzender und prächtiger sein können. Das jedoch, was am meisten an ihm funkelte, waren seine Augen, und mit diesen blickte er soeben erwartungsvoll in die Runde. Ein breites Grinsen umspielte dabei seinen ohnehin riesigen Mund, was ihn in Verbindung mit seiner etwas zu langen, spitzen Nase wie einen vollendeten Narren erscheinen ließ. Unwillkürlich musste Marie zum ersten Mal seit Wochen wieder lächeln. So unbekümmert fröhlich sah dieser unbekannte Gaukler aus, und seine gute Laune war einfach ansteckend.

»Soll ich Euch eine vortreffliche Geschichte erzählen, meine lieben Leute?«, fragte er nun und rasselte danach mit einer Kette aus kleinen Glöckchen, die er sich ums Handgelenk gebunden hatte.

Ein zustimmendes, aber dennoch skeptisches Murren ging durch die Menge.

»Wunderbar«, rief er aus und kletterte im Nu behände auf den untersten, dicken Ast der Linde, wo er sich geschickt so platzierte, dass er bequem die Beine baumeln lassen und einen ausgezeichneten Blick auf seine Zuhörerschaft genießen konnte.

Seine bis dahin lustigen Augen wurden mit einem Male ganz kummervoll und betrübt. Lange betrachtete er auf diese Weise stumm die Menge, nahm jeden einzeln ins Visier, sodass es dem einen oder anderen schon mulmig zumute wurde. Auch an Marie blieb sein prüfender Blick für kurze Zeit haften. Schließlich rief er mit entsetzter Stimme:

»Gott behüte, seht ihr schrecklich aus.«

Ein missmutiges Raunen zog durch die Schar. Doch den Gaukler störte das nicht, er fuhr einfach fort zu reden, nun in einem bedächtigen, mitleidigen Ton:

»Sicherlich habt ihr großen Hunger gelitten. Ist es nicht so? Sicherlich habt ihr grausame Krankheiten überstehen müssen. Ist auch das wahr? Und sicherlich musstet ihr große Verluste erleiden. Liebe Menschen sind euch gestorben, vom Vieh ganz zu schweigen. Habe ich recht?«

Er nickte zu seiner eigenen Bestätigung, aber auch unter den Dörflern waren Laute der Zustimmung zu vernehmen.

»Lasst euch sagen, liebe Leut', ihr seid nicht die Einzigen. Viel herumgekommen bin ich in den letzten Jahren, zahlreiche Dörfer und Städte der deutschen Lande habe ich bereist. Und überall empfing mich dasselbe Elend: Armut, Hunger, Krankheit und Siechtum. Die Menschen ackern und rackern, roden und bauen, sie sind unermüdlich, emsig, fleißig, strebsam, aber dennoch: nichts! Nein, schlimmer gar: weniger als nichts. Ein Fluch liegt über uns, ein Fluch, der uns die Saat verdirbt, der uns den Hagel schickt, der den Sommer kälter sein lässt, als es dereinst die Winter waren. War es auch hier so in den letzten Jahren?«

»So war es!«, konnte man Stimmen aus der Menge vernehmen. Die Leute wurden langsam aufmerksamer, ihre anfängliche Skepsis schien sich zu legen, man lauschte den nur allzu wahren Worten des Fremden mit großem Interesse.

»Das habe ich mir gleich gedacht, als ich euch gesehen habe. Mager seid ihr, traurig, müde, dabei sind doch so viele von euch noch jung, müssten voller Leben stecken, voller Tatendrang. Du da hinten, Bursche, nenne mir deinen Namen und dein Alter!«

Dabei zeigte er auf Johann.

»Johann werde ich gerufen. Neunzehn Sommer zähle ich, in diesem Jahr werden es zwanzig sein, Reisender!«, antwortete der junge Mann. Auch er, der sonst so kernige Bursche, stand kalkweiß und so spindeldürr da, dass er seinen Rock mit einem zusätzlichen Strick hatte binden müssen.

»Was glaubst du, Johann: Wird es in diesem Jahr, deinem zwanzigsten, besser werden?«, fragte ihn nun der Fremde.

Johann schien sich geehrt zu fühlen, als Einziger von dem Redner herausgepickt worden zu sein. Er machte einige Schritte nach vorn und rief: »Ich hoffe es doch. Man sollte sie nie aufgeben, die Hoffnung.«

»Wahrlich, das sollte man nicht, Johann. Gebt nie die Hoffnung auf, da spricht der junge Bursche ein wahres Wort«, bestätigte der Gaukler, sich wieder an die gesamte Menge wendend. »Wir alle hoffen auf die Fügungen des Himmels, wir alle hoffen darauf, dass Gott unser Bitten und Flehen erhört. Aber vielleicht ist das nicht genug. Vielleicht lässt der Himmel es absichtlich auf euch regnen, vielleicht nimmt er absichtlich eure Kinderlein viel zu früh zu sich, vielleicht lässt er absichtlich eure Saat verderben. Aber ist diese Absicht bös? Ist sie gar Teufelswerk?«

Er starrte nun mit weit aufgerissenen, fragenden Augen auf seine Zuhörer. Niemand wagte auf diese heikle Frage zu antworten, viele blickten verschämt zu Boden. Zum Glück, dachte so mancher, ist der Pfarrer nicht anwesend.

»Es könnte auch eine Aufforderung sein! Ein Wink, ein Anstoß! Geht, ruft Gott im Himmel, geht, verlasst dieses geplagte Land und sucht euch eine neue Heimat, ähnlich wie es einst Moses tat, als er die Juden aus Ägypten herausführte. Habt ihr schon einmal darüber nachgedacht?«

»Das ist Unsinn«, rief einer, ein angesehener Bauer, Kaspar Steinwinkel mit Namen. Er hatte soeben seinem jungen Knecht

Otto, der dem Redner zu lebhaft gelauscht hatte, derbe in den Hintern getreten und schien auch jetzt noch äußerst schlecht gelaunt.

»Warum ist das Unsinn?«, fragte der Fremde unbeeindruckt zurück.

»Weil wir schollenpflichtig sind. Unser Herr lässt niemanden einfach ziehen. Womit er recht hat. Und wohin sollte es denn auch gehen?«

»Auf diese letzte Frage werde ich noch zu sprechen kommen. Und was die Schollenpflicht betrifft, guter Mann: Was hat ein Grundherr schon von einer Meute hungriger Bauern, deren Mäuler er aus seinen eigenen Speichern stopfen muss, die sich vermehren wie die Karnickel, aber dennoch nicht imstande sind, sieben Bündel Korn von ihren Feldern zu ernten? Glaubt mir, der gibt euch sogar liebend gern noch Zehrgeld mit auf den Weg, damit ihr endlich verschwindet.«

Das ging nun doch so manchem gegen die Ehre. Fäuste wurden geballt, einige auch erhoben, und Steinwinkel verpasste seinem zustimmend nickenden Knecht erneut eine gehörige Maulschelle. Der Fremde jedoch winkte milde lächelnd ab.

»Ja, ich weiß, die Wahrheit schmerzt. Sie schmerzt. Aber ich möchte euch nichts vorgaukeln, meine Freunde. Ich muss sie euch vor Augen führen, die schlichte, aber grausame Wahrheit. Das große Bauernlegen ist in vollem Gange. Ich komme soeben aus einer Gegend, gar nicht weit von hier, da hat es einem Ritter gefallen, seinen Bauern ihr ganzes Land zu nehmen, neu aufzuteilen und an andere, jüngere, kräftigere Hintersassen zu vergeben. Den Edlen – und das sage ich hier unter uns, in der Hoffnung, dass kein Edler anwesend ist –, den Edlen steht das Wasser auch schon längst bis zum Halse. Und es ist eine stinkende, widerliche Jauche, in der sie versinken. Wie anders erklärt ihr euch die Schandtaten der Raubritter, von denen uns immer wieder zu Ohren kommt? Stehlen, brandschatzen und ergaunern sie rein aus Lust und Dollerei? Wahrlich nicht. Sie darben, wie auch ihr darbt. Gewiss, ganz so schlecht wie euch ergeht es ihnen nicht, aber für ihre Verhältnisse ist es schon schlimm genug – kaum auszuhalten ist es, vergleicht man es mit den goldenen Zeiten ihrer Ahnen.

Seid nicht dumm, meine Freunde, handelt, bevor ihr zum Bauernopfer werdet. Nehmt den Wink des Himmels wahr! Das andauernde Leid ist euch geschickt worden, um euch aufzurütteln!«

»Für diese ketzerische Rede könnte er gleich an den nächsten Baum geknüpft werden«, murmelte nun Ulrich Marie zu. Sie schaute ihn verblüfft an. Er war tatsächlich erwacht, hatte endlich wieder ein Wort gesprochen. Auch wenn er nicht guthieß, was der bunte Mann da sprach, so hatte dieser es tatsächlich geschafft, Ulrich Filzhut aufzuwecken und aus seinem selbstzerstörerischen Zustand zu reißen.

»Wo sollen wir hin? Sprich, Fremder!«, forderte nun Johann den Gaukler auf. Der Bursche schien Feuer und Flamme zu sein, seine Augen glühten regelrecht, wie gebannt hatte er bislang an den Lippen des Redners gehangen.

Nicht nur in Johann, auch in Marie begann ein hoffnungsvoller Gedanke zu keimen. Und wenn sie sich umschaute, so erkannte sie in einigen Gesichtern mehr als nur Zustimmung, ja sogar Begeisterung. Der lange Müllerssohn Josef reckte sich, damit er noch größer erschien, als er ohnehin schon war, und klebte dem Fremden regelrecht an den Lippen. Auch der stotternde Wilhelm, ein armer Tagelöhner, schien seine Schüchternheit verloren zu haben. Anstatt wie gewöhnlich scheu zu Boden zu blicken, glänzten seine Augen, und ein recht hübsches Lächeln hatte sich auf seinem Gesicht ausgebreitet. Von dem geschundenen Steinwinkel-Knecht Otto ganz zu schweigen. Dieser ließ sich, trotz der Nähe seines brutalen Herrn, nicht davon abbringen, seiner Begeisterung für die Ideen des Spielmannes Ausdruck zu verleihen, indem er sogar in die Hände klatschte. Selbst die jungen Schmiedesöhne Fritz und Gustav sowie weitere halbstarke Raufbolde aus dem Dorf, denen es eigentlich in ihren behaglichen Heimen gut erging, suchten sich jetzt einen Platz in der vordersten Reihe, um dem Pfeifer besser lauschen zu können. Und auch eine Gruppe junger Mädchen, welche unmittelbar neben Marie standen, hörten damit auf, das unbeliebte Filzhut-Weib zu mustern, um sich ganz und gar den Worten dieses Fremdlings hinzugeben. Insbesondere die Augen von Anna Richling, der Stieftochter des kinderreichen Lutz Rotschopf, wanderten dabei immer wieder von dem Gaukler zum stotternden Wilhelm, der sich jetzt scheu nach ihr umsah.

»Einst, vor vielen, vielen Jahren – es mögen mehr als zweihundert sein«, sprach der Fremde nun in ganz anderem, weniger plauderndem, vielmehr erzählendem Tonfall weiter, »da rief der Erzbischof von Magdeburg zu einem Kreuzzug gegen die Heiden im Osten auf. Schlimm seien sie, die Heiden, sprach er, aber ihr Land sei reich an Fleisch, Honig und Mehl. Bebaue man es kenntnisreich, so seien seine Ernten so ergiebig wie in keinem zweiten uns bekannten Land. Und so rief er die Menschen aus Sachsen, Franken, Lothringen und Flandern auf, ihre Seelen zu retten, indem sie das beste Land zum Bewohnen für sich gewannen. Glaubt ihr diese Erzählung oder denkt ihr, ich gebe euch ein Märchen wieder?«

Ein unsicheres Murren war zu vernehmen.

»Natürlich ist diese Erzählung wahr, natürlich gingen sie und besiedelten das Land im Osten. Sie brachten den Heiden das Christentum. Und nicht nur das, sie brachten ihnen auch das Wissen, wie man Land urbar macht, wie man Felder gewinnträgend bestellt, wie man Sümpfe trockenlegt, wie man Wälder rodet. Und die Heiden dankten es ihnen. Sie nahmen die Fremden auf, denn der Heiden waren wenige, und ihr Land war groß, so groß, dass es reichlich Platz für Tausende, ja Abertausende von Bauern aus dem Westen, aus diesen Landen hier, bot.«

»Aber das ist doch eine alte Mär aus längst vergangenen Tagen«, warf einer ein.

»Das mag sein«, bestätigte der Fremde. »Vieles hat sich seither gewandelt. Dort im Osten sind zahlreiche Dörfer entstanden, große Städte wurden gebaut, befahrbare Wege führen überall hin. Aber Land haben sie noch immer übrig. Noch immer dürfen Leute kommen. Nicht mehr viele, aber dennoch einige. Der Vorteil der neuen Siedler unserer Tage ist es, dass sie nicht mehr auf wilde, feindselige Heiden treffen, dass sie sich nicht mehr in unendlichen Wäldern verlaufen, dass sie nicht mehr in den Weiten der Sümpfe versinken. Nein, all das wurde ihnen bereits geebnet. Sie ziehen ein in ein gelobtes Land. Fast möchte ich sagen, sie ziehen ein in ein Land, in dem Milch und Honig fließen.«

»Dummes Zeug«, brummte Kaspar Steinwinkel.

»Das sagst du, Bauer, und es ist berechtigt, dass du es sagst. Wüsste ich es nicht besser, wäre ich nicht längst dort gewesen, dann würde ich genauso sprechen. Doch ich war dort, in Schlesien, in Mähren, und ich habe von niemand anderem als König Karl dem Luxemburger, Regent auch von Böhmen und Mähren, den Auftrag erhalten, eine erlesene Auswahl an tüchtigen Bauern in sein Heimatland zu bringen. Ins Altvatergebirge, um genauer zu sein. Dorthin, wo nicht nur Erz, sondern sogar Gold zu finden ist.«

Und dann zog er geschickt und ohne das Gleichgewicht zu verlieren eine enorme Pergamentrolle unter seinem farbenfrohen Wams hervor. Er entrollte sie feierlich und las:

»*Ego Carolus dei gratia rex …*«

Nach diesen wenigen lateinischen Worten unterbrach er sich, schaute mit hochgezogenen Brauen auf seine Zuhörerschaft und meinte dann:

»Verzeiht, liebe Leut', ihr versteht es natürlich nicht. Ich werde diese Urkunde für euch übersetzen:

Wir, Karl, von Gottes Gnaden König, beauftragen niemand Geringeren als Regino von Bunseborn, seines Zeichens *magister incolarum,* als Lokator nach Westfalen auszuziehen und jeden, der zu wenig Ackerboden hat, mit seiner Familie in unsere neu gegründeten Dörfer zu holen, um hier das schönste, geräumigste, an Fisch und Fleisch überreiche Land nebst günstigen Weidegründen zu finden. Besiegelt mit dem königlichen Insignium.«

Und damit hielt er den Leuten das Pergament entgegen, um ihnen das Siegel Karls IV. zu zeigen.

»Karl, König von Böhmen«, wiederholte er zur Bestätigung der Wichtigkeit dieser Urkunde, während er mit seinen langen Fingern an dem Siegel herumspielte. »König von Böhmen und seit dem Tode des vom Papst gebannten Kaisers Ludwig des Bayern auch einziger römisch-deutscher König. Und gewiss – bei seinen guten Verbindungen zum Heiligen Stuhl in Avignon – bald unser künftiger Kaiser.«

Ein anerkennendes Raunen ging durch die Menge, lediglich Ulrich flüsterte seiner Frau zu: »Flunkerei. Ein Leutbescheißer ist das. Die Urkunde ist nichts als eine Fälschung. Und dann beruft dieser Tölpel sich auch noch auf den Pfaffenkönig, den eh kein Mensch im Reich ernst nimmt. Komm, Marie, wir gehen heim. Es gibt viel zu tun.«

Marie zögerte eine Weile, doch dann folgte sie ihrem Ulrich. Sie war froh, dass dieser seinen Tatendrang wiedergefunden hatte. Dennoch blieb sie auf dem Rückweg noch einmal kurz stehen, drehte sich um und warf einen letzten Blick auf Regino von Bunseborn, welcher mittlerweile von seinem Baum herabgestiegen war und von einer lebhaften Traube wissbegieriger junger Leute umringt wurde.

Ganz gleich, ob Leutbescheißer oder nicht: Dieser Mann wollte fortgehen, weit fortgehen, in ein Land, so entfernt, dass nicht einmal Marie, als ehedem fahrende Frau, je dort gewesen war.

Es wäre doch eine Überlegung wert, sich ihm anzuschließen …

V

Nahe Venedig, im März 1348

Wären Konrad, Crispin und ihre Begleiter Anhänger apokalyptischer Prophezeiungen gewesen, so hätten sie die Zeichen, welche ihnen auf ihrem Weg durch Italien in Richtung Venedig begegnet waren, gewiss als eindeutige Hinweise auf das Nahen des Jüngsten Gerichts gedeutet. Doch auch ohne derartige Ängste, die den zwar frommen, aber dennoch recht abgeklärten Rittern fremd waren, war es erschütternd und schaurig genug, was sie vor allem im Norden Italiens, wo sie sich vor dem auf Sizilien erlebten Schrecken sicher wähnten, erfahren und erleben mussten.

Gleich zu Beginn des Jahres 1348 hatte hier die Erde gebebt. Ganze Berge in den nahen Alpen sollen sich gespalten haben und seien anschließend auseinandergebrochen. Zahlreiche Menschen waren dieser Katastrophe zum Opfer gefallen oder hatten Hab und Gut eingebüßt. Als ein Hieb der schlagenden Hand Gottes wurde das Unheil empfunden, als ein böses Omen, welches den sündhaften Menschen bloß als Warnung dienen sollte, als Vorankündigung weiterer, härterer Strafen. Und offenbar meinte der Schöpfer es ernst mit dieser Drohung, denn auch Konrad und seine Gefährten spürten noch immer die Erschütterungen des Faustschlages. Je näher sie ihrem nächsten Ziel Venedig kamen, desto stärker bebte im Abstand von nur wenigen Stunden der Boden immer wieder unter ihren Füßen, erschütterte ihre und die Leiber ihrer Pferde und ließ sie bis zu zwanzig Mal am Tage rasten und am Wegesrand in stilles Gebet verfallen.

Doch wie befürchtet, so schien dieses Erdbeben bloß der Bote eines noch größeren Schreckens zu sein, welchen die Ordensritter bereits auf Sizilien und im Süden der italienischen Halbinsel erlebt hatten. Doch dass dieses Unheil es geschafft hatte, ihnen vorauszueilen, damit hatten sie nicht gerechnet:

»Die Pestilenz.« Crispin zügelte sein Pferd. Auch die anderen drei Reiter hielten an, während Konrad weiter auf den Tross zuritt, der ihnen aus der nur wenige Meilen entfernten Lagunenstadt entgegenkam.

Eigentümlich langsam waren die Sänften, die Reiter und das Fußvolk unterwegs, mühselig, nahezu schleppend bewegten sie sich fort. Zu seinem Entsetzen bemerkte Konrad, dass sich zwei von den weiter hinten gehenden Menschen am Wegesrand niederließen, matt nach vorn in den Staub fielen und von den Übrigen nicht einmal beachtet, sondern einfach liegen gelassen wurden.

»Was ist hier los?«, fragte er den ersten der Flüchtlinge, nachdem er bei diesen angekommen war. Doch die Frage erübrigte sich, denn Konrad ahnte die Antwort. Crispin hatte sie längst gegeben.

»Verschwinde, Fremder, und komm dem Pesthauch der Stadt nicht zu nahe. Verschwinde, mach, dass du fortkommst, wenn dir dein Leben teuer ist«, waren nun die wenig überraschenden Worte des Angesprochenen.

»Gibt es denn keine Möglichkeit mehr, nach Venedig zu gelangen? Ich habe eine Nachricht für meine Ordensbrüder dort.« Konrad hielt das Pferd des Jünglings am Zügel, sodass dieser seinen langsamen, aber unbeirrten Marsch unterbrechen musste. Auch die Sänfte hinter ihm kam nun zum Stehen, während die weiteren traurigen, matten Gestalten sich aufmachten, die fünf Reiter mit gleichgültigen Mienen zu passieren.

»Es gibt nicht mehr viele, denen du deine Nachricht überbringen könntest, werter Ritter«, erwiderte der junge Mann. Er war edel gekleidet, ganz in Samt mit goldenen Stickereien, seine Kopfbedeckung war prächtig und mit Federn geschmückt, doch dieses edle Gewand mochte nicht zu seinem unrasierten, blassen, von blauen Flecken gezeichneten Gesicht passen. »Täglich sterben fünfhundert, ja sechshundert Menschen in meiner Heimatstadt. Fremde werden nicht mehr hereingelassen. Kranke müssen gemeldet und gemieden werden. Venedig wird untergehen. Wer nicht gestorben ist oder im Sterben liegt, der hat längst das Weite gesucht, soweit er die Mittel dazu hat. Du wirst eine Geisterstadt vorfinden, Reisender. Eine stinkende, düstere Geisterstadt. Ärzte mit schaurigen Schnabelmasken werden dir begegnen sowie vermummte Abdecker, welche die ungezählten Toten und auch Sterbenden wie verendetes Vieh auf ihre Schiffe werfen, um sie zu Hunderten in Gruben abzuladen, die unermüdlich auf entfernten Inseln gegraben werden. Außer jenen wirst du keine Menschenseele antreffen, denn die Häuser sind und bleiben verschlossen. Ein jeder stirbt für sich allein.«

Unwillkürlich ließ Konrad die Zügel des fremden Pferdes los und streifte die Hand an seinem weißen Umhang ab. Sein gesamter Körper überzog sich mit einer Gänsehaut. Hätte er nicht die Schrecken in Messina erlebt und Ähnliches auf seiner Reise durch Italien aus Neapel vernommen, so hätte er den Bericht des jungen Venezianers für ein Schauermärchen gehalten.

In diesem Moment öffnete sich der schwere Brokatvorhang der Sänfte, und das Gesicht einer jungen, unglaublich schönen Frau kam zum Vorschein. Auf Konrads bis dato entsetzter Miene zeigte sich mit einem Mal ein überraschtes Lächeln, er verneigte sich leicht vor der anmutigen Schönheit. Zwar hatte er als Ordensritter das Gelübde der Keuschheit abgelegt, aber dennoch fiel es ihm schwer, seine Schwäche für das weibliche Geschlecht im Zaume zu halten, was bei dem Anblick eines solch reizenden Wesens ohnehin unmöglich war. Doch anstatt die höfliche Geste des Ritters zu erwidern, verdrehte die junge Frau mit einem Male ihre großen Augen, sodass nur noch das Weiße darin zu sehen war. Sie schwankte mit Kopf und Schultern mehrmals vor und zurück und stürzte im nächsten Moment aus der Sänfte heraus zu Boden. Konrad war blitzschnell von seinem Pferd gesprungen und zu ihr geeilt, er hob ihren zarten, schmalen Körper vom Boden auf und versuchte ein Lebenszeichen an ihr wahrzunehmen. Doch sie blieb regungslos, die hübschen, braunen Augen noch immer weit geöffnet. Dann, als Konrad ein Ohr an ihren Mund hielt, um zu lauschen, ob sie noch leicht atmete, sah er sie. Er sah die hässliche, schwarze Beule, groß wie ein Ei, auf dem weißen, schlanken Hals.

»Giulietta!«, rief der junge Mann fast kreischend aus und war nun ebenfalls zur Stelle. Weinend entriss er die Tote den Armen des fremden Ritters.

»Es ist hoffnungslos, Konrad«, hörte dieser nun die Stimme seines Freundes Crispin über sich. Crispin war herbeigeritten und wies Konrad mit einer ruppigen Geste an, sein Pferd besser wieder zu besteigen. »Ich glaube, es ist nun dringlicher, die Nachricht von dem drohenden Seuchenzug so rasch wie möglich in unsere Heimat zu tragen, als der Ballei Venedig einen Besuch abzustatten.«

Konrad nickte stumm. Die Augen noch immer starr auf die fast grotesk anmutige Pestleiche gerichtet, schwang er sich wie betäubt auf sein schweres Ross, wendete dieses und rief seinen Begleitern zu:

»Auf, Freunde! Worauf warten wir? Hinfort über die Alpen!«

Regino von Bunseborn hieß mit wahrem Namen Heinrich Klumpacker. Er war der Sohn eines ordentlichen, fleißigen Bauersmanns aus einem Dörfchen, nur wenige Meilen entfernt von dem Ort, in welchem er nun gelandet war, um sich als geschickter Bauernfänger zu präsentieren. Nie in seinem Leben hatte er jemals in der Nähe eines Königs geweilt, er war nie in böhmischen, mährischen oder polnischen Landen gewesen, wusste nicht einmal die genaue Richtung dorthin. Was er jedoch getan hatte, das war – recht früh, bereits mit zwölf Jahren –, seinen Heimatort zu verlassen und sich in den nahen Städten herumzutreiben. So war er für eine Weile der Laufbursche eines Höxteraner Krämers gewesen, danach Knecht in einer Zehntscheuer des großen Klosters Corvey, er schenkte Bier in einem Hamelner Wirtshaus aus und ging sogar für einige Monate dem Abdecker von Paderborn zur Hand. Im Grunde also war Regino viel herumgekommen. Und immer wenn es ihn in sein Dorf Bunseborn zurückzog, wo er den Leuten dann von seinen Abenteuern berichtete, musste jedermann zugeben, dass keiner von ihnen so viel von der Welt gesehen hatte wie der verrückte Sohn des Bauern Klumpacker.

Dennoch war das Vorhaben, das Regino nun anstrebte, so verwegen, so abenteuerlich, so unglaublich groß, dass es selbst ihm, dem in heimatlichen Gefilden Erfahrenen, mitunter Kopfzerbrechen bereitete. Dabei war Reginos Natur gar nicht dazu angelegt, sich um irgendwelche Dinge zu sorgen. Es war ihm stets eine Freude gewesen, neue Wege zu beschreiten, das Ungewisse zu suchen, ja, Gott und das Schicksal herauszufordern. Mittlerweile zählte er dreiunddreißig Jahre, von denen er die letzten acht meistenteils als Mitglied verschiedener fahrender Gruppen von Spielleuten, Zauberkünstlern, Feuerschluckern, Tierbändigern und Wahrsagern verbracht hatte. Er hatte sich ihnen gerne angeschlossen, ihnen seine vielseitigen Dienste angeboten und sich spätestens dann von ihnen verabschiedet, wenn ihr Weg mehr als zwölf Meilen von seinem Heimatdorf wegführte. Während dieser langen Zeit lernte er viel. Er lernte wahre und unwahre Dinge und die Kunst, sie derart zu vermischen, dass sie niemand mehr voneinander trennen konnte – nicht einmal er selbst. Ja, Regino war ein Meister der Verstellung – ausgestattet mit einer mitreißenden Überzeugungskraft, die aufgrund seiner unerschütterlichen Naivität durchaus einen echten, einen ehrlichen Kern aufwies.

Denn Regino von Bunseborn wollte allen Menschen nur Gutes tun.

Vor allem aber wollte er sich selbst nur Gutes tun und glaubte fest daran, durch dieses Streben ganz von allein wohltuend auf seine Umwelt einzuwirken.

Im Grunde war er also ein liebenswerter Kerl und stellte damit das Gegenstück zu dem Mann dar, dessen Kumpan er bei seinem neuesten Vorhaben geworden war. Er hatte den narbengesichtigen Rheinländer in einem berüchtigten Wirtshaus, einem Halunkenloch, unweit der Pilgerstätte der Externsteine kennengelernt und war sogleich mit ihm ins Gespräch gekommen. Es stellte sich heraus, dass dieser Mann verschlagener und findiger war als alle Schlitzohren, welchen Regino im Laufe seines fahrenden Lebens begegnet war. So verstand jener es zum Beispiel, Urkunden in einem solch guten Latein zu verfassen, dass die Fälschung nicht einmal einem seit fünfzig Jahren in einem Scriptorium eingeschlossenen Benediktinermönchlein aufgefallen wäre. Eine durchaus brauchbare Gabe, noch brauchbarer jedoch war der Plan, mit dem der Rheinländer Regino nach einigen Humpen Bier vertraut gemacht hatte. Ein vielversprechender, großartiger Plan war das, der das Feuer in dem ohnehin leicht entflammbaren Regino derartig entfachte, dass er nicht lange überlegte und noch am gleichen Abend in das durchaus anspruchsvolle, da mühselige, aber goldbringende Vorhaben des neuen Freundes einstieg.

Nach einigen Wochen des gemeinsamen Beratschlagens, Austüftelns und Zurechtlegens – eine Zeit, die wegen des unausstehlichen Charakters des Rheinländers nicht leicht für die Frohnatur Regino gewesen war – hatte der Plan schließlich Gestalt angenommen. Regino hatte es kaum abwarten können, ganz hibbelig und hektisch war er geworden, er glich einem kleinen Kind, das in der Vorfreude auf ein großes Fest vollkommen außer sich war und die Nächte zählte, welche es noch zu durchschlafen galt.

Dann war es endlich so weit gewesen: Der Tag war gekommen, Regino fühlte sich gewappnet für die erste große Aufgabe seines Lebens, welche all seine Fähigkeiten in Anspruch nehmen würde und ihn am Ende reich belohnen sollte. Glückselig hatte er sich von dem Mann, dem er all das zu verdanken hatte, dessen Gesellschaft er aber dennoch schrecklich fand, verabschiedet und war zunächst in sein Heimatdorf gegangen, um seiner alten Mutter und seinem an Händen und Füßen verkrüppelten Bruder Lebwohl zu sagen und ihnen zu versprechen, in wenigen Jahren zurück zu sein, um dann der Mutter einen Biberpelz und dem Bruder ein edles Ross mitzubringen.

»Brot wäre uns lieber, mein Sohn«, hatte das traurige Mütterlein ihm nachgerufen, doch das hatte Regino schon nicht mehr gehört, so sehr versunken war er bereits in den Vorstellungen von der ihm bevorstehenden großen Aufgabe. Seiner Aufgabe. Der größten Aufgabe seines Lebens, die ihn als den Heerführer einer frischen, jungen Schar sehen sollte.

Allein, dies stimmte nicht. Es war bloß ein Traumbild, und im Grunde seines Herzens spürte Regino dies. Er taugte nicht zum Anführer eines solch verwegenen Vorhabens. Und dabei waren es weniger Mut und Geschicklichkeit als vielmehr Erfahrung und Kaltblütigkeit, die ihm dazu fehlten. Er kannte nicht einmal den Weg. Wie viele hundert Meilen zurückzulegen seien, das wusste er nicht; dass es in den Osten ging, dass die Weser und dann die Elbe zu überqueren waren, war das Einzige, was ihm bekannt war. Der nahe Weserfluss stellte für ihn die östlichste seiner bislang tatsächlich ausgekundschafteten Grenzen dar. Er war also trotz seiner jahrelangen Umtriebigkeit noch immer ein Grünschnabel, zumindest im Vergleich zu dem weltkundigen Rheinländer. Ja, im Grunde war Regino von Bunseborn sich nicht einmal im Klaren darüber, was ihn und die von ihm zusammengesuchten Leute am Ziel ihrer Träume erwartete, er wusste nicht, ob das, was er den Menschen versprechen sollte, vor Ort auch eintreffen würde – ahnte jedoch, dass der Rheinländer ihm gewiss das eine oder andere verschwiegen hatte.

Doch weil er der festen Überzeugung war, ein Glückspilz zu sein, in dessen Leben sich alles stets zum Guten fügte, würde es auch dieses Mal so sein, und darum versuchte er, keine Zweifel an sich und seinem Gelingen aufkommen zu lassen. Der Marsch war weit, es konnte noch viel geschehen, und dabei dachte Regino nicht unbedingt an schlimme Dinge. Nein, unerwartete gute Wendungen könnten auf sie allesamt zukommen und sie unversehrt ans Ziel ihrer Träume führen, wo ein jeder zufrieden und vielleicht auch reich werden könne.

Bis dahin jedoch würde Regino sich strikt an die Abmachungen halten, welche er mit dem Rheinländer getroffen hatte. Zumindest würde er es versuchen. Alles Weitere würde sich ergeben, und auch wenn Regino bei der Zusammenarbeit mit dem zwielichtigen Narbengesicht unwohl war, so könnte sich selbst dieses Verhältnis schlussendlich in Wohlgefallen auflösen. Gut war zumindest, dass er den unangenehmen Kerl, der auf eigene Faust und allein unterwegs sein wollte, nicht täglich vor Augen haben müsste, so konnte Regino sich wenigstens als alleiniger Anführer und Kopf des Unternehmens fühlen. Und das allein bereitete ihm schon großes Behagen. Ja, er, der Hoffnungsträger einer ganzen Meute Landsuchender, welche ihm blind durch ein ihm selbst unbekanntes, raues Land folgten. Diese Vorstellung berauschte ihn und bereitete ihm zugleich – er konnte nichts dagegen machen – dieses unangenehme Kopfzerbrechen.

Denn irgendwie taten sie ihm leid, diese armen Unwissenden. Und weil er neben seiner Vorfreude auch durchaus Mitgefühl verspürte, war Regino schon gleich zu Anfang von einem der vereinbarten Punkte des Plans abgewichen. Und zwar von einem Punkt, der dem Rheinländer äußerst wichtig gewesen und auf den er Regino immer und immer wieder hingewiesen hatte. Doch darüber wollte der Gaukler nicht weiter nachdenken.

Denn es blieb keine Zeit mehr zu warten und zu zaudern. Der Stein war bereits ins Rollen gebracht. Es gab kein Zurück mehr.

Aus dem ihm von seinem Auftraggeber empfohlenen Dorf, in welchem Regino so gekonnt sein Lied gesungen, seine Rede gehalten und seine Urkunde verlesen hatte – übrigens auswendig vorgetragen, da er des Lesens nicht kundig war –, bereits aus ebendiesem Dorf hatten sich ihm nicht weniger als acht

Leute angeschlossen. Allesamt jung, frisch und brauchbar. Ganz so, wie der Rheinländer es wünschte.

»Meister Regino, berichtet mir. Beim Kloster Corvey, da war ich schon einmal. Doch was hinter dem großen Weserstrom liegt, das konnte ich nur erahnen. Wie sieht es dort aus?«

Der Bursche hatte auf ihrem gemeinsamen nächtlichen Gang noch nicht ein einziges Mal den Mund gehalten. Zwar war auch Regino von der redseligen Sorte Mensch, aber im Moment wäre es ihm lieber gewesen, wenn sie möglichst rasch aus dem Gebiet des Grundherrn dieser entführten Seelen herauskamen – und zwar ungehört und ungesehen. Er hatte den jungen Leuten keine Angst machen wollen und ihnen vorgegaukelt, sein Werben sei mit dem Ritter abgesprochen gewesen, doch er hatte ihnen auch weismachen können, dass es besser war, sich zu beeilen, bevor es sich ihr Landgeber anders überlegte, denn immerhin handelte es sich bei ihnen nicht um die Schwachen, Kranken, Alten und Entbehrlichen, sondern vielmehr um die kraftvolle Zukunft einer Dorfgemeinschaft. Doch obwohl er ein wenig nervös und ihm die Fragerei des Burschen Johann lästig war, blieb Regino dennoch Gaukler genug, um sich nichts anmerken zu lassen. Freundlich, ja fröhlich gab er dem Jungen Antwort:

»Blühende Landschaften erwarten dich dort, guter Johann. Zwar sind Grund und Boden längst verteilt, doch haben die Lehnsherren so viel davon und ihrer selbst sind so wenige, dass sie einen jeden, der zu ihnen kommt, mit offenen Armen empfangen. Ja, wenig Edle findet man im Osten, und das ist gut so. Keine Raubritter, keine Fehden, kein Bauernlegen, kein Bauernschinden. Selbst die Pfaffen meinen es gut mit einem jeden neuen Schäfchen, das zu ihrer Herde stößt. Sie sind froh über Menschen aus dem Westen, denn immerhin sind uns Gott und der Herr Jesus nicht fremd, und man muss uns den Glauben nicht mehr einhämmern. Das stimmt sie milde und macht sie nachsichtiger, wenn es um die eine oder andere kleine Sünde geht. Wenn du verstehst, was ich meine …«

Dabei zwinkerte Regino dem neben ihm marschierenden jungen Kerl zu und stieß ihn freundschaftlich in die Rippen. Ein jedes seiner Worte hatte er sich aus den Fingern gesogen, doch selbst für ihn, den Lügner, klang seine Rede so glaubwürdig, dass es ihn wundern würde, wenn es vor Ort tatsächlich anders käme.

»Was ist mit den Mädchen dort? Sind sie schön?«, fragte Johann nun.

»Die slawischen Mädchen sollen die schönsten sein, welche die Sonne je erblickt hat. Mit güldenem Haar zumeist, so wie es uns Mannsvolk gefällt, anschmiegsam und fleißig. Selbst der Kalif von Córdoba hat sie sich einst als Sklavinnen kommen lassen. Prächtige Weiber seien sie, so sagt man«, antwortete Regino schwärmerisch.

»So sagt man?«, fragte Johann etwas verunsichert nach. »Habt Ihr nie eine kennengelernt, Meister Regino? Ihr weiltet doch lange dort?«

Der vermeintliche Lokator biss sich auf die Lippen. Teufel noch eins, da hatte er sich verplappert. Schnell jedoch war eine Ausrede gefunden:

»Mein lieber Johann, unter uns: Ich habe keine Augen für andere Frauen. Mein Herz ist längst verloren. An eine einzige, unerreichbare, verehrungswürdige, wunderschöne, aber leider verehelichte Frau, der ich aber dennoch in schmerzhafter Treue ergeben bin.«

»Erzählt mir von ihr!«, bat Johann.

»Ein andermal. Wir werden noch genügend Gelegenheit für einen Plausch haben«, vertröstete Regino den neugierigen

Bauersburschen. Irgendwann wurde es auch dem findigsten Gaukler zu bunt, sich eine Lügenmär nach der anderen auszudenken.

Stockfinster war er, der nächtliche Frühjahrswald, und zudem für Reginos Geschmack ein wenig zu ruhig. Man vernahm lediglich die schmatzenden Geräusche der stets in dem vom Schmelzwasser durchtränkten Boden versinkenden Füße der neun Nachtwanderer. Und so erschraken sie auch alle entsetzlich, als mit einem Mal – sie passierten soeben eine Weggabelung inmitten des Waldes – eine Stimme zu vernehmen war. Sie kam von unterhalb eines riesigen, knorrigen Eichenbaumes, dessen Wurzeln so ausladend waren, dass sie nicht nur Füchsen und Dachsen, sondern auch einem Menschen wunderbar Schutz vor Nässe und Kälte boten.

»Regino! Was ich wollte, ist nicht dabei.«

Die jungen Mädchen, die üppige Lisa Ziegenbart und die spindeldürre Anna Richling, erschraken so sehr, dass sie beide aufschrien und sich an die Schultern ihrer männlichen Begleiter, den langen Müllerjosef und den stotternden Tagelöhner Wilhelm, klammerten. Auch die drei übrigen, soeben dem Knabenalter entwachsenen Burschen – es waren der Steinwinkel-Knecht Otto und die Schmiedesöhne Fritz und Gustav – gaben Laute des Schreckens von sich. Allein Johann blieb ruhig, obgleich diese Ruhe eine rein äußerliche war. Denn die krächzende Stimme von unterhalb dieses sicherlich noch aus zutiefst heidnischen Zeiten stammenden Baumes hatte ihn sogleich an den Teufel denken lassen.

»Fips?«, fragte Regino plötzlich in die Dunkelheit hinein.

Johann gewann den Eindruck, dass der Lokator nur wenig begeistert, aber auch wenig überrascht war, hier inmitten des düsteren Nichts mit Namen angesprochen worden zu sein.

»Ebendieser.«

Noch immer gab sich die Gestalt hinter der Stimme nicht zu erkennen, sodass Johann zu glauben versucht war, dass es gar der Baum selbst war, der da zu ihnen sprach.

Nun begann Regino von Bunseborn zu lachen, jedoch äußerst gestelzt und verunsichert.

»Was machst du hier, Fips?«

»Ich warte auf dich, du Tölpel.«

»Darf ich vorstellen«, rief der Lokator nun besonders laut und wohlgelaunt, um seinen Begleitern die Angst zu nehmen. »Ihr habt es hier bei diesem Herrn unter des Baumes Wurzel nicht etwa mit einem nächtlichen Waldschrat zu tun. Nein, es handelt sich um niemand Geringeren als Vitus Fips, seines Zeichens Schreiber zu Köln, einst in Diensten der Ministerialen des Kaisers Ludwig dem Bayern und nun im Auftrage böhmischer Herren unterwegs, um die Arbeit der *magistri incolarum* zu unterstützen.«

»Ja, ja, red nur weiter solchen Unfug, Regino. Warum hast du deinen Auftrag nicht erfüllt?«, krächzte erneut die Stimme. Jetzt aber schien sich das Wesen, welches sich dahinter verbarg, zu bewegen. Johann nahm wahr, wie ein Schatten aus dem Dunkel der Baumwurzel hervorkroch, sich aufrichtete und auf sie zukam. Unwillkürlich hielt der junge Bursche ihm das schwache Licht seiner Laterne unter die Nase.

»Was blendest du mich, du Dummhans!«, rief der seltsame Waldmensch aus, griff seinerseits nach dem Licht und riss es an sich. Nur für einen kurzen Moment hatte Johann einen Blick auf den Mann werfen können. Er war nicht mehr jung, aber auch noch lange kein Greis zu nennen, auf dem Kopf trug er eine eng anliegende Lederhaube, sein Gesicht war bartlos und so vernarbt, dass man es entstellt nennen konnte, das rechte Auge fehlte ganz und war bereits zugewachsen. Die blonde Lisa hatte bei diesem Anblick erneut entsetzt aufgeschrien und sich noch weiter in der Achselbeuge des Müllerssohnes verborgen, welcher ebenfalls zitterte wie Espenlaub.

Langsam übermannte Johann das Gefühl, einen großen Fehler begangen zu haben. Sie waren offensichtlich in eine Falle getappt. Regino war ein Betrüger und mit irgendwelchen Schattengestalten im Bunde. Doch zum Glück hatte Johann sein uraltes Kurzschwert dabei, nach dem er nun, seiner Laterne beraubt, griff, um zur Not den Wegelagerer und auch den vermeintlichen Lokator zu überwältigen. Der Narbenmann näherte sich jetzt langsam, mit der Laterne in der Hand, den beiden Mädchen. Sein Gesicht zeigte dabei Lüsternheit, Gier, ja, Speichel troff ihm aus dem Mund. Johann konnte sich lebhaft vorstellen, was dieser Kerl im Schilde führte, aber dieses Vorhaben würde er beileibe nicht in die Tat umsetzen, denn immerhin waren sie in der Überzahl – sechs junge, kräftige Burschen, die es, auch wenn die fünf anderen noch immer glaubten, es mit dem Leibhaftigen zu tun zu haben, gut und gern mit einem alten Krüppel aufnehmen konnten, sollte er tatsächlich Hand an eines der Mädchen legen wollen.

So langsam er im ersten Moment noch gewesen war, so wieselflink griff Vitus Fips plötzlich nach Lisas dickem, blonden Zopf und riss ihren Kopf so herum, dass er ihr ins Gesicht schauen konnte. Doch noch ehe der lange Josef oder auch Johann mit seiner Waffe zur Stelle waren, hatte Vitus Fips wieder von ihr abgelassen. Danach hielt er seine Leuchte auch Anna entgegen, doch ihr näherte er sich nicht einmal, sondern schüttelte bereits aus einigen Schritten Entfernung den Kopf.

»Du enttäuschst mich, Regino«, sagte er nun.

Regino von Bunseborn schien peinlich berührt, er trippelte von einem seiner langen Schnabelschuhe auf den anderen, ein eingefrorenes Grinsen im Gesicht. Er war sich nicht sicher, wie er die verzwickte Lage retten sollte.

Was war nur in diesen Kerl gefahren?

Wollte er etwa seinen eigenen Plan zerstören? Wollte er sie alle verscheuchen? Er hatte doch im Hintergrund bleiben wollen. Und das wäre angesichts seiner wenig schmeichelhaften Erscheinung auch mehr als ratsam gewesen.

Jetzt aber kam er daher, keine zwei Meilen nach Beginn ihres Weges, und führte sich auf wie einer, dem es gefiel, alles niederzutrampeln, was er sich selbst mühsam aufgebaut hatte.

Dieser Vitus Fips musste verrückt sein.

Doch Regino war nicht so weit gekommen, um nun aufzugeben. Was immer dieser undurchsichtige Schelm im Schilde führte – er, Regino, würde sich von ihm nicht beirren lassen.

»Erlaubt Ihr, werter Fips, dass wir uns empfehlen?«, sagte Regino nun, seine bunt bestickte Kappe zückend, und dann ging er einfach an dem vernarbten Manne, der ihnen noch immer den Weg versperrte, vorüber, indem er seine Schar freudig hinter sich herwinkte.

»Dürr ist sie wie eine Hippe, braunes Haar, braune Augen. Lang wie ein Kerl, aber mit einem Gesicht wie ein Engel. Du solltest sie bringen, Regino, sonst hat all das keinen Wert«, rief ihnen der mysteriöse Vitus hinterher. Seine Stimme klang nicht mehr böse, nein, sie klang verzweifelt, fast weinerlich.

»Ich danke dir für deine Aufwartung, Vitus, und freue mich, dich alsbald auf unserem Wege wiederzusehen«, gab Regino fast singend zurück. Und flüsternd an seine Begleiter gewandt:

»Beeilen sollten wir uns nun. Sogar der König Karl hat diesem Manne gegenüber bereits seine Bedenken geäußert. Einst handelte es sich bei Vitus Fips um einen ehrenhaften, verdienstreichen Diener hoher Herren. Doch offenbar ist er dem Wahnsinn verfallen. Ich werde umgehend Meldung über dieses unglaublich fragwürdige Verhalten machen müssen. So angesehen er einst auch war, vergangene Ehre darf kein Freibrief für gegenwärtiges Fehlbetragen sein.«

Und mit diesen wieder einmal erflunkerten Worten hoffte er, die jungen Leute beruhigt zu haben, welche ihm tatsächlich stillschweigend weiter durch die Nacht folgten, während sich auch Vitus Fips auf den Weg machte.

Jedoch in die entgegengesetzte Richtung.

VI

»Brotsuppe, Ulrich. Die magst du doch. Iss, du musst wieder zu Kräften kommen, bald ist Zeit zum Pflügen.«

Marie war zuversichtlich, dass Ulrich sich langsam von Trauer und Krankheit erholte. Zuweilen gewann er sogar seine alte Redseligkeit zurück. An dem Tag, an dem der Spielmann in ihrem Ort erschienen war, hatte Ulrich des Abends das erste Mal wieder einen seiner wissensreichen Vorträge gehalten, und Marie hatte ihm gern gelauscht. Er hatte erzählt, dass es vor vielen, vielen Jahren, noch zur Zeit seiner Urväter, vorgekommen sei, dass ein wirklicher Lokator, entsandt von einem hohen Herren namens Adolf von Schauenburg, durch diese Lande gestreift war, um Bauern mit sich in den Nordosten zu führen. Diese Sage habe sich über mehrere Generationen hindurch in der Familie der Filzhuts gehalten, denn damals seien gleich drei Söhne ausgezogen, und nur einer war im Dorfe zurückgeblieben, um den Hof des Vaters zu übernehmen. Ganz in den Norden, bis ans Meer wollten sie. Es hieß, dort werde eine große Stadt gebaut, Lübeck mit Namen, hinter deren schützenden Mauern die neuen Bürger schnell zu Wohlstand gelangen sollten. Dem Meer, so wurde weiter verheißen, werde man fruchtbares Land abgewinnen, denn nicht nur die Hilfe fleißiger Westfalen, sondern auch die Kenntnisse erfahrener holländischer Siedler wurden erwartet, um das Wasser mit viel Kraft und Geschick erfolgreich zu verdrängen.

So hatte Ulrich berichtet, und er hatte auch berichtet, dass darüber nun lange Zeit vergangen sei und die Länder längst zur Gänze besiedelt wären. Man war alsbald sogar noch weiter in den Osten gezogen, habe Kreuzzüge gegen die heidnischen Wenden geführt und sich mit den slawischen Fürsten verbrüdert, die gern die Hilfe aus dem Westen kommender Bauern bei der Urbarmachung ihrer zu großen Teilen unerschlossenen Besitzungen in Anspruch nahmen. Aber auch das sei längst Vergangenheit. Nicht einmal die Ritter des Deutschen Ordens, ebenfalls im Osten ansässig, riefen noch nach deutschen Bauern. Es gäbe, so schloss Ulrich ernüchtert, überall Menschen genug. In Ost und West, in Nord und Süd. Keiner verlange nach fremden Mäulern, die er durch die Früchte seiner Heimat zu stopfen trachte. Und darum sei dieser Possenreißer, dieser vollmundige Lügenbold, nichts weiter als ein Scharlatan gewesen, der den Frauen an die Wäsche und den Männern an den Geldbeutel wollte.

Marie hatte diesem Urteil schmunzelnd gelauscht, sich gefreut, dass Ulrich wieder der Alte war, aber zu diesem Zeitpunkt noch insgeheim gehofft, ihn von seiner Meinung über den Lokator und dessen Vorhaben abbringen zu können. Es bedurfte nur noch des richtigen Augenblicks, so hatte sie sich vorgenommen, und sie würde Ulrich vorsichtig den Vorschlag unterbreiten, sich gemeinsam dem Mann anzuschließen, über den er soeben noch geschimpft hatte. Denn Marie war zuversichtlich geblieben, dass Regino von Bunseborn alsbald zurückkehren würde. Dann, wenn der Ärger über sein plötzliches Erscheinen und verwegenes Ansinnen verraucht war.

Es hatte nämlich gehörigen Ärger gegeben. Der Meier war ins Dorf geritten und hatte sich die Bauern zur Brust genommen. Zumindest hatte er es versucht, denn um sich die notwendige Autorität zu verschaffen, fehlte dem Meier die Stimme und auch die Erscheinung. Dennoch war es ihm gelungen, ihnen allen zu verstehen zu geben, dass sie sich nicht erdreisten sollten, auf das ketzerische Geschwätz eines fahrenden Bauernfängers zu hören, der hier im Umkreis sein Unwesen zu treiben schien. Auch der Pfarrer hatte eine entsprechende Predigt gehalten und einige Burschen sogar namentlich zur Rede gestellt, nämlich eben die, von denen zu erwarten stand, dass sie sich von dem Auftritt des Pfeifenspielers nachhaltig beeindrucken lassen könnten.

Zwei Tage lang war Ruhe gewesen, dann war der Pfeifer tatsächlich wieder aufgetaucht: Regino von Bunseborn, dreist wie er war, schritt von Haus zu Haus und suchte das persönliche Gespräch mit einem jeden für sein Vorhaben geeigneten Dorfbewohner. Auch bei dem Bauern Filzhut klopfte er an, sich tief vor dessen schöner Frau verneigend und sie eindringlich in Augenschein nehmend. Wieder war die Ansprache, die er hielt, sehr beeindruckend, und Maries Hoffnung, Ulrich zu überzeugen, groß. Doch der sture Mann ließ sich einfach nicht zum Gehen überreden und gab dem ungebetenen Gast alsbald zu verstehen, dass er sein bescheidenes Heim zu verlassen habe.

Regino ging nicht, ohne den beiden zu sagen, dass sie ihn, falls sie es sich anders überlegen sollten, in der Stadt Höxter ausfindig machen könnten, von wo aus die Reise in den Osten beginnen sollte.

Als Marie ihn dann zur Tür begleitete, wurde der Pfeifer plötzlich verlegen und unruhig. Nervös wackelte er mit seinen schellenbehangenen Armen und warf Marie einen kurzen, mitleidigen Blick zu, während er den Kopf einzog, um durch die niedrige Luke ins Freie zu treten. Nach kurzem Zögern raunte er: »Ich spüre, dass ihr mit mir gehen wollt. Aber lasst es euch gesagt sein: Ich bin nicht sicher, ob dieser Weg gut für dich ist, liebe Frau. Entscheide selbst und lass mich nicht derjenige sein, der dich dazu überredet hat.«

Das war vor zwei Tagen gewesen. Und am heutigen Abend – so hatte es sich gerade herumgesprochen, als Marie ihrem Manne den Topf mit der dampfenden Suppe vorsetzte –, am heutigen Abend waren einige junge Leute nicht in ihre Elternhäuser zurückgekehrt. Darunter zwei Mädchen und auch der fröhliche Johann.

»Sieben sind es mittlerweile, vielleicht sogar acht. Ich habe die alte Erika belauscht, wie sie es der Bäuerin Krautkopf über den Zaun zurief«, sagte Marie, nachdem auch sie sich zu ihrem Gatten an den kleinen, wackligen Tisch gesetzt hatte und ihren Holzlöffel in die Schüssel tauchte. »Die beiden frechen Schmiedesöhne sind dabei und auch die Tochter vom Ziegenbart, die schöne Lisa. Sie soll mit dem Müllerjosef gegangen sein. Ebenso Anna Richling. Man sagt, sie fliehe vor ihrem Stiefvater, der sie seit dem Tod der Mutter nicht in Ruhe lasse.«

»Sollen sie doch gehen und sich die Hörner abstoßen. Die Jugend muss leidliche Erfahrungen machen, bevor sie zur Ruhe kommt«, schmatzte Ulrich daraufhin bloß.

Marie betrachtete ihn lange. Sie hatte nicht gewagt, ihn noch einmal zu fragen, zu entschieden war er, zu eingefahren seine Meinung. Niemals würde dieser sture Kerl seine Heimat verlassen und seinen bescheidenen Hof aufgeben, nicht einmal jetzt, da ihm alle seine Erben gestorben waren. Ulrich war ein Eingesessener, und er würde ein Eingesessener bleiben, zu alt war er bereits und dazu zu misstrauisch. Stets sah er in allem das Schlechte und war somit unfähig, ein Abenteuer zu wagen und einen Neubeginn in Angriff zu nehmen. Und so war auch Marie geblieben. Vorerst. Sie hatte es Ulrichs wegen getan. Aber auch die letzten Worte Reginos hatten sie zögerlich gemacht.

Warum nur hatte der Pfeifer so seltsam zu ihr gesprochen?

Wieso sollte der Weg nicht gut für sie sein? Lag es etwa daran, dass er einen dem Greisenalter sich nahenden Mann wie Ulrich in seiner Schar nicht gebrauchen konnte? Aber wieso hatte er dann nur von ihr, von Marie, geredet? Und weshalb war er so nervös, ja zittrig, gewesen? Selbst sollte sie eine Entscheidung fällen, hatte er ihr geraten.

Marie konnte sich keinen Reim darauf machen, und darum wollte sie den Spielmann so rasch wie möglich vergessen. Ausharren würde sie noch eine Weile, ausharren und hoffen, dass der Himmel alsbald eine Lösung für sie bringen würde.

Lustlos tauchte sie ihren Löffel erneut in die Schüssel. Sie verspürte plötzlich keinen Hunger mehr. Ein seltsam vertrautes, ungutes Gefühl bemächtigte sich ihrer. Es war wieder einmal dieser Drang, dieser plötzliche Wunsch zu gehen, um allein mit sich und ihren Sorgen zu sein.

»Was starrst du, Marie? Iss. Die Suppe wird kalt«, knurrte Ulrich. Marie schüttelte nur mit starrem Blick den Kopf. Unruhig erhob sie sich dann von ihrem Platz, nahm sich ihren Mantel aus Schaffell und ging zur Türe.

»Ich habe ganz vergessen, das Brennholz hereinzutragen. Es sieht nach Regen aus, und ich will nicht, dass es nass wird.«

Ulrich knurrte leise und schaute Marie lange geduldig nach. Er wusste, dass das Brennholz nur ein Vorwand für seine Frau war, um sich davonzuschleichen. Er wusste aber auch, dass es sie nicht zu einem anderen Manne zog. Er wusste, dass man Marie vertrauen konnte und dass sie nach einigen Stunden wieder zurückkehren würde.

Denn so war es bislang immer gewesen.

Weit war sie gelaufen.

Sie hatte den Weg durch das Dorf gemieden, war vielmehr in Richtung der Burg gestapft, hatte sich von dort von den wachhabenden Männern vertreiben lassen und schließlich einen engen Pfad in Richtung des Klosters eingeschlagen. In dessen Nähe hatte sie lange unter dem Schutze eines mit Efeu vollkommen eingehüllten toten Baumes am Rande eines Sumpfes gesessen und darüber nachgedacht, ob sie den nun begonnenen Weg einfach fortsetzen und, ohne Abschied zu nehmen, sich davonschleichen und den Pfeifer mit seinen Gefolgsleuten suchen sollte. Der Gedanke war verlockend.

Vollkommen durchnässt, mit strähnigem, tropfendem Haar, hockte Marie bis tief in die Nacht da, den Blick immerzu auf die Lichter hinter den Fenstern des Klosters geheftet. Dorthin, wo die Mönche hinter dem Schutze dicker Mauern ein solch sicheres, gefahrenloses Leben führen durften. Marie beneidete sie in diesem Moment.

Versorgt waren sie. Hatten täglich reichlich zu essen und zu trinken. Sie mussten sich nicht bekümmern um das Wohl ihrer Liebsten, allein mit Gebet und frommen Worten waren sie bei ihnen. Auch wenn die Nächte kurz und vom Gottesdienst unterbrochen waren, so verfügte ein jeder über ein warmes, weiches Bett, von dem er sicher sein konnte, dass es auch am folgenden Abend auf ihn wartete. Und war einmal einer krank, so gab es einen heilkundigen Bruder, der mit Säften, Tinkturen und Kräutern aus dem Klostergarten rasch Linderung verschaffen konnte. Sogar ein Bad stand bereit. Doch das Schönste an dem Leben hinter Klostermauern, so zumindest stellte Marie es sich vor, war, dass es ebendiese Mauer gab, diese Grenze, welche es einem jeden ungebetenen Gast unmöglich machte, die Ruhe und Andacht der Insassen zu stören.

»Schade«, murmelte sie vor sich hin. Ja, schade, dass es einer Frau wie ihr, einer Frau mit solch zwielichtiger Vergangenheit und zudem von schlechtem Geburtsstand, niemals möglich sein würde, das Leben einer Klosterfrau zu führen. Andererseits – so musste sie sich eingestehen –, wenn sie sich sogar schon als Weib eines Bauern, das sich frei auf Feldern und in Wäldern bewegen durfte, beengt fühlte, wie sehr würden sie nach nur kurzer Zeit die dicken Mauern eines Klosters erdrücken? Marie war nun einmal ein Gewächs der Wege, Pfade und Gassen des Reiches, sie war eine Streunerin, eine widerwillige zwar, doch es lag ihr unweigerlich im Blut, es war ein Teil von ihr, den man nur auf kurze Dauer zur Ruhe bringen konnte.

Diesen Fluch hatte er ihr auferlegt, als sie in seiner zweifelhaften Obhut groß geworden war. Ja, die mit ihm verbrachte Zeit beherrschte sie noch immer, ließ sie rastlos sein, ließ sie ständig nervös mit den Füßen wippen, ließ ihren Blick stets in die Ferne schweifen, ließ sie hellhörig werden bei einem jeden Paukenschlag oder Pfeifenton, den ein fahrender Gaukler oder Händler von sich gab. Er hatte ihr diese Unruhe eingepflanzt wie ein übles Laster, das Marie nun eineinhalb Jahre lang mühsam, aber erfolgreich bekämpft hatte. Doch auszulöschen war es nicht, würde es niemals sein. Und nun, nach dem Tode der lieben Kinder, nach dem schrecklichen Winter, nach den bedrohlichen Albträumen von seiner Rückkehr und nach dem verheißungsvollen Auftreten dieses Regino von Bunseborn war es ihr ganz und gar nicht mehr möglich, ihre Unrast zu unterdrücken. Nichts hielt sie mehr an diesem Zufluchtsort. Nichts, außer dieser gute, sture Mann, der ihr ein treuer Freund geworden war.

Nur widerwillig raffte Marie sich schließlich auf und machte sich in tiefster Dunkelheit langsam auf den Weg zurück in die Hütte des Ulrich Filzhut.

»Vielen Dank, dass du mich aufnimmst, Bauer. Sieh meine Füße an! Man kann sie nur noch blutige Klumpen nennen.«

»Du musst weit gelaufen sein.«

»Das bin ich, wahrlich, das bin ich.«

»Was ist mit deinem Gesicht passiert?«

»Du meinst die Narben? Ein Zwischenfall in einem Wald. Im Lipperland, nicht weit von hier. Ich wurde im Schlaf überrascht. Es war ein Wunder, dass ich überlebte.«

»Ja, seit einigen Jahren treibt sich sehr viel Halunkenpack in dieser Gegend herum. Man möchte meinen, der Auswurf der ganzen Welt hat sich auf die Beine gemacht und zieht durch die Lande.«

»Da sprichst du wahr, Bauer. Das kann ich nur bestätigen. Überall kreucht und fleucht es nur so. Ich habe eine Zeitlang an der Wallfahrtstatt der Externsteine Dienst getan, bin den dort lebenden Einsiedlern zur Hand gegangen, nachdem sie mich gesundgepflegt hatten. Dort habe ich die Pilger in Empfang genommen, die den Ort zur Buße oder zu ihrem Seelenheil aufsuchen. Glaube mir, da erlebt man so manches. Vom Heiligen Geist fehlt jegliche Spur, Hexenwerk und Unzucht nehmen zu in diesen Zeiten. Alle Menschen scheinen wirr im Kopf. Aber was red ich da? Lass uns von dir sprechen, guter Mann. Lebst du allein in dieser Kate?«

»Mit meinem Weib. Es ist meine zweite Frau, die erste ist mir gestorben und alle Kinderlein ebenfalls. Und das in nur anderthalb Jahren. Der Herr meint es nicht gut mit mir.«

»Wem sagst du das. Von überall her erhält man solche Schreckensnachrichten. Man könnte meinen, die Pforten der Hölle beginnen sich nach und nach knarrend zu öffnen, um uns eines Tages ganz zu verschlingen. Aber, nun sag mir, wo ist denn dein Weib? Ich sehe es gar nicht im Bette liegen.«

»Fortgegangen ist sie. Nach dem Brennholz schauen.«

»Da bleibt sie aber lange weg. Machst du dir keine Sorgen, Bauer?«

»Nein, sie geht häufig fort, kehrt aber immer wieder heim.«

»Ha, du bist mir ein treuer Tölpel. Nun gut, es soll Kerle

geben, denen es nichts ausmacht, was ihre Weiber treiben, Hauptsache, sie kommen wieder zurück.«

»So ist das nicht.«

»Nein, gewiss nicht.«

»Da kommt sie auch schon. Sieh an, ich hatte recht. Marie, du bist spät! Der Morgen ist nicht mehr fern.«

Ulrich wachte noch und wartete offenbar auf sie. Hinter dem kleinen, mit einer Rindshaut verhangenen Fenster brannte ein schwaches Licht. Marie beeilte sich, die Türe zu öffnen und sich für ihr langes Fortbleiben zu entschuldigen.

Doch nachdem sie einen Fuß auf die Schwelle gesetzt hatte, blieben ihr die Worte im Halse stecken.

Nichts konnte sie herausbringen, keinen Ton, nicht einmal einen Laut des Entsetzens.

Mit geöffnetem Mund starrte sie an Ulrich vorbei, der irgendetwas zu ihr sagte, auf den Mann, welcher mit ihm an dem wackligen Tisch in der Mitte der kleinen Hütte saß.

»Nun, das ist also dein Weib, Bauer«, meinte dieser schließlich nach einem kurzen Moment des Schweigens, der Marie wie eine qualvolle Ewigkeit erschienen war. Er erhob sich und humpelte im schwachen Licht eines einzigen Kienspans auf die noch immer wie angewurzelt dastehende Frau zu.

»Sei gegrüßt, Bauernweib. Dein Gatte war so freundlich, mir für diese Nacht Herberge anzubieten.«

Dabei verneigte er sich tief vor Marie und schaute ihr mit seinem einzigen Auge freundlich ins Gesicht. Ja, er schaute freundlich, sogar hoffnungsvoll, ein nervöses Zucken umspielte seine Mundwinkel, seine Hände zitterten. Fürchtete er sich etwa? Nein, das konnte nicht sein. Dazu kannte Marie ihn zu gut und wusste genau, was hinter dieser falschen Freundlichkeit verborgen lag.

Nun war es also so weit.

Sie hatte die Möglichkeit gehabt und nicht am Schopfe gegriffen. Sie hätte gehen können, noch vor wenigen Momenten hätte sie gehen können. Vielleicht waren die Ahnungen und Träume der letzten Wochen ein Wink des Himmels gewesen, den sie zwar wahrgenommen, aber letztendlich nicht erhört hatte. Jetzt jedoch war es zu spät. Er war da und würde sie im besten Fall wieder mit sich nehmen, oder er würde sie töten. Marie wusste nicht, welches von beidem das geringere Übel darstellte. Unweigerlich machte sie zwei Schritte zurück und fand sich draußen im stärker werdenden Regen wieder.

»Hab keine Angst, Marie«, rief ihr der unwissende Ulrich aus dem Hintergrund zu. »Er ist ein feiner Kerl, auch wenn er schlimm zugerichtet ist. Du brauchst dich nicht zu fürchten.«

Doch, das brauchte sie, das wusste sie besser als Ulrich Filzhut. Und ja, er war schlimm zugerichtet, sehr schlimm sogar, sie hatte damals im Wald in ihrer schrecklichen Wut und Verzweiflung ganze Arbeit geleistet. Einem Höllenwesen glich er nun, und nichts anderes war dieser Mensch, er war ein Gezücht der Unterwelt, ein gewissenloser, brutaler Teufel – und sie war seine Braut.

»Komm wieder herein, du bist schon völlig durchnässt. Hast ganz blaue Lippen. Nicht, dass du dir noch den Tod holst in dieser Nacht«, sagte er nun, sein einziges Auge blickte flehentlich, und ein erwartungsvolles Lächeln breitete sich aus auf seinem entstellten Gesicht. Und dann reichte er ihr vorsichtig die Hand. Es fehlten einige Finger. Marie war sich nicht mehr sicher, ob auch das ihr Werk gewesen war.

Für einen kurzen Augenblick war sie versucht, ihm die Hand zu geben, so wie sie es lange Jahre getan hatte. Mehr als zwanzig lange Jahre. Doch dann besann sie sich, schüttelte die aufkeimende, alte Gewohnheit ab und griff stattdessen neben sich an die äußere Hauswand. Dort, so wusste sie trotz der Dunkelheit, stand die rostige Sense Ulrichs. Es galt nun das vor einem Jahr begonnene Werk zu vollenden. Ihr blieb keine andere Wahl.

Flink und mit einer Kraft, die man einer mageren Frau wie ihr niemals zugetraut hätte, nahm sie das Schneidegerät, holte damit aus und hätte ihn sicherlich mit Schwung an der Seite getroffen, wenn er nicht nach hinten ausgewichen wäre. So hieb sie in den morschen Türrahmen, wo die Sense schwankend stecken blieb.

Ulrich – noch immer in der Hütte – schrie auf. Er war entsetzt, ratlos.

Der Gast jedoch begann zu lachen.

Es war ein unwirtliches Bild, was sich der verwirrten Marie dort im nur spärlich beleuchteten Inneren der Bauernkate bot. Einen Moment lang verharrte sie auf der Stelle, sie stand draußen in der Finsternis, und nur die langsam auspendelnde Sense trennte sie noch von dem Menschen, der sie nun mit dem verbliebenen Zeigefinger seiner rechten Hand ins Haus zu locken versuchte.

»Leb wohl, Ulrich! Gib auf dich acht«, rief sie plötzlich mit erstickter Stimme. Dann machte sie auf dem Absatz kehrt und stürmte in die regnerische Nacht davon.

Vitus Fips folgte ihr nicht. Noch nicht.

Inständig betete Marie, dass er dem treuen Ulrich Filzhut kein Leid zufügen möge.

VII

Es gefiel Johann gar nicht, wie die Reise, auf welche er sich frohen Mutes eingelassen hatte, begann. Am Mittag des folgenden Tages hatte der zerlumpte, hungrige Trupp die Mauern der Stadt Höxter passiert. Einem Wunder kam es gleich, dass der Wächter sie einließ, hatte er sie doch anfänglich für Geißler gehalten, so schäbig und heruntergekommen sahen sie aus. Ganz jedoch stimmte das nicht, denn einer aus ihren Reihen erschien vielmehr wie das blühende Leben: Regino von Bunseborn hatte es doch tatsächlich fertiggebracht, die mehr als zwei Meilen weite Strecke ohne Blessuren, müde Knochen, verschmutzte Kleider und zerschundene Füße hinter sich zu bringen. Und nicht nur das, er sprühte nach ihrer Ankunft auf dem Markt der Weserstadt so vor Kraft, dass er dort sogar noch ein Schauspiel aufführte und unter Verwendung verschiedener Stimmlagen sowie in Reimen die Geschichte eines Bauernlümmels namens Helmbrecht preisgab, der sich für etwas Besseres hielt, Vater und Mutter verließ, unter die Raubritter ging und schließlich aufgeknüpft an einem Baume endete.

Wie unangebracht passend war doch diese Geschichte, dachte Johann bei sich, während er müde auf einem leeren Fischfass Platz genommen hatte, den Worten Reginos lauschte und dabei den unverschämt herrlichen Duft frischer Backwaren einsog, welche am Stand neben ihm feilgeboten wurden, aber leider für ihn und seinen knurrenden Magen unerschwinglich waren.

Auf einen Halunken hatten sie sich eingelassen. Dieses ungute Gefühl hatte sich Johanns bemächtigt, seitdem sie im Wald auf diesen zwielichtigen Vitus Fips gestoßen waren, bei dem es sich ganz gewiss um einen Spießgesellen Reginos handelte. Ja, ein Lügner und Betrüger war dieser Regino von Bunseborn, der sich nun nicht einmal mehr schämte, vom traurigen Schicksal eines jungen Mannes zu berichten, der ebendas gewagt hatte, wozu Regino die unwissenden Dörfler selbst zu überreden versuchte, nämlich ihre Scholle, ihre Heimat, ihren Grundherrn zu verlassen, um andernorts ein besseres, prächtigeres Wohlleben zu führen.

»Letzten Endes werden auch wir hängen«, murmelte Johann matt und all seines ihm eigenen Frohsinns beraubt vor sich hin, während die zwei Jüngsten unter den Dorfburschen, Wilhelm und Gustav, auf Reginos Anweisung hin begannen, ihre Kappen zu nehmen und darin Geld von den umstehenden Zuhörern einzusammeln. Selbst bis hin zu Johanns Platz auf der Tonne zwischen dem Marktstand des Bäckers und des Weserfischers war mit einem Mal das Klirren der Münzen zu vernehmen. Ein helles, freundliches Geräusch war das, und es trug umgehend dazu bei, die Miene des betrübten Johann wieder aufzuhellen: So übel schien dieser Gaukler Regino doch nicht zu sein, zumindest verstand er es, mit seiner Schaustellerei die Beutel für sich und hoffentlich auch seine Anhängerschaft zu füllen. Im Nu deuchten Johann die duftenden Kringel und Krapfen in seiner Nähe nicht mehr ganz so unerreichbar.

Und dann war es wieder da, das neugierige, ewig suchende, stets aufgeschlossene und erwartungsfrohe Gesicht des Bauernburschen, dem nach Abfall von Müdigkeit und Trübsal plötzlich sogar die Geschichte des Helmbrecht gar nicht mehr so übel erschien. Einen mutigen Abenteuer sah er nun in dem tragischen Helden, einen, der es gewagt hatte, neue Wege zu beschreiten. So wie auch er es nun tat.

»Vielleicht habe ich mich in dir getäuscht, Regino von Bunseborn«, sagte er zu sich selbst, zog sich seinerseits die Kappe von seinem blonden Schopfe und sprang von seinem Fischfass auf, um sich galant vor einer schönen Bürgersfrau und deren kichernder Magd zu verneigen, die ihn, Johann, den in ein fernes Land ziehenden Abenteurer, soeben passierten.

»So wird es auf unserer weiten Reise immerzu sein«, prahlte Regino. Er stand auf einem Tisch, inmitten eines unmittelbar an der Weser gelegenen, recht schäbigen, aber gut besuchten Wirtshauses, hielt die lachende Lisa im einen und die ein wenig beschämt dreinschauende Anna im anderen Arm und ließ sich von seiner Gefolgsschar feiern. Auch Johann war nach wie vor guter Laune, bereits drei Krüge Bier hatte er geleert, ein Topf voll dampfenden Krauts und frischer Würste stand vor ihnen, die Tochter des Wirts trug ein wunderbares Kleid, das mehr offenbarte als verhüllte, und für die kommende Nacht waren ihnen allen Lager auf den umstehenden Bänken der Gaststube versprochen worden.

Ja, so durfte es weitergehen. So gefiel das Leben. So blickte man den kommenden Etappen der Reise – von der sie alle nicht ahnten, wie weit sie sein würde, geschweige denn, wohin sie führte – wieder mit Zuversicht, ja sogar mit Vorfreude entgegen. Alle Unbilden, alle Bedenken, alles Misstrauen waren mit einem Schlag verflogen.

Heillos betrunken waren sie allesamt, selbst die beiden Mädchen, als – es musste gegen Mitternacht gehen – ein weiteres, vertrautes Gesicht zu ihnen stieß.

Johann wunderte sich nicht über Maries Erscheinen. Er war so berauscht, dass er ihre Anwesenheit als selbstverständlich hinnahm, freundschaftlich den Arm um sie legte und die hübsche Wirtstochter mit einem Fingerzeig dazu aufforderte, Marie ebenfalls einen Krug Bier zu bringen.

»Wo ist Ulrich? Muss er austreten?«, lallte er ihr zu.

»Ulrich wird nicht mit uns kommen«, antwortete sie leise. Johann schien gar nicht verstanden zu haben, er nickte nur freudig und nahm von der Wirtin das Bier entgegen, welches er Marie sofort in die Hand drückte, um ihr dann zuzutrinken.

Für Marie war es nicht schwierig gewesen, Regino von Bunseborn und die ihm folgenden jungen Dörfler in der Stadt an der Weser ausfindig zu machen. Egal wo er sich zeigte, der Pfeifer war sogleich bekannt wie ein bunter Hund, und man brauchte nicht mehr als einen Menschen zu fragen, um herauszufinden, in welcher Herberge der Lokator des Böhmenkönigs samt Gefolgsleuten untergekommen war.

Für Marie war der Besuch einer fremden Stadt nichts Ungewöhnliches. Über viele Jahre hinweg hatte sie das Leben einer fahrenden Frau geführt, sie scheute sich deshalb nicht, allein den Weg an einen weit entfernten Ort wie Höxter anzutreten, sie wusste, wie man die Wächter der Stadttore geschickt umgehen konnte, und es kratzte auch nicht an ihrem Ehrgefühl, ohne Begleitung eine Spelunke zu betreten. Sie kannte es nicht anders, hatte es von dem Mann, den sie vor wenigen Stunden nach mehr als einem Jahr wiedergesehen hatte, gelernt. Und um ihm nie wieder zu begegnen, war sie nun hier. Es behagte ihr nicht, nun mit Johann und den anderen trunkenen jungen Menschen zu hüpfen und zu singen. Vielmehr hielt sie nach Regino Ausschau, mit welchem sie zu reden hatte und den sie, so hoffte sie, nüchterner antreffen würde als Johann und den Rest der Schar.

»Wo ist der Lokator?«, rief sie Lisa ins Ohr, die trotz des reichlich genossenen Biers dennoch ihre Abneigung gegen die sonderbare Frau des Bauern Filzhut nicht vergessen hatte.

»Austreten«, brummte diese unwillig und stieß Anna, welche neben ihr hockte, einen Ellenbogen in die Seite. Doch diese wandte einfach den Blick ab und gab Marie damit zu verstehen, dass sie nichts mit ihr zu tun haben wolle.

Marie zuckte ein wenig traurig mit den Schultern. Was soll's, dachte sie. Immerhin war sie nichts anderes gewohnt.

Und da kam er auch schon – der Lokator. Wackeren, nicht wankenden Schrittes durchquerte er die Stube von der Hintertür aus, und sein Blick fiel sofort auf die neu eingetroffene Frau des sturen Bauern, an welchen er sich noch gut erinnerte. Besser jedoch erinnerte er sich an sie – an Marie.

Da war sie nun also doch.

Vom ersten Moment an, als er sie auf dem Dorfplatz unter der Linde inmitten all der anderen Leute gesehen hatte, hatte Regino gewusst, dass es diese Frau sein musste, nach welcher er insbesondere suchen sollte. Es war der eindringliche Wunsch von Vitus Fips gewesen, und den hatte dieser kürzlich bei ihrem nächtlichen Zusammentreffen im Wald noch einmal bekräftigt.

Regino ahnte nur, weshalb er nach dieser Frau Ausschau halten und sie dann mit sich nehmen sollte. Fips hatte nie ein Wort über die Gründe fallen lassen, und der Gaukler hatte auch nie gewagt, danach zu fragen, aber es lag auf der Hand, dass Fips ein Auge auf sie geworfen hatte, dass sie vielleicht einst sogar sein Liebchen gewesen war und es den unansehnlichen Strolch danach gelüstete, die schöne Frau wieder zurückzuerobern. Darum sollte Regino ausgerechnet in ihrem Dorf werben, auch sie anlocken, und erst am Ziel ihrer Reise, im Altvatergebirge, sollte es dann ein Zusammentreffen mit ihrem heimlichen Verehrer geben. Natürlich war dieser Plan abstrus, und Regino bezweifelte, dass eine Frau wie Marie sich freiwillig in die Arme eines hässlichen Widerlings wie Vitus Fips stürzen würde. Doch das Leben hielt immer Überraschungen bereit. Und warum sollte man diesen Überraschungen nicht die Möglichkeit bieten, sich zu ereignen? Zwingen wollte er die Frau jedoch nicht zu ihrem zweifelhaften Glück, und deshalb hatte der Pfeifer es vorgezogen, sie eine Entscheidung aus freien Stücken fällen zu lassen. Er wusste, dass dies Fips erzürnen würde – und das hatte es zweifelsohne, wie im Wald deutlich geworden war –, doch nun, da das Glück dem offenbar vom Himmel gesegneten Regino wieder hold war und sie tatsächlich ganz von sich aus den Entschluss getroffen hatte, ihm zu folgen, würde auch Fips sich wieder beruhigen.

Ja, das Glück. Wenn auf eines im Leben des Gauklers aus dem kleinen Bauerndorf im Weserbergland Verlass war, dann auf das Glück. Und wer konnte so etwas schon von sich behaupten? Keine Kaiser, Könige, Päpste und Bischöfe dieser Welt waren mit einem derartigen Geschenk gesegnet.

»Ein neues Gesicht!«, rief Regino nun lustig aus und verneigte sich vor Marie. »Wo ist Eure Begleitung, feine Dame?« Er blickte sich, einem aufgeregten Gockel gleich, in der verrauchten Gaststube um. An den Bauern Ulrich dachte er dabei weniger, er suchte vielmehr in der Menge nach dem unliebsamen Gesicht von Vitus Fips. Immerhin konnte es auch sein, dass dieser Marie selbst aufgesucht und hergebracht hatte. Doch das wäre Regino nicht recht gewesen, war er doch um jeden Tag froh, an dem er nicht in die gruselige Fratze dieses unberechenbaren Halunken blicken musste.

»Allein bin ich gekommen, um mich dir anzuschließen, Pfeifenmann«, antwortete Marie. Sie musste fast brüllen, so laut war der Gesang der sie umgebenden übrigen Gäste.

»Ein Weib ganz allein? Nun, die Welt steckt voller Wunder. Du gehörtest zu einem alten Bauern, soweit ich mich entsinne.« Regino tat absichtlich so, als erinnere er sich nur schwach.

»Er hat mich ziehen lassen. Selbst ist er zu alt, um einen Neubeginn zu wagen.«

»Du bist also vollkommen ohne Begleitung? Ohne deinen Gemahl und auch ohne …«, er räusperte sich, »… auch ohne jemand anderen?«

»Niemand ist bei mir. Nimmst du mich dennoch auf in deinem Zug?«

Regino musterte sie erneut mit diesem leicht mitleidigen Blick, den er ihr bereits in ihrer Bauernkate zugeworfen hatte.

Doch dann besann er sich und grinste breit.

Was kümmerte es ihn? Wenn das Vögelchen, obwohl man es gar nicht zu fangen trachtete, von selbst in den Käfig flog, war es dann eine Sünde, wenn man die Klappe hinter ihm schloss?

»So, dann hat dein Gemahl dich ziehen lassen. Einen wahrhaft guten Mann hast du da geheiratet«, lachte Regino nun. »Was hat er dir zum Abschied mit auf den Weg gegeben? Sagte er: ›Lebe wohl, gutes Weib, mache dir ein feines Leben, ich bleibe derweil da, bestelle die Felder, bereite mir mein Essen selbst und wärme mir allein die Bettstatt‹? Auf Gottes Erde, meine Liebe, finden sich nur wenige solch verständnisvolle Seelen. Ich hoffe, du wirst ihn für den Rest deines nun gewiss besseren Daseins in dein Gebet einschließen.«

Marie stockte der Atem. Sie lief über und über rot an. Der Gaukler machte sich lustig über sie, aber gleichzeitig lag hinter seinen ironischen Worten die bittere Wahrheit verborgen. Sie war ein untreues, gewissenloses Ding, das zu seinem eigenen Wohle seinen alternden, hilfsbedürftigen Mann verlassen hatte. Betreten blickte Marie zu Boden und wurde im nächsten Moment gegriffen und herzlich umarmt.

»Na, dann: Willkommen!«, rief Regino und drehte sich mit der vollkommen benommenen Marie, die er fest umschlungen hielt, im Kreise. »Der fröhliche Reigen kann nun beginnen!«

Zusammen mit den übrigen Reisenden, von denen sich vor allem Wilhelm der Stotterer vor Trunkenheit kaum mehr auf den Beinen halten konnte, tanzten sie zwei weitere Stunden lang bis tief in die Nacht hinein. Und tatsächlich gelang es Marie, den zurückgelassenen Ulrich für einige Momente zu vergessen.

VIII

Tirol, fünf Tage nach dem Aufbruch aus Venedig, im März 1348

Konrad von Tiefenbrunn war bereits als Kind größer und kräftiger gewesen als seine Freunde. Nie hatte eine Krankheit ihn ernsthaft in Gefahr bringen können. Wie alle kleinen Jungen und Mädchen, ob adeliger oder bäuerlicher Herkunft, war er immerzu mit einer Rotznase herumgelaufen, hatte des Winters stets gehustet – aber Schlimmeres war daraus niemals erwachsen.

Als sein schwächlicher Bruder wegen Pocken fiebernd darniederlag und beinahe gestorben wäre, hatten die kleinen Pusteln auch Konrads achtjährigen Körper bedeckt, doch dieser hatte sich dadurch nicht vom Tollen auf dem väterlichen Gut abbringen lassen, auch wenn ihm das Jucken ordentlich lästig wurde. Verwundungen und Knochenbrüche, ja, die hatte es zuhauf in Konrads Leben gegeben, aber niemals war er von einem schweren Leiden befallen worden, das dem Innern seines Körpers entsprungen war.

Nun jedoch – er zählte fünfunddreißig Jahre – fieberte auch er zum ersten Male in seinem Leben heftig. Sie waren vier Tagesreisen von Venedig entfernt gewesen, als es begann, und Konrad hatte versucht, den Schüttelfrost, der ihn immer und immer wieder packte, zu ignorieren, hatte die Kopf- und Gliederschmerzen verdrängt, sie als durch den Gewaltritt verursachten Kater ansehen wollen. Doch jetzt, einen Tag später – sie hatten ihr Etappenziel, die Ordensballei in Bozen, bereits hinter sich –, konnte er seinen schlechter werdenden Zustand vor den Gefährten nicht mehr verbergen.

Längst ahnte er, was dieses Unwohlsein zu bedeuten hatte. Längst wäre es Zeit, sich auf das Äußerste gefasst zu machen. Doch ganz so, wie es in den schrecklichsten Momenten des Lebens stets zu sein pflegte, wollte Konrad nicht wahrhaben, was ihm offensichtlich bevorstand. Er wollte nicht. Vielmehr betete er zu Gott, lediglich einer schweren Erkältung anheimgefallen zu sein.

»Wir sollten eine Rast einlegen, Konrad. Du siehst elend aus.« Auch aus Crispins Augen sprach böse Ahnung, als er seinen auf dem Pferderücken schwankenden Freund betrachtete. »Friedrich«, rief er dem jungen Ritter zu. »Reitet ihr drei Übrigen vor. Findet eine Herberge in einem der nächsten Dörfer. Wartet dort. Sollten wir in zwei Tagen nicht bei euch sein, sucht nicht nach uns, sondern zieht weiter zur Marienburg.«

Friedrich nickte. Er hatte verstanden, denn auch dem jungen Ritter war in Messina und bei Venedig nicht verborgen geblieben, wie das Leid begann, welches in Italien bereits als »das große Sterben« bezeichnet wurde. Der sonst so kluge Konrad war diesem sterbenden Weib zu nahe gekommen, ihr letzter Hauch musste ihn vergiftet haben, denn er sah wahrlich elend aus.

»Wo werdet ihr unterkommen?«, fragte Friedrich Crispin, während er bereits die beiden anderen Reiter zu sich herwinkte, um ihnen einen schmalen Bergpfad zu zeigen, der sie gewiss in eines der nächsten Dörfer führen würde.

»Vor weniger als einer Meile sind wir an einem verlassenen Hof vorübergeritten. Dort werden wir uns einrichten«, antwortete Crispin.

»Reite auch du mit ihnen«, versuchte sich Konrad einzumischen, doch man verstand ihn kaum, er war nicht einmal mehr imstande, die Augen offen zu halten. Wenn man ihn so auf dem Pferde sitzen sah, mochte man glauben, er habe ein ganzes Fass Wein in einem Zuge geleert. Ja, volltrunken sah er aus.

»Jetzt macht schon. Verschwindet!«, schrie Crispin die drei anderen an und jagte sie mit einer wilden Geste davon. Etwas widerwillig folgten Friedrich, Walter und Bertold. Immer wieder blickten sie sich um, während sie den steilen, noch verschneiten, rutschigen Pfad bergan ritten. Crispin hingegen beeilte sich, Konrads Ross am Zügel nehmend, kehrtzumachen und an dem Bachlauf, welchen sie bislang entlanggekommen waren, zurückzureiten.

Sicherlich wäre es Konrad lieber gewesen, einfach tot vom Ross zu kippen und die schroffen Hänge der Alpen hinunterzufallen, als den unehrenhaften Strohtod zu sterben. Doch Crispin behagte die Vorstellung nicht, den kranken Freund weiter zu quälen. Er wusste, welch schlimmes Leid Konrad in den nächsten Stunden bevorstand, und er wusste auch, wie er als treuer Freund diesem Leid auf wahrhaft ritterliche Weise ein Ende bereiten würde.

Für Johann und seine Kameraden aus dem Dorf bedeutete der erste Fuß, den sie auf die steinerne Weserbrücke in Höxter setzten, ein Schritt in eine neue Welt. Zum Markt in die Stadt war ein jeder von ihnen ab und an einmal gefahren, aber den Fluss überquert hatte bislang keiner von ihnen, und niemand wusste, was sie hinter dem breiten Strom erwartete.

Marie hingegen machte sich derlei Gedanken nicht. Weniger andächtig als vielmehr ungeduldig, hatte sie es kaum erwarten können, endlich den Brückenzoll zu entrichten, um die Reise, oder besser ihre Flucht, fortzusetzen.

Schweigsam war ihr Anführer an diesem Morgen, Regino

wirkte fahrig, beinahe wären ihm die Münzen, welche er dem Zöllner überreichen wollte, hinunter ins Wasser gerollt, im letzten Moment hatte er sie mit dem Fuß aufhalten können und dabei äußerst gequält aufgelacht und linkische Bewegungen mit den Armen vollführt. Fast wünschte er sich, der schreckliche, aber erfahrenere Fips wäre nun doch in der Nähe, denn mit dem Erreichen der anderen Weserseite würde auch den vollmundigen Gaukler Regino nun Neuland erwarten. Ja, er war aufgeregt und gar nicht mehr so sehr davon überzeugt, stets auf glückliche Fügungen hoffen zu dürfen.

»Wie durchquere ich am geschicktesten den Solling, Brückenwärter?«, raunte er nun dem Mann zu, der missmutig in seinem kleinen Holzverschlag saß und die Gebühren der Ein- und Ausreisenden einstrich. Regino sprach absichtlich leise, damit seine Gefolgschaft seiner Unsicherheit und Orientierungslosigkeit nicht gewahr wurde.

»Den Solling durchqueren? Am geschicktesten?«, so leise Regino gesprochen hatte, so laut schrie der Zöllner. Hektisch klopfte sich der Pfeifer mit dem Finger an den Mund, doch der Mann in seinem Häuschen schien diese Geste nicht zu verstehen. »Dann solltest du dir rasch Flügel wachsen lassen und über diese sumpfigen Hügel hinwegfliegen. So durchquert man den Solling am geschicktesten.« Grölend lachte er über seinen eigenen, wenig komischen Scherz und versuchte auch die Zustimmung der wartenden Menschen zu erheischen, die bereits eine lange Schlange vor seinem unbeliebten Stand bildeten.

»Da wird es zunehmend wüster«, meldete sich nun ein altes Männlein zu Worte, welches hinter Regino stand.

»Wüster?«, fragte dieser fast erschrocken.

»So ist es, mein Herr. Meine Familie und ich, wir sind selbst von dort hierher in die Stadt gezogen. Es war kein Aushalten mehr.«

»Warum?«

»Unsere Väter und Großväter vollbrachten große Leistungen, als sie dem Wald und dem Moor Land streitig machten. Zahlreiche Ernten fielen prächtig aus. Noch zu Lebzeiten meines Vaters war es so. Aber dann holte Mutter Natur sich ihr Recht zurück. Immer mühseliger wurde es, ihrem Wiedereinzug zu trotzen. Und als vor sechs Sommern die Sintflut über uns hereinbrach, da sind viele Orte im Solling zerstört worden, ihre Bewohner gegangen und nicht wieder zurückgekehrt. Nur noch Holzfäller, Köhler und Sonderlinge sind dort unterwegs. Gott will nicht, dass man in dieser Gegend siedelt. Gott will es nicht. Und dem Willen des Herrn muss man sich beugen.«

»So ist es. Und jetzt haltet die Klappe, zahlt euren Obolus und versperrt mir nicht die ganze Brücke«, mischte sich der mürrische Zollmann ein.

»Ich will nicht siedeln, ich will nur hindurch bis Goslar«, rief Regino dem alten Männlein zu, während er bereits auf dem Weg über die Brücke war.

»Folgt einfach den Pfaden, die nicht zerstört sind«, antwortete der Alte, müde abwinkend.

»Gibt es Probleme?«, fragte Marie ihren Anführer, als dieser seine Gruppe schließlich am anderen Ufer der Weser um sich versammelte.

»Ach was«, erwiderte Regino gut gelaunt. »Man wollte mir Angst einjagen, die Wege durch den Solling seien unpassierbar geworden und man könne sich leicht verlaufen. Doch auf dieses Geschwätz gebe ich nichts. Es ist Frühjahr, der Wildwuchs noch überschaubar, und mit mir habt ihr einen kundigen und findigen Leitwolf, der euch sicher durch sämtliche wirtlichen wie unwirtlichen Gegenden lenkt. Kommt, meine Lieben, wir haben keine Zeit zu verlieren.«

»Na, da bin ich gespannt«, murmelte Johann und rückte seine Kappe zurecht, während er Marie ein Lächeln zuwarf. Diese beeilte sich, zu ihm aufzuschließen, denn obgleich sie am gestrigen Abend allesamt miteinander gefeiert hatten, war Johann an diesem Morgen der Einzige aus der hier reisenden ernüchterten Dorfgemeinschaft, der ihr in die Augen sah und mit ihr redete. Alle anderen sprachen zwar leise *über* sie, hüteten sich jedoch, *mit* ihr zu sprechen. Dennoch war die Stimmung gut, allesamt waren sie frohen Mutes, ihre Mägen gefüllt, ihre Kleider getrocknet, der Himmel strahlte ausnahmsweise blau, die Sonne spendete eine angenehme Wärme, und das Zwitschern der Vögel lud geradewegs dazu ein, auf Wanderschaft zu gehen.

Fritz und Gustav schienen besonders guter Dinge zu sein. Die beiden Burschen nutzten jede Gelegenheit, auf Bäume zu klettern und im Zickzack über Zäune zu springen. Nicht einmal als der lange Josef sie mit seiner ruhigen, tiefen Stimme ermahnte, ihre Kräfte zu schonen, hörten sie damit auf. Wie zwei junge Pferde, die man nach einem langen Winter auf die Weide lässt, versuchten sie so viel aufgestaute Energie wie möglich loszuwerden, während es Lisa und Anna vorzogen, über Marie zu flüstern.

»Meine verstorbene Mutter hat es immer gesagt, dass die nichts taugt. Das sieht man an ihrem Blick«, meinte Anna.

»Hat den armen Filzhut einfach zurückgelassen. Der arme Kerl. Jetzt ist er ganz allein«, sagte Lisa.

»Naja«, erwiderte Anna traurig. »Auch ich habe meine kleinen Geschwister einfach mit dem Stiefvater zurückgelassen.«

»Aber du hattest Grund zu gehen, Anna. Wer hält es schon bei einem solchen Lüstling wie deinem Stiefvater aus? Gerade jetzt, wo deine Mutter nicht mehr da ist seit dem Antoniusfeuer!« Lisa strich der betreten zu Boden blickenden Anna über den Rücken. »Die da ist ein ganz anderes loses Ding. Der ging es doch nicht schlecht beim Filzhut. So ein braver, fleißiger Mann. Keiner Fliege tut er was zuleide, und dennoch läuft sie ihm davon. Ob es wegen dem Johann ist?«

»Mag sein«, sagte Anna und hob wieder den Kopf, um Marie und Johann zu beobachten, wie sie einträchtig vor ihnen daherschritten. »Mein Stiefvater sagt immer: Auf alten Stuten lernt man das Reiten.«

Beide Mädchen begannen zu kichern.

Es war wahrlich ein angenehmer Marsch. Zwar führte der Weg bereits nach kurzer Zeit aus dem Wesertal hinaus steil bergan, aber sie alle waren jung und kräftig genug, um unbeirrt weiterzugehen. Zunächst passierten sie zahlreiche Felder und Wiesen, Äcker und Dörfer, der gefürchtete Sollingwald zeigte sich nur gestutzt und zurückgedrängt am Rande des Weges und fehlte mitunter ganz. Von Wüstenei konnte also nicht die Rede sein. Doch nach wenigen Meilen änderte sich dieses Bild. Der alte Mann auf der Brücke hatte die Wahrheit gesagt, als er meinte, der Wald hole sich zurück, was ihm der Mensch in den letzten zweihundert Jahren geraubt hatte. Zunächst erkannte man es an der Beschaffenheit der Wege: Sie wurden schlechter, auch wenn man ihnen noch ansah, dass sie einst breit und fest angelegt worden waren. Mitunter waren ganze Teile des Pfades seitlich abgerutscht, es taten sich Spalten auf, über die man hinwegspringen musste, und an manchen Stellen wuchsen gar Sträucher und ganze Birkenbäume mitten auf dem Wege.

»Wie gut, dass wir kein Gespann mit uns führen!«, kommentierte Regino immerzu fröhlich. Es war ihm ein Anliegen, die schwindende gute Stimmung seiner Leute wieder aufzuhellen, auch wenn er selber nicht mehr ganz sicher war, wohin er sie denn nun eigentlich führte. Er hatte am späten Nachmittag vollkommen die Orientierung verloren, ließ sich dies aber nicht anmerken und stapfte singend mit seinen riesigen Schnabelschuhen durch Matsch und Schlamm, sprang wie ein Grashüpfer über Wurzeln und Rinnsale und erweckte ganz den Eindruck, schier magisch von einem bestimmten Ziel angezogen zu werden.

Es dämmerte bereits, als er plötzlich einen spitzen Schrei von sich gab. Es war ein Laut des Entzückens – oder vielmehr der Erleichterung. Regino jedoch ließ es wie Entzücken klingen.

»Da sind wir, meine Guten. Die erste Etappe ist erreicht, wir können uns zur wohlverdienten Ruhe begeben.«

»W-w-w-was ist d-d-das?«, stotterte Wilhelm. Er war der Stärkste von allen, trug das meiste Gepäck und war dennoch schnell genug, um dem Leichtgewicht Regino auch nach vielen Meilen auf den Fersen zu bleiben. Er gesellte sich nun zu dem Lokator, welcher an einer dicken Buche lehnte und auf eine durchaus hübsche Auenlandschaft blickte. Nach und nach trafen auch die übrigen Reisenden ein.

»Mich dünkt, meine Freunde, wir haben den Garten Eden vor uns«, rief Regino nun aus, streckte beide Arme weit von sich und wies, sich im Halbkreis hin und her drehend, auf das vor ihnen liegende, in eine Au eingebettete Dorf.

»Sind wir etwa schon angekommen?«, fragte nun der rothaarige Knecht Otto hoffnungsvoll.

»Tölpel«, stieß ihn der Jüngste, Schmiedssohn Fritz, von hinten an und schlug Otto die uralte, schmutzige Mütze vom Kopf. »Hier werden wir nur schlafen.«

»Darf ich etwas einwenden?«, fragte Johann mit verschmitztem Gesicht den noch immer wie weggetreten über die Landschaft und die Häuser blickenden Regino.

»Sprich, Johann, sprich«, gab dieser zur Antwort.

»Mich meinerseits dünkt, Meister Regino, wir haben ein Geisterdorf vor uns. Da lebt keine Menschenseele mehr.«

Regino starrte eine Weile auf den Ort, dann fiel seine Kinnlade plötzlich nach unten, klappte im Nu aber wieder hoch und half dem großen Mund, sich zu einem breiten Grinsen zu verformen.

»Umso besser, meine Freunde, umso besser!«

Flink wie ein Vogel flog er regelrecht hinunter in die Au und rief seinen Leuten zu, sie sollten sich beeilen, ihm zu folgen.

Marie blieb jedoch noch eine Weile an der Buche stehen und schüttelte den Kopf über diesen offensichtlich planlosen Anführer. Für sie persönlich stellte sich die Frage nicht, ob es falsch oder richtig war, dem Pfeifer zu folgen. Für sie war alles besser, als ihren Weg allein zu gehen. Aber ob dieser verrückte Vogel tatsächlich halten konnte, was er den jungen, treuen Menschen versprochen hatte, das war mehr als nur zweifelhaft. Dennoch – besser den Tod auf der Wanderschaft zu finden, als ihn reglos im Dorf zu erwarten. Und nach den Fehden, Missernten, Seuchen und Hungersnöten der letzten Jahre stand diesen Burschen und Mädchen in ihrer Heimat gewiss keine bessere Zukunft bevor.

Langsam machte nun auch sie sich auf den Weg, um die vor ihr liegende Wüstung allein und in Ruhe in Augenschein zu nehmen.

Lange konnten die Menschen noch nicht fort sein, die einst dieses Dorf bewohnt hatten. Fasziniert streifte Marie über die verwachsenen Pfade zwischen den teils eingestürzten, teils überwucherten Zäunen der Höfe. Zwanzig hatte sie gezählt, eine beträchtliche Anzahl, wenn man bedachte, dass der Ort, in dem sie mit Ulrich Filzhut gelebt hatte, nicht mehr als ein Dutzend Höfe aufwies. Und erst die Kirche – ganz aus Stein war sie und stand noch immer trutzig und mächtig da. Anders als die Häuser war sie unbeschädigt, und das in ihr flackernde ewige Licht deutete darauf hin, dass ab und zu Gläubige ihren Weg hierher fanden. Unmittelbar neben dem unbeschädigten Gotteshaus tat sich ein mächtiger Spalt auf, der jedoch von Geröll und herabgestürztem Geäst so verstopft war, dass er nur mehr wenig angsteinflößend wirkte. Es musste sich in diesem Ort eine Katastrophe zugetragen haben, das war sicher. Denn obgleich noch viele der Hütten und Häuser standen, so war doch ein erheblicher Teil zerstört, regelrecht auseinandergerissen. Und zwar handelte es sich dabei um all diejenigen, die unweit eines harmlos erscheinenden, winzigen Bächleins errichtet worden waren, welches sich friedlich plätschernd durch die grüne Au schlängelte. Eine Au, die nur auf den ersten Blick liebreizend erschien, denn vom Ort aus betrachtet, lag auch dieses Gebiet mehr als nur wüst. Überall häuften sich angeschwemmter Schutt und riesige Gesteinsbrocken, ganze Kiesberge hatten sich aufgetürmt und bedeckten die Flächen, auf denen sich noch vor wenigen Jahren gewiss fruchtbare Äcker befunden hatten. Marie schauderte bei dem Gedanken an die furchtbaren Tage, welche die Menschen hier erlebt haben mussten, und die ihr ganzes Leben so sehr verändert hatten, dass sie sich gezwungen sahen, ihre Heimat zu verlassen.

Doch sonderbarerweise fühlte Marie sich durchaus auch wohl an diesem wüsten Ort, sie verspürte eine eigentümliche Verbundenheit mit den Leuten, die einst von hier fortgezogen waren. Der Gedanke, dass es noch viele andere gab, die in diesen Zeiten zur Rastlosigkeit verdammt waren, ließ sie ihr eigenes Schicksal nicht mehr so eigenartig und so einsam erscheinen. Sie dachte an Ulrich. Auch er hätte gehen können, so wie die Bewohner dieses Ortes es einst taten, doch er hatte sich geweigert. Er hatte aus freien Stücken entschieden, sich zu weigern. Es war nicht Maries Schuld, dass er nun allein war. Allein oder tot? Sie wusste es nicht, und sie wollte es auch gar nicht wissen.

Unwillkürlich schüttelte Marie den Kopf, um diese quälenden Gedanken zu vertreiben, und schritt dann langsam weiter durch eine etwas breitere Straße, auf welcher ihr schnaubend ein Dachs entgegenkam, so selbstverständlich und keck, als handele es sich bei ihm um den Schulzen dieses menschenleeren Ortes. Auf der Suche nach ihren Leuten warf Marie einen Blick in eines der größeren, noch recht robusten Häuser. Die Türe stand weit offen, und ihre rostigen Scharniere quietschten im Wind. Die Dämmerung erlaubte es bloß, einen vagen Blick ins Innere zu werfen, aber immerhin konnte Marie genug sehen, um zu erkennen, dass die Bewohner offenbar Zeit gehabt hatten, all ihre Siebensachen zu packen und mit sich zu nehmen. Das Haus war nahezu leer, sah man davon ab, dass sich, dem Geruch nach zu urteilen, offenbar eine Fuchsfamilie dort heimisch gemacht hatte. Vorsichtig setzte Marie einen Fuß über die Schwelle und ging ein paar Schritte hinein. In einer Nische in der noch immer weiß verputzten Wand stand ein Spielzeug. Eine kleine Figur, offenbar ein Ritter, aus grobem Holz geschnitzt, mit einem Kreuz auf der Brust und einer abgebrochenen Lanze in der Hand.

»Einen solchen Ritter habe auch ich gesehen. In der letzten Nacht war es.«

Marie fuhr herum. Die Stimme hinter ihrem Rücken hatte freundlich geklungen, aber dennoch war sie so plötzlich und unerwartet gekommen, dass Marie beinahe aufgeschrien hätte. Im Halbdunkel stand eine kleine, krumme Gestalt vor ihr, eingehüllt in ein graues Wolltuch. Man konnte nur ihr runzeliges Gesicht ausmachen, welches geprägt war von einer großen, knolligen Nase und einem schmalen, zahnlosen Mund, der nun gütig lächelte, während die beiden winzigen Äuglein tief in Maries Seele einzutauchen schienen.

Eine Hexe, dachte Marie sofort und rieb sich die Arme, um

die Gänsehaut zu vertreiben, welche ihr über den gesamten Körper lief. Die Alte nahm ihr sanft das hölzerne Spielzeug aus den Händen und setzte es behutsam in seine Nische zurück.

Ganz so, als wunderte sie sich gar nicht über das Erscheinen der fremden, jungen Frau. Und ganz so, als kannten sie sich bereits seit vielen Jahren, begann sie nun zu erzählen:

»Sieben Tage lang hat es hier geregnet, Tag und Nacht, ohne Unterlass und in solchen Mengen, dass man meinte, der Himmel sei aufgebrochen und entlasse all sein Wasser. Das Bächlein, sonst ein Rinnsal nur und des Sommers meist gänzlich trocken, wurde zu einem reißenden Strom. Fortgespült wurde alles, was im Wege war. Haus und Hof, Mensch und Tier. Und auch der Berg, einem aus einem tiefen Schlaf erwachten Riesen gleich, begann sich zu bewegen. Von seinen Hängen rutschte Schlamm und Geröll und begrub die mühsam bestellten Felder unter seinen schmutzigen, unfruchtbaren Massen. Die Wege wurden zu Flüssen und spülten selbst die Toten aus ihren Gräbern, sodass sie regungslos und bleichgesichtig an den Häusern vorüberschwammen. Und als wolle auch der Teufel sich zu Worte melden, riss er von der Hölle aus einen tiefen Graben auf, gleich neben dem Gotteshaus. Rot soll dieser Spalt gewesen sein, Feuer soll aus ihm emporgelodert sein, und der Pfarrer samt dem Küster wurden verschlungen. Neunzehn Opfer wurden gezählt, fünf von ihnen wurden niemals gefunden. Es war ein Graus, ein Graus. Keinen hielt es mehr hier. Alle sind sie binnen einer Woche fort. Alle.«

Marie unternahm nun nichts mehr gegen ihre Gänsehaut, sie musste hinnehmen, dass diese sich vorgenommen hatte, noch eine Weile über ihren Leib zu wandern. Es war eine grausige Geschichte, die das alte Weib da von sich gab, während es andächtig den Raum abschritt und liebevoll die Wände streichelte.

»Aber Ihr seid geblieben, Mütterchen«, flüsterte Marie heiser.

»Ja, das bin ich.«

Nun kam sie wieder zu der mitten im leeren Raum stehenden Marie zurück und griff mit beiden dürren Händen nach den Oberarmen der jungen Frau. Sie schüttelte sie leicht und schaute ihr dann wieder tief in die Augen. Einen Moment lang herrschte Stille, dann sagte das alte Weib:

»Auch du wirst ihm nicht entkommen, deinem Schicksal, mein Kind. Es holt dich ein, schon bald holt es dich ein. Uns alle wird es ereilen. Das steht fest.«

IX

Das Feuer knisterte behaglich, und während in dem darüber hängenden Kessel eine dünne Kohlsuppe köchelte, hielten die Umsitzenden an langen Stöcken dicke Zwiebeln über die Flamme.

»Schon lange sind keine Fremden mehr in diesem Dorf gewesen«, erzählte die alte Maja. So war der Name der Frau, welche Marie die schreckliche Prophezeiung gemacht hatte, von der sie sich noch immer nicht richtig erholen konnte. Stumpf starrte sie in die Flamme, während sich Regino angeregt mit dem Einsiedlerweiblein unterhielt und die anderen gierig auf ihr Abendessen warteten.

Sie saßen zusammen in dem größten der verlassenen Häuser der Waldwüstung. Es war einst der Hof des Schulzen gewesen, doch nachdem alle fortgezogen waren, hatte sich Maja in dieser besten aller Unterkünfte häuslich eingerichtet. Zwar lebte sie allein mit etwa einem Dutzend Katzen und einer Handvoll Hühnern, dennoch war das geräumige Gebäude bis unter die Decke vollgestopft mit allerlei. Ja, anders konnte man es nicht nennen, denn tatsächlich schien Maja sämtliche zurückgelassenen Habseligkeiten der Dorfbewohner zusammengesucht und hier gestapelt zu haben, darunter Dinge, die eine alleinlebende alte Frau niemals gebrauchen würde. Man entdeckte Unmengen an verschlissenen Holzschuhen, kaputte Ochsengeschirre, Leitern mit fehlenden Sprossen, löchrige Tröge, rostige Äxte,

Berge von grauen Lumpen, ganz zu schweigen von den zahllosen Kräutern, die büschelweise von den Balken herabhingen, um dort zu trocknen. Ihnen war es zu verdanken, dass das ganze Haus, trotz der darin versammelten schmutzigen Menschen, der Kohlsuppe und dem alten, gammeligen Gerümpel, von einem würzigen, angenehmen Geruch erfüllt war.

»Na, dann bist du gewiss froh, gute Maja, dass wir dich nun besuchen und ein wenig von deiner Zeit stehlen«, plauderte Regino vergnügt. Er tat fast so, als kenne er die Kräuterfrau schon lange und sei gar ihrer Einladung gefolgt, als er seine Leute an diesen Ort führte.

»Ach, Besuch erhalte ich hier durchaus. Die Kirche, sie ist heil geblieben. Ab und zu kommen Mönche, um dort zu beten. Argwöhnische Gesellen sind das.« Die Stimme der bis dato vergnügten Alten klang mit einem Male besorgt.

»Was argwöhnen die Gottesmänner?«, wollte Regino wissen, während er vorsichtig versuchte, an seiner heißen Zwiebel zu nagen.

»Sie beäugen mich misstrauisch. Einer erschien kürzlich hier in meinem Heim und spähte in alle Ecken. Er fragte mich frei heraus, ob ich allein in diesem Walde hause, um in Ruhe Teufelswerk betreiben zu können. Doch das ist nicht alles. Einige Tage später standen sie zu zweit hinter mir, als ich Wasser aus dem Brunnen holte. Ein zerbrochenes Kreuz in den Händen, schrie mich der Ältere der beiden in lateinischer Sprache an, zwang mich dann, auf die Knie zu gehen und seine Worte nachzusprechen. Sie waren der festen Überzeugung, ich hätte das Kreuz zerstört. Eine solche Freveltat, schimpfte der Jüngere, sei mit einer einfachen Buße nicht abgetan. Sie drohten mir, mich an den weltlichen Arm zu übergeben. Ich fürchte, sie glauben noch immer, ich schände in ihrer Abwesenheit heimlich das Gotteshaus.«

Regino biss nun herzhaft in seine Knolle.

»Nun, Maja«, sprach er dann mit vollem Mund. »Das hört sich ganz danach an, als hielten dich die Mönchlein für ein Hexenweib. Man sollte den Gottesmännern niemals Angst einjagen, dann nämlich können sie zu wahren Kreuzrittern werden.«

»Seit nunmehr zweiundsechzig Sommern weile ich auf dieser Erde, und nicht einen Tag habe ich außerhalb meines Dorfes verbracht. Man hat mir nie ein böses Wort entgegengebracht, alle Menschen hier liebten mich, weil ich sie liebte. Ich half ihnen, und sie halfen mir. Selbst die Pfarrer – fünf an der Zahl erlebte ich – waren stets höflich zu mir. Aber diese nun! Wie eine Aussätzige gehen sie mit mir um. Ich fürchte fast, sie werden mich bald vertreiben.«

»Gar schlimmer noch kann es dir ergehen, Maja.« Wieder biss Regino unbekümmert in die Zwiebel, ganz so, als führe er eine völlig gewöhnliche Unterhaltung, in der es nicht um Folter und Tod ging.

»Das habe ich doch schon längst auf mich zukommen sehen«, flüsterte die Alte nun.

»Hast du das?« Nun hielt der Pfeifer inne. »Besitzt du etwa tatsächlich eine Hexengabe?«

»Nun ja. Ich suche nicht nach diesen Erleuchtungen, sie kommen von allein. Ein Geschenk Gottes will ich es nennen.«

»So ist es recht. Nenn es besser ein Geschenk Gottes. Damit bist du auf der sicheren Seite, alte Maja. Kannst du auch etwas über mich und mein Geschick sagen?« Regino legte seine Zwiebel ab, huschte dann flink zu der Alten hinüber und platzierte sich unmittelbar in Augenhöhe vor ihr, um sie mit einem erwartungsvollen, etwas gestelzten Ausdruck im Gesicht anzuschauen.

Ein eigentümliches Schweigen erfüllte den Raum. Alle hielten in dem inne, was sie soeben getan hatten, und warteten ab, was nun geschah. Auch Marie war gespannt auf das, was Maja sagen würde. Immerhin hatte die Alte, bevor sie zusammen mit Marie die anderen aufgesucht und in ihr Haus eingeladen hatte, auch der jungen Frau eine Warnung erteilt. Würde Regino nun eine ähnliche Prophezeiung erhalten?

Inständig wünschte sich Marie, dass es sich bei der Waldfrau um eine Hochstaplerin handelte, eine von der Sorte, wie sie ihr in ihrem Leben als Begleiterin von Vitus Fips so oft begegnet waren. Das waren meist Frauen mit stark geschminkten Gesichtern, langen Fingernägeln und dunklen Stimmen gewesen, die vorgaben, den Leuten aus der Hand lesen zu können oder ihre Zukunft im Spiegel einer Wasserschale zu erkennen. Lustige Weiber waren das, durchaus gutmütig, warmherzig. Mit einigen von ihnen hatte Marie als Kind sehr gern Zeit verbracht. Aber was ihre Profession anging, so bestand diese aus eben den gleichen Findigkeiten wie die Vorstellungen eines Zauberkünstlers, der es vermochte, einen Hund vom Erdboden verschwinden und auf einem Baum wieder auftauchen zu lassen. Alles Schauspiel, alles Kunst, gutes Schauspiel und gute Kunst, aber beileibe nicht wahrhaftig. Doch dieses alte Weib hier, diese Maja, die war anders. Welchen Nutzen würde es ihr auch bringen, ihnen etwas vorzugaukeln? Immerhin fand sich hier im Wald in der Regel kein Publikum, welches sie für ihre Gabe entlohnte.

»Regino, beeile dich!« Das war alles, was die Einsiedlerin nun von sich gab.

»Aber wieso soll ich mich beeilen?«, fragte dieser ein wenig enttäuscht. Er hatte mehr erwartet.

»Er ist euch auf den Fersen«, sagte sie nun.

»Von wem sprichst du? Wer ist uns auf den Fersen?«

»Das kann ich dir nicht sagen, denn ich weiß es nicht. Aber ich spüre: Er ist euch auf den Fersen.«

»Ich kann mir denken, wen du meinst«, murmelte Regino vor sich hin und wandte ganz leicht und unmerklich seinen Kopf in Richtung Marie. Er blickte ihr nur kurz in die Augen und schaute sofort wieder weg, aber Marie hatte es durchaus bemerkt. Eine Eiseskälte durchfuhr sie.

Fips. Die Rede war eindeutig von Fips. Spürten die anderen etwa, dass sie, Marie, es war, die diese Gefahr in ihrem Schlepptau führte? Das konnte doch nicht sein. Das war Zauberwerk.

Plötzlich fühlte sie, wie sich etwas Warmes auf ihre zitternde Hand legte und sie sanft zu drücken begann. Es war Majas Hand. Die Alte hatte sich unbemerkt neben die junge Frau gesetzt und flüsterte mit ruhiger Stimme:

»Du bist stark. Du kannst versuchen, dem Unausweichlichen zu trotzen.«

»Wie?«, stotterte Marie.

»Ich werde dir helfen.«

Die Alte nickte gütig, ein Schmunzeln breitete sich auf ihrem Gesicht aus. Und als hätte Regino das Gespräch der beiden Frauen belauscht, rief er mit einem Male aus:

»Maja, begleite uns! Warum einsam im Walde sitzen und darauf warten, dass dich die Mönche dem Henker ausliefern? Komm mit mir! Deine Gabe kann uns in einer jeden Stadt volle Bäuche bescheren. Es soll zu deinem Schaden nicht sein! Einen Esel werde ich dir kaufen, damit deine alten Beine nicht müde werden.«

»Meine Katzen, Regino. Du vergisst meine Katzen«, wandte Maja belustigt ein, als sei dies der einzige Grund für sie, der gegen eine Abreise sprach.

»Setze sie auf dem Dachstuhl der Kirche aus, da können sie den Mönchen einen Gefallen tun und ihnen die Mäuse vom vollgefressenen Leibe halten.«

Maja wurde mit einem Male nachdenklich. Noch immer

hielt sie Maries Hand. »Gefährlich wird euer Weg, und durchs Verderben wird er führen, das spüre ich.«

»Dann bewahre uns davor, wenn du doch ohnehin alles spürst. Du musst uns begleiten.« Regino schien, trotz der düsteren Worte, weiterhin sorglos.

Die jungen Leute hingegen starrten die Alte mit offenen Mäulern an, ihnen allen war der Appetit auf die Kohlsuppe vergangen.

»Eine verteufelte Zauberin ist das«, raunte Josef Johann zu. Dieser nickte langsam mit dem Kopf. Er war verängstigt und fasziniert zugleich.

»Gen Morgen wollt ihr ziehen, so ist es doch? Über Berge, durch Täler müsst ihr streifen, Flüsse und Sümpfe überqueren. Volk, das mit fremden Zungen spricht, wird euch begegnen. Nicht jeder wird euch wohlgesonnen sein. Und zudem dürft ihr niemals außer Acht lassen, dass etwas Unsichtbares euch begleitet.«

»Genau. Wie wunderbar, sie hat sogar eine Landkarte vor Augen. Das ist das Beste, was uns passieren konnte.« Regino war schier euphorisch. Diese Alte kannte sich aus. Ganz abgesehen von ihren Geldsegen bringenden Wahrsagekünsten schien sie auch über einen hervorragenden Orientierungssinn zu verfügen. Wieder eine glückliche Fügung, die es Regino erlauben würde, sich auf dem gewiss immer schwieriger werdenden Marsch nicht vollkommen von Vitus Fips abhängig zu machen, welcher in Goslar auf ihn warten würde, um ihm das nächste Etappenziel mitzuteilen. Die warnenden Worte der Greisin ignorierend, hörte er bloß auf das Gute, was sie sagte. Es fehlte bloß, dass er aufsprang und einen seiner Tänze aufführte. Die anderen jedoch – mit Ausnahme Maries, welche das Mütterchen bereits in ihr Herz geschlossen hatte – beäugten die Szene misstrauisch.

»Ein bisschen alt ist sie, um so weit zu reisen«, meldete sich schließlich Johann zu Wort. Seine Freunde nickten allesamt.

»Der Esel, Johann, denk an den Esel«, wandte Regino ein.

Johann blickte sich geziert im Raume um. »Ich sehe hier viel, aber ein Grautier sehe ich nicht. Nicht einmal ein totes und mit Stroh gefülltes, auch wenn mich das nicht wundern täte.«

Die übrigen Burschen lachten verhalten.

»Kein Unmut, Johann. Du wirst Maja danken, dass sie dabei ist. Sie ist heilkundig, sie kann kochen, sie ist eine wandelnde Landkarte, und sie weiß uns vor Gefahren zu warnen. Ganz abgesehen davon stellt ihre Orakelweisheit einen Goldquell für unseren Reisebeutel dar.«

Und wieder – ganz so, wie er es bei Marie am Abend zuvor gemacht hatte – breitete Regino seine Arme aus, ließ die an den Ärmeln baumelnden Glöckchen erklingen und rief Maja ein fröhliches »Willkommen!« zu.

Johann zuckte bloß mit den Schultern und machte sich schließlich doch an die Kohlsuppe.

»N-n-na, d-d-as kann j-ja h-h-eiter werden«, stotterte Wilhelm.

»Ein sonderbares Weib nach dem anderen«, meinte der lange Josef, während beide Mädchen »Heilige Gottesmutter, beschütze uns!« murmelten und die drei ganz jungen Burschen große Augen machten.

Marie hingegen war erleichtert, auch wenn ihr die Worte der alten Frau für den Rest der unruhigen, für sie nahezu schlaflosen Nacht nicht aus dem Kopf gehen wollten.

X

Tirol, acht Tage nach dem Aufbruch von Venedig, im März 1348

Dunkler waren sie geworden, aber nicht größer, die vier widerlichen Beulen, welche Crispin in Augenschein nahm, als er den heißen Körper seines ohnmächtigen Freundes an diesem Morgen entkleidete und wusch. Eine der Erhebungen befand sich am Hals, zwei auf einer jeden Seite unter den Achselbeugen, und eine letzte an der rechten Lende.

»Sie scheinen zu trocknen«, murmelte er vor sich hin und warf einen Blick auf sein scharfes, glänzendes Schwert, das in einer Ecke der verlassenen und verfallenden Behausung gelehnt stand. Crispin hatte es bislang noch nicht übers Herz gebracht, sein Vorhaben zu vollenden. Er hatte immer noch gehofft, Konrad wenigstens so weit pflegen zu können, dass dieser aufwachte und dem Freund die Zustimmung für dessen Gnadenakt erteilte. Doch bisher war Konrad noch nicht ein einziges Mal, nicht einmal für einen kurzen Moment, zur Besinnung gekommen.

Crispin legte ein Ohr auf die nackte, schweißnasse Brust des Kranken und lauschte. Sein Atem war schwach, aber er ging normal. Kein Rasseln, keine Not beim Luftholen, so wie Crispin es bei anderen Pestkranken in Messina beobachtet hatte. Konrad fieberte lediglich stark, wies Anzeichen einer üblen Erkältung auf, und an den genannten Stellen seines Körpers hatten sich diese hässlichen Beulen gebildet, die jedoch – und das hoffte Crispin sich nicht nur einzubilden – zu trocknen begannen. »Kleiner werden sie jedoch nicht«, flüsterte er zu sich selbst und drückte mit dem Finger leicht gegen das Geschwür an Konrads Lende. Es war nur ein sanfter Druck, aber offenbar stark genug, um das schwarze Ding plötzlich wie eine reife Frucht aufplatzen zu lassen. Ein abstoßendes, eitriges Sekret ergoss sich stinkend auf den schwitzenden Leib des bewusstlosen Kranken.

Angewidert sprang Crispin zunächst zurück. Doch dann begann er zu lächeln, aus dem Lächeln wurde ein lautes Lachen, und schließlich hüpfte er wie ein Kind in dem niedrigen, dunklen Raum herum.

Er erinnerte sich an die Jahre, die er als junger Mann in einem Hospiz auf Malta verbracht hatte, er erinnerte sich an den weisen Bruder Valenz und an dessen Bericht über die Justinianische Pest, welche vor vielen hundert Jahren in Konstantinopel und weiten Teilen der bekannten Welt gewütet haben soll. Kaiser Justinian selbst war von diesen schrecklichen Beulen befallen worden und hatte überlebt, ja, er hatte überlebt, so wusste Bruder Valenz zu erzählen, weil sich die Bubonen durch Gottes Hilfe am sechsten Tage von allein geöffnet hatten.

»Und ich wollte dir das Schwert ins Herz rammen«, rief Crispin nun seinem noch immer besinnungslos daliegenden Freund zu.

Dann legte sich seine Euphorie mit einem Mal. Mit ernster Miene trat er zum Lager Konrads, kniete sich betend nieder, dankte Gott und sprach die ganze Nacht hindurch einen Psalm nach dem anderen, während er den kranken Körper seines Freundes nicht aus den Augen ließ und mit Behagen beobachtete, wie sich im Laufe der Nacht alle Beulen wie durch himmlische Hand zu öffnen begannen.

Die alte Maja war erstaunlich gut zu Fuß unterwegs. Es hätte des Esels gar nicht bedurft, welchen sie nach drei Tagen Marsch in der Sollingstadt Northeim gegen eine versilberte Gürtelschnalle eintauschten. Derlei Wertgegenstände führte die ehemalige Einsiedlerin dutzendfach in einem Lederbeutelchen mit sich, das unter ihren vielen Röcken zwischen den knorrigen Beinen baumelte. Fundstücke waren es, die sie in der Zeit ihres Alleinseins in dem verlassenen Dorf aus den menschenleeren Häusern geholt hatte.

Für die Brüder Fritz und Gustav sowie den jungen Knecht Otto stellte es jedes Mal einen Heidenspaß dar zu beobachten, wie das alte, trockene Weib seine Röcke lüftete, um nach ihrem wohlgehüteten Schatz zu greifen. Marie versetzte den Buben, wenn sie sie dabei erwischte, wie sie sich über Maja lustig machten, einen Nackenstreich, musste aber zugeben, dass sie ihrerseits durchaus amüsiert war.

Ja, die Aufnahme des zwar betagten, aber dennoch äußerst erfrischenden Kräuterweibleins in die Gefolgschaft war vor allem für Marie eine Wohltat. Sie kannte die Alte kaum, spürte aber, dass von ihr eine tiefe Ehrlichkeit ausging, auch wenn sie den anderen, bis auf Regino, stets unheimlich blieb. Nun war Marie also nicht mehr die Einzige in der Gruppe, welche vor allem von den beiden Mädchen misstrauisch angeschaut und über welche heimlich getuschelt wurde. Marie hatte in der »Hexe« Maja eine Gefährtin gefunden, mit der sie etwas Wesentliches teilte: Sie beide waren schlicht und einfach anders – merkwürdig, sonderbar, wunderlich, wenn man so wollte. Im Gegensatz zu Marie war Maja jedoch niemals aus ihrem Dorf herausgekommen, und dennoch wusste sie mehr als selbst ein weitgereister Wallfahrer, der nicht nur Rom und Santiago di Compostela, sondern gar das Heilige Grab in Jerusalem aufgesucht hatte. Regino hatte nicht falsch gelegen, als er annahm, in

Maja eine sprechende Landkarte vorzufinden. Und nicht nur das: Offenbar war sie sogar des Lesens und Schreibens kundig, auch wenn sie sich über die Quelle dieses für eine einfache Walddorffrau ungewöhnlichen Wissens in Schweigen hüllte. Ja, Maja genoss es, mysteriös zu bleiben. Oft sprach sie nur in Rätseln, manchmal gab sie auf Fragen gar keine Antwort, sondern machte bloß merkwürdige Gesten und Grimassen. Das mochte manchmal ulkig erscheinen, oft jedoch rief sie mit ihrem wunderlichen Betragen auch Grusel und Gänsehaut unter den soeben dem Kindesalter entwachsenen jungen Leuten hervor. Dennoch, Marie begann sie gerade deswegen von Stunde zu Stunde mehr ins Herz zu schließen, obgleich auch sie wegen der oft düsteren, nebulösen Prophezeiungen und Visionen der Alten schlecht träumte.

»Was meinst du damit, Regino, dass ich entscheiden soll, ob wir den Weg über Goslar nehmen?«, fragte Maja, auf ihrem Esel sitzend, während sie den Bannkreis der Stadt Northeim verließen.

Der Pfeifer führte das Tier, welches tapfer und mit kleinen Schritten die zwar an sich leichte, aber schwer bepackte Greisin trug. Maja, das wurde vor allem Johann nicht müde zu erwähnen, hatte es doch tatsächlich geschafft, nahezu ihren gesamten Hausstand mit auf die Reise zu nehmen, verpackt in einem enormen geflochtenen Tragekorb, der selbst einen Riesen, hätte er ihn sich auf den Rücken geschnallt, hintenüber kippen lassen würde. Nicht so die Alte, welche sich von den jungen Kerlen hatte zwingen lassen müssen, ihr die Last abzunehmen, als sie noch ohne Reittier unterwegs gewesen waren. Jetzt aber trug der Esel Maja samt Korb, während seine Reiterin mit Regino über die weitere Route beratschlagte.

»Nun«, raunte Regino nur leise, denn er wollte nicht, dass die anderen das Gespräch belauschten, »es könnte sein, dass ich dort etwas zu erledigen habe. Es könnte aber auch sein, dass es besser ist, nicht dorthin zu ziehen.«

Regino konnte sich selbst nicht helfen, aber er verspürte nur sehr, sehr wenig Lust, wieder mit Vitus Fips zusammenzutreffen. Und mit ebendiesem hatte er sich in Goslar verabredet. Natürlich war es notwendig, weiterhin zusammenzuarbeiten, denn immerhin war Fips der heimliche Vater dieses ganzen Unternehmens, und ohne ihn würde Regino am Ende ihres Weges gar nicht wissen, was zu tun sei. Doch das Ende des Weges – das Altvatergebirge in Mähren – war noch lange nicht erreicht. Also war es doch kein Muss, sich schon jetzt mit diesem ungemütlichen Kerl zu treffen. Nicht, wo Regino nun dank der Hilfe des kundigen Waldweibleins auch allein den Weg finden könnte. Gewiss, Fips wäre außer sich vor Zorn. Aber dieser Zorn würde verrauchen, denn zum Verrauchen hätte er bis Mähren noch eine Menge Zeit. Und außerdem würde ja eh alles glücklich enden. Das war sicher. Also musste man sich ja nicht unbedingt mit Unannehmlichkeiten aufhalten, wenn dies nicht zwingend notwendig war. Dazu genoss es Regino viel zu sehr, der Anführer dieser kleinen Schar zu sein, dazu war er viel zu sehr in seinem Element, als dass er sich danach sehnte, wieder von Vitus Fips kleingemacht zu werden. Ganz abgesehen davon, dass ihm ganz und gar nicht der Sinn danach stand, dem schrecklichen Kerl den unmenschlichen Wunsch zu erfüllen, welchen er bei Regino für das Etappenziel Goslar in Auftrag gegeben hatte. Regino erschauderte regelrecht bei dem Gedanken daran, was Fips in der Bergwerkstadt von seinem Komplizen erwartete.

»Erbittest du etwa von mir einen Orakelspruch?«, fragte Maja nun, den Pfeifer eindringlich musternd. »Was harrt deiner in Goslar, was dir solch große Sorgen bereitet?«

»Nichts«, erwiderte Regino rasch und warf dabei über die

Schulter hinweg einen verstohlenen Blick auf Marie, die jedoch weiter hinten außer Hörweite ging.

»Nichts? Na, dann zieh nicht über Goslar. Das stellt einen gehörigen Umweg dar. Hättest du das Ziel von vornherein vor Augen gehabt, so wäre es für euch sehr viel leichter gewesen, von Höxter aus den breiten Hellweg nach Goslar zu nehmen, anstatt durch die verwachsenen Waldpfade des Solling zu streifen.«

»Tatsächlich? Du kennst dich wahrlich aus.« Regino war erleichtert. Auf diese Antwort hatte er gehofft. »Weißt du auch den Weg weiter in den Osten? Den Weg jenseits vom Elbefluss?«

»Wie soll ich den kennen, Regino?«

»Vielleicht siehst du ihn vor deinem inneren Auge. Könnte das sein?«

Maja stutzte und schaute Regino eine Weile stumm an. Sie hatte längst geahnt, in ihm einen vollkommen Orientierungslosen vor sich zu haben, doch die Tatsache, dass er dies ihr gegenüber nun zuzugeben schien, machte ihn noch weniger vertrauenswürdig. Hatte er etwa vor, sich ganz und gar auf sie zu verlassen?

»Das kann ich gewiss nicht. Für einen solch langen Marsch, Regino, benötigst du die Kenntnis von bewanderten Leuten. Dazu reicht die bescheidene Gabe einer Einsiedlerin, anhand von Sonne, Sternen und Moosbewuchs die Richtung anzuzeigen, nicht aus. Ich kann dir lediglich sagen, dass es jenseits der Elbe nur wenige feste Wege geben wird. Fahrende Juden, die früher häufiger in unser Dorf kamen, erzählten, dass sie durch diese rar besiedelten Gegenden meist des Winters reisten, um über zugefrorene Seen, Sümpfe und Bachläufe gehen zu können. Denn diese stellen die einzigen wegsamen Routen in der dortigen Wildnis dar, in der sich ein jeder, bis auf die heimischen Slawen, böse verirren kann.«

»So, so«, erwiderte der Gaukler nachdenklich und enttäuscht. »Nun ja, dann muss es wohl sein.«

»Was muss sein, Regino?«

»Dann müssen wir wohl oder übel den Umweg über Goslar nehmen.«

»Wird dort jemand zu uns stoßen?«

Regino zuckte mit den Schultern und schüttelte sich dabei leicht, ganz so, als würde es ihn plötzlich ein wenig frieren.

»Lass dir gesagt sein, mein Guter: Stell dich tapfer und so früh wie möglich deinem Feinde, bevor er dich in einer schwachen Stunde aus dem Hinterhalt überrascht.«

Regino blieb stehen und starrte die auf dem Esel hockende alte Frau mit offenem Munde an. »Woher weißt du …?«

Maja lachte zahnlos. »Ich weiß gar nichts. Ich ahne lediglich.«

»Wie stellst du es an? Wie kommen dir diese Ahnungen?«

»Ich sehe es in deinen Augen.«

»Nun, dann werde ich dir von jetzt an nicht mehr in die Augen schauen, Maja«, winkte Regino ab, gab dem Esel einen Klaps aufs Hinterteil und hüpfte rückwärts zu Wilhelm, Josef und Johann, die er zu ihrer Freude mit einer äußerst pikanten Geschichte über einen Mönch und eine schöne Müllerin beglückte.

Maja schüttelte nur den Kopf und schlug dann, jetzt auf ihrem Tier an der Spitze des seltsamen Trosses reitend, den Weg nach Norden ein, hin zu der reichen Bergbau- und Kaiserstadt Goslar.

Erstaunlich rasch kamen sie an diesem Tage vorwärts. Mehr als drei Meilen hatten sie bereits hinter sich, als sie vom Solling aus auf ein noch massiveres, imposanteres Gebirge, Harz genannt, stießen.

»Hier geht's jetzt auf und nieder, immer wieder!«, kündigte Maja die bevorstehenden Reiseabschnitte an.

»Als seien wir das nicht schon gewohnt«, stöhnte Lisa, setzte sich plötzlich mitten auf dem Weg nieder und öffnete die Bänder ihrer zerschlissenen Schuhe, um sich die wunden, stellenweise sogar blutigen Füße zu reiben.

Diesen Moment nutzten sie alle. Eine Rast war längst überfällig, man wollte aus seinen Schläuchen trinken und von dem Kanten frischen Brotes abbeißen, welches Maja ihnen allen in Northeim spendiert hatte.

So hockten sie eine ganze Weile auf dem breiten, aber verlassenen Fahrweg und warteten auf die wertvollen Momente, an denen die Nachmittagssonne kurz hinter den grauen, eilig über den Himmel ziehenden Wolken hervorlugte.

»Was treibt ihr da, Lumpenpack?«, vernahmen sie in einem solchen wärmenden Augenblick plötzlich die dröhnende, raue Stimme eines Mannes, der sich auf einem prächtigen Ross näherte. Hinter ihm, auf weniger wohlgenährten Pferden, dafür schwer bewaffnet, folgte eine Handvoll weiterer Reiter.

Im Nu hatten sie die Gruppe erreicht.

»Dies ist mein Pass, und hier wird nicht herumgelungert!«, brüllte der Schwarzbärtige.

»Das muss sich um ein Missverständnis handeln, mein hochwohlgeborener Herr Ritter«, rief Regino, sprang mit einem Satz auf die Beine und verneigte sich tief vor dem Mann, dessen Erscheinungsbild dem eines Ritters durchaus ähnlich war, sah man davon ab, dass er nur wenig Wert auf Körperpflege legte. Er stank bereits von Weitem abartig nach Schweiß, schlechtem Atem und sonstigen, noch unangenehmeren Säften.

»Dietrich, zähl sie durch!«, wandte sich dieser, Regino nicht beachtend, an einen seiner Begleiter, welcher sofort vorpreschte und mit angestrengtem Gesichtsausdruck, den Zeigefinger der rechten Hand von einem zum anderen führend, die Mitglieder der Gruppe abzählte.

»Elf, mein Herr, und ein Eseltier«, stotterte er alsdann und zog sich wieder in die hintere Reihe zurück.

»Elf Taler und zwei weitere Taler für das Viech«, brummte nun der schwarze Mann und lenkte sein Pferd so nah an Regino, dass der Schaum von den Nüstern des Tieres auf dessen Nase troff.

»Mit Verlaub, mein Herr Ritter, das nenne ich eine stattliche Summe«, antwortete Regino und versuchte sich erneut zu verneigen, doch dazu war ihm das schnaubende Pferd zu nah.

»Ha, na dann«, lachte dieser nur, lenkte nun sein Tier geschickt von Regino fort auf die beiden jungen Mädchen zu, die sich zu spät dazu entschlossen, sich hinter den Rücken ihrer Begleiter verbergen zu wollen. Mit einer beeindruckenden Drohgebärde forderte er den langen Josef und den stotternden Wilhelm auf, sich bloß nicht zu regen, und packte dann mit einer gekonnten Bewegung beider Arme, die darauf hinwies, dass er in derlei Dingen Übung hatte, Lisa und Anna am Nacken, um eingehend ihre Gesichter zu prüfen.

»Die da ist nicht übel«, brummte er und stieß das andere Mädchen, Anna, fort, während er seine Favoritin Lisa unsanft zu sich aufs Pferd zerrte. »Doch für dreizehn Taler verlange ich mehr. Du da!«

Jetzt war sein Blick fest auf Marie gerichtet. Sie hatte bis dahin hinter dem Esel gestanden und sich ihre Kapuze möglichst tief ins Gesicht gezogen. Anders als die beiden unschuldigen Dorfgewächse wusste sie nur zu gut, mit welcher Sorte »Ritter« man es hier zu tun hatte. Mehr als einmal war sie mit Vitus Fips auf derlei wegezolleintreibende Räuberbanden gestoßen, und mehr als einmal hatte sie ihnen dann – aus Ermangelung an Geld – zu widerwärtigen Diensten sein müssen. Das stand auch nun zu befürchten, denn vierzehn Taler waren selbst die winzigen Bernsteinkieselchen und verbrämten Hornknöpfe, die Maja in ihrem Beutel mit sich führte, nicht wert.

Marie schlug die Kapuze zurück und ging erhobenen Hauptes dem Wegelagerer entgegen. Dieser lachte ihr erwartungsfroh, seine braunen Zahnstümpfe entblößend, zu.

»Dachtest, ich halte dich für 'nen Burschen, was?«

Nun saß er ab. Zog das weinende und wimmernde Bauernmädchen wieder aus dem Sattel und schleuderte es, einer Strohpuppe gleich, seinen Männern vor die Füße.

Der lange Josef wollte einschreiten, wurde aber von Wilhelm und Regino zurückgehalten, während Johann bloß unbeweglich und mit offenem Mund dastand.

»Nur Tenge und Michel dürfen, die anderen passen auf, dass uns die restliche Meute nicht abhaut«, rief der Räuberhauptmann seinen Leuten zu, ohne sich jedoch nach ihnen umzudrehen, denn seine Aufmerksamkeit galt allein Marie.

»Mit einer Schönheit hat man es hier zu tun. Ein bisschen füttern müsste man dich, aber für den Moment sollte es reichen«, hauchte er ihr ins Gesicht, während sich, ganz wie bei seinem Pferd, Schaum vor seinem Mund zu bilden begann.

Marie blieb ungerührt, sie ekelte sich nicht. Nein, Ekel hatte sie in ihrem Leben selten verspürt, es war ein Gefühl, das sie kaum kannte. Verachtung ja, aber Abscheu im Sinne von Ekel war ihr fremd. Wie konnte ein Kind, das in einem an die Kölner Stadtmauern gebauten, losen Holzverschlag inmitten von Rattendreck geboren war, jemals so etwas erlernen?

Er packte sie am Hinterkopf und drückte sie an sich. Es war kein Kuss, vielmehr hatte Marie das Gefühl, er wolle ihr Gesicht auffressen. Innerlich machte sie sich auf das offenbar unausweichlich Kommende gefasst. Sie würde einfach die Augen schließen und versuchen, an etwas anderes, etwas Schönes zu denken, so wie sie es immer tat, wenn ein Mann – sei es der brutale Fips oder auch ihr unbeholfener Ulrich – derartige Dinge von ihr verlangte. Meist gelang ihr diese Ablenkung, und dann war die Sache schnell vorbei. Doch heute schien sie Glück zu haben, denn der Schwarzbart wurde in seinem Tatendrang gestört.

»D… d… d… da kommt ein ganzes Gespann des Weges. Ich erinnere an die Grundruhr, ehrfurchtgebietender Ritter. Ihr wisst, Euer Recht als Landesherr, all die Güter einer Wagenladung euer Eigen nennen zu dürfen, die einem unachtsamen Kaufmann von dessen Karren fallen. Und ich habe es mit eigenen Augen gesehen: Solch ein vollbeladener Karren kippt leicht um, es bedarf nur wenig Nachhilfe …«

Es war Regino, der es doch tatsächlich wagte, dem Wüstling auf die Schulter zu tippen, um seine Aufmerksamkeit auf ein sehr viel größeres Stück Raubritterbeute zu lenken. Durchaus erfreut brummend, wenn denn so etwas möglich war, stieß der Bärtige nun sowohl Regino als auch Marie von sich und rief brüllend seine Männer herbei, von denen einer bereits zwischen den nackten Beinen des schreienden Bauernmädchens Lisa lag, während die anderen die Szene umringten und nur einer die vor Schreck erstarrten Reisenden mit seiner Hellebarde in Schach hielt.

»Glück gehabt. Danke, Regino«, murmelte Marie und wischte sich ihr triefnasses, übelriechendes Gesicht mit der Schürze ab. Rasch eilte sie dann zu der wimmernden Lisa, half ihr, sich aufzurichten und wieder anzukleiden, strich ihr das zerzauste Haar glatt und führte sie zurück zu dem vor Zorn und Abscheu tiefroten Josef, den Marie erst durch eine schallende Ohrfeige davon überzeugen konnte, sich um das verstörte Mädchen zu kümmern, welches immerhin seinetwegen ihre Familie verlassen hatte, um in die unbekannte Fremde zu ziehen.

Sie alle benötigten einige Zeit, sich wieder zu sammeln, während die Wegelagerer auf ihre Rösser stiegen und sich, in Erwartung des augenscheinlich großen nahenden Kaufmannstrosses, neu formierten.

»Verschwinden wir, schnell«, raunte Regino seinen Leuten schließlich zu und wies bereits hinter sich ins Gebüsch, wo ein winziger, enger Pfad Rettung verhieß.

Wie aus einem Albtraum erwacht, eilten sie plötzlich allesamt los, in der Hoffnung, von den Räubern nicht mehr beachtet zu werden.

Steil führte der Weg bergan. Zunächst hatten sie geglaubt, verfolgt zu werden, und waren nahezu in Panik gerannt, das Eselchen war getrabt und Maja gezwungen gewesen, ihren Korb abzuwerfen, der somit als schier unüberwindliche Wegsperrung für eventuelle Verfolger diente. Erst nach einer guten Stunde, in der es ausschließlich aufwärtsgegangen war, fielen sie erschöpft auf dem feuchten Waldboden nieder.

»Die sind wir los«, keuchte Regino. Zitternd vor Anstrengung löste er den Riemen des großen Sackes, den er mit sich führte, und griff tief hinein. Er wusste genau, wie er nach einem derartigen Schreck seine Gefolgschaft aufmuntern konnte.

»Von den Kreuzzügen ins Heilige Land bis hierher in meinen Beutel«, rief er feierlich. »Das Gebräu der Mauren und Sarazenen. Selbst nutzen sie es als Medizin, ich aber kenne eine weitere Möglichkeit, dieses Teufelswasser anzuwenden. Lasst es uns trinken und für einen Augenblick in eine bessere Welt entschwinden. Wir haben es uns redlich verdient!«

»Ich hätte einschreiten sollen. Ich hätte einschreiten sollen!«

Wie ein Häufchen Elend hockte Johann da, ja, er weinte und wiederholte diesen als Vorwurf an sich selbst gerichteten Satz bereits zum hundertsten Male. Marie klopfte ihm beruhigend auf die Schulter, doch das schien es nur schlimmer zu machen.

»Ein Feigling bin ich, ein jämmerlicher Feigling. Niemandem darf ich mehr unter die Augen treten, in mein Schwert sollte ich mich stürzen.« Und damit zog er sein kurzes, stumpfes Schwert, das man wohl eher ein langes Messer schimpfen musste, und setzte sich die Klinge dramatisch an die Brust. Ruhig nahm Marie es ihm ab.

»Du hast zu viel von dem Höllenwasser getrunken, Johann. Alles ist gutgegangen, niemand hat einen Schaden genommen.«

»Geschändet haben sie euch Frauen. Ist das etwa kein Schaden?«, jammerte Johann mit einer entsetzlich hellen Stimme weiter.

»Lisa hat eine böse Erfahrung gemacht, das ist wahr. Aber glaube mir, Johann, derlei Dinge geschehen, und sie werden auf unserem Weg wieder geschehen und vielleicht sogar noch einen schlimmeren Verlauf nehmen. Glimpflich sind wir davongekommen.«

»Du bist solch eine kluge, erfahrene Frau, Marie. Und schön dazu.« Er neigte schluchzend seinen Kopf zur Seite und schaute Marie aus seinen nassen roten Augen an. Sie konnte nicht anders: Mütterlich strich sie ihm durch sein blondes Haar.

»Ich bin schon viel herumgekommen, Johann.«

»Das haben wir uns im Dorf längst gedacht«, schniefte er nun und streckte seine Hand nach dem Krug aus, der bereits leer war, aber aus welchem er noch einen letzten Tropfen zu erhaschen hoffte.

»Ich kann mir denken, dass ihr euch so einiges über mich gedacht habt«, erwiderte Marie leise.

»Aber ich habe kein Wort von den üblen Geschichten geglaubt, die sie sich über dich erzählt haben. Das schwöre ich bei Gott.«

Der betrunkene Junge kam Marie nun wieder sehr nahe, sie

konnte bereits seinen nach Branntwein riechenden, warmen Atem in ihrem Gesicht spüren. Geschickt wandte sie im letzten Moment den Kopf zur Seite und sagte fröhlich:

»Johann, du hältst noch dein Schwert in Händen. Gleich hast du mich versehentlich erdolcht.«

»Oh«, meinte dieser verlegen, wurde über und über rot und schien mit einem Male so, als sei er aus einem schönen, aber sündhaften Traum erwacht. Stumm starrte er von da an in die Flammen des Lagerfeuers.

Ein großes Feuer hatten sie gemacht, auch wenn dies in Anbetracht der Nähe der Räuberbande alles andere als ratsam gewesen war, aber mit dem starken Trunk waren der Mut und auch die Gleichgültigkeit gewachsen, sodass sie nun nicht nur im hell erleuchteten Wald saßen, sondern Regino zudem mit seinem Pfeifenspiel begonnen hatte. Lisa war vor Erschöpfung eingeschlafen, während der Müllerssohn Josef so viel von dem Branntwein getrunken hatte, dass er nach einem Tobsuchtsanfall nun ebenfalls regungslos mit offenem Mund auf dem Rücken lag und nur noch Lalllaute von sich gab. Die beiden jüngsten Buben trieben sich irgendwo im Wald herum, nur aus der Ferne war ihr Lachen und Grölen zu vernehmen, man gewann den Eindruck, sie seien bloß fünf oder sechs Jahre alt und spielten Versteck oder Fangmich. Der Knecht Otto war ebenfalls von dem Teufelswasser heillos trunken, und der schüchterne Wilhelm überraschte alle mit einer wunderschönen, tiefen Singstimme, die rein gar nichts von seinem sonstigen Stottern erkennen ließ, während das Mädchen Anna erleichtert in seinen Armen schlummerte. Es war ein unwirtlicher, seltsamer Abend.

Allein Maja machte einen für ihre Verhältnisse normalen Eindruck. Sie hatte darauf verzichtet, von Reginos Wundergebräu zu kosten. Schweigsam saß sie da, in eine Decke gehüllt, und wiegte ihren schmächtigen Körper langsam vor und zurück.

Marie genoss diesen sonderbaren, aber dennoch so beruhigenden Moment in der Gruppe. Sie schloss die Augen, lauschte dem melancholischen Spiel des Pfeifers und dem wunderbaren Gesang des jungen Tagelöhners und spürte die Wärme des Feuers in ihrem Gesicht.

Doch dann wurden sie mit einem Male allesamt schlagartig aus ihrem entrückten Zustand gerissen. Ein ohrenbetäubendes Gebrüll ertönte. Die Schlafenden erwachten, die Musik verstummte, und alle drehten sich entsetzt in Richtung des tiefen Waldes um. Johann sprang auf, sein Schwert hielt er noch immer in Händen, richtete es nun jedoch gegen die möglichen Angreifer, die er fast sehnsüchtig erwartete, um endlich seine Tapferkeit unter Beweis zu stellen.

Es erschienen aber lediglich Gustav und Fritz, die zwei halbstarken Schmiedssöhne. Beinahe hätte Johann mindestens einem von ihnen mit seinem Kurzschwert den Schädel gespalten, wenn ihn nicht im letzten Moment Maries Schrei davon abgehalten hätte.

»Seid ihr des Wahnsinns?«, brüllte er nun die Jungen an, doch dann musste er auch schon laut losprusten, und mit ihm der Rest der aufgeschreckten Gruppe, denn die Brüder sahen nur allzu komisch aus.

Auf den Köpfen trugen sie uralte, bereits schwarz angelaufene und mit Moos bedeckte Helme, aus Lianen und Laub hatten sie sich Umhänge geflochten, und während der stets braun gebrannte Fritz eine abgebrochene, alte Klinge in der Hand hielt, war das Schwert des sommersprossigen Gustav noch ganz, aber ebenso unbrauchbar.

»Wo habt ihr diesen Tand gefunden?«, fragte nun der etwa gleichaltrige Otto. Er hatte darauf verzichtet, mit den albernen

Gesellen im Wald herumzutollen, und lieber mit den Älteren Branntwein getrunken, nun aber wurde er ein wenig neidisch auf den Schatz, den die beiden Brüder dabei offenbar gefunden hatten.

»Nicht weit von hier. Da ist ein Hang ins Rutschen geraten, und dabei ist das alles zum Vorschein gekommen.« Gekonnt sprang Gustav dem rothaarigen Knecht Otto entgegen und hielt ihm spielerisch die sich bereits zersetzende Klinge an den Hals.

»Aber das ist noch längst nicht alles. Schaut her«, rief Fritz stolz, griff in die an seinen schmutzigen Kittel genähte Tasche und holte eine Handvoll Münzen hervor.

Regino war gleich zur Stelle und musterte im spärlichen Licht den Fund.

»Eigentümlich, eigentümlich. Derlei Münzen sind mir noch nie untergekommen. Schaut an, ein nahezu nackter Speerwerfer ist da zu sehen. Christlich ist das nicht.«

»V-v-vielleicht aus dem M-m-morgenland«, warf Wilhelm ein, der jetzt, wo er nicht mehr sang, wieder zu stottern begonnen hatte.

»Was steht da auf der Münze? Du kannst doch lesen, Regino. Lies es uns vor«, fragte Marie und traf damit unwissentlich einen wunden Punkt. Regino räusperte sich und kratzte sich verlegen am Kopf. »Meine Augen«, sagte er schließlich. »In diesem fahlen Licht wollen meine Augen nichts erkennen. In Goslar wird es Zeit, mir ein Glas anfertigen zu lassen.«

»Lasst es mich versuchen«, krächzte nun Maja, die bis dahin am Feuer sitzen geblieben war. »Gebt schon her!«

Ängstlich, mit ausgestrecktem Arm, reichte Fritz der ihm unheimlichen Alten seinen Münzfund. Maja begutachtete die stumpfen runden Dinger lange und ausgiebig.

»*SPQR* kann ich auf dieser hier erkennen. Und auf einer anderen ... Na, wo ist sie denn? ... Da steht etwas von einem *Imperator Commodus.* Das ist alles, die übrigen sind unleserlich.«

»By-by-byzantiner?«, fragte Wilhelm nun. Der arme Tagelöhner schien sich mit der Geschichte der großen, weiten Welt besser auszukennen als die anderen Dorfkinder.

»Die Byzantiner sind Christen, sie würden keine nackten Männer auf ihre Münzen prägen«, gab Regino zur Antwort und ließ sich noch einmal die Münze mit dem Speerwerfer reichen.

»Heidnisch ist das Zeug. Tief heidnisch und damit wertlos. Wahrscheinlich liegt es schon seit Hunderten von Jahren in diesem Wald«, meinte Maja, während sie an einem der Geldstücke mit dem langen Nagel ihres kleinen Fingers kratzte. »Hier ist noch was: *Roma* kann ich entziffern.«

»A-a-aus dem hei-heiligen R-rom. D-d-dann ist es auf k-k-keinen Fall h-heidnisch. Es k-k-könnte also doch v-v-v-von Wert sein«, meinte nun Wilhelm, und seine Anna blickte unter ihren zusammengewachsenen, dunklen Brauen bewundernd zu ihm auf.

»Gibt es noch mehr davon?«, wandte sich Johann an die Brüder.

Diese nickten aufgeregt: »Gewiss, man muss nur danach suchen.«

»Worauf warten wir dann?«, forderte Johann die beiden auf, nahm sich einen brennenden Ast aus dem Lagerfeuer und wies die Buben an, ihm den Weg zu dem kostbaren Schatz zu zeigen. Auch Otto und Wilhelm schlossen sich an.

Maja schüttelte lächelnd, aber gleichzeitig traurig den Kopf: »Kinder sind sie noch, unschuldige Kinder. Was würde ich dafür geben, dass dies so bliebe.«

XI

Ulrich Filzhut war jetzt seit fünf Tagen unterwegs. Eine Rast hatte er nur des Nachts eingelegt. In dem Ort Breden wusste man zu berichten, dass Marie gesehen worden war, wie sie in Richtung des Waldes ging, hinter dem der große Weg nach Höxter entlangführte. Er hatte also recht gehabt mit seiner Vermutung, dass sie dem Pfeifer folgte. Erleichtert war der geschwächte Ulrich dann gewesen, als er, in Höxter angekommen, erfuhr, dass tatsächlich am vorigen Tag ein bunter Spielmann zusammen mit neun jungen Leuten, darunter drei Frauen, über die Weserbrücke in den Solling gezogen war. Doch von da an hatte Ulrich ihre Fährte verloren. Umhergeirrt war er, die Orientierung hatte er verloren, war schließlich nur noch im Kreise gelaufen.

Ermattet fand er am Ende bei einem stummen Köhler Obdach. Hier, in dessen Waldhütte, lag er nun seit einem Tag und einer Nacht, konnte nicht essen und nicht trinken, sich kaum bewegen. Quälende Gedanken und Erinnerungen gingen ihm durch den pochenden und klopfenden Kopf.

Davongelaufen war sie.

Sie hatte Angst vor dem entstellten Mann gehabt. Ja, sie hatte sogar versucht, diesen zu töten.

Ulrich konnte sich all das nicht erklären. Auch den Fremden hatte er nicht mehr fragen können, denn der war unmittelbar nach Maries Verschwinden laut lachend ebenfalls in die

Nacht davongegangen. Eilig hatte er es nicht gehabt, und sein dröhnendes Gelächter war noch lange in der Dunkelheit zu hören gewesen.

Was war das nur für ein Geselle gewesen? Freundlich hatte er sich gegeben, und freundlich hatte er sich auch Marie gegenüber betragen. Aber dennoch: Sie hatte schreckliche Angst vor ihm gehabt.

Warum?

Wenn es sich bei diesem nächtlichen Besucher nicht gerade um den Teufel selbst gehandelt hatte – was auch der stets skeptische Ulrich für so abwegig nicht hielt –, so musste es zumindest ein Mann gewesen sein, den Marie bereits zuvor gekannt hatte. Ein Mann aus ihrem früheren, geheimnisvollen Leben.

Ulrich konnte sich das alles nicht erklären, und so war er auch nach dem Erscheinen dieses Fremden und dem Verschwinden seiner Frau zunächst verwirrt und ratlos gewesen. Erst am Abend des nächsten Tages, als im Dorfe das Jammern und das Schreien wegen der verlorenen Kinder lauter und lauter wurde, da war auch Ulrich aus seinem Dämmerschlaf erwacht, hatte nichts weiter als ein Beutelchen mit Brot und einem Stück harten Käses gepackt und war dann aufgebrochen, um nach seiner entschwundenen Frau und den jungen Leuten zu suchen.

Etwas sagte ihm, dass Marie zu ihnen geflohen war, zu dem Pfeifer und den verlorenen Kindern. Niemandem gab der Bauer Filzhut Bescheid. Er ging einfach. Zum ersten Male in seinem Leben beschloss er, seine Heimat zu verlassen und eine weite Reise zu unternehmen. Wie viele Meilen er zurücklegen müsste, um Marie zu finden, das wusste er nicht. Es war ihm gleich. Er fühlte sich, wie sich ein Pilger fühlen musste, wenn er sich auf eine gottgewollte Fahrt begab. Es gab keine Frage nach dem Wie und Warum, es gab lediglich die Pflicht, diese oberste

Herzenspflicht, die ihn trieb und die ihn, den sturen, alternden Kerl, endlich dazu veranlasste, sein altes Leben zurückzulassen.

Doch mit diesem Marsch schien er sich übernommen zu haben, denn nun lag er hilflos und schwach in einer verkohlten Hütte. Umgeben von den stinkenden abgezogenen Fellen gewilderter Tiere und in der Gegenwart eines düsteren Mannes, der seinerseits mehr einem Tier als einem Menschen glich und lediglich Grunzlaute von sich gab.

Dennoch versuchte Ulrich – immer dann, wenn die Mattigkeit es zuließ –, mit dem Köhler zu reden.

»Hast du eine Gruppe Reisender gesehen? Angeführt von einem Mann in bunten Kleidern?«

Der Köhler brummte unwirsch. Er war soeben dabei, mit bloßen Händen einen Biber auszunehmen, und klatschte die blutigen Eingeweide des Tieres schwungvoll auf den Boden vor das Lager seines Gastes.

»Hast du vielleicht einen anderen Reisenden gesehen? Einen Mann mit einem zerschundenen Gesicht?«

»Hm«, machte der Köhler nun und schaute einen Moment lang auf. Dann nickte er kurz und fuhr mit seiner Arbeit fort.

»War er hier bei dir?« Ulrichs schwaches Herz begann zu rasen, er versuchte sich nun in seinem Lager aufzurichten.

Wieder nickte der Mann, dieses Mal ohne aufzuschauen.

»Wohin ist er gegangen?«

»Wowa«, das war alles, was Ulrich verstand.

»Wohin?«

»Wowa«, wiederholte der Köhler.

»Ist das eine Stadt?«

Der Angesprochene nickte.

»Eine große Stadt?«

Wieder ein Nicken.

»Mehr als eine Tagesreise?«

Der Köhler zeigte Ulrich drei blutige Finger.

»Drei Tagesreisen?«

Ein zustimmendes Brummen.

»Wie genau heißt die Stadt? Sage es mir bitte noch einmal.«

»Wowla.«

»Wofflar?«, wiederholte Ulrich nachdenklich.

»Wochlar«, versuchte sich der Köhler erneut. Ulrich hatte den Eindruck, dass der grobschlächtige Mann durchaus gewillt war, ihm zu helfen, denn nun formte er mit seinen prankenartigen Händen eine Art Krone auf seinem Kopf.

»Eine Königsstadt?«

Der Köhler lächelte nun sogar.

»Goslar. Du meinst Goslar.«

Ein freudiges Nicken.

Im Nu war Ulrich auf den Beinen. Seine schwachen Glieder vergessend, packte er seine Siebensachen, ließ dem Köhler den Rest des alten Käses da und verschwand, um den Narbigen in Goslar zu finden.

Dort, wo dieser Mann war, wäre Marie nicht weit, denn Ulrich war sich nun sicher, dass er nicht der Einzige war, der sich auf der Suche nach dieser Frau befand.

Regino hatte in Goslar rasch eine günstige Unterkunft für sich und seine Leute gefunden. Sie allesamt waren beeindruckt von der prächtigen Stadt, die einst Kaiser aus dem Geschlecht der Salier beherbergt hatte, nun aber von einem selbstbewussten Bürgertum dominiert wurde, welches sich jedoch zunehmend Sorgen um das Fortbestehen seines Wohlstandes machte. Es war der Reichtum des Harzes, der es der Stadt so gutgehen ließ. Nicht nur Kupfer und Erz kamen in diesem Gebirge vor, nein, sogar Silber wurde in den umgebenden Minen abgebaut. Doch leider waren die Zeiten des Überflusses im Schwinden begriffen, zu tief hatte man bereits geschürft. Und auch die schlechte Witterung der letzten Jahre hatte nicht unwesentlich dazu beigetragen, dass die Gruben vollliefen und es selbst den mutigsten Bergleuten unmöglich machten, daraus weitere Massen an Bodenschätzen zutage zu fördern. Das Problem der Entwässerung war schier unlösbar und hatte schon so manchen Grubenbesitzer in den Ruin getrieben.

Doch von diesen Sorgen bemerkten Marie und ihre Mitreisenden nichts, als sie durch die gepflasterten Straßen streiften, die herrlichen Auslagen in den Läden der Krämer begutachteten und die großen Bürgerhäuser, die kolossale Kaiserpfalz und den prächtigen Dom bestaunten.

Schwach konnte Marie sich erinnern, schau einmal hier gewesen zu sein – als Kind auf der Durchreise mit ihrem Ziehvater. Noch sehr klein musste sie damals gewesen sein, denn die Erinnerungen, die ihr kamen, bestanden lediglich aus Bruchstücken, welche jedoch besonders lebhaft auftraten, als sie zusammen mit einigen anderen aus ihrer Gruppe an einem ganz bestimmten, recht unscheinbaren Gebäude in einer schmutzigen Nebengasse vorüberging.

»Marie, was ist dir?«, fragte Maja. Die kleine Frau stand hinter der großen Marie und versuchte über deren Schulter zu blicken. »Was starrst du auf dieses schäbige Hüttchen? Komm, lass uns zum Markt gehen. Ich möchte doch meinen, dass ich gegen diese beiden glitzernden Knöpfe hier einige Stücke Hühnerpastete eintauschen kann.«

»Warte, Maja, einen Moment noch.« Marie blieb stehen, während die Buben und Mädchen, begeistert von der großen Stadt, neugierig weiterzogen. Nur Maja wartete auf die junge Frau. Und sie wartete lange, denn Marie brauchte einige Zeit, um die wenigen Erinnerungsfetzen zu einem blassen Bild zusammenzufügen:

Da waren außer ihr noch andere Kinder gewesen. Sie hatten gespielt. Sie hatten in diesem Haus Suppe bekommen. Jungen und Mädchen waren es, vielleicht acht oder zehn an der Zahl, allesamt älter als die kleine Marie. In dieses Haus waren sie gegangen. Und dort hatten sie Abschied voneinander nehmen müssen. Tränen waren geflossen.

Mehr jedoch wollte Marie nicht einfallen.

»Ja, lass uns besser weitergehen«, wandte sie sich schließlich nach Maja um und hakte die alte Frau freundschaftlich unter. Gemeinsam schritten sie aus der engeren in eine breitere Gasse hinaus, um wieder zum Markt zurückzufinden.

In diesem Moment kam ihnen Regino entgegen.

Er hatte sich am heutigen Tage sehr geschäftig gezeigt und seinen Leuten geraten, sich eine schöne Zeit in Goslar zu machen, während er in wichtigen Angelegenheiten unterwegs sei. Eine solch wichtige oder besser schwierige Angelegenheit schien nun auf ihn zu warten, denn offenbar trug er etwas äußerst Schweres unter seinem kurzen, aber ausladenden Rock. Nur mühselig bewegte er sich mit verkniffenem Gesicht fort, versuchte aber zu grinsen, als er die beiden vertrauten Gesichter auf sich zukommen sah. Doch dieses Grinsen glich in Anbetracht der verborgenen Last, die er schleppte, mehr einer grotesken Maske. Marie musste lachen, und auch Maja schien amüsiert.

»Dich plagen offensichtlich furchtbare Schmerzen, mein guter Regino«, rief sie ihm bereits von Weitem zu. »Hast du dir etwa den Rücken verrenkt? Was ist geschehen?«

»Nicht der Rede wert, nicht der Rede wert, meine guten Frauen. Sorgt Euch nicht um den armen Regino, es wird schon wieder. Geht und nutzt den Tag zur Rast, wir haben noch einen mühseligen Weg vor uns.«

Und schon war er an ihnen vorübergehumpelt.

»Der hat den Sack mit den rostigen Münzen aus dem Wald

dabei. Geklaut hat er ihn den Buben«, raunte Maja Marie hinter vorgehaltener Hand zu. Dann winkte sie ab: »Lassen wir es gut sein! Ist eh wertloses Zeug. Nicht einmal ein fahrender Jude würde es ihm als Altmetall abkaufen wollen.«

Regino hatte tatsächlich große Mühe, den bis nach Goslar vom Eselchen getragenen Münzfund nun durch die ganze Stadt zu schleppen. Er ärgerte sich, nicht auch für diesen Weg die Hilfe des Lasttiers in Anspruch genommen zu haben. Aber er hatte kein Aufsehen erregen wollen, denn immerhin war ihm nicht eingefallen, die eigentlichen Finder des Schatzes um Erlaubnis zu bitten, ihre Münzen für einen edlen Zweck zu spenden. Vollkommen verschwitzt und außer Atem erreichte er schließlich das schiefe, nur aus morschen Holzbalken und losem Flechtwerk bestehende Häuschen, vor dem noch vor wenigen Augenblicken Marie stehen geblieben war und welches, eingeengt zwischen zwei größeren, massiveren Gebäuden, ein noch viel jämmerlicheres Bild bot, als wenn es allein auf weiter Flur gestanden hätte.

Dies also war der vor Langem vereinbarte Treffpunkt – in seiner fast schon offensichtlichen Unscheinbarkeit war er kaum zu verfehlen.

Ein wenig Angstschweiß kam nun zu den durch die Anstrengung verursachten Ausdünstungen hinzu. Regino verspürte nur wenig Lust, die Spelunke zu betreten, und kurz überlegte er, ob er es überhaupt wagen sollte. Dann fielen ihm die Worte Majas wieder ein: *Stell dich tapfer und so früh wie möglich deinem Feinde, bevor er dich in einer schwachen Stunde aus dem Hinterhalt überrascht.*

Im Grunde war ein solches Verhalten wider Reginos Natur. Er ging Schwierigkeiten lieber aus dem Wege, als dass er den Angriff wagte. Aber bevor sie dieses viele, schwere Geld wochenlang mit sich herumschleppten, um es im Land ihrer Träume womöglich gar nicht einlösen zu können, würde er es zu einem besseren Zwecke nutzen. Und dieser Zweck war, jemanden für eine nicht vollbrachte, aber versprochene Dienstleistung zu entschädigen. Ja, er würde sich nun mit Vitus Fips auseinandersetzen müssen, aber womöglich war dieser ja auch gar nicht da. Vielleicht hatte man sich verpasst. Die Wahrscheinlichkeit, dass dem so sei, war nach dem langen Marsch mit all seinen Unbilden nicht gering. Dann hätte sich ohnehin alles erübrigt. Schön wär's.

»Gott vergelt's!«, murmelte Regino und öffnete mit letzter Kraft und einem heftigen Ruck die quietschende Türe der düsteren und als solche von außen nicht erkennbaren Spelunke.

Dunkelheit und Mief schlugen ihm entgegen, dennoch irrte er blind hinein und fiel, die beiden nach unten führenden, ausgetretenen Stufen übersehend, direkt vor die Füße von Vitus Fips. Der um die Hüften gebundene Geldsack löste sich dabei, und ein Meer von stumpfen Geldstücken rollte über den verschmutzten Lehmboden. Zum Glück waren die übrigen Anwesenden – es handelte sich lediglich um drei müde Männer – so betrunken, dass sie darauf verzichteten, sich sogleich auf den unvermittelten Geldsegen zu stürzen. Hastig begann Regino, die Münzen mit beiden Händen zusammenzufegen, es machte ihm nichts aus, dass er dabei auch Auswurf sämtlicher Art, Hähnchenknochen und Fischgräten auflas.

»Du bist ja da, Fips. Wie wunderbar. Dann ist also alles wie verabredet«, sprach er dabei hastig, während der andere breitbeinig über ihm stand und verächtlich die sich ihm bietende Szene verfolgte.

»Du hast dich verspätet, Regino.«

»Wir haben uns ein wenig verlaufen, und zudem hat uns der Überfall einer Räuberbande einen ganzen Tag gekostet.«

Regino erhob sich nun. Zitternd stand er vor Fips, er überragte diesen um Haupteslänge. Dennoch stellte sich die Frage nicht, wer von den beiden Männern im Zweifelsfall der Stärkere wäre.

»Als wir uns vor einigen Nächten im Walde trafen, hatte ich das Gefühl, du wolltest mich rasch loswerden, Regino.«

»Aber, nein doch, nein. Guter Fips, wo denkst du hin?«

Sie setzten sich nun an den einzigen freien Tisch im Raum. Es handelte sich um nichts weiter als ein auf ein Fass genageltes Brett, umgeben von weiteren, kleineren Fässern, die als Hocker dienten. Ohne zu fragen, setzte ihnen eine wie aus dem Nichts kommende, äußerst magere Frau, deren linker Arm fehlte, zwei enorme gefüllte Bierkrüge vor. Regino schaute ihr nach, sich darüber wundernd, wie ein einziger dünner Arm ein solches Gewicht stemmen konnte.

»Ich … ich …«, fuhr Regino danach fort, angestrengt nach einer Ausrede suchend. »Ich fürchtete lediglich, meine jungen Begleiter könnten es, wenn sie dich sehen, mit der Angst zu tun bekommen und das Weite suchen. Immerhin waren sie nur einen Katzensprung von daheim entfernt, da fällt es einem mitunter leichter, den Mut zu verlieren und einfach in den Schoß der Mutter zurückzueilen.«

»Schoß der Mutter«, wiederholte Fips verächtlich und spuckte dabei auf den Boden. »Zu alt sind die für meine Zwecke. Solche haben schon zu viel im Kopf, um sich für meine Dienste anspannen zu lassen. Aber sei's drum, die Hauptsache ist, dass du auf dem Weg noch andere, jüngere eingesammelt hast. So, wie wir es besprochen hatten. Ich brauche sie hier in Goslar.«

»Ja«, reagierte Regino knapp und lächelte dabei verlegen, aber gleichzeitig erleichtert, denn ebendas war das Stichwort, welches er benötigte, um seinen Plan zu präsentieren.

»Ich hab da etwas sehr viel Besseres für dich eingesammelt,

guter Fips. Etwas, das dich weitaus mehr erfreuen wird.« Ein wenig nervös fingerte er nun unter dem Tisch an dem Sack mit den soeben aufgeklaubten Münzen herum. Doch just in dem Augenblick öffnete sich die Türe erneut, und mit dem grell erscheinenden Tageslicht kam eine mächtige, bullige Gestalt herein, schlug die Tür wieder zu und bahnte sich den Weg in der Dunkelheit gezielt zu Vitus Fips und Regino von Bunseborn. Ohne Fips' Gruß zu erwidern, setzte er sich zu ihnen und erhielt, noch schneller als zuvor die beiden anderen, ein Bier von der Einarmigen, welcher er daraufhin dankbar das kaum vorhandene Hinterteil tätschelte. Die Frau kicherte zahnlos und wurde daraufhin von dem Bullen noch einmal an ihrem einzigen Arm zurückgezogen, er setzte sie sich kurz auf den Schoß und spielte vor den Augen der beiden anderen an ihrem dürren Körper herum, dann stieß er sie von sich und rief ihr nach:

»Ein bisschen Geduld, Magda, ich bin gleich bei dir.«

Regino schürzte etwas angewidert die Lippen, und auch Fips hob nicht gerade begeistert eine Augenbraue.

»Verändert hast du dich, Vitus. Was ist mit deinem Gesicht passiert?«, brummte nun der Hüne. Seine Stimme donnerte durch den ganzen Raum, war aber immer noch nicht stark genug, um die drei übrigen Anwesenden in der Schenke aus ihrem Zustand geistiger Umnachtung zu reißen.

Fips winkte ab.

»Was willst du von mir?«, fragte der Bulle nun.

»Das übliche Geschäft würde ich gern mit dir machen, Hajo.«

Entschieden schüttelte der Riese sogleich den Kopf und schickte sich bereits an aufzustehen und zu der auf ihn wartenden Magda zu stampfen.

»Warum nicht?«, fragte Fips und hob seinen Krug, um dem anderen zuzutrinken und ihn damit zum Bleiben zu bewegen.

»Weil es schon lange keinen Ertrag mehr bringt.«

Regino verstand nicht viel von dem, was die beiden da redeten. Aber er hatte das untrügliche Gefühl, dass es gut für ihn war, dass das verabredete Geschäft offenbar nicht zustandekommen würde.

»Erzähl«, forderte Fips den Bullen auf und beugte sich zu ihm herüber.

»Naja, wir hatten in den letzten fünf Jahren fast ein Dutzend Grubeneinstürze in der Gegend. Den Herren fehlt das Geld und die Lust, die Stollen zu sichern, zudem muss man immer tiefer hinunter, um an das Erz heranzukommen. Da läuft ein Schacht dann gern mal voll. Was nützen einem die Zwerglein schon, wenn sie ersaufen oder verschüttet werden? Bleiben sie am Leben, so können selbst ihre kleinen Hände unter diesen Bedingungen nichts mehr herausholen, und abgesehen davon scheint das Silber ohnehin erschöpft. Geschlossen sind nun viele Gruben. Es lohnt nicht mehr. Und darum benötige ich auch keine weiteren Kinder, Fips.«

»Das ist ein Wort«, murmelte Fips enttäuscht und lehnte sich wieder zurück. Regino hingegen war erleichtert.

»Mädchen hingegen könnte ich gebrauchen. Nicht viele. Vier oder fünf Jungfrauen, wenn möglich.«

Mit diesem Auftrag erhob sich der Hüne und marschierte nun zu seiner Verabredung in den engen Hinterhof der Spelunke.

»Jungfrauen«, wiederholte Fips bitter und spuckte dabei erneut verächtlich auf den Boden. »Die sind ja noch schwieriger zu finden als der Heilige Gral.«

»So ist es«, antwortete Regino beseelt und nippte an seinem Bier. »So ist es.«

»Dennoch, mein lieber Regino, sind wir beide noch lange nicht miteinander fertig.« Fips musterte sein Gegenüber nun eindringlich. »Die versprochenen Grubenkinder hast du mir nicht gebracht, und mein Mädchen war auch nicht dabei, als du aus dem Dorf losgezogen bist. Du bist wortbrüchig und hast mich wütend gemacht. Es kostet dich einiges, mich wieder milde zu stimmen, Regino.«

Regino begann ein wenig zu zittern, dennoch versuchte er zuversichtlich zu bleiben. Hastig griff er unter den Tisch und zog den schweren Sack herauf, um ihn unmittelbar vor Fips' Nase zu platzieren. Mit einem eingefrorenen Lächeln auf dem Gesicht erwartete er eine Reaktion.

»Das ist alles für dich«, sagte er schließlich, als eine solche ausblieb. »Eine kleine Entschädigung dafür, dass ich die Kinderlein nicht gebracht hab, die du ohnehin hier nicht hättest loswerden können. Als ob ich es geahnt hätte!« Und dabei lachte Regino spitz auf.

Noch immer rührte Fips sich nicht. Er würdigte den Geldsack nicht einmal eines Blickes.

Regino löste nun zitternd die Schnur, griff in den Beutel und holte neben dem stinkenden Gerippe einer Forelle auch eine Handvoll Münzen heraus, die leider nicht klirrten, als er sie auf die Holzplatte rollen ließ, so gern er dieses effektvolle Geräusch auch gehört hätte.

»Was soll das sein?«, fragte Fips mürrisch.

»Na, ein Sack voll Geld.«

Fast angewidert nahm Fips drei Münzen in die Hand und warf einen flüchtigen Blick darauf. Im gleichen Moment huschte aus seinem Wams eine bunte Ratte hervor, die neugierig an den Münzen schnupperte. Vorsichtig, ganz so, als sei das Tier aus venezianischem Glas, griff Fips nach ihr, küsste sie sanft und steckte sie liebevoll zurück unter sein löchriges Kleidungsstück.

Regino schüttelte sich unwillkürlich.

»Woher hast du die Münzen?«, fragte Fips harsch.

»Sagen wir, es ist mein Erbe.«

Fips nickte, und auch Regino nickte, dabei erwartungsvoll sein Gegenüber anstarrend.

»Weißt du, wie alt diese Dinger sind?«, meinte der Narbenmann und warf die Münzen achtlos zurück auf den Tisch.

»Nun, wenn man sie reinigt, dann werden sie gewiss wieder glänzen«, antwortete Regino, sich verzweifelt an einen letzten Hauch von Zuversicht klammernd.

»Römergeld ist das. Mindestens tausend Jahre alt. Wirf es in einen Brunnen und hoffe darauf, dass es dir Glück bringt. Mehr ist damit nicht anzufangen.«

Mit weit offenem Mund wechselte Reginos Blick immer wieder zwischen seinem Gegenüber und den stumpfen Münzen. So ging das eine ganze Weile, dann murmelte er enttäuscht:

»Du verblüffst mich immer wieder mit deiner Klugheit, Fips. Römergeld? Tausend Jahre alt?«

»Mehr als tausend Jahre alt. In meiner Heimatstadt Köln kann man damit die Straßen pflastern. Dachtest du wirklich, mich mit einer solchen Dummheit hinters Licht führen zu können?«

»Ich wusste ja nicht …«

»Halts Maul, du Tölpel.«

Mit einer einzigen Bewegung seines sehnigen Unterarms wischte Vitus Fips den ganzen Sack samt seines schweren, geschichtsträchtigen Inhalts vom Tisch. Plump fielen die Münzen, welche tatsächlich aus einer zur Zeit des Kaisers Commodus unweit von Goslar stattgefundenen Schlacht zwischen Römern und Germanen stammten, unter den Tisch und blieben dort in dem von Unrat durchtränkten, stinkenden Stroh liegen.

»Du kennst unsere Vereinbarung, Regino. Und davon rücke ich nicht einen Deut ab. Hast du verstanden? Glaube nicht, mich hinters Licht führen zu können«, zischte Fips nun, Regino an seinem nicht teuren, aber dafür sorgfältig gearbeiteten und gepflegten Wams packend. »Ohne mich bist du ein Nichts. Ohne mich kommst du keine hundert Schritte weit. Das weißt du doch, oder etwa nicht?«

Regino nickte hastig, die Luft blieb ihm langsam weg, sein Kopf wurde bereits ganz rot, dennoch versuchte er weiterhin freundlich zu blicken. Dann endlich ließ Fips von dem Keuchenden ab. »Glaub mir, du schräger Vogel, wenn du meinst, mich für dumm verkaufen zu können, dann hat dein letztes Stündlein geschlagen. Eigenhändig werde ich dich an deinen bunten Bändern an den nächsten Baum knüpfen, und der Wind kann deine tausend Glöckchen erklingen lassen, während die Krähen dir die Augen aushacken.«

»Ich weiß doch. Ich weiß«, stammelte Regino, sich die schmerzende Kehle haltend. »Sag mir nur eines, guter Fips: Wohin als Nächstes?«

»Quid pro quo.«

»Was?«

»Gibst du mir, geb ich dir.«

»Wo soll ich dir geben, guter Fips?«

»In Quedlinburg.«

»In Quedlinburg. Das lässt sich doch einrichten«, lachte nun Regino.

»Das hoffe ich für dich!«

»Du hast gehört, womit sich Geld verdienen lässt«, zischte Fips, beugte sich zu Regino vor und packte ihn an beiden Ohren.

»Mit Jungfrauen oder dem Heiligen Gral, beides gleich schwer zu beschaffen«, grinste Regino verzweifelt und unter Schmerzen.

»So ist es«, flüsterte Fips und ließ von ihm ab. Dann stand er auf und verließ die Spelunke.

»Huhh«, machte Regino und rieb sich die roten, pochenden Ohren. Der Versuch, eine unangenehme Sache unmittelbar aus dem Wege zu räumen, war also gescheitert. Majas Rat hatte nichts genutzt.

Wie viel besser blieb es doch, sich auf das Altbewährte zu verlassen und darauf zu setzen, dass sich alles von allein zum Besten wandte. Bis Quedlinburg, so hoffte Regino, war es noch weit, bis dahin konnte noch viel Gutes geschehen.

Ungeachtet der erlittenen Niederlage klaubte er einige der alten Römermünzen zusammen und verließ daraufhin hoffnungsvoll die Spelunke, nicht ohne der soeben vom Hinterhof mit noch immer geöffnetem Mieder zurückkehrenden einarmigen Wirtin einen höflichen Abschiedsgruß zuzurufen.

XII

Schwach war Konrad, aber er lebte.

Diese Geißel der Menschheit hatte nur kurz bei ihm verweilt und war dann an ihm vorübergegangen, sie hatte ihn verschont. Jeder andere hätte in diesem Fall den Herrgott auf Knien gepriesen und ihm für die erwiesene Gnade ewigen Dank gezollt. Nicht so Konrad von Tiefenbrunn.

Gleich an dem Tage, an dem er aus seinem Delirium erwachte, verließ er ermattet seine Bettstatt und forderte den darüber nicht besonders erfreuten Crispin auf, ihren Weg fortzusetzen und ihren Auftrag zu erfüllen.

»Du solltest noch wenigstens drei Tage rasten«, erwiderte Crispin, während Konrad, kreidebleich und mit schwarzen Ringen unter den Augen, damit beschäftigt war, sein Rüstzeug anzulegen.

»Mir geht es gut«, brummte dieser nur und ärgerte sich darüber, dass er mit seinen zittrigen Händen nicht in der Lage war, die Lederriemen seines leichten Brustpanzers zu schnüren.

»Darf ich dir helfen, mein Freund?«, Crispin war bereits zur Stelle und nahm Konrad kopfschüttelnd die Arbeit ab.

»Wir müssen nach Mergentheim, solange sich Wolfram von Nellenburg dort aufhält. Du weißt, Crispin, dass dies die wichtigste Station unserer Visitation ist. Und wir sind ohnehin schon spät.«

»Konrad, unser Auftrag ist der von Visitatoren, nicht der

von Inquisitoren. Wenn wir in unserem Zustand zur Burg des Deutschmeisters ziehen, dann käme dies einer Verurteilung gleich. Ganz egal, was es an der Wirtschaftsweise der Balleien im Reich zu beanstanden gibt, wir sollen uns darüber lediglich ein Bild machen und sie nicht für ihr mögliches Unvermögen bestrafen, indem wir ihnen den Tod bringen.«

»Was redest du für ein wirres Zeug, Crispin?«, murmelte Konrad gereizt und wollte nach seinem weißen wollenen Mantel greifen, der auf der bisherigen Reise sehr gelitten hatte und bei Weitem nicht mehr in dem reinen Weiß erstrahlte, für welches die Ordensritter bekannt waren. Doch noch bevor Konrad die Bank erreicht hatte, über die sein Mantel geworfen war, war Crispin zur Stelle, nahm das edle Kleidungsstück und warf es ohne zu zögern in das kleine Feuer, welches unter der einfachen Kochstelle der schlichten, verlassenen Bergbehausung brannte.

»Bist du des Teufels?«, schrie Konrad, zerrte, so schnell ihm das bei seinen geschwächten Knochen möglich war, den Mantel aus den Flammen und hatte sie im Nu erstickt.

»All deine Kleidung gehört verbrannt, und du solltest deinen nackten Körper in Kalk wälzen und mit Essig einreiben.«

Crispin, der jetzt aufrecht im Schein des Feuers stand, machte in diesem Moment auf den noch immer leicht fiebernden Konrad einen wahrlich dämonischen Eindruck. Unwillkürlich wanderte Konrads Blick zu Crispins Füßen, um festzustellen, ob diesem in der Zwischenzeit nicht vielleicht ein Pferdefuß gewachsen war.

Hatte der sonst so umsichtige Freund etwa den Verstand verloren? Oder war er gar ebenfalls von dieser bösen Krankheit befallen?

Auf jeden Fall sprach Crispin seltsame Dinge und verhielt sich eigentümlich.

Seinen fragenden Blick noch immer auf Crispin gerichtet, klopfte Konrad den Ruß vom Mantel und zog ihn, ohne die Brandlöcher zu begutachten, über. Dann stand er auf, grinste etwas gequält und sagte:

»Was kümmert dich ein verlauster Mantel? Komm, Bruder Crispin, wir wollen weiterreiten. Der Weg nach Mergentheim ist weit. Wo finden wir unsere drei Brüder wieder?«

»Sie warten auf uns in einem der nächsten Dörfer.« Crispins Stimme klang matt und resigniert.

»Zeig mir den Weg, mein Freund. Und lass dir gesagt sein: Ich danke dir von ganzem Herzen, dass du mir das Leben gerettet hast. Deinetwegen kann ich nun wieder mein Pferd besteigen. Ich lebe, und auch du lebst. Es ist vorbei, Crispin. Die Seuche ist in Italien geblieben. Es ist vorbei.«

Konrad legte beide Hände auf die Schultern des etwas kleineren, älteren Mannes und schaute ihm dabei tief und dankbar in die Augen. Crispin neigte leicht den Kopf und atmete tief durch:

»Gott gebe, dass du recht hast, Bruder Konrad.«

Marie und Maja zogen nun allein durch Goslar. Sie hatten die Buben und Mädchen auf dem Marktplatz zurückgelassen, wo diese mit großen Augen und offenen Mäulern einem recht pikanten Mysterienspiel beiwohnten, welches den Titel trug: »Ein schönes Spiel von Frau Jutta, welche Papst zu Rom gewesen und auf dem Stuhl ein Kindlein erzeugt«. Maja wollte, nachdem sie ihnen allen ein warmes Mittagsmahl spendiert hatte, einen Ort aufsuchen, von dem sie schon vor Jahren von Durchreisenden in ihrem Dorf vernommen hatte. Einen heimlichen Markt sollte es in dieser Harzstadt geben, einen Markt, auf dem allerlei Eigentümlichkeiten feilgeboten wurden. Nicht weit von den Mauern der Kaiserpfalz sollte er gelegen sein, aber dennoch so verborgen, dass selbst manch ein Bewohner Goslars nichts davon wusste. Zu diesem Markt zog es die Alte nun magisch, und Marie sollte sie begleiten.

»Ich habe mich schon immer hierher gewünscht«, sagte Maja begeistert, nachdem sie die winzige Gasse erreicht hatten, in welcher buntes Treiben herrschte. Man bot hier in verborgenen Winkeln und unter der Hand allerlei verbotene Dinge, wie Heilkräuter, Steine, tierische und auch menschliche Knochen, getrocknete Innereien ebenfalls unterschiedlichster Herkunft, Duftstoffe und heidnische Handwerkskunst an, welches alles dem Zwecke dienen sollte, auf zauberhafte Weise Wirkungen zu erzielen, die von der Kirche und auch vom weltlichen Arm als schändlich angesehen wurden, aber von zahllosen Menschen dennoch erbeten waren. Wirkungen, die das Überleben erleichtern, die Gesundheit fördern, die Liebe aufblühen lassen sollten. Gute Absichten also lagen in dieser dunklen Gasse verborgen, auch wenn man mit einem Gemisch aus der einen oder anderen Zutat, die es hier zu erhalten gab, gewiss das Gegenteil bewirken konnte.

»Sieh an«, meinte Maja und reichte Marie den grinsenden Schädel eines winzigen menschlichen Lebewesens mit scharfen Zähnen. Marie schreckte ein wenig zurück, musste dann aber erleichtert auflachen, als die freundliche Krämerin ihnen zuraunte: »Ein Äffchen. Zerrieben und eine ganze Nacht bei vollem Mond in Wein gekocht, musst du den Sud deinem Liebsten zum Trinken reichen, schöne Frau. Dann wird der Unwissende dir ein Lebtag treu ergeben sein.« Und mit diesen Worten wies sie auf einen dümmlich dreinblickenden, kahlköpfigen und pockennarbigen Kerl, der hinter ihr auf einem prallen Sack hockte und beständig auf ein altes Stück Brot spuckte, um es weich zu machen, damit er es mit seinen eitrigen Zähnen essen konnte.

»Nein, danke. Ich verzichte«, antwortete Marie, mit gehobenen Brauen auf den treuen Tölpel blickend, und legte den Affenschädel zurück.

»Hier im Harz gibt es allerlei Zauberwerk«, berichtete Maja nun weiter. »Selbst bis in unser Dorf sind die Geschichten von auf Besen reitenden Hexen gedrungen, sowie von zauberkundigen Zwergen und derlei Wesen mehr, welche die Höhlen und Wälder dieser Berge bewohnen. Hast du jemals von dem Blocksberg gehört, Marie?«

»Nein.«

»Wir werden ihn gewiss auf unserer weiteren Reise passieren. Dort sollen sie des Nachts tanzen, die lustigen Frauen.«

»Ach ja?« Marie schielte Maja leicht von der Seite an und fragte sich, ob diese vielleicht auch schon einmal an einer solchen Walpurgisnacht auf dem Blocksberg teilgenommen hatte. Zuzutrauen war es ihr. Auch wenn es sich bei Maja ganz gewiss um eine gute Hexe handelte.

»Wovor läufst du davon, Marie? Verrate es mir«, fragte Maja plötzlich unvermittelt, während sie beide Hände in ein Fass mit getrockneten Kräutern tauchte, die bei dieser Berührung einen betörenden Duft verströmten.

»Wovor ich davonlaufe?« Marie hatte mit dieser Frage nicht gerechnet.

»Ja. Was macht dir solche Angst, mein Kind?« Maja zog nun die Hände wieder heraus und schenkte dem steinalten Greis, der noch allerlei weitere Kräuter feilbot, ein anerkennendes Nicken, ohne jedoch auf dessen Verkaufsangebot einzugehen.

»Ich will, dass alles anders wird, Maja. Alles, verstehst du. Das, was hinter mir liegt, mein vergangenes Leben – ich möchte, dass es niemals stattgefunden hat. Und nichts, rein gar nichts aus diesen Zeiten möchte ich mit hinübernehmen in die Zukunft.« Marie erschrak selbst vor diesen Worten, die mit einem Male aus ihr herausgesprudelt kamen. War es der seltsame Duft der Kräuter, der ihr das Hirn vernebelt und sie so redselig gemacht hatte?

»Das kann ich verstehen, meine Liebe«, antwortete Maja ruhig und wenig überrascht. »Und glaube mir, du hast einen Zeitpunkt für diesen Wandel gewählt, der günstiger nicht sein könnte. Alles wird sich bald verändern. Und das nicht nur für dich, Marie. Leider jedoch ist dieser große Wandel auch mit großem Schmerz verbunden und kann nur unter schrecklichen Verlusten erkauft werden.«

»Du erschreckst mich immer wieder, Maja. Wie kommst du dazu, so etwas zu sagen?« Marie blieb stehen. Sie war es leid, sich von den kryptischen Worten der ansonsten so guten alten Frau verunsichern zu lassen.

»Es sind die Zeichen. Erkennst du sie nicht, mein Kind? Seit Jahren kann man sie sehen. Die Wolken und Sterne verraten es. Die Tiere weisen uns darauf hin. Vorboten des Todes sind es. Warnungen des Himmels. Träumst du nicht auch schlecht, Marie?«

»Das tue ich. Aber wenn ich ehrlich bin, träume ich meist von Dingen, die mich selbst betreffen.«

»Das, was ich meine, wird dich betreffen. Es wird dich betreffen, so wie es uns alle betreffen wird.«

»Wovon sprichst du, Maja?« Marie wurde ungeduldig.

Maja blieb nun inmitten der engen Gasse stehen und zog die um mehr als einen Kopf größere Marie zu sich heran, um ihr ins Ohr flüstern zu können: »Ich hätte meine Heimat nie verlassen und wäre nicht mit euch gegangen, wenn in der Nacht zuvor nicht dieser Albdruck über mich gekommen wäre. Da war ein Mann in diesem Traum. Der Träger des Unheils. Ein schwarzes Kreuz war dort. Gestank, nach faulen Eiern und abgezogenen Tierhäuten. Er zieht weiter, dieser Mann, er zieht weiter, immer weiter. Und dann kamst du, Marie.«

»Ich?«

»Du kamst nicht im Traum, sondern du erschienst am Tage darauf in meinem Dorf. Als ich dich in dem Haus des Bauern Schnittbeil antraf, mit der kleinen Figur in der Hand, und als ich dir dann in die Augen sah, da fühlte ich mich sofort an diesen Albdruck erinnert und wusste: Du hast mit diesem Mann, diesem Kreuzträger, zu tun, und es ist meine Aufgabe, ihn von uns allen fernzuhalten.«

»Du machst mir Angst, Maja.«

»Hüte dich vor ihm, Marie. Wir alle müssen uns vor ihm hüten.«

Marie richtete sich nun wieder auf, blickte kurz über die Schulter zurück und sagte dann unverwandt: »Sein Name ist Vitus Fips, ich bin bei ihm groß geworden. Er ist ein böser Mensch, und er sucht nach mir. Ein Kreuz jedoch trägt er nicht, er hat nur wenig mit Gott zu tun.«

»Das glaubst du nur«, antwortete Maja, und ihre Worte klangen dabei mysteriös. Dann jedoch wurde sie mit einem Mal heiter und sagte ganz lapidar: »Somit wäre also sein Name genannt. Dann müssen wir halt dafür sorgen, dass er dich nicht findet. Aber nun wollen wir schauen, ob wir hier an diesem Ort etwas auftreiben, was uns vor Meister Fips und dem Bösen, was er mit sich bringt, bewahren kann. Komm, meine Schöne.«

Und damit hakte Maja Marie unter und führte sie weiter durch die so geheimnisvolle wie wunderbare Gasse voll fremder Düfte und exotischer Auslagen.

XIII

»Ihr seht entsetzlich aus, Bruder Konrad. Ich hatte Euch seit unserem letzten Zusammentreffen in Königsberg kräftiger in Erinnerung.«

Der Deutschmeister Wolfram von Nellenburg musterte den Gesandten des Hochmeisters eindringlich und forderte ihn dann mit einer einladenden Geste auf, mit ihm zusammen durch die Arkadengänge der Mergentheimer Burg zu gehen, um während dieses Spaziergangs das unangenehme, aber notwendige Gespräch zu führen, zu welchem beide Seiten nur wenig Lust verspürten.

»Eine kurze Krankheit, die mich auf der Rückreise aus Sizilien befallen hat. In wenigen Wochen werde ich wieder der Alte sein.«

Konrad überlegte, wie er am geschicktesten die Rede auf das bringen konnte, was diesem so beeindruckenden Mann, dem Verwalter der Ordensgüter im deutschen Reichsgebiet, mitzuteilen vonseiten des im Pruzzenland ansässigen Hochmeisters und Ordenskapitels aufgetragen worden war. Das Mutterhaus in der Marienburg und mit diesem der Hochmeister und seine engsten Vertrauten machten sich Sorgen um die wirtschaftliche Lage der Ordensballeien im Reich. Anders als die blühende, geschlossene Herrschaft im Osten, in den ehemals heidnisch-slawischen Gebieten an der Ostsee, gerieten die Besitzungen des Ordens in den deutschen Ländern zusehends in Schwierigkeiten. Zinszahlungen an die Kammer des Hochmeisters blieben aus, stattdessen gingen nur mehr Nachrichten über Verschuldungen der über die deutschen Länder verstreut liegenden Güter ein. Die Zeiten, in denen ganze Kreuzzüge durch Schenkungen und Pfründe aus dem Reichsgebiet bezahlt wurden, waren längst vorüber. Ja, es war sogar so weit gekommen, dass der Deutschmeister bei den Marienburgern Anleihen erbitten musste, anstatt diese in ihrem noch immer aktuellen Vorhaben der Heidenmission in Richtung Litauen finanzkräftig zu unterstützen.

Und diesen Deutschmeister Wolfram von Nellenburg, angesehen, einflussreich, klug, aber wirtschaftlich erfolglos, galt es nun zu visitieren, also Erkundigungen über die Lage der von ihm betreuten Güter einzuholen. Doch Konrad fürchtete, dieser Aufgabe im Moment nicht gewachsen zu sein. Noch immer war sein Kopf bleiern, alle Glieder schmerzten, und ständig wurde er von einem Schwindel gepackt, der ihn dazu zwang, sich zu setzen und eine Rast einzulegen. Es wurmte ihn, den sonst so Unerschütterlichen, sich einer solchen körperlichen und damit einhergehenden geistigen Schwäche bewusst zu sein.

»Auf Sizilien wart Ihr? Stehen dort die Dinge ebenso schlecht wie hier?«, fragte der Deutschmeister nun und lenkte somit das Gespräch von sich aus in die von Konrad gewünschte Bahn.

»Schlechter«, antwortete Konrad knapp und überlegte dann, wie viel er von dem, was er auf seiner Italienreise in Erfahrung gebracht und gesehen hatte, nun erzählen sollte. »Gleich zu Beginn unserer Ankunft auf der Insel. Nun mussten wir erkennen, dass mehrere unserer dortigen Niederlassungen bereits eingegangen oder im Eingehen begriffen sind. Es mangelt an guten Leuten. Die Moral unter den nur wenigen dort verbliebenen deutschen Rittern ist gesunken, die Statuten werden kaum mehr beachtet. Die Langeweile regiert, und die Unlust wird angestachelt durch die fehlende Kontrolle durch das weit entfernte Haupthaus. Doch das alles ist jetzt nicht mehr von Belang, denn …«

»Nun, Bruder Konrad«, unterbrach ihn sein Gesprächspartner. »Wundert Euch das? Die Zeiten der Züge ins Heilige Land sind vorüber. Unser Orden hat am Mittelmeer nur mehr wenig zu tun. Was anders als Langeweile und Unlust will man unter diesen Umständen von Leuten erwarten, die aus Gier nach Abenteuer in ein fremdes Land reisten, um sich dort schließlich als einfache Meier schwindender Ländereien wiederzufinden? Wie äußert sich der Landkomtur der Mangione in Palermo zu diesen Euren Feststellungen?«

Konrad räusperte sich und sagte dann: »Bevor Ihr mich unterbracht, verehrter Deutschmeister, wollte ich Euch von den widrigen Bedingungen berichten, die wir in mittlerweile ganz Italien auffanden. Palermo wurde von uns erst gar nicht erreicht. Unsere Reise durch Sizilien begann und endete in Messina und dessen Umland. Lediglich zwei kleinere Güter haben wir visitieren können, bevor die Pest uns von der Insel vertrieb.«

»Die Pest?«

»Ja, sie wütet im gesamten Gebiet jenseits der Alpen. Bis Venedig ist sie bereits vorgedrungen und lässt die Menschen binnen weniger Tage wie die Fliegen sterben. Ich fürchte, dass dieser verheerende Seuchenzug auch Auswirkungen auf die Bewirtschaftung und Erträge unserer Balleien in ganz Italien haben wird. Eine Visitation von Ordensgütern und die damit einhergehende Überbringung gut gemeinter Ratschläge hat sich somit erledigt. Zumindest, was das Gebiet südlich der Alpen betrifft. Unsere Brüder in Italien plagen Sorgen ganz anderer Art.«

»Das ist eine Schreckensbotschaft, die Ihr da bringt, Bruder Konrad.« Wolfram von Nellenburg war sichtlich bestürzt, blieb einen Moment lang stehen und legte sich nachdenklich einen Finger an die geschlossenen schmalen Lippen.

»Doch eine solche Nachsicht können wir hinsichtlich der Balleien in den deutschen Ländern nicht walten lassen. Ihr wisst, Deutschmeister, dass das Haupthaus eine Erklärung von Euch erwartet«, meinte Konrad ungerührt.

»Eine Erklärung wofür?«, erwiderte der Deutschmeister nun barsch. Ein wunder Punkt war getroffen. »Für das schlechte Wetter, die Missernten, die Heuschreckenplagen, die Fehden und Intrigen des uns umgebenen Landadels? Euch im fernen Osten ergeht es besser als uns. Wir haben hier mit anderen Feinden zu kämpfen als mit heidnischen Barbaren, die nur ab und an keulenschwingend vor den Mauern unserer Burgen erscheinen. Unsere Kämpfe finden nicht auf dem Schlachtfeld statt, nein, sie sind weniger ehrenhaft, sie ereignen sich vor Gericht. Schmiergelder und Schutzgebühren müssen aufgebracht werden, damit wir uns mit dem Adel gutstellen. Unser Orden im Reich ist nichts weiter als ein rechtloser Grundbesitzer. Was nützt Land, wenn es wie vom Himmel gefallene Kieselsteine verstreut liegt? Was nützt Tapferkeit, wenn man sie nicht auf dem Felde austragen darf, weil die Statuten es verbieten, gegen Christenmenschen zu kämpfen? Und was nützt Fleiß, wenn es dem Himmel gefällt, Jahr für Jahr die Ernte zu zerstören? Wir fahren keine Überschüsse ein, Bruder Konrad. Das Einzige, was bei uns einfährt, sind unverschämte, zweitgeborene Adelssprösslinge, die sich in unseren Häusern versorgen lassen wollen. Nichtsnutze, die bei Euch im Pruzzenland längst verstoßen worden wären, aber hier auf unsere Kosten ihren teuren Lustbarkeiten frönen. Und uns sind die Hände gebunden, denn gleich in der Nachbarburg hockt die hochadelige

Verwandtschaft und droht mit dem Finger, wenn wir uns anschicken, den Nachwuchs ob seiner Unmoral zu strafen. Euer Vorteil im Pruzzenland, guter Konrad, ist der, dass es dort nur Bauern und den Orden gibt. Alles andere ist weit: Der König ist weit, der Papst ist weit, und vor allem ist der mächtige Adel weit. Unter diesen Bedingungen würde es auch mir leichtfallen, eine ertragreiche Herrschaft zu errichten.«

Wolfram von Nellenburg war regelrecht erschöpft, nachdem er diesen leidenschaftlichen Vortrag beendet hatte. Seine Augen glühten, und er blickte Konrad an, als sei dieser für all das verantwortlich, worüber sich der Deutschmeister soeben empört hatte. Konrad hätte ihm gern einiges erwidert und ihm seinerseits einen Vortrag über die Möglichkeit wohlorganisierten und an die Umstände angepassten Handels und Ackerbaus gehalten, doch wieder übermannte ihn mit einem Mal diese verfluchte Schwäche, ihm wurde schwarz vor Augen, und er musste sich an dem steinernen Sims eines gotischen Fensters festhalten. Er rang möglichst unauffällig nach frischer Luft und hätte am liebsten in den unter ihm liegenden Innenhof gespien, doch es gelang ihm glücklicherweise, sich zu beherrschen. Diese elende Krankheit, sie schien noch nicht ganz aus seinem Leib gewichen zu sein.

Doch es war nicht nur die überwundene Pest, die ihm in diesem Moment zusetzte. Es war auch eine ungute Erinnerung, welche Wolfram von Nellenburg mit seinen leidenschaftlichen Worten soeben in Konrad wachgerufen hatte. Der Deutschmeister, der sich über dumme, aber einflussreiche Adelssprösslinge geärgert und behauptet hatte, nur hier auf dem Reichsgebiet geriete der Orden wegen ihrer Ansprüche und Eskapaden in Bedrängnis – der Deutschmeister irrte in dieser Hinsicht gewaltig. Denn es gab sie im Ordensland durchaus, diese verwöhnten Kameraden. Zwar waren sie keine Angehörigen des

Ordens, sondern nur Gäste, aber als solche strömten sie zwei Mal im Jahr in Scharen herbei, um an den sogenannten »Litauenreisen« teilzunehmen. Unter dem Deckmantel der Heidenmission waren diese Reisen nichts anderes als eine Menschenjagd, eingebettet in üppige Bankette sowie feuchtfröhliche Gelage und ausgeübt, um zahlender, hochadeliger Kundschaft aus ganz Europa ein spannendes Abenteuer zu ermöglichen. So zumindest sah es Konrad, und er war nicht der Einzige, der diese sommerlichen und winterlichen Spektakel verabscheute, bei denen auch Frauen und Kinder wie Vieh zusammengetrieben und eingefangen, ja, sogar getötet wurden. Dennoch hatte auch Konrad an diesen Zügen teilgenommen, ja er leitete sie sogar, führte ganze Meuten adeliger Jünglinge ins Gebiet der Litauer, um dort gegen die gottlosen Leute zu kämpfen. Zwar achtete Konrad darauf, dass es vorwiegend zu einigermaßen ehrenhaft ausgetragenen Auseinandersetzungen mit bewaffneten Männern kam, doch das hatte er nicht immer in der Hand. Und so war er im vergangenen Sommer Zeuge geworden, wie zwei Sprösslinge aus hohem Reichsadel es lustig fanden, eine litauische Frau vor den Augen ihrer weinenden Kinder bestialisch zu quälen und brutal zu schänden.

Konrad hatte unvermittelt zugeschlagen. Nicht mit dem Schwert, sondern mit den Fäusten. Bewusstlos waren die Rüpel gewesen, alle beide. Doch das hatte ihn nicht geschert. Er hatte sie in seinem Zorn liegen lassen und war mit dem Rest seiner Reisegruppe wieder zurück hinter die schützenden Mauern der nächsten Ordensburg geritten. Am folgenden Tage war nur einer der beiden zweifelhaften Abenteurer wieder aufgetaucht und hatte sogleich lauthals über den Ritter von Tiefenbrunn Beschwerde geführt, welcher nicht nur ein Heidenfreund, sondern auch Schlächter der eigenen Kameraden sei. Von dem anderen jungen Adeligen, Sohn eines einflussreichen Grafen von Topfen, fehlte seither jegliche Spur. Der Vater des Verschollenen und dessen mächtige Freunde waren aufgebracht, selbst das luxemburgische Königshaus soll von dem niederträchtigen Verhalten des Ordensritters Tiefenbrunn erfahren haben.

Konrad hatte seither mit bösen Konsequenzen zu rechnen. Vergeblich war er mehrmals zur Suche nach dem Vermissten aufgebrochen, hatte ihn jedoch nie gefunden. Und schließlich, als der Unmut in der Marienburg immer größer wurde, war er demütig dem Wunsch des Hochmeisters gefolgt, das Land möglichst rasch zu verlassen. Jetzt befand er sich auf dem Rückweg von seinen Visitationen, und bald würde ihn diese ungute Geschichte, an welche von Nellenburg ihn soeben unabsichtlich erinnert hatte, wieder einholen. Und dieser Gedanke trug nicht gerade dazu bei, Konrads Unwohlsein zu mildern.

»Ich sehe, Bruder Konrad«, vernahm er nun dumpf die Stimme Wolfram von Nellenburgs, »die lange Reise hat Euch ein wenig mitgenommen. Ihr solltet Euch stärken. Wir sprechen später weiter. Erlaubt mir, Euch gemeinsam mit euren mitreisenden Brüdern zu einem bescheidenen Mahl einzuladen. Mit vollem Magen lässt es sich besser weiterverhandeln.«

Dabei griff der Deutschmeister nach Konrads Oberarm und geleitete ihn geradewegs zum Speisesaal, ohne ihm die Möglichkeit zu geben, weitere Fragen zu stellen.

Es war, trotz der verhältnismäßig misslichen wirtschaftlichen Lage, ein prächtiges Mahl, das sie gemeinsam zu sich nahmen. Konrad jedoch verspürte kaum Appetit, er verzichtete auf Spanferkel, Fasan und Marzipan und kaute lediglich an einem trockenen Stück Brot herum. Er fühlte sich noch immer schlapp und kochte gleichzeitig innerlich, dass er dem wortgewandten von Nellenburg so wenig hatte entgegensetzen können. Zusätzlich verdarb ihm auch noch die Aussicht darauf, was ihn nach ihrer Ankunft auf der Marienburg erwarten würde, die Lust am Essen.

Seinen Begleitern erging es da anders, sie schmausten und schwelgten, als stünde der Tag des Jüngsten Gerichts bevor und dies sei die letzte Mahlzeit ihres Erdenlebens. Selbst der zurückhaltende, fromme Crispin schlug gierig zu, ja, das Fett tropfte an seinem spitzen Kinnbart herunter, das Fleisch und das Kraut hingen in unzerkauten Fetzen zwischen seinen Zähnen, und der Wein floss gleich kelchweise in seinen Rachen.

Konrad wurde ein wenig übel beim Anblick dieser Völlerei. Er wandte den Blick zur Seite ab, um nicht in Verlegenheit zu geraten, erneut von Brechreiz übermannt zu werden. Dabei fiel ihm auf, dass sein Tischnachbar, der junge Kumpan Friedrich, merkwürdig schweigsam geworden war und sich kaum mehr regte.

»Was ist dir? Hast du dich überfressen?«, fragte Konrad ihn und stieß ihn mit dem Ellenbogen in die Rippen.

»Durst«, murmelte Friedrich matt, woraufhin Konrad einen Diener herbeiwinkte, der beiden sogleich frischen Wein nachschenkte.

»Wasser«, sagte Friedrich jetzt im gleichen, abwesenden Ton.

»Wasser?«, fragte Konrad ungläubig. Welcher gestandene Mann trank Wasser, wenn er auch mit Wein seine Kehle benetzen konnte?

»Wasser«, wiederholte Friedrich nun kläglich und sank im gleichen Moment mit dem Gesicht in die vor ihm aufgetischte Pastete.

Noch bevor Konrad, der den Burschen nach wie vor lediglich trunken glaubte, diesem aufhelfen konnte, war auch schon der bis dato schwelgende Crispin zur Stelle. Hastig hatte er Schweinebraten und gefüllte Wachteln liegen lassen und war um die ganze Tafel herum zu Friedrich geeilt.

»Du weißt, was ihm ist«, raunte er Konrad zu, ohne dass die anderen an der Tafel sitzenden Ordensleute dies hörten.

»Unsinn. Leidest du noch immer unter diesem Wahn?«, erwiderte Konrad, doch musste er sich eingestehen, dass sein Zweifel an Crispins Vermutung nicht so groß war, wie er es sich gewünscht hätte.

»Bringen wir ihn in seine Kammer«, forderte Crispin Konrad nun mit flehentlichem Blick auf.

»Ja, gehen wir«, antwortete dieser jetzt einsichtig und griff seinerseits dem Bewusstlosen unter die Schultern.

»Zu viel des guten Moselweins?«, fragte von Nellenburg vom Tischende aus, mit fröhlicher Miene auf Friedrich deutend.

»Zu viel des guten Moselweins«, bestätigte Konrad, gezwungen lachend.

Im Nu hatte Crispin Friedrich in der dunklen, engen Kammer die Kleider vom Leib gerissen und starrte nun auf die sich bildende Beule in der rechten Achselhöhle. Konrad stand fassungslos daneben.

»Der Pesthauch verfolgt uns tatsächlich«, raunte er schließlich und setzte sich erschöpft auf die Bettkante zu dem Bewusstlosen.

»Es war dein Hauch, Konrad«, antwortete Crispin, während er das heiße Gesicht Friedrichs mit einem nassen Tuch zu kühlen versuchte.

Konrad blickte den alten Freund fassungslos an.

»Mein Hauch? Willst du sagen, es sei meine Schuld, dass der Junge leidet?«

»Nein. Aber du hast das Übel an ihn weitergegeben.«

»Was? Die Pest? Das kann nicht sein. Du hast es selbst gesehen, sie kann mir nichts anhaben. Sie ist machtlos gegen mich. Ich habe sie überlebt.«

Konrad erhob sich nun und baute sich vor dem noch immer an der Bettstatt sitzenden Crispin auf. Er war wütend und gleichzeitig verzweifelt. Was, wenn es stimmte, was der erfahrene Gefährte da andeutete?

»Das bedeutet nicht, dass sie nicht an dir haftet. An dir oder auch an deinen Kleidern. Friedrich hat ihn geflickt, nicht wahr?«

»Was hat er geflickt?«

»Deinen Mantel. Er hat ihn geflickt. Gestern, kurz bevor wir Mergentheim erreichten. Du hast den Jungen darum gebeten, es zu tun, weil wir anderen so etwas nicht können.«

»Was hat dieser verdammte Mantel damit zu tun, dass der Junge nun fiebert? Selten habe ich solch ein dummes Weibergeschwätz vernommen«, herrschte Konrad seinen Freund an und wäre ihm fast an die Gurgel gegangen, als der junge Friedrich sich zu regen begann.

»Er erwacht«, sagte Crispin, unbeeindruckt von dem Wutausbruch Konrads. Es war nicht das erste Mal, dass er diesen so rasend erlebte. Ein derartiges Betragen war Teil von Konrads Persönlichkeit und Crispin durchaus vertraut. Dieser wusste, dass es die uneingestandene eigene Schwäche, oder besser Weichheit war, welche den Freund häufig jähzornig werden ließ. Denn Konrad erschien – und das hätte Crispin niemals gewagt, ihm ins Gesicht zu sagen – nur äußerlich wie ein unerschütterlicher Kämpfer, innerlich war er sanfter als manch ein Burgfräulein. Und um dies zu verbergen, betrug er sich nach außen mitunter besonders harsch.

»Ich werde hinüber in den Krankenflügel gehen, um Salben und Umschläge für ihn zu besorgen. Gibst du auf ihn acht?«, fragte Crispin, Konrad beruhigend auf die Schulter klopfend.

»Ja«, brummte dieser leise und blickte verlegen zu Boden. »Mach ich.«

Crispin blieb lange fort, zumindest gewann Konrad den Eindruck, dass er lange fortblieb. Es war entsetzlich für ihn, mit einem Sterbenden allein zu sein, einem Sterbenden, an dessen baldigem Tod er sich schuldig fühlte.

Zahllose Menschen hatte Konrad bereits sterben sehen, und zahllose hatte er selbst zu Tode befördert. Er hatte in der blutigen Schlacht von Crécy an der Seite des blinden Königs Johann von Böhmen gegen die weit überlegenen Engländer gekämpft, und auch in den sechzehn Jahre währenden Auseinandersetzungen des Ordens gegen den König von Polen war er manches Mal tapfer und auch gnadenlos dabei gewesen – ganz zu schweigen von den mitunter wenig ruhmreichen Zügen gegen die Litauer. Bei all diesen Gelegenheiten war erbittert gekämpft und getötet worden. Es war jedes Mal kräftezehrend und schmerzhaft, ging aber dennoch wie im Fluge vorüber. Selbst dann, wenn eine Schlacht einen ganzen Tag in Anspruch nahm, spürte Konrad nie die Zeit, er handelte wie im Rausch, wenn er austeilte, einsteckte, verfolgte oder auch hin und wieder floh. Doch jetzt war er gefesselt, er fühlte sich wie gefangen am Rande dieser Bettstatt sitzend, kam sich vor wie ein reuiger Sünder, dazu verdammt, quälend lang mitansehen zu müssen, was er angerichtet hatte.

Er sollte also Schuld daran tragen, dass dieser junge, hoffnungsfrohe Bursche nun einem solch unrühmlichen Tod entgegenging?

Das konnte nicht sein.

Das durfte nicht sein.

»Bist du es, Bruder Konrad?« Die schwache Stimme Friedrichs riss ihn nun aus diesen selbstsüchtigen Gedanken.

»Ja, der bin ich. Ich bin bei dir.«

»Es geht zu Ende mit mir.« Friedrich lächelte sogar leicht bei diesen Worten.

»Nein. Nur ein Fieber. Bruder Crispin sorgt für Arznei, er ist gleich zurück«, wiegelte Konrad ab.

»Meine Schwester.«

»Deine Schwester?«

»Adelheid. Sie lebt im Frauenstift zu Quedlinburg.«

»Was ist mit ihr?« Konrad griff nach der schweißnassen Hand des Jungen. Er schien im Fieberwahn zu sein und wusste nicht mehr, was er sprach. Wieso sonst redete er in diesem Moment ausgerechnet von seiner Schwester?

»Sie weiß es noch nicht, aber Vater hat über sie entschieden.«

»Was hat er entschieden?«

»Sie soll verehelicht werden. Das Schwein soll sie nun doch zur Frau nehmen dürfen. Ich muss das verhindern, aber ich werde es nicht mehr können.«

Konrad wusste nicht, was er dazu sagen sollte. Verunsichert griff er nach dem feuchten Tuch und tupfte Friedrich die Stirn.

»Hol sie raus aus dem Stift. Bring sie fort in ein anderes Kloster. Er darf sie nicht anfassen, dieser Dreckskerl. Versprich es mir. Sie ist eine Blume, ein Schmetterling. So zart, so verletzlich. Sie will rein bleiben, und sie muss rein bleiben. Vater versteht das nicht. Aber ich habe sie immer verstanden. Wir sind Zwillinge.«

Bei diesen Worten richtete Friedrich sich in seinem Lager auf. Ein seltsamer Glanz lag in seinen Augen, er wirkte plötzlich noch jünger, als er war. Wie ein kleines Kind erschien er Konrad, wie ein Engel, ein unschuldiger Engel. Konrad überlief am ganzen Körper eine Gänsehaut.

»Ich hatte eine schöne Kindheit«, begann Friedrich mit verklärtem Blick, doch mehr sagte er nicht, denn plötzlich begann er schrecklich zu beben und zu zittern.

»Leg dich zurück.« Konrad war mit der Situation überfordert, er wünschte sich den sensibleren, in solchen Dingen erfahreneren Crispin herbei, der in seiner Spitalzeit schon so manchen vom Tode Gezeichneten betreut hatte. »Leg dich zurück«, wiederholte er verzweifelt, als sich Friedrichs Zustand noch zu verschlimmern begann. Dann griff er nach dem zuckenden Leib und presste ihn in die Laken. Mit beiden Händen hielt er das Gesicht des Jungen und beugte seinen eigenen Kopf so dicht zu diesem, dass sich ihre Nasenspitzen berührten.

»Ich hole deine Schwester raus aus dem Stift. Sie wird diesen Mann nicht heiraten müssen. Das verspreche ich dir!«

»Ich danke dir, Bruder!«, hauchte Friedrich.

In diesem Augenblick kehrte Crispin zurück in den Raum, er hielt einen ganzen Korb mit Kräutern, Tiegeln und Tüchern in Händen.

»Ist es schon geschehen?«, fragte er, wie angewurzelt in der Tür stehend und auf den regungslos, aber mit lächelndem Gesicht daliegenden Jungen deutend.

»Ja«, bestätigte Konrad leise und schloss sanft mit der rechten Hand die erstarrten Augen des jungen Friedrich.

XIV

Am nächsten Morgen setzten Regino und seine Leute ihren Marsch in den Osten fort. Das neue Ziel hieß Quedlinburg. Regino schwärmte in den höchsten Tönen von dieser prächtigen Stadt mit ihrem berühmten Stift, in welchem schon seit jeher junge Damen und auch Witwen aus dem hohen Reichsadel vor den Versuchungen des weltlichen Lebens beschützt wurden. Ja, Regino pries diesen Ort, an dem er selbst nie zuvor gewesen war und den ihm der schreckliche Fips als nächstes Ziel genannt hatte, so sehr, dass man glauben mochte, bei Quedlinburg handele es sich um nichts Geringeres als den Garten Eden. Das Gute an der unerschöpflichen Euphorie des Lokators war, dass dessen Begeisterung durchaus ansteckend war, zwar nicht in dem Maße, wie Regino selbst sie verströmte, aber ein Bruchteil dieser Freude genügte bereits, um auch die ihm folgenden Burschen, Mädchen und Frauen zumindest in hoffnungsvolle Stimmung zu versetzen und ihnen den bevorstehenden Gewaltmarsch so angenehm wie möglich erscheinen zu lassen.

Sie durchquerten nach einer im Freien verbrachten, recht milden Nacht am Tage nach dem Aufbruch aus Goslar das schroffe, verwunschen wirkende Ilsetal, lauschten seinen rauschenden Bächen, rasteten auf seinen moosbewachsenen Felsen und ließen sich von einem Schweinehirten die wundersame Legende der schönen Prinzessin Ilse und deren Liebe zu einem verhexten Prinzen erzählen. Der redselige Hirte berichtete auch von einer sich erst jüngst zugetragenen Begebenheit, bei der zwei hiesige Holzfällerkinder vom Hunger so tief in den Wald getrieben wurden, dass sie sich verliefen und in die Gefangenschaft einer bösen Hexe gerieten, aus der sie sich nur durch eine kluge List wieder befreien konnten.

Ja, von Hexen schien es hier im Harz tatsächlich überall zu wimmeln, zumindest hieß es so. Die Gruppe jedoch bekam nie eine dieser Zauberinnen zu Gesicht, es sei denn, so scherzte Johann unaufhörlich, man zählte Maja dazu, welcher man durchaus zutrauen würde, dass sie sich alsbald auf einen Besen schwingen und sich zu dem stets am südlichen Horizont sichtbaren großen Berg namens Brocken, auch Blocksberg genannt, aufmachen würde. Maja, welche die Scherze der frechen Burschen durchaus wahrnahm, störte sich nicht daran. Mitunter erlaubte sie sich sogar ihrerseits Streiche mit dem jungen Volk, indem sie sie durch finstere Blicke, unverständliches Gemurmel und wilde Gesten in Angst und Schrecken versetzte, um sie somit in ihren Vorurteilen zu bestärken.

Insgesamt verlebten sie also recht angenehme Marschtage, es gab keine sonderbaren Begegnungen, keine Verletzungen, und sogar das Wetter meinte es gut mit ihnen.

In der Neustadt von Wernigerode legten sie eine längere Rast ein. Regino zog es vor, sich bei den hiesigen Ackerbürgern als fromme Pilger auszugeben, die kein Geld erbettelten, sondern lediglich um etwas Essbares und eine kostenlose Schlafstatt baten. Dabei wurde er nicht müde, das Gleichnis vom barmherzigen Samariter zu wiederholen und den Leuten bereits von Weitem – und im Vorhinein dankend – folgende Worte Jesu zuzurufen:

»Was ihr für einen meiner geringsten Brüder getan habt, das habt ihr für mich getan.«

Die meisten konnten in Anbetracht dieser zur Schau gestellten Frömmigkeit und unter Berücksichtigung des eigenen Seelenheils die Reisenden nicht einfach davonjagen, und so erhielten sie nicht nur die Möglichkeit, zwischen zahllosen blökenden, aber Wärme spendenden Tieren in einem niedrigen Schafstall zu übernachten, sondern konnten auch alsbald mit reichlich Proviant in den Taschen weiterziehen.

Sieben Tage, nachdem sie aus Goslar aufgebrochen waren, erreichten sie schließlich Quedlinburg. Wie Goslar war dies eine weitere prächtige Kaiserstadt, die nicht dem Andenken des salischen, sondern vielmehr des ottonischen Geschlechts gewidmet war.

Einer uneinnehmbaren Festung gleich ragte das Frauenstift, auf einem Berg erbaut, über die Stadt. Aber uneinnehmbar war das Stift St. Servatius, hinter dessen Mauern sich zahlreiche, mehr oder weniger schöne junge Adelstöchter aufhielten, ganz und gar nicht. Das hatte bereits der Jüngling Werner im Jahre 999 bewiesen, als er der Äbtissin Mathilde, Tochter Kaiser Ottos des Großen, eines ihrer holden Fräulein namens Liutgard raubte und nur unter großen Bußandrohungen wieder zurückgab. Ihrer Jungfräulichkeit – sehr wahrscheinlich freiwillig – verlustig gegangen und darum kein rechtes Klosterfräulein mehr, durfte die junge Liutgard jedoch alsbald zu ihrem Werner zurückkehren.

Und was dem edlen, verwegenen Werner einst gelungen war, das sollte in diesem Jahre 1348 einem weiteren jungen Manne, weniger edel, dafür ebenso verwegen, noch einmal glücken. Doch dieser junge Mann, Johann war sein Name, ahnte, als er zusammen mit seinen Gefährten staunend das Stadttor von Quedlinburg durchschritt, noch nichts von dem hier auf ihn wartenden Glück.

»Jetzt hör auf zu weinen und sprich endlich mit mir, Adelheid.«

Die beiden jungen Frauen hatten sich in ihr sauberes, aber sehr kleines Kämmerlein im Damenstift zu Quedlinburg zurückgezogen. Es war die Zeit zwischen Non und Vesper, eigentlich versammelte man sich zu diesen Stunden in Stille und Andacht, um gemeinsam feinen Handarbeiten nachzugehen. Doch Adelheid war unwohl, blass sah sie aus, seit zwei Tagen hatte sie nichts essen können, und soeben war sie während des Gottesdienstes zusammengebrochen. Elisabeth, das Mädchen, mit dem Adelheid sich die Kemenate teilte, war sofort zu ihr geeilt und hatte die halb Ohnmächtige nach einem zustimmenden Nicken der Äbtissin aufs Zimmer begleitet, wo Adelheid sofort bitterlich zu weinen begann.

Elisabeth war nicht unglücklich darüber, dass es ihrer Mitschwester und Freundin schlechtging. Nein, sie war sogar froh.

Beide waren sie junge Frauen adeliger Herkunft, beide aus guten Familien, aber bei Weitem nicht aus solch angesehenen Geschlechtern wie denen, aus welchen die meisten der hier lebenden Frauen stammten. Keiner ihrer Vorfahren war jemals Kaiser, König oder Kurfürst gewesen. Elisabeths Vater war ein einfacher, aber land- und bauernreicher Herzog aus dem Norden, und Adelheids Familie gehörte bloß dem Ritterstand an, verfügte aber wegen eines bedeutenden Verwandten, welcher der Abt eines großen Klosters war, über genügend Einfluss, um die Tochter in diesem sehr erlauchten Stift erziehen zu lassen.

Ihre verhältnismäßig niedrige Herkunft war es also, welche die beiden Mädchen vom ersten Tage ihrer Ankunft in dieser ummauerten Jungfernfestung zusammengeschweißt hatte. Doch abgesehen davon hatten sie nicht viel miteinander gemein. Während Elisabeth den Aufenthalt im Stift als einen kurzfristigen ansah, als eine Art Schutzhaft, um die Unberührtheit der zur Wildheit neigenden Tochter bis zu deren Vermählung zu garantieren, so ging Adelheid das Leben im Kloster mit sehr viel größerer Ernsthaftigkeit an. Ja, sie war gewillt, eines Tages den ewigen Schleier zu nehmen, niemals wieder die Mauern zu verlassen und das fromme Leben einer keuschen und mildtätigen Nonne zu führen.

Ein solcher Gedanke wäre Elisabeth im Traume nicht eingefallen, und damit war sie hier nicht die Einzige. Ein großer Teil der Mädchen in diesem Stift wartete auf den Tag, an dem der betuchte Vater ihnen die Kunde brachte, dass sich ein mindestens ebenso betuchter Gemahl für die hier in Quedlinburg wohlerzogene Tochter gefunden habe.

Elisabeth jedoch fehlte zum Warten die notwendige Geduld. Sie wollte fort, raus aus diesen engen Mauern, weg von der quälenden Schreibstube mit ihren langweiligen, frommen Schriften, weg von den zermürbenden Handarbeiten, Andachten, Gottesdiensten. Hinaus ins Leben wollte sie, und das lieber heute als morgen. Und darum war sie froh, dass es Adelheid schlechtging, denn das bedeutete, dass die Freundin nicht mehr glücklich war in diesem Gefängnis. Und wenn sie nicht mehr glücklich war, so würde sie sich gewiss endlich zur gemeinsamen Flucht überreden lassen.

»Jetzt sag mir doch, was dich so sehr betrübt. Es hat gewiss mit dem Boten zu tun, der vor wenigen Tagen hier war. Habe ich recht?« Elisabeth kniete sich vor Adelheid auf dem nach Wachs duftenden, glänzenden Holzboden nieder und wischte ihr, die auf einem kleinen Hocker saß, mit der bloßen Hand die Tränen aus dem blassen, kindlichen Gesicht.

»Es ist so weit. Mein Vater hat sich überreden lassen. Er hat ihm meine Hand versprochen«, schluchzte Adelheid plötzlich kaum vernehmlich.

Unwillkürlich musste Elisabeth lächeln. Genau das hatte sie sich gewünscht, genau das war der einzige Grund, den es für Adelheid gab, um das Weite zu suchen. Das, was viele andere Mädchen hier ersehnten, die Erlösung durch eine Heirat, kam für die fromme Adelheid einer Katastrophe gleich. Zumal es sich bei dem Herrn, der schon seit Jahren um sie warb, um alles andere als einen lieben, guten Mann handeln sollte.

»Ist es jener, von dem du mir erzählt hast?«, fragte Elisabeth.

Adelheid nickte und schluckte ihre Tränen herunter. Die Mädchen waren im gleichen Alter, beide hatten sie zu Anfang des Jahres das achtzehnte Lebensjahr erreicht, aber während aus Elisabeth längst eine Frau geworden war, so wollte das Kind in Adelheid einfach nicht verschwinden, nicht aus ihrem Gesicht und erst recht nicht aus ihrem so unschuldigen, so verletzlichen und schutzbedürftigen Herzen. Es war einem jeden, der dieses Mädchen sah, ein Bedürfnis, es gern zu haben und es vor allen Gefahren zu behüten.

»Er ist uralt, zudem ein Betrüger und Bauernschinder. Meine Familie hasst ihn, aber dennoch … Pfui, ich darf gar nicht daran denken«, antwortete Adelheid noch immer unter Tränen.

Doch als Elisabeth plötzlich zu lachen begann, musste auch sie lächeln, was ein wenig Farbe auf ihre kreidebleichen Wangen zauberte.

»Pfui Teufel, du hast recht. Wie alt ist er denn?«, fragte Elisabeth.

»Älter noch als mein Vater.«

Elisabeth schüttelte sich.

»Und wann holen sie dich ab?«

»Schon bald. Zu Pfingsten soll bereits das Hochzeitsfest sein.«

»Mhmmm«, machte Elisabeth und legte nachdenklich einen

Finger auf ihre geschlossenen vollen Lippen. Längst wusste sie, welchen Vorschlag sie der Freundin unterbreiten wollte, aber besser war es, ihr den Eindruck zu vermitteln, dass ihr dieser Gedanke jetzt erst gekommen sei.

»Ich glaube, liebe Adelheid, du solltest unter diesen Umständen tatsächlich so schnell wie möglich zu den Klarissen wechseln.«

»Das sagst ausgerechnet du?«, fragte Adelheid ungläubig.

Elisabeth machte niemals einen Hehl daraus, dass ihr gottesfürchtiges Leben nur vorgetäuscht war, und darum hatte sie bislang auch wenig Verständnis für Adelheids Schwärmereien von einem Leben als Nonne in einem schlichten Haus der franziskanischen Bettelschwestern gezeigt. Es war schon schlimm genug, in einem Stift unter der ständigen Kontrolle einer strengen Äbtissin zu leben, aber immerhin gab es hier reichlich zu essen, und man musste auch sonst nicht auf irdischen Luxus verzichten, aber in einem Bettelorden … nein, das wäre für Elisabeth der Hölle gleichgekommen.

Nicht so für Adelheid. Sie war begeistert von dem Leben des heiligen Franziskus und von dem Mut der Klara von Assisi. Unaufhörlich sprach sie davon, und selbst die Bibliothekarin, Schwester Irmingard, war schon ein wenig ungehalten, belästigte die gute Adelheid sie doch unaufhörlich mit ihrem Bitten und Betteln, ihr die im Stift vorhandenen Handschriften zu den Lehren der armen Brüder und Schwestern zu geben. Es lag nicht im Sinne des Stiftes, die Seelen der hier lebenden adeligen Töchter und betuchten Witwen mit den halbketzerischen Idealen herumstreifender Bettelmönche in die Irre zu führen. Aber Adelheids Begeisterung war nicht zu bremsen, das wusste Elisabeth, und darum wusste sie auch, dass die Hoffnung auf diesen Ausweg aus der für Adelheid schwierigen Lage eine gute Möglichkeit darstellte, die Freundin endlich zur Flucht überreden zu können.

»Nun ja, besser bei den armen Schwestern als in den Armen eines widerlichen Greises, oder etwa nicht?«, antwortete Elisabeth keck, während Adelheid erneut ein Schauer über den Rücken lief und sie wieder ganz blass wurde. Allein der Gedanke daran, was sie in der Nacht nach dem Hochzeitsfest erwarten könnte, ließ sie auf ihrem Schemel so sehr schwanken, dass sie hintenübergefallen wäre, hätte die Freundin sie nicht an den Schultern gehalten.

»Du musst fort von hier. Das ist deine Bestimmung, Adelheid. Gott will es so, glaube mir«, flüsterte Elisabeth ihr nun verschwörerisch ins Ohr. »Ich werde dich begleiten. Wir gehen zusammen zu den Klarissen, auch wenn ich dir nicht versprechen kann, ob auch ich die Pforte der armen Schwestern dann passieren werde.«

In Adelheids bislang matten, grauen Augen ging plötzlich etwas vor sich. Elisabeth gewann den Eindruck, die Freundin schaue durch sie hindurch, ein Glitzern, Funkeln, Strahlen sprang ihr förmlich entgegen. Fast schien es, als habe Adelheid eine Vision, als sei sie eine von diesen so sehr geachteten Mystikerinnen, von denen Elisabeth glaubte, dass allein die bittere Klausur und erzwungene Keuschheit sie derart rasend machten, dass sie sich die Kleider vom Leibe rissen und von Jesus als ihrem Gatten sprachen. Verrückte Weiber waren das in ihren Augen, Wahnsinnige, deren Problem sehr einfach zu lösen wäre, wenn sie sich nur erlaubten, was Elisabeth sich endlich zu erlauben gewillt war: ein durch und durch weltliches Dasein mit allem, was an Licht- und Schattenseiten dazugehörte.

»Ja, lass uns gehen«, sprach Adelheid plötzlich. Nein, sie rief es. Sie rief es ein wenig zu laut, sodass Elisabeth glaubte, die Schwester, welche nun zur Türe hereinkam, um die kränkelnde Adelheid ins hauseigene Hospital zu bringen, habe alles belauscht. Doch zum Glück schien das nicht der Fall zu sein.

Willig ließ Adelheid sich wegführen, während Elisabeth ihr noch einmal zwinkernd zunickte. Auch Adelheid nickte.

Das Vorhaben war also beschlossen. Jetzt hieß es nur noch, es in die Tat umzusetzen.

Aber wie in Gottes Namen sollte man ohne Hilfe einem goldenen Käfig wie diesem entkommen?

Johann liebte Burgen.

Schon als Kind hatte er sich heimlich vom Hofe seines Vaters fortgestohlen, um die mächtige Burg des Grundherrn aufzusuchen, sich dort herumzutreiben und im Schatten des Bergfrieds mit einem Stock als Schwert und einem großen Stück Rinde als Schild Ritter zu spielen. Er liebte die Geschichten, welche es über die tapferen Leute zu erzählen gab, die sich einst aufmachten, um das Heilige Land von den bösen, niederträchtigen Heiden zu befreien. Er bekam nicht genug davon, und auch nun, als Mann – denn wie ein solcher fühlte er sich – wäre er liebend gern ein heldenhafter Edelmann gewesen, ausgestattet mit Ross und Rüstung. Ja, vielleicht, so wagte er zu hoffen, vielleicht würde ihr Ziel in diesem von Regino als so wunderbar geschilderten Osten einem Bauernjungen wie ihm eine solche Möglichkeit eröffnen. Johann hatte von den Ordensrittern gehört, die irgendwo im Osten lebten und noch immer Kreuzzüge gegen dortige Heiden unternahmen. Was würde er darum geben, von ihnen aufgenommen zu werden!

Ja, Johann träumte gern, und um an diesem Tag in Ruhe träumen zu können, hatte er, nachdem sie das Stadttor Quedlinburgs passiert hatten, beschlossen, seine Gruppe zu verlassen und diese mächtigste aller jemals zu Gesicht bekommenen Ritterburgen in Augenschein zu nehmen, die dort so trutzig über die Stadt ragte. Zwar hatte die Hexe Maja ihm gesagt, bei diesem wehrhaften Gemäuer handele es sich nicht um eine Ritterfeste, sondern vielmehr um ein Frauenkloster, aber auch diese wenig heldenhafte Realität konnte der Fantasie des jungen Träumers keinen Abbruch tun.

Frohen Mutes stapfte er pfeifend, einen kleinen Pfad wählend, den steilen Hang hinauf und ließ sich nach anstrengendem aber lohnendem Marsch an der kühlen Außenmauer der unendlich hohen, massiven Umfriedung nieder, um sich die Frühlingssonne ins Gesicht scheinen zu lassen und alle Gedanken freizugeben.

Herrlich war es. Er genoss die Einsamkeit. Fern von dem verrückten Regino, fern von den ewig turtelnden Pärchen, fern von den unreifen Buben, fern von der gruseligen Maja und fern von der schönen Marie, die schon so manches Mal auf dieser Reise heimliche Verwirrung in ihm gestiftet hatte. Gerade war er mit geschlossenen Augen auf einem Feldzug gegen wilde Reiterhorden und kämpfte gegen einen hünenhaften, bärtigen Heiden, der eine riesige Streitaxt schwang, als ihm plötzlich eine ganze Handvoll kleiner Kiesel mitten ins Gesicht fiel.

»Verdammt noch eins!«, schrie Johann, sprang auf und fluchte, weitere laute und äußerst anzügliche Schimpfworte ausstoßend.

»Psssst«, machte es von weit oben, »psssst.«

Doch er vernahm es nicht.

Wieder setzte es eine Handvoll Kiesel.

»Was ist das, in Dreiteufelsnamen?«, schrie er.

»Psssst.«

Jetzt erst schaute er nach oben. Dort in luftiger Höhe winkte jemand.

Johann legte seine Hand über die Augen, um sie vor der Sonne abzuschirmen. Nun erkannte er in dem winzigen Kopf, der über die mächtige Mauer lugte, eine Frau, eine verschleierte Frau, gewiss eine Nonne. Wie konnte es auch anders sein? Maja hatte ihm diese Information ja mit auf den Weg gegeben.

»Entschuldigt, Schwester, meine unflätigen Worte, aber Ihr habt mich erschreckt«, rief er hinauf.

»Leise«, zischte es herunter.

Johann zuckte nur mit den Schultern und machte sich auf zu gehen.

»Halt«, rief es daraufhin von oben.

»Was noch?«, antwortete er gereizt.

»Wartet.« Dann war der Kopf verschwunden.

Wieder zuckte Johann mit den Schultern und begab sich zurück zu seinem Ruheplatz. Er versuchte sich erneut hinzulegen und in seine Traumwelt zu entschwinden, doch irgendwie wollte es ihm nicht mehr gelingen.

Was wollte die Gottesfrau von ihm?

Jung war sie gewesen, das hatte er an ihrer Stimme erkannt.

Vielleicht war sie ja sogar hübsch.

Nein, nein. Johann verbot sich derartige Gedanken genauso, wie er sich Gedanken an die verheiratete Marie verbot. Doch leider kamen sie ihm immer wieder. Er konnte sich nicht helfen.

Was wollte sie?

Wann kam sie zurück?

Wiederholt blinzelte er auf dem Rücken liegend nach oben, in der Hoffnung, erneut eine Handvoll Kiesel ins Gesicht zu bekommen.

Nichts.

Er wartete und wartete.

Es begann bereits zu dämmern. Ein alter Mann mit einem Esel stapfte kopfschüttelnd an ihm vorüber, eine Frau mit einem Tragekorb voller Reisig lachte ihn zahnlos an.

Johann wartete.

Dann – er war gerade fröstelnd eingeschlafen – fiel ihm tatsächlich wieder etwas auf die Stirn. Dieses Mal waren es keine Kiesel. Es war eine Rolle. Eine Schriftrolle. Johann brach nervös das Siegel und rollte das Pergament auf. Es war eine sinnlose Tat, denn er konnte, abgesehen davon, dass es ohnehin mittlerweile finster wurde, kein Wort lesen.

»Nun gut«, brummte er, steckte sich das Schreiben in den Gürtel und warf noch einen Blick nach oben.

»Hab's«, rief er möglichst leise.

»Gut«, kam es von oben zurück. Ein leises Kichern war zudem zu vernehmen.

»Wer seid Ihr?«, rief Johann klopfenden Herzens.

»Bis bald«, hörte er nur, dann wieder ein Kichern, das sich entfernte. Sie war verschwunden.

Johann war selig. Heiß drückte ihm das Pergament bei jedem Schritt, den er den Berg nach unten ging, gegen die Lenden. Er beeilte sich, rutschte teilweise auf dem Hosenboden über den im Wald bei dem vielen Regen der letzten Zeit niemals trocknenden Boden, sprang über Zäune, nahm Abkürzungen durch Gärten und Hinterhöfe, verlief sich in seiner Eile mehrmals in der ihm fremden Stadt. Aber dennoch blieb er frohen Mutes, sein Herz raste vor erwartungsvoller Neugierde.

Er musste so schnell wie möglich zu Regino.

Da Reginos Augen von dem kühlen Wind, der ihnen auf ihrer Wanderung durch den Harz stets ins Gesicht geweht war, tränten, musste er Johanns Brief – äußerlich bedauernd, innerlich erleichtert – an die alte Maja weiterreichen, welche ihn gern an sich nahm. Die gesamte Gruppe, die für wenig Geld einen lediglich mit einer Plane überzogenen Verschlag unmittelbar an der Stadtmauer gemietet hatte, versammelte sich nun um den stolzen Johann und die betagte Einsiedlerin, die sogleich einen der Burschen heranwinkte, er solle den erloschenen Kienspan neu entzünden und ihr im rechten Abstand über das Pergament halten, damit sie die Zeilen entziffern könne.

Maja las zunächst angestrengt und schweigend. Niemand wagte es, sie zu unterbrechen. Johann wippte aufgeregt von einem Fuß auf den anderen. Regino rieb sich die kunstvoll herbeigerufenen Tränen aus dem Gesicht und nickte dabei beständig. Marie versuchte von den sich leicht bewegenden Lippen ihrer Freundin abzulesen, und auch die jungen Leute brannten darauf zu erfahren, wie es dem glücklichen Johann hatte gelingen können, ein keusches und bestens behütetes Fräulein dazu zu bewegen, ihm eine Liebesbotschaft zu senden.

Ein breites Grinsen breitete sich plötzlich auf Majas Gesicht aus. Noch immer hatte sie keinen Ton von sich gegeben.

»Was?«, fragte Johann bloß. Seine Stimme bebte.

Mit ihrer knochigen Hand klopfte sie dem Burschen nur auf dessen starke Schultern.

»Du schaffst das schon. Zwar weiß ich nicht wie, mein guter Junge, aber du schaffst das schon«, meinte Maja.

»Was?«, wiederholte er, diesmal jedoch ungeduldiger.

»Erretten sollst du sie«, kicherte Maja.

Johann erglühte, sein Gesicht schien Feuer fangen zu wollen, so rot lief es an.

»Was?«, fragte er erneut. Diesmal klang es jedoch weniger fordernd als vielmehr ungläubig.

»Komm hinaus, ich lese es dir unter Ausschluss dieser lästigen Krähen vor. Es geht ja nur dich und dein Mädchen etwas an.«

»Mein Mädchen?« Johann war vollkommen durcheinander und hörte nicht einmal den Scherz des stotternden Wilhelm, der ihm nachrief:

»H-h-h-hoffentlich ist sie k-k-keine hässliche K-k-kröte.«

Und auch die Antwort des frechen Gustav, der zu Wilhelm nichts weiter als »So wie deine Anna« sagte und dafür eine deftige Maulschelle erhielt, vernahm Johann nicht. Er ging wie auf Wolken, sein Geist war in Gefilde entschwunden, die ihm bislang nicht einmal zur Andacht an Weihnachten eröffnet worden waren.

»Johann ist also verliebt«, meinte Marie, als Maja sich nach einer Weile zu ihr gesellte. Marie war soeben vor ihrem Verschlag damit beschäftigt, den Esel zu bürsten.

»Blind vor Liebe ist er. Blind im wahrsten Sinne des Wortes, denn er hat die Angebetete bislang nicht ein einziges Mal gesehen. Ihr liebliches Kichern habe er lediglich vernommen. Aber vielleicht hat sie ihn auch einfach ausgelacht. Denn anstatt eines weichen Tuches, wie es in den Minneliedern üblich ist, hat sie ihm spitze Kieselsteine zugeworfen. Ich weiß nicht, Marie, ob man unseren armen Johann zum Besten halten will. Solch feine, verwöhnte Dinger werden in ihren goldenen Käfigen gewiss vor Langeweile vergehen, da kommt doch ein tumber Bauerntölpel, mit dem man sein Spiel treiben kann, gerade recht.«

»Was hat sie geschrieben?«, fragte Marie neugierig.

Maja lachte: »Er soll sie holen. Angeblich gibt es da eine Luke, über die der Unrat aus dem Kloster befördert wird. Es sei schwierig, sie zu öffnen, doch mit einer Säge und etwas Mühe sollte es ihm gelingen, den festen Riegel zu zerstören. Dabei müsste unser armer Johann die ganze Nacht in beißender Jauche und stinkendem Abfall stehen. Derart appetitlich duftend soll er sich dann auf dem Hof hinter dem Brunnen verstecken, bis es dem Fräulein und ihrer Freundin – es sind nämlich zwei – gefällt, ihr sauberes, warmes Bett zu verlassen und mit ihm durch die Unratluke hinaus in die Freiheit zu schlüpfen. Das ist alles.«

Marie war erstaunt.

»Und wann soll er beginnen?«, fragte sie.

»Er sitzt bereits auf heißen Kohlen, wartet nur noch auf dich«, antwortete Maja amüsiert.

»Auf mich?«

»Du sollst ihn des Anstands halber begleiten, damit die beiden frommen Jungfrauen Vertrauen schöpfen und ihn nicht für einen Lüstling halten, der in Freiheit sofort über sie herfallen wird. Es war sein Einfall, dass du mitkommst.«

Marie schmunzelte, rieb sich die grauen Eselshaare von Rock und Händen und ging hinaus zu dem tatsächlich fast vor Ungeduld und Aufregung platzenden Burschen, der bereits eine nicht sehr große, aber scharfe Säge in den Händen hielt.

»Woher hast du die denn?«, fragte Marie, hakte sich bei ihm unter und zeigte ihm somit an, dass sie ihn gern begleitete.

»Weiß nicht, Regino hat sie besorgt«, stotterte Johann. Plötzlich war er zögerlich, und Marie musste ihn ein wenig anstoßen, damit er wieder den Antrieb fand, seinen durchaus verwegenen Plan durchzuführen.

Es ging schneller als gedacht.

Die Luke erwies sich als äußerst instabil. Offensichtlich diente sie längst auch anderen als heimlicher Ein- und Ausgang zu dem Damenstift und wurde so häufig genutzt, dass man es nicht einmal für nötig befand, sie des Nachts zu verriegeln. Marie und Johann standen also schon lange vor Mitternacht auf dem riesigen, blanken und von einem trüben Halbmond beschienenen Innenhof der mächtigen Festung, welche über viele Jahrhunderte bereits unzählige zarte Jungfrauen und fromme Witwen vor wilden Eroberern beschützt hatte.

»Keine Menschenseele«, flüsterte Marie.

»Nicht einmal ein Nachtwächter«, gab Johann zurück, der sich mit großen Augen in der Dunkelheit umsah. Er zitterte und fürchtete mehr noch als die Hellebarde eines Nachtwächters die Schatten zweier junger Frauengestalten, die jeden Moment auftauchen konnten. Am liebsten wäre er durch den widerlichen Morast, durch welchen sie soeben gestapft waren, zurück in die Stadt gelaufen. Und ebendas versuchte er nun auch, denn urplötzlich wandte er sich um und wollte davoneilen, als Marie ihn rasch an seinem löchrigen, grauen Rock packte und zurück zum Brunnen zog.

»Keine kalten Füße bekommen, Johann. Was man beginnt, muss man auch vollenden«, zischte sie ihm belustigt zu.

»Warte du auf sie und bring sie dann mit«, flüsterte er und wollte schon wieder Reißaus nehmen, doch Maries Griff war fest.

»Hasenfuß«, raunte sie ihm zu und gab ihm einen freundschaftlichen Klaps in den Nacken.

»Was, wenn sie mich nicht mag?«

»Es sind ihrer zwei. Eine von beiden wird dich schon mögen, du bist doch ein hübscher Kerl.«

»Hmmmh«, machte Johann nur verlegen und scharrte mit den Füßen im feuchten Staub.

»Da kommen sie. Verbergen wir uns lieber hinter dem Brunnen, falls es doch andere sind«, sagte Marie plötzlich hektisch und zog den Jungen hinter die rundgemauerte Umfriedung. Schritte näherten sich. Langsame, zögerliche, leichte Schritte waren es. Vorsichtig lugte Marie über den Mauerrand des Brunnens.

Ein schrilles Quieken ertönte.

Doch so plötzlich es zu vernehmen gewesen war, so plötzlich erstarb es auch wieder.

Zwei Frauen standen dort. Die eine hatte der anderen die Hand auf den Mund gelegt und winkte nun mit der freien Hand in Maries Richtung.

»Steh auf, Johann«, flüsterte diese dem Burschen zu, der lieber einen Hupfer in den Brunnen gemacht hätte, als sich nun zu zeigen.

Ihm war angst und bange.

XV

Wahrlich, er fühlte sich wie ein Kind Gottes, dieser Regino von Bunseborn oder vielmehr Heinrich Klumpacker, wie er ja mit Taufnamen hieß. Wie anders ließe sich auch erklären, dass ihm erneut das Glück hold gewesen war und für ihn die Kohlen aus dem Feuer holte. Nicht nur, dass er seine Leute glücklich nach Quedlinburg gebracht hatte. Nein, hier an diesem Ort hatte sich wie aus dem Nichts auch das Problem gelöst, welches ihm der gewiss bald auftauchende, mysteriöse Fips aufgeladen hatte. Bezahlt wollte er werden, der Lümmel. Und bezahlt musste er werden, denn Regino wollte, aber konnte leider nicht ohne ihn, und deshalb war der Pfeifer gezwungen, tatsächlich alles zu geben, um seinen Auftraggeber zufriedenzustellen und gleichzeitig auf Abstand zu halten. Doch da Regino das Glück beständig gewogen war, hatte sich nun in Quedlinburg mit einem Male eine Möglichkeit aufgetan, Fips' jüngste Begehrlichkeiten zu stillen.

Jungfrauen, so hatte Fips noch in Goslar getönt, seien schwieriger zu finden als der Heilige Gral. Und nun hatte Regino gleich zwei Grale auf einmal gefunden, beziehungsweise, es waren ihm diese gebracht worden – und dass es sich bei den beiden blassen, reinen Gewächsen um bislang unberührte Mädchen handelte, davon war ob ihrer Herkunft und Erziehung fest auszugehen.

Welch ein beneidenswerter Glückspilz er doch war.

Am liebsten hätte Regino sich die Hände gerieben, als er vor den zwei in der schäbigen Unterkunft an der Stadtmauer friedlich schlafenden Mädchen stand. Doch einerseits verbot ihm der wachsam strenge Blick der alten Maja ein derartig verdächtiges Verhalten, und zum anderen war da leider, leider auch etwas, was ihm immer und immer wieder in seinem Leben im Wege gestanden hatte: das Gewissen.

So hübsch anzuschauen waren sie, so sauber, so frisch, so unschuldig, so schutzbedürftig, dass es ihm schier das Herz brach, wenn er darüber nachdachte, was Vitus Fips gewiss mit ihnen anzustellen trachtete, falls er ihrer habhaft würde.

»Es bricht mir schier das Herz, wenn ich darüber nachdenke, in welche Welt sich diese beiden jungen Dinger haben stehlen lassen«, sagte er nun auch, einen scheelen Blick auf Maja gerichtet. Er spürte, dass man der Alten nichts vormachen konnte, und wollte die Wahrheit darum nicht vollkommen verdrehen.

»Da hast du recht, Regino«, murmelte diese, ohne ihren festen Blick von ihm abzuwenden.

Sie, der Pfeifer und die schlafenden Stiftsdamen waren allein in dem zeltartigen Raum. Während es die Übrigen in die Stadt verschlagen hatte, waren Marie und Johann nach ihrer nächtlichen Tour soeben erst erwacht und nahmen draußen ein kleines Frühstück ein.

»Gefährlich ist es zudem, solch kostbare Geiseln bei sich zu führen. Dafür werden wir büßen«, murmelte Maja, erneut eine ihrer düsteren Vorahnungen aussprechend.

»Aber was sagst du da, Maja? Sie sind doch aus freien Stücken bei uns.«

»Wer wird uns glauben? So rasch wie möglich sollten wir von hier verschwinden, man hat auf der Burg gewiss bereits vernommen, dass zwei kostbare Juwelen fehlen, und wird bald jeden Aus- und Einreisenden auseinanderpflücken wie geschlachtete Hühner.«

»Und weil dem so ist, wäre es besser, wir warten noch einige Tage, bis sich die Wogen geglättet haben und wir ohne Sorgen die Stadt verlassen können.«

»Mitsamt der kostbaren Fracht?«, wollte Maja wissen und beäugte Regino kritisch.

»Wenn Johann sich die Mühe gemacht hat, sie zu befreien, so wird er sie gewiss mitnehmen wollen. Man sollte der Liebe alle Türen und Tore offen halten.«

»Du willst sie also wirklich mitnehmen, die beiden edlen Täubchen?«

»Was fragst du, Maja? Immerhin hast du selbst dem Grünschnabel den Brief vorgelesen und ihn auf diesen heiklen Plan gebracht.«

»Dann wollen wir also hoffen, dass alles gutgeht und sie uns nicht noch innerhalb dieser Mauern verloren gehen, nicht wahr, Regino?« Maja ließ nicht davon ab, den schlanken, schmalschultrigen Regino misstrauisch zu mustern, woraufhin dieser begann, wie immer, wenn er nervös wurde, von einem Bein auf das nächste zu hüpfen. Dabei erklangen leise seine zahllosen Schellen und ließen eines der Mädchen im Schlaf aufseufzen.

»Entzückend«, entfuhr es Regino, der jetzt mit einem verklärten Blick auf die Schlafenden ruhig stehen geblieben war. Dann sagte er plötzlich in entschlossenem Ton: »Nein, Maja, sie werden uns nicht verloren gehen. Wen Regino von Bunseborn in seine Obhut nimmt, den lässt er nur unter Preisgabe seines Lebens wieder gehen. Weißt du, Maja, ich habe eine Idee. Wozu ist er da, der Fundus an Weistümern, der in meinem Schädel klebt wie Schnodder in der Nase? Wozu habe ich ihn erlernt von der schönen Esther, der erfahrenen Zigeunerin, die nicht nur eine äußerst kundige Kennerin der Volksrechte war, sondern mir auch einiges andere beigebracht hat. Wenn du verstehst, was ich meine …«

Maja zuckte verwundert mit den Schultern. Sie hatte keine Ahnung, was dieser seltsame Mensch da wieder im Schilde führte. Sie wusste nur, dass es nicht immer gut war, mitunter sogar spitzbübisch und gefährlich, was Regino hinter der Fassade von Frohsinn und Gleichmut ausheckte. Ja, dieser Galgenstrick, von dem man nicht wissen konnte, ob er gut oder schlecht war, machte selbst sie mit ihren seherischen Fähigkeiten ratlos. So auch jetzt, als er plötzlich lachend und freudestrahlend an ihr vorüberhüpfte und sie, die Hüterin der Jungfrauen, mit den beiden Neuzugängen in seinem Gefolge alleine ließ.

»Nun, dein Anliegen ist rasch beraten, guter Bürger von Quedlinburg. Höre: Wäre es, dass ein Mann ein Weib notzüchtigt, so soll man einen Pfahl nehmen, den Mann auf den Rücken legen und ihm den Pfahl auf den Bauch setzen. Das Weib, das über ihn geklagt hat, soll alsdann mit einem Schlegel drei Stunden lang auf den Pfahl schlagen.«

»Aber, weiser Regino – es bin doch ich, gegen den diese Klage erhoben wird.«

»Oh. Nun, dann sorge dafür, dass der Pfahl stumpf ist, und sag dem Weib, es soll nicht häufiger als vier Mal zuschlagen. Dann wirst du mit nichts weiter als vier gebrochenen Rippen davonkommen. Fünf Pfennige für den guten Rat.«

»Hab Dank. Hab Dank und nimm mein Geld.«

»Der Nächste, bitte. Ratsuchende aus Quedlinburg, strömt herbei! Eure Sorgen finden am heutigen Tage ein Ende, denn der weise Regino ist euer Advokat. Keift der Nachbar wegen einer stinkenden Grube? Ist der Gemahl auf Abwegen? Macht eine nicht bewilligte Erbschaft euch zu schaffen? Kommt nur her, denn ich weiß Rat. Ganz gleich, von welcher Brisanz euer Anliegen auch sein mag, Regino schweigt wie ein Grab, er macht den Mund nur auf, um euch das rechte Weistum mitzuteilen, danach ist euer Geheimnis bei ihm besser aufgehoben als im Kopfe eures Beichtvaters. Ja, tritt nur näher, gute Frau, womit kann ich dienen?«

»Weiser Herr, darf ich leise zu Euch sprechen?«

»Flüstere, niemand soll dich verstehen außer mir.«

»Nun, es geht um meinen Gemahl. Es ist ihm nicht möglich … nun … vielleicht könnt Ihr es Euch denken.«

»Oh, gewiss, ich kann es mir denken. Höre, armes Eheweib: Wenn ein Mann seinem rechten Weibe ihr fraulich Recht nicht tun kann, so soll er sie sachte auf seinen Rücken setzen und über neun Zäune tragen und sie ohne Stoßen, Schläge, Werfen und böse Worte niedersetzen und dann seinen Nachbarn anrufen, ob er seinem Weibe aus ihrer Leibesnot helfen könnte. Und wenn sein Nachbar das nicht tun will oder kann, so soll der Mann sie auf die nächste Kirmes schicken, und sie soll sich säuberlich herrichten und schmücken. Er hänge ihr einen Beutel, wohlgefüllt mit Geld, auf die Seite. Kommt sie dennoch wieder, ohne dass ihr geholfen wurde, so soll ihr dann der Teufel helfen.«

»Also darf mich der Nachbar aus meiner Not befreien?«

»So sagt es das Weistum, gute Frau, aber nur – und das darfst du nicht vergessen –, wenn es dein Gemahl erlaubt. Und eines darfst du auch nicht vergessen … mich für meinen Rat zu entlohnen.«

»Danke. Habt vielen, vielen Dank, weiser Mann.«

»Womit kann ich nun dir zur Seite stehen, junger Bürger von Quedlinburg?«

»Meister Regino, vor vier Tagen fand ich vor den Mauern der

Stadt einen Burschen mit zerschlagenen Knochen. Ich erkannte ihn als den Sohn eines hiesigen Bäckermeisters und brachte ihn zu seinem Vater. Dort starb er. Nun kam der Alte zu mir und schimpfte mich einen Mörder. Dabei habe ich nur Hand an den Jungen gelegt, um ihn zu retten. Was soll ich tun?«

»So höre, was das Weistum rät: Stürzt ein Mann, oder wird er verwundet oder geschlagen so sehr, dass er ins Dorf nicht mehr kommen kann: Wer den hineinträgt, und stirbt er dann, der soll bleiben ohne Schaden. Die Erben sollen ihm sogar seine Mühen vergüten, wenn das Gut, das jener bei sich hatte, als er starb, weniger wert ist als die Aufwendungen, die er für ihn gehabt hat.«

»Dann muss der Alte mir sogar Geld für meine Hilfe zahlen?«

»So sagt es das Weistum. Jetzt entlohne mich, geh dann und gräme dich nicht weiter, Junge. Du bist ein guter Mensch. Wer nun, meine Lieben, wer nun?«

»Regino, es geht um einen Zaun. Mein Nachbar beklagt, dieser sei so krumm, dass er sich bei Wind auf seinen Grund neige und ihm seinen Kohl erdrücke.«

»Das ist eine wahrlich schwerwiegende Sorge, lieber Mann. So lausche aufmerksam, was ich dir rate: Der Zaun soll so fest und stark errichtet sein, dass, wenn der Amtmann darauf steht und dreimal kräftig wippt, ihn der Zaun allein hält, so stark soll er sein. Bitte einen Obolus in meine leere Hand, und der Nächste, bitte. Was kann ich für dich tun, greiser Kapuzenträger?«

»Kluger Regino, einem Betrüger bin ich aufgesessen, einem üblen Schelm. Meine Hilfe in der Not nahm er dankend an, ohne mich jedoch zu entlohnen, und dann, das ist das Ärgste an der Sache, ist er auch noch mit meinem Mädchen auf und davon. Für besonders gewitzt hält er sich und glaubt, ich würde seine bösen Streiche nicht bemerken. Ein Freund zu sein, gaukelt er mir vor, und immer wenn ich ihn ausfindig mache, um mein Recht einzufordern, ist er um eine dumme Ausrede nicht verlegen. Was soll ich nur mit diesem üblen Burschen anstellen? Ich überlege gar, ob ich dem Lump des Nachts heimlich auflauern soll und ihm die Gurgel durchtrenne. Verdient hätte er es allemal.«

»Oh. Welche Überraschung. Beinahe hätte ich dich nicht erkannt, mein guter Fips. Lass uns leise sprechen, die Leut müssen doch von unserem Händel nichts erfahren. Alles Geld, was ich an diesem Tage einnehme, es soll dir gehören. Und es wird eine Menge sein, schau nur an, sie bedrängen mich, als handele es sich bei mir um eine wandelnde Reliquie. Also, sei unbesorgt, lieber Fips. Du bekommst deinen Lohn.«

»Das will ich hoffen.«

»Ach, Fips, bevor du gehst: Wohin sollen wir weiterziehen?«

»Ha. Du bist und bleibst ein schwätzender Trottel, Regino.«

»Ja, ich gebe zu, ich brauche dich.«

»Wir treffen uns in Aschersleben wieder. Gib so lange gut auf sie acht, lass die Finger von ihr und sieh zu, dass auch andere sie nicht anrühren. Und sage ihr nicht, dass du mich kennst. Wir wollen nicht, dass mein Vögelchen wieder scheu wird und das Weite sucht.«

»Nun, dann weißt du also, dass sie bei uns ist. Zu meiner Verteidigung: Ich habe sie gar nicht als dein Mädchen erkannt. Ich dachte, sie sei …«

»Lüg nicht.«

»Psst, leise, Fips. Die Leute. Sie sollen doch nicht wissen, dass wir vertraut miteinander sind. Du kannst unbesorgt sein, auf mich ist Verlass. Wie meinen Augapfel werde ich deine Marie hüten und sie an dem Tage an dich übergeben, an dem es dir recht sein soll. Ich spreche jetzt wieder lauter, um keinen Verdacht bei meinem erwartungsfrohen Publikum zu erregen:

Hmmhhhh. So, guter alter Mann, nun quält dich ein Kummer weniger. Zwei Pfennige kostet dich diese Erkenntnis, keinen Heller mehr und keinen weniger.«

»Leutbescheißer.«

»Hab Dank und auf Wiedersehen! Wer nun, liebe Leut, wer nun? Ah, die schöne Maid dort in der zweiten Reihe, ich kann mir denken, welch Problem Euch plagt. Die Qual der Wahl unter Dutzenden von Verehrern wird es sein, habe ich recht? Kommt nur her. Gerne auch etwas näher …«

Der Esel hatte schwer zu tragen, als sie am folgenden Morgen die Stadt Quedlinburg verließen. Zwei pralle Säcke hingen an beiden Seiten des kleinen Tieres herunter, welches sich dennoch tapfer von Marie aus dem Tor herausführen ließ.

Ja, Marie passierte das Tor alleine, eine halbe Stunde, bevor die anderen ihr folgen sollten. Ein ansehnliches Weib wie sie, so hatte Regino gemeint, wäre mit Sicherheit in der Lage, die Torwächter dahingehend zu bezirzen und abzulenken, dass sie nicht weiter nach dem Inhalt der Fracht, die sie aus der Stadt herauszuschmuggeln trachtete, fragten. Darum war es besser, dass der Rest des fahrenden Volkes nach und nach herauskam, um nicht unnötig Aufsehen zu erregen. Und wahrhaftig verlief Maries Marsch durchs Tor mit dem Esel und den darauf versteckten beiden entführten Jungfrauen ausgesprochen glimpflich. Schöne Augen hatte sie dem Wächter machen müssen, und als er sie fragte, was sie denn da transportiere, hatte sie ihm frech zugezwinkert und doch tatsächlich die Wahrheit gesagt:

»Ihr glaubt es nicht, aber in den Beuteln sitzen die beiden geraubten Stiftsdamen. Wollt Ihr einen Blick drauf werfen?«

In schallendes Gelächter war der Mann daraufhin ausgebrochen und hatte geantwortet, dass er sehr viel lieber auf etwas anderes einen Blick werfen würde.

»Ein andermal. Bin bald zurück«, hatte Marie gemeint und ihm dann einen flüchtigen Kuss auf die Wange gegeben, woraufhin er sie geschnappt, fester an sich gedrückt und ihr in den Allerwertesten gekniffen hatte.

»Das will ich hoffen. Ich merk mir dein Gesicht«, hatte er ihr nachgerufen, und schon war sie, äußerlich frivol und lachend, innerlich bebend und zitternd, mit ihrem Eselchen an der Leine aus der Stadt herausgezogen.

Erst nach etwa einer Meile Fußmarsch machte sie eine kurze Rast, schlug sich mit der Hand an das rasende Herz, das noch immer aus ihrer Brust zu springen versuchte, und fragte dann leise: »Lebt ihr noch?«

Ein leises, aber durchaus lebendiges »Ja« war aus beiden Säcken zu vernehmen.

»Wir sind weiterhin im Bannkreis Quedlinburgs. Ihr müsst also noch eine Weile verharren. Wir gehen ein paar hundert Schritte und warten dann auf den Rest der Gruppe.«

»Luft«, hörte man nun aus dem linken Sack.

Marie griff unter ihren Rock, wo sie an einem Gurt ein scharfes Messer verstaut hatte, nahm es geschickt hervor und ritzte im Nu ein Luftloch in einen jeden der Säcke. Dann holte sie aus ihrem Proviantbeutel zwei verschrumpelte Äpfel, rieb sie an ihrer grauen, nicht besonders sauberen Schürze ab und stopfte sie durch die beiden Löcher hinein zu den sich dort verbergenden Mädchen.

»Danke«, hörte sie nun.

»Leise kauen, nicht schmatzen und bloß nicht bewegen«, zischte Marie, während sie beide Säcke dort tätschelte, wo sie die Köpfe der armen Dinger vermutete.

Nach etwa zweihundert weiteren Schritten erreichten sie einen kleinen Hain, er lag am Wegesrand in einer Mulde. Durch das Blattwerk konnte man den verfallenen Rest eines alten Schuppens erkennen. Dort war ein guter Ort, um auf die Ankunft Reginos und der Übrigen zu warten. Folgsam stapfte das Eselchen hinter Marie vom Weg ab durch das Wäldchen hinüber zu dem Holzschober. Marie knabberte ihrerseits an einem Apfel und bemerkte erst spät, dass die Baracke bereits besetzt war. Zunächst dachte sie, es handele sich um weidendes Vieh, welches dort die recht feuchte Nacht verbracht hatte, doch dann erkannte sie, als sie hinter einem lockeren Holzbrett hervorlugte, fünf stattliche angebundene Pferde. Und nicht nur das: Auf dem modrigen Stroh in dem Verschlag hatten es sich vier Männer bequem gemacht. Sie schliefen noch, schnarchten laut, einer stöhnte gar im Traum.

»Verdammt«, murmelte Marie und versuchte das Eselchen so leise wie möglich zu wenden. Gerade war sie wieder im Hain verschwunden, als sie plötzlich ein Knacken von Ästen hinter sich vernahm.

Da kam einer der Männer vom Schuppen her in das Wäldchen gestapft. Er ging langsam, schaute Marie nicht einmal an. Wahrscheinlich war er noch müde und nur erwacht, weil er austreten musste.

Wie angewurzelt blieb Marie inmitten des Gehölzes stehen. Erst als er nur noch fünf Schritte von ihr entfernt war, nahm der Verschlafene die Frau und ihr schwer beladenes Lasttier wahr. Auch er verharrte regungslos und schaute sie an.

Einen langen Kapuzenmantel trug er, darüber einen weißen Umhang mit einem schwarzen Kreuz. Seine rechte Hand hatte er über das Heft eines mächtigen Schwertes gelegt, welches er an der Seite trug. Ein Hüne war es, ein Bär, er überragte Marie um mehr als einen Kopf, obgleich sie größer war als manch ein Mann. Sein Gesicht war sonnengebräunt, wirkte aber dennoch seltsam blass. Schwarze Ringe umrahmten seine dunkelblauen Augen, die fest auf Marie gerichtet waren. Er trug einen dunkelblonden, kurzen Bart, der darauf schließen ließ, dass er sich unter normalen Umständen glatt rasierte, dies aber seit einigen Tagen nicht mehr getan hatte. Auch sein weißer Mantel wies bei näherem Hinsehen zahlreiche Flecken auf. Aber trotz all dieser Mängel war unverkennbar, dass es sich bei diesem Mann um einen Ritter handelte. Und zwar um die Sorte Ritter, die man, was in diesen Zeiten selten war, als durchaus ehrenhaft bezeichnete. Aber das war nicht alles. Marie musste sich zudem eingestehen, dass sie selten zuvor einen Mann gesehen hatte, bei dessen Anblick ihr die Knie so sehr schlotterten – und das nicht vor Angst.

»Es ist besser für sie, wenn sie das Weite sucht, Weib«, sagte dieser nun, ohne dabei eine Miene zu verziehen.

Marie reagierte nicht, sie runzelte bloß die Stirn und starrte ihn noch eine Weile an. Irgendwie hatte sie den Eindruck, ebendiesen Moment schon einmal erlebt zu haben. Doch wie konnte das sein? Er war ihr fremd. Nie zuvor in ihrem Leben war sie ihm oder auch nur einem ähnlichen Mann begegnet. Es sei denn im Traum. Aber Marie war sich auch dabei nicht sicher. Hatte sie von ihm geträumt? Nein, nicht sie, sondern Maja. Maja hatte von einem solchen Mann geredet. Das schwarze Kreuz …

Erst als der ihr Gegenüberstehende sich vernehmlich und ungeduldig räusperte, erwachte Marie aus ihren tiefen Gedanken, nickte rasch und beeilte sich, aus dem Wäldchen heraus und wieder auf den Weg zu kommen. Sie würde sich einen anderen Rastplatz suchen müssen, wo sie die beiden Jungfern aus ihrer beengten Gefangenschaft erlösen konnte. Verwirrt trottete sie weiter, sich immer wieder nach dem Hain umschauend.

XVI

In einer recht geräumigen, aber zugigen Höhle, von deren Decke es so sehr tropfte, dass sie draußen im Nieselregen trockener geblieben wären, machten die dreizehn – so viele waren sie nun – ihre erste Rast, nachdem sie allesamt die Stadt Quedlinburg verlassen hatten, ohne dabei Aufsehen zu erregen.

Erleichtert waren sie.

Besonders Regino schien schier aufgelöst vor Freude zu sein und wagte sogar mit einem der beiden neu zu ihnen gestoßenen Fräulein ein Tänzchen, ohne jedoch das Mädchen zuvor zu fragen. Dieses aber ließ es sich gern gefallen, während der Gaukler dabei mit einer äußerst hellen, wohlklingenden Singstimme ein Liedchen anstimmte.

Jeder aus der Gruppe hatte bereits bemerkt, wie unterschiedlich die beiden Stiftsdamen doch waren. Da gab es zum einen die kesse Elisabeth, die von Anfang an aufgeschlossen und fröhlich war und sich betrug, als seien sie auf dem Weg zu einem ausgelassenen Volksfest, und da war zum anderen die fromme Adelheid, die wiederum ein jedes Mal, wenn der Blick eines der Burschen auf sie fiel, errötend zu Boden schaute und nur dann sprach, wenn man ihr eine Frage stellte. Natürlich hatte Regino sich für Elisabeth als Tanzpartnerin entschieden, woraufhin alle Jungen und auch die beiden eifersüchtigen Mädchen Lisa und Anna zu dem seit der Errettung der Jungfrauen seltsam stillen Johann herüberblickten, der krampfhaft damit beschäftigt war, in der Mitte der Höhle ein Feuer zu machen.

Es war Elisabeth gewesen, die ihm die Kiesel auf den Kopf geworfen und danach die Errettungsbotschaft geschrieben hatte, und im Grunde müsste er als ihr Held nun rasend vor Eifersucht sein, dass seine Angebetete so frivol mit dem Pfeifer Regino um das Feuer sprang, welches Johann mit viel Mühe zum Lodern bringen wollte. Ja, eigentlich müsste er rasend sein, und das erwarteten anscheinend auch die anderen von ihm, die ihn so neugierig, mitleidig und teils schadenfroh beäugten. Doch dies war auch schon das Einzige, was Johann an dieser Situation störte: das Glotzen seiner Gefährten. Denn der Tanz und das Verhalten des Klosterfräuleins Elisabeth ließen ihn seltsam unberührt, was man jedoch von der Gegenwart der schüchternen Adelheid nicht behaupten konnte.

Diese saß neben Marie und bemerkte gar nicht, wie Johann ständig seinen Kopf ein wenig hob, um einen scheuen, kurzen Blick auf sie zu werfen. Marie jedoch bemerkte sehr wohl, dass sich der ansehnliche Bauernbursche Johann offenbar für ein Mädchen zu erwärmen schien, welches für ihn sicher unerreichbarer sein würde als der Mond. Und das lag nicht einmal daran, dass sie unterschiedlichen Standes waren, nein, vielmehr lag es an der unübertrefflichen Frömmigkeit und Gottesfurcht, welche die junge Adelheid verkörperte und welche sie selbst für den erfolgreichsten Schwerenöter zu einer Unberührbaren machen musste.

»Wo warst du?«, fragte Marie die alte Maja, die in diesem Moment aus den hinteren Tiefen der Höhle wieder zu ihnen stieß und sich zu Marie gesellte, um zusammen mit ihr Haselnüsse vom letzten Herbst zu knacken, welche sie in Quedlinburg günstig erworben hatten und die einen zwar schon holzigen, aber noch immer nahrhaften und gut haltbaren Reiseproviant darstellten.

»Da gibt es weitere Gänge, einen richtigen Stollen gibt es da«, murmelte Maja. Sie hatte längst eine Nuss in ihrem fast zahnlosen Mund und deutete mit der rechten Hand hinter sich. »Leider habe ich nicht genügend Licht, doch mich deucht, es könnte seine Höhle sein.«

»Wessen Höhle?«, fragte Marie und blickte etwas beklommen über ihre Schulter in das düstere Nichts, das sich im hinteren Teil der vorn sehr weiten und vom Tageslicht erhellten Vorhalle der Höhle auftat.

Maja brummte zur Antwort etwas Unverständliches. Sie hatte jetzt bereits drei Nüsse im Mund, die sie nur mit großer Mühe zerkauen konnte. Alles, was Marie verstand, war etwas vom »Tod«, vom »Warten« und von »Rückkehr«.

Wieder blickte sie sich um und hatte plötzlich das Gefühl, einen eisigen Luftzug an der Wange zu spüren. Das Singen Reginos und Wilhelms sowie das rhythmische Klatschen der anderen klang wie aus weiter Ferne nur dumpf in ihren Ohren.

»Wer versteckt sich hier, Maja?«, fragte sie erneut.

Nun hatte die Alte den mühsam eingespeichelten und zerkleinerten Nussbrei endlich heruntergeschluckt und konnte deutlicher reden: »Er versteckt sich hier nicht. Er wartet, dass man ihn ruft. Hast du Krähen in der Nähe der Höhle gesehen?«

»Eine Menge sogar. Aber das ist doch nicht ungewöhnlich.«

Marie fror mit einem Male schrecklich. Unweigerlich rückte sie etwas näher an Adelheid heran, die von dem Gespräch der beiden Frauen nichts wahrnahm, so entrückt saß sie an ihrem Platz und starrte in das Feuer, welches der nervöse Johann nun endlich entfacht hatte und um welches sich Elisabeth noch immer von dem fremden Gaukler an den Händen herumziehen ließ. Auch Lisa und Josef hatten sich nun tanzend hinzugesellt, ebenso Gustav und Fritz, welche einen ihrer bubenhaften Scherze aus diesem Reigen machten, indem sie die beiden Pärchen in übertriebener Manier imitierten.

»Du meinst, es wartet hier jemand in den Gängen der Höhle?«, fragte Marie weiter.

»Nicht irgendjemand wartet hier. Sondern jemand Besonderes. Hast du nie von der Geschichte unseres Kaisers Barbarossa gehört?«

Marie atmete hörbar auf, sie war erleichtert.

»Nein, erzähl mir davon«, sagte sie, während sie mit dem Nüsseknacken fortfuhr.

»Es soll hier irgendwo sein. Hier in der Nähe. In den Kyffhäuser Bergen. Barbarossa war damals mit einer großen Schar Kreuzritter ausgezogen, um das Heilige Land von den Ungläubigen zu befreien. Doch leider ist er niemals dort angekommen. Gestorben ist er auf dem beschwerlichen Weg dorthin. Die Trauer der Menschen war groß, denn selten zuvor hatte es einen solch guten Kaiser gegeben. Man wollte nicht glauben, dass er nie wieder zurückkehren würde, und so erzählte man sich bald die Geschichte, der Kaiser sei gar nicht tot, nein, er ruhe sich nur aus. In einer Höhle sitze er, an einem hölzernen Tisch, den Kopf in die Hände gestützt, und sein roter Bart sei bereits so lang, dass er durch die Tischplatte hindurchgewachsen sei. Raben umkreisten den Ort. Und an dem Tag, an dem das Reich in großem Elend liegt und der Hand eines mächtigen Herrschers wie Barbarossa bedarf, an ebendiesem Tag sollen die Raben den schlafenden Kaiser wecken, sodass er zurückkehren und seinem Volk Frieden und Wohlstand bringen kann.«

»Das ist eine schöne Geschichte, Maja. Aber doch wohl ein Ammenmärchen, nicht wahr?«, meinte Marie.

Maja zuckte nur mit den Schultern. »Wenn du mich fragst, mein Kind, so sage ich dir: Es gibt keine Märchen. Es gibt nur die Wahrheit in unterschiedlicher Gestalt. Und der Wahrheit, Marie, kann man nicht entfliehen.«

Musste Maja einem ständig Angst machen? Es schien ihr zu gefallen. Langsam jedoch begann Marie sich daran zu gewöhnen und die mysteriösen Drohungen der Alten zu überhören.

»Ich habe übrigens einen solchen gesehen«, sagte sie nur scheinbar lapidar, während ihr Herz jedoch ein wenig schneller zu klopfen begann.

»Einen solchen?«, fragte Maja, während sie mit großer Gewalt einen Stein auf drei Nüsse sausen ließ, um jene auf diese Weise zu Brei zu schlagen, damit sie sich das lästige, zahnlose Kauen sparen konnte.

»Einen von den Rittern, die deinen schlafenden Kaiser ins Heilige Land begleitet haben.«

»Hier?« Nun war es an Maja, sich verwirrt im Raume umzuschauen. Marie genoss diesen Moment, sie musste lachen. Es geschah der Alten ganz recht, dass es jetzt sie war, die mit verklausulierten Worten an der Nase herumgeführt wurde.

»Ein schwarzes Kreuz trug er, ganz so, wie du es in deinem Traum gesehen hast.«

Marie hatte diesen Satz ohne ernsthaften Hintergedanken ausgesprochen, sie wollte das Mütterchen lediglich ein wenig ärgern. Doch Maja wurde mit einem Male ganz blass und sagte gar nichts mehr.

»Ein Ordensritter?«, kam nun die Frage von Maries anderer Seite. Es war die junge Adelheid. Sie schien aus ihrem seltsam entrückten Zustand erwacht zu sein und starrte Marie nun mit großen Augen an.

»Ja. In einem Wäldchen nahe Quedlinburg war es. Vier an der Zahl waren sie. Ihr, Adelheid, habt zu dem Zeitpunkt zusammen mit Fräulein Elisabeth in den Säcken gesteckt, die auf das Eselchen gebunden waren.«

Marie hätte nicht gedacht, dass die Erwähnung ihrer Begegnung mit einem Ritter des Deutschen Ordens so viel Schrecken auslösen würde. Denn schrecklich, das musste sie auch noch im Nachhinein zugeben, war dieser Mann gar nicht anzuschauen gewesen. Ganz im Gegenteil …

»Mein Bruder«, stieß nun Adelheid hervor, sprang mit einem Satz auf und stürzte hinaus in den Nieselregen. Die verdutzte Marie wollte ihr zunächst folgen, doch das übernahm bereits Johann für sie. Er hatte das Mädchen keinen Moment lang aus den Augen gelassen und lief ihr nun mit raschen Schritten hinterher. Auch Elisabeth, nach dem Reigen mit Regino nun völlig außer Atem, ging den beiden kopfschüttelnd nach.

»Als Anstandsdame«, rief sie keck dem verschwitzten Regino zu, welcher sich nun neben Marie ans Feuer setzte.

Maja hingegen war aufgestanden. Marie sah bloß noch, wie ihr kleiner, schmächtiger Schatten erneut in den hinteren Gängen der Höhle verschwand.

»Seltsam ist das alles«, meinte Marie, nun an Regino gewandt, der sich jetzt begierig daranmachte, Majas soeben geknackten Vorrat an Haselnüssen zu verschlingen.

»Seltsam, aber schön. Das Gewöhnliche – machen wir uns doch nichts vor, Marie –, das Gewöhnliche, es entbehrt doch jeglichen Reizes«, gab er zurück, ohne zu wissen, was genau Marie gemeint hatte. »Ich bin sehr froh, dass die zarten Jungfrauen nun bei uns sind«, sagte er dann leise.

Marie nickte schmunzelnd.

»Weißt du, anfangs dachte ich, sie könnten ein Hemmnis darstellen. Ich war tatsächlich gewillt, sie so rasch wie möglich wieder loszuwerden. Nun aber glaube ich, sie könnten der Schlüssel zu einer neuen Welt sein«, fuhr Regino fort, davon ausgehend, dass Marie ihm lauschte.

»Wie meinst du das?«

»Das ist nur so ein Gefühl. Ein gutes Gefühl ist es, Marie, ein sehr gutes. Man sollte stets dem trauen, was das Herz rät. Und mein Herz rät mir: Sei ein Hirte, Regino. Gib acht auf deine Herde und sieh zu, dass kein böser Wolf kommt und dir eines deiner Schäfchen stiehlt. Nun habe ich zwei äußerst prächtige neue Lämmer hinzubekommen, auch sie soll mir kein Raubtier nehmen. Dafür werde ich kämpfen.«

»Aha.« Das war alles, was Marie dazu sagte, während sie weiter Nüsse knackte, die sofort von dem plaudernden Pfeifer zwischen seine großen, gesunden Zähne geschoben wurden.

»Nun, du bist auch eines meiner wertvolleren Schafe, Marie. Vielleicht weißt du das nicht, aber es ist so. Auf dich, meine Liebe, muss ich ein besonderes Augenmerk richten, und schon manches Mal habe ich den Wolf verscheucht, der bereits seine Fänge nach dir ausgestreckt hatte, ohne dass du etwas davon bemerkt hattest.«

Marie hielt jetzt in ihrem Tun inne.

»Du sprichst von dem Wegelagerer am Harzhorn, nicht wahr?«

»Das war nichts weiter als ein tumber, zahnloser Bär im Vergleich zu dem verschlagenen Wolf, den ich meine.«

»Wer ist der Wolf?« Marie fürchtete sich vor der Antwort, denn sie glaubte sie zu kennen.

»Ach, Mariechen. Mach dir nicht immerzu Sorgen. Sie graben sich bloß ein, man sieht sie bereits in deinem Gesicht.« Und damit deutete er auf die Stelle zwischen Maries Augenbrauen. Unwillkürlich fasste sie dorthin, um zu fühlen, was dort sei, konnte aber nichts Ungewöhnliches ertasten.

»Ich habe dich gern«, plauderte er nun weiter. »Und wenn Regino jemanden gern hat, dann findet er stets Mittel und Wege, behilflich zu sein. Der ganzen lieben Welt zum Wohlgefallen, ja, das ist mein Leitspruch. Damit lebt es sich leicht, damit macht man sich keine Feinde, damit erspart man sich und anderen Enttäuschungen. Allein, mitunter wird es ratsam, sich ab und an möglichst unauffällig aus dem Staube zu machen. Doch auch das tut keinem weh. Ein wenig Staub, was kann der schaden?«

»Und wer ist nun der Wolf?«

»Lass den Wolf nur meine Sorge sein. Bleib dumm, mein Kind, dann wird dir nichts widerfahren«, antwortete er frivol und hielt bereits wieder Ausschau nach den beiden Stiftsfräulein, die noch nicht von ihrem gemeinsamen Ausflug mit Johann zum Rastplatz zurückgekehrt waren.

»Wo bleiben die lieblichen Damen nur? Der junge Johann wird doch keinen Unfug mit ihnen treiben? Komm, Marie, wir werden sie suchen gehen.«

Damit nahm er Marie an der Hand, zog sie von ihrem aus einem Baumstamm bestehenden Sitzplatz hoch, und dann ging es gemeinsam in den Wald.

»Na, das ist ja ein buntes Durcheinander«, sagte Lisa, den beiden hinterherblickend.

»Zuerst Marie und Johann, dann Johann und die beiden Edelnonnen, und jetzt Marie und Regino. Bäumchen wechsle dich, nennt man das«, bestätigte Anna, während sie damit beschäftigt war, einen löchrigen Umhang zu stopfen.

»Wenn ihr wollt, können wir auch so etwas machen. Ich meine das Wechselspielchen«, grinste nun Otto von der Seite, woraufhin er sogleich vom langen Josef einen Klaps an den Hinterkopf erhielt.

»Kein Wunder, dass der Steinwinkel dich ständig windelweich geklopft und im Schweinestall hat schlafen lassen, du Stinker«, schimpfte dieser, woraufhin Wilhelm breit grinste.

»Ihr habt gut lachen«, meinte Otto unbeirrt. »Denkt ihr, ich höre nicht, was ihr des Nachts mit Lisa und Anna anstellt? Da kann man schon mal neidisch werden. Bin halt kein solcher Hosenscheißer mehr wie Gustav und Fritz. Ich weiß durchaus, wie der Hase läuft. Hoffe nur, dass man dort im Altvatergebirge auch Mädchen findet.«

»W-w-wichtiger als das ist, d-d-dass wir üb-ü-überhaupt d-d-ort ankommen. D-a-a b-b-bin ich m-mir nämlich nicht s-so s-s-sicher«, stotterte Wilhelm leise.

»Sag bitte nicht so was«, wies Anna ihren Begleiter zurecht und bekreuzigte sich mehrmals.

Die anderen nickten stumm und taten es ihr gleich.

»Marie, da bist du.« Johann hatte das Herannahen Maries und Reginos schon von Weitem bemerkt und lief nun stürmisch auf sie zu.

»Dort.« Er wies mit seinem ausgestreckten Arm auf ein Bächlein, das sich entlang eines Feldes am Waldesrand entlangschlängelte. Die beiden Mädchen Adelheid und Elisabeth hockten an diesem kleinen Wasserlauf. Sie waren über etwas gebeugt – über jemanden, von dem man nur die mit zerschlissenen, uralten Lederriemen umwickelten Füße erkennen konnte. Es waren ganz gewöhnliche Riemen, ganz gewöhnliche Füße, doch Marie erkannte sie sofort.

»Du glaubst es nicht«, rief Johann aus und lief bereits zurück zu Adelheid, Elisabeth und den am Boden liegenden Menschen.

Marie folgte ihm schnellen Schrittes.

»Wie kann das möglich sein?«, flüsterte sie.

XVII

Es war der Graumäntler Bertold Rodenbach, vierzig Sommer zählte er, den sie in einem kleinen Hain nahe Quedlinburg begraben mussten. Crispin kniete zusammen mit dem verbliebenen Sariantbruder Walter an dem frisch aufgeschütteten Grab und murmelte Gebete, während Konrad hinter ihnen stand und nicht glauben wollte, dass Crispin vermutlich recht gehabt hatte: der Pesthauch – er begleitete sie.

Wie konnte es nur sein, dass alles, aber wirklich alles aus dem Ruder lief?

Konrad erschien es wie ein Fluch, der ihnen auferlegt war und sie offenbar zu einer Irrfahrt zwingen wollte.

Es war nicht allein die Pest, sondern auch andere Unbilden, die ihn so denken ließen, nicht zuletzt die Tatsache, dass sein Besuch im Frauenstift zu Quedlinburg vollkommen fehlgeschlagen war.

Am gestrigen Tage war es gewesen.

Auf Anraten Crispins hatte Konrad zuvor widerwillig seine Kleidung und seinen Körper mit Kalk eingerieben und die ganze Zeit über auf Thymianzweigen herumgekaut, um das ihm angeblich anhaftende Unglück einzudämmen. Zu dem Zeitpunkt war Bertold bereits erkrankt, die typischen Anzeichen der Messinischen Pest hatten sich an seinem Hals und in seinen Achselhöhlen gezeigt. Crispin war sich sicher, dass es ein Wind, ein Odem, ein Dunst war, der sie seit ihrer

Flucht aus Messina verfolgte und sich in ihren Haaren, ihrer Haut, ihren Kleidern und ihrer Lunge eingenistet hatte. Konrad konnte sich das nach wie vor nicht vorstellen, war aber – aufgrund seines ihn quälenden Gewissens – endlich geneigt, den mitunter seltsamen Ratschlägen des Freundes zu folgen. So meinte Crispin, es sei in ihrer Situation angebracht, sich von Mensch und Vieh fernzuhalten, niemandem zu nahe zu treten und öffentliche Orte zu meiden, auch die zahllosen Ordenshäuser in dieser Gegend durften nicht aufgesucht werden. Wie Lepröse seien sie, so lauteten seine hoffnungslosen Worte. Im Grunde müssten sie sich Schellen anhängen, damit alle Menschen bereits von Weitem gewarnt seien, dass sich Aussätzige näherten. Er hatte versucht, Konrad davon zu überzeugen, seine Mission die Schwester Friedrichs betreffend aufzugeben, denn das brächte ansonsten womöglich solche in Gefahr, die es eigentlich zu beschützen galt. Doch dieser Versuch war vergeblich gewesen und Crispin immerhin froh, dass der sture Freund wenigstens eingesehen hatte, einige kleine Vorsichtsmaßnahmen zu treffen, bevor er sich von ihrem menschenfernen Lager in einem Holzschober auf in die Stadt machte, um seinen außergewöhnlichen Auftrag zu erfüllen.

Nach langen Diskussionen mit der missmutigen Pförtnerin, die ihn angesehen hatte, als handele es sich bei ihm um einen widerwärtigen Lüstling, hatte Konrad schließlich das geschützte Damenstift betreten dürfen und eine Audienz bei der Äbtissin erhalten. Dort jedoch war ihm die Hiobsbotschaft zuteil geworden, dass ebendas Mädchen, welches es zu beschützen galt, zwei Nächte zuvor verschwunden sei.

»Aus der Stadt erreichte uns am heutigen Morgen die Nachricht, man vermute, ein bunter Possenreißer stehe hinter dieser Entführung«, so die strenge Ordensfrau, deren musternde

Augen nicht für eine Sekunde von dem vor ihr stehenden kalkbeschmierten Mann gewichen waren.

»Ein bunter Possenreißer?«

»Ja, er soll auf dem Markt gottlose Wahrsagekünste dargeboten haben, aber mittlerweile Richtung Osten weitergezogen sein. Wir erhielten diesen Hinweis von einem verwahrlosten Manne, der nahe der Stadtmauer liederliche Unterkünfte vermietet. Man weiß also nicht, ob es wahr ist, dennoch gab ich dem besorgten Vater bereits durch einen Eilboten Bescheid.«

Konrad hatte eine ganze Weile ratlos dagestanden.

Adelheid hatte ihr Schicksal also selbst in die Hand genommen.

Oder war sie gar gegen ihren Willen entführt worden?

Er würde es herausfinden müssen.

Er schüttelte sich, um wieder zu klaren Gedanken zu kommen, und sagte dann mit fester Stimme:

»Wenn der Vater mit seinem Gefolge hier eintrifft, so müsst Ihr ihm eine weitere traurige Kunde mitteilen. Sein Sohn Friedrich … wie soll ich sagen … er ist auf dem Weg von Italien an der Pest verstorben.«

»Oh, großer Vater im Himmel«, stammelte die Äbtissin und bekreuzigte sich bestürzt, während Konrad sich zum Abschied tief vor der zierlichen, runzeligen Frau verneigte. In der Türe drehte er sich jedoch noch einmal um und sagte: »Verbarrikadiert Euch gut in den nächsten Monaten, Mutter Äbtissin. Die Pest, so steht zu befürchten, könnte auch Einzug in die deutschen Lande halten. Sie hat bereits Italien durchquert.«

Das war am gestrigen Tage gewesen.

Und am heutigen Tage hatte das mysteriöse Sterben erneut ein Opfer nördlich der Alpen gefunden. Doch noch immer wollte Konrad nicht einsehen, dass sie es waren, die dieses Übel mit sich führten, und glaubte inständig an einen unglücklichen Zufall, der nun auch den guten, tapferen Bertold vor den Toren Quedlinburgs an der Messinischen Pest hatte sterben lassen. Er hoffte inständig, ihr persönliches Leid habe mit diesem herben Verlust nun ein Ende gefunden.

Als Crispin und Walter die Gebete für den Verstorbenen beendet hatten und sich zu ihren Pferden begaben, war es für Konrad an der Zeit, sich von seinen beiden Mitbrüdern zu verabschieden. Allein wollte er weiterziehen, um nach dem verschwundenen Mädchen zu suchen.

»Vielleicht ist es besser so«, sah auch Crispin ein, der nur zu gut wusste, dass Konrads Rückkehr zur Marienburg nicht unbedingt unter einem guten Stern stehen könnte, da nach wie vor das ungelöste Rätsel um den verschollenen Hochadelsspross von Topfen über ihm schwebte. »Bislang hat es keinen Umweg für uns dargestellt, dich auf deiner Rettungsmission zu begleiten. Immerhin liegt Quedlinburg auf dem Weg zu unserem Ziel. Doch nun …«

»Nun geht es für euch in den Norden und für mich in den Osten«, vervollständigte Konrad die Aussage. »Ich werde das Mädchen finden und unterbringen. Es ist meine Pflicht …«

»… und zudem ein geeigneter Vorwand, nicht allzu rasch zur Marienburg zurückkehren zu müssen«, unterbrach nun Crispin den Freund.

Konrad nickte bloß missmutig und sah zu Boden. Es hatte keinen Sinn zu widersprechen, er wusste, dass der kluge Crispin seine Ängste längst ahnte, auch wenn sie nie vertraulich darüber gesprochen hatten.

Und leise, sodass der Graumäntler Walter es nicht hörte, raunte Crispin Konrad zu: »Ich werde die Lage für dich auskundschaften und versuchen, dich ausfindig zu machen, falls es ratsam sein sollte, dass du noch länger fortbleibst.«

»Du hältst mich für feige«, gab Konrad zurück und brachte es dabei nicht fertig, dem Freund ins Gesicht zu schauen.

»Ganz und gar nicht. Im Gegenteil.« Crispin klopfte dem anderen auf die Schulter. »Was du mit diesen beiden Menschenquälern und Frauenschändern angestellt hast, war unbedacht, aber nicht unehrenhaft. Doch damit hast du dir mächtige Feinde gemacht. Es wäre dumm, sich diesen Feinden freiwillig zu stellen, wenn es ihnen zwischenzeitlich gelungen sein sollte, beim Hochmeister deinen Kopf einzufordern.«

Nun blickte Konrad doch auf. »Du meinst, das könnte geschehen sein?«

Crispin zuckte mit den Schultern. »Ich werde es herausfinden.«

»Danke.«

»Es bleibt zu hoffen, dass die Aufzeichnungen, die du während unserer Visitationen gemacht hast, lesbar und verständlich sind«, lachte Crispin nun aufmunternd. »Du weißt, ich bin ein alter Haudegen und Heiler, aber ich bin kein Ministeriale. Sollte der Hochmeister irgendetwas nicht lesen können, so werde ich kaum in der Lage sein, ihm Rede und Antwort zu stehen. Du lädst mir eine gewaltige Bürde auf, indem du mich den Vortrag über unsere Reise halten lässt.«

»Es steht alles in den Pergamenten geschrieben. Du wirst nicht reden müssen, Crispin«, beruhigte Konrad den Freund, reichte ihm dann die Zügel des Pferdes, welches die Lade trug, in der all die Schriftstücke verstaut waren, die Konrad während ihrer mehrmonatigen Reise angefertigt hatte, und verabschiedete sich schließlich von seinen beiden Mitstreitern.

»Viel Glück, meine Freunde. Kommt gut heim. Wollen wir beten, dass es nun ein Ende hat mit dem Todeshauch«, rief er noch und ritt in Richtung Osten davon, während sich

Crispin und Walter traurig und schweigsam in den Norden aufmachten.

Als er die Augen aufschlug, dachte der Bauer Ulrich Filzhut, er fände sich im Himmel wieder. Für einen kurzen Moment fühlte er volle Glückseligkeit: Ganz offensichtlich war ihm nach seinem Ableben das Fegefeuer erspart geblieben, denn derartig reine, schöne Geschöpfe konnte es nur im Himmel geben. Was anderes als Engel konnten es sein, die sich da über ihn beugten und ihm aus ihren hübschen Gesichtern erleichtert und aufmunternd entgegenlächelten?

Dann jedoch spürte er den eisernen Geschmack von Blut in seinem Mund, er nahm auch die Schmerzen in seinen müden Knochen wahr, welche sich kaum bewegen ließen, und er fühlte ein dumpfes, unangenehmes Pochen in seinen geschwollenen Füßen – nein, tot war er nicht. Er war noch genauso ausgelaugt, erschöpft, geschunden und zerschlagen wie in dem Moment, als er ohnmächtig an dem kleinen Bachlauf zusammengebrochen war. Wäre er gestorben, so würde er sich doch hoffentlich nicht mehr so elend fühlen, zumindest dann nicht, wenn sich die Himmelspforten für ihn geöffnet hätten.

Etwas verwirrt hob er den Nacken an und blickte sich um. Er war im Wald. Kein Zweifel. Hier sah es nicht aus wie im Himmel, im Fegefeuer oder gar in der Hölle. Er war schlicht und einfach in einem irdischen Wald, und über ihn beugten sich nach wie vor zwei wunderschöne Engel.

Ulrich legte sich wieder hin und genoss den Augenblick. Er wollte gar nicht fragen, wer sie seien, woher sie kamen, was sie mit ihm nun zu tun trachteten, er wollte einfach nur ruhen.

»Ulrich!«, vernahm er plötzlich eine Stimme, die ihm so wohlbekannt in den Ohren klang, dass er sich erneut fragte, ob es wohl doch eine Anderswelt war, in der er sich befand.

Das konnte doch nicht ihre Stimme sein?
Hatte er sie etwa doch gefunden? Wie war das möglich?
Die beiden Engel erhoben sich nun und schwebten zur Seite, an ihrer statt beugte sich eine andere weibliche Gestalt zu ihm herunter. Sie war nicht ganz so jung, nicht ganz so zart, nicht ganz so sauber gekleidet und frisiert wie die Engel, aber mindestens ebenso liebreizend: seine Marie.
Er hatte sie tatsächlich gefunden.
»Da bist du. Na endlich«, flüsterte er nur und versank wieder in einem wohligen Dämmerschlaf.

»Er ist einfach bloß erschöpft und wird gewiss in ein paar Stunden wieder aufwachen«, meinte Maja, als sie einen Blick auf den ausgemergelten Mann warf, welchen Regino und Johann in die Höhle gebracht hatten.
»Wie hat er mich nur gefunden?«, fragte die erstaunte Marie, während sie die Hand des Schlafenden streichelte.
Maja blickte zu ihr herüber. Marie schien nicht glücklich über diese Begegnung zu sein. Traurig wirkte sie, belastet, aber dennoch wohlwollend. Die alte Frau legte ihr sanft eine Hand auf die Schulter.
»Die Liebe, Marie. Sie ist ein tückisches Kraut. Nur in wenigen Fällen wirkt sie, sobald zwei von ihr probieren, bei beiden auf die gleiche Weise. Meistens entfacht sie nur in einem ein Feuer, während sie den anderen unberührt lässt. Ungerecht ist das, nicht wahr?«
»Ich hab ihn doch gern«, widersprach Marie.
»Das bezweifele ich nicht«, schmunzelte Maja, während sie die Hand auf die Stirn des Schlafenden legte, um zu prüfen, ob er fieberte. »Es wird nicht leicht für ihn werden. Besser, er wäre in seinem Dorf geblieben.«
»So ist es«, hörten sie nun die Stimme Reginos. Sie hatten

sein Herannahen gar nicht bemerkt. Doch mehr noch als sein plötzliches Erscheinen hinter ihrem Rücken erschreckte die beiden Frauen der Klang seiner Stimme. Sie war alles andere als fröhlich, vielmehr wirkte sie düster. So hatte man den lustigen Gaukler bislang nicht erlebt.

XVIII

Regino hatte es mit einem Male sehr eilig weiterzuziehen.

Äußerst übellaunig verhielt er sich, seitdem der Bauer Ulrich Filzhut zu ihnen gestoßen war. Anders als die übrigen Reisenden schien es ihn überhaupt nicht zu freuen, dass der Neuankömmling sich binnen eines Tages von seinem Schwächeanfall erholt hatte, wieder aufrecht sitzen, feste Nahrung zu sich nehmen und vor allem auch unverblümt seine Meinung von sich geben konnte.

Und diese Meinung war keine hohe, was das Vorhaben des Pfeifers von Bunseborn betraf. Zum Glück waren die Frauen und Burschen anfangs zu sehr damit beschäftigt, das magere, graue Männlein zu umhegen und nach der Reaktion ihrer verlassenen Familien sowie nach seinem abenteuerlichen Marsch zu befragen, als dass irgendjemand seinen dahingeplapperten Warnungen Gehör geschenkt hätte. Doch spätestens nach ihrem sehr frühen Aufbruch am nächsten Morgen, zu welchem Regino sie allesamt drängte, indem er jeden Einzelnen eigenhändig aus dem Schlaf rüttelte – spätestens seitdem hatte die Redseligkeit des sonst so sturen Ulrich Filzhut derartig zugenommen, dass es langsam bedrohlich für Regino wurde und er sich überlegen musste, wie er diesem Bauern die Butter vom Brot nehmen konnte.

Sie stapften in der gewohnten Formation über schmale Pfade dahin. Im besten Falle konnten zwei nebeneinandergehen, meist mussten sie jedoch im Gänsemarsch laufen, während Marie das Eselchen führte, auf welchem ihr überraschend aufgetauchter Gemahl aufgrund seiner wunden Füße Platz genommen hatte. Widerwillig war Ulrich auf das Tier gestiegen, geschimpft hatte er und sich sturer betragen als das Grautier selbst, denn es wollte ihm nicht gefallen – dem zwar schwachen, aber dennoch so robusten Mann –, dass er der Einzige in der Gruppe war, dem eine derartige Sonderbehandlung zukam. Reisten mit ihnen doch auch noch eine Greisin und zwei zarte Fräulein, von denen eine jede es eher verdient hätte, getragen zu werden. So war zumindest seine Meinung, während Marie ihn ständig auf seine blutigen, geschwollenen Füße hinwies, die eher unförmigen Fleischklumpen glichen.

»Jetzt lass gut sein, Ulrich. Du bleibst auf dem Tier sitzen. Wenn du auch nur drei weitere Schritte gehst, dann wirst du es mit dem Wundfieber zu tun bekommen«, wiederholte sie nun gewiss zum siebenten Male, während auch Ulrich ein ihm wichtiges Anliegen wiederholt zum Besten gab:

»Mariechen, ich habe gar nicht vor, meine Füße weiter-, sondern sie vielmehr zurückzutragen. Zurück in unser Dorf, dahin, wo die Heimat dieser verlorenen Kinder ist, die von dem Spitzbuben dort vorn ins Verderben geführt werden.« Den Ausdruck »Spitzbube« betonte er besonders und erntete daraufhin einen düsteren Blick seitens Regino, in dem Mordgedanken zu keimen begannen.

»Wer hat Euch gerufen, hochwohlgeborener Filzhut?«, zwitscherte er, seine düsteren Gelüste unterdrückend. »Tut Euch keinen Zwang an! Wandert zurück! Nur zu. Niemand wird Euch aufhalten.«

»W-w-w-ir können d-d-och g-gar nicht z-zurück, Ulrich. D-der G-grundherr wird u-uns tot-sch-sch-schlagen«, flüsterte Wilhelm, während Anna bestätigend nickte.

»Ich gehe nicht zurück zu meinem Unhold von Stiefvater«, sagte sie trotzig.

»Meinst du denn, guter Bauer Filzhut, dass unsere Mutter arg traurig ist?«, fragte Gustav. Und in seinem schelmischen, sommersprossigen Gesicht zeigte sich tatsächlich Sorge statt der üblichen Spitzbüberei.

»Ach, was weiß denn ich«, brummte Ulrich bloß. Er war wütend auf diesen bunten Vogel, der so mir nichts, dir nichts durch diese fremde Landschaft zog und seinen unschuldigen Gefolgsleuten weismachen wollte, dass im Böhmerland für sie der Himmel auf Erden zu finden sei.

Doch anstatt den Rat Reginos zu befolgen und allein umzudrehen, trieb Ulrich nun mit seinen wunden Füßen den Esel an, schneller nach vorn zu laufen. Das Tier sprang tatsächlich sofort los, sodass Marie ins Gebüsch ausweichen musste, während der Esel auf Regino zupreschte. Bei diesem angekommen, veranlasste sein Reiter das Tier gekonnt zu einem ruhigeren Gang, sodass es nun mit seinen kleinen Hufen neben dem Gaukler hertrippelte, welcher sich wegen der Enge des Weges sichtlich bedrängt fühlte. Dennoch wollte Regino sich nicht die Blöße geben und tat so, als störe er sich nicht daran.

»Erzähle mir von dem Altvatergebirge, in welches du die guten Seelen hier führen willst. Man weiß so wenig über diese ferne Gegend. Kläre uns auf, weiser Lokator«, forderte Ulrich den Pfeifer nun mit lauter Stimme auf, sodass es auch der Letzte in der Reihe – es handelte sich um den entlaufenen Knecht Otto – hören konnte.

»Es ist doch schon alles gesagt. Wer zu spät zur Messe erscheint, der verpasst die Predigt. So ist es im Leben, mein guter Filzhut«, antwortete Regino schnippisch.

»Aber eine Frage sei mir gestattet: Ist es nicht so, dass die Gegend zum Königreich Böhmen zählt?«, bohrte Ulrich weiter.

»So ist es«, nickte Regino und beschleunigte seinen Schritt, um das neben ihm gehende Tier samt unangenehmem Reiter hinter sich zu lassen. Vergeblich. Denn Ulrich gab dem Eselchen, das ihm verblüffend ergeben war, die Sporen.

»Ein stolzes Land, dieses Böhmen, nicht wahr?«, meinte Ulrich nun.

»So ist es«, wiederholte Regino, den Blick starr nach vorn gewandt.

»Reich.«

»Genau.«

»Hausmacht des künftigen Kaisers.«

»Auch das ist wahr.«

»Ein selbstbewusstes Volk, diese Böhmen und Mähren.«

»Ja.«

»Gebildet.«

»Ja.«

»Dem christlichen Glauben seit Jahrhunderten treu ergeben.«

»Genau.«

»Alles in allem ein Land und ein Volk, dem es an nichts fehlt. Ich vernahm in Goslar, dass man in der großen Böhmerstadt … wie heißt sie noch gleich?«

»Prag.«

»Richtig … dass man in Prag gar eine Universität gegründet habe und eine riesige, steinerne Brücke über den großen Fluss …«

»Die Moldau.«

»Ja, so war der Name … die Moldau … dass man eine prächtige Brücke über diesen Fluss baue.«

»Ja, das stimmt ebenfalls, Filzhut. Worauf willst du hinaus?«

»Ein Land, in dem Milch und Honig fließen.«

»Man könnte es so sagen.«

Ulrich sagte nun nichts mehr, er wandte sich auf seinem

Reittier um und vergewisserte sich, dass ihnen alle zuhörten. Zu seiner Zufriedenheit war dem so, auch Marie folgte dem Gespräch zwischen den beiden ungleichen Männern gebannt. Sie und Maja jedoch waren die Einzigen, die ahnten, worauf es hinauslaufen würde. Marie ahnte es, weil sie die Bauernschläue ihres Gemahls nur allzu gut kannte, und Maja ahnte es, weil es ihr der gesunde Menschenverstand – oder ihre Gabe, wie auch immer – längst verraten hatte.

Allein der sonst so gewitzte und neunmalkluge Regino, der ebenfalls hätte spüren müssen, auf welche Fährte ihn der schlaue Bauer locken wollte – er ging in die Falle.

»Warum«, sprach Ulrich nun weiter, »warum, so frage ich mich, sollten die Böhmen, wenn es ihnen doch so gutgeht, ausgerechnet eine Handvoll verlauster, zerlumpter Leute aus dem Westen in ihr Land locken? Vor vielen, vielen Jahrzehnten, ja, da soll es das gegeben haben. Aber nun? Schon der blinde Johann, ihr letzter König, musste einlenken und seinen böhmischen Untertanen versprechen, keine weiteren Siedler ins Land zu lassen. Sein Sohn Karl nun, Luxemburger von Geblüt, soll sich voll und ganz als Böhme fühlen und nicht die geringste Lust verspüren, sein Königreich im Osten mit fremdem Volk zu überfrachten. Ungelerntes, mittelloses Volk dazu. Denn nichts anderes sind die Burschen, die du da mit dir führst, Herr Regino. Gutmütig, treuherzig, handfest zwar. Das steht außer Frage. Aber sie können nichts, außer mit beiden Beinen fest auf dem Boden ihrer Heimaterde stehen. Was sollen sie dort in der Fremde tun? Zu was taugen sie? Erkläre es uns. Ausführlich.«

Stolz über seine eigenen Worte, lehnte Ulrich sich im Sattel zurück – zu weit, beinahe wäre er nach hinten gekippt, hätte Marie ihn nicht im letzten Moment gehalten und ihm geholfen, sich wieder sicher zu platzieren.

Regino nutzte diese Pause, um zu überlegen, wie er nun reagieren solle. Ein derartiger Quertreiber hatte ihm noch gefehlt.

Nicht nur, dass dieser Mann aufgrund seines Alters vollkommen unbrauchbar für das Vorhaben war.

Nein, er war zudem auch noch der Gemahl der Frau, die Regino dem verfluchten Fips zuführen sollte, und zudem ein Querulant und Leuteaufhetzer, wie er seinesgleichen suchte.

Alles in allem ein nicht nur überflüssiger, sondern sogar schädlicher Geselle, den es ganz schnell wieder loszuwerden galt, bevor er die ganze Gruppe aufscheuchte und monatelange Arbeit mit seinem neunmalklugen Geschwätz zunichtemachte.

In diesem Moment wünschte sich Regino – so sehr er ihn auch verabscheute – Vitus Fips herbei. Der wüsste kurzen Prozess mit dem unliebsamen Neuankömmling zu machen. Nicht so Regino. Ihm blieb nur die eine Waffe: seine Hoffnung auf glückliche Fügung und der zwischenzeitliche Verlass auf die Wirksamkeit von fröhlichem Gleichmut.

Ja, er würde einfach freundlich bleiben – oder es vielmehr wieder werden, denn er spürte selber, dass es dem Bauern seit dessen Auffinden gelungen war, Reginos gute Laune zu beeinträchtigen. Er würde also freundlich und verständnisvoll sein und dem sturen Hund damit den Wind aus den Segeln nehmen. Das war das beste Rezept, um mit solchen Menschen umzugehen. Regino kannte die Sorte nur zu gut aus seiner eigenen Kindheit und Jugend in einem abgeschiedenen Bauerndorf: ewig besserwisserisch, ewig schwarzseherisch, allem Neuen feindlich gesonnen und hinter allem Fremden Böses erblickend. Ja, er hatte schon oft mit Leuten vom Schlage eines Ulrich Filzhut zu tun gehabt, doch eigentlich erinnerte er sich nicht gern daran zurück.

Rasch schüttelte er die eine oder andere unschöne Erinnerung aus seinen früheren Jahren in der Heimat ab, um sich ganz und gar aufs Hier und Jetzt und auf seinen aktuellen Widersacher Filzhut zu besinnen.

»Über welch enormes Wissen Ihr doch verfügt, guter Bauer. Wo habt Ihr derlei Kunde über das Böhmerland aufgetan?«, fragte Regino nun, sonnig lachend, während auch er sich mit einem Griff an Ulrichs Arm noch einmal hilfsbereit versicherte, ob dieser jetzt auch wieder fest auf dem Rücken des Esels saß.

»In Goslar habe ich mich umgehört«, antwortete Ulrich. »Dort wusste man in einer Schenke viel über die Länder östlich von Donau und Elbe zu erzählen.«

»Ah«, meinte Regino laut, lachte dann und schlug Ulrich kameradschaftlich auf die Schulter, sodass dieser wieder arg ins Schwanken geriet. »Freunde!«, rief er nun, an alle Übrigen gewandt. »Habt ihr es vernommen? Wir haben wieder einen Glücksgriff getan. Wir haben einen Landeskundigen unter uns. Einen Mann, der sich fast so gut in dem Land unserer Träume auskennt wie ich. Guter Filzhut: Ihr sprachet über Böhmen und Mähren, das ist ein weites Feld. Was genau hat man Euch denn über das Altvatergebirge, zu dem es uns im Besonderen zieht, zu erzählen gewusst, in besagter Goslaer Schenke?« Wieder ein effektheischender Blick in Richtung der Gefolgsleute.

»Nichts. Danach habe ich nicht gefragt. Aber das ändert nichts an der Lage als solcher. Wo auch immer ihr hinzieht: Niemand im Osten wird euch mit offenen Armen empfangen«, knurrte Ulrich. »Wer genau will denn in entbehrungsreichen Jahren wie diesen sein weniges fruchtbares Land ausgerechnet an diese da verschenken?«, und damit wies er erneut zurück auf die hinter ihnen marschierenden Burschen und Mädchen.

»Der König«, erwiderte Regino selbstsicher grinsend. »Habt Ihr etwa nicht zugehört, als ich die Urkunde auf dem Dorfplatze verlas?«

»Warum will er ausgerechnet solche?«, blaffte Ulrich, sich über das Grinsen des Possenreißers ärgernd.

»Nun wollen wir nicht ununterbrochen meine Leute beleidigen, Bauer Ulrich. Es sind gute, kräftige, junge Menschen.«

»Und solche gibt es nicht im Böhmerland?«

Regino geriet ins Stocken. Wieder kamen ihm Mordgedanken in den Sinn. Konnte dieser Kerl nicht einfach sein Schandmaul halten?

»Welche Schelmerei führst du mit den armen Kindern im Sinn, Narr? Was erwartet sie tatsächlich in diesem Altvatergebirge?« Nun wurde Ulrich ungehalten.

Marie kannte diese Momente nur zu gut. Sie waren selten, aber wenn Ulrich einmal in Rage geriet, dann war er kaum aufzuhalten. Sie begann sich zu sorgen, denn bei allem Verständnis für den guten Mann – der gewiss in allem, was er sagte, recht hatte –, es gab nun einmal kein Zurück. Sie mussten weitergehen. Sie, Marie, sowieso, und die entlaufenen jungen Leute aus dem Dorfe ebenfalls. Wilhelm hatte mit seinem Einwand recht gehabt: Wer konnte ihnen schon garantieren, dass der Grundherr sie bei ihrer Rückkehr nicht aburteilen und richten würde? Sein gutes Recht wäre dies allemal.

Marie wollte gerade den Mund auftun und Regino zur Seite springen, als Maja dies überraschenderweise für sie tat.

»Auf ein Wort, guter Bauersmann«, sagte sie mit fester, warmer Stimme, griff nach dem Zügel des Esels und wartete mit dem verdutzten Ulrich, bis alle anderen an ihnen vorbeigezogen waren, sodass sie beide alleine waren.

Marie schaute sich noch einmal um.

Was Maja ihm jetzt wohl sagen würde?

»Was hat die denn jetzt mit ihm zu bereden?«, sprach Regino den gleichen Gedanken laut aus und zog Marie zu sich.

»Ist dir eigentlich wohl dabei, dass er aufgetaucht ist?«

Marie schüttelte leicht den Kopf, löste sich dann von Reginos Griff und ging allein weiter.

Nein, ihr war ganz und gar nicht wohl dabei, dass Ulrich ihr gefolgt war. Doch nun war es geschehen, und es ließ sich nicht mehr ändern. Er war da. Er war wieder ganz der Alte. Alles war wie früher: Er sprach lauthals seine Zweifel über alles und jeden aus, aber er sprach mit Marie nicht über ihre Vergangenheit oder über den Grund ihrer Flucht. Mit keinem Wort hatte er die seltsame Nacht erwähnt, in der sie aus seinem Haus gestürzt war, nachdem sie versucht hatte, Ulrichs Gast Vitus Fips zu töten. Mit keinem Wort. Und auch Marie war zu feige, um mit ihm darüber zu sprechen.

Wie gern doch hätte sie das alles restlos hinter sich gelassen. Ein für alle Mal.

»Willst du leben, Bauer Filzhut?«, fragte Maja ganz unvermittelt, sobald alle anderen außer Hörweite waren.

Ulrich starrte sie nur verwundert an.

Er hielt die Alte für ein seltsames Weib, eines, das man in seinem Dorf gewiss eine Zauberin geschimpft und ins Moor gejagt hätte. Im Grunde war ihm nicht danach, sich mit ihr zu unterhalten, aber immerhin hatte sie ihn am gestrigen Tage sehr gut versorgt, und es war durchaus ihrer Heilkunst zu verdanken, dass er heute wieder bei Kräften war.

»Ja, ich will leben. Und ich will, dass mein Weib lebt«, antwortete er verwirrt.

»Dann schweige, auch wenn du die Wahrheit spürst«, murmelte Maja verklausuliert.

»Warum?«

»Teufel oder Beelzebub? Wähle!«

Ulrich schüttelte den Kopf. Dieses Weib hatte eindeutig den Verstand verloren.

»Wir haben keine Wahl, Ulrich. Aber achtsam sollten wir sein. Du bist nun hier. Also bleibe bei uns. Lass uns gemeinsam weiterziehen. Schau nach vorn und dreh dich niemals, niemals um.«

»Was sollen diese Rätselworte?«, brummte Ulrich und blickte nun tatsächlich nach vorn, wo soeben der Letzte der Schar hinter einer Biegung des Pfades verschwand.

»Ich will dir nur sagen«, meinte Maja nun mit klarerer Stimme und auch mit klarerem Blick, »auch ich weiß, dass man Regino nicht vertrauen kann. Doch er ist das geringere Übel. Das ist alles. Wenn dir dein Leben und das deiner Marie lieb ist, dann würde ich mich beeilen, so weit wie möglich fortzugehen und nicht den Rückweg einzuschlagen.«

Damit versetzte Maja dem Esel einen Klaps, sodass er davontrabte, während sie selber noch eine Weile stehen blieb und vorsichtig in den den Pfad umgebenden Wald spähte. Dann griff sie an ein Amulett, welches sie in der mysteriösen Gasse in Goslar erstanden hatte, küsste es mehrmals, stieß einige undeutliche Worte aus, schaute noch einmal nach hinten und eilte dann rasch weiter des Weges, um ihre Gruppe einzuholen.

»Kommt nur herein, edler Herr.«

Konrad erkannte sogleich an dem Glitzern in den Augen der verlebten Vettel, dass sie sich eine gehörige Bezahlung dafür versprach, wenn sie dem vollkommen durchnässten Ritter für eine Nacht – oder zumindest solange das drohende Unwetter andauerte – eine Herberge bot. Es handelte sich um eine mehr als zwielichtige Spelunke am Rande eines recht großen Ackerbauerndorfes auf nicht einmal halbem Wege zwischen Quedlinburg und Aschersleben.

Weit hatte es Konrad also noch nicht gebracht.

Sein Pferd lahmte, nachdem es sich im Nebel an einem großen Gesteinsbrocken den Vorderfuß angeschlagen hatte, und dann hatte es auch noch zu stürmen und zu regnen begonnen, sodass kaum mehr ein Fortkommen möglich war. Aber dafür war Konrad zumindest immer dann das Glück hold gewesen, wenn er Leute, die ihm auf seinem Weg begegneten, nach einem Gaukler und dessen Gefolge befragte, unter dem sich auch zwei junge Frauen befanden.

»Ja, ja«, antwortete fast ein jeder. »Ja, die sind hier entlanggekommen. Ein bunter Schellenmann, eine Handvoll Burschen, ein Esel, eine Greisin und fünf junge Frauen.«

Zwar suchte Konrad nach nur einer jungen Dame, aber es schien sich bei dieser Beschreibung, die er gewiss aus dem Munde gleich sechs verschiedener Leute vernommen hatte, durchaus um die Gruppe zu handeln, in der er die Schwester des verstorbenen Friedrich vermutete. Er war ihnen also auf den Fersen, und sie zogen durch ihre augenscheinlich auffällige Erscheinung einen langen, roten Faden hinter sich her, den es einfach zu verfolgen galt. Da würde eine Rast in dieser Kaschemme kaum ins Gewicht fallen. Außerdem benötigte sein Ross dringend eine Ruhepause, bevor sich das Bein entzündete und das teure Tier vollkommen unbrauchbar wurde.

»Ich hätte für zwei Taler sogar eine einzelne Kammer für einen edlen Mann wie Euch!«, sagte nun die Vettel und schürzte dabei ihre fleischigen Lippen, womit sie Konrad gewiss deutlich machen wollte, dass bestimmte Dienste in dem saftigen Preis mit inbegriffen waren.

»Ja, die Kammer nehme ich. Wo ist der Stall? Mein Pferd gehört versorgt.«

»Der Knecht wird sich kümmern. Kommt Ihr nur herein, mein Herr Ritter, und wärmt Euch auf.« Nun griff sie doch tatsächlich nach seiner Hand, um ihn über die Schwelle zu ziehen, doch Konrad weigerte sich, ihr zu folgen.

»Mein Pferd. Ich will es versorgt wissen. Und ich will sehen, wo, wie und von wem es versorgt wird.«

Jetzt verzog sich der große Mund der Frau zu einer Grimasse.

»Traut Ihr mir nicht? Nun dann. Dort drüben ist der Stall«, damit wies sie auf einen Verschlag am anderen Ende des Hofes, warf dann die Tür vor Konrads Nase zu und ließ diesen im Regen stehen.

»Gott will mich wohl Demut lehren«, raunte dieser nur, ging zurück zu seinem lahmen Ross und führte es eigenhändig über den matschigen Hof hin zu dem schiefen Stall, in dem offenbar ein Licht brannte. Zumindest nahm Konrad zwischen den großen Ritzen der grob behauenen Bretter, aus denen dieses Gebäude bestand, den Schein einer Fackel oder eines Kienspans wahr.

»Ist da jemand?«, rief er laut und pochte mit den Fäusten gegen die morsche, windschiefe Türe, die dabei beinahe nach innen kippte.

Nach einer ganzen Weile wurde sie geöffnet.

Vor Konrad, im roten Licht eines kleinen Feuers, stand ein Mann. Ein Kerl mittleren Alters mit vernarbtem Gesicht.

»Mein Ross ist hungrig. Es muss abgerieben und gefüttert werden. Außerdem lahmt es. Kennt er sich aus mit lahmenden Tieren, Knecht?«

»Nein«, antwortete der Angesprochene frech und grinste Konrad ins Gesicht. »Ich werde einen Teufel tun und mich um deinen Gaul kümmern.«

Damit ging er hinkend zurück ins Innere des Stalls und legte sich auf ein Lager von Stroh und Fellen inmitten von blökenden Schafen und grunzenden Schweinen.

Konrad stand noch eine Weile verdutzt da. Er traute seinen Augen kaum: Über den Stallboden, teils unter Stroh und Dung verborgen, huschten mindestens vier bunte Ratten diesem ungehobelten Taugenichts hinterher, ganz so, als handele es sich bei ihnen um treue Hündchen. Erst ein ausgesprochen heftiger Windstoß konnte Konrad schließlich dazu bewegen, ebenfalls zusammen mit seinem Pferd die schäbige Baracke zu betreten.

»Er gehört verprügelt, lausiger Knecht«, brummte Konrad, während er sich selber daranmachte, das Tier abzusatteln und mit Stroh trockenzureiben.

»Ich bin kein Knecht«, erwiderte der andere nur. Er lag jetzt, die Hände unter dem Kopf verschränkt, auf dem Rücken und ließ seine bunten Ratten auf seinem Bauch tanzen.

Konrad verzichtete darauf, sich dieses widerwärtige Bild weiter anzuschauen, und beschloss, kein weiteres Wort mit dem Unwürdigen zu sprechen. Mürrisch erledigte er die notwendige Arbeit allein. Das war ihm ohnehin ganz recht, wimmelte es auf diesem Anwesen doch offenbar von eigentümlichen Gestalten, denen nicht zu trauen war.

Vielleicht, so überlegte er, wäre es sogar besser, gleich hier im Stall eine Schlafstatt zu errichten und das verwanzte Lager der Wirtin zu verschmähen, die es womöglich noch für ihre Pflicht hielt, sich in dieser Nacht von dem Ritter beiwohnen zu lassen. Danach stand ihm nun wahrlich nicht der Sinn, da war ihm die Anwesenheit dieses komischen Kauzes und seiner Drecksviecher fast lieber. Auch die sich noch in der Satteltasche befindliche Wegzehrung würde gewiss ein besseres Abendmahl darstellen als die mit mehr als großer Wahrscheinlichkeit widerliche Pampe der Wirtin.

Schweigend und den anderen vollkommen ignorierend bereitete Konrad sich also, nachdem das Pferd versorgt war, aus mitgebrachten Decken und seinem Wollmantel eine gemütliche Bettstatt auf frischem Stroh. Er war gerade dabei, den Proviantbeutel zu öffnen und ein Stück Speck herauszuholen, als sich der vermeintliche Knecht ein wenig aufrichtete und auf einen Ellbogen gestützt mit hungrigem Blick zu Konrad herübersah.

»Er glaubt doch nicht, dass ich einem Faulpelz wie ihm ein Stück Speck zuwerfe«, sagte Konrad bloß und griff nach einem scharfen Messer mit verziertem Horngriff, das er an seinem Gürtel trug. Gekonnt schnitt er eine dünne Scheibe Speck ab und ließ sie genüsslich in den Mund gleiten. Dabei grinste er den Hungrigen hämisch an.

»Wenn du nicht willst, dass ich dir in dieser Nacht mit deinem eigenen Messer die Kehle durchschneide, Ritter, dann gibst du mir ab von deinem Speck.«

Das fand Konrad nun gar nicht lustig.

Langsam legte er Messer und Speck zur Seite, schlug die Decke zurück und erhob sich. All das dauerte lang, und die ganze Zeit über ruhte der stechende Blick des anderen auf ihm. Was dann jedoch geschah, geschah rasch, so rasch, dass der Narbige nicht einmal mehr die Möglichkeit hatte, sich zu regen. Im Nu spürte er nämlich die Klinge eines mächtigen Schwertes an seinem dünnen Hals.

»Der, der dich einst so zugerichtet hat, Halunke: Er hat allen Grund dazu gehabt und verdient den Segen des Herrn«, zischte Konrad, während er über dem anderen stand und ihm, ohne eine Miene zu verziehen, ins vernarbte Gesicht sah.

»Die«, meinte der am Boden Liegende nur und lachte dabei gequält. Die scharfe Klinge bohrte sich dabei ein wenig in seinen hervorspringenden Kehlkopf und schlitzte die Haut auf, sodass Blut herauslief.

»Was: Die?«, fragte Konrad.

»Die. Es war eine Frau, die mich so zugerichtet hat.«

Konrad nahm das Schwert nun fort und schritt zurück zu seinem Lager und seinem Speck.

»Ein gutes Weib«, sagte er dann.

»Ein prächtiges Weib«, bestätigte der andere, wieder lüstern auf den Speck starrend und sich den verletzten Hals reibend.

»So? Prächtig? Lebt sie noch?«, meinte Konrad nun, schnitt dieses Mal ein recht dickes Stück ab und warf es dem Mann zu, der es dankend mit seiner verkrüppelten Hand auffing. Gleich waren die Ratten zur Stelle und erwarteten fiepend ihren Anteil, den sie zu Konrads Erstaunen auch allesamt erhielten.

»Oh ja, sie lebt noch. Ihr solltet sie kennenlernen, wohlgeborener Herr. Ihr hättet Eure wahre Freude an ihr«, antwortete der Narbige kauend und griff dann nach einem grauen Umhang, der bislang unter ihm gelegen hatte und mit dem er sich nun zuzudecken gedachte.

Konrad bekümmerte sich nicht weiter um den Rattenfänger. Er war müde und wollte ruhen. Da jedoch, als sein Blick kurz noch einmal auf den anderen fiel, welcher soeben den Umhang um seine Schultern schwang, klappte Konrads Kinnlade nach unten. Wieder war er im Nu auf den Beinen, ging in raschen Schritten auf den Fremden zu und entriss ihm mit einem Ruck den Mantel, auf welchem bereits zwei Ratten emporgeklettert waren, die jetzt schrill kreischend durch den Stall flogen und irgendwo im Hintergrund im Heu landeten.

»Woher hast du diesen Umhang?«, schrie Konrad mit dröhnender Stimme, und gleich war wieder das Schwert zur Hand, welches er nun jedoch so hielt, als wolle er seinem Gegenüber im nächsten Moment den Kopf abschlagen.

»Gefunden«, antwortete der andere Strohgast lapidar und streichelte einem der noch immer erschrockenen Nagetiere über den Rücken.

»Wo?«

»Unweit Quedlinburgs.«

»In einem Grab?«

»Nicht auf einem Friedhof. Ich schände keine heiligen Stätten.« Wieder kam die Antwort lapidar und ließ es Konrad schwerfallen, nicht einfach zuzuschlagen.

»Du hast ein Grab geöffnet?«

»Wusste ich, dass es eines ist? Es war ein frischer Erdhaufen inmitten eines Waldes. Keine geweihte Erde. Ich war neugierig.«

»Du bist ein Leichenfledderer. Du wirst in der Hölle schmoren. Was hast du noch genommen?«, Konrad hatte nun das Schwert fallen lassen und war dem drahtigen Mann an die Gurgel gegangen. Ein fester Ruck, und er hätte ihm den Hals umgedreht. Es kribbelte entsetzlich verlangend in Konrads Fingern.

»Einen Ring«, ächzte der andere, grinste aber immer noch.

Konrad stand auf und zog den Fremden mit nach oben, ohne von dessen Hals abzulassen. Dann stieß er ihn so heftig von sich, dass er krachend gegen einen Bretterverschlag fiel, diesen dabei zertrümmerte und somit vier dürren, quiekenden Ferkeln einen größeren Auslauf ermöglichte. Danach ging er hinüber zu dem Lager des Grabräubers und wühlte in dessen Beuteln herum. Bald war zwischen allerlei widerwärtigen Abfällen – gewiss Rattenfutter –, Landkarten, Lumpen und wenigen Kupfermünzen der Ring des verstorbenen Graumäntlers Bertold gefunden.

Konrad steckte ihn ein und bekreuzigte sich mehrmals. Er würde den Ring nach seiner Rückkehr auf die Marienburg an die Verwandten des Toten schicken und ein Dutzend Messen für dessen erschüttertes Seelenheil lesen lassen.

»Hast du das Grab wieder geschlossen?«, herrschte er nun den noch immer keuchend am Boden Liegenden an.

»Ja, das habe ich.«

»Schwörst du?«

»Ich schwöre bei meinem Leben.«

»Von deinem Leben wirst du nicht mehr viel haben, du Untier.«

»Verschont mich, Herr. Gott wird es Euch lohnen«, flehte der andere nun mit einer Stimme, so schrill wie das Fiepen seiner Ratten.

»Nicht auf meine Gnade, sondern auf die des Herrn bist du angewiesen, Leichenfledderer. Du hast das Grab eines Pesttoten geschändet.«

»Die Pest?«

Nun war der vermeintliche Knecht doch wieder auf seinen drahtigen Beinen.

»Die Pest?«, wiederholte er, und der Blick seines einzigen Auges verriet, dass er von Konrad ein »Nein« erhoffte. Doch das erhielt er nicht.

»Pack deine Sachen und dein Ungeziefer und verschwinde. Wenn du mir noch einmal in meinem Leben begegnen solltest, dann werde ich dich auf der Stelle einen Kopf kürzer machen. Das schwöre nun wieder ich bei meinem Leben.«

»Ich bin schon fort«, zischte der andere, kehrte humpelnd und sich die Seite haltend zu seinem Lager zurück, packte unter dem wachsamen Blick des Ordensritters seine Siebensachen zusammen, schulterte seinen Rucksack und ließ auch die Ratten auf seine Schultern klettern, um alsdann das Weite zu suchen.

Hinaus in die stürmische, regnerische Nacht.

Auf in die reiche Bischofsstadt Aschersleben, wo der nächste Streich seines Spiels auszuführen war.

»Sei verflucht«, hauchte er noch, als er sich ein letztes Mal nach der riesigen Gestalt des Ritters umwandte und dann die windschiefe Türe hinter sich zuschlug.

XIX

Sie hatten den Harz nun endgültig hinter sich gelassen und nach einem Marsch durch verhältnismäßig trockenes und nur leicht hügeliges Ackerland die Stadt Aschersleben beinah erreicht. Die Rast verheißenden imposanten Stadtmauern zeigten sich bereits in der Dämmerung, und ein erleichtertes Aufatmen war in der Gruppe zu spüren. Man freute sich auf eine geruhsame, trockene Nacht in einer bescheidenen Herberge. Doch dann überlegte es sich, zur Überraschung aller, der noch immer seltsam wortkarge Regino anders.

»Liebe Leute, wir gehen nicht in die Stadt der Askanier«, verkündete er laut und fast ein wenig majestätisch, während er beide Arme ausbreitete und somit die Übrigen zum Stehen brachte.

»Warum denn das nicht?«, fragte Marie. Sie ging neben dem mittlerweile wieder völlig erschöpften Ulrich her, der nur noch wie ein lebloser Mehlsack auf dem Rücken des ebenfalls müden Eselchens hing. Der geschwächte Mann benötigte unbedingt eine längere Rast in einem halbwegs trockenen Unterschlupf.

Auch von den anderen in den hinteren Reihen waren Laute des Unmutes und der Verständnislosigkeit zu vernehmen.

»Ich sage euch, wir gehen nicht nach Aschersleben«, wiederholte Regino, und lediglich an Marie gewandt, etwas leiser sprechend: »Du und die beiden Jungfern, ihr werdet es mir danken … vorerst«, das letzte Wort murmelte er ganz für sich und undeutlich in den nicht vorhandenen Bart.

Danach rief er in einem für ihn untypischen Befehlston: »Kehrt! Auf in den Süden! Fort von hier!« und marschierte erhobenen Hauptes an seiner müden und übellaunig brummenden Gefolgschaft vorüber, indem er sie, ohne sie anzusehen, hinter sich herwinkte.

»Was soll das?«, beschwerte sich Otto.

»Der macht mich langsam wahnsinnig, dieser Kerl. Manchmal würde ich ihm am liebsten eine reinhauen«, brummte auch Josef unzufrieden, während Wilhelm, als der Kräftigste der Gruppe, schweigend den schmächtigen Schmiedebrüdern einen Teil ihres Gepäcks abnahm.

»Es geht sicherlich wegen uns nicht in die Stadt. Man könnte dort bereits nach uns suchen. Wer weiß, wen die Mutter Äbtissin alles losgeschickt hat, um uns wieder einzufangen«, meinte das Stiftsfräulein Elisabeth leise zu dem Stiftsfräulein Adelheid.

»Ja, mich plagt auch schon ein schlechtes Gewissen. Wir verderben ihnen alles, halten sie bloß auf und bringen sie in Gefahr«, flüsterte Adelheid und blickte etwas verunsichert in Richtung der beiden anderen Mädchen – Lisa und Anna.

»So ein Unsinn … du brauchst wegen denen doch kein schlechtes Gewissen zu haben, Adelheid. Die zürnen uns schon, seitdem sie uns das erste Mal gesehen haben. Kümmere dich nicht um die dummen Bauernhühner. Die fürchten nicht Verderben und Gefahr, denen geht es allein darum, dass sie fürchten, wir könnten ihren Buben schöne Augen machen. Ich frage mich tatsächlich schon die ganze Zeit, was so ein ansehnlicher Bursche wie der Wilhelm an dieser Anna mit ihren schiefen Zähnen und ihren buschigen Brauen findet. Wenn der nicht stottern würde …«, und damit wandte Elisabeth sich kurz um und blinzelte dem starken Wilhelm zu. Dieser schaute nur verschämt zu Boden, während Anna, welche den Blick genau beobachtet hatte, feuerrot anlief.

»Es ist gewiss nicht wegen Euch«, meldete sich plötzlich Johann mit etwas zittriger Stimme zu Wort. Er näherte sich schüchtern und vorsichtig den beiden edlen Stiftsfräulein, bis er endlich neben ihnen ging. Zu ärgerlich, dass er, als sonst so vorlauter Bursche, angesichts eines Mädchens wie Adelheid derart auf den Mund gefallen war. Johann verstand sich selbst nicht mehr. Auch jetzt hatte es ihn einige Überwindung gekostet, sie anzusprechen, doch nun, da er es endlich gewagt hatte, war er ein wenig zufriedener mit sich.

Im gleichen Moment eilte die alte Maja, so schnell sie ihre kurzen Beine tragen konnten, an ihnen vorüber. Sie hastete nach vorn zu Regino an die Spitze des kleinen Trosses, um mit ihm über die nun geänderte Route zu beratschlagen. Seltsamerweise protestierte die Alte nicht, sondern plauderte leise, in fast verschwörerischer Manier, mit dem Gaukler, der dabei eilig einen langen Fuß vor den anderen setzte, sodass das Mütterlein im Laufschritt gehen musste.

»Ändert Meister Regino etwa häufiger seinen Plan?«, fragte Elisabeth Johann. Es war ihr gar nicht unangenehm, dass er sie belauscht hatte.

»Wenn Ihr mich fragt, edles Fräulein, ich glaube, Meister Regino verfügt über gar keinen Plan. Er vertraut allein auf eine glückliche Fügung.« Nun schaute Johann endlich auf und lachte, seine geraden, weißen Zähne entblößend. Er lachte in Richtung Elisabeth, seine Augen wanderten dabei jedoch zu der stillen Adelheid, welche diesen Blick nur kurz erwiderte und sich dann wieder auf den Weg konzentrierte.

»Und dennoch folgt ihr ihm so mir nichts, dir nichts?«, wollte Elisabeth wissen.

»Nun, das tut Ihr doch auch«, erwiderte Johann. Langsam

wurde er keck, was ihm der aufgeschlossenen Elisabeth gegenüber ohnehin nicht so schwerfiel.

»Da hast du recht, Johann. Doch das liegt daran, dass wir tumbe Täubchen sind, die nichts von der Welt verstehen und nur eines wussten: dass wir nämlich in unserem Käfig nicht weiter ausharren wollten. Was war es, das euch aus eurer Heimat vertrieben hat? Was zieht euch alle in die unbekannte Ferne?«

Johann überlegte.

»Im Grunde ist es das Gleiche, das Euch treibt«, meinte er nach einer Weile. »Ich war dort, wo ich lebte, fehl am Platze. Schon von klein auf spürte ich, dass ich dorthin nicht gehörte. Die Sehnsucht, sie trieb mich. Hinaus wollte ich, weit hinaus über die Hügel meiner Heimat, wollte wissen, was hinter dem Horizont zu finden sei. Aber dabei spreche ich nur für mich. Andere haben andere Gründe: Josef, zum Beispiel, kann als viertgeborener Sohn nicht auf die Mühle seines Vaters hoffen. Lisa begleitet ihn, weil ihr Alter ihr unter Schlägen die Ehe mit Josef verboten hat. Auf dem Pfarrfest war das gewesen.« Johann lachte. »Das war ein Schauspiel, wie die ihren Vater angeschrien hat, und was die für Worte kennt … die dürfte ich hier vor Euch edlen Damen niemals wiederholen.«

»Tu dir keinen Zwang an. Mich interessiert so etwas«, forderte Elisabeth ihn auf, doch Johann schüttelte schelmisch den Kopf.

»Bei wem war ich stehen geblieben?«, fragte er sich selbst. »Ach ja, die beiden Schmiedejungen, das sind einfach kopflose Abenteurer. Die wissen, glaube ich, selber nicht, was sie tun. Manchmal höre ich sie des Nachts im Traume nach ihrer Mama rufen.« Er hob bedauernd die Augenbrauen und zuckte mit den Schultern: »Aber wenn ich sie tagsüber darauf anspreche, dann grinsen sie bloß und sagen, ich wolle sie zum Besten halten. Wen haben wir noch? Ach ja, Anna. Nun, das ist eine üble Sache. Ihre Mutter ist im letzten Winter am Antoniusfeuer gestorben, und seither soll ihr Stiefvater … nun ja …«

»Ich kann es mir denken«, unterbrach ihn Elisabeth. »Da ist ihr wohl der Wilhelm lieber. Erzähl mir von ihm.«

»Wilhelm. Ja, der hat nichts zu verlieren, er ist ein mittelloser Tagelöhner, der im letzten Winter sogar ohne Obdach war. Hätte er nicht solch eine robuste Natur, wäre er gewiss schon längst erfroren oder verhungert.« Und etwas neidisch fügte Johann an: »Ich weiß auch nicht, wie er zu diesem mächtigen Muskelfleisch kommt.«

»Ja, das ist mir auch schon aufgefallen«, bestätigte Elisabeth und drehte sich erneut zu Wilhelm um. Es gefiel ihr, den ohnehin stets Verlegenen noch mehr zu verunsichern.

»Tja, dann ist da noch der rote Otto«, fuhr Johann derweil fort. »Der hatte es wahrlich nicht leicht als Knecht bei seinem Herrn. An seiner Stelle hätte ich es keine zwei Wochen dort ausgehalten. Immer, wenn ich ihm im Dorf begegnete, hatte er entweder ein blaues Auge, eine angeschwollene Nase, eine aufgeplatzte Lippe, oder er hinkte.«

»Das ist ja entsetzlich«, entfuhr es Adelheid leise. Anders als bei den Kommentaren Elisabeths, die Johann recht gleichmütig registriert hatte, wandte er nun sofort sein Gesicht der neben ihm Schreitenden zu und lächelte beseelt.

»Was ist mit der schönen Marie?«, funkte jetzt Elisabeth neugierig dazwischen.

»Marie … tja, Marie«, sagte Johann, nun nachdenklich werdend, »ich glaube, sie wollte bloß fort von ihrem greisen Manne.«

»Und nun ist er plötzlich aufgetaucht. So ein Pech«, kicherte Elisabeth und wandte sich jetzt nach dem ganz hinten marschierenden, ungleichen Paar um.

»Das ist nicht zum Lachen«, meldete sich wieder Adelheid leise zu Wort. »Ich glaube, sie hat ihn wirklich gern.«

»Ja, und das ist doch immerhin etwas. Du hättest deinen zukünftigen Mann nicht einmal gern haben können«, entgegnete Elisabeth, an ihre Freundin gewandt. Und zu Johann sagte sie augenzwinkernd: »Ist die Liebe nicht etwas Wunderbares? Zumindest dann, wenn sich, wie in den Liedern der Minne, die finden, die auch wirklich zusammengehören? Ach, ich glaube, Regino soll mir ein schönes Minnelied singen. Das wird mir den langweiligen Marsch erleichtern.«

Damit kicherte sie wieder frech und lief dann leichtfüßig nach vorn zu dem noch immer mit Maja plaudernden Regino; Johann und Adelheid blieben allein nebeneinander gehend zurück. Beide waren ein wenig verlegen, denn die Worte der fröhlichen Elisabeth hallten in ihren Ohren nach.

»Seid Ihr noch besorgt wegen Eures Bruders?«, unterbrach Johann schließlich das betretene Schweigen.

»Nein. Er war es gewiss nicht, den Marie gesehen hat. Es gibt zahlreiche Ordensritter, und Marie beschrieb ihn mir älter und größer, als es Friedrich ist.«

»Dann bin ich beruhigt, dass auch Ihr wieder beruhigt seid, Adelheid. Und außerdem: Selbst wenn es Euer Bruder gewesen wäre, der den Weg nach Quedlinburg gefunden hat – wer sagt denn, dass er zu Eurer Befreiung gekommen ist? Womöglich wollte er Euch abholen, um Euch zu Eurem Hochzeitsfest zu führen.«

»Nein«, gab Adelheid entschieden zurück. In ihren sonst so sanften Augen funkelte es zornig. Johann wich vor Schreck etwas zurück. »Friedrich würde mich niemals an diesen Menschen ausliefern. Niemals.«

»Gewiss nicht«, stammelte Johann kleinlaut, und dann fragte er, um das Mädchen wieder zu besänftigen: »Muss man eigentlich unbedingt von Adel sein, um in den Orden aufgenommen zu werden?«

Adelheids Lippen verformten sich zu seiner Erleichterung nun zu einem Lächeln.

»Wünschst du etwa dem Ritterorden beizutreten, Johann?«, fragte sie und blickte ihm nun zum ersten Male etwas länger in die Augen.

Johann spürte deutlich, wie er errötete. Am liebsten wäre er darüber im Erdboden versunken.

»Das ist nicht möglich«, stotterte er. »Oder?«

»Ich weiß es nicht. Mein Vater sagte stets, der Orden öffne sich vor allem dem niederen Adel: Söhnen von schlichten Grundherren, einfachen Rittern oder Ministerialen. Männer von hochedlem Geblüt seien dort sogar weniger willkommen als die Söhne von betuchten Stadtbürgern. Das heißt also, dass auch Nichtadelige aufgenommen werden.«

»Nun, ein reicher Kaufmannssohn bin ich nicht gerade«, murmelte Johann enttäuscht. »Aber ebenso wenig von hohem Adel. Warum wollen sie denn keine Fürstensöhne bei sich haben?«

»Der Orden will seine Selbstständigkeit bewahren und sich nicht vom mächtigen Reichsadel beherrschen lassen. Die Ritter sind sehr eigen.«

»Das gefällt mir«, lachte Johann und verlor für einen kurzen Moment seine Scheu. »Das gefällt mir sehr gut. Frei sind sie. Ungebunden.«

»Ich kann mir Euch recht wohl als Ritter vorstellen, Johann«, meinte nun Adelheid. Sie hatte sich von Johanns Freude anstecken lassen und strahlte ihn nun regelrecht an.

»Dann würde ich für Euch meine Lanze im Turnier schwingen, holde Maid.« Johann verbeugte sich bei diesen etwas zu verwegenen Worten leicht vor Adelheid und bemerkte, als er zu ihr aufsah, dass sie nun ebenfalls errötete.

Was war nur in ihn gefahren?

Er ging wieder einmal zu weit. Wieder einmal war er zu ungestüm, zu ungeduldig. Doch es war zu spät, und es reute ihn auch nicht, denn Adelheid schien ihm diesen dreisten Wunsch nicht zu verübeln.

Leicht berührte sie mit ihrer weißen Hand seine Schulter und lächelte ihn an. Noch immer waren ihre zarten Wangen rosa verfärbt.

»Da ist es!«

Majas krächzende Stimme klang begeistert und erscholl befremdlich über den müden Trupp nun still, ja apathisch wandernder Leute hinweg, die seit ihrer unerwarteten Kehrtwende vor Aschersleben jetzt bereits zwei weitere Stunden lang ohne Rast unterwegs waren. Und das, indem sie mittlerweile mühevoll einem sich schlängelnden Bachlauf gen Süden folgten, anstatt auf den festen Wegen zu gehen, welche durch die zahlreichen Bauerndörfer dieser Gegend führten, wo sich gewiss der eine oder andere trockene Heuboden zum Übernachten angeboten hätte. Doch ihre alte Wegweiserin hatte darauf bestanden, dem Bächlein durchs Nirgendwo zu folgen, und Regino war damit einverstanden gewesen.

Man hatte sich gewundert, war aber zu müde gewesen, um zu protestieren. Doch jetzt schien man hoffentlich am Ende dieses Irrwegs durch Schilf und feuchten Schlick.

Aller Augen richteten sich erwartungsvoll nach vorn. Der freudige Ausruf der Alten hatte gewiss einen guten Grund. Die erschöpfte Truppe wünschte sich, ein Wirtshaus zu erblicken, doch anstelle eines in der hereinbrechenden Dunkelheit hell erleuchteten Fachwerkhäuschens ragte vor ihnen aus der Landschaft nichts weiter auf als ein Hügel. Ein wenig einladender, von Wildwuchs überwucherter Hügel.

Doch ebendiesen schien Maja schon die ganze Zeit über anzupeilen, denn ihr ausgestreckter Arm wies eindeutig in seine Richtung. Wohin anders hätte er auch weisen können? Es war ja wenig anderes in diesem Nichts aus Wiesen und Äckern zu sehen.

»Das muss er sein, der Schalkenberg«, rief sie. »Meine Erinnerung täuscht mich also nicht.«

»Was wollen wir denn ausgerechnet dort?«, fragte der Knecht Otto erschöpft.

»Was wir dort wollen?« erwiderte die Alte. »Das ist ein heiliger Ort. Eine heidnische Stätte, in der noch immer der Geist der Ahnen spürbar ist.«

»Wie kann eine heidnische Stätte heilig sein? Das ist wieder einmal nichts als Teufelei«, flüsterte Lisa der todmüden Anna zu.

Maja hatte dies durchaus vernommen und wandte sich augenzwinkernd den beiden jungen Frauen zu, ohne jedoch einen Kommentar zu dieser Bemerkung abzugeben.

»Ganz gleich, wo wir sind: Ich bin mit einem jeden Rastplatz zufrieden.« Auch Marie hatte nun den Rest der auf dem Wege stehenden und zu dem Hügel starrenden Truppe erreicht. Sie war vollkommen ausgelaugt. Seit einer Stunde rührte Ulrich sich nicht mehr, leblos hing er auf dem Eselchen und musste von Marie gestützt werden, damit er nicht hinunterfiel. Schlief er nur, oder war er ohnmächtig? Marie wusste es nicht, sie wusste nur, dass ein Ruhelager nun dringend notwendig war.

Ja, Ulrich war eine Last.

Nicht nur seine körperliche Schwäche belastete seine Frau, nein, es war seine ganze Anwesenheit, welche Marie alle Kraft raubte.

Warum war er nicht geblieben, wo er war? Wieso musste er ihr folgen? Weshalb musste er ihr Gewissen derart plagen?

Ja, sie war durchaus erleichtert, nun sicher zu sein, dass er lebte und Fips ihm nichts angetan hatte. Ja, sie fühlte sich ihm verbunden und verpflichtet, ihm zu helfen.

Aber dennoch: Ulrich gehörte nicht in diese Welt. Er gehörte in sein Dorf. Und nur in diesem Dorf gehörte Marie zu ihm. Auf den Wegen und Pfaden des Landes war sie eine andere Frau. Schutzloser, aber freier. Es widerstrebte ihr, diesen gutmütigen Mann jetzt als ein Relikt aus vergangenen Tagen bei sich zu haben.

Und es widerstrebte ihr nicht nur aus Eigennutz. Nein, Marie spürte, dass dieser Weg nicht für eine bodenständige Natur wie Ulrich Filzhut gemacht war. Sie würde ihn früher oder später verlieren, so fürchtete sie, und dieser Verlust würde ein sehr schmerzhafter sein. Wäre er doch daheim allein auf seiner Bank an seinem wärmenden Feuer sitzen geblieben und hätte ihr bis ans Ende seiner Tage zu Recht gezürnt. Das wäre besser für sie beide gewesen.

Marie war froh, dass wenigstens der heutige Marsch bald ein Ende fand und sie Ulrich auf ein rasch errichtetes Reiselager betten konnte, um somit von der Last seines Leibes, aber auch von der Last ihrer quälenden Gedanken zumindest für eine Nacht befreit zu sein. Also beeilte sie sich jetzt, Ulrich stützend und das Eselchen ziehend, die Übrigen zu überholen und auf den düster im Abendrot liegenden Teufelsberg zu steigen.

Maja folgte ihr umgehend.

Und dann taten es ihr auch die anderen gleich.

»Wenn es Euch gruselt, so werde ich Euch schützen«, raunte Johann Adelheid zu, die tatsächlich ein wenig bei dem Gedanken, die Nacht in einer heidnischen Kultstätte zu verbringen, fröstelte.

»Habt Dank, aber die Mutter Gottes wird mir im Gebet gewiss beistehen«, gab sie zurück. Es war ihr plötzlich – jetzt, wo die Nacht nahte – unwohl dabei, dass dieser junge Mensch sie immer offensichtlicher zu umgarnen begann. Und noch unwohler war Adelheid, bemerken zu müssen, dass es ihr gefiel.

Hatte sie ihm etwa Hoffnungen gemacht? Oder war schlussendlich sie selbst voller Hoffnung?

Die Augen fest auf den teuflischen Hügel geheftet, begann sie Gebete zu murmeln. Das half. Das half stets, wirre Gedanken zu vertreiben und sich ganz auf die reine, unbefleckte Welt in ihrem Inneren zu konzentrieren.

Ihre einzige Hoffnung, so versuchte sie sich zu verdeutlichen, war, dass sie bald an einem Kloster der armen Schwestern vorüberkamen, welches seine heiligen Pforten für Adelheid öffnete, um sie aus diesem versuchungsreichen Leben zurück in die schützenden Arme Gottes zu führen.

Trotz der feuchtkalten Bedingungen, trotz der recht schaurigen Umgebung und trotz des notdürftig errichteten, zugigen Zeltlagers waren alle nach dem langen Tagesmarsch rasch eingeschlafen. Alle außer Marie, Regino und Maja.

Die drei streiften wie Mondsüchtige auf dem Plateau des Hügels umher. Jeder von ihnen an anderer Stelle, und jeder von ihnen aus anderem Beweggrund.

Regino sann darüber nach, ob es tatsächlich klug gewesen war, Aschersleben und somit ein weiteres Zusammentreffen mit Vitus Fips zu umgehen. Eine plötzliche Eingebung war es gewesen, die ihn hadern und schließlich handeln ließ, und im Grunde fühlte er sich gut, ja heldenhaft, wenn er darüber nachdachte, dass allein der Schutz Maries und der beiden Stiftsfräulein ihn zu diesem Ungehorsam verleitet hatte. Aber zudem – und das gestand er sich nur widerwillig ein – galt es den sturen Bauern Filzhut zu schützen, mit dessen unbrauchbarer Gestalt Fips gewiss kurzen Prozess machen oder Selbiges womöglich von Regino verlangen würde. Nein, das wollte er bei allem Missmut, den Filzhut in ihm hervorgerufen hatte, nun doch nicht tun.

Dennoch, die Sache war damit nicht aufgehoben, sondern lediglich aufgeschoben und zudem gewürzt mit einer ordentlichen Prise Wut seitens Fips', die er gewiss bei nächster Gelegenheit als schaurigen Schwall über den erneut ungehorsamen Regino ergießen würde. Doch was sollte Regino gegen die Eingebung aus seinem tiefsten Innern ausrichten? Von Beginn an war ihm nie recht wohl mit diesem Mann gewesen, und etwas zu tun, gegen das er innerlich zunehmend rebellierte, war nicht Reginos Art – regte sich in ihm ein derart ungutes Gefühl, so hatte er in seinem bisherigen Leben noch immer das Weite gesucht. So auch jetzt. Dennoch wollte er sich nicht ausmalen, wie Fips nun vergeblich in Aschersleben wartete und die schrecklichsten Rachepläne schmiedete.

Das waren Reginos Gedanken, während er über die nächtliche Hochebene schritt. Marie hingegen dachte über Ulrich nach und über ihre Pflicht, diesem Menschen beizustehen. Eine Pflicht, die ihr noch vor Wochen als selbstverständlich erschien, jetzt aber lästig geworden war. Ja, der Weg hatte sie verändert. Er hatte sie zurückgebracht in ihr altes Leben – ihr Wanderleben. Die quälende Unrast war vorüber, und auch wenn die Furcht vor Fips geblieben war, so fühlte sie dennoch, dass sie jetzt, durch ihre Beweglichkeit, in der Lage sein könnte, dieser Furcht die Stirn zu bieten. Sie war nicht mehr eingesperrt in einer Bauernkate, die ihr vorübergehend Schutz geboten hatte. Sie war nun frei, frei davonzulaufen, jederzeit. Aber wie sollte sie laufen, wenn Ulrich an ihrer Seite war? Dieser allzu treue, anhängliche Ulrich?

Ohne auf den schlammigen Untergrund zu achten, stapfte Marie durch Buschwerk und über Gesteinsbrocken. Es war eine schöne, eine ruhige Nacht, und es war angenehm, auch die summende Maja und den umherwandernden Regino in der Nähe zu wissen. Sie fühlte sich sicher. Wären da nur nicht diese Gewissensbisse gewesen.

War sie ein schlechter Mensch, dass sie so über Ulrich dachte?

War es sündhaft, sich den eigenen Mann fortzuwünschen?

Ja, das war es. Es war eigennützig und kaltherzig.

Marie ließ sich auf einem großen Stein nieder. Sie genoss es geradezu, die beißende Kälte an Beinen und Hinterteil zu spüren, und sie unternahm auch nichts gegen die Nässe, die sich durch ihre Kleider fraß. Gedankenverloren starrte sie in die Nacht und verfolgte dabei nur schemenhaft die unter dem wolkenverhangenen Vollmond einherschreitende Maja. Die dritte Wachgebliebene aus ihrer Gruppe.

Maja ging im Kreis. Genauer genommen: Maja ging in fünf Kreisen.

Zunächst umrundete sie das Plateau – ungeachtet des Wildwuchses – in einem weiten, ausgesprochen runden Bogen.

Dann machte sie eine zweite, kleinere Runde.

Der dritte Kreis, den sie abschritt, war wieder kleiner.

So der vierte.

Und der fünfte schließlich bildete den Kern.

Dort verharrte sie, den Kopf in den Nacken gelegt, und drehte sich alsdann selbst im Kreise, immer die Sterne im Blick, welche sich in dieser Nacht nicht wirklich zeigen wollten. Dennoch war Maja zufrieden. Sie hatte sie gefunden, die Stätte, von der bereits ihr Vater und ihr Vatersvater gesprochen hatten. Und sie spürte sie: die Kraft, die von eben diesem Ort ausging.

Es war eine gute Kraft, gottlos gewiss in den Augen der Geistlichen, aber dennoch gut. Eine schützende, mächtige Energie umgab diesen Ort, an dem bereits vor Tausenden von Jahren hiesige Heiden während ihrer Stammeskriege Zuflucht gesucht und gefunden hatten. Eine Zuflucht, die nicht nur durch Waffengewalt und die fünf Ringe bildenden Palisadenzäune gewahrt wurde. Nein, auch die Sterne waren diesem Ort hold. Das hatten die Ahnen gewusst, aber auch Maja spürte es, und deshalb hatte sie beschlossen, die Nacht damit zu verbringen, eben die von diesem Hügel ausgehende Kraft in sich aufzunehmen und mit sich auf den weiteren Weg zu führen. Sie würden eine solch schützende Kraft wahrlich gebrauchen können.

»Ist sie nicht verrückt, unsere Maja?«

Marie hatte Regino bereits sich leise nähern hören, nun setzte er sich neben sie auf den kalten Stein, und beide beobachteten die alte Frau, wie sie, seltsame Formeln murmelnd und sich um die eigene Achse drehend, im Zentrum der Kreise stand, die für Marie und Regino selbst bei Tageslicht unsichtbar gewesen wären, so lange lagen die Reste dieses Bauwerkes bereits unter Erde, Geröll und Buschwerk verborgen. »Aber eben darum liebe ich dieses greise Weib so sehr. Erfrischend, nicht wahr, Marie?«

»Ja, erfrischend«, bestätigte Marie. Und das sagte sie nicht nur so, nein, sie empfand genauso wie Regino. Der Anblick der sich eigentümlich gebärdenden Maja war ebenso belebend wie der kalte, feuchte Stein, auf dem sie saß. Es vertrieb die Einsamkeit zu wissen, dass es auch andere Menschen gab, die nicht so waren, wie es das von Kirche und Reich gepriesene Prinzip der Ordnung vorsah. Eine Ordnung, die König und Kurie an der Spitze, den Adel und den Klerus in der Mitte, eine etwas lästige, aber dafür reiche, freie Stadtbürgerschaft darunter und schließlich die hart arbeitende Bauernschaft am breiten Boden kannte. Für ausgefallene, andersartige Menschen wie Zigeuner, Juden, Gaukler, Scharfrichter und sonstige Ehrlose war in dieser Pyramide kein Platz. In Majas Sternkreisen, die sie nun seit Stunden so beseelt und unermüdlich abschritt, war das anders.

Sie boten Platz für jeden, auch für den Auswurf, die Ausgestoßenen, die Andersartigen. Zumindest erschien es Marie in dieser Nacht so, und das ließ sie nun ein wenig lächeln.

Regino bemerkte dies. »Froh stimmt es mich, dass es dir trotz allem gutgeht, Marie. Eines wüsste ich gern: Ich frage mich, ob du eigentlich jemals gespürt hast, dass du verfolgt wirst.«

»Nein. Aber es wird gewiss alles gut. Er wird nun mit uns kommen, und ich denke, dass er auch bald seinen Mund halten wird«, antwortete Marie in dem Glauben, Regino spräche von Ulrich.

»Es geht nicht um diesen Klotz an deinem Beine, Marie. Der ist zwar lästig, aber nein, es geht um eine noch anhänglichere Schmeißfliege, über die wir nun endlich einmal reden sollten.«

Reginos Stimme klang mit einem Mal so ungewohnt vernünftig.

»Vitus?«, fragte Marie und wunderte sich, wie ruhig sie doch blieb. Ganz so, als habe sie dieses Gespräch erwartet, ja erwünscht.

»Ebendieser.«

»Dann kennst du ihn.«

»Oh ja.«

Marie verstummte für eine ganze Weile und wandte ihren glasigen Blick auf die sich drehende Maja.

»Seid ihr Freunde?«, fragte sie dann leise.

»Weh mir, nein, wir sind … wie soll ich es ausdrücken …? Wir sind eine dem Zwecke dienende Gemeinschaft, deren Wege sich mitunter kreuzten und kreuzen werden.«

»Ist er auch jetzt in der Nähe?« Unwillkürlich blickte Marie sich um. Plötzlich saß ihr die Angst in Gestalt des Phantoms Fips wieder im Nacken.

»In Quedlinburg sahen wir uns zuletzt«, antwortete Regino. »In Aschersleben wäre der nächste vereinbarte Ort gewesen.

Doch wie du weißt, habe ich mich entschieden, nicht dorthin zu ziehen.«

»Und weshalb nicht?« Marie versuchte sich wieder zu beruhigen und sich auf dieses so wichtige Gespräch zu konzentrieren.

»Weil er mir mehr und mehr zuwider wird, dieser Vitus Fips, und weil ich darüber nachdenke, ohne ihn den Weg ins Altvatergebirge zu finden.«

»Er hat dir also den Weg gewiesen.«

»Nicht nur das. Er hat im Grunde dieses ganze Abenteuer ausgeheckt. Ich spiele nur den Lokator, den Moses, der eine Schar Hoffnungsvoller ins Heilige Land führt. Voller Kraft, voller Tatendrang bin ich, doch mir fehlt, worüber Fips in hohem Maße verfügt: die Erfahrung, die Verbindungen.« Dabei räusperte sich Regino in die Faust. Es war ihm nicht angenehm, dies alles zu beichten.

»Er ist also deine rechte Hand? Nein, was sag ich: Er ist das Herzstück dieser ganzen Unternehmung?« Marie war zu verblüfft, um entsetzt über das zu sein, was sie da hörte.

»Das kann man fast so sagen.«

»Du hast dich mit ihm getroffen. Immer wieder auf dieser Reise. Ist es so?«, bohrte sie weiter.

»Ja. Er weist mir den Weg, und ich zahle meine Schulden in Raten an ihn ab.«

Marie schnaubte. Sie hatte so etwas bereits geahnt, aber nie wahrhaft für möglich gehalten. Fips war ihnen also tatsächlich auf den Fersen gewesen. Die ganze Zeit über.

»Warum diese Heimlichkeiten, Regino? Was will er mit diesen Menschen? Will er sie verkaufen?« Ihr Mund war vollkommen trocken. Dumpf vernahm sie im Hintergrund das Schnarchen der Schlafenden und das monotone Summen der Sternenguckerin Maja.

»Nein … ich weiß es selber nicht genau. Lediglich ans Ziel soll ich euch führen, das ist mein Auftrag.« Regino war verlegen. Er kratzte sich ununterbrochen am Knie. »Gold soll es dort im Überfluss geben, so sagte er mir. Heimliches Gold. Niemand darf davon wissen. Insbesondere nicht die Obrigkeit.«

»Ich verstehe nicht«, flüsterte Marie. »Ist es Zufall, dass du ausgerechnet in mein Dorf gekommen bist, um nach Gefolgschaft zu suchen?«

»Natürlich ist das kein Zufall gewesen«, gab Regino, immer kleinlauter werdend, zu.

»Ich verstehe. Er wollte mich dabeihaben, weil es noch etwas zwischen uns zu begleichen gibt.«

Regino zuckte mit den Achseln. »Ich weiß es nicht. Aber jetzt bin ich erleichtert. Jetzt weißt du von dem Pakt, den ich mit Vitus Fips eingegangen bin.«

»Was ich nicht begreife: Warum hast du mich damals gewarnt und mir geraten, besser im Dorfe zu bleiben?« Marie war ratlos. All das war doch sehr verwirrend.

»Nun, die Wege des Herrn sind mitunter verworren, und ebenso verhält es sich mit den Wegen des Regino von Bunseborn. Mitleid hatte ich. Ein ungutes Gefühl in meinem Bauche plagte mich.«

»Und das plagt dich immer noch.«

»Es ist den ganzen Weg über nicht verloren gegangen. Keinen seiner Wünsche habe ich ihm erfüllt. Kinder sollte ich ihm bringen, damit er sie an die Grubenbesitzer im Harz als Arbeitssklaven verkaufen könnte. Ich tat es nicht. Jungfrauen sollte ich ihm liefern, damit er sie an zahlende Lüstlinge verscherbeln könnte. Ich tat es nicht, stattdessen haben wir sie nun am Halse, die beiden edlen Fräulein. Und, was dich betrifft, Mariechen: Dich sollte ich ihm am Ziel unserer Reise übergeben. Ich tröstete meine mitleidige Seele damit, dass ich dachte, der

Weg ist noch weit, viel kann geschehen, warten wir es ab. Und ich tröstete sie zudem damit, dass ich mir einbildete, er liebe dich von ganzem Herzen und wäre dir gewiss ein wunderlicher, aber guter Mann. Wunschdenken, wie sich herausstellte.«

»Du dachtest, er liebt mich?« Marie lachte bitter auf.

»Ja, so wirkte er auf mich, wenn er von dir sprach. Und ich glaube es sogar noch immer. Allerdings glaube ich auch, dass Liebe, so wie er sie versteht, eine andere ist als die, die wir gewöhnlich Sterblichen gern empfinden und weitergeben.«

»So ist es«, bestätigte Marie dumpf.

»Und nun ist auch noch dieser tumbe Bauer aufgekreuzt. Aus dem Weg wird er ihn räumen, das steht fest«, fügte Regino leise an.

»Ja«, bestätigte auch Marie. »Er wird ihn töten.«

»Darum ...«, Regino zögerte ein wenig, denn das, was er nun vorschlagen würde, war vollkommen neu für ihn, und bis vor wenigen Stunden noch hätte er es nie für möglich gehalten, jemals solche Worte über seine Lippen zu bringen: »Darum sollten wir ihn finden und ihm zuvorkommen.«

Marie sagte nichts, sondern blickte Regino ausdruckslos an. Entsetzt war sie nicht, nein, sie dachte darüber nach, ob man diesem Gaukler wirklich vertrauen konnte. Es war viel, was er ihr da soeben gestanden hatte, zu viel, in ihrem Kopf arbeitete es wie in einem Bienenstock, während ihr das Herz wie ein harter Stein schmerzhaft gegen die Brust schlug. Kumpane waren sie, Regino und Fips, zwei Spitzbuben, die zusammen einen Plan ausgeheckt hatten, bei dem Marie und ein Haufen unschuldiger Ahnungsloser die Opfer sein sollten. Sie waren in eine Falle geraten, und nun wollte einer der Übeltäter die Seiten wechseln und schlug doch tatsächlich vor, den anderen gemeinsam aus dem Weg zu schaffen. Konnte man ihm glauben? Noch immer schwieg sie, als Regino wieder zu reden begann:

»Fips verfügt über eine Karte, auf der die Höhle verzeichnet ist, in der das Gold zu finden sei, welches ihn so magisch ins Altvatergebirge zieht. Diese Karte sollten wir ihm abnehmen, aber zuvor müssen wir ihn unschädlich machen. Und das für immer und ewig.«

Der Gaukler klang gar nicht mehr lustig und naiv, vielmehr nüchtern und abgeklärt. Ihm war es ernst mit seinem Vorhaben.

»Hilfst du mir?«, fragte er schließlich nach einer weiteren längeren Pause und erhob sich, nachdem er Maries leichtes Nicken wahrgenommen hatte.

Sie hatte sich entschieden. Es war ihre Schuld genauso wie Reginos, dass dieser Unhold ihnen folgte. Ganz gleich, was für ein verlogener Schelm Regino auch sein mochte, sie wollte ihm vertrauen, denn das, was er im Schilde führte, war die einzig mögliche Lösung. Vitus Fips war wie eine Bremse. Wollte man ihn loswerden, um zu verhindern, dass er einem das Blut aussaugte, so nutzte es wenig, ihn zu vertreiben. Immer und immer wieder kehrte er zu seinem auserwählten Opfer zurück. Die blutgierige, giftige Bremse musste erschlagen werden – ein für alle Mal.

Wieder nickte Marie, dieses Mal deutlicher als zuvor.

»Na, dann ist ja alles gut«, rief Regino plötzlich in gewohnter Manier und begann im nächsten Moment nach der noch immer in ihrem Kreise stehenden Maja zu winken.

»Maja, halt inne. Ich muss dich etwas fragen.« Schon eilte er zu der alten Frau, die ganz benommen und mit trunkenem Blick vor ihm stand und schier durch ihn hindurchzublicken schien.

»Maja, führe du uns ins Altvatergebirge. Ich weiß, du kannst das.«

»Wir sind gewappnet. Ich sehe Schutz, Geborgenheit und

Zusammenhalt. Dieser Ort hat mir Hoffnung gegeben«, antwortete Maja mit düsterer Stimme. Sie erweckte den Anschein, mit ihrem Geist nach wie vor in einer anderen Welt zu sein.

»Hörst du, Marie! Wir sind gewappnet!«, rief Regino nun der auf ihrem Stein hockenden Marie zu.

Marie blickte erschöpft in ihren Schoß. Gewappnet. Wofür? Dachte dieser lustige Gaukler tatsächlich, es würde ein Kinderspiel, Vitus Fips für immer abzuschütteln?

Sie hatte es bereits versucht und war gescheitert.

Diese Bremse war zäh.

XX

Tot.

Einfach gestorben.

Eingegangen.

Alle viere.

Vitus Fips hielt die Kadaver seiner treuen Begleiter fassungslos in Händen. Schon über Jahrzehnte hinweg waren sie an seiner Seite. Immer wieder andere, immer wieder neue, weiße, braune, graue, bunte. Gewiss war es vorgekommen, dass die eine oder andere von ihnen von unwissenden Leuten erschlagen wurde, andere waren Füchsen oder Hunden zum Opfer gefallen, wieder andere entlaufen oder an einer Krankheit verendet, aber nie waren sie ihm alle auf einmal genommen worden. Nicht bis zum heutigen Tage.

Lag es an dem langen, feuchten und zudem sehr stürmischen Nachtmarsch, zu welchem sie von diesem verfluchten Ritter gezwungen worden waren? Waren sie zu starker Zugluft ausgesetzt gewesen? Hatten sie sich erkältet?

Fips tastete einen der schlaffen Körper gründlich ab. Da waren kleine Beulen zu spüren.

Zecken?

Nein. Außer einigen Flöhen, die man im Fell herumhuschen sehen konnte, wenn man mit dem Gesicht nur nah genug an den toten Rattenleib ging – außer diesen wenigen, harmlosen Flöhen war nichts zu erkennen. Fips lachte auf, denn einer von den kleinen dreisten Gesellen sprang doch tatsächlich zu ihm über, um es sich in seiner aus mehreren Schichten bestehenden Kleidung gemütlich zu machen.

»Tu dir keinen Zwang an. Wirst dort viele Freunde finden«, raunte Fips in sein Lumpengewand hinein und sprach dabei mit dem Floh. Bisher hatte er sich alles im Leben zunutze machen können, selbst den garstigsten Abfall – auch menschlichen –, darüber hinaus Ratten und sogar Flöhe. Einst hatte er einen »Lustigen Flohreigen« betrieben, eine kleine Vorführung, bei der er vor Kindern und neugierigem Großvolk die winzigen, an Fäden gebundenen Kameraden gegen Geld Kunststücke vollbringen ließ.

Schon lange hatte Fips nicht mehr daran gedacht. Aber jetzt, wo er die kleinen Tierchen in Augenschein nahm, erschien es ihm eine gute Idee, ein solches Geschäft hier und da auf dem noch weiten Wanderweg wieder aufblühen zu lassen. Damit ließe sich ein kleines Zubrot verdienen. Denn diese winzigen Gesellen, die da auf seinen Ratten hausten, waren von einer ganz besonderen Sorte. Nie zuvor hatte Fips solche Flöhe zu Gesicht bekommen, obgleich er sich sehr gut mit diesen Tierchen auskannte. Ob man noch mehr von ihnen fand?

Achtlos warf er jetzt die tote, soeben noch betrauerte Ratte auf den Boden, um gleich nach dem nächsten verendeten Nager zu greifen.

Ja, dort war noch solch ein dicker Brocken im Bauchfell unterwegs.

»Komm her, mein Schatz. Komm zu Onkel Fips, kleiner Goldesel.«

Schwups. Da saß er in dem verkrusteten Schafsfell, welches das Innenfutter von Fipsens Umhang bildete, den er unter dem grauen Mantel des Sariantbruders vom Deutschen Orden trug. Drei weitere sprungfreudige Flöhe fanden sich auf den beiden restlichen Kadavern.

Fips grinste zufrieden.

Er grinste nicht nur, weil er hoffte, den sich rasch durch Suff und Hurerei leerenden Geldbeutel mit dem Betreiben eines Flohzirkusses füllen zu können. Nein, er grinste auch, weil er wusste, was er gleich mit seinen verstorbenen, bunten Lieblingen anstellen würde, auf denen noch immer einige der verhängnisvollen Flöhe herumwanderten, die von dem gierigen Flohfänger übersehen worden waren.

»Jaaaaaa«, sagte er nun gedehnt und schaute aus seiner aus langen Reisigzweigen gefertigten und gut getarnten Unterkunft auf den Weg hinaus, auf welchem alsbald der ach so schlaue Regino mit seiner tumben Schar vorüberwandern würde. Regino, der tatsächlich geglaubt hatte, Fips an der Nase herumführen zu können.

»Neeeeeeeein«, meinte er nun ebenso gedehnt und grinste wieder. »Ihr werdet mich nicht los.«

Und da kamen sie auch schon.

Von Weitem waren sie zu erkennen und zu hören. Regino schritt an ihrer Spitze. Der Narr verhielt sich wieder einmal so, als gehöre ihm die Welt. Er sang und fuchtelte mit einem langen Stock im Takt in der Luft herum. Wie dreist war doch dieser Kerl! Er hielt es nicht einmal für notwendig, sich schnell und ungesehen aus dem Staub zu machen. Es war fast beleidigend für Fips, wie wenig der bunte Vogel ihn zu fürchten schien.

»Na warte, du wirst dir noch in die Hosen scheißen vor Angst«, murmelte er und sammelte leise die vier toten Ratten ein, während er den Blick nicht von der Gruppe ließ, in der er nun auch seine Marie erspähte.

Fips hatte sich ausgerechnet, dass die Schar an diesem Tage von dem Ort, an dem er auf sie wartete, höchstens noch eine halbe oder eine Meile würde marschieren können, bis das Tagespensum erreicht war. Sie würden also ganz in Fipsens Nähe ihr Nachtlager aufschlagen.

Und das war vollkommen in seinem Sinne.

»Es wird Zeit, erneut unsere Proviantbeutel zu füllen, Maja.« Regino kaute nur widerwillig auf dem groben Haferbrei herum, den es an diesem noch nebligen, aber dennoch vielversprechenden Tag zum Frühstück gab.

Sie kamen nun immer tiefer in den Osten hinein. Die Abstände zwischen den Dörfern und Städten wurden größer, die Wege waren zwar gut, aber bei Weitem weniger zahlreich als im Westen des Reichs. Oft mussten sie, wenn sie Maja folgend die Sonne als Wegweiser nahmen, querfeldein marschieren oder Wildpfade wählen, welche häufig genug ins Nichts führten. Eine richtige Herberge hatten sie seit Langem nicht gesehen, und auch in der letzten Nacht hatten sie wieder einmal ein flüchtiges Lager errichten müssen, wieder einmal in ihren klammen Decken unter einem schimmelnden Lederzelt gelegen, beengt, frierend, stinkend, hustend. Wenn das so weiterging, würde bald mindestens einer von ihnen am Fieber erkranken und sterben.

Doch der Mangel an trockenen Übernachtungsmöglichkeiten war nicht ihr einziges Problem. Ihnen fehlte auch das Geld, um endlich wieder ein festes Dach überm Kopf beziehen zu können. Und Geld ließ sich nun einmal nur in einer Stadt oder aber auf der Burg eines reichen Herrn verdienen, womit sich der Kreis der Probleme wieder schloss.

»Lass uns heute auf dem Marsch Ausschau nach einem Lohngeber halten, weise Wegweiserin. Ich will endlich wieder Fleisch zwischen den Zähnen spüren.«

Ganz so, als handele es sich bei dem ungesüßten Haferschleim um eine giftige Brühe, tauchte Regino nun nur die

Spitze seines Zeigefingers in die Schale und betrachtete diesen dann ausgiebig, um schließlich verhalten an ihm zu schlecken.

»Ich richte mich nach Sonne und Sternen und nicht nach menschlichen Siedlungen. Wir müssen essen, was wir finden.« Maja schien ein wenig übellaunig.

War ihr die Aufgabe der alleinverantwortlichen Marschplanerin doch etwas zu viel geworden?

Regino zuckte bloß mit den Schultern und widmete sich wieder seinem Brei, während er jedoch sehnsüchtig »Fleisch, Fleisch, Fleisch« vor sich hin murmelte.

»Ihr wollt Fleisch, Meister?«, hörte er plötzlich eine tiefe, dämonische Stimme hinter sich.

Langsam wanderten Reginos Augen von der Holzschüssel nach oben.

Was war das?

Was baumelte da unmittelbar vor seiner langen Nasenspitze?

Zu müde war er noch, um schnell erkennen und reagieren zu können. Aber dann erkannte und reagierte Regino doch.

»Pfui Teufel, welch ein erbärmlicher Streich«, rief er, griff nach dem, was da von hinten vor sein Gesicht gehalten wurde, und warf es angeekelt in Richtung des Lagerfeuers. Doch er traf das Feuer nicht.

»Nein! Ich brauch die noch!«, rief nun Otto, welcher Regino diesen makabren Scherz mit verstellter Stimme gespielt hatte, und hastete zum Feuer, um die toten, bunten Ratten wieder aufzulesen. Sie waren noch ganz. Nichts angeschmort, nichts angekokelt.

»Ich will mir eine neue Mütze daraus machen. Hab noch nie Ratten mit einer solch hübschen Färbung gesehen«, meinte er mit schelmischer, aber dennoch entschuldigender Miene an Regino gewandt. Stolz stand Otto nun in der Mitte des Lagers, um welches alle anderen mehr schlafend als wach mit steifen Knochen saßen, um ihrerseits den faden Brei zu essen, und hielt die steifen Kadaver an einem Hanfstrick gebunden in Händen.

Elisabeth und Adelheid verzogen angeekelt das Gesicht. Es war ohnehin schwierig für sie, ein solch karges Mahl unter solch widrigen Umständen zu sich zu nehmen. Aber in Anbetracht verendeten, verlausten Ungeziefers war dies nicht nur schwierig, sondern gar unmöglich. Adelheid musste würgen und spürte gleich die schützende Hand Johanns heiß und schwer auf ihrem Rücken. Trotz dieser Hitze überlief sie eine Gänsehaut. Eine wohlige oder eine schaurige? Sie wusste es selbst nicht zu sagen.

»Weg mit den Dingern, Otto. Du erschreckst die Jungfern«, rief Johann dem fast Gleichaltrigen zu.

»Lass ihn, Johann. An so etwas sollten sich die Damen gewöhnen, wenn sie mit uns gehen wollen«, meinte nun Anna und erntete damit zustimmendes Nicken seitens ihrer Freundin Lisa, während ihr Liebster Wilhelm peinlich berührt kurz zu Elisabeth sah und dann wieder in seine gesprungene Holzschüssel blickte.

Marie hingegen saß da und traute ihren Augen nicht. Das waren nicht irgendwelche Wander- oder Hausratten, die der rothaarige Otto da gefunden hatte. Das waren Nagetiere von einer Sorte, die ihr nur allzu gut bekannt war. Ja, sie hatte viele Jahre ihres Lebens in Gesellschaft solcher Tiere verbracht und wusste nur zu gut, dass sie von Menschenhand gezogen waren.

»Woher hast du die Viecher, Otto?«, fragte sie laut.

»Die hingen heute früh an unserem Zelt. Ich musste austreten und bin mit dem Kopf dagegen gestoßen. Hübsch, oder?« Nun ging er mit seinem Fund auf Marie zu und präsentierte ihn stolz. Marie wich zurück und blickte zu Regino herüber.

Dem ging im selben Moment ein Licht auf. Ein Licht, das ihn offenbar so erschreckte, dass er ganz die Schüssel vergaß, welche er noch in Händen hielt. Mit offenem Munde zu den Ratten starrend, ermattete langsam der Griff seiner Hände, die Schale kippte, und ihr Inhalt ergoss sich zäh auf den Boden.

»Wir wollen uns nun beeilen«, rief er, als er wieder zu sich gekommen war. Er versuchte unbefangen zu wirken, als er aufstand und jedem einzeln auf die Beine half.

»Beeilen wollen wir uns. Beeilen«, wiederholte er in einem Singsang. Doch seine Stimme zitterte dabei merklich, und sein Blick wanderte immer wieder verstohlen in das sie umgebende Buschwerk und in den nahen Nadelwald.

Unter zusammengekniffenen Augenbrauen blickte Marie den Gaukler an.

Wollte er sich nun wieder einfach aus dem Staube machen? Hatte er Angst?

Was war mit dem Plan, den er noch in der vorletzten Nacht geschmiedet hatte?

Nun bot sich doch Gelegenheit, diese Tat zu vollbringen? Und was machte Regino?

Er bekam es mit der Angst zu tun.

»Es hat keinen Sinn fortzulaufen«, brummte die in das Vorhaben eingeweihte Maja. Als Einzige war sie am Feuer sitzen geblieben und beendete gemütlich ihr Frühstück. »Früher oder später müssen wir uns der Bedrohung stellen.«

»Ja, dann stell du dich, gute Maja. Stell du dich. Wir wollen derweil aufbrechen«, zischte Regino sichtlich nervös. »Aufbrechen wollen wir«, rief er dann wieder lauter und klatschte dabei in die Hände. Er wagte es nicht, Marie anzuschauen.

Alle hatten sie mittlerweile bemerkt, dass irgendetwas ganz und gar nicht in Ordnung war.

»Komm, Ulrich«, forderte Marie ihren Mann auf, dessen Füße schlimmer statt besser geworden waren und mittlerweile schwarze Stellen aufwiesen. »Es geht weiter.«

»Diese Ratten! Dieser vernarbte Fremde hatte solche dabei, als er bei mir war«, sagte Ulrich plötzlich.

Marie wunderte sich, dass Ulrich nun doch die Rede auf Fips brachte, über den sie bislang so ausdauernd geschwiegen hatten. Doch jetzt war nicht der richtige Zeitpunkt, über ihn zu sprechen. Nicht, wenn er in unmittelbarer Nähe weilte und ihnen womöglich lauschte. Auch Marie war nervös.

»Ja«, gab sie bloß gereizt zurück und führte ihren lädierten Mann zu dem Esel.

»Maja, bleib nicht hier«, rief sie dann der noch immer am Feuer sitzenden Alten zu.

»Geht. Ich werde euch finden. Der Sonne nach, immer der Sonne nach. Sie wird gleich scheinen. Folgt ihr bis zum Mittag. Dann werde ich euch eingeholt haben«, gab diese seelenruhig schmatzend zurück.

Marie zögerte eine Weile, immer wieder von Ulrich zu Maja und zurück blickend. Dann schrie sie laut: »Johann, Johann!«

»Was?«, hörte sie die Stimme des jungen Mannes von weit vorn. Er war bereits mit den anderen hinter einer Biegung des schmalen, verwachsenen Waldpfades verschwunden.

»Komm bitte und führe den Esel!«, rief Marie und wartete.

»Johann wird dich begleiten, Ulrich. Ich muss noch im Lager bleiben«, flüsterte sie dem Mann an ihrer Seite ins Ohr.

»Dann bleibe auch ich«, gab Ulrich zurück und wollte wieder von dem Tier rutschen.

»Nein!«, fuhr Marie ihn plötzlich laut an und schob ihn mit Gewalt zurück auf den Rücken des Esels, der daraufhin einen Satz nach vorn machte. »Das mache ich allein«, wiederholte sie entschieden.

Ulrich glaubte zu verstehen. Er hätte es ahnen müssen, und insgeheim hatte er es schon immer geahnt. Noch vor ihrem Aufbruch aus der alten Heimat war es ihm wiederholt durch den Kopf gegangen. Er störte sie, er war seiner jungen Frau lästig: zu arm, zu alt, zu schwach war er in ihren Augen, eines prächtigen Weibes wie ihrer nicht wert. Ulrich wusste nicht, was Marie und diesen narbigen Mann, der nach ihr suchte, verband. Sie sprach nicht darüber, und er wagte nicht zu fragen. Er glaubte, dass es besser war, sie nicht zu drängen und in die Enge zu treiben. So war es immer zwischen diesem ungleichen Paar gewesen, und so war es auch jetzt. Sie wollte nun hier ohne ihn im Lager zurückbleiben, und er würde ihr diesen Gefallen erweisen, auch wenn es gefährlich für sie sein könnte. Ihm blieb allein die Hoffnung, dass sie wieder zurückkehren würde. Diese vertraute, berechtigte Hoffnung, die stets da gewesen war, wenn es Marie aus ihrer gemeinsamen Hütte allein in die Einsamkeit gezogen hatte.

Ulrich sah Marie an. Seine Augen flackerten, aber dennoch zwang er sich dazu, seinen Blick nicht abzuwenden. So schön war sie, so zart und herb zugleich, so verletzlich und dennoch so robust. Ein Rätsel war dieses Weib, viel zu schwierig für einen einfachen Mann wie ihn. Aber dennoch – oder gerade deshalb – hatte sie ihn so sehr in ihren Bann gezogen.

Marie war es unangenehm, diesen liebenden Blick auf sich zu spüren. Betreten sah sie zu Boden. Einer Erlösung kam es für sie gleich, als endlich der herbeigerufene Johann zur Stelle war. »Es tut mir leid, ich hätte dir längst eine Hilfe sein müssen, Marie. Immerzu musst du Ulrich herumschleppen«, entschuldigte er sich bereits von Weitem.

Ulrich, der wieder zu seinem alten, sturen Selbst zurückgefunden hatte, brummte missmutig. Seine Füße waren unbrauchbar, ja, das stimmte, aber das hieß noch lange nicht, dass sein Verstand ausgesetzt hatte. Was nahm sich dieser Lümmel heraus?

»Der Sinn steht dir im Moment nach anderem. Das verstehe

ich«, zwinkerte Marie dem Burschen zu. »Jetzt nimm die Zügel und geht, beeilt euch, damit ihr Regino und die anderen einholt. Der Sonne nach, sagt Maja. Wir werden noch eine Weile bleiben und dann zu euch aufschließen.«

»Warum?«

»Frag nicht, Johann. Geht. Es gibt hier noch etwas zu tun.«

Irritiert schüttelte Johann den Kopf.

Das Lager war aufgeräumt, alle Sachen gepackt. Was gab es da zu tun?

Warum blieben die beiden Frauen zurück?

War etwa eine unbekannte Gefahr in Verzug?

»Wenn ihr einen starken Mann an eurer Seite braucht, so bleibe ich«, bot nun auch er sich ritterlich an.

»Unsinn! Verschwindet!«, gab Marie sehr entschieden zurück und schlug dem Esel kräftig aufs Hinterteil. »Los!«

»Komm wieder!«, rief Ulrich heiser, seinen Kopf schwach zu ihr umdrehend, »komm wieder«, und ließ mit dieser Bitte einen eisigen Schauer über Maries gesamten Leib laufen. Fast hätte sie sich gewünscht, ihm ein lautes »Nein« nachzurufen.

Als die beiden Männer endlich hinter der Wegbiegung verschwunden waren, drehte sie sich zu Maja um.

»Na, dann wollen wir sehen, ob er es wagt, sich zwei tapferen Weibern zu stellen«, sagte Maja ruhig und zog unter ihren vielen Röcken einen spitzen Dolch hervor, den Marie zuvor noch nie bei ihr gesehen hatte.

»Vitus!«

Marie schritt das Gelände um ihr letztes Nachtlager bereits zum dritten Mal ab. Längst war sie dazu übergegangen, den Namen des Mannes, den sie eigentlich nie wieder in ihrem Leben sehen wollte, laut zu rufen.

Keine Reaktion.

»Vitus, komm heraus. Ich bin hier.« Sie war wütend und ungeduldig und deshalb mutig.

Nichts.

War er bereits wieder fort? Oder traute er sich nicht?

Marie erweiterte den Radius und verließ den Wald, in dem sie die Nacht verbracht hatten. Maja stapfte irgendwo hinter ihr, beide waren sie bewaffnet. Doch ob ihnen das helfen würde? Immer wieder schaute Marie zurück, sie wollte die gute Alte nicht aus den Augen verlieren.

Sobald sie die letzten Bäume des an diesem sonnigen Tag freundlichen Waldes passiert hatte und sich auf einem holprigen breiten Fahrweg wiederfand, blieb Marie plötzlich wie angewurzelt stehen.

»Was ist das?«, fragte sie, erschrocken auf eine Landschaft blickend, die nicht viel anders aussah, als sie sich den Ort des Fegefeuers vorstellte.

Eine graue Wüste tat sich unwirtlich, gar albtraumhaft vor ihr auf und grenzte sich durch das abscheuliche Bild, welches sie bot, scharf von dem schönen Frühsommermorgen ab, dem diese Einöde keine Gelegenheit bot, ihr mit seinen Farben und seiner Frische näherzurücken. Ein abstoßendes Gelände war das, in dem hier und dort Feuer loderten, sich dunkle Geröllberge auftürmten und schwarze Schlacke träge Rinnsale bildete, die sich in breiige Pfützen ergossen. Das monotone Schlagen von Hämmern gegen Stein war zu hören, und ein übler Gestank nach verbrannter Erde und Schwefel hing schwer in der Luft.

»Kupferschiefer«, hörte Marie nun die schwer atmende Stimme Majas hinter sich, welche sich beeilt hatte, der jungen Frau zu folgen. »Dort wird Kupferschiefer abgebaut. Wir sind hier im Mansfelder Land, da reißen sie überall die Erde auf, um danach zu suchen. Man röstet das Gestein und gewinnt daraus

Silber und Kupfer. Ekelhafte Ausdünstungen entstehen dabei, nicht wahr?«

»Und ich dachte schon, ich hätte das Tor zur Hölle gefunden«, antwortete Marie erleichtert und drehte sich nach Maja um. Doch ihr Blick traf nicht die Alte, sondern den Mann, der plötzlich hinter Maja aufgetaucht war und eine schwere spitze Hacke in beiden Händen hielt.

Wie aus dem Nichts war er erschienen und musterte die beiden Frauen neugierig.

»Ihr habt ganz recht: Das ist die Hölle«, meldete er sich jetzt mit undeutlicher, kratziger Stimme zu Wort. »Die Hölle auf Erden.«

Maja schaute stumm, aber mit fragendem Blick zu Marie, doch als diese daraufhin langsam den Kopf schüttelte, war auch der Alten klar, dass es sich bei dem verkrüppelten Menschen wohl nicht um den gefürchteten Vitus Fips handelte. Dennoch konnte Marie nicht aufhören, ihn anzugaffen, als sei er tatsächlich soeben dem Fegefeuer oder gar dem Höllenschlund entschlüpft.

Unwillkürlich neigte auch Maja ihren Kopf ein wenig zur Seite, um dem Mann ins Gesicht schauen zu können. Sie selbst war ein buckeliges, krummes Weib, doch ihre Krümmung beschrieb eine leichte Kurve nach vorn. Dieser Kerl jedoch krümmte sich von der Brust aufwärts zur Seite, und zwar so sehr, dass er die Welt aus einem vollkommen schiefen Blickwinkel wahrnehmen musste.

»Wie kommt's?«, fragte Maja.

Offensichtlich wusste der Mann sogleich, was sie meinte.

»Der Berg. So sehen viele von uns aus. Wir liegen den ganzen Tag über in den Spalten und klopfen den Stein heraus. Da bleiben die Knochen gleich in dieser Ausrichtung, um sich am nächsten Morgen nicht wieder umbiegen zu müssen.«

Dabei zuckte er leicht mit der nach oben gebogenen linken Schulter und lachte, als ob es das Selbstverständlichste von der Welt sei, in einem Körper, der sich fast im rechten Winkel zur Seite neigte, durchs Leben zu gehen. »Was sucht ihr hier, Weibsvolk?«, wollte er nun wissen.

Sein Gesicht war schwarz von Ruß, aber seine Augen blickten freundlich, und nach dem Zustand seiner Zähne zu urteilen, war dieser gebogene Mensch keine dreißig Jahre alt, auch wenn man ihm gut und gerne hundert Sommer und Winter zugetraut hätte.

»Wir suchen einen Mann«, antwortete Marie, nachdem sie sich endlich an den merkwürdigen Anblick gewöhnt hatte. »Er ist übersät mit Narben, hat bloß ein Auge, hinkt, und es fehlen ihm auch einige Finger.«

»Der Rattenkerl in dem Umhang mit dem schwarzen Kreuz?«, fragte der Kupferhauer sofort.

»Ja, genau.« Marie war erstaunt, dass er Fips offenbar tatsächlich begegnet war. Aber ein schwarzes Kreuz? Mit gerunzelter Stirn blickte sie zu Maja herüber, die sie in diesem Moment zum ersten Male auf ihrer gemeinsamen Reise ein Kreuzzeichen machen sah.

»Der war gestern hier und hat in den verlassenen Hütten dort unten nach Ratten gesucht. So sagte er zumindest, als wir ihn packten. Dann versuchte er uns über das Bergwesen auszufragen. Wollte wissen, wie man Gruben gräbt, stützt und entwässert. Wir aber hielten ihn für einen gemeinen Dieb, haben ihm einen gehörigen Tritt in den Hintern verpasst und ihn verscheucht. Den also sucht ihr.«

»Wo ist er hin?«

»Ich weiß es nicht. Er stieß einen Fluch aus, als er davonhumpelte. Den Schwarzen Tod hat er uns an den Hals gewünscht. Was immer er damit meinte.«

Maja griff bei diesen Worten des krummen, gutmütigen Bergmannes hastig in einen ihrer vielen kleinen Beutel, die um ihre Hüften gebunden waren, und bestreute ihn rasch mit einem weißen Pulver.

»Was ist das?«, fragte er entsetzt und wich zurück.

»Das brauchst du nicht zu wissen. Nur so viel: Wenigstens dich soll der Fluch nun nicht mehr ereilen, guter Mann.«

»Vergelt's dir Gott, alte Frau«, sagte der Krumme nun und machte seinerseits – zur Sicherheit nach dieser womöglich zweifelhaften Hilfeleistung – ein Kreuzzeichen. »Ich muss nun gehen. Bin ohnehin zu spät an diesem Morgen. Musste die Kinderlein selber versorgen und auf die Hebamme warten, denn mein Weib liegt schon seit dem gestrigen Tage in den Wehen.«

Eilig hastete er davon.

Dann – er war bereits einige Schritte gegangen – drehte er sich noch einmal um: »Gib mir besser von deinem Pulver mit, Alte. Ich will meine Kameraden damit bestreuen. Und auch mein Weib, falls es heute Abend noch am Leben ist.«

»Hier, nimm«, rief Maja zurück und warf ihm gleich den ganzen ledernen Beutel zu, der nichts anderes als Kalk enthielt.

»Dir und deiner Sippe alles Gute, lieber Bergmann«, rief nun auch Marie. »Gott möge euch beistehen.«

Dann wandten auch sie sich zum Gehen.

»Also ist Fips tatsächlich der Mann mit dem schwarzen Kreuz, den du in deinen Träumen gesehen hast«, sagte Marie aufgewühlt, nachdem sie wieder den Wald betreten hatten.

»Es hat den Anschein«, antwortete Maja nachdenklich.

»Und er soll vom Schwarzen Tod gesprochen haben. Auch den hast du doch gesehen.«

»Ja, so ist es.«

»Aber was ist der Schwarze Tod, Maja?«

»Ich weiß es nicht.«

»Ein Fluch?«

»Gewiss ist es ein Fluch.«

»Fipsens Fluch?«

»Ein Fluch, so gewaltig, dass dessen Folgen ganze Dörfer und Städte entvölkern«, flüsterte die Alte bedrohlich.

Marie blieb stehen.

»Was redest du da?«, fragte sie, Maja ungläubig ins Gesicht blickend.

»So zeigen es mir die Bilder in meinem Kopf. Leere Hütten, leere Häuser. Mehr jedoch sehe ich nicht«, antwortete Maja finster, langsam an der noch immer dastehenden Marie vorüberschreitend, ohne diese anzuschauen.

Marie schüttelte sich, kratzte sich dann am Kopf und fing schließlich leise an zu lachen:

»Fips stiehlt Frauen und Kinder, aber er kann gewiss nicht ganze Städte vernichten. Maja, du hast bloß zu viel gegessen und dann schlecht geträumt.«

»Wovon soll ich zu viel gegessen haben, Kind? Kann man sich an nichts überfressen?«, vernahm Marie die nun wieder etwas weltlichere Stimme der weiter dahinziehenden Maja. »Jetzt komm, Marie, wir wollen den Anschluss an Regino und die anderen nicht verlieren. Eine Gelegenheit, deinem Fips den Hals umzudrehen, bevor er seine Untaten fortsetzen kann, wird sich hoffentlich bald finden. Hier in diesem Wald ist er nicht mehr. Das spüre ich.«

»Ja, das spürst du. Gewiss doch«, murmelte Marie kopfschüttelnd und folgte nun der Alten, nicht ohne immer wieder vorsichtig hinter Wurzeln und umgestürzte Bäume zu blicken, ob sich dort vielleicht doch jemand verbarg.

XXI

Welch ein herrlich trockener Tag. Wollen wir uns hier unter diesen wunderlichen Stein hocken und auf die beiden Frauen warten?«

Regino hatte sich bereits hingesetzt und an den löchrigen Brocken gelehnt, der sicherlich nicht zufällig an dieser Stelle inmitten der Landschaft stand, sondern vielmehr einem Mahnmal glich. Doch die Geschichte hinter diesem Stein mit seinem faustdicken Loch in der Mitte interessierte Regino, der sich sonst sehr für Mythen und Legenden begeistern ließ, im Moment nicht: Seine Gedanken kreisten um Marie und Maja, die zurückgeblieben waren, um sich dem sie verfolgenden Unhold in den Weg zu stellen.

»Hoffentlich geht das gut«, murmelte Regino vor sich hin, während er auf dem Stängel eines Blümchens kaute und sich das Gesicht von den seltenen Sonnenstrahlen bescheinen ließ. Dabei dachte er nicht einen Moment lang darüber nach, dass auch er sich der Gefahr hätte stellen müssen, denn immerhin war es sein Einfall gewesen, Vitus Fips nun ein für alle Mal loszuwerden. Nein, daran dachte er nicht. Nicht aus Feigheit oder gar Boshaftigkeit, nein, es war ihm gar nicht eingefallen. Vielmehr ärgerte es ihn, dass ausgerechnet die wertvolle Maja so stur sein musste und ihr altes Leben aufs Spiel setzte, um diesen Strolch zu erwarten. Was Marie betraf, so hielt er sie durchaus für fähig, aus eigener Kraft ihrem Fips den Garaus zu machen, damit die ganze Angelegenheit zur Ruhe fand.

»Hoffentlich geht das gut«, wiederholte er erneut und blinzelte leicht zur Seite, wo er aus dem Augenwinkel beobachten musste, wie der Tölpel Otto sich doch tatsächlich daran machte, die toten, bunt gescheckten Ratten auszunehmen.

Regino schmunzelte und war im nächsten Augenblick auch schon seelenruhig eingeschlummert. Alle sorgenvollen Gedanken waren schließlich doch der allzu großen Müdigkeit gewichen und im Nu verblasst. Wie schön, wenn man sich auf treue Gefährten verlassen konnte, auch wenn es sich nur um schwaches Weibsvolk handelte.

Platsch!

»Du widerwärtiger Nichtsnutz!«

Nicht einmal ein halbes Stündchen Ruhe war dem Pfeifer vergönnt gewesen, da hatte ihn der Knecht Otto auch schon wieder geweckt. Und erneut war es dieses ekelerregende Getier, das dabei eine Rolle spielte.

Sämtlicher Knochen, Eingeweide und Sehnen hatte er sie entledigt, ihnen auch Köpfe und Schwänze abgeschnitten und auf den nahen Acker geworfen, auf dem mittlerweile einige Bauern mit der mühseligen Arbeit des Pflügens beschäftigt waren und dabei immer wieder misstrauisch zu der ungewöhnlichen Truppe, die dort am Hoyerstein herumlungerte, herüberspähten. Ja, nur noch die bereits nach Verwesung riechenden, mit einem Stein abgeschabten Häute mitsamt den Fellen waren von den Ratten übrig, und zum Trocknen hatte der Bursche sie ausgerechnet über den Brocken geworfen, unter dem Regino ruhte – geruht hatte, denn mit dem Schläfchen war es unter diesen Umständen vorbei, zumal sich zusätzlich auch noch eine schwarze Traube brummender Schmeißfliegen eingefunden hatte.

»Die Sonne scheint so schön, da werden sie in einer Stunde ledrig sein«, meinte Otto trotz der Wut des Pfeifers ungerührt.

»Draufpissen musst du, das machen die Gerber auch so«, warf der lange Josef dem Burschen als Ratschlag zu, woraufhin Regino die Augen verdrehte und lieber weiter in Sicherheit ging, bevor er mit dieser nächsten unappetitlichen Untat konfrontiert wurde.

Lieber wandte er sich unter diesen Umständen den Mädchen zu.

»Marie und Maja sind noch nicht aufgetaucht?«, fragte er Lisa, die damit beschäftigt war, die am frühen Morgen rasch zusammengeklaubten Sachen neu zu sortieren und zu packen.

»Nein«, antwortete diese. »Warum sind sie eigentlich zurückgeblieben? Wir alle finden das sehr verwunderlich.«

»Frag nicht, Kind. Lass das lieber die Sorge eures Hirten sein. Wieso dein hübsches, goldenes Lockenköpfchen mit zu vielen, schweren Gedanken füllen, wenn Regino diese Last freiwillig auf sich nimmt?« Und damit strich er Lisa über ihr gelöstes, wirklich prächtiges blondes Haar. Wilhelm stieß daraufhin Josef an, doch dieser zuckte bloß gleichgültig mit den Schultern. Seit dem Vorfall am Harzhorn, als Lisa von der Räuberbande überfallen worden war, hatte sich sein Verhältnis zu dem Mädchen ohnehin geändert. Er sah sie mit anderen Augen. Es war nicht ihre Schuld gewesen, aber dennoch war sie nun beschmutzt. Josef hatte sie noch gern, keine Frage, er würde sie auch heiraten, sobald sie im Altvater ihren eigenen Hof bezogen hatten, aber die blütenreine, nur von ihm berührte Lisa gab es nun nicht mehr. Sollte der Pfeifer also ruhig mit ihr schäkern.

Diesem jedoch war schon wieder nach etwas anderem zumute. Um sich nach dem Nickerchen ein wenig die Beine zu vertreten, machte Regino sich lieber daran, am Feldesrand auf und ab zu gehen. Er wollte schauen, ob unter den Bauern dort vielleicht der eine oder andere kräftige Bursche zu finden sei, den er in seinen Trupp aufnehmen konnte – jetzt, wo bald er, und nicht Vitus Fips, Besitzer einer Goldgrube sein würde, aus der die Klumpen sicherlich nicht mit Geisterhand zu befördern seien.

»Eine Schlacht. Eine ungeheure Schlacht!«, rief Regino nach einiger Zeit seinen dösenden Leuten zu und erschreckte sie damit sehr. Er, der es gar nicht liebte, aus dem Schlaf gerissen zu werden, hatte umgekehrt keine Bedenken, Selbiges mit anderen zu tun.

»Eine Schlacht?«, rief Johann und war gleich auf den Beinen, sich hastig in der ganzen Gegend umblickend, in der er nichts weiter als eine durch einige flache Hügel durchbrochene Ebene und friedlich arbeitende Bauern erblicken konnte. Von Kampfgetümmel keine Spur.

»Ich Hoyer, ungeboren,
habe noch keine Schlacht verloren.
So wahr ich greif in diesen Stein,
auch diese Schlacht muss meine sein.«

Und mit diesen feierlich ausgesprochenen Worten griff Regino nun in das faustgroße Loch in dem Stein, auf dem noch immer die Felle trockneten, und grinste seine Leute erwartungsvoll an. Doch diese gafften bloß, verwirrt über das wieder einmal sonderbare Verhalten ihres Anführers.

»Graf Hoyer von Mansfeld«, rief Regino nun ganz selbstverständlich und tat so, als sei es ein Armutszeugnis, nichts über die Geschichte dieses Steines zu wissen, eine Geschichte, die er selbst erst soeben auf seinem Spaziergang von einem geschwätzigen Bauern erfahren hatte. »Er war Feldherr des Salierkaisers Heinrich V., Sohn des Mannes, dem es einst gefallen hatte, des Winters fast nackend nach Canossa zu gehen und sich dem Papst vor die Füße zu werfen. Graf Hoyer, meine Lieben, hat vor mehr als zweihundert Jahren auf diesem Felde hier eine große Schlacht gegen die Sachsen geschlagen. Und zuvor, um sich des Sieges gewiss zu sein, griff er in ebendiesen Stein dort und sprach die Sätze, welche ich soeben für eure Ohren wiederholt habe.«

Alle blickten sie jetzt nacheinander durch das Loch in dem Stein, welchem sie bislang nur wenig Beachtung geschenkt hatten, während Regino mit verschränkten Armen zufrieden danebenstand und es sichtlich genoss, wieder einmal etwas von seinem profunden Wissensschatz zum Besten gegeben zu haben.

»Und hat es ihm genützt, dem Grafen? Hat er die Schlacht gegen die Sachsen gewonnen?«, fragte Johann. Seine Neugierde war geweckt, so wie sie immer geweckt wurde, wenn es um Kriegskunst ging.

Regino räusperte sich daraufhin mehrmals, indem er sich die Faust vor den Mund hielt und dahinter ein sehr undeutliches »Nö« murmelte.

»Wie bitte? Ich verstehe Euch nicht, Meister. Ist der Stein nun wundertätig, oder nicht?«

»Hoyer hat die Schlacht und auch sein Leben ver…«, begann Regino nun. Und dann, mit strahlendem Lächeln im Gesicht, rief er plötzlich: »Da kommen sie, da kommen sie! Maja und Marie. Da kommen sie!«

Von dem Stein, der sich zwar nicht sonderlich gut als Orakel, dafür aber wunderbar als Trockenvorrichtung machte, war nun keine Rede mehr.

»Und?«, hauchte Regino Marie ins Ohr, als diese sich als

Erstes über den tief schlafenden Ulrich beugte, der leicht zu fiebern schien und die Ankunft seiner Frau gar nicht bemerkt hatte. »Und?«, wiederholte er erwartungsfroh.

Marie erhob sich, stellte sich nah vor den Gaukler, blickte ihm sehr streng in die Augen und gab sonst keinen Ton von sich.

»Also nichts? Entkommen? Dann wird Regino sich wohl selbst um die Angelegenheit kümmern müssen«, versprach dieser flüsternd, aber dennoch vollmundig, während das Zucken um seine breiten Lippen eine Spur von Unbehagen verriet.

Noch am gleichen Tage erreichten sie die Saale.

»Wollen wir das Unangenehme noch heute vollbringen? Dann liegt es morgen hinter uns«, rief Regino, am morastigen Ufer des doch recht breiten Flusses stehend, den keiner von ihnen so rasch, so groß, so tief und offenbar so unüberbrückbar erwartet hatte. Selbst Maja nicht, welche die Gruppe zwar nach den Sternen und Himmelsrichtungen führte, aber über die landschaftliche Beschaffenheit dessen, was ihrer harrte, ebenso wenig Bescheid wusste wie alle anderen auch. Von der großen Elbe, ja, davon hatten sie vernommen, und auch von der Saale hatten so manche gesprochen, denen sie auf ihrem Marsch begegnet waren. Aber anders als bei dem Elbefluss, den sie sich wahrlich mächtig vorstellten, dachten Regino und Maja bei der Saale an einen etwas breiteren Bachlauf, bei dem man sich im schlimmsten Falle die Kleider bis zum Schritt nass machte. Doch da hatten sie sich offenbar geirrt.

»Einen Kundschafter brauchen wir. Zwei Kundschafter«, sprach Regino im Befehlston und blickte, noch immer in Kriegsherrenpose dastehend, auf den friedlichen, aber leider recht tiefen Fluss, als handele es sich bei diesem um einen wilden Drachen, den es zu erlegen galt.

»Freiwillige?«

»Was sollen wir tun?«, fragten Fritz und Gustav, die beiden Brüder.

»Einer läuft in den Norden, der andere in den Süden. Nicht ganz so weit, eine Meile höchstens. Findet eine Furt, eine schmale Stelle, über die man ein Seil werfen kann, eine Fähre oder – oh Glück, sei uns hold – gar eine Brücke. Wir warten so lange an diesem gottverlassenen Ort hier auf euch!«

Und das taten sie.

Eine geschlagene Stunde warteten sie auf die Rückkehr der Buben. Gustav kam als Erster, bereits von Weitem mit dem Kopfe schüttelnd. Fritz folgte wenige Augenblicke später aus dem Süden kommend, auch er brachte schlechte Nachricht:

»Es wird bloß schlimmer. Mehrere Arme hat der Fluss da unten gar. Da müssten wir uns wenigstens zwei Mal nass machen, um hinüberzugelangen.«

»Keine Dörfer oder Städte?«, fragte Maja.

»Ein, zwei kleinere Bauerndörfer in den Auen, aber keine Furten oder Fähren.«

»Boote?«

»Danach habe ich nicht geschaut.«

»Je weiter der Osten, desto weniger Menschen und desto wilder die Natur. Eigentlich kein schlechtes Zeichen für unser Vorhaben, aber im Moment sehr ungünstig«, murmelte Regino in sich hinein.

»Sei's drum«, rief er dann voller Tatendrang und klatschte aufmunternd in die Hände. »Gott wird uns beistehen. Wer von euch ist ein guter Schwimmer? Johann, du vielleicht?«

Johann fuhr regelrecht zusammen. Immer und überall war er an erster Stelle dabei, wenn es darum ging zu helfen und seinen Mut unter Beweis zu stellen. Er ging keiner Prügelei aus dem Wege, stürzte sich sogar ins Feuer, wenn es sein musste.

Aber Wasser? Nein, vor Wasser besaß Johann seit Kindertagen eine solch natürliche Scheu, dass er, der sonst so frivole Jüngling, nicht ein einziges Mal in den schönen Weiher unterhalb der Burg seiner Heimat gesprungen war, so wie es all seine Freunde an den wenigen heißen Sommertagen ihrer Jugend getan hatten. Er würde gewiss nicht über diesen Fluss schwimmen. Er konnte es auch gar nicht. Wie ein Stein würde er versinken.

Betreten blickte er zu Adelheid hinüber, die ihn doch tatsächlich erwartungsvoll anschaute.

Auch das noch. Seit gestern hatte sie ihn kaum eines Blickes gewürdigt, war ihm immer still und heimlich ausgewichen, wenn er sich ihr nähern oder das Wort an sie richten wollte. Und jetzt, da sie ihn zum ersten Male wieder beachtete, musste er sich als Feigling erweisen.

Er druckste. Wusste nichts zu sagen. Schwer lasteten die hoffnungsvollen Augen auf ihm, wie bleierne Kugeln erschienen sie ihm, und fast hätte er todesmutig »Ja, ich tu es!« geschrien, als ihm zum Glück Wilhelm zuvorkam:

»M-man s-s-sagt mir nach, i-i-i-ich sei ein g-g-g-guter Sch-sch-schwimmer, Meister R-regino.«

Alle anderen Reisenden aus dem Dorf unter der Oldenburg nickten zur Bestätigung dieser Worte. Allein Anna schaute besorgt und wollte ihren Liebsten am Rockzipfel zurückhalten, als dieser aufstand und auf Regino zuging. Doch er ließ sich nicht beirren.

»Das ist ja wunderbar.« Regino klopfte dem jungen Mann aufmunternd auf die breiten Schultern, und Maja war sogleich zur Stelle, um ein langes Seil zu bringen. Woher auch immer sie dieses wieder genommen hatte. Herbeigezaubert? Auf dem Wege gefunden? Oder vorausblickend auf dem Markt in Quedlinburg erstanden? Man konnte es nicht sagen.

Sie bespuckte das Tau mehrmals und pochte in rhythmischen Bewegungen mit den Fingerspitzen darauf, dann befestigte sie es mit dem einen Ende außergewöhnlich flink und gewandt an einem kräftigen Baum und reichte das andere Ende dem mutigen Wilhelm, der das eingespeichelte Seil mit einem etwas verunsicherten Ausdruck im Gesicht entgegennahm.

»Alle Jahre braucht das Wasser einen Menschen. Wir wollen hoffen, dass nicht du dieser Mensch bist, mein Junge«, raunte Maja ihm zu. »Gib acht, dass sie dich nicht hinunterziehen oder mit sich reißen, die schönen Nixen.«

Wilhelm nickte hastig, von Mut in seiner Miene war nicht mehr die geringste Spur zu sehen. Maja hingegen griff ganz ungerührt, so als habe sie ihm gerade lediglich von am anderen Ufer wachsenden Blumen erzählt, nach einem langen dürren Stock, der zu ihren Füßen lag, und schleuderte diesen mit ungeahnter Kraft wie einen Wurfspieß mitten in den Fluss.

Ein lautes »Oh« und »Ah« war aus der Gruppe zu vernehmen. Alle staunten, und manche gruselten sich ob dieser erneut zur Schau gestellten wunderlichen Taten der alten Einsiedlerin. Der Stock hatte sich doch tatsächlich in den Flussboden gebohrt und ragte für einen Moment um Halbarmeslänge heraus, bevor er von der Flut fortgerissen wurde.

»Bis zur Brust wird es den Kleingewachsenen von uns gehen«, sagte Maja nun, nachdem sie genau Augenmaß genommen hatte.

»Also, los! Was kann jetzt noch misslingen? Hinüber mit dir, tapferer Jüngling«, sprach Regino feierlich und spähte etwas ungeduldig über seine Schulter ins Nichts. Ihm war sehr daran gelegen, noch am heutigen Tage diese natürliche Barriere zu überwinden, denn immerhin lebte der Verfolger noch und könnte ihnen weiterhin auf den Fersen sein. »Befestige das Seil sicher auf der anderen Seite des Ufers, sodass die Übrigen sich beim Hindurchwaten daran festhalten können«, riet er dem mutigen Burschen.

Und dann warf er in ebenfalls feierlicher Manier eine Handvoll rostiger Römermünzen, von denen er nach wie vor einige mit sich herumtrug, in die Fluten.

»Gott, sei uns gnädig!«, rief Regino danach und nahm seinerseits einen Stock in die Hand, den er, sein Vorbild Moses nachahmend, in heroischer Geste auf die Saale hielt. Doch leider teilte sich das Wasser nicht. Dennoch gab Regino nicht auf und nickte dem noch zögerlichen Wilhelm angestrengt zu, womit er diesem verdeutlichen wollte, er möge sich doch nun endlich auf den Weg machen, bevor dem Gaukler der Arm erschlaffte.

Und tatsächlich: Regino schaffte es.

Er schaffte es, die ganze Zeit über den morschen, leichten Stamm mit ausgestrecktem Arm aufs Wasser zu richten. So lange, bis Wilhelm glücklich die andere Seite des Ufers erreicht hatte, bibbernd und schlotternd zwar, triefend nass und nicht ohne zwei, drei Mal ein wenig abgetrieben worden zu sein, aber lebendig.

Erschöpft ließ Regino den vermeintlichen Mosesstab fallen, schloss die Augen und erwartete das anerkennende Jubeln der anderen. Und dieses Jubeln kam auch tatsächlich. Zwar galt es der ausgesprochen tapferen Leistung des Schwimmers, doch da Reginos Augen geschlossen waren und seine Fantasie rege, konnte ihn das nicht von der Freude an seiner eigenen Heldentat abhalten.

Aber die Gefahr war noch nicht ausgestanden.

»Mach ein Feuer, damit wir uns gleich alle trocknen können!«, rief Maja dem glücklichen Wilhelm über den Fluss hinweg zu, bevor sie sich nun allesamt nach und nach ängstlich daranmachten, sich an dem Seil entlang über die Saale zu hangeln.

Es gelang.

Es gelang Lisa und Anna.

Es gelang Adelheid und Elisabeth.

Es gelang Josef, Gustav und Fritz.

Es gelang sogar Johann.

Es gelang Maja.

Natürlich gelang es auch Regino.

Doch als Marie mit der Hilfe des Knechtes Otto den fußlahmen Ulrich hinüberbringen wollte, geschah ein Unglück.

Otto, anscheinend von einem kurzen Schwäche- oder Panikanfall heimgesucht, rutschte aus, ließ den Alten los und klammerte sich stattdessen selbst mit beiden Händen an das Seil. Marie versuchte Ulrich zu halten und schaffte es tatsächlich, ihn am Gürtel wieder zurückzuziehen, sodass auch er mit zitternder Hand das Seil zu fassen bekam. Gerade bemühte sie sich, ihm behilflich zu sein, auch die andere Hand um das Tau zu legen, als sie selbst auf dem glitschigen Untergrund den Halt verlor und rückwärts ins Wasser fiel.

Marie konnte nicht schwimmen.

Sie fand mit ihren verzweifelt im Wasser tretenden Beinen auch den Untergrund nicht wieder. Die Strömung packte sie und trieb sie flussabwärts, noch bevor die zur Rettung eilenden Burschen vom anderen Ufer zur Stelle waren.

Immer wieder tauchte ihr Kopf unter Wasser.

Sie schluckte Unmengen des grünen, algigen Nass, schlug manches Mal unsanft an Geröll und Geäst an und schaffte es in ihrer Panik nicht, einen der wenigen rettenden Äste zu packen, die über dem Flusse hingen.

Es kam ihr vor wie eine Ewigkeit, in der sie dahintrieb.

Ein schrecklicher Kampf war es. Ein Kampf mit dem Tod,

in dem sie sich als ausgesprochen widerspenstig erwies. Widerspenstig, aber leider nicht geschickt genug, um diesem auf Dauer zu entrinnen.

Gleich war es so weit. Das spürte sie. Gleich würde alles vorüber sein.

Und tatsächlich: Ein letzter Schluck Saalewasser, der sich zum Teil in ihre Lunge ergoss, und eine angenehme, ja warme Dunkelheit umschloss Marie. All ihre Glieder entspannten sich, und das Letzte, was sie dachte, war, dass es dumm von ihr gewesen war, gegen etwas anzukämpfen, was sich als so wunderbar herausstellte.

Ja, der Tod, er kam. Und er war alles andere als entsetzlich. Warum nur fürchtete man sich so sehr vor ihm?

So dachte Marie und hörte auf zu kämpfen.

Dann jedoch – im angenehmsten, wärmsten Moment – wurde sie gegriffen.

Hart wurde sie gegriffen.

Ihr Arm wurde dabei ausgekugelt, und mit dem Schmerz kehrte auch das Leben in Marie zurück. Einen Moment später wurde sie wie ein frisch gefangener, dicker Fisch auf den matschigen Boden des Ufers geklatscht. Noch war sie benommen, noch nahm sie nichts weiter wahr, als dass dies der sanfte Tod nicht sein konnte, der sie vor wenigen Augenblicken noch so gnädig empfangen hatte. Nein, es war vielmehr das raue Leben, das nun in sie zurückkehrte, indem jemand mit seinem Mund Luft in den ihren blies und zwischendurch auf ihren Brustkorb drückte, so stark, dass sie spürte, wie mindestens eine Rippe anknackste.

Marie bäumte sich vor Schmerz auf, sie hustete und gab in einem großen Schwall alles Saalewasser von sich, das sie während des Unglücks geschluckt hatte – und das war eine ganze Menge.

»Gut«, vernahm sie ein einziges Wort.

Jemand kniete neben ihr und schlug ihr auf den Rücken, so wie man es bei einem Kinde tat, wenn es sich verschluckt hatte. Doch durch diese weitere unsanfte Berührung machte sich Maries schmerzende Rippe nur noch stärker bemerkbar, und sie begann »Aua« zu rufen.

Was war das bloß für ein ungehobelter Lebensretter, mit dem sie es da zu tun hatte? Hätte sie die Wahl gehabt, so wäre sie lieber ins Himmelreich der Engel entfleucht, als von einem solchen Folterknecht zurück ins Leben befördert zu werden.

Mit schmerzverzerrtem Gesicht sah Marie sich nun um.

Der, der da neben ihr im Schlamm hockte und ebenso triefend nass war wie sie: Es war keiner der Dorfburschen, wie sie gedacht hatte.

Nein, es war ein Fremder – der Mann, dem sie vor einigen Tagen zufällig und nur für einen verschwindend kurzen Moment bereits begegnet war. Er erinnerte sich gewiss nicht mehr an sie, aber Marie war er nicht aus dem Kopf gegangen. Ständig hatte sie des Nachts und während ihrer monotonen Wanderungen sein Bild vor Augen – ob sie wollte oder nicht. Und nun kniete er neben ihr und grinste sie an.

»Danke«, stammelte sie, den Vorwurf herunterschluckend, welchen sie ihm eigentlich wegen seiner groben Behandlung hatte machen wollen.

»Es ist mir eine Pflicht«, sagte er nun, stand auf und wollte Marie gerade an ihrem ausgekugelten Arm heraufziehen, als diese sich schreiend wieder fallen ließ und den Koloss gleich mit sich zu Boden riss.

Schwer lag er auf ihr, und es wäre für Marie gewiss ein wohliges Gefühl gewesen, wenn nicht dieser schrecklich pochende Arm und die in Mitleidenschaft gezogene Rippe gewesen wären. Für ihn, den Fremden jedoch, schien es eindeutig ein wohliges Gefühl zu sein, das spürte Marie. Eindeutig spürte sie es, denn er hatte sich offenbar, als er ins Wasser gesprungen war, seiner schweren Oberbekleidung entledigt und trug nurmehr eine leichte Hose.

»Oh«, meinte sie erstaunt und gleichzeitig darauf achtend, dass ihr Arm frei und unberührt lag.

Beschämt raffte der Mann sich ruckartig auf, ging davon und klaubte seine ein wenig entfernt über einen Busch geworfenen Kleider zusammen. Er würdigte Marie keines Blickes mehr.

Diese hustete noch immer und hielt sich den Arm, während sie ihren Retter beklommen dabei beobachtete, wie er sich wieder in sein Rüstzeug kleidete. Erleichtert vernahm sie nach wenigen Augenblicken die sich nähernden, aufgebrachten Stimmen von Johann, Regino und Maja, die immer wieder Maries Namen riefen.

»Da sitzt sie«, hörte sie nun Regino rufen, der im Nu bei ihr war und sie zum Glück am gesunden Arm auf die Beine zog.

Maja und Johann jedoch schienen sich nicht sonderlich um Maries Befinden zu sorgen. Zwar waren auch sie rasch zur Stelle, doch anstatt zu der zwar verletzten, aber immerhin lebendig Geborgenen zu eilen, standen die beiden wie angewurzelt vor dem nun wieder eingekleideten Ritter im weißen Umhang mit schwarzem Kreuz und übertrumpften sich gegenseitig im Feilbieten von Maulaffen.

XXII

»Uahhh«, entfuhr es Regino, bevor er sich vorsichtig nach demjenigen umdrehte, der es plötzlich wagte, ihm etwas Spitzes in den Rücken zu bohren.

»Edler Herr?«, fragte er ängstlich, nachdem er in das nicht wohlgesonnene Gesicht von Maries Lebensretter blickte. Er kannte diesen Ritterordensmann nicht, war ihm nie zuvor begegnet und konnte deshalb auch beim besten Willen nicht begreifen, warum dieser es nun für notwendig hielt, ihm, dem unbescholtenen Pfeifer Regino, die Spitze seines Schwertes gegen die Rippen zu piksen.

»Wie ich vernahm, so hat er vor einigen Nächten zwei Jungfern aus dem Stift zu Quedlinburg entführt«, sagte der düstere Schwarzkreuzler nun, ohne eine Miene zu verziehen.

Regino wollte soeben antworten, dass es sich dabei um ein großes Missverständnis handelte, und holte bereits tief Luft, um sich möglichst eindrucksvoll verständlich zu machen, als auch schon der beherzte Johann zur Stelle war und etwas sehr Unvernünftiges tat.

»Johann!«, schrie Marie, die noch immer benommen war. »Johann!«

Aber Johann hörte nicht.

Ungestüm ging er mit seinem etwas krummen, grob gearbeiteten und schon teils rostigen Kurzschwert auf den sehr viel besser gerüsteten Ordensritter los und rief, ihm seine Waffe entgegenhaltend: »Wenn Ihr einen Schuldigen sucht, so habt Ihr ihn in mir vor Euch, edler Ritter, der so edel nicht sein kann, wenn er einen Unbewaffneten von hinten angeht.«

Konrad grinste müde, wandte sich langsam dem kühnen Angreifer zu und holte dann blitzschnell mit dem Arm aus, um diesem die lächerliche Waffe aus den Händen zu schlagen. Doch offenbar hatte er sich in dem jungen Kerl getäuscht.

Ausgewichen war dieser. Und zwar so rasch, dass Konrad recht unelegant nach vorn ins Leere stolperte und sogar beinahe wieder im Uferschlamm gelandet wäre, wo er noch soeben mit dieser schönen Bäuerin gelegen hatte. Gerade hatte er sich wieder aufgerappelt und umgedreht, da war der Bursche mit seinem Sax – einer Waffe, so alt, dass sie gewiss noch aus den heidnischen Zeiten seiner Urväter stammte – zur Stelle und hielt ihn dem Ritter gegen die Brust.

Konrad ließ sein Schwert sinken, blickte hinunter auf die stumpfe Klinge, die sich gegen den teuren, aus Leidener Tuch gefertigten Mantel drückte, den er über seinem schützenden Kettenhemd trug.

»Du wirst die Kraft dreier Ochsen benötigen, Junge, um mit diesem Brotmesser auch nur einem Hasen die Kehle zu durchtrennen. Aber flink bist du, das muss ich dir lassen«, murmelte er grinsend.

Ein leichtes, zufriedenes Zucken umspielte nun auch Johanns Mundwinkel, doch er versuchte es zu unterdrücken. Platzen hätte er können vor Stolz. Einen echten Ritter hatte er bezwungen und sich von diesem auch noch ein Lob eingehandelt. Doch es war keine Zeit, um sich zu freuen.

»Ich habe die beiden Damen aus dem Stift geholt«, sagte er jetzt, während er sich vor Konrad aufrichtete.

Johann war kaum kleiner als dieser, aber um einiges schmächtiger. Dennoch nahm er all seinen Mut zusammen, um Eindruck auf diesen Mann zu machen, konnte aber nicht verhindern, dass seine Stimme bebte. »Und ich bereue es nicht. Denn ich handelte redlich.«

»Ja, das tat er«, mischte sich Marie ein. Sie näherte sich den beiden Kampfhähnen vorsichtig, um nicht erneut eine versehentlich zugefügte Verletzung davonzutragen.

Konrads Blick wanderte von Johann zu Marie und wieder zurück, dann zog er kritisch die Brauen hoch: »Redlich?«

»Traut Ihr mir nach diesem Kampf etwa kein redliches Handeln zu? Ich errettete die Damen aus arger Bedrängnis«, tönte Johann.

Selbst Marie musste bei diesen etwas zu dick aufgetragenen Worten ein wenig kichern.

Konrad begann laut zu lachen. »Wahrlich, das war eines der schwersten und langwierigsten Gefechte, die ich je habe bestreiten müssen«, sagte er dann und verbeugte sich leicht vor Johann. Dieser wurde rot vor Zorn, doch das schien Konrad nicht zu stören. »Aus welcher Bedrängnis, tapferer Herr, mussten die Damen denn errettet werden?«

»Gebt es zu. Ihr seid es«, presste Johann nun mit zusammengekniffenen Augen zwischen den Zähnen hervor. »Ihr seid es!«

»Oh ja, er ist es. Er – und kein anderer«, vernahm man jetzt auch die dunkle Stimme Majas aus dem Hintergrund. Sie hatte sich bislang sehr zurückgehalten und stand noch immer im großen Abstand am äußersten Rande der Szenerie. So wie der erleichterte Regino, welcher es in dieser Situation ausnahmsweise für angebracht hielt zu schweigen.

»Wer bin ich?«

»Der Mann, den sie ehelichen soll. Ihr seid es. Doch sie will Euch nicht.«

»Johann!«, zischte Marie wieder und griff nach dem Arm des

Jungen. Wenn es stimmte, was der verliebte Grünschnabel da vermutete, so war es sehr gefährlich, gar tödlich für ihn, dies auszusprechen.

Konrad sagte nichts, aber er tat auch nichts. Lange blickte er dem Burschen nur mit verkniffenem Mund ins wütende Gesicht.

Dann hatte sich dieses junge Ding tatsächlich selbst zu helfen gewusst.

Friedrichs Schwester schien gar kein solch frommes Lamm zu sein, wie ihr Bruder sie geschildert hatte, denn zu ihrer Errettung vor dem unerwünschten zukünftigen Gatten hatte sie sich einen zwar nicht standesgemäßen, aber doch immerhin hübschen und zudem mutigen jungen Helden auserwählt. Damit würde ein langsam in die Jahre kommender, verlebter Mann wie Konrad von Tiefenbrunn als strahlender Retter nicht konkurrieren können.

Schließlich regte Konrad sich doch, sah an sich herab und tippte dann mit dem Zeigefinger auf das große schwarze Kreuz auf seiner rechten Brustseite.

»Dies, mein Junge, ist das Zeichen dafür, dass mir leider – oder womöglich auch glücklicherweise – versagt ist, wovon du soeben sprachest: die Ehe.« Er schüttelte den Kopf und sah den verdutzten Johann freundlich an. »Ich bin ein Mönch, ein Mönch in Rüstung. Ein Mann ohne Unterleib.«

Bei diesen Worten blickte Marie ganz schnell zu Boden, damit Konrad ihr Grinsen nicht sah, denn noch vor wenigen Augenblicken hatte er das Gegenteil von dem, was er da soeben behauptet hatte, eindrücklich unter Beweis gestellt. Doch offenbar war ihm das selbst bewusst, denn auch er schaute nun lächelnd zu Marie herüber, die leicht ihren Kopf hob, sodass sich ihre Blicke für einen kurzen Moment trafen.

»Wenn Ihr nicht ihr Freier seid, wer seid Ihr dann? Um ihr

Bruder zu sein, seid Ihr zu alt«, stellte Johann unverblümt fest und erntete ein wenig erfreutes Nicken seitens Konrad.

»Zu alt, also, so, so«, wiederholte dieser trocken. »Wo befindet sich denn das Fräulein Adelheid?«, fragte er dann, in herrischem Ton.

»Das sage ich Euch erst, wenn Ihr mir Euer Anliegen erklärt«, erwiderte Johann ebenfalls entschieden.

»Nun, gut, wie du willst, Bursche …«

»Wir wollen doch nicht streiten«, erscholl nun wie das Zwitschern eines Vogels die Stimme Reginos, der plötzlich – passend zu seiner Stimme – angeflattert kam und sich zu den Dreien gesellte, während Maja noch immer murmelnd und starr am Rande stand und den Blick nicht von Konrad abwandte, der dies jedoch nicht zu bemerken schien.

»Immerhin haben wir es hier mit einem hochwohlgeborenen Lebensretter zu tun. Meine süße Himbeere, mein Lebenselixier, meine Marie hat er mir aus den reißenden Fluten des Flusses Styx gefischt und wohlbehalten – oder sagen wir einigermaßen wohlbehalten – zurück ins Leben gebracht. Das ist ein Grund zu feiern. Und einem Diener Gottes – lieber Johann, damit spreche ich zu dir – wird es gewiss nicht einfallen, unseren beiden Jungfrauen ein Leid zuzufügen. Du täuschst dich gewiss in dem edlen Herrn Ritter. Wir wollen die Damen selbst dazu befragen, wie sie zu diesem Rittersmann stehen. Ist das nicht die beste Lösung? Gehen wir nun flussaufwärts, zurück zu den anderen und zum wärmenden Feuer, sonst holt sich meine nasse Himbeere noch einen Schnupfen.«

Mit einer überschwänglichen Geste lud Regino daraufhin alle Anwesenden dazu ein, ihm in Frieden zu folgen. Und das taten sie.

Marie tat es erleichtert.

Johann tat es erwartungsvoll.

Konrad ein wenig skeptisch.

Und Maja tat es mürrisch und voller böser Vorahnungen.

»Himbeere!«

Marie fühlte sich zunächst nicht angesprochen.

»Himbeere!«

Jetzt blieb sie doch stehen. Sie hatten das Lager noch nicht ganz erreicht, konnten aber schon das Feuer in der Ferne prasseln sehen. Marie schritt tropfend neben Maja und hinter Regino und Johann her, während ihr Lebensretter sich Zeit gelassen hatte, das Sattelzeug seines Pferdes zu richten, und offenbar erst jetzt zu ihnen aufgeschlossen war.

»Bitte missversteht die Worte Reginos nicht«, begann sie sich ein wenig stotternd gegenüber dem sich in der einbrechenden Dunkelheit nähernden Konrad zu rechtfertigen. »Regino und mich. Uns verbindet nur … Freundschaft.«

»Hier, fang.«

Etwas Großes, Weiches, nach Pferdeschweiß Riechendes landete plötzlich auf Marie und hüllte sie ein.

»Eine andere Decke kann ich dir leider nicht geben, … Himbeere.«

Marie schlang wohlig die raue Pferdedecke um ihren klammen Körper. Nun hatte er sie erreicht. Er führte sein dunkelbraunes Ross am Zügel und blieb vor ihr stehen, während die anderen weiterzogen. Maja tat dies nicht, ohne dem Kreuzritter einen weiteren bösen Blick über die Schulter zuzuwerfen.

»Lebenselixier«, raunte dieser belustigt in Maries Ohr, wodurch ihr, trotz der sie durchdringenden kalten Nässe, plötzlich unglaublich warm wurde.

»Er würde von einer jeden Frau so sprechen. Er sagt stets das, was ihm gerade einfällt«, stammelte sie und ärgerte sich im gleichen Moment über sich selbst. Was ging diesen Fremden ihr Verhältnis zu Regino an? Sie musste sich nun wirklich nicht erklären.

Doch diesem schien die Situation durchaus zu gefallen. Ganz so, als ob er alles über sie wisse und dieses Wissen genoss, schritt er neben ihr her und lachte in sich hinein wie einer, der es gewohnt war, Frauen in unangenehme Lagen zu bringen.

»Wer, wenn nicht der Gaukler, darf denn die Himbeere pflücken?«, fragte er schließlich dreist und völlig ungezwungen.

Die Hitze aus Maries Körper entwich ebenso plötzlich, wie sie gekommen war. Sie hatte in ihrem Leben wahrlich viele Zweideutigkeiten und noch mehr Eindeutigkeiten aus den Mündern zahlloser Mannsbilder vernommen. Sie wusste nur zu gut damit umzugehen. Doch aus irgendeinem ihr unerfindlichen Grund ärgerte sie sich nun, dass ausgerechnet dieser Mann, ihr Held, ebenfalls – und zwar ganz offensichtlich – zu der Sorte Lump zu zählen war.

»Pflücken darf die Himbeere nur ihr Gemahl, der sie schon sehnsüchtig im Lager erwartet«, gab Marie jetzt spitz zurück und ließ den verdutzten Konrad allein in der aufkommenden Dunkelheit stehen.

XXIII

Hinkend und mit Tränen in den faltigen Augenwinkeln kam Ulrich seiner Frau entgegen. Otto hatte den schwachen Mann zurückhalten müssen, damit er nicht ebenfalls ganz ins Wasser sprang, nachdem Marie abgetrieben war. Nun ging er vor ihr auf die Knie, umarmte ihre Beine und weinte wie ein Kind.

Marie war gerührt, und gleichzeitig war es ihr furchtbar unangenehm. Vergeblich versuchte sie ihren Mann hochzuziehen, doch dieser ließ sich nicht bewegen.

Konrad, der ihr in einem gewissen Abstand gefolgt war und nun neben ihr stehen blieb, betrachtete die Szene ungläubig. Dieser knochige, lahmende, alte Kerl war also der Gemahl eines solch prächtigen Weibes. Derart seltsame Verbindungen kamen im Adel durchaus vor, aber unter den einfachen Leuten sollte man doch meinen, dass man sich einander aussuchen dürfte. Und nie und niemals hatte diese Frau sich einen solchen Schrat freiwillig zum Gatten erwählt.

Fast hätte er über sein eigenes Erstaunen gar nicht bemerkt, dass er selbst es war, der in dem Lager, welches sie nun erreicht hatten, Verwunderung auslöste. Alle dort Versammelten starrten den edlen Herrn mit offenen Mäulern an, während Regino es sichtlich genoss, ihn umgehend der Gruppe vorzustellen, indem er mit ausladenden Gesten um Konrad herumhüpfte:

»Dieser hochwohlgeborene Edelmann, meine liebsten Freunde, hat soeben seinem Ritterstande alle Ehre erwiesen, indem er ein in übelste Not geratenes Weib unter Möglichkeit der Aufopferung seines eigenen Lebens aus misslicher Lage befreite. Kühn sprang er in die tosende Strömung des wilden Flusses, griff nach der Unglücklichen, zerrte sie an Land und rettete ihr damit ihr weltliches Dasein. Doch damit nicht genug: Eine weitere heldenhafte Mission hat diesen Träger des heiligen Kreuzes zu uns gebracht. Als Erlöser der beiden Jungfrauen, welche in unserer Mitte weilen, steht er vor euch und ist sich nicht zu schade …«

»Nun ist es gut.« Konrad erhob seine Stimme und seine rechte Hand, um dem Treiben des Gauklers, der ihn mit seinem Hopsen und Springen ganz nervös machte, Einhalt zu gebieten.

Regino hielt tatsächlich inne, ja, er verharrte wie versteinert in ebender Pose, in der er sich soeben befunden hatte: das rechte Knie fast bis ans Kinn gezogen und die linke Hand weit in den dunkelnden Himmel gestreckt. Erst als Konrad ihm auffordernd und etwas irritiert zunickte, schüttelte der Gaukler all seine Glieder aus und verbeugte sich dann tief vor seinem Gast.

Konrad räusperte sich vernehmlich und schaute dann in die Runde. Ein Haufen recht verwahrloster Gestalten war es, den er da erblickte.

Da saßen am Lagerfeuer eine Handvoll Bauernburschen in ihren üblichen grauen Kitteln und Kappen, dann waren da noch zwei Bauernmädchen, eine von ihnen nicht unschön, die sonderbare Greisin stand etwas außerhalb, und ebenfalls ein wenig von den anderen abgesondert saßen zwei weitere junge Frauen, auch bloß in Leinen gehüllt, aber den zarten Zügen und der blassen Haut nach zu urteilen, keine von denjenigen Mädchen, die es seit Kindertagen gewohnt waren, hart zu arbeiten. Der junge Kerl, welcher Konrad am Ufer des Flusses so frech die Stirn geboten hatte, hatte sich hinter diesen beiden postiert – breitbeinig, mit vor der schmalen Brust verschränkten Armen und einem zum Kampf entschlossenen Blick.

Konrad vermutete richtig, dass es sich bei einer von ebendiesen zwei so wacker bewachten Mädchen um Adelheid, die Schwester des verstorbenen Friedrich, handeln musste. Ohne zu zögern ging er nun auf das blonde, besonders zarte Geschöpf zu, welches ihm die ganze Zeit über mit weit aufgerissenen, bangenden Augen entgegensah.

Der Wächter griff bereits wieder zu seinem lächerlichen, stumpfen Schwert, als Konrad sich vor dem engelsgleichen Wesen verneigte und fragend ihren Namen nannte: »Adelheid?«

»Ja«, hauchte sie nur matt. Man sah ihr an, dass sie Schreckliches ahnte, und nichts anderes hatte er ihr auch zu verkünden.

»Darf ich Euch bitten, mir einige Schritte zu folgen, damit wir ungestört sprechen können? Mein Name ist Konrad von Tiefenbrunn, Ritter des Deutschen Ordens und Freund Eures Bruders Friedrich, von dem ich Euch Kunde bringe.«

Adelheid gab zunächst einen erschrockenen Ton von sich und hielt sich die zarte, schneeweiße Hand zitternd vor die Brust. Dann aber entspannten sich ihre Gesichtszüge, sie schien mit einem Male erleichtert und hoffnungsvoll, was Konrad umso mehr leidtat, musste er ihr doch nun eine sehr traurige Nachricht übermitteln.

»Kommt Ihr?« Er reichte ihr die Hand, und sie griff ohne Zögern danach, während Johann, der immer noch verteidigungsbereit dahinterstand, ein wenig enttäuscht sein Kurzschwert sinken ließ.

»Ich werde sie begleiten«, meldete sich nun die zweite junge Frau, welche bis dahin nur schweigend, aber interessiert beobachtend, neben Adelheid gesessen hatte, zu Wort. »Es geht ja nicht an, dass meine Freundin allein mit einem fremden Manne im Wald verschwindet.«

Dabei erhob sie sich, stellte sich, keck zu Konrad aufblickend, vor diesen und schenkte ihm ein Lächeln von der

Sorte, wie er es niemals von einem Klosterfräulein erwartet hätte.

Konrad war versucht, dem äußerst schönen Geschöpf mit dem dunklen glänzenden Haar und den fast schwarzen Augen ein ebenfalls anerkennendes Grinsen entgegenzubringen, entschied sich dann aber dafür, streng zu sein und darauf zu beharren, mit Adelheid unter vier Augen zu sprechen.

»Ich tue ihr nichts«, sagte er bloß und wandte sich von Elisabeth ab, während er Adelheid sanft an die Hand nahm und ihr mit einer kurzen Kopfbewegung anzeigte, dass sie sich nur wenige Schritte entfernt auf einen umgestürzten Baumstamm setzen könnten, um ihre Unterredung zu führen.

Adelheid folgte ihm, Elisabeth einen liebevoll dankbaren und Johann einen verschüchtert entschuldigenden Blick über die Schulter zuwerfend.

Da saßen sie nun und sprachen miteinander.

Marie konnte sie von ihrer Warte aus gut beobachten. Ihr war es in der Zwischenzeit gelungen, Ulrich zurück zum Feuer zu schleppen, wo sie sich ihrer nassen Kleidung entledigt und in die warme, trockene Pferdedecke gehüllt hatte, während ihr einziges Kleid nun über einem Gestänge am Feuer trocknete. Ulrich hatte es sich nicht nehmen lassen, Marie einen warmen Trunk zu reichen. Es sollte eine Brühe sein, war aber nichts weiter als heißes Wasser, in dem man einige abgenagte Hühnerknochen hatte schwimmen lassen. Dennoch tat das warme Getränk gut. Eingemummt und schlürfend hockte Marie also nun neben ihrem Gemahl und beobachtete Konrad und Adelheid.

Das Mädchen weinte.

Sie weinte bitterlich, blieb aber dennoch auf dem Baumstamm sitzen und lauschte den Worten des Ordensritters, der leise, aber unbeirrt auf sie einredete.

Nicht bloß Marie, auch alle anderen waren neugierig, was diese beiden miteinander zu besprechen hatten. Ein jeder hätte gern den Grund für Adelheids Tränen gewusst. Unbewusst galt Maries größeres Interesse jedoch nicht dem aufgelöst schluchzenden Mädchen, nein, vielmehr verharrte ihr Blick immer wieder auf ihm.

Unbeholfen wirkte er angesichts der verzweifelten Adelheid, die da wie ein Häufchen Elend neben ihm saß. Immer wieder bewegte er zaghaft einen seiner mächtigen Arme, um sie zu berühren und zu trösten, doch dann zog er ihn im letzten Moment wieder zurück. Offenbar war es dieser sich die meiste Zeit seines Lebens in Männergesellschaft bewegende Krieger nicht gewohnt, mit den Gefühlsäußerungen eines weiblichen Wesens umzugehen. Verzweifelt und vollkommen überfordert wirkte er, was Marie ein wenig rührte und zugleich belustigte. Hilfesuchend schaute er schließlich zu ihr herüber. Marie errötete leicht, als sich ihre Blicke trafen, und beeilte sich – als Verlegenheitshandlung –, nach Ulrichs Füßen zu sehen und so zu tun, als habe sie Konrads vorsichtige Kontaktaufnahme gar nicht bemerkt. Es dauerte nur einen kurzen Moment, da war auch schon Elisabeth zur Stelle, um sich um die immer entsetzlicher weinende Adelheid zu kümmern.

Das, was der Ritter dem Burgfräulein zu sagen hatte, da waren sich nun alle sicher, musste weitaus schlimmer gewesen sein als die schlichte Aufforderung, sie nun zu ihrem unliebsamen Verlobten zu führen. Denn Adelheid gebärdete sich nicht wie eine Verzweifelte, sondern vielmehr wie eine Trauernde.

»Gewiss eine Todesnachricht«, sagte Marie, an Ulrich gewandt, und blickte noch einmal zu dem Baumstamm, wo nun Elisabeth die aufgelöste Freundin fest in den Armen hielt, während Konrad nurmehr reglos dasaß. Ulrich bekümmerte sich wenig um die Händel dieser edlen Leute. Er zuckte bloß mit den Schultern, und deshalb erschrak Marie auch so sehr, als sie mit einem Mal eine zischende Stimme hinter sich vernahm:

»Ja, eine Todesnachricht. Und es werden noch viele folgen.«

»Maja, warum musst du einem ständig das Blut in den Adern gefrieren lassen?«, schimpfte Marie und fischte Ulrichs Strumpf aus dem Topf, in welchem sie eigentlich eine Stockfischsuppe zubereiten wollte. Vor Schreck über Majas fauchende Stimme war ihr der blut- und eitergetränkte Lumpen dort hineingefallen. Marie wrang ihn gründlich aus und begann danach damit, den Trockenfisch in das Salzwasser zu legen, um ihn somit weich und genießbar zu machen.

»Ihn habe ich gesehen. Ihn«, sagte Maja bloß mit abwesender Miene und deutete mit ihrem knochigen Zeigefinger auf den Ritter. »Er ist es, der den Tod bringt.«

»Er?« Marie folgte mit den Augen der Richtung, in die Majas Finger wies. »Ich dachte, Fips sei es, den du in deinen Träumen gesehen hast und vor dem wir uns in Acht nehmen müssen.«

»Ich habe mich getäuscht: Vor Fips musst allein du dich in Acht nehmen, Marie. Doch dieser, er ist eine Gefahr für alle«, gab Maja mit düsterer Stimme zurück. »Ich spüre es.«

»Vielleicht täuschst du dich auch darin wieder«, erwiderte Marie ein wenig gereizt. Langsam gingen ihr die wankelmütigen Orakelsprüche der guten Alten auf die Nerven.

»Du bist ja jetzt schon blind«, gab Maja gekränkt zurück und schlich davon.

»Maja«, rief Marie ihr nach. Doch die Alte winkte nur enttäuscht ab.

»Sie wird immer eigentümlicher«, meinte Marie daraufhin, an Ulrich gewandt.

Dieser erwiderte nichts, sondern schaute Marie wieder lange mit diesem neuartigen, ungewohnten Blick in die Augen. »Erzähl mir endlich alles«, sagte er dann völlig unerwartet.

»Erzähl mir von deiner Vergangenheit mit diesem narbengesichtigen Mann.«

Marie atmete tief durch. Jetzt war es also so weit. Zum ersten Male, seitdem sie sich kannten, fragte er nach ihrem früheren Leben. Bislang war es ein unausgesprochenes Gesetz gewesen, dass kein Wort über die Zeit vor Maries Auftauchen in Ulrichs Dorf verloren wurde. Doch nun hatte er sie ganz offen danach gefragt, und sie war ihm längst eine Antwort schuldig.

Marie hockte sich wieder vor den Topf, in dem sie die Mahlzeit für alle zubereiten wollte. In langsamen Bewegungen klopfte sie den alten, trockenen Fisch mit einem Stein weich und gab ihn in das Wasser. Ulrich beobachtete sie dabei geduldig. Dann endlich, nach einer ganzen Ewigkeit, begann sie zu reden. Sie sprach, ohne auch nur einmal zu ihrem Gemahl zu blicken, ohne auch nur einmal die Reaktion in seinem Gesicht zu überprüfen. Sie erzählte leise, eintönig, aber ausführlich, ließ nichts aus, beschönigte nichts – und Ulrich lauschte ihr.

Marie konnte sich nicht helfen, sie genoss diesen Moment: Es tat gut, ihm endlich alles zu sagen und sich ein Stück weit von dieser schweren Last zu befreien. Denn Ulrich hatte es verdient, die Wahrheit zu erfahren, auch wenn sie noch so bitter war und seine bislang engelsgleiche Marie in ein vollkommen anderes, sündhaftes, beschmutztes Licht stellte.

Währenddessen war nicht weit von ihnen Adelheid vor Erschöpfung in den Armen ihrer Freundin Elisabeth eingeschlafen. Konrad fühlte sich erleichtert, war es ihm doch äußerst schwergefallen, sich mit der recht ungestümen Trauer dieses Mädchens auseinanderzusetzen. Hätte er die Wahl gehabt, so wäre er lieber unbewaffnet in eine Löwengrube gesprungen, als hilflos einer weinenden Frau gegenüberzusitzen. Es hatte schon seinen Grund, weshalb er sich für ein Leben ohne Weib und Kinder entschieden hatte, das spürte er in diesem Moment besonders deutlich, und dieser Grund war nicht der Glaube an und die Inanspruchnahme durch Gott allein. Nein, so gern er es auch ab und zu in seiner Nähe wusste, es machte ihm dennoch Angst, dieses unberechenbare Weibsvolk, und die meiste Zeit war er froh, nichts mit den Vertreterinnen dieses Geschlechts zu tun zu haben.

Dennoch konnte er sich nicht helfen.

Jetzt, wo er es sich endlich am Feuer behaglich machen konnte und nichts weiter ertragen musste als einige lästige Stechmücken und die neugierigen, aber scheuen Blicke dieser eigentümlichen Leute, die ihn umgaben – jetzt war es wieder ein Weib, das ihn dennoch nicht zur Ruhe kommen ließ. Immer wieder musste er zu ihr hinüberschauen.

Sie hatte soeben einen schweren Kessel an eine aus Ästen gefertigte Vorrichtung über das Feuer gehängt und ging nun zurück zu dem alten Kerl, der ihr Gemahl sein sollte. Sie sprach ununterbrochen mit ihm, wobei sich ihre Lippen nur ganz leicht bewegten und sie den Alten nicht ein einziges Mal anschaute. Dieser lauschte aufmerksam und gab dabei keinen Ton von sich. So ging das nun schon eine ganze Weile.

Sie wirkten distanziert und vertraut zugleich.

Ein sonderbares Paar war das, und das lag nicht allein an dem großen Altersunterschied und an der Tatsache, dass ein solch schlichter Ackersmann ein derart schönes Weib an seiner Seite hatte. Nein, es war etwas anderes, was Konrad diese beiden Menschen seltsam erscheinen ließ. Doch er konnte es sich nicht erklären. Er wusste nur, dass er den Bauern mit seinen wunden Füßen in diesem Augenblick beneidete. Er war neugierig und hätte gern gelauscht, um herauszufinden, was sie da die ganze Zeit erzählte.

Warum nur konnte er nicht aufhören, sie anzustarren?

Woran lag das? Hatte es damit zu tun, dass er schon seit Monaten bei keiner Frau mehr gewesen war? War das der schlichte Grund?

Nein, genauso gut hätte er dann zu der sehr viel jüngeren, sogar noch etwas hübscheren Elisabeth hinüberschauen können, welche über den Schlaf ihrer Freundin Adelheid wachte, aber dabei Konrad nicht eine Sekunde lang aus den Augen ließ. Das war eindeutig ein Klosterfräulein von der Sorte, denen – wie man zu sagen pflegte – auch nach jahrelangem Aufenthalt hinter heiligen Mauern kein Nonnenfleisch wachsen wollte. Im Gegenteil, dieses junge Ding sprühte nur so vor Lebensdurst, und es würde gewiss nicht mehr lange dauern, bis sie reichlich vom Leben zu kosten bekam.

Doch Konrad wollte derjenige nicht sein.

Ihn reizte etwas anderes.

Es roch widerwärtig, was die »Himbeere« dort gepanscht hatte. Langsam begann dieser Fischsud zu kochen, und der Dampf zog in sichtbaren Schwaden zu Konrad herüber.

Trockenfisch.

Sie saßen am Ufer eines gewiss wassertierreichen Flusses und aßen zum Abendmahl getrockneten und wieder aufgeweichten Fisch.

Nun gut, Konrad wollte sich nicht beschweren. Er war im Grunde dankbar, so friedlich von diesen Menschen aufgenommen worden zu sein und nun die Nacht bei ihnen in ihrem improvisierten Lager verbringen zu dürfen. Doch etwas unwohl war ihm schon in einer solchen Gesellschaft. Auch wenn er viel herumgekommen war in seinem Leben, so war er es doch gewohnt, unter seinesgleichen zu verkehren. Und da er in seinem Orden nichts mit der Verwaltung der enormen Güter zu tun hatte, war ihm der Umgang mit Bauern wenig vertraut. Er kannte sie lediglich aus der Ferne, als mühselig arbeitende, krumme Gestalten auf ihren Feldern. Tumb und wortkarg waren sie meistens, und wenn man ihnen auf den engen Wegen begegnete, schüttelten sie lediglich mürrisch die Köpfe, weil es den edlen Reitern selten einfiel, den schwer mit Heu beladenen Ochsenkarren Platz zu machen. Nein, Konrad hatte diesem Stand bislang kaum Beachtung geschenkt, ausgenommen vielleicht drei oder vier drallen Bauernmädchen, Gänsemägde zumeist, die das zweifelhafte Glück besessen hatten, dem Ritter außerhalb ihres Dorfes zu begegnen, wo er sie zu einem kurzen Stelldichein hatte überreden können. Das waren sie auch schon, die Begegnungen des Konrad von Tiefenbrunn mit den Vertretern des unabdingbaren, tragenden Fundamentes des Lehnswesens.

Nun saß er hier, mitten unter Bauersleuten, einem vollkommen verrückten Gaukler, zwei entflohenen Stiftsdamen und einer mehr als wunderlichen Kräuterhexe. Er musste grinsen, als er darüber nachdachte, und stellte sich vor, was Crispin wohl dazu sagen würde. Wie ein Geächteter gebärdete sich der Kreuzritter hier, pflegte Umgang mit Ehrlosen – und nichts anderes war er im Grunde selbst. Wer wusste schon, welches Urteil in seiner monatelangen Abwesenheit auf der Marienburg über ihn gefällt worden war?

Konrad verbot sich, weiter darüber nachzudenken, und ertappte sich stattdessen wieder dabei, wie er Marie fixierte. Sie hatte ihre Erzählung beendet und war danach zu dem dampfenden Kessel zurückgekehrt, in dem sie nun mit einem Stock herumrührte. Ein ekelerregender Geruch nach altem Fisch drang erneut zu Konrad herüber, er rümpfte die Nase und erntete sogleich einen strengen Blick der Köchin.

Streng?

Nein, vielmehr war dieser Blick prüfend und kritisch zugleich.

Sie mochte ihn nicht.

Warum nur? Er hatte ihr doch das Leben gerettet.

Konrad ärgerte sich, dass er nicht standhalten konnte und die Augen verlegen von ihr abwandte. Da war es ihm eine willkommene Ablenkung, als sich mit einem Mal der dreiste Lümmel mit dem rostigen Kurzschwert langsam anschlich, sich dann kleinlaut zu ihm gesellte und meinte:

»Entschuldigt meinen Angriff von vorhin, edler Herr.«

Konrad brummte lediglich zustimmend und rutschte gleichzeitig ein wenig zur Seite, damit Johann neben ihm Platz nehmen konnte, was dieser sogleich vorsichtig tat.

»Kreuzritter«, murmelte dieser schließlich, während sie beide zur Mitte des Sitzkreises starrten, wo Marie noch immer damit beschäftigt war, in dem über dem Feuer hängenden alten Kessel zu rühren.

»Kreuzritter«, wiederholte Johann ein weiteres Mal. Dieses Mal klang es etwas gedehnter, sehnsüchtiger, sodass sich Konrad gezwungen sah, den Bauernburschen fragend von der Seite anzublicken.

»Ich beneide Euch«, entfuhr es Johann nun. »Ihr wisst gar nicht, wie sehr ich Euch beneide.«

Konrad musste herzlich lachen. Irgendwie gefiel ihm dieser Junge.

»Wenn du dich da mal nicht täuschst, Bursche«, antwortete er nur und griff nach einem dünnen Stock, mit dem er nun begann, Muster in den feuchten Boden zu zeichnen. Seine Augen wanderten jedoch immer wieder hoch zu der Frau, die jetzt von dem widerwärtigen Fischsud probierte.

»Habt Ihr im Heiligen Land gekämpft?«, wollte Johann wissen.

Konrad – er zeichnete soeben etwas, das Ähnlichkeit mit einer Himbeere hatte – schüttelte den Kopf und sagte: »Oh, das hätte ich gewiss gern, aber diese glorreichen Zeiten waren schon lange vor meiner Geburt vorüber. Das sind mittlerweile Geschichten der Altvorderen, von denen nicht einmal mehr die ältesten Greise leben.«

Johann wirkte enttäuscht. »Gegen wen zieht Ihr dann zu Felde?«

»Heiden lassen sich immer finden, wenn man nur lang genug nach ihnen sucht«, gab Konrad ein wenig bitter zurück.

»Ihr kämpft also nach wie vor für den Glauben?« Der Bursche klang wieder begeisterter.

Doch Konrad zuckte bloß mit den Schultern und murmelte: »So könnte man, oder so sollte man sagen. Ja.«

»Gegen die wilden Litauer, nicht wahr? Sie sind doch Heiden, oder nicht?« Johanns Augen leuchteten, er war stolz, darüber Bescheid zu wissen.

»Ja, zum Glück sind sie noch Heiden. Sollten sie es eines Tages nicht mehr sein, dann …« Konrad sprach nicht weiter, sondern beobachtete stattdessen Marie, die sich soeben wieder zur ihrem schweigsamen Mann gesetzt hatte und nun dabei war, ihr noch immer feuchtes Haar zu lösen und zu kämmen.

»Reitet Ihr auch mitunter Turniere?«, fragte Johann ungerührt weiter.

»Hmmh?« Konrad hatte nicht zugehört.

»Ob Ihr auch Turniere reitet?«

»Nein. Wir sind kämpfende Gottesmänner und keine verkleideten Dummköpfe, denen es bloß um Prahlerei und Prunk geht.«

»Keine Turniere mit Lanzen, Fahnen und Trompeten?« Wieder war Johann enttäuscht.

»Doch, doch, das gibt es durchaus«, murmelte Konrad abwesend. Was hatte dieses Weib nur an sich, das ihn so sehr in den Bann zog?

»Dann seid Ihr also doch schon ein Turnier geritten?«

»Ich?«, Konrad löste sich nun von dem Anblick der Frau und schaute wieder zu Johann. »Nein. Aber sie werden veranstaltet für die weltlichen Gäste unseres Ordens. Diejenigen Ritter, die Jahr für Jahr zu uns in den Osten ziehen, um den Orden in den Kampf gegen die Litauer zu begleiten.«

»Wunderbar. Da wäre ich gern dabei«, entfuhr es Johann. Im gleichen Moment nahm er sich jedoch wieder zusammen und machte eine betretene Miene. Konrad bemerkte dies und klopfte ihm freundschaftlich auf die Schulter.

»Du bist ein mutiger Bursche mit großen Zielen.«

»Zu groß für einen wie mich«, murmelte Johann enttäuscht.

»Nun …« Konrad machte eine längere Pause, wobei er einen Blick auf die schlafende Adelheid warf, deren Gesicht im Schein des Feuers, so verweint wie es war, umso mehr dem eines kleinen Kindes glich. Die ihm zulächelnde Elisabeth nahm er gar nicht wahr, sondern wandte sich wieder Johann zu und sagte mit etwas ironischem Unterton:

»Das verwegenste Ziel, das du dir vorgenommen hast, mein Freund, ist weniger das Anstreben des Ritterstands, als vielmehr die Liebe zu der schönen Adelheid.«

Johann wurde nur noch betretener. All der am heutigen Tage zur Schau gestellte Mut war wie fortgeweht. Er glich vielmehr einem kleinen Knaben, der beim Obststehlen in Pfarrers Garten ertappt worden war.

Mit einem Mal tat er Konrad ein wenig leid.

»Das Fräulein hat heute vom Tod ihres Bruders erfahren«, erzählte er dem Burschen nun, obwohl er eigentlich der Meinung war, dass dies einen solchen Bauernlümmel nichts anging. »Ich werde sie morgen in ein Kloster begleiten, wo sie in aller Heimlichkeit sicher unterkommen kann.«

Johann blickte nach diesen Worten auf, er hatte Tränen in den Augen.

»Das ist gewiss das Beste«, sagte er matt.

»Es gibt noch andere Mädchen«, versuchte Konrad den jungen Kerl zu trösten und merkte selbst, wie plump diese Aussage doch war. Doch woher sollte er, der in Liebesdingen so Unbewanderte, es besser können? »Ja, die unerreichbare Minne. Sie gehört zu einem wahren Ritterleben nun einmal dazu«, fügte er schließlich an und war mit diesem Satz sehr viel mehr zufrieden.

»Was habe ich da gehört? Minne?«, war plötzlich Reginos freudige Stimme zu vernehmen. Und schon hatte er sich – wie aus dem Nichts kommend – vor den beiden Männern aufgebaut und begann mit ausgebreiteten Armen, frei nach dem berühmten Sänger Walther von der Vogelweide, zu trällern:

»Ich armer, freudenleerer Mann.
Wer gab dir, Minne, die Gewalt?
Ja, wer?
Wer sagt, dass Minne Sünde sei?
Nein, Sünde ist sie nicht.«

Somit war die Ruhe dahin. Konrad kratzte sich ein wenig entnervt am Kopf, und Johann war noch peinlicher berührt als zuvor, schauten doch jetzt alle Übrigen zu ihnen herüber und konnten sich denken, warum Regino ausgerechnet ihm dieses besondere Ständchen gebracht hatte. Der Gaukler jedoch war bester Laune. Er hatte das gute Gefühl, in dem Ritter keine Gefahr mehr für sich und sein Unterfangen sehen zu müssen, und gesellte sich nun zu Konrad, indem er sich ungefragt auf dessen anderer Seite niederließ.

»Ja, die Minne, die unaussprechlich wunderbare Liebe«, kam er seufzend auf das Thema zurück. »Sie will uns einfach nie in Ruhe lassen. In der Liebe sind wir alle gleich, ob arm, ob reich, ob weltlich, ob geistlich. Einen jeden ergreift sie und führt dazu, dass es ihn empfindlich zwischen den Beinen juckt.« Damit begann er zu kichern wie ein Mädchen und rammte Konrad ein wenig zu freundschaftlich seinen spitzen Ellenbogen in die Seite.

Dieser räusperte sich vernehmlich und sah zu, dass er das Thema wechselte, denn er verspürte wenig Lust, mit diesem Springinsfeld über derlei Dinge zu reden, und so meinte er: »Sage er mir, Meister Sänger, was genau führt er mit seiner Schar im Schilde?«

Reginos bis dahin lachendes Gesicht erstarrte für einen kurzen Moment zu einer Fratze, doch das konnte Konrad, der neben ihm saß, nicht sehen. Dann aber fing sich der Gaukler wieder und antwortete: »Ins schöne Mähren wollen wir wandern.«

»Warum?«, fragte der Ritter knapp.

»Um dort zu siedeln.« Auch Regino hielt seine Antwort kurz und überlegte krampfhaft, wie nun er auf etwas anderes zu sprechen kommen könnte. Denn er fürchtete, sich auf Glatteis zu wagen, wenn er einem von jenseits der Elbe stammenden, also womöglich ortskundigen Mann, wie dieser Ritter einer war, von seinem vollkommen unvorbereiteten Zug in den Osten berichtete. Zudem hatte er das erst kürzlich stattgefundene Gespräch mit dem neunmalklugen Ulrich noch in unguter Erinnerung. Es war also ratsam, nicht zu viel zu verraten.

»Ihr wollt in Mähren siedeln? Wie kommt man ausgerechnet auf diesen Gedanken?« Konrad schien verblüfft, was Regino nur noch mehr verunsicherte.

»Nun …«, begann er zu stottern und sah sich vorsichtig um, zum Glück lauschte ihnen außer Johann niemand. Lediglich Marie schielte noch hin und wieder zu ihnen herüber, doch von ihrer entfernten Warte auf der anderen Seite des Lagerfeuers aus konnte sie gewiss nicht hören, was die Männer da miteinander sprachen.

»Nun …«, wiederholte Regino. »Nun … man erwartet uns dort.«

»Wer?«, bohrte der Ritter weiter.

»Der König von Böhmen höchstselbst!«, mischte sich jetzt Johann ein, woraufhin sich Regino verzweifelt auf die Lippen biss und unruhig mit dem Hintern auf dem Schaffell, das ihm als Sitzunterlage diente, hin- und herrutschte.

»Der König von Böhmen?« Konrad musste lachen. »euch?«

Regino rieb sich verzweifelt die Stirn, doch noch bevor er etwas entgegnen konnte, um die Situation zu retten, sprach Johann erneut und redete damit nicht sich selbst, sondern vielmehr ihren Lokator um Kopf und Kragen:

»Der König hat Meister Regino beauftragt, erfahrene Ackersleute in sein noch wildes, unbestelltes Land zu holen, um den dortigen Menschen, die jüngst noch Heiden gewesen sind, zu zeigen, wie sich die Erträge steigern lassen und wie man erfolgreiche Viehzucht betreibt. Regino besitzt eine Urkunde mit den Siegeln des Königs. Er kann sie Euch zum Beweise zeigen, werter Ritter.«

In gespielt erwartungsvoller Manier wandte sich Konrad nun zu dem purpurrot angelaufenen Regino um, der jedoch bloß mit den Schultern zuckte und gequält lächelnd krächzte:

»Hab sie nicht mehr. Verloren. Geklaut. Weg ist sie – die Urkunde.«

»Oh, nein, das glaube ich nicht. Vorhin noch, als wir unsere Sachen zum Trocknen am Feuer ausbreiteten, da habe ich die Siegel aus deinem Reisebeutel herausbaumeln sehen«, erwiderte Johann, sich über Konrads Schoß zu Regino hinüberbeugend.

Auch dem Burschen schwante längst, dass der Pfeifer etwas

vor der Gruppe zu verbergen hatte. Schon seit dem ersten Tag ihrer gemeinsamen Reise hatten Johann immer wieder Zweifel an der Glaubwürdigkeit des Lokators befallen. Allein sein unbändiges Fernweh und die große Unlust, wieder nach Hause zurückzukehren, hatten ihn seine Bedenken verdrängen lassen.

»Ha-ha«, lachte Regino zittrig auf. »Da täuschst du dich, guter Johann. Da täuschst du dich. Ein geschäftiger Mann wie ich, der verfügt durchaus über mehr als nur ein Schriftstück. Das, was du da gesehen hast, dabei handelt es sich um ... es handelt sich dabei um ... um das Gutachten des Grafen von Lippe, der so frei war, für meinen unbestreitbar guten Leumund zu bürgen.«

Mit dieser Ausrede zufrieden, lehnte Regino sich zurück und purzelte beinahe rücklings in ein Dornengebüsch – fing sich aber, mit den Armen wedelnd, wieder und grinste Konrad selbstsicher an, bevor er Johann heimlich einen bitterbösen Blick zuwarf.

»Ich möchte euch gern eine Geschichte erzählen«, sagte Konrad ruhig. »Darf ich?«

»Aber gern doch«, stotterte Regino erwartungsvoll. Er hoffte, einen Schwank zu hören, der rein gar nichts mit ihrer eigenen Situation zu tun hatte. Auch Johann nickte freudig.

Also begann Konrad mit seiner Erzählung, die ihm soeben in den Sinn gekommen war:

»Damals – es muss vor zehn oder zwölf Jahren gewesen sein, ich war noch ein sehr junger Mann, etwa in deinem Alter, Johann –, da hielt ich mich in der Ordensballei Böhmen auf und weilte zeitweise auch in der Stadt Prag. Der König von Böhmen war zu dieser Zeit der tapfere, erblindende Johann, dein Namensvetter, mein Freund.«

Johann nickte stolz und lauschte gebannt weiter, während Regino Böses ahnte.

»Eines Tages erbaten einige aufgebrachte Leute, zum König vorgelassen zu werden. Fremde. Sie stammten ganz aus dem Nordwesten des Reiches und hatten einen sehr langen Marsch hinter sich. Männer und Frauen waren es. Sie berichteten von einem Mann, der vor vielen Monaten in ihre Dörfer gekommen war, um von dort junge Menschen fortzulocken. Zwei Dutzend sollen ihm gefolgt sein. Heimlich, ohne dass die Eltern, der Pfarrer oder der Grundherr anfänglich davon erfuhren.«

»Genauso war es bei uns«, rief Johann aus, während Regino sich nervös am Knie kratzte.

»Einer aus der Gruppe«, erzählte Konrad mit einem leichten Schmunzeln auf den Lippen weiter, »einer aus der Gruppe besann sich jedoch und kehrte nach einigen Tagen zurück in sein Dorf. Er berichtete, der Werber wolle die jungen Leute, alles Burschen zwischen dem zwölften und sechzehnten Jahr, ins Siebengebirge führen, wo er ihnen Land versprochen habe. Einige unerschrockene Väter und auch Mütter machten sich sodann auf die Suche. Doch im entfernten Siebengebirge war keine Spur von den Leuten zu finden. Nach Byzanz seien sie weitergezogen, wusste hingegen ein offenbar weiser Landstreicher zu berichten, als Sklaven wolle man sie dort an die Sarazenen verkaufen. Die Eltern waren verzweifelt und wussten sich nicht anders zu helfen, als den Weg ihrer Kinder, der zunächst durchs Böhmerland führte, weiterzuverfolgen. Dort sprachen sie schließlich bei König Johann vor, der an diesem Tage in Geberlaune gewesen sein musste, denn er versprach ihnen Hilfe. Und tatsächlich, an den südlichen Grenzen des Landes fand man sie: den Werber und sein halb verhungertes, geschundenes Gefolge.«

Konrad schwieg und warf Regino einen verstohlenen Seitenblick zu. Aus den Augenwinkeln nahm er zufrieden wahr, dass dieser zitterte.

»Und dann?«, bohrte Johann indessen.

»Und dann wurde der Lügner seiner gerechten Strafe zugeführt. Nichts anderes hatte er verdient. Man schnitt ihm mit glühenden Eisen die Zunge heraus, zermalmte ihm sämtliche Knochen mit dem Rad, flocht seinen zitternden, noch immer lebendigen Körper danach auf ebendieses, setzte es hoch auf eine Stange und ließ Sonne und Krähen alles Übrige tun. Heiß war es damals in diesen Tagen, dennoch überlebte der wimmernde, stöhnende Unhold noch eine halbe Woche lang, bevor er qualvoll sein Leben aushauchte. Gott war wahrlich nicht gnädig mit ihm. Seit diesen Tagen ist der König von Böhmen, ob er nun Johann oder Karl heißt, äußerst empfindlich, wenn es darum geht, dass man in seinem Namen falsche Versprechen abgibt. Doch zum Glück hat sich eine solche Geschichte bislang nicht wiederholt. Zu abschreckend war das Beispiel für alle weiteren, möglichen Halunken.«

Schweigen.

Konrad wartete gespannt ab.

Wenn er recht mit seiner Vermutung hatte, dann würde diese erfundene Geschichte gewiss ihre Wirkung nicht verfehlen. Und tatsächlich, der Possenreißer neben ihm wurde immer nervöser. Ein kurzer Blick in dessen Gesicht verriet, dass er kreidebleich geworden war, ja selbst seine Lippen hatten weiße Farbe angenommen.

Dann schließlich rang sich Regino durch, doch etwas zu sagen: »Ich frage mich, ob das Süppchen nun gar ist«, krächzte er heiser. Und dann lauter: »Marie, ist das Süppchen nun gar?«

Marie, die wieder am Kessel stand, hob mit dem Holzlöffel ein Stückchen von dem Klippfisch heraus, um davon abzubeißen. Doch so, wie sie ihr Gesicht dabei verzog, war er entweder zu heiß, noch ganz hart, oder aber er schmeckte fürchterlich – vielleicht auch alles zusammen. Konrads Gedanken schweiften für einen Moment von seiner abschreckenden Lügenmär ab, und er wagte es, der schönen Bäuerin zuzulächeln. Doch diese reagierte nur insofern, als dass sie den Bissen, welchen sie offenbar vor Ekel nicht hinunterschlucken konnte, auf den Boden spuckte. Erst danach bemerkte sie den Blick des Ordensritters und wandte sich mit lächelnden Augen, aber ohne den Mund zu verziehen, ab.

Regino nutzte diesen kurzen Moment der Unachtsamkeit des Ordensritters, um sich klammheimlich zu erheben und zu seinem eigenen Lager zu schleichen. Vor seinem inneren Auge schwebte unaufhörlich und erschreckend deutlich dieses Bild, welches dank seiner überaus regen Vorstellungskraft nicht nur zu sehen war, nein, Regino spürte, schmeckte, hörte und roch alles, was mit ebendiesem Bild einherging. Es war das Bild seiner eigenen Hinrichtung. Ein Ereignis, welches zu erleben Regino unbedingt vermeiden wollte.

Linkisch wandte er sich noch einmal zu dem Ritter um. Dieser schaute ihm nun nach und kniff dabei schelmisch ein Auge zu.

Er machte Regino Angst, dieser Edelmann.

Seufzend ließ sich der Gaukler auf seinem klammen Lager nieder und dachte nach. Er dachte auch noch nach, als alle anderen die eklige Suppe schlürften und sich schließlich zur Nachtruhe begaben. Erst als sie schliefen und schnarchten, hörte Regino auf zu grübeln: Sein Entschluss war gefallen.

Niemand der friedlich Schlafenden bemerkte, wie sich der Pfeifer schließlich erhob, seine Sachen packte und dann zu dem schlummernden Kreuzritter hinüberschlich.

Niemand bemerkte es, außer der jungen Elisabeth.

XXIV

Sie erwachten an diesem Morgen spät. Und gewiss hätten sie noch länger geschlafen, hätte Marie nicht ein leises, aber andauerndes Stöhnen aus ihren äußerst süßen, ja viel zu süßen Träumen gerissen.

Die Sonne stand bereits hell am Himmel und versprach einen wunderbaren Wandertag, den sie jetzt, nach Überqueren des Flusses, ohne nennenswerte Schwierigkeiten würden fortsetzen können – sah man einmal davon ab, dass weit und breit kein Pfad zu sehen war und sie sich erneut selber ihren Weg durch Schilf und Moor würden bahnen müssen. Doch daran hatten sie sich bereits gewöhnt, und es schien ganz so, als würde es, je weiter sie gen Osten vordrangen, nicht besser werden.

Marie setzte sich in ihrem Lager aus stinkenden Schaffellen und mottenzerfressenen Wolldecken auf und rieb sich die Augen. Ulrich neben ihr schlummerte noch tief und fest, seine Züge waren entspannt. Und das, obgleich er nun die bittere Wahrheit über die Frau kannte, der er so blind gefolgt war. Rasend hätte er sein dürfen, nachdem sie ihm ungeniert erzählt hatte, wie vielen Männern sie in ihrem Leben schon gegen Geld oder andere Gefälligkeiten zu Diensten gewesen war, empört hätte er sein müssen, als sie ihm von den Diebstählen und anderen Spitzbübereien berichtete, mit denen sie sich über Wasser gehalten hatte, entsetzt hätte er auch sein dürfen, als sie ihm schließlich in allen Einzelheiten den entsetzlichen Mordversuch an ihrem Ziehvater gebeichtet und dann unmittelbar darauf die Absicht ausgesprochen hatte, diesen Versuch in naher Zukunft zu vollenden. Doch Ulrich war nicht rasend, empört und entsetzt gewesen. Nein, er war still geblieben, schweigsam zunächst, und dann hatte er ganz ruhig zu Marie gesagt, dass er ihr beistehen werde. Ja, er war ein außergewöhnlicher Mensch, dieser sture Bauer, außergewöhnlich gut, auf seine Art außergewöhnlich weise und der beste Freund, den Marie sich vorstellen konnte. Doch Ulrich war nun einmal nicht bloß ihr Freund, nein, er war ihr Gemahl.

Marie schluckte den Frosch, der sich die Nacht über in ihrem Hals eingenistet hatte, herunter und blickte sich dann um. Alle schliefen sie noch, lagen eingewickelt in ihren Decken und schnarchten.

Auch er. Da drüben unter der Birke.

Als Marie spürte, dass ihr Herz plötzlich schneller zu schlagen begann, wandte sie sich ab und wollte soeben nachschauen, ob ihre durchnässte Kleidung endlich getrocknet war, als sie das Stöhnen erneut vernahm.

Jetzt erinnerte sie sich, dass sie davon erwacht war.

Es war ein kläglicher, dumpfer Laut.

Nicht etwa ein lustvolles Geräusch, als welches sie es zunächst in ihren schönen, aber wenig sittsamen Traum eingeflochten hatte.

Von wem kam dieses Stöhnen?

Sie stand auf und ging um das erloschene Feuer herum. Vor einem der bis über den Kopf eingehüllten Schlafenden blieb sie stehen und hockte sich nieder.

Er wälzte sich hin und her und gab dabei tatsächlich einen fiebrig klingenden, jammernden Ton von sich. Als Marie die Decke ein wenig zurückschlug, erkannte sie, dass es sich um Otto handelte. Er zitterte am ganzen Leibe und glühte gleichzeitig vor Fieber. Der arme Kerl musste sich am gestrigen Tage bei ihrer Durchquerung der kühlen Saale eine schreckliche Erkältung zugezogen haben. Wach war er nicht, vielmehr in einen Dämmerzustand versunken, und als Marie seine neue, aus dem Rattenfell gefertigte Mütze nach oben schob, um ihm die Stirn zu fühlen, da musste sie zu ihrem Entsetzen feststellen, dass sein Körper bereits die höchstmöglich zu ertragende Hitze erreicht hatte. Dennoch bibberte und schlotterte er weiter, ein Zeichen dafür, dass das Fieber weiter ansteigen und den Buben somit gewiss töten würde.

Marie lief rasch zu Majas Lager und weckte die alte, heilkundige Frau, dann suchte sie einige schmutzige Lumpen zusammen und eilte zum Fluss, wo sie diese ins kalte Wasser tauchte: Wadenwickel war das Einzige, was ihr im Moment einfiel. Sie würden dem Jungen zumindest ein wenig von der lebensgefährlichen Hitze nehmen.

Als Marie zu Otto zurückkam, war Maja bereits bei ihm. Sie hatte ihm die Fellmütze abgenommen und ihn auch einer seiner Decken entledigt. Gerade war sie damit beschäftigt, dem Buben das Hemd aufzubinden, um ihn mit einer durchaus angenehm duftenden Thymian-Paste einzureiben. Otto ließ dies alles über sich ergehen, er lächelte sogar ein wenig dabei und erweckte den Anschein, nicht mehr Herr seiner Sinne zu sein. Auch einige der anderen waren nun erwacht und betrachteten die Szene mit Sorge. In diesem Zustand würde Otto am heutigen Tage keine drei Schritte laufen können.

»Wir werden hier weiter lagern müssen«, sagte Johann, der sich zunächst vergewissert hatte, dass Adelheid, die noch selig schlummerte, keine Anzeichen einer bösen Erkältung zeigte. Auch alle Übrigen schienen das Bad am gestrigen Tage gut überstanden zu haben, selbst Marie, die sogar bis über den Scheitel hineingetaucht war.

»Nanu«, murmelte Maja plötzlich, während sie den schlotternden Otto, der mittlerweile von den Brüdern Fritz und Gustav gehalten wurde, einsalbte. Ihre kleinen, knochigen Finger hielten an einer Stelle an Ottos Hals inne. Anstatt zu reiben, begannen sie nun zu tasten und zu drücken. Der Bursche, bislang halb ohnmächtig und willenlos, fing mit einem Male an, schrecklich zu schreien. So markerschütternd, dass auch die letzten Schlafenden erwachten.

Darunter Konrad, welcher sich zunächst einmal sammeln musste, bevor er sich daran erinnerte, in wessen Gesellschaft er hier lagerte.

Langsam rappelte er sich auf.

Sein Haar war völlig zerzaust, er trug bloß sein wollenes Beinkleid und darüber ein langes wollenes Hemd, das eine Wäsche dringend nötig hatte, und bot somit einen wenig ritterlichen Anblick. Doch das kümmerte ihn zunächst nicht. Er war müde und zerschlagen. Eine Nacht auf diesem harten, kalten Boden war schlimmer als ein zermürbender, harter Kampf gegen eine Überzahl an flinken Litauern. Mit zu müden Sehschlitzen verquollenen Augen blickte er hinüber zu der Stelle, an der sich mittlerweile die anderen Lagernden versammelt hatten. Zu seiner Erleichterung auch die junge Adelheid, mit welcher er gleich am heutigen Morgen weiterzuziehen gedachte, um sie und ihre Freundin zu dem von seiner Base geleiteten Kloster Marienthron bei Grimma zu bringen.

»Was ist denn da los?«, brummte er vor sich hin und wollte gerade seine standesgemäße Oberbekleidung von dem Ast nehmen, an dem er sie vor dem Schlafengehen aufgehängt hatte, als er feststellen musste, dass sie nicht mehr da war.

Und nicht nur das. Auch von seinem edlen Ross fehlte jede Spur. Dazu war ein weiterer Wäschesack verschwunden, ganz zu schweigen von seinem Geld und seinen Waffen!

Konrad konnte es nicht fassen.

Ungläubig schaute er sich noch eine Weile um, dann begann eine entsetzliche Wut in ihm aufzusteigen.

Er war also doch unter Diebsgesindel geraten. Elendes Volk blieb nun einmal elendes Volk ohne Sitten und Anstand. Was hatte er sich nur dabei gedacht, so ungezwungen zwischen ihnen zu nächtigen? Einen Kopf kürzer sollte man sie machen. Auf der Stelle, allesamt.

Doch selbst wenn er das tatsächlich gewollt hätte, es wäre ihm nicht möglich gewesen, jetzt, wo man ihm sogar sein Schwert entwendet hatte.

Glühend vor Zorn stapfte er auf die Gruppe zu und wollte gerade dazu anheben, sie alle anzubrüllen, als sich mit einem Male die junge Adelheid nach ihm umwandte und mit noch immer von Tränen geröteten Augen flüsterte:

»Er stirbt.«

Konrad stieß grob zwei von den starrenden Burschen zur Seite, um zu sehen, wer da im Sterben lag. Es war einer der Bauernjungen, und über ihn gebeugt hockte die krumme Hexe und murmelte unverständliches Zeug, während zwei weitere Jungen mit angsterfüllten Gesichtern dem Kranken die nackten Arme nach oben zogen, damit sich die Alte in seinen Achselbeugen zu schaffen machen konnte.

Zunächst war Konrad irritiert, ja angewidert, angesichts dieser unsäglich dummen, abergläubischen Rituale, die da offenbar praktiziert wurden. Dann jedoch verrauchten Ekel und auch Wut mit einem Male, und dem Ritter ging ein Licht auf. Ein entsetzlich grelles, schmerzendes Licht. Es hatte seinen guten Grund, weshalb die Kräuterfrau die Achselbeugen des Buben untersuchte, denn dort begann sich etwas zu bilden, was Konrad nur allzu schrecklich vertraut war.

»Auseinander!«, schrie er plötzlich, so laut, als befände er sich auf einem Schlachtfeld und müsse eine Schar unerfahrener Reiter befehligen. »Fort von ihm!«

Schier rasend griff er Adelheid, aber auch die erstaunte Marie an den Handgelenken und zerrte sie fort von dem kranken Otto. Niemand wusste, was hier geschah, alle starrten sie den so unedel gekleideten und sich wie ein Wilder aufführenden Ritter aus großen Augen an. Alle, außer Maja, die sich nicht über das Betragen Konrads wunderte. Nein, vielmehr fühlte sie sich dadurch in ihrem Argwohn diesem Manne gegenüber bestätigt.

Erst als alle, bis auf die Alte, den Kranken verlassen hatten und sich nun weit von ihm verwirrt murmelnd gruppierten, wurde Konrad ruhiger und hockte sich zu Maja und Otto.

»Es ist die Pest«, raunte er der Alten zu.

»Der Schwarze Tod«, bestätigte diese und schenkte dem Ordensritter einen Blick, so vielsagend, so tief, so wissend und anklagend, dass ihm das Blut in den Adern gefror.

»Wo ist denn Meister Regino?«

Es war Anna, der als Erster auffiel, dass ihr Lokator und Wegweiser sich an diesem turbulenten Morgen noch nicht gezeigt hatte. Marie, die junge Adelheid nach dem unerklärlichen Zornesausbruch des Ritters tröstend in den Armen haltend, schaute sich um. Tatsächlich – Regino fehlte.

»Vielleicht kundschaftet er den weiteren Weg aus«, meinte sie. Ihre Stimme klang jedoch besorgt, denn bei all dem Trubel des gestrigen und auch heutigen Tages hatte sie gar nicht mehr an Vitus Fips gedacht, der ihnen gewiss nach wie vor auf den Fersen war und noch immer ein Hühnchen mit Regino zu rupfen hatte. Dem Pfeifer war doch wohl nichts zugestoßen?

»Elisabeth!«, entfuhr es nun Adelheid, und sie entwand sich im Nu Maries Umarmung, um zu dem Lager der Freundin zu eilen, welches leer war und ebenfalls nicht den Eindruck erweckte, in dieser Nacht genutzt worden zu sein. Denn abgesehen davon, dass Elisabeths persönliche Habe fehlte, waren das zurückgelassene Fell und die Wolldecke mit Raureif überzogen. Das gleiche Bild bot sich, als Marie und Anna Reginos Schlafplatz in Augenschein nahmen.

»Er ist tatsächlich fort«, sagte Marie staunend.

»Er kann uns doch nicht allein lassen! Wie sollen wir denn jetzt den Weg finden?«, flüsterte Anna verzweifelt und sah zum ersten Mal auf dieser Reise Marie direkt in die Augen.

»Abgehauen, der Feigling. Also ist er doch ein Betrüger«, bemerkte Johann. Er war zu den Frauen gekommen und erinnerte sich nun an die Geschichte, die Konrad am gestrigen Abend erzählt und damit Regino ordentlich Angst gemacht hatte.

»Und ein Dieb«, meldete sich jetzt auch der Ordensritter zu Wort. Er hatte das Lager des kranken Otto verlassen, um endlich herauszufinden, was mit seinen Kleidern, seinen Waffen und seinem Ross geschehen war. Es wunderte ihn nicht, dass sich nun bestätigte, was er längst geahnt hatte: Der Pfeifer selbst war der Dieb. Er hatte nicht nur den Ritter bestohlen, nein, er hatte auch seine Schutzbefohlenen schändlich im Stich gelassen und zudem ein Mädchen adeligen Standes entführt, denn auch von Elisabeth fehlte jede Spur.

Mit gesenktem Kopf wandte Adelheid sich von dem verlassenen Schlafplatz ihrer Freundin ab. Sie wirkte plötzlich vollkommen klar und vernünftig. Und als Marie sie fragte, was sie glaube, wo Elisabeth sein könnte, antwortete das Mädchen nüchtern:

»Sie hat es mit der Angst zu tun bekommen. Herr Ritter Konrad von Tiefenbrunn hat gestern angekündigt, heute mit uns zu einem Kloster aufzubrechen, wo er Elisabeth und mich zu unserem Schutze unterzubringen gedenkt. Doch das ist ganz und gar nicht nach Elisabeths Geschmack. Sie ist schlicht und einfach geflohen. So glaube ich zumindest.«

»Und Regino? Warum ist er gegangen?« Marie konnte es nicht glauben. So eigentümlich und mitunter selbstverliebt der Gaukler auch sein konnte, im Grunde vertraute sie ihm und hätte nicht gedacht, dass er seine Leute einfach allein ließe.

»Er ist ein Scharlatan und gehört aufgeknüpft. Nichts anderes habe ich ihm gestern zu verstehen gegeben, das muss ihm wohl einen ordentlichen Schrecken bereitet haben«, knurrte Konrad.

Er hatte sich ein wenig beruhigt und tobte nicht mehr wie ein Wilder im Lager herum, um nach seinen gestohlenen Sachen zu suchen. Stattdessen blickte er verlegen an sich herunter, als er bemerkte, dass Marie ihn anschaute. Wie sah er nur aus? Wäre er splitternackt gewesen, hätte er sich wohler gefühlt als in diesem lächerlichen Aufzug. Doch das schien die schöne Bäuerin gar nicht zu bemerken. Vielmehr gingen ihr ganz andere Dinge durch den Kopf. Sie konnte einfach nicht glauben, dass sie sich anscheinend doch so sehr in Regino getäuscht hatte.

Hatte er sich womöglich doch wieder mit Fips verbündet?

Nein, das konnte nicht sein. Aber dennoch, Regino war fort.

Was sollten sie denn jetzt tun?

Eine Gruppe von unerfahrenen Halbwüchsigen, einem Krüppel, einem Todkranken und einer verrückten Alten? Fern ihrer Heimat waren sie, vollkommen mittellos und jetzt auch ohne Ziel. Ganz zu schweigen davon, dass sie von einem hinterhältigen Bösewicht verfolgt wurden, was ihre ohnehin aussichtslose Lage nicht gerade leichter machte. Marie war sich im Klaren darüber, dass Regino ein Feigling war und gewiss nicht immer die Wahrheit gesagt hatte. Er selbst hatte es ihr gegenüber zugegeben, dass seine Versprechungen zum großen Teil leer waren. Im Land ihrer Träume erwartete sie kein Paradies, sie waren nicht einmal willkommen. Aber dennoch war dieser Mann ihr Halt gewesen, er hatte die Gruppe zusammengebracht, und aus irgendeinem Grund war Marie sich immer sicher gewesen, ihm trotz seiner vielen Schwächen vertrauen zu können. Regino würde fehlen.

»Ihr habt ihn also verscheucht«, sagte sie schließlich fassungslos zu Konrad. »Was habt Ihr Euch nur dabei gedacht?«

»Und nicht nur das! Er hat nicht nur Regino verjagt, sondern auch noch ein bitterböses Mitbringsel dabei gehabt«, mischte sich jetzt auch Maja ein, die, klein und zierlich, wie sie war, unbemerkt hinter den anderen erschienen war und Konrad erneut diesen unerträglichen Blick zuwarf, bevor sie ihm verächtlich vor die Füße spuckte. Er wusste, was die alte Hexe ihm damit sagen wollte, er wusste es, und es grauste ihn: Denn wie, in Gottes Namen, konnte sie das wissen?

Verwirrt schaute Konrad auf den Rotzfleck vor seinem Fuß, dann hob er leicht den Kopf und sah in das wütende Gesicht Maries. Vielleicht hatten sie recht mit dem, was sie ihm vorwarfen. Er fühlte sich schuldig, war aber gleichzeitig zu stolz, dies vor einer Meute ärmlicher Gestalten zuzugeben.

»Besser ist es, ihr macht alle kehrt und geht zurück in eure Heimat«, sagte er schließlich laut und möglichst ungerührt, woraufhin er tatsächlich ein zustimmendes Brummen von den beiden jüngsten Buben erhielt. Fritz und Gustav wirkten heute besonders jung und verletzlich, fast wie zwei ausgesetzte, frierende Welpen standen sie da und zitterten.

»Ihr seid einem Schwindler aufgesessen, was durch die Tatsache, dass er nun kalte Füße bekommen hat, bewiesen ist. Geht also heim!«, sprach Konrad weiter.

Ausgerechnet Ulrich meldete sich jetzt zu Wort, um Einspruch gegen diese Aufforderung zu erheben. War es sein stets zum Widerwort neigendes Wesen, das ihn mit einem Male ganz anders als zuvor reden ließ? Oder hatte er wirklich seine Meinung geändert?

»Wir können nicht mehr nach Hause gehen, hochwohlgeborener Mann. Dort wartet der Strick auf uns.«

»Ich gehe auf keinen Fall zurück«, meinte auch Johann.

»Filzhut hat recht. Man wird uns in der Heimat richten«, bestätigte der lange Josef, woraufhin die beiden Schmiedesöhne noch mehr zu zittern begannen.

»Hinter uns liegt der Tod, dem laufen wir gewiss nicht in die Arme«, zischte Maja hinter ihren eingefallenen, schmalen Lippen hervor.

»Wir werden allein unser Glück finden«, bestätigte Marie schließlich die Auffassung der anderen und wandte sich von Konrad ab.

»Und ich komme mit euch!«, rief plötzlich eine helle Stimme. Adelheid gesellte sich wieder zu Marie.

Konrad verdrehte die Augen. Hätte er über anständige Kleidung und ein Pferd verfügt, dann hätte er es in diesem Moment dem flüchtigen Pfeifer gleichgetan und das Weite gesucht. Was scherte ihn das Schicksal dieser sturen Bauern und dieser verrückten Weiber? Er hatte wahrlich Besseres zu tun, als sich um ihre Belange zu sorgen.

Bei diesem Gedanken stutzte er und zog die Brauen zusammen.

Hatte er tatsächlich Besseres zu tun? War es nicht so, dass es auch für ihn kein Zurück gab? Auch auf ihn könnte daheim durchaus der Strick, oder als Adeliger vielmehr das Beil warten. Auch hinter ihm stand der Tod.

Und auch für ihn war es ratsamer weiterzugehen.

Immer weiter und weiter, stets darauf hoffend, dass sie ihn nicht einholten: die Vergangenheit und dieser elende Pesthauch, den es endgültig loszuwerden galt.

»Nun, dann sehe ich mich gezwungen, Euch schützend zu begleiten, Fräulein Adelheid«, murmelte er schließlich undeutlich und übellaunig.

Doch Adelheid hatte ihn gut verstanden und lächelte selig. Sie blickte dabei nicht zu Konrad, sondern zu Johann, der sein Glück kaum fassen konnte.

XXV

Regino befand sich in einer anderen Welt.

Beschwingt, stark und sich seiner selbst sicherer denn je, ritt er nun schon seit Stunden einher. Er fühlte sich frei jeglicher Sorgen und auch jeglicher Müdigkeit, obwohl er in der letzten Nacht kein Auge zugetan hatte. Nicht die geringste Ahnung hatte er, wohin ihn der neu eingeschlagene Weg führen würde, er nahm ihn einfach, denn Regino von Bunseborn glaubte sich plötzlich zu allem fähig. Unbeschreiblich herrlich war es, im Morgengrauen durch die Auenlandschaft entlang der Saale zu reiten, gekleidet in edles Gewand, auf dem Rücken eines edlen Rosses und vor sich im Arm den zarten Körper eines edlen Fräuleins.

Was begehrte das Gauklerherz mehr?

Regino wünschte sich, dass der Herrgott das Stundenglas, welches die Zeit für ebendiese traumhaften Momente abmaß, immer und immer wieder für ihn umdrehte. Ja, er fürchtete sich regelrecht davor, die im Bodennebel liegende, feuchte Landschaft würde bald ein Ende finden, das Pferd könnte von Müdigkeit überwältigt oder die schöne Maid von einem dringenden Bedürfnis geplagt werden. Jedwede Unterbrechung dieser fantastischen Situation, welche dem Gaukler wie der wunderbarste Traum seines Lebens erschien, wäre ihm ein Graus. Regino wollte so weitermachen, bis ans Ende seiner Tage einen jeden Augenblick auskosten, niemals mehr essen und trinken, niemals mehr rasten, niemals mehr ankommen. Er wollte einfach nur bleiben, was er in diesem Moment zu sein vorgab: ein Ritter, der im Licht des Morgens mit seiner Herzensdame durch die Auen ritt.

Doch dann kam Fips.

Noch am gestrigen Abend, als Regino sich von dem Ordensritter Konrad von Tiefenbrunn bedroht gefühlt und um sein Leben gebangt hatte, da wäre ihm ein Wiedersehen mit dem verschlagenen Fips wie ein Segen erschienen. Denn Fips hätte sich in dieser Bedrängnis gewiss besser zu helfen gewusst als der verunsicherte Gaukler. Deshalb auch war Regino in der Nacht, als er sich zur Flucht aufmachte, der Überzeugung gewesen, dass es das Beste sei, sich bei dem Rheinländer zu entschuldigen und sich ihm wieder anzuschließen. Doch dann hatte er diese Kleidungsstücke angezogen, und aus dem Pfeifer Regino von Bunseborn war ein anderer Mensch geworden.

Auch Elisabeth, die nicht lange gebraucht hatte, um den Fluchtbereiten davon zu überzeugen, sie mitzunehmen, war diese Verwandlung nicht verborgen geblieben. Mit dem Gewand eines Ritters hatte sich nicht nur die äußere Gestalt Reginos verändert, nein, er hatte sich auch innerlich gewandelt und gebärdete sich – wie es sich für einen guten Schausteller geziemte – wahrhaftig wie ein edler Krieger. Männlicher war er nun, ruhiger in seinen Bewegungen, kraftvoller in seiner Stimme und fester in seinem Griff, mit dem er galant die Hüfte der jungen Frau umschlungen hielt. Wären ihm die Kleider nicht zu groß gewesen, hätten sie nicht um Arme, Brust, Bauch und auch um die stockartigen Beine herumgeweht wie die Fahnen im Winde, so hätte Elisabeth diesen Mann, mit welchem sie nun bereits die halbe Nacht hindurch ziellos gen Süden ritt, tatsächlich für einen Herrn von Stande gehalten.

Ja, auch sie genoss diese Stunden, die nicht nur die Fantasie des Schaustellers, sondern auch die rege Vorstellungswelt eines seine gesamte Jugend über hinter Stiftsmauern eingesperrten Mädchens beflügelten. Und so erschrak nicht nur Regino, sondern auch Elisabeth gewaltig, als sich ihnen plötzlich eine verwahrloste Gestalt in den Weg warf und somit das perfekte poetische Bild beschmutzte und zerstörte.

»Na, wenn Kleider mal keine Leute machen«, krächzte Fips und hielt sich den Bauch vor Lachen, während die wie aus Marmor gehauenen, erhabenen Züge Reginos plötzlich zu bröckeln begannen und sein gewohntes, stets nervöses Gesicht mit den ewig umherschweifenden Augen und den zuckenden Mundwinkeln zum Vorschein kam. Aus der Ritterstatue war wieder ein Mensch geworden. Ein rascher, schmerzhafter Vorgang, der Regino durchaus bewusst wurde, gegen den er aber nichts ausrichten konnte.

Vitus Fips bellte noch immer vor Lachen, beruhigte sich dann aber ganz plötzlich, wurde ernst, und ehe Regino sich's versah, war der verkrüppelte Mann zum Pferd geeilt und zog mit einem brutalen Handgriff die kreischende Elisabeth vom Rücken des Tieres herunter.

Regino ließ es geschehen. Noch immer war er wie gelähmt von der eigenen, fast schmerzhaften Rückverwandlung.

Es war furchtbar, widerwärtig, was Fips nun mit dem Mädchen auf dem feuchten Boden der Saale-Auen anstellte. Doch als er nach einiger Zeit von ihr abließ und sie wimmernd liegen blieb, konnte er sicher sein, in dem jungen Ding tatsächlich eine Jungfrau vor sich zu haben. Denn Vitus Fips kannte eine Methode, dies auf zwar abstoßend erniedrigende, aber dennoch unbeschädigende Weise festzustellen.

Regino hatte bloß zugeschaut.

Er war angewidert von dem, was er sah. Elisabeth tat ihm schrecklich leid. Doch was sollte er tun?

Machtlos war er, konnte sich nicht regen, konnte lediglich auf dem gestohlenen Ross sitzen bleiben und hoffen, dass Fips ihm verzieh und ihn wieder an seinem Plan teilhaben ließ.

»Warum bist du fortgegangen?«, fragte Fips, nun ausgiebig das Pferd prüfend, mit welchem er nicht weniger zimperlich umging als zuvor mit dem Mädchen. Er konnte sich nur zu gut an dieses Tier und noch besser an seinen Besitzer erinnern, hatte er doch beide vor einigen Nächten in dem Stall getroffen, aus welchem er schließlich von dem arroganten Kerl vertrieben worden war. Es bereitete Fips durchaus Genugtuung, dass der flatterhafte Gockel von Regino endlich einmal etwas Sinnvolles vollbracht hatte, indem dieser überhebliche Weißmäntler von ihm nach Strich und Faden beklaut worden war.

»Es wurde mir ein wenig heiß unter den Füßen«, murmelte Regino ungewohnt ehrlich und wirkte deshalb auch ungewohnt verlegen.

»Ich habe euch so gut wie nie aus den Augen verloren«, gab Fips zurück, und Regino wunderte sich über den fast freundschaftlichen Tonfall des Rheinländers, der nun der über und über verschmutzten Elisabeth wieder auf die Beine half, nicht ohne noch einmal einen gezielten Kniff an ihren Hüften vorzunehmen. Elisabeth wankte vollkommen verstört zu einem Findling in Sitzhöhe, auf dem sie sich müde und unter stummen Tränen niederließ. Die beiden Männer beachteten sie nicht weiter.

»Was hat dieser ritterliche Ordensbruder mit dir zu besprechen gehabt am Feuer?«, wollte Fips wissen.

Regino stieg nun endlich von dem Pferd herab. »Du hast uns also wirklich beobachtet? Die ganze Zeit über?«

»So bin ich«, grinste Fips und entblößte dabei sein schlechtes, lückenhaftes Gebiss.

»Er hat unser Unternehmen infrage gestellt und mir gedroht, mich als Betrüger hinrichten zu lassen. Eine Geschichte von einem anderen Lokator, dem ebendieses in Böhmen geschehen sei, hat er mir erzählt«, flüsterte Regino, indem er seinem Gegenüber sehr nahe kam, um ihm damit ein Zeichen des vermeintlichen Vertrauens zu geben.

»Das ist alles? Deshalb hast du das Weite gesucht? Du hättest ihn auslachen müssen«, erwiderte Fips. »Aber was soll's? Wir werden neue Leute finden. Noch sind wir weit genug fort vom Ziel, das Ostufer der Elbe ist noch nicht erreicht. Genügend arme Dörfer warten bis dahin auf uns, wo sich junge Tölpel überreden lassen, uns in ein Land zu folgen, welches so fern ist, dass es ihnen gewiss nicht wieder einfällt, zurück in den Schoß ihrer Mutter zu flüchten.«

Regino atmete nach diesen Worten Vitus Fips' erleichtert auf. Ein Lächeln, so breit, dass es von einem Ohr zum anderen ging, zeigte sich auf seinem bis dato besorgten Gesicht. Er hätte einen Luftsprung machen können vor Freude.

»Das ist wunderbar, Vitus. Dann fangen wir also wieder von vorne an. Der Pakt gilt? Ich sorge für die Leute und du für den Weg. Und am Ziel, da wartet auf uns beide eine ganze Höhle voller Gold. So ist es doch? Ist es nicht so, mein Freund?«

Fips zuckte nur müde mit den Schultern: »Du vergisst eines, Regino.«

»Ja?«

»Marie. Sie soll bei mir sein.«

»Aber natürlich. Ich warte zusammen mit Jungfer Elisabeth hier auf dich, bis du dein Mariechen geholt hast«, gab Regino noch immer fröhlich zurück.

»Du wirst sie holen. Freiwillig soll sie mit dir gehen. Und ich werde zusammen mit dem Mädchen auf dich warten. In Halle. Dort findet sich in der Zwischenzeit gewiss ein betuchter Händler, Geistlicher oder Edelmann, der mir ein gehöriges Zehrgeld zahlt für eine Nacht mit einer echten Jungfrau.«

Fips schielte zu Elisabeth hinüber, die zusammengesunken, die Arme um sich geschlungen und das Gesicht im Schoß vergraben, auf dem Stein hockte und nichts von ihrem soeben angekündigten weiteren Schicksal vernommen hatte.

»Ich habe sie liebgewonnen«, protestierte Regino leise und wenig überzeugend.

»Na und? Du bekommst sie ja auch zurück, nachdem ein anderer sie für dich geöffnet hat. Man sollte keine Geldquelle ungenutzt versiegen lassen«, lachte Fips. »Und nun mach, dass du fortkommst.«

Regino blieb noch eine Weile starr stehen.

»Auf was wartest du, Possenreißer?«, fuhr Fips ihn an.

»Das Ross?«, stotterte Regino, wobei sein mitleidiger Blick nicht auf das Pferd, sondern auf Elisabeth fiel.

»Bleibt bei mir. Werde es verkaufen«, krächzte Fips. »Das Schwert, bitte«, und damit streckte er seine Hand aus, in welche Regino, ohne zu zögern, die schwere Waffe legte.

»Nun hau schon ab und bring sie her. Sieh aber zu, dass dieser Ritterhalunke dich nicht erwischt. Beeil dich«, zischte Fips.

In abgehackten, steifen Bewegungen wandte Regino sich um und ging dann gesenkten Hauptes, aber immer schneller werdenden Schrittes davon. Von Elisabeth verabschiedete er sich nicht, zu groß war seine Scham. Er verfolgte den gleichen Weg, den er gekommen war, nur fühlte er jetzt das Gegenteil von all dem, was er auf dem Hinritt verspürt hatte. Aus Freiheit war Bedrängnis geworden, aus Stärke eine entsetzliche Ohnmacht, und aus Edelmut unglaubliche Feigheit. Er ging zurück, dem Verderben entgegen, ausgerüstet mit einem Auftrag, den er nur widerwillig verfolgte, den er aber ausführen musste, denn in den Händen von Vitus Fips befand sich nun eine dem Gaukler teuer gewordene Geisel.

Ach, wäre doch diese schreckliche Feigheit nicht, dann hätte Regino den Widerling längst erwürgt. Doch er wagte es nicht. Wieder einmal hatte er leidvoll einsehen müssen, dass er ohne diesen Fips nicht zurechtkam. Er brauchte ihn, und auch wenn sie nur wenig miteinander gemein hatten, so war beiden eines in jedem Falle eigen: die Habgier. Ja, leider glänzte es in Reginos Gedanken nur allzu schön: das Gold in der verborgenen Höhle, tief unten in den unergründlichen Schluchten eines fernen Gebirges. Dies war ein greifbarer Traum, ein Wunschbild, welches tatsächlich zu verwirklichen sein könnte. Und darum musste Regino weitermachen. Er konnte nicht anders.

»Regino!«, hörte er plötzlich eine schrille Stimme hinter sich schreien. »Regino! Lass mich nicht zurück!«

Durch Mark und Bein fuhr es ihm. So sehr, dass er sich die Ohren zuhielt und noch rascher weitermarschierte. Doch das Schreien blieb. Es blieb so lange, bis es mit einem Male jäh abbrach.

Regino weinte und begann nun im Laufschritt weiterzueilen. Fort von ihr und hin zu seinem Auftrag.

Wäre dieser erst erfüllt, dann, ja dann, würde alles wieder gut werden. So war es bisher doch immer gewesen …

Es wäre ein Leichtes gewesen, den letzten Lagerplatz seiner ihm folgenden und nun verlassenen Schar wiederzufinden, denn immerhin hätte Regino lediglich dem Lauf der Saale folgen müssen. Aber dennoch: Er verlief sich. Tagelang irrte er nun schon umher und machte dafür die zahlreichen Seitenarme des Flusses verantwortlich, die ihn so sehr verwirrten, dass er glaubte, sich in einer verwunschenen Welt wiederzufinden, in der sich plötzlich alles gegen den bisherigen Glückspilz Regino von Bunseborn verschworen zu haben schien. Zunächst war er viel zu weit in den Norden gegangen, so weit, dass er das Lager bereits mehrere Meilen hinter sich hatte. Die dortigen Dörfer und Höfe hatte er gemieden, wollte niemanden um Hilfe bitten, er schämte sich so sehr. Einen ganzen Tag und eine Nacht lang hatte er sogar regungslos unter der riesigen Wurzel eines umgestürzten Baumes verbracht, zusammengekauert, schluchzend, den Himmel verfluchend. Dann war er wieder zurückmarschiert, war teils diesem, teils jenem bräunlichen Seitenarm gefolgt, ohne sein Gehirn auch nur ein wenig anzustrengen, um wenigstens die Himmelsrichtung, in die er lief, zu bestimmen. Gleichgültig war er geworden und sich selber schrecklich fremd. Irgendwann, am Nachmittag des siebenten, achten, neunten oder auch zehnten Tages – Regino hatte längst zu zählen aufgehört – hatte er versucht, sich wieder zusammenzureißen. Mit letzten Kräften entschied er sich, einem Flusslauf nachzugehen, von dem er aus unerfindlichem Grund glaubte, dass dieser ihn zu seiner Gruppe zurückführen würde. Doch der Nebenfluss endete bloß wieder in einem düsteren Sumpf, was bei dem mittlerweile dem Wahnsinn nahen Regino zu einem lauten Wutanfall führte, in welchem er den gestohlenen Helm des Ritters Konrad zornentbrannt in das bräunlichgrün brodelnde Nass warf.

»Ich will nicht mehr!«, schrie er dem versinkenden Helm nach. »Ich will nicht mehr! Zurück gehe ich. Zurück zu Mutter und Bruder. Kreuzweise könnt ihr mich, ihr Fipsen, ihr tumben Bauernlümmel, ihr schönen Jungfrauen. Kreuzweise kannst auch du mich, du schnödes Gold! Großer, allwissender Gott«, nun wandte er sich mit ausgebreiteten Armen gen Himmel und warf sich in den schlammigen Boden auf die Knie, »du hast mir eine schmerzhafte Lehre erwiesen. Zeig mir nur an, wohin ich gehöre. Zeig es mir nur! Ja, in den Schoß der alten

Mutter gehöre ich, in mein bescheidenes Dorf, auf den armen Hof meines verstorbenen Vaters.«

Es war ein imposantes Schauspiel, welches Regino hier in der Einsamkeit und ganz ohne zahlende Zuschauer darbot, und wäre er nicht gar so verzweifelt gewesen, dann hätte er sich sehr gut in dieser Rolle gefallen. Aber trotz des ihm eigenen zur Maßlosigkeit neigenden Gebarens: Regino war es ernst. Er war sich nie zuvor in seinem Leben der eigenen Schwäche derart bewusst gewesen. Er hatte sich und damit auch anderen, die ihm vertrauten, zu viel zugemutet. Er hatte damit Böses getan. Er hatte versagt. Und darum gab es nur noch einen Ausweg: Regino von Bunseborn würde aufgeben.

Daran, weiter nach seinen Leuten zu suchen und sie wieder mit sich heimzunehmen, oder danach, die ihm teuer gewordene Elisabeth aus den Fängen des Menschenhändlers Vitus Fips zu erretten, dachte er nicht mehr. Regino war der festen Überzeugung, mit seinem einer Bußübung gleichenden Irrweg durch die Saalesümpfe alles versucht zu haben. Er war gescheitert, hatte aber gleichzeitig Buße getan und war nun frei. So zumindest erschien es ihm nun nach dem befreienden Wutausbruch. Jetzt blieb ihm nichts weiter als sein eigenes Leben, und das war ihm mit einem Male wieder so lieb, dass er es auf jeden Fall retten wollte.

»Ja, ins gute, ruhige Heimatdorf, da gehöre ich hin«, wiederholte er erneut, laut klagend.

»An den Galgen gehörst du, Dieb!«

Im Eifer seiner eigenen dramatischen Darbietung, in welcher er vom Selbstmitleid so sehr gefesselt war, hatte Regino nicht bemerkt, dass es hier an diesem Sumpf offenbar doch einen Zuhörer gab. Ein Zuhörer, der ebenso gekleidet war wie er selbst und nun, die Hände in die Hüften gestemmt, vor dem noch immer im Schlamm knienden Regino stand.

Ungläubig schaute dieser den Mann an und blickte dann verblüfft an sich herunter. Der gleiche Mantel, der gleiche Rock, ja, sogar die gleichen Stiefel.

Lediglich der Helm fehlte dem Gaukler, denn den hatte er ja soeben im Moor versenkt.

Nur wenig später – die Sonne war bereits untergegangen – saßen die beiden gleichen, aber dennoch so ungleichen Männer an einem wärmenden Feuer und unterhielten sich. Regino war wieder zufrieden mit sich und seiner Welt, war es ihm doch gelungen, den zunächst erzürnten Ritter zu besänftigen und ihn nun in ein recht angenehmes Gespräch zu verwickeln.

Crispin hingegen war sich nicht sicher, was er von diesem seltsamen Männlein halten sollte. Doch das, was es zu erzählen hatte, klang zwar wirr, aber dennoch glaubhaft, und demnach sah es ganz danach aus, als würde Konrad noch leben, sei zwar maßlos bestohlen worden, aber in Sicherheit.

»In einem kleinen Nest weiter im Norden«, berichtete Crispin, während er ein duftendes Stück Fleisch an einem Stock in die Flamme hielt, »sagte man mir, es irre ein Ordensritter im weißen Mantel in den Saaleauen umher. Zu Fuß sei er unterwegs, mitgenommen sehe er aus, und er rede zu sich selbst. Ich war alarmiert, glaubte meinen Freund Konrad in Not, und so bin ich den Spuren seiner Stiefel gefolgt, die ich im sumpfigen Boden des Flussufers fand. Dann jedoch, als ich ihn am heutigen Tage endlich einholte, musste ich erkennen: Es ist nicht Konrad von Tiefenbrunn, sondern lediglich ein übler Bursche, der sich offensichtlich seiner Kleider bemächtigt hat.«

»Ja, das bin ich«, gab Regino kleinlaut zu und bestätigte damit erneut, was er dem durchaus verständnisvollen, frommen Mann bereits gebeichtet hatte. »Der Diebstahl war eine lebensrettende, notwendige Verzweiflungstat. Rechtlich gleichzusetzen mit dem Mundraube und somit nicht zwingend mit dem Strange zu ahnden.«

Crispin lachte laut. Holte das Fleisch aus den Flammen und reichte es dem hungrigen Spaßvogel, dem bereits der Sabber aus dem Mund troff. Er traute diesem dürren Kerlchen wahrlich nicht zu, es fertigzubringen, einen gestandenen Mann wie Konrad von Tiefenbrunn zu überfallen. Dass er ihm aber des Nachts, in aller Heimlichkeit, die Kleider stibitzt hatte, das war durchaus möglich, und der Bursche leugnete dies ja auch nicht einmal.

»In das von seiner Base geleitete Zisterzienserinnenkloster will er also ziehen?«

»Ja, das will er. Das holde Fräulein Adelheid möchte er dort abgeben.« Regino biss herzhaft in das Fleisch. Rind offensichtlich, zart, von der Lende, frisch und köstlich, aber so heiß, dass er sich empfindlich die Zunge verbrannte. Er schnappte wild nach kühlender Luft.

Auch die letzten Worte klangen für Crispin wieder glaubhaft.

Also hatte Konrad tatsächlich die Schwester Friedrichs gefunden und würde sie nun in aller Heimlichkeit, wie er es dem Sterbenden versprochen hatte, vor ihrem unliebsamen Verlobten an einem sicheren Ort verstecken. Crispin wusste, dass Konrads Base Elisabeth Äbtissin eines Zisterzienserinnenklosters in der Nähe der Stadt Grimma an der Mulde war. Dorthin zog der Freund nun also ohne Ross und Rüstung.

Und Crispin würde ihm folgen. Er musste ihn finden, um Konrad zu warnen.

Von Quedlinburg aus waren Crispin und Walter, der verbliebene Graumäntler, bis ins Deutschordenshaus in Dahnsdorf geritten. Sie hatten es gewagt, in dem Haus zu logieren, da ihnen die Pest offenbar nicht mehr auf den Fersen war, sie waren beide gesund geblieben, und so stand nicht zu befürchten, dass sie die Mitbrüder mit dem Hauch verseuchen könnten. Dahnsdorf war eines der nördlichsten Häuser auf dem Weg zurück zum Hauptsitz des Ordens. Und so wunderte es nicht, dass die dortigen Brüder bestens über die jüngsten Vorgänge auf der Marienburg informiert schienen.

Crispin erinnerte sich nur zu gut an den Bericht des Priesterbruders Adalbert von Dahnsdorf, und er erinnerte sich ebenso gut an die Gänsehaut, die seinen Körper überzog, und das flaue Gefühl, das seinen Magen einschnürte, als er den Worten des Bruders gelauscht hatte:

»Konrad von Tiefenbrunn war also einer deiner Begleiter, Bruder Crispin?«, hatte Adalbert seine Erzählung mit einer Frage begonnen. »Nun, über die Folgen seines Zusammenstoßes mit dem jungen Roderich von Topfen und dessen hochadeligem Freund sind in der letzten Zeit böse Neuigkeiten ans Licht gekommen. Das Schicksal des verschollenen Roderich lag lange im Dunkeln. Zahllose Mannen waren aus dem gesamten Reich zur Marienburg gekommen, um nach dem Erben des Hauses Topfen zu suchen. Und dann erfuhr man, was ihm widerfahren ist. Bruder Konrad, aber das wisst Ihr sicher besser als ich, hatte die beiden jungen Edelmänner damals auf dem Schlachtfeld aus unerfindlichem Grunde geprügelt und ohnmächtig liegen lassen. Während der Freund erwachte und blutig den Weg zurück zum Heerlager fand, so blieb Roderich liegen. Statt der zu erwartenden Hilfe unserer Ordensritter kamen alsbald die Heiden aus ihren Löchern geschlüpft und brachten den jungen Ritter unter lautem Gebrüll und Gejohle in ihr verkommenes Dorf. Man fackelte nicht lang, halb benommen war er noch, als man ihn in voller Rüstung an einen Pfahl band, reichlich Stroh um ihn herumlegte, seinen Körper mit Pech bestrich und ihn dann bei lebendigem Leibe und eingeengt in die sich wie ein Kessel aufheizende Rüstung verbrannte. Getanzt haben sie, ihre garstigen Trinkhörner gehoben und einen teuflischen Reigen um den vor Schmerz brüllenden Christenmenschen gebildet. So ist er gestorben, der junge Hoffnungsträger der Familie derer von Topfen. Und die Schuld an diesem abstoßenden Ende, welches ihn jedoch in die Reihe der heiligen Märtyrer gebracht hat, trägt niemand Geringeres als Konrad von Tiefenbrunn. Man sucht bereits nach ihm.«

Crispin hatte nach Beendigung dieser Nachricht fast den Wein ausgespien, der ihm von seinem Gastgeber gereicht worden war. Dann hatte er sich besonnen, seinem Begleiter Walter einen scharfen Blick zugeworfen und an Adalbert gewandt gesagt:

»Nun, die gerechte Strafe hat meinen schuldigen Bruder Konrad bereits ereilt. Er ist der Pest erlegen, welche uns schon in Messina und dann auf dem gesamten Wege durch Italien immer wieder begegnete. Es war ein grausamer Tod, der nicht nur Konrad, sondern auch unsere Brüder, den jungen Friedrich von Steinberg und den Graumäntler Bertold Rodenbach, ereilte.«

Adalbert hatte dieser Lüge offensichtlich Glauben geschenkt und sich am nächsten Tage sehr höflich von seinen beiden Gästen verabschiedet. Nicht weit von Dahnsdorf hatte Crispin schließlich den treuen und verschwiegenen Walter allein zur Marienburg weiterziehen lassen. Er selbst hatte es als seine Pflicht empfunden, Konrad zu finden und zu warnen. Und deshalb war er zurückgekehrt, deshalb suchte er nun schon seit Tagen vergeblich die Saale ab, und deshalb freute er sich nun so sehr darüber, zwar nicht Konrad, aber immerhin den Kerl gefunden zu haben, der diesen erst kürzlich beraubt hatte und sogar wusste, wo er nun zu finden sei.

»Grimma«, murmelte Crispin vor sich hin. »Ich denke nicht, dass es weit ist.«

Regino starrte den schon lange in Gedanken versunkenen Ritter bereits die ganze Zeit über erwartungsvoll an, dann fragte er plötzlich vollkommen unverblümt: »Ob ich Euch begleiten dürfte, edelster Herr? Denn auch ich hoffe in der Gesellschaft des werten Ritters ohne Rüstung etwas zu finden, was ich dringend benötige.«

Crispin äugte ein wenig ungehalten zu dem nun wieder äußerst lebendigen und zudem dreist werdenden Galgenstrick hinüber, der sich jedoch vollkommen sicher fühlte und wieder genüsslich an dem nun erkalteten Stück Fleisch zu kauen begann, wobei er immer wieder Laute des Entzückens von sich gab.

»Nun gut«, brummte Crispin schließlich. »Immerhin hat er etwas zurückzubringen und sich bei Konrad für sein Vergehen zu entschuldigen. Dass er als verwirrter Vogel in der Lage ist, mir den Weg zu zeigen, das wage ich nicht zu hoffen.«

»Oh doch, das bin ich. Der Hunger und die Verzweiflung ließen mich ratlos erscheinen. Beides ist nun fort. Hunger weg! Verzweiflung weg! Stattdessen ist meine Hoffnung auf gute Fügung wieder da. Und schon ist aus dem verwirrten Vogel ein Zugvogel geworden, eine Wildgans, die es versteht, auch einer weißen Hausgans wie Euch den rechten Weg zu weisen.«

Crispin schwieg eine Weile, entschied sich aber dann dafür, dem Witzbold nicht zu zürnen.

»Aber er geht nicht in diesem Gewand«, sagte er stattdessen bloß und deutete mit einem abgelutschten Knochen auf den trotz des Matsches noch verblüffend weißen Umhang mit schwarzem Kreuz, in den Regino seinen spindeldürren Körper gehüllt hatte. »Ich reise nicht in Gegenwart eines Hochstaplers, der die Ehre unseres Ordens befleckt, indem er sich als einer von uns verkleidet.«

»Aber das ist doch keine Verkleidung«, protestierte Regino

ernsthaft. »Ich fühle mich durchaus auch innerlich als der Mann, den ich äußerlich darstelle.«

»Ja, das denke ich mir. Nur hat er keinen Spiegel, um zu sehen, was für einen komischen Kauz er tatsächlich äußerlich darstellt. Zieh er es aus und nehme er stattdessen dieses.«

Crispin stand auf, ging zu seinem Pferd und holte aus dem Gepäck eine graue Decke hervor, in welche er rasch mit dem Schwert ein Loch in der Mitte schnitt, durch welches Regino seinen Kopf stecken sollte. Dann warf er dieses wenig kleidsame Gewand dem entsetzten Gaukler zu, der sich nicht zurückhielt zu schimpfen, dass dieses freudlose Zeug nicht nur hässlich, sondern zudem voller Flöhe sei.

»Ein Flohbiss hat noch niemandem ernsthaft geschadet«, gab Crispin zurück.

Doch damit irrte er gewaltig.

XXVI

Der junge Knecht Otto war drei Tage, nachdem er durch die kühle Saale gewatet war und sich danach den nassen Kopf mit der neuen Rattenfellmütze gewärmt hatte, gestorben. Sie hatten ihn am sumpfigen Ufer des Flusses begraben.

Trotz aller Bemühungen hatte Maja nichts gegen das Siechtum des jungen Mannes ausrichten können.

Die übrigen Trauernden glaubten, Otto sei einer bösen Erkältung erlegen. Doch die Alte ahnte, dass es etwas anderes war, und nicht nur sie ahnte es. Auch der Kreuzritter, der nun zu ihnen gestoßen war, schien zu wissen, was die schwarzen Beulen unter den Armen Ottos zu bedeuten gehabt hatten. Der edle Mann aber sprach kein Wort davon, er verschloss die Augen vor dem Unheil, welches Maja längst in ihren Träumen hatte kommen sehen. Für verrückt hielten sie alle, wenn sie ihnen zu erklären versuchte, dass ein Fluch sich auf den Weg gemacht habe, sie zu ereilen. Als Hexe bezeichneten sie sie wieder einmal hinter vorgehaltener Hand, wenn sie des Nachts mit einem spitzen Stock einen Schutzkreis in den Boden um den schlafenden Konrad von Tiefenbrunn ritzte, damit das Übel, welches er bei sich trug, nicht zu einem weiteren Mitglied ihrer Gruppe übertrat.

Allein, es nützte nichts. Ihre Visionen hatten es Maja prophezeit, und bald war er tatsächlich wieder unter ihnen: der Tod.

Noch hatte er nicht vollständig zugeschlagen, er zeigte sich lediglich im Gesicht und im Gebaren des Mädchens Lisa. Schwach war sie auf den Beinen, die Augen von schwarzen Ringen umfurcht, ihr Atem stank, sie schwitzte stark und fror zugleich.

Zum Glück hatten sie am gestrigen Tage ein gastfreundliches Kloster erreicht. Und dies war wirklich ein Segen, denn sie hatten eine gewaltige, äußerst strapaziöse Reise hinter sich. Nach dem Tode Ottos in ihrem Lager an der Saale waren sie dem Fluss gen Süden gefolgt. Hin und wieder war es möglich, dass wenigstens die Schwächsten ein Stück von Flößern mitgenommen wurden, welche aber ebenfalls stark mit der Gegenströmung zu kämpfen hatten und sich deshalb teuer bezahlen ließen. Kurz vor der Stadt Halle ging es dann ungezählte Meilen durch eine feuchte, seenreiche Ebene in Richtung Osten. In der ehemaligen slawischen Festung Eilenburg an der Mulde gönnten sie sich eine zweitägige Rast, bis es dann die Mulde stromabwärts bis nach Grimma ging. Rückblickend konnte sich niemand aus der Gruppe mehr vorstellen, wie er einen solchen Gewaltmarsch bewältigt hatte. Unterwegs hatten sie nicht selten geflucht und den Himmel angefleht, es bittersten Winter werden und die Seen und Flüsse zufrieren zu lassen, damit sie über das ebene Eis gleiten und sich nicht an ihren verwachsenen schlammigen Ufern entlangkämpfen müssten.

Doch jetzt, zwei Wochen nach ihrem Aufbruch von der Saale, hatten sie endlich das Kloster Marienthron bei Grimma erreicht. Das war ein großer Vorteil, den die Anwesenheit des Kreuzritters bot: Er hatte dank verwandtschaftlicher Beziehungen dafür gesorgt, dass die immer mehr verwahrlosende Gruppe nach Wochen zum ersten Mal und für längere Zeit wieder ein Dach über dem Kopf hatte, trockenen Boden unter den Füßen und eine anständige Mahlzeit im Bauch. Auch der stündlich schwächer werdenden Lisa linderte es ein wenig ihre Qualen, dass sie immerhin in einem warmen Lager ruhen konnte und nicht gezwungen war, auf den matschigen Pfaden dieser Gegend dahinzusiechen.

Es gab kaum Hoffnung für das Mädchen, das wusste Maja.

Und wahrscheinlich gab es auch kaum Hoffnung für irgendjemand anderen aus ihrer Gruppe. Eine Befürchtung, die nicht allein Maja hatte. Auch in den Augen der jungen Leute war dies zu erkennen, aus welchen mit dem Verschwinden des Lokators und dem Tod ihres Freundes Otto alle ungetrübte Zuversicht auf ein neues Leben oder ein großes Abenteuer gewichen war. Das Leid, vor welchem sie mit diesem Marsch aus ihrem Dorf geflohen waren, es war zurück und ließ zum ersten Male auf dieser Reise das Heimweh in seinem vollen Ausmaß aufkommen.

Die beiden Jüngsten, Gustav und Fritz, scheuten sich nicht mehr zu weinen und mussten oft von Marie und Ulrich getröstet werden. Und auch Josef, der die Krankheit seiner Lisa kaum ertragen konnte, verfiel immer wieder in Tobsuchtsanfälle, bei denen er auf alles eintrat und einschlug, was ihm im Wege war, selbst auf Felsbrocken. Anna sprach kaum noch, und auch Wilhelm wurde wieder zu dem schüchternen, sich seines Stotterns schämenden jungen Mann, als der er vor einigen Monaten aus seinem Dorf aufgebrochen war. Lediglich Johann gelang es, die wachsende Hoffnungslosigkeit ab und zu zu überwinden – dank Adelheid.

Und nun waren sie in dem Zisterzienserinnenkloster angekommen. Schön war es hier, das stand außer Frage. Es war die beste Herberge, die sie auf ihrer bisherigen Reise bezogen hatten, aber dennoch verbrachten sie hier ihre traurigste Zeit. In einem eigenen Gästehaus durften sie sich einrichten, fernab von dem Leben der Schwestern, aber auch fernab von dem Leben der hier arbeitenden Laien, die sich um die Wirtschaft des Klosters kümmerten. Konrad von Tiefenbrunn wollte es so. Er wollte keine Begegnung zwischen seinen Gastgeberinnen und deren Knechten und Mägden, deshalb verbot er der Gruppe, sich irgendjemandem zu nähern oder auch nur einen Blick auf einen an diesem Ort lebenden Menschen zu werfen. Nicht einmal mit seiner Base Elisabeth, der Äbtissin, wollte er von Angesicht zu Angesicht sprechen. Niemand verstand, warum er sich so seltsam verhielt. Niemand außer Maja.

Eine sehr fürsorgliche Nonne, die vor etwa einer Stunde mit weißen, kalten Umschlägen und einer duftenden, dampfenden Hühnerbrühe zu ihnen gekommen war, um nach der kranken Lisa zu schauen, hatte der Ritter äußerst unwirsch davongejagt und dabei allen anderen den Eindruck vermittelt, vollkommen dem Jähzorn oder gar dem Wahnsinn verfallen zu sein, so unbegreiflich war dieses Verhalten.

Maja jedoch wusste, dass es nicht Jähzorn oder Wahnsinn waren, die Konrad derart brüsk handeln ließen. Nein, es war die Furcht. Er ängstigte sich ebenso sehr, wie Maja sich ängstigte, und bewies damit, dass er das Böse nicht mit Absicht an sich gezogen hatte. Es hatte ihn gesucht, gefunden und sich an ihn geheftet, so viel stand für Maja fest.

Doch was konnte man dagegen tun?

Nachdenklich machte Maja sich auf den Weg hinunter zu einem von der nahen Mulde abgeleiteten kleinen Bachlauf. Er floss unweit ihrer Herberge vorbei, welche wiederum im Schatten des mächtigen, wie eine lange, steinerne Scheune dastehenden Klosters lag. Hier hoffte sie ein besonderes Kraut zu finden: Pestwurz mit Namen. Getrocknet, pulverisiert und dann in warmem Wein verrührt getrunken, trieb es den Schweiß und damit auch die Krankheit aus. So hieß es.

Maja wollte einen Vorrat von diesem Kraut anlegen. Der unglücklichen Lisa würde es kaum mehr helfen, denn bis das Pulver fertig war, wäre Lisas Zeit auf Erden längst verstrichen. Aber für die Übrigen könnte dieses Heilmittel noch von Wert sein.

Die Alte war sich nicht vollkommen sicher, doch sie glaubte zu ahnen, mit welcher Sorte Übel sie es zu tun hatten. Der Schwarze Tod, als solcher erschien er in ihren Träumen, der Volksmund nannte diese Seuche schlicht die Pestilenz. Vor mehr als einem Menschenleben hatte sie zum letzten Male in Majas Heimat gewütet, ihr Großvater hatte in düsteren Farben davon zu erzählen gewusst, und viele der Bilder, welche Maja in ihren Träumen und Visionen erschienen waren, bestätigten diese Befürchtung. War es die Luft, war es das Wasser, oder war es gar die Erde, die diese Seuche hervorbrachte und verbreitete? Man konnte es nicht sagen. Sicher war nur, dass eine Krankheit wie diese niemals nur ein einziges Opfer forderte. Es galt sich zu schützen.

»Vier Elemente«, murmelte Maja, während sie den üppig grünen Boden am Laufe des Baches nach dem Kraut absuchte. »Die Luft bringt den Hauch, das Wasser ist vergiftet, die Erde verseucht. Es bleibt das Feuer. Das Element der Hölle. Ausgerechnet dieses.«

»Das sind in etwa die Worte meines heilkundigen Bruders Crispin. Allerdings drückt er sich etwas gottgefälliger dabei aus.« Konrad von Tiefenbrunn saß nicht weit von Maja und bis dahin von ihr unbemerkt auf einem unbrauchbaren Handkarren.

Die Alte blieb stehen, sie fühlte sich gestört und brummte ein wenig mürrisch.

»Ihr mögt mich nicht besonders, greise Maja«, stellte Konrad schlicht und einfach fest, indem er das Kräuterweiblein eingehend musterte.

Gruselig sah sie aus. Sie war eines von den Weibern, denen man nicht im Dunkeln im Wald begegnen wollte. Aber trotz dieser sagenhaft düsteren Erscheinung und dem stets misstrauischen Gesicht, das sie zog, wenn sie seiner Anwesenheit gewahr wurde, hatte Konrad in letzter Zeit den Eindruck gewonnen, dass diese alte Hexe doch tatsächlich ein guter Mensch war. Sie sorgte sich auf ihre ganz besondere, nicht gerade warmherzige, aber dennoch inbrünstige Weise um die Leute ihrer Gruppe, vor allem um die Kranken. Viele begegneten ihr mit Argwohn, aber das störte sie nicht. Sie blieb, wie sie war, eigentümlich, stur und oft verloren in ihrer eigenen Welt, zu der niemand anderer Zugang hatte. Und so merkwürdig dieses Gebaren auch war: Alles, was sie tat, tat sie wahrlich in guter Absicht, und das sah man in ihren winzigen, von Falten umgebenen Augen. Auch wenn diese sich gerade wieder misstrauisch forschend auf Konrad richteten.

»Es seid nicht Ihr selbst, das ich nicht mag, werter Herr. Es ist vielmehr das, was Ihr uns gebracht habt.«

Ein stechender Schmerz breitete sich plötzlich in Konrads Brust aus. Auch dies hätten wieder die Worte seines Freundes Crispin sein können. Dieser hatte ebenfalls davon gesprochen, dass Konrad seit seiner Begegnung mit der pestkranken Frau nahe Venedig den Hauch mit sich führe.

»Unsinn«, fuhr er barsch die Alte an, die jedoch ob dieses erneut zutage tretenden Jähzorns ungerührt blieb.

»Wo habt Ihr den Tod zum ersten Mal gesehen?«, fragte sie mit ruhiger Stimme.

Konrad stutzte.

Normalerweise hätte er ein zerlumptes, hässliches Weib wie dieses nicht einmal eines Blickes wert gefunden, geschweige denn, dass er sich herabgelassen hätte, ihr eine Frage zu beantworten. Doch diese Alte war anders. Er hatte das Gefühl, dass sie in der Lage war, bis in die tiefsten Abgründe der menschlichen Seele zu schauen. Sie wusste längst alles, es hatte also keinen Sinn zu schweigen oder gar zu lügen.

»Auf Sizilien. Da begann es«, brummelte er folgsam, aber übellaunig, wie ein übernächtigter Klosterschüler, der seinem ihn quälenden Lehrer am liebsten die Gurgel umdrehen würde.

»Und dann?«

»In Apulien, im Süden der italienischen Halbinsel, grassierte es bereits, als wir Sizilien verließen. Das restliche Land, das wir gen Norden durchquerten, war verschont, nicht jedoch Venedig. Dort wütete das Übel sogar ärger als in Messina.«

Konrad ging nicht davon aus, dass dieses schlichte Weib seinen geografischen Ausführungen hatte folgen können, doch da täuschte er sich.

»Die Schiffe«, murmelte Maja mit abwesendem Blick.

»Die Schiffe?«

»Die Schiffe haben es nach Venedig gebracht. Darum war die Mitte Italiens noch nicht heimgesucht, als Ihr die bereits leidende Lagunenstadt erreicht habt.«

»Woher wollt Ihr das wissen?« Konrad starrte die kleine, hutzelige Gestalt mit offenem Mund an.

»Und dann?«, fragte diese nur.

»Dann bekam ich damit zu tun.«

»Gewiss?«

»Die schwarzen Beulen, sie waren da. Ein untrügliches Zeichen.«

»Ihr überlebtet?«

»Ja.«

»Und dann?«

»Zwei meiner Brüder starben. Doch danach hatte es ein Ende.«

»Das ist nicht wahr. Auch unser guter Otto ist der Pestilenz erlegen. Und das arme Mädchen Lisa wird ihr nächstes Opfer sein.«

Konrad kratzte sich verwirrt am Kopf. Er war verlegen und wütend zugleich. »Was wollt Ihr mir damit sagen, Alte?«, fuhr er sie schließlich unter finster zusammengezogenen Brauen an.

»Das Feuer. Es schützt. Man muss das Übel verbrennen.«

»Soll ich mich etwa selbst in Brand setzen, um das Böse zu zerstören, das mir Eurer Meinung nach anhaftet?« Konrad stellte diese Frage in einem nicht ernstgemeinten Tonfall. Maja jedoch reagierte durchaus ernst. Sie nickte, und ihr Blick bohrte sich wieder tief hinein in Konrads Seele.

Ihn fröstelte. Er erhob sich, ging strammen Schrittes an der winzigen Frau vorüber und murmelte zornig: »Du bist es, die auf den Scheiterhaufen gehört, krumme Hexe.«

Auch Marie hatte derweil das Gästehaus verlassen.

Es dunkelte bereits, und der Gruppe in ihrer heimeligen Herberge, in der man unter anderen Umständen so sorglos hätte rasten können, ging langsam das Wasser aus. Konrad hatte ihnen verboten, den Brunnen der Klosterfrauen zu benutzen, obwohl dieser nur wenige Schritte vom Gasthaus entfernt stand. Zwar war der Ritter schon den ganzen Tag über nicht mehr aufgetaucht, aber dennoch richtete Marie sich nach dieser unerklärlichen Regel und ging den weiten Weg bis hinunter zu dem Bächlein, um dort Wasser zu schöpfen.

Dort fand sie Konrad. Er hockte unter einer knorrigen Weide und döste vor sich hin.

Marie hatte in den letzten Tagen aufgehört, sich über diesen Mann zu wundern. Launisch war er und deshalb unberechenbar. Im einen Moment hilfsbereit und fürsorglich, im nächsten wieder reizbar und hitzig. Er konnte laut und fröhlich sein, dann wieder vollkommen zurückgezogen und sogar schüchtern. Ulrich hasste ihn für diese Wankelmütigkeit und scheute sich auch nicht, Konrad diese Abneigung offen spüren zu lassen. Tatsächlich aber hasste er den Ritter, das ahnte Marie längst, weil es ihr, Marie, nicht gelingen wollte, Konrad trotz dessen charakterlicher Mängel ebenfalls zu verabscheuen. Nein, im Gegenteil, je mehr er von sich zeigte, je tiefer sie sein eigentliches Wesen ergründen konnte, desto mehr faszinierte sie dieser Mann.

Er trug nun, nachdem Regino es entwendet hatte, nicht mehr sein Ordenshabit, seine Haare waren ungekämmt, sein Bart wuchs unkontrolliert, und sein ganzes Erscheinungsbild glich jetzt eher dem eines Räubers als dem eines Edelmannes. Doch ebendas gefiel Marie. Je mehr er sich wandelte, desto vertrauter, desto näher wurde er ihr. Und das, ohne dass sie je mehr als zwei Sätze am Stück miteinander gewechselt hatten. Es waren lediglich Blicke, die getauscht wurden. Anfänglich verlegene und schüchterne, aber mittlerweile vertraute, ja selbstverständliche Blicke, die sehr viel mehr sagten als Worte.

Marie ertappte sich dabei, wie sie mit dem leeren Wasserschlauch in der Hand vor ihm stehen geblieben war und ihn beobachtete. Gerade wollte sie sich leise davonschleichen, um zum Bachlauf hinabzusteigen, als er ein Auge öffnete und sagte:

»Und ich dachte schon, die grausige Zauberin sei mir nachgeschlichen und stände nun mit Zündhölzern vor mir, um mich in Brand zu setzen.«

»Meint Ihr etwa Maja? Die ist harmlos«, gab Marie zurück und wollte rasch weitergehen. Doch Konrad hielt sie mit seiner nächsten Aussage zurück:

»Ich werde euch morgen verlassen müssen.«

»Tatsächlich?« Marie versuchte unbekümmert zu klingen.

»Ich bitte Euch, Adelheid zu überreden, doch hier in diesem

Kloster zu bleiben. Meine Base, die Äbtissin, ist in das Geschehen eingeweiht und durchaus gewillt, das Mädchen vor seinem unliebsamen Freier zu verstecken.«

»Sie will aber nicht«, entgegnete Marie. Noch immer stand sie mit der alten Schweinsblase in der Hand vor dem gemütlich an den Baum gelehnten Konrad.

»Dieser Lümmel hat ihr den Kopf verdreht, nicht wahr?«, grinste er nun.

»Ihm ist es ernst«, antwortete Marie und blickte verlegen auf das leere Wasserbehältnis in ihrer Hand.

»Du warst die Frau im Wald bei Quedlinburg, nicht wahr?«

Jetzt schaute sie erschrocken hoch. Konnte er sich etwa doch erinnern?

»Ja, die war ich. Dass Ihr das noch wisst.«

»Ich vergesse vieles, aber längst nicht alles.« Auch er schien nun ein wenig verlegen und schabte mit seinem rechten Fuß im Erdreich herum.

»Warum müsst Ihr gehen?«, wagte Marie nun doch zu fragen.

»Nun …« Konrad wusste nicht, was er sagen sollte, entschied sich nach einer langen Pause dann doch für die wenig einleuchtende Wahrheit. »Die Kräuterfrau hat recht. Mir haftet offenbar ein Fluch an.«

Marie musste herzlich auflachen. Das konnte sie sich einfach nicht vorstellen. Glaubte er etwa den wirren, sich stets ändernden Prophezeiungen Majas? Er wollte sie gewiss zum Besten halten.

Doch Konrads Miene blieb ernst. Lange schaute er sie unumwunden an, sodass sie bereits unruhig zu werden begann.

»Fürchtest du dich nicht, Marie?«, fragte er schließlich.

»Vor was?«

»Vor dem Tod.«

Marie wusste nicht, was sie plötzlich dazu trieb, aber sie legte den leeren Schlauch auf den Boden und setzte sich nun neben Konrad an den Baum.

»Dazu bin ich ihm schon zu oft begegnet, als dass ich mich noch vor ihm fürchten könnte«, sagte sie, den Blick in den Himmel gerichtet. Es war jetzt dunkel, sternenklar und dazu sehr mild. Der Sommer hatte längst Einzug gehalten, und man hoffte inständig, dass er dieses Mal weniger kalt und weniger feucht verlaufen würde als in den letzten dreißig Jahren.

»Er ist bei mir«, meinte Konrad nun.

»Wer ist bei Euch? Der Tod?« Marie löste nun den Blick von den Sternen und richtete ihn auf den Mann an ihrer Seite. Er hatte ein herbes, äußerst markantes Profil. Die Form seiner Nase verriet, dass diese schon gewiss mehr als einmal gebrochen gewesen sein musste.

»Er kann mir nichts anhaben. Aber laut meinem Mitbruder Crispin und auch laut eurer greisen Maja steckt er in mir. Es ist mein Blick, mein Atem. Weiß der Teufel.«

Er meinte tatsächlich ernst, was er da sagte. Marie wandte ihre Augen nicht von ihm ab. Sie betrachtete ihn lange. Aber es war nicht der Tod, den sie in ihm erkannte. Im Grunde hörte sie ihm gar nicht richtig zu, sondern genoss allein den Augenblick. Er schien dies zu bemerken und wandte nun auch sein Gesicht dem ihren zu.

»Du hast wirklich keine Angst?« Seine Stimme klang plötzlich seltsam andersartig. Marie wurde flau im Magen, ihr Herz zersprang ihr in der Brust.

»Nein«, sagte sie so leise, dass man es kaum hören konnte.

»Keine Angst vor dem Tod?«, fragte er erneut mit eigentümlich glasigem Blick.

»Nein«, wiederholte sie nun etwas lauter, aber bebend.

Längst war überfällig, was nun geschah: Langsam, ganz langsam kamen sie sich näher, vorsichtig schlang Marie ihre Arme um seinen Hals, strich sanft mit der Hand über seinen Hinterkopf und drückte dann ihre Lippen auf die seinen. Er erwiderte den Kuss erst, nachdem sie ihm durch ihr Verhalten die Erlaubnis dazu gegeben hatte. Es war ein wunderbarer, inniger, traumhafter Moment. Und gerade die Tatsache, dass es sich bei dieser leidenschaftlichen Umarmung um einen Todeskuss handeln könnte, machte den besonderen Reiz aus.

Marie konnte nicht mehr vernünftig denken, sie konnte nicht von ihm ablassen. Aus dem nahen, hell erleuchteten Kloster drangen die Gesänge der frommen Nonnen, die sich zur Komplet, der Schlussandacht, in der Kirche eingefunden hatten. Im Gästehaus, unweit der Weide, unter welcher sie saßen, wartete Maries Ehegemahl Ulrich auf die Rückkehr seiner Frau.

Und was tat diese?

Sie hinterging in diesem Moment ihren treuen Mann, sie entweihte mit einem eine tödliche Seuche tragenden Mann den heiligen Boden der Zisterzienserinnen – und sie bereute es währenddessen nicht einen Moment lang.

Bis tief unter die Wurzel des großen Baumes hatten sie sich bereits gewühlt. Konrad lag mittlerweile auf ihr, sein Kopf an ihrem Hals, und er wanderte immer tiefer und tiefer. Marie genoss es. Noch nie zuvor in ihrem Leben hatte sie es genossen, mit einem Mann zusammen zu sein. Es war berauschend, die Zeit verging schnell und langsam zugleich, alles um sie herum war verschwommen und eingetaucht in einen Nebel vollkommener Gleichgültigkeit. Nichts bekümmerte sie, nicht die singenden Schwestern, nicht der betrogene Ulrich, nicht die sterbende Lisa – ja, es war Marie sogar herzlich egal, dass man sie vielleicht hören konnte. Denn eindeutig waren die Geräusche, die bald von unterhalb des Weidenbaumes bis weit übers Klostergelände zu vernehmen waren.

Und tatsächlich gab es da jemanden, der diesen lustvollen Lauten mit eiserner Miene lauschte. Ulrich hatte sich aufgemacht, nach Marie zu sehen. Die Zeiten des tatenlosen Wartens auf die Rückkehr seiner Frau waren vorüber. Er kannte nun ihre Geschichte, er wusste um die Gefährlichkeit ihres Ziehvaters Vitus Fips, sie hatte ihm alles anvertraut, und somit fühlte er sich ihr stärker verbunden als je zuvor. Ulrich spürte mehr denn je den unwiderstehlichen Drang, sie zu beschützen, ihr einen nie erlebten Halt und die ersehnte Geborgenheit zu spenden. Ja, er war trotz der schrecklichen Umstände, in denen sie sich auf ihrer Reise wiederfanden, als einer der wenigen in den letzten Tagen glücklich gewesen und hatte sich sogar an den hoffnungsvollen Gedanken geklammert, mit Marie in einem fernen Land ein neues Leben zu beginnen. Bloß war er sich nicht sicher, ob auch sie dies wollte.

Jetzt, wo er allein auf einer steinernen Bank im Mondschein hockte, von rechts das engelsgleiche Singen der Klosterfrauen vernahm und von vorn das leidenschaftliche Stöhnen zweier Sünder, jetzt wurde Ulrich Filzhut endlich bewusst, wie sehr er Marie die ganze Zeit über gequält hatte. Sie war kein Weib wie seine fromme Elsa, Gott hab sie selig, das sich schweigend seinem Schicksal ergab. Denn auch wenn Marie nur wenig sprach, so war sie dennoch keine Willenlose. In ihr loderte ein gefährliches Feuer, und Ulrich war es in ihrer gemeinsamen Zeit weder gelungen, dieses Feuer zu löschen, noch es weiter zu entfachen. Er war dieser Frau gegenüber machtlos und liebte sie zugleich. Doch sie schien auf einen anderen gewartet zu haben, einen, der ihr jetzt begegnet war. Wie eine Blume hatte sie sich in letzter Zeit entfaltet, das war Ulrich nicht entgangen. Ihre Wangen waren stets gerötet, ihre Augen leuchteten, ihr Haar glänzte, und trotz der kargen Kost und der die Gruppe umgebenden Krankheit war sie üppiger geworden, zumindest hatte dies den Anschein. Ulrich freute sich für Marie, aber er hasste Konrad von Tiefenbrunn dafür, dass er es war, dem es gelang, ihren wahren, wunderbaren Kern bloßzulegen. Und das allein durch seine pure Anwesenheit, durch Blicke und sehr wenige Worte. Denn Ulrich hatte bislang ein scharfes Auge auf beide gehabt und wusste genau, dass eine körperliche Annäherung nie zustande gekommen war.

Nicht bis zu diesem Zeitpunkt.

Das quälte ihn sehr.

Ulrich hielt sich die Ohren zu, kniff die Augen zusammen und zog seine dünnen Beine hoch auf die kalte, steinerne Bank, um in dieser Kauerstellung zu verharren. Es nützte nichts, er hörte es trotzdem und glaubte sogar die rhythmischen Schwingungen der Liebenden wahrzunehmen, was beileibe nicht möglich sein konnte. Fester und fester presste er die Hände auf die Ohren, bis nur noch ein dumpfes, dunkles Rauschen in seinem Schädel zu hören war.

Wie lange er so dasaß, wusste er nicht.

War es nur ein Augenblick? Waren es Stunden? Gar die ganze Nacht?

Irgendwann legte sich eine Hand auf Ulrich Filzhuts Schulter und ließ ihn aufschrecken. Es gelang ihm kaum, seine Augen zu öffnen, so fest hatte er diese geschlossen gehalten, all seine Glieder waren verkrampft oder eingeschlafen, und die Ohren schmerzten entsetzlich.

Die Hand streichelte sanft über seinen Rücken.

»Marie?«, flüsterte er und blickte sich um.

Tatsächlich, da stand sie hinter ihm. Ihr Haar war gelöst und wirr, ihr Gesicht schmutzig, dicke Tränen liefen an ihren Wangen herunter und wuschen saubere Streifen in den trocknenden Schmutz auf ihrer Haut.

»Warum weinst du?«, fragte Ulrich. Er konnte sich selbst

nicht erklären, weshalb er nicht aufstand und ihr eine gehörige Maulschelle verpasste. Mehr als verdient hätte sie es.

»Lass uns hineingehen«, meinte sie bloß mit belegter Stimme, half ihm auf und schleppte ihren Gemahl mit dessen verkrampften Gliedern und den wunden Füßen zurück ins warme, trockene Gästehaus, in dem bereits alle anderen in einen tiefen Schlaf gesunken waren.

Lediglich Maja wachte am Krankenlager der jungen Lisa. Stumm wandte sie sich zu Ulrich und Marie um und warf ihnen einen kurzen wissenden Blick zu, um sich dann wieder dem fiebernden Mädchen zu widmen.

XXVII

»Da ist es! Hab ich es Euch nicht gesagt, verehrungswürdiger Bruder Crispin? Wenn Regino den Weg finden will, dann findet er ihn.«

Crispin zog lediglich eine Braue hoch und räusperte sich leise. Seit fünf Tagen war er nun mit diesem Narren unterwegs und hatte sich mittlerweile an dessen Geschwätz gewöhnt. Ein seltsames Gespann bildeten sie, wenn sie, zusammen auf einem Pferd reitend, durch die Landschaft zogen: der Ordensritter im weißen Habit und die klapperdürre Gestalt hinter ihm, gekleidet in eine alte, graue Decke, die er sich dick um den Leib geschlungen hatte, was den erbärmlichen Anblick seiner spindeldünnen, bloßliegenden Arme und Beine nur verstärkte. Crispin hatte mit seiner Einschätzung dieses Taugenichts richtig gelegen: er taugte tatsächlich zu nichts. Er kannte nicht den Weg, auch wenn er dies stets von sich behauptete, er fraß ihm die Haare vom Kopf, ohne sich selbst um die Beschaffung von Nahrung zu kümmern, er war ein bekennender Dieb und zudem ein Schwätzer vor dem Herrn. Dennoch ertrug Crispin die Anwesenheit Regino von Bunseborns, und insgeheim wusste er auch, warum: Es war diese erfrischende Lebendigkeit des Narren, die den Ritter von den schrecklichen, tödlichen Erinnerungen der letzten Monate ablenkte.

Nun hatten sie also endlich das gesuchte Kloster erreicht,

den Ort, an welchem Crispin hoffte, seinen Freund und Mitbruder Konrad anzutreffen, um diesen vor einer Rückkehr zur Marienburg zu warnen. Regino erhoffte sich, bei den Zisterzienserinnen in Erfahrung zu bringen, wohin es seine verlassenen Schäfchen gezogen hatte. Er war guter Dinge und der festen Überzeugung, sie alle bald wieder wohlbehalten um sich scharen zu können. Die unguten Ereignisse der letzten zwei Wochen wollte er vergessen, und darin war er auch erfolgreich, zumindest tagsüber. Des Nachts allerdings träumte er durchaus von Elisabeth, die er in den Fängen dieses menschenfressenden Wolfes hatte zurücklassen müssen. Dann erwachte er schweißgebadet und konnte erst wieder einschlafen, wenn er sich in bunten Farben ausmalte, dass er auch Elisabeth würde erretten können.

Es war ohnehin notwendig, Fips zu finden, da dieser über die heißbegehrte Goldgrubenkarte verfügte, und wo Fips war, da wäre auch das Fräulein nicht weit. Gewiss hatte sie in der Zwischenzeit Schreckliches erleiden müssen. Doch niemand in diesen Zeiten blieb verschont. Jeder hatte sein Päckchen zu tragen, die Hauptsache war, man blieb am Leben. Mit diesen für ihn ausreichend tröstenden Gedanken gelang es Regino nach einem Albtraum wieder einzuschlummern und nach und nach seine alte Fröhlichkeit zurückzugewinnen, was nicht zuletzt auch an dem guten Essen lag, welches ihm der prächtige Ritter Crispin des Abends in den Rasthäusern, in denen sie mitunter unterkamen, spendierte.

Und sicherlich würde man auch in diesem äußerst massiven, einem Langhaus gleichenden Frauenkloster, vor dem sie nun angekommen waren, nicht schlecht versorgt werden. Ja, Regino zwang sich, nur an das Gute zu denken, was ihn in den nächsten Stunden erwartete. Lediglich im Hinterkopf schwirrten sie herum, die vielen, vielen Zweifel, Gewissensbisse und

Ängste, welche ihn in Stücke reißen könnten, falls er ihnen wieder erlauben würde, sich seiner zu bemächtigen.

»Alles wird gut«, flüsterte er schließlich, als sie an die Pforte des Klosters gelangten, schaute flehentlich gen Himmel und bekreuzigte sich drei Mal. Crispin war bereits abgestiegen und klopfte mit dem eisernen Schlegel gegen das mächtige Tor.

Eine kleine Luke, ein Guckloch bloß, öffnete sich, und zwei von Falten umgebene, argwöhnisch blitzende Augen lugten hervor.

»Was?«, vernahm man die Stimme eines Wesens, von dem man nicht mit Genauigkeit sagen konnte, ob es sich um ein Männlein oder Weiblein handelte.

»Mein Name ist Crispin de Montbard, meines Zeichens Ritter des Ordo Teutonicus. Ich bin auf der Suche nach meinem Bruder Konrad von Tiefenbrunn, der an diesem Orte abgestiegen sein soll.«

»Weg«, gab die Stimme bloß von sich.

»Wie meinen?«, fragte Crispin.

»Der ist weg.«

»Er war aber hier?«

»Ja.«

»Wann ist er abgereist?«

»Vor zwei Nächten. Sein Pack hat er hier gelassen. Sie liegen im Gästehaus und verrecken wie zu früh geborene Ferkel.«

Sehr unchristlich war es, was dieser Mensch da von sich gab. Solche Worte wollten gar nicht zu dem andächtigen Ort passen, dessen Pforte er bewachte. Es war ein Zisterzienserinnenkloster, eine Anlage also, hinter deren Mauern auch sehr viele Laien arbeiteten, indem sie den reichen Wirtschaftsbetrieb des Klosters aufrechterhielten, während die Nonnen das Haupthaus kaum verließen, wo sie in völliger Kontemplation lebten und ihre Tage mit Gebet und Andacht verbrachten. Mit einem solchen, offenbar wenig sensiblen Laien hatten sie es nun also zu tun. Doch das scherte Crispin nicht. Ihm war gleich, wie dieser Mensch sprach, vielmehr erschreckte ihn, was er da gesagt hatte.

»Sie sterben?«, fragte er entsetzt.

»Ja. Rauswerfen müsste man sie, aber das wollen die mildtätigen Schwestern nicht. Aber weitere Fremde einlassen werden wir nicht mehr. Schert Euch also zum Teufel!«

Und damit war die Klappe zu.

Crispin wandte sich verwirrt nach Regino um. Auch dieser zuckte bloß sprachlos mit den Schultern.

Erneut begannen sie dann beide gegen die Pforte zu klopfen und zu treten. Doch es rührte sich nichts. Erst nach einer ganzen Weile verzweifelten Lärmmachens zeigten sich die missmutigen Augen wieder.

»Verschwindet!«

»Halt!« Noch bevor die Luke wieder geschlossen werden konnte, hatte Crispin seinen Arm hindurchgesteckt und nach dem Hals desjenigen gegriffen, der dahinterstand. Dieser wehrte sich nach Kräften, konnte aber nichts gegen den festen Griff ausrichten.

»Wo ist Konrad?«, zischte Crispin.

»Weiß nicht«, stammelte der Wärter.

»Wer stirbt?«

»Die Leute, die er mit sich gebracht hat. Das Lumpenpack.«

»Woran sterben sie?«

»An einem stinkenden Fieber.« Der andere bekam kaum mehr Luft, die Augen quollen schon gefährlich aus dem Kopf, sodass Crispin seinen Griff ein wenig lockern musste.

»Wie viele sind tot?«

»Drei.«

»Wer sorgt sich um sie?«

»Niemand, denn die alte Hexe lässt keinen ins Gästehaus.«

»Maja. Er meint meine liebe, gute Maja«, flüsterte Regino von hinten.

»Schick die Überlebenden raus. Sofort. Und dann steckt in Brand, wo sie gehaust haben. Alles«, stieß Crispin hervor.

»Du bist doch wahnsinnig«, stammelte der Gewürgte.

»Schick sie raus«, wiederholte Crispin. Dann ließ er los und zog seine Hand schnell genug aus der Luke, bevor diese sich rasch wieder schloss. Ein Husten und Fluchen war hinter der Pforte zu vernehmen. Dann hörte man, wie sich Schritte entfernten.

»Das Sterben hat deine Leute erreicht, Regino«, sagte Crispin, sich die Hand reibend, an den noch immer verwirrten Gaukler gewandt.

»Welches Sterben?«, fragte dieser schließlich bibbernd.

»Das große Sterben, welches in Messina begann. Ich habe dir in den vergangenen Tagen doch davon erzählt. Es breitet sich aus.«

Sie warteten.

Die Stunden vergingen. Nichts tat sich. Nicht einmal Händlerkarren oder Heuwagen passierten das Klostertor. Regino hatte sich ins feuchte Gras gesetzt und sang leise ein Lied nach dem anderen, während Crispin immer nervöser wurde.

Im Grunde hatte er an diesem Ort nichts mehr zu suchen. Konrad war längst fort von hier. Aber dennoch wollte Crispin mit den Leuten aus Reginos Wandergesellschaft sprechen, um herauszufinden, was genau sich in den letzten Tagen ereignet hatte und wo man nach dem verschwundenen Konrad suchen könnte. Hoffentlich war diesem nicht eingefallen, die Rückreise zur Marienburg anzutreten, wo sich seine mächtigen Feinde längst beim Hochmeister eingenistet hatten und nur darauf warteten, den verhassten Ritter zur Verantwortung zu ziehen. Crispin konnte sich genau ausmalen, wie es zugehen würde. Natürlich würde der Hochmeister Partei für seinen Ordensmann ergreifen, ihn verteidigen, doch auch Heinrich von Dusemer waren Grenzen gesetzt. Er hatte es bei den von Topfens mit einer sehr mächtigen Familie zu tun, deren Einfluss bis tief in verschiedene hohe Herrschaftshäuser hineinreichte. Mit diesen Leuten verscherzte man es sich nicht. Konrad müsste ihnen geopfert werden, das stand fest. Im glimpflichsten Falle käme er mit einer Ächtung davon und würde in die strenge Klausur eines fernen Mönchsklosters verbannt, wo er den Rest seines Lebens eingesperrt in einer Zelle in verschwiegener Demut verbringen müsste. Besser war es, man erklärte ihn für tot. Gestorben an der Pest, der sie in Italien auf ihrer Visitationsreise für den Orden begegnet waren. Und genau diese Notlüge hatte Crispin bereits in die Welt gesetzt.

Doch um sie nicht auffliegen zu lassen, musste Konrad unbedingt gefunden werden, denn es ging nicht an, dass Crispin der ganzen Marienburg von dessen entsetzlichem Pesttod erzählte, und am nächsten Tage stünde Konrad plötzlich lebendig vor den Toren der Ordensfestung. Er musste eingeweiht werden, er musste erfahren, dass der von ihm während seiner letzten Litauenreise zurückgelassene Roderich von Topfen von den Heiden lebendig verbrannt worden war, er musste einsehen, dass es besser für ihn war, ein neues Leben unter einem neuen Namen zu beginnen, wenn er nicht das Opfer einer rachsüchtigen Familie werden wollte. Crispin war sich nicht sicher, ob Konrad dies einsehen würde. Zu stolz war er, zu sehr von seiner eigenen Ehre und Kraft überzeugt. Gewiss würde er sich dem Feinde stellen wollen. Doch diesem Gegner begegnete man nicht auf dem Schlachtfeld. Es war kein Kräftemessen Mann gegen Mann, das Konrad erwartete: Man würde ihn wie einen Dieb in Gewahrsam nehmen, ihn vor Gericht stellen, ihm eventuell sogar gotteslästerliche, teuflische Dinge unterstellen und diese unter der Folter aus ihm herauspressen, so wie es bei den Templern gewesen war. Das Urteil war bereits gesprochen, und hier nützte keine Ritterlichkeit mehr.

Crispin wusste, dass er durch den als Kind erlebten Schock angesichts des brutalen Untergangs des Templerordens zu vorsichtig geworden war, aber er wusste auch, dass diese erlernte Vorsicht nun Konrad das Leben retten könnte. Und deshalb würde er ihn finden müssen. Vielleicht konnte ihm einer von den Menschen, die hoffentlich bald aus diesen Mauern herausgeschickt wurden, weiterhelfen.

So dachte er gerade, als sich plötzlich knarrend eine Hälfte des Tores öffnete. Und tatsächlich ganz langsam acht gebeugte, schwächliche Gestalten hinausschritten. Sobald der Letzte von ihnen das Klostergelände verlassen hatte, krachte die Türe wieder hinter ihnen schwer zu und wurde sogleich eilig und geräuschvoll von innen verriegelt.

Crispin fuhr vor Schreck zusammen, sogar sein bis dahin friedlich grasendes Pferd scheute und stob einige Fuß weit davon. Es waren nicht etwa die armen Menschen, die Ritter und Ross so entsetzten. Nein, es war – welch Wunder – Regino. Einen schrillen Freudenschrei stieß er aus und rannte mit ausgebreiteten Armen und langen Schritten strahlend auf die grauen, traurigen Gestalten zu, die ebenso verwundert und entsetzt dreinschauten wie Crispin.

»Da bin ich wieder! Da bin ich wieder!«, rief Regino, umarmte einen jeden Einzelnen, küsste die Frauen sogar auf den Mund und sparte dabei nicht einmal ein uraltes Weiblein aus.

»Sicherlich habt ihr euch gefragt: Wo ist er hin, der Regino? Warum ist er verschwunden bei Nacht und Nebel? Hat er uns verlassen? Ist er einfach auf und davon?«

Der Gaukler hatte sich nun vor der stumm dastehenden, immer noch schweigenden Gruppe aufgebaut und begann eine Rede, die – das musste Crispin ihm zugestehen – nicht übel klang, obwohl ihr Inhalt von vorne bis hinten erstunken und erlogen war.

»Nein, das ist er nicht. Regino musste fort. Zu euer aller Wohl hatte ich die Pflicht auf mich zu nehmen, für ungewisse Zeit von dannen zu ziehen, um Erkundigungen über den Fortgang unserer Reise einzuholen«, so sprach der Gaukler zunächst laut. Dann jedoch wurde seine Stimme leiser und trauriger: »Denn, und das habt ihr leider, wie mir zu Ohren gekommen ist, bereits am eigenen Leibe erfahren müssen: Das große Sterben hat eingesetzt. Ja, das große Sterben. Ich fürchte mich, meine Augen über euch schweifen zu lassen und feststellen zu müssen, wen von euch es getroffen hat. Wer sind die Unglücklichen? Ach, nein«, er wandte den Blick theatralisch von den Leuten ab und schaute eine Weile betreten zur Seite. Tränen stiegen ihm in die Augen. Dann begann er leicht zu lächeln, mit noch immer feuchtem Blick drehte er den Kopf langsam wieder zurück zu seinen Zuhörern: »Wir wollen nicht die Toten zählen, sondern uns über die Lebenden freuen. Wen sehe ich wohlbehalten vor mir? Meine liebe Maja, du bist noch da. Marie, auch dir ist nichts zugestoßen. Selbst der Filzhut lebt – welch Glück. Johann, der pfiffige Johann, er weilt unter uns. Und auch die Liebe zwischen unserem starken Wilhelm und seiner Anna, sie wird hoffentlich weiter irdischen Bestand haben. Der Knabe Fritz, auch du bist da. Geht es dir nicht gut? Es wird gewiss bald besser werden. Und, ach, welch anmutige Gestalt: die junge Adelheid! Auch sie hat diese Mauern verlassen, um weiter mit uns zu gehen. Gesund seht Ihr aus, mein verehrtes Fräulein. Das sind sie, die Lebenden. In stiller Stunde werden wir der Verstorbenen gedenken. Glaubt mir, ich sehe ihre Gesichter schmerzhaft vor Augen, ich habe sofort erkannt, welche es sind, die während meiner Abwesenheit aus unserer Mitte gerissen wurden. Wo ist das schöne Liebespaar Lisa und Josef? Sind sie gemeinsam aus diesem Leben geschieden? Der gute Otto mit seiner lustigen Mütze. Auch ihn sehe ich nicht unter euch. Und dann der junge Gustav, ein Knabe noch, der so voller Leben gesteckt hat.

Doch wie ich schon sagte: Wir Übrigen, wir müssen leben. Wir müssen weiter. Wir dürfen uns nicht beirren lassen. Auch nicht vom Tod.«

Und damit zeigte er auf Crispin, der mit verschränkten Armen bislang schweigend und hin und wieder kopfschüttelnd gelauscht hatte.

»Bei diesem ehrenhaften Deutschordensritter – der Anblick eines Mannes dieser Zunft ist euch allen bereits bekannt – bei ebendiesem ehrenhaften Ordensritter namens Crispin de Montbard habe ich Erkundigungen eingeholt. Ja, es war meine Pflicht als euer Anführer, möglichst rasch in Erfahrung zu bringen, in welche Gefahr wir uns möglicherweise begeben, wenn wir unsere Reise fortsetzen. Denn ihr seid nicht die Einzigen, die es ereilt hat, das große Sterben. Ritter Crispin weiß von schrecklichen Heimsuchungen zu berichten, in denen ganze Städte, ganze Inseln gar entvölkert wurden.« Jetzt machte er eine dramatische Pause, in der er sehr lange und sehr tief durchatmete, dann fuhr er in bedächtigerem Ton fort:

»Das Sterben zieht durch Europa. Italien hat es bereits durchwandert und wird bald den Süden unseres Reiches erreichen. Von dort wird es gewiss gen Norden und Westen aufbrechen, denn es braucht Menschenfleisch und hält sich nur dort auf, wo es genügend Nahrung finden kann. Glaubt mir, wenn wir nun zurück in eure alte Heimat gehen, dann rennen wir ihm in die Arme. Wir werden zum freiwilligen Opfer dieses entsetzlichen Schreckens, dem ihr schon so schmerzhaft ins Auge habt blicken dürfen. Doch in den Osten, da, wo ganze Landstriche unbewohnt sind, dorthin hat der massenmordende Tod keine Lust zu streifen. Deshalb können wir unbesorgt weiter. Unbesorgt und möglichst rasch. Das ist es, meine Lieben, was ich euch zu sagen habe. Das ist die Kunde, die ich auf meiner gefährlichen Irrfahrt der letzten Tage – seht mich an, selbst mein Habit spricht von meinen Entbehrungen«, dabei wies er mit beiden Händen an sich herunter und präsentierte sein armseliges, löchriges Gewand, »... das ist also die Kunde, die ich auf meiner Irrfahrt eingeholt habe. Unser Zug wird somit leider nicht nur zu einem Marsch in ein gelobtes Land, nein, er wird auch zu einer Flucht vor dem Schleier des Todes, der sich über das ganze Gebiet hinter uns zu legen beginnt. Wir befinden uns noch am Rande dieses Schleiers. Aber wenn ihr beschließt, mir weiter zu folgen, euch wieder vertrauensvoll in meine schützenden Hände zu begeben, dann können wir ihm entfliehen, ohne weitere Tote beklagen zu müssen.«

Damit beendete der Gaukler seine Rede, und Crispin bemerkte, dass dieser tatsächlich aus der Reihe der mittlerweile schlapp am Boden sitzenden Leute vereinzelt Zustimmung erhielt. Besonders das alte Weib nickte bestätigend, und auch eine weitere, großgewachsene, ansehnliche Frau schien sehr angetan von den Worten Reginos. Crispin hatte alles staunend beobachtet und konnte noch immer nicht fassen, was dieses ewig zappelige, fahrige Männlein doch für eine runde Geschichte aus den wenigen Informationsbrocken gemacht hatte, welche Crispin ihm in den letzten Tagen zugeworfen hatte. Ja, er hatte Regino durchaus von dem Pestzug durch Italien erzählt, und er hatte hier und da auch seine Befürchtung geäußert, dass diese Seuche sich weiter über den restlichen Kontinent würde ausbreiten können. Er hatte erwähnt, dass die Sizilianer und Venezianer die Seuche *»mortalega grande«*, also

»das große Sterben« nannten, aber er hatte nie den Eindruck gewonnen, mit diesen vereinzelt ausgesprochenen Sätzen das Interesse des Gauklers geweckt zu haben. Crispin hätte sogar seine Hand dafür ins Feuer gelegt, dass sich Regino gar nichts von alldem gemerkt hatte, so abwesend hatte er immer gewirkt, wenn Crispin während einer Rast oder am Abend in einem Wirtshaus auf dieses Thema zu sprechen gekommen war. Doch offenbar hatte Regino alles aufgesogen wie ein Schwamm und daraus nun eine eigene Geschichte geformt, die, obwohl sie erfunden war, so abwegig nicht schien.

Es hatte durchaus Sinn, was er da sagte.

Ja, die Seuche war ein Menschenfresser. Sie würde gewiss zunächst dorthin ziehen, wo sie viele Opfer auf einem Haufen finden konnte. Womöglich hatte der selbstherrliche Hampelmann sogar recht, wenn er seinen Leuten vorlog, im Osten, jenseits der Elbe, dort, wo die Dichte der Dörfer und Städte geringer war, sei man auch sicherer vor der Pest. Der Gedanke klang vernünftig, und darum hatte Crispin beschlossen, nicht einzuschreiten. Auch wenn ihm diese armen Menschen, die offenbar von Regino zu dieser tödlichen Irrfahrt verführt worden waren, schrecklich leidtaten.

Doch warum jemanden als Lügner entlarven, dessen Lüge womöglich Menschenleben retten könnte? Nichts anderes führte ja auch er im Schilde, indem er den hoffentlich lebendigen Konrad für tot erklärte.

Konrad.

Er müsste nun endlich nach ihm fragen.

Regino, der über diese Reaktion sehr erleichtert war, bestätigend zunickend, näherte er sich nun der Gruppe ausgelaugter Menschen. Zwei von ihnen, beides junge Burschen, waren schwer von der Krankheit gezeichnet, die Crispin mittlerweile so entsetzlich vertraut geworden war. Sie konnten nicht mehr sitzen, geschweige denn stehen, und lagen nun auf dem nackten Boden, wo sich die anderen rührend, aber hilflos um sie kümmerten. Es war ein Bild des Jammers. Aber keines, welches Crispin nicht schon längst zu einem gewohnten Anblick geworden war.

Stumm stellte er sich eine Weile vor die armen Leute und betrachtete sie lange. Dann wandte er sich einem alten Mann zu, dessen wacher Blick ihm zu sagen schien, dass dieser gesund war und ihm vielleicht Auskunft über den Verbleib seines Freundes geben könnte.

Ausgerechnet Ulrich Filzhut wurde also von dem zweiten Ordensritter, dem sie nun auf ihrer Reise begegneten, angesprochen.

»Guter Mann, sage er mir, wie sah das Übel aus, an welchem die Leute aus eurer Gruppe gestorben sind?«

Crispin nahm Ulrich beiseite, er legte einen Arm um die knorrigen Schultern des Bauern und führte den noch immer wegen seiner kranken Füße Humpelnden fort zu einer niedrigen Mauer, auf der sie sich niederließen.

»Sie fieberten, sprachen im Wahn, und dunkle Furunkel wuchsen unter ihren Armen«, murmelte Ulrich ein wenig misstrauisch. Grundsätzlich war er vorsichtig, wenn er es mit Vertretern höherer Stände zu tun hatte. Es war keine Demut oder gar Angst, die ihn so zurückhaltend werden ließ. Nein, Ulrich konnte sich einfach nicht vorstellen, dass ein Mann wie ebendieser Ritter vollkommen grundlos freundlich tat. Irgendetwas musste er beabsichtigen, wenn er es für nötig befand, eine Unterhaltung mit einer einfachen Lumpengestalt wie ihm zu führen.

»Wann hattet ihr den ersten Toten zu betrauern?«, fragte Crispin weiter. Ihm war nicht entgangen, dass dem alternden Mann unwohl in seiner Gegenwart war.

»Vor etwa zehn Tagen, am Saale-Ufer. Otto, der Knecht, war es.«

»War mein Mitbruder Konrad zu dieser Zeit schon bei euch?«

»Ja.«

Crispin biss sich auf die Lippen.

Also doch. Es haftete ihm an. Aber weshalb? Weshalb war ausgerechnet Konrad von Tiefenbrunn mit diesem Fluch geschlagen? Hatte es damit zu tun, dass er das Glück besaß, selbst von diesem Übel genesen zu sein? War der Preis für diese Heilung der Tod anderer Menschen? Hatte er womöglich einen Pakt mit dem Teufel geschlossen?

Energisch schüttelte Crispin den Kopf, um diese bösen Gedanken zu vertreiben.

»Unsinn«, brummte er in sich hinein. »Unsinn«, und erntete dafür den verwunderten Blick des Bauern neben ihm. »Die anderen drei: Sie starben hinter diesen Klostermauern?«

»So ist es«, bestätigte Ulrich. »Zunächst das Mädchen Lisa, sie litt sehr lange. Ihr Verlobter Josef folgte ihr bereits einen Tag später. Bei ihm dauerte es nur wenige Stunden. Und erst in der letzten Nacht hat es auch den Knaben Gustav ereilt. Er erstickte, noch bevor die Beulen wirklich sichtbar wurden.«

»Mein Bruder war bei ihnen, als sie erkrankten?«

»Nein, der ist schon länger fort. Nur Lisa ging es schlecht, als er sich aus dem Staube machte.« Die Stimme des Bauern hatte sich verändert, sie klang nun lebendiger, ja, ein wenig zornig.

»Wieso sagt er, Konrad habe sich aus dem Staube gemacht?«

Ulrich antwortete nicht, sondern warf bloß einen Blick zu den anderen. Crispin folgte diesem Blick. Er war auf die ansehnliche Frau gerichtet, welche dem Ritter sogleich ins Auge gefallen war. So war das also. Crispin verstand sofort. Immerhin kannte er seinen Freund Konrad und dessen größte Schwäche nur allzu gut.

»Ist das sein Weib, guter Mann?«

»Ja.«

»Wie ich sehe«, fuhr Crispin fort, nicht weiter auf Konrads Verschwinden eingehend, »befinden sich noch zwei weitere eurer Leute in einem sehr schlechten Zustand.«

»Ja, der bislang so unerschütterliche Wilhelm, und Fritz, unser Jüngster. Auch sie haben die Beulen und das Fieber. Sie werden sterben, jetzt, da wir wieder an die Luft gesetzt wurden und ihnen die nötige Ruhe zum Genesen fehlt«, antwortete Ulrich bitter.

Crispin nickte traurig: »So wird es sein, fürchte auch ich. Es ist eine schreckliche Pest, mit der ihr es zu tun bekommen habt, guter Mann. Meidet den Hauch der Kranken, aber lasst sie nicht im Stich. Betet zu Gott, dass die Geißel an euch Übrigen vorübergeht. Mehr kann man nicht tun.«

Damit erhob Crispin sich, klopfte Ulrich noch einmal auf die Schulter und ließ diesen auf der Mauer sitzen, während er selber langsam zu den anderen Mitgliedern der Gruppe ging, um einen Blick auf die beiden kranken jungen Männer zu werfen, die mittlerweile schwer atmend und mit verdrehten Augen im feuchten Staube lagen. Um den einen der beiden, einen kräftigen Burschen, kümmerte sich ein weinendes Bauernmädchen, um den anderen, ein halbes Kind noch, das alte, kleine Weib.

Crispin hockte sich zu ihnen und untersuchte sie. Es dauerte nicht lang, und er hatte festgestellt, dass für beide Kranke keine Hoffnung mehr bleiben würde. Nicht nur die schwarzen Beulen waren an ihren Hälsen zu sehen, nein, ihre ganze Haut hatte sich bereits dunkel verfärbt. Ein untrügliches Zeichen dafür, dass das Blut im Innern des Körpers aus seinen gewohnten Bahnen geraten war und gewiss nie wieder dorthin zurückfinden würde. Man könnte sich im Grunde gleich daran machen, in dem nahen Wald zwei tiefe Gruben auszuheben.

»Wie viele hat sich der Schwarze Tod schon geholt?«, krächzte plötzlich das alte Weiblein neben ihm, während Crispin den Hals des nun bewusstlosen Wilhelm abtastete.

»Gewiss Tausende«, gab Crispin zurück. Ein seltsames Mütterchen war das. Winzig klein war es, als sei es geschrumpft, zudem so runzelig und auch so braun wie ein Apfel aus dem Vorjahr, den man in der dunklen Vorratskammer übersehen hatte. Doch ihre Augen leuchteten und zeugten von einem äußerst wachen Verstand.

»Ihr seid auch einer von denen, die den Tod mit sich gebracht haben«, stellte sie sodann ungerührt fest, was durch Crispins Leib einen eiskalten Schauer jagte.

»Woher weiß sie …?«, fragte er bleich und erstaunt.

Sie zuckte nur mit den Schultern und wandte sich wieder dem noch stöhnenden Fritz zu, der gewiss nicht mehr als hundert Atemzüge in diesem Erdenleben vor sich hatte.

Crispin besann sich und begann zu beten. Er kniete sich nieder, und der Rest der Gruppe tat es ihm gleich. Selbst der humpelnde Bauer kam nun zu ihnen, auch Regino und sogar die Alte falteten ihre Hände zum Gebet. Lange saßen sie dort und sprachen dem Ordensritter die lateinischen Psalmen nach. Adelheid und Anna, die beiden ungleichen Mädchen, hielten sich an den Händen und weinten leise, doch alle Übrigen blieben ruhig und andächtig. Die Sonne senkte sich langsam über die Klosteranlage, von der sie nun ausgeschlossen waren. Bald verschwand sie hinter dem mächtigen, steinernen Haus, und als habe der Herrgott den beiden Sterbenden ebendieses letzte Licht noch schenken wollen, schloss zunächst Wilhelm und wenig später auch Fritz kurz nach Sonnenuntergang für immer die Augen.

»Vielleicht kannst du mir sagen, wo ich nach meinem Mitbruder suchen soll.«

Marie fuhr zusammen. Den Morgen nach der letzten traurigen, bitterkalten Nacht hatten sie allesamt in stummer Beschäftigung verbracht. Niemand hatte ein Wort gesprochen. Nicht einmal Regino. Begraben waren Wilhelm und Fritz bereits in einem nahen Hain, Bruder Crispin hatte eine kurze Andacht gehalten. Nun waren sie damit beschäftigt, ihre gestern rasch zusammengesuchten Habseligkeiten für die Weiterreise zu packen. Die Nonnen waren so gut gewesen, ihnen einen ganzen Korb mit Proviant, aber auch Heilkräutern hinauszuschicken, sodass sie zumindest für die nächsten Tage nicht Hunger leiden mussten. Dennoch war niemand in Aufbruchstimmung, aber auch niemand wollte bleiben. Sie alle befanden sich in einem Zustand völliger Umnachtung und fürchteten sich in den etwas heller werdenden Momenten vor dem Aufwachen.

Marie war soeben damit beschäftigt, das Eselchen zu bepacken, als die Stimme des Ritters sie aus ebendieser Umnachtung riss. Sie wandte sich um und sah ihn mit fragenden Augen an. Alt war er bereits, gewiss nicht jünger als Ulrich, aber in einer sehr viel besseren körperlichen Verfassung. Er wirkte äußerst kräftig, trug einen gepflegten, grauen, äußerst spitzen Bart und verfügte noch über einen strammen, sehr streng und gerade gestutzten Schopf. Unter seinen schweren Lidern verbargen sich große, gütig blickende braune Augen.

»Ihn suchen?«, stammelte Marie.

»Ja. Ich muss Konrad finden. Wohin könnte er gegangen sein?«

Wie kam er nur auf die Idee, ausgerechnet Marie danach zu fragen? Sie schämte sich ein wenig. Was wusste dieser Mann? Was hatte Ulrich ihm gestern auf der Mauer erzählt? Wusste er, dass sie und Konrad …

Marie entschied sich, die Wahrheit zu sagen.

»Ich weiß es nicht genau. Er sagte mir nur, dass er fortmüsse.« Etwas nervös streichelte sie mit einer Hand den Hals des Eselchens und wagte nicht, den Mann, der ihr in den letzten Stunden weniger wie ein Kämpfer, als vielmehr wie ein Pfarrer erschienen war, anzuschauen. Dennoch sprach sie langsam weiter: »Er glaubt, sich irgendwo allein verbergen zu müssen, bis das Sterben ein Ende gefunden hat.«

Nun lachte sie ein wenig verlegen auf, und dieses Lachen verriet, dass sie die Worte Konrads für Unfug oder für eine dumme Ausrede hielt. »Er meint, ein Fluch verfolge ihn. Recht eilig hatte er es, davonzukommen.« Jetzt wandte sie doch den Kopf zu Crispin und schaute ihm direkt in die Augen.

Crispin konnte gut verstehen, dass Konrad wegen einer solchen Frau wieder einmal eines seiner Gelübde gebrochen hatte.

»Er verbirgt sich also allein. Irgendwo. Sprach er womöglich davon, zur Marienburg zu reiten?«

Marie schüttelte den Kopf: »Er hat gar kein Pferd und trägt auch nicht mehr dieses Gewand.« Damit deutete sie auf Crispins weißen Umhang. »Nein, in den Wald wollte er gehen. Er sagte etwas von einem heiligen Rochus, lachte dabei und meinte, dass er hoffe, auch ihm würde ein schwarzer Hund ab und an Brot vorbeibringen …«

»Ja, so war das bei dem heiligen Rochus. An der Pest ist er erkrankt und hat sich daraufhin in den Wald zurückgezogen, wo er von einem treuen Hund mit Essen versorgt wurde, bis er – welch Wunder – wieder genas. Die Geschichte hat er dir also erzählt …«

Marie blickte etwas betreten zu Boden.

»Ich fühle mich geehrt, dass er immerhin nach einer Ausrede gesucht hat, um so schnell wie möglich verschwinden zu dürfen, nachdem er bekommen hatte, was er wollte«, gab sie dann verblüffend ehrlich zu. Ihr selbst erschien diese Situation wie eine Beichte und dieser neue Ritter wie ein äußerst vertrauenswürdiger Beichtvater.

Crispin schmunzelte, dann sagte er: »Ich denke, er hatte wirklich Grund zu gehen. Und diese Flucht hat nichts mit dir zu tun, schöne Frau. Ich frage mich nur, wie ich ihn finden kann.«

»Die Templer«, rief nun eine bekannte, krächzende Stimme zu ihnen herüber. Maja konnte sie unmöglich belauscht haben. Sie war viel zu weit fort und soeben noch damit beschäftigt gewesen, alle Töpfe und irdenen Waren in einem großen Sack zu verstauen. Doch offenbar hatte sie sehr gute Ohren, denn nun kam sie zu Marie und Crispin herüber:

»Er ist zu den Templern gegangen«, wiederholte sie nun leise. »Er hat im Traum davon gesprochen.«

»Zu den Templern?«, Crispin musterte das eigentümliche Weiblein kritisch. »Die gibt es schon seit vielen Jahren nicht mehr.«

Maja machte eine gleichmütige Miene: »Dennoch wollte er zu ihnen.«

Sagte es und verschwand wieder.

»Aber natürlich ...«, meinte Crispin plötzlich verblüfft und schlug sich mit der Hand gegen die Stirn. Jetzt war ihm ein Licht aufgegangen, er wusste, was das Weiblein meinte. Er lachte auf: »Diese Alte ist erstaunlich.«

»Wohl wahr«, antwortete Marie leise, obwohl sie rein gar nichts von dieser merkwürdigen Szene verstanden hatte.

Crispin hatte es nun eilig, sich zu verabschieden. Er verneigte sich höflich vor Marie und hastete dann zu der alten Maja. Lange sprachen sie leise miteinander, der Ordensritter und die Waldfrau, danach bestieg Crispin sein Pferd, gab der Gruppe seinen Segen und sprengte davon.

Regino blickte ihm nach und atmete dann erleichtert auf: Jetzt war wieder alles beim Alten. Sie waren weniger geworden, aber immerhin wieder vereint, und nun konnte es hoffentlich ungestört weitergehen.

Allein, sie benötigten noch diese verdammte Karte.

XXVIII

Nicht mehr als drei Meilen legten sie an diesem Tag auf ihrem Marsch zurück, der sie nun weiter in den Südosten und hoffentlich bald zur Elbe führen sollte.

Ihr wieder zu ihnen gestoßener Anführer erwies sich als ungewohnt feinfühlig und ruhig. Regino sprach bedächtig und wirkte zurückhaltend. Er kümmerte sich rührend um die entsetzlich trauernde Anna und hatte auch für die anderen stets Worte des Trostes. Bereits am frühen Abend gelang es ihm sogar, für seine ermatteten Leute Herberge in einer kleinen Siedlung zu finden, einem abgelegenen Flecken, der lediglich aus drei Gehöften bestand.

Marie glaubte nicht an eine tatsächliche Wandlung des Gauklers. Sie war sich sicher, dass er auf seiner hinter ihm liegenden Irrfahrt genug Zeit gehabt hatte, den Kreuzritter Crispin zu studieren, welchen er sich nun zum Vorbild nahm. Denn er ähnelte diesem Mann in seinem neuen Betragen und selbst in seiner neuen Mimik sehr. Ja, dem talentierten Schausteller gelang es, den frommen Ordensmann aufs Trefflichste nachzuahmen. Ob dieses Verhalten nun ehrlich war oder nicht, es schadete ihnen zumindest nicht. Im Gegenteil, es tat ihnen gut. Denn sie alle waren Regino dankbar, als sie es sich noch vor Einbruch der Dunkelheit in einer Scheune, die gefüllt war mit frischem Heu, bequem machen durften.

Es hatte den Gaukler einiges gekostet, die über die Ankunft

fremder Herumtreiber nicht glücklichen Hofbewohner davon zu überzeugen, dass von ihnen nichts zu befürchten war. Er zahlte ihnen zur Bekräftigung dieser Überzeugung drei Silberlinge, einen Haufen Geld, den er aus dem wohlgehüteten Fundus des bestohlenen Ritters Konrad nahm.

Das war es ihm wert: Immerhin wollte er das Vertrauen seiner gebeutelten und so unglücklich dezimierten Leute zurückgewinnen. Und außerdem hatte er vor, sie noch einmal für einige Tage zu verlassen. Und an diesem Ort, in diesem frischen Heu und ausgestattet mit dem Proviant der gütigen Nonnen würden sie gewiss nicht darben.

Ja, Regino musste noch einmal fort. In die Stadt Halle musste er ziehen, dorthin, wo er mit Fips verabredet gewesen war. Es gab wenig Hoffnung, dass sich dieser noch an jenem Ort aufhielt. Zu viel Zeit war mittlerweile verstrichen. Aber was sonst blieb Regino übrig? Er musste beide finden: die schöne, verlassene Elisabeth, die sich gewiss nach Errettung sehnte, und auch die Karte, die goldene, welche der Widerling Fips noch immer unter seinem schmutzigen Wams trug. Das Stiftsfräulein zu befreien gebot ihm die Ehre, und die Karte an sich zu nehmen gebot ihm die Pflicht, denn ohne sie würde ihre Reise, die nun zu einer Flucht vor dem Sterben geworden war, so oder so kein glückliches Ende nehmen. Das Überleben allein reichte Regino nicht, nein, er wollte der wahre Held dieser Unglücklichen werden. Er wollte nicht nur dem Schicksal einen Streich spielen und dieser über Europa ziehenden Bestie entkommen, er wollte am Ende auch als güldener Prinz dastehen. Und diese armen Gestalten, die sich soeben ermattet ins Heu betteten, sollten seine pausbackigen, dickbäuchigen Untertanen werden. Aber dazu brauchte er Fips, und ebendiesen galt es wieder ausfindig zu machen.

Doch allein wollte Regino nicht gehen. Auf keinen Fall. Am

liebsten wäre es ihm sogar gewesen – und kurz spielte er auch mit diesem Gedanken –, andere mit dem Auftrag zu betraüen, Fips zu suchen, unschädlich zu machen und ihn dann seines unverdienten Schatzes zu entledigen. Aber der Gedanke an die zarte Elisabeth und die Schuld, die er mit ihrem Zurücklassen auf sich geladen hatte, verbot Regino, andere vorzuschicken. Dieses Mal musste er selber gehen, aber wie gesagt, nicht allein. So weit ging der Mut dann doch nicht.

Seine Wahl fiel auf Marie und Johann.

Marie war längst in das Vorhaben eingeweiht, und Johann ein kräftiger, mutiger Bursche, der es im Zweifelsfall besser mit dem wendigen Fips aufnehmen könnte als Regino, welcher zwar ein guter Tänzer, aber beileibe kein guter Kämpfer war.

Ja, Marie und Johann würden ihn nach Halle begleiten, während sich der klägliche Rest unter der Obhut Majas an diesem abgelegenen kleinen Ort eine gute Zeit machen könnte, um sich von den Strapazen und Trauerfällen der letzten Wochen zu erholen.

So entschied Regino. Und kurz nach dem wohlverdienten Abendbrot – welches dank der spendablen Zisterzienserinnen aus einer herrlich duftenden Erbsensuppe, Brot und etwas Wurst bestand –, kurz danach verkündete Regino sein Vorhaben, kleidete es natürlich in andere Worte, erfand eine glaubhafte Geschichte, die mit einem Zusammentreffen mit einem wichtigen Abgesandten des böhmischen Königs zu tun hatte, und stieß mit seiner überzeugenden Rede auf offene Ohren. Lediglich Marie und Maja sowie der alte Ulrich, welcher ihn skeptisch beäugte, ahnten, was der Gaukler tatsächlich im Schilde führte und warum es ihm so wichtig war, nach Halle zu gehen. Auch der junge Johann schien nicht mehr ganz so gutgläubig wie zuvor. Doch Regino bekümmerte dies nicht, denn immerhin erklärten sich beide, sowohl Marie als auch der Bursche, bereit, ihn gleich am nächsten Morgen zu begleiten.

»Du erinnerst dich, mein lieber Johann, an die Gestalt, welche uns kurz nach der Abreise aus deinem Heimatdorfe im Wald auflauerte?«, fragte Regino ganz frank und frei, nachdem die drei bereits ein gutes Stück des weiten Weges, der sie wieder an die Saale zurückführen sollte, hinter sich hatten.

»Der Krüppel, der unter dem Baum versteckt auf uns wartete? Ja, ich erinnere mich gut«, bestätigte Johann.

Marie spitzte die Ohren. Offenbar war die Rede von Vitus Fips.

»Diesen Menschen suchen wir, mein lieber Johann«, meinte Regino lapidar und pflückte am Wegesrand eine Mohnblume, an deren kräftigem Rot er sich sichtlich erfreute.

»Du sagtest damals, er sei ein entlassener Diener des Königs«, erinnerte sich Johann.

Marie warf Regino daraufhin einen fragenden Blick zu, den dieser nur mit einem kurzen Schulterzucken quittierte.

»Wie auch immer. Ein Schurke ist er. Und ein ganz übler dazu. Wir müssen ihn ausfindig machen und ihm etwas entreißen, das er unverdienterweise bei sich trägt.«

»Was ist das?«, wollte der Bursche wissen.

»Eine Karte ist es. Er gibt sie natürlich nicht freiwillig her.«

»Wir müssen also Gewalt anwenden?« Unwillkürlich ging Johanns Griff zum Knauf seines Schwertes.

»Sehr wahrscheinlich muss dem so sein. Ich möchte nur, dass du vorbereitet bist, mein tapferer Freund.«

»Heißt das, ich soll ihn überwältigen? Einen wehrlosen alten Krüppel?«

»So alt ist er nicht, und von wehrlos kann erst recht nicht die Rede sein. Frag Marie, sie weiß ein leidliches Liedchen davon zu singen«, sagte Regino, woraufhin Johanns Blick zu Marie wanderte, die unmittelbar neben ihm schritt.

»Ich kenne ihn schon lange«, meinte diese vollkommen nüchtern. »Er ist gefährlich und vollkommen gewissenlos.«

»Woher kennst du so einen?« Johann war erstaunt.

»Aus meinem früheren Leben.« Marie lächelte etwas bitter, und dieses Lächeln besagte, dass sie keine weiteren Fragen wünschte. Johann nickte. Er hielt sich zurück, aber dennoch war seine Neugierde geweckt.

»Und wie kommt es, dass auch du ihn kennengelernt hast, Regino?«, wandte er sich nun dem Gaukler zu.

»Zufall«, gab dieser knapp zur Antwort und fuhr mit etwas anderem fort, das die Wut und damit auch den Mut des Jungen anheizen sollte: »Es ist nicht allein die Karte, die wir von ihm benötigen. Fips hat auch das Fräulein Elisabeth entführt.«

Johann blieb stehen und starrte Regino entsetzt an.

»Wie konnte das geschehen?«

»Überwältigt hat er sie. Aus unserem Lager gestohlen, als alle schliefen«, log Regino.

Marie räusperte sich vernehmlich.

»Ich dachte, sie sei mit dir gegangen? Du sagtest doch zu Adelheid, Elisabeth befände sich auf der Burg eines Oheims, zu der du und der Ritter Crispin sie gebracht hätten«, protestierte Johann.

»Eine Flunkerei. Eine Notlüge. Nicht beunruhigen wollte ich das zart besaitete Fräulein Adelheid. Doch nun sind wir unter uns, und ein Mann wie du, Johann, der kann die Wahrheit besser vertragen. Ist es nicht so?«

Johann begann wieder weiterzugehen. Er wirkte nachdenklich.

»Warum hat er Elisabeth und nicht Adelheid mit sich genommen?«, fragte er schließlich.

»Das Ansinnen eines solchen Teufels ist unergründlich, mein Junge«, Regino wirkte jetzt betreten und nachdenklich, seine Stimme bebte ein wenig. »Wir müssen sie ihm entreißen.«

»Das werden wir. Gewiss werden wir das«, versprach Johann und beschleunigte seine Schritte.

Regino schaute zu Marie und hob dabei eine einzige Braue.

»Er wird ihn für uns erledigen«, flüsterte er ihr zu. »Verzeih mir, meine Himbeere, aber ich selbst bin dazu nun einmal nicht im Stande.«

Marie schenkte Regino einen bösen Blick und schloss dann zu Johann auf. Der Bursche tat ihr leid, wurde doch sein unbändiger Tatendrang und sein fast schon übertriebenes Ehrgefühl so schmählich missbraucht. Jedoch war der Zweck ein guter. Vielleicht könnte man Elisabeth befreien, vielleicht sich auch des bedrohlichen Fips' entledigen, und womöglich besaß die Karte, die er bei sich trug, tatsächlich diesen unglaublichen Wert, der ihnen allen Reichtum und Glück bescheren würde.

Dennoch wäre es ihr lieber gewesen, wenn Regino und sie diese Sache allein erledigten und nicht die Hilfe eines unschuldigen Dritten in Anspruch nehmen müssten.

Sie hatte Angst um den unbedarften jungen Mann, der sich einem zwar körperlich nicht starken, aber dafür umso zäheren und verschlageneren Feind stellen wollte.

Ihr Aufenthalt in Halle an der Saale, in welcher Marie beinahe ertrunken wäre, erwies sich als kurz.

Es war nicht verwunderlich für sie, Fips nach so langer Zeit nicht mehr in der Stadt anzutreffen. Dennoch kamen sie ihm hier rasch auf die Spur.

In einer jeden Stadt, ob groß oder klein, ob im Norden, Süden, Westen oder Osten gelegen, gab es einen notorischen Ort, der nicht mit Namen bekannt sein musste, um von einer bestimmten Sorte Mensch sogleich gefunden zu werden. So auch in Halle. Sowohl Regino als auch Marie besaßen den notwendigen Instinkt für derartige »Räuberhöhlen«, in welche es Vitus Fips, das wusste Marie nur zu gut, schier magisch zog.

Eine Spelunke von der übelsten, dunkelsten Sorte war es, zu der sie gingen, um dort nach dem narbengesichtigen Mann und einer ihn begleitenden blassen Schönheit zu fragen. Es kostete Regino zwei Silberlinge von seinem bald erschöpften Diebesgut, bis er von einem durch mehrere Brandzeichen als ausgewiesener Halunke gekennzeichneten Kerl erfuhr, dass Fips und Elisabeth tatsächlich vor gar nicht langer Zeit in ebendieser Schenke Herberge gefunden hatten.

»Die hat schon Aufsehen erregt, die Kleine. Anfangs war sie ganz verängstigt. Der Kerl wollte wissen, wohin man sie verkaufen könne. Unsere Wirtin wusste ihm einige feine Herren zu nennen. Da hat er sie dann hingebracht. Viel Geld hat er mit ihr gemacht. Aber nach ein paar Nächten nutzt sich so ein unberührtes Ding rasch ab. Da wollten die edlen Männer nicht mehr ran. Doch Kerlen wie uns hier macht das nichts aus. Oder magst du es, wenn du deine Stuten selber einreiten musst? Das dürfen gern andere für uns erledigen, nicht wahr, mein Freund?« Damit schlug er Regino lachend gegen die schmale Brust und schenkte gleichzeitig Marie einen anerkennenden Blick.

»Dir sehe ich an, dass du weißt, wovon ich rede, Schneckchen.«

Marie antwortete nicht, hielt aber seinem lüsternen Blick stand, ohne mit der Wimper zu zucken. Irgendwann brummte er weniger freundlich: »Bisschen auflockern müsste man dich, dann könnte man gewiss sein blaues Wunder mit dir erleben. So war das mit der Kleinen auch. Drei Becher Wein, und das Mädel war nicht wiederzuerkennen. Getanzt hat sie wie eine

Höllenbraut, über Tische und Bänke ist sie gegangen. Und unter den Tischen hat sie auch gelegen. Mit mir, mit August da drüben, und der Wirt war auch dabei. Zumindest so lange, bis seine wütende Alte mit dem Besen kam. Das war eine Freude. Aber dann wurde sie krank. Wahrscheinlich ist ihr das Bier, der Wein und der sonstige Spaß nicht so gut bekommen. Der Narbenmann hat mit ihr die Stadt verlassen.«

»Wohin sind sie gegangen?«, stotterte Regino, der nach dieser derben Erzählung ganz grün im Gesicht geworden war.

»August hatte dem seltsamen Kerl erzählt, dass es in seinem Heimatdorf bunte Ratten gebe. Nach den Viechern schien dieser Krüppel ganz verrückt zu sein. Da sind sie, glaube ich, hin.«

»Wo finde ich dieses Dorf?«

»Frag August, das ist der einäugige Werwolf da hinten in der Ecke«, lachte der Erzähler und vergaß nicht, als die drei an ihm vorbeigingen, Marie am Arm zurückzuhalten.

»Ein Silberling?«, grinste er sie an und hielt ihr dabei eine von den soeben verdienten Münzen ganz nah ins Gesicht.

Marie spuckte auf das Geldstück, woraufhin der Widerling es genüsslich ableckte. In diesem Moment kamen Johann und Regino auch schon zurück. Es war nur ein Satz gewesen, den der »Werwolf« August hinter den Unmengen an Haaren, die als Brauen, Bart und Hauptschopf sein gesamtes Gesicht bedeckten, hervorgebrummelt hatte. Zwei weitere Silberlinge hatte dieser Satz Regino gekostet, aber nun wusste er, wo das besagte Dorf der bunten Ratten zu finden war.

Erleichtert und gleichzeitig entsetzt über das böse Schicksal Elisabeths verließen sie die dunkle Spelunke. Sowohl der naive Regino als auch der unerfahrene Johann konnten sich bloß ein blasses Bild von dem machen, was dem Mädchen widerfahren war. Allein Marie vermochte es sich in bunten, ja allzu grellen, schmerzhaften Farben auszumalen.

Am Nachmittag des nächsten Tages fanden sie sich nach einem mühsamen Marsch durch eine fast unberührte, wilde Wald- und Sumpflandschaft ganz in der Nähe des besagten, sehr abgelegenen Dorfes wieder, in dem einst der haarige August zu Hause gewesen war. Von Weitem kam ihnen bereits ein ganzes Rudel an Hunden entgegen, die an Regino, der den Proviant bei sich trug, hochsprangen und ihn winselnd aus treuen Augen anschauten.

»Was seid ihr bloß für dreiste Racker«, beschwerte er sich und warf Marie einen hilfesuchenden Blick zu. Doch diese und Johann entschieden sich dafür, die Szene einfach bloß zu betrachten und sich darüber zu amüsieren. Erst als Johann nach einer ganzen Weile Stöcke in den Wald warf, ließ die Meute von dem verängstigten Regino ab, um der neuen Beute nachzujagen. Dieser schlug sich sein immer noch klägliches, aber durch verschiedene Lumpenstücke etwas aufgebessertes Gewand ab und schimpfte:

»Sie hätten gut und gern tollwütig sein können. Das war gar nicht komisch.«

In diesem Augenblick begann vom Dorf her dumpfes Glockengeläut zu erklingen. Alle drei wurden nun ernst und blickten zu der Siedlung hinüber. Hinter einem das gesamte Areal umgebenden Zaun aus geflochtenen Weidenstöcken konnte man neben einigen wenigen strohgedeckten Dächern auch eine hölzerne Kirche erkennen, aus deren schmalem, etwas windschiefem Turm das traurige, metallene Geräusch zu ihnen an den Waldesrand herüberschallte.

»Eine Gänsehaut bekommt man von dieser Glocke. Ihr Gießmeister gehört an den Pranger gestellt«, meinte Regino und rieb sich die bloßen Arme, auf denen sich tatsächlich zahllose kleine Erhebungen gebildet hatten.

»So hört sich die Totenglocke in meinem Dorf an«, meinte

Johann und legte sich eine Hand über die Brauen, um ihren Zielort besser in Augenschein nehmen zu können.

»Ein winziges Nest«, meinte er schließlich. »Nicht mehr als sechs Häuser und das kleine Gotteshaus. Falls Elisabeth tatsächlich dort gewesen ist, wird man sich bestimmt an sie erinnern.«

»Ja, ich denke auch, dass in dieser verborgenen Einöde nur selten ein Fremder zu Gast ist«, kommentierte Regino. »Dort kennen sich Bruder und Schwester gewiss besser, als sie sollten. Das ist einer von jenen Orten, in denen selbst unter den Viechern nichts als Inzucht herrscht und nur magere Schweinchen mit elendig spitzen Schnauzen herumlaufen.«

»Du scheinst dich mit so etwas auszukennen, Regino«, sagte Marie.

»Wohl wahr, wohl wahr«, antwortete dieser knapp und forderte seine beiden Begleiter mit einem Wink auf, ihm zu folgen.

»Irgendwie gruselt es mich, dieses Nest zu betreten«, gab er ehrlich zu, woraufhin Marie und auch Johann zustimmend nickten. Sie alle schritten äußerst langsam und vorsichtig voran.

Bald fanden sie sich vor dem Tor zum Dorfe wieder. Auch dieses bestand aus einem Weidengeflecht und stellte kein wirkliches Hindernis dar, man hätte es selber öffnen oder auch über den sich daneben befindlichen, nicht besonders hohen Zaun klettern können, der im Übrigen einige Lücken aufwies, durch welche gewiss die Hunde entwichen waren. Dennoch blieben Regino, Marie und Johann vor diesem Tor stehen. Sie verspürten wenig Drang, es zu passieren, vielmehr lugten sie allesamt durch das Geflecht hindurch, um zu sehen, was dahinter zu erspähen war.

Nichts.

Nichts außer einer Handvoll stummer, starrer Häuser und einer kleinen, lauten Kirche.

Keine Menschenseele.

Kein Bauer mit einem Karren. Keine spielenden Kinder. Keine Wasser holenden Frauen. Nicht einmal auf den leeren Wegen herumpickende Hühner.

Und auch von den von Regino prophezeiten Schweinen mit den spitzen Schnauzen fehlte jede Spur. Nicht einmal bunte Ratten, die es hier geben sollte, waren zu sehen.

Doch.

Da war eine.

Marie erblickte sie zuerst. Sie lag unweit des Zaunes im Gras. Ihr Körper war aufgebläht, sie streckte alle viere steif von sich. Weiß war sie und riesengroß.

»Da ist gar nichts los«, flüsterte Regino. »Halten die alle einen Mittagsschlaf?«

»Lasst uns das Dorf einfach betreten, mehr als wieder hinausscheuchen können sie uns nicht«, schlug Johann vor, während Marie noch immer die tote Ratte anstarrte.

In diesem Moment streifte ein Luftzug zu ihnen herüber. Schon den ganzen Morgen lang war immer wieder ein leichter Wind aufgekommen, und diese kleine Böe nun kam direkt aus dem Dorf. Anders als im Wald, wo der Wind nach Moos oder auch nach Tannenzweigen gerochen hatte, war der Geruch dieses Windhauchs ein anderer. Er war ekelerregend. So widerlich, dass Regino zu husten begann und Johann sich die Hand vor die Nase hielt. Auch Marie wurde übel, dennoch begann sie gezielt in der Luft zu schnuppern. Dieser Gestank kam ihr vertraut vor.

Sie zögerten eine Weile. Dann entschieden sie sich doch, das seltsam stille Dorf zu betreten, aus dem nach wie vor bloß der klägliche Klang der scheppernden Glocke zu vernehmen war.

Johann war der Erste. Er löste den Riegel des Tores, indem er mit seiner Hand durch das Geflecht nach innen griff. Es war ein Kinderspiel. Dennoch fiel es ihnen schwer, den ersten Schritt hinein in den Ort zu machen. Irgendetwas stimmte hier nicht, und das hatte nichts mit der möglichen lauernden Gefahr durch Vitus Fips zu tun.

Vorsichtig näherten sie sich dem ersten Hof. Die Türe zum Haus stand weit offen und schlug durch den nun stärker werdenden Wind leicht hin und her. Wieder war dieser üble Geruch wahrzunehmen. Johann pirschte wie ein Jäger nach vorn und warf einen mutigen Blick in das Gebäude, welches mehr einer großen Hütte glich. Dann wandte er sich wieder nach Marie und Regino um und schüttelte den Kopf.

Niemand war da. Das Haus stand leer.

So auch das nächste und übernächste.

Im vierten fanden sie die Kadaver von fünf Katzen und einem Hund.

Im fünften den angefressenen, toten Körper einer Ziege.

Im sechsten lauter tote Ratten.

Als sie schließlich in die Ställe schauten, mussten sie feststellen, dass das Vieh ebenfalls verendet und bereits von wilden Tieren oder den streunenden Hunden zerlegt worden war.

»Ein Geisternest«, stöhnte Regino. Wieder war er vor Entsetzen grün im Gesicht. »Keine Überlebenden, außer …«

Sie alle hatten es die ganze Zeit über bereits im Ohr. Bei all der Leere und dem Tod, dem sie hier begegneten, wussten sie, dass wenigstens ein Mensch in dem Dorf lebendig sein musste.

»Lasst uns endlich nachsehen, wer es ist, der die Glocke läutet«, schlug Marie nun vor.

Doch keiner von ihnen hatte große Lust, den Glöckner in näheren Augenschein zu nehmen. Denn einem jeden von ihnen gingen die verschiedensten düsteren Bilder durch den Kopf, als sie sich der baufälligen Holzkirche näherten, die regelrecht von dem unaufhörlichen Läuten zu vibrieren schien. Regino stellte sich vor, wie der Tod selbst mit seinen knochigen Fingern an dem Seile hing und leicht wie eine Fliege auf und ab gezogen wurde. Johann fürchtete einen Wiedergänger vorzufinden, einen aus dem Grabe aufgestiegenen Halbtoten, der sich in seiner dunklen Rache über das ganze Dorf hergemacht hatte, dessen Bewohner es gewagt hatten, ihn versehentlich lebendig zu begraben. Marie hatte Vitus Fips vor Augen, der hämisch grinsend dieses scheppernde, mittlerweile ohrenbetäubende Geräusch erzeugte, um seinen erfolgreichen Diebeszug über ein ganzes Dorf zu feiern. Ganz so, wie Maja es in ihren Visionen gesehen hatte.

Bange betraten sie schließlich das Innere der Kirche.

Es waren weniger das unerträgliche Scheppern der Glocke oder die Dunkelheit des kleinen Raumes, die sie zurückschrecken ließ. Nein, es war erneut der widerwärtige Gestank, der hier, an diesem geweihten Ort, so unerträglich war wie nie zuvor. Langsam gewöhnten sich ihre Augen an die Dunkelheit, und Marie, die kurz hinter dem Eingang stehen geblieben war, während die beiden Männer sich angewidert abgewandt hatten, erkannte als Erste die Quelle des fauligen, schwefelartigen Geruchs.

Im Kirchraum lagen mindestens ein Dutzend Tote. Eingewickelt in Sackleinen und mit Hanfseilen verschnürt, konnte man nicht mehr viel von ihnen erkennen. Allein, man sah, dass sie in der Größe variierten, offenbar handelte es sich sowohl um Männer als auch um Frauen und Kinder. In einer Reihe waren sie platziert worden, hinter ihnen flackerte das schwache Licht einer einzigen Kerze, und auf der Brust eines jeden lagen ein kleines hölzernes Kreuz und eine blühende Blume. Ungeachtet des elenden Gestanks ging sie tiefer in den Raum hinein.

Eine Leiter führte hinauf zum Kirchturm, und unter der Leiter hockte … ein Kind.

Marie beschleunigte ihre Schritte und ging auf das kleine Wesen zu. Zunächst blickte es sie verschreckt und verängstigt an, dann begann sich auf dem kleinen, verrotzten Gesichtchen ein Lächeln auszubreiten. Es war ein Bub von etwa zwei oder drei Jahren, und er streckte nun seine Ärmchen nach Marie aus, die nicht anders konnte, als das verlassene kleine Menschlein auf den Arm zu nehmen und an sich zu drücken.

Im selben Augenblick hörte die Glocke auf zu läuten. Auf dem knarrenden, morschen Boden des Kirchturms waren Schritte zu hören, und bald schon konnte Marie erkennen, wie jemand die Leiter hinunterstieg. Ganz langsam, ohne Hast.

Regino und Johann waren nun auch zur Stelle und warteten gespannt auf den offenbar einzigen überlebenden Erwachsenen in diesem Ort.

Zu ihrer Erleichterung erkannten sie in ihm den Pfarrer.

Ein noch sehr junger Mann mit jedoch schon lichtem Haar. Sein Gesicht war blass, seine Augen rot unterlaufen und von schwarzen Ringen umkränzt, er war nur mehr Haut und Knochen. Dennoch lächelte er, als er die Fremden in seinem Gotteshaus erblickte, und begrüßte sie freundlich.

»Der Tod kam plötzlich«, erzählte der Geistliche, als sie sich zusammen mit dem kleinen Jakob – so hieß das Kind – vor der Kirche auf einer Bank niederließen. »Innerhalb von drei Tagen waren nahezu alle Menschen in diesem Ort erkrankt, drei weitere Tage später fast ein jeder gestorben. Wir wissen nicht, womit wir so sehr den Zorn des Herrn auf uns gezogen haben, dass er einen jeden, bis auf dieses Kind hier, zu sich genommen hat. Es begann damit, dass zwei Fremde ins Dorf kamen. Ein Mann und eine Frau. Die Frau war bereits schwer krank. Sie fanden Obdach beim Bauern Grünspan, sagten ihm, sie seien Freunde seines Sohnes August und interessiert an den bunten Ratten, die es in diesem Dorf geben soll. Die Frau starb noch in der ersten Nacht nach ihrer Ankunft, und auch der Mann erkrankte. Man pflegte ihn. Doch dann wurden sowohl Mensch als auch Tier im Hause Grünspan ebenfalls matt und fiebrig. Sie starben. Und der Tod griff weiter um sich. Es ging so schnell, dass nicht einmal die Möglichkeit bestand, die Leichen zu begraben. Niemand hatte mehr die Kraft dazu, selbst ich fühlte mich schwach und lag zwei Tage im Fieberwahn. Erst gestern, als ich aus diesem Zustand erwachte und mich aufraffte, um nach meiner Gemeinde zu sehen, musste ich feststellen, dass niemand mehr am Leben war. Sie lagen in ihren Betten, manche saßen auf ihren Hockern am Tisch, andere fand ich auf der Straße oder im Stall. Der Tod hatte sie ereilt, wo sie sich gerade aufhielten, und er sparte niemanden aus, bis auf Klein Jakob, den ich wimmernd in einem leeren Schweinetrog entdeckte. Jakob ist der einzige Gesunde. Auch ich spüre die Seuche in mir, und der Fremde, welcher einer der Ersten war, die davon befallen wurden, leidet ebenfalls noch an ihr. Der Tod ist nicht gnädig mit ihm. Er nagt an ihm, will ihn aber noch nicht endgültig ereilen. Ich habe ihn in die Sakristei gebracht, dort hingebettet und ihm bereits die Letzte Ölung zuteil werden lassen. Jetzt werde ich noch einmal nach ihm sehen, denn ich fürchte, sein Zustand lässt es nicht zu, dass er eine weitere Nacht übersteht.«

Damit erhob sich der Pfarrer und blickte verzweifelt gen Himmel. Nach einem kurzen Moment des Schweigens wandte er sich wieder an die wie versteinert dahockenden Leute:

»Ich kann verstehen, meine Brüder und meine Schwester, wenn ihr es unter diesen Umständen vorzieht, so rasch als möglich von diesem traurigen Ort zu verschwinden. Dennoch wäre ich euch zu großem Dank verpflichtet, wenn ihr mir helfen könntet, die Gräber auszuheben.«

»Ja«, sagte Johann sofort und stand auf. Auch der erneut grüne Regino nickte mit vollkommen abwesendem Blick. Dennoch gewann man den Eindruck, dass er dem Pfarrer gar nicht mehr zuhörte. Marie saß stumm da, presste das mittlerweile schlafende Kind, so fest es ging, an ihren Körper und streichelte seinen rotblonden Schopf.

Als Johann mit dem Pfarrer verschwunden war, um in den Häusern der Toten nach Schaufeln zu suchen, reichte Marie dem sprachlosen Regino das Kind und sagte matt: »Ich gehe jetzt in die Sakristei und werde die Sache zu Ende bringen.«

»Sie ist tot, und ich bin schuld daran«, murmelte Regino bloß mit trübem Blick. Er hatte Maries Worte gar nicht verstanden.

»Ich gehe jetzt, Regino«, wiederholte Marie und machte sich sodann auf den Weg zurück in die dunkle Kirche.

Da lag er.

Elend sah er aus.

Sie war in der Türe des winzigen, verschlagartigen Kirchenanbaus stehen geblieben, doch er hatte sie längst entdeckt und erkannt. Sein einziges, angeschwollenes Auge war auf sie gerichtet. Und trotz seines mehr als erbärmlichen Zustandes lachte er.

Marie war diese Situation vertraut. Schon einmal war er dem Tode näher gewesen als dem Leben und hatte dennoch lachen können. Hämisch, überheblich und vollkommen angstfrei.

Fürchtete er sich gar nicht vor den Höllenqualen, die gewiss auf einen Menschen wie ihn warten würden?

Dachte er nicht an die Strafe des Himmels, die ihn nach einem solch schändlichen Leben ereilen würde?

Hatte er nicht einmal Respekt vor dem eigenen Tod?

Hielt er sich gar für unsterblich?

Oder war er der Teufel selbst, der sich nicht vor einer Rückkehr in die flammende Unterwelt fürchten musste?

Marie zitterte. Es war ihr mehr als widerwärtig, diesem Menschen wieder so nah sein zu müssen und ihm in den nächsten Augenblicken noch näher zu kommen.

Doch es musste sein.

»Marie«, krächzte er nun mit heiserer, kaum hörbarer Stimme. »Komm zu mir.«

Er streckte eine seiner verkrüppelten, zitternden Hände nach ihr aus. Der Gestank in diesem winzigen, fensterlosen Raum war unerträglich. Überall wimmelte es von Ratten, toten, halbtoten und lebendigen. Unter größter Überwindung bahnte Marie sich nun den Weg zu seinem Lager. Sie würde seinem Wunsch entsprechen und zu ihm kommen. Ein letztes Mal.

»Du bist sehr krank, Vitus«, sagte sie mit bebender Stimme.

»Ich weiß.«

»Du wirst sterben.«

»Setz dich.«

Marie ließ sich neben ihm auf dem Dielenboden nieder, eine schwarz-weiß gescheckte Ratte kam zu ihr und schnupperte an ihren Füßen. Marie gab ihr einen unsanften Stoß.

»Na, na«, vernahm sie Fips' tadelnde Stimme.

»Wieso verfolgst du mich?«, fragte sie nun.

»Weil du mich brauchst.«

»Das stimmt nicht.«

»Oh doch. Warum sonst bist du hier?«

»Ich bin nicht deinetwegen gekommen. Ich will die Karte.«

»Dieses Mädchen ist durch meine Schule gegangen«, sagte Fips anerkennend.

»Ich will die Karte«, wiederholte Marie.

»Dann nimm sie dir.«

Marie schluckte und blickte einen Moment lang zur Decke. Dann nahm sie all ihren Mut zusammen und flocht die Bänder seines stinkenden Wamses auf.

»Das hast du schon lange nicht mehr getan.«

Er schnappte nach ihrer Hand. Marie hätte ihm so viel Kraft und Schnelligkeit gar nicht mehr zugetraut. Ehe sie sich versah, hatte er ihre Finger zu seinem Mund geführt und lutschte nun genüsslich daran. Sie schrie auf und befreite ihre Hand, die nun voll zähem, jauchigem Speichel war.

»Es gefällt dir. Gib es zu«, sagte er. »Du brauchst das. Du brauchst mich. Und du wirst mich haben, das verspreche ich dir.«

»Niemals.«

Ebenso rasch wie Fips' Hand zuvor war nun Maries rechte Hand an seiner Gurgel, während die linke damit fortfuhr, das Wams zu öffnen. Ein eitriger Ausfluss kam ihr entgegen, als das enge Kleidungsstück sich endlich löste. Dennoch griff Marie beherzt zu und fand, wonach sie gesucht hatte. Das musste sie sein, die Karte.

Flink stand sie auf und eilte in die äußerste Ecke des Raumes, während Fips röchelnd und die Augen verdrehend dalag. Marie wollte sichergehen, das richtige Schriftstück in Händen zu halten. Sie faltete es auf. Es war von den stinkenden Ausdünstungen und Ausflüssen des Kranken durchtränkt, aber dennoch konnte man sehr gut eine Zeichnung darauf erkennen, die offensichtlich den Weg zu der verheißungsvollen Goldgrube im Altvatergebirge darstellte. Marie wischte die Karte und auch ihre Hände an der Schürze ab und steckte das Pergament dann unter ihren Rock.

Fips war mittlerweile blau angelaufen. Er schien diesen letzten Kampf nicht gut vertragen zu haben, vergeblich rang er nach Luft.

Unschlüssig beobachtete Marie ihn eine Weile. Sie hatte nicht vor, erneut Hand an diesen Widerling zu legen. Vielmehr wollte sie abwarten, bis er seine letzte Zuckung getan hatte. Es fiel ihr schwer, es behagte ihr nicht, Zeugin seines Ablebens zu sein, doch ihr blieb keine Wahl. Nur so konnte sie sichergehen, dass er nicht zurückkehren würde.

Doch dann hörte sie, dass sich Schritte näherten. Es war der Pfarrer. Er kam, um nach dem sterbenden Pestkranken zu sehen.

»Ihr seid hier?«, fragte er bloß, während er mit einem Kienspan und einem Weihrauchgefäß in der Hand die Sakristei betrat. Sofort verbreitete sich der angenehme Duft des Weihrauchs, und auch die Anwesenheit dieses so ruhigen und gütigen Geistlichen ließ Marie ein wenig ruhiger werden. Sie atmete auf.

»Er stirbt«, antwortete diese bloß.

»Ja, er stirbt. Und so, wie es aussieht, hat Gott ihn bereits in diesem Moment zu sich genommen«, meinte der Pfarrer ruhig, während er sich neben Fips hockte. Bevor er zu beten begann, sagte er mit trauriger Miene an Marie gewandt: »Nicht weit von hier, in einer alten Templerkapelle, lebt ein Einsiedler. Er ist Heilkundiger des zerschlagenen Ordens gewesen. Ein weiser, aber ausgestoßener Mensch. Vor einigen Wochen ist er wie wirr durch alle Dörfer gezogen und hat berichtet, er habe Kunde aus Frankreich, dass eine Pest ganz Europa heimzusuchen begonnen habe. Wir haben ihn nicht ernst genommen.« Sprachs und widmete sich wieder dem soeben Verstorbenen.

Während der Geistliche so besonnen und still dasaß, schwirrte es in Maries Kopf wie in einem Bienenstock.

Was hatte dieser seelenruhige Mensch da gerade alles gesagt?

Vitus Fips war tot?

Tatsächlich? Endlich? Wahrhaftig?

Und dann diese Templerkapelle.

Es gab sie wirklich? War Konrad dort?

War es das, was Maja Crispin erzählt hatte?

Und die Pest?

Sie war also tatsächlich unterwegs. Würden sie nun alle dieses schrecklichen Todes sterben?

Marie wusste nicht mehr, woran sie zuerst denken sollte. Aber unbedingt wollte sie sich vergewissern, dass ihr Peiniger wirklich gestorben war. Sie versuchte an dem Pfarrer vorbei einen Blick auf den schlaffen Körper von Vitus Fips zu werfen, konnte aber nicht mehr als eine seiner Hände erkennen. Schlaff war diese nicht, vielmehr ragte sie steif und verformt wie eine Klaue reglos in die Höhe. Marie wurde schlecht.

»Lebt wohl«, stieß sie nur hervor und beeilte sich dann, den Raum zu verlassen. Es gelang ihr gerade noch, an die frische Luft zu kommen, bevor sie sich mehrmals auf dem Kirchhof übergab, wo Johann bereits damit beschäftigt war, ein einziges, riesengroßes Loch zu graben.

XXIX

»Die Kunde von der großen Pest ist bereits zu mir vorgedrungen, Deutschordensbruder Crispin. Nach der Zerschlagung unseres Ordens ist diese Kommende an die Kreuzbrüder der Johanniter übergeben worden. Sie haben keinen ständigen Sitz hier bezogen und somit das von uns Templern geerbte Gut zum Lehen an hiesige Adelige geringer Herkunft weitergegeben, aber dennoch kommen sie hin und wieder zur Visitation vorbei und sprechen auch mit mir, dem Geächteten. Sie waren es, die mir von dem Pestzug in Frankreich erzählten, der nun sogar das päpstliche Avignon heimsucht. Papst Clemens verbarrikadiert sich dort, in seinem Palast zwischen zwei reinigenden Feuern sitzend, während das Volk auf den Straßen ohne letzten Segen der Kirche stirbt.«

Der Einsiedler Arnaud war ein beeindruckender alter Mann. Crispin wusste schon seit vielen Jahren von seiner Existenz, hatte ihm, da er selbst ein glühender Verehrer des zerschlagenen Templerordens war, immer einmal einen Besuch abstatten wollen. Aber er war nie dazu gekommen. Er hatte Konrad auf ihrer gemeinsamen Reise jedoch manches Mal von dem Templer-Eremiten an der Saale erzählt, und als die alte Frau Maja gesagt hatte, sie habe Konrad im Traum davon sprechen hören, dass er vorhabe, sich bei den Templern zu verbergen, war es Crispin wie Schuppen von den Augen gefallen.

Konrad war zu dem Templer-Eremiten gegangen.

Und Crispin hatte den Freund nun tatsächlich hier gefunden. Ihn und auch den Einsiedler Arnaud, den er jetzt endlich kennenlernen durfte.

Es war selten, aber nicht außergewöhnlich, dass die Templer auch in diesem Teil Europas einige kleine Dependancen besessen hatten. So diese ehemalige Kommende an der Saale, welche jedoch mit der Zerschlagung des Ordens durch Philipp den Schönen und Papst Clemens V. ebenfalls aufgelöst worden war. Da man sich hier nicht im Machtbereich des Königs von Frankreich, sondern in dem des Kaisers des Heiligen Römischen Reiches befand, war mit den hiesigen Mitgliedern des Kreuzritterordens nicht ganz so streng verfahren worden. Ja, es war zu Verhaftungen gekommen, es hatte auch Todesurteile gegeben, aber andererseits war den überlebenden Templern mitunter erlaubt worden zu bleiben, wenn sie ihr weißes Habit mit dem roten Kreuz ablegten und stattdessen das Leben eines grauen Mönches führten – oder ebendas eines Einsiedlers. Arnaud und zwei seiner Brüder hatten sich für Letzteres entschieden. Zu den neuen Herren ihrer Kommende wurden durch eine Bulle des Papstes die Johanniter ernannt – Vertreter des neben Templern und Ordo Teutonicus dritten großen im Heiligen Lande gegründeten Ritterordens. Männer also, die durchaus Verständnis und Mitleid für die Lage der so plötzlich und brutal vernichteten Templer aufbrachten, da auch sie nie sicher sein konnten, ob ihnen eines Tages ein ähnliches Schicksal blühte.

Nun lebte Arnaud, nachdem seine beiden Einsiedlerbrüder bereits seit einigen Jahren verstorben waren, allein und einigermaßen unbehelligt in dem einzigen Gebäude auf diesem Gut, welches von dem ehemaligen Glanz der Templer zeugte. Er lebte in einer gotischen Kapelle, klein, aber mit hohem Gewölbe, turmlos, aber mit sieben riesigen, imposanten Fenstern. Er lebte das Leben eines geachteten Einsiedlers, denn auch der nahe Wettiner Adel hatte einst dem Templerorden angehört und behelligte den einzig überlebenden alten Mann nicht. Auch den Bauern und dem übrigen Adel in der Umgebung fiel dies nicht ein, und selbst der mächtige Erzbischof von Magdeburg interessierte sich nicht für Arnaud. Denn der Eremit fiel nicht auf, er sprach kaum mit den Menschen, verbreitete keine Botschaften, sondern hauste fromm, bescheiden und zurückgezogen.

In den letzten Wochen jedoch hatte er sich erstmals seit mehr als dreißig Jahren weit hinausgewagt. In alle umliegenden Siedlungen war er gezogen. Er hatte es als seine Pflicht angesehen, die Menschen vor dem zu warnen, von dem ihm die Johanniter auf ihrer Durchreise berichtet hatten.

Vor dem Pestzug, der sich auf den Weg durch Europa gemacht hatte. Doch kaum einer hatte ihn ernst genommen.

Diese beiden Deutschordensmänner nun, diese Schwarzkreuzler, die nacheinander in seiner winzigen gotischen Kathedrale aufgetaucht waren, sie schienen die Schreckensnachricht zu bestätigen. Nicht von Frankreich sprachen sie, sie erzählten von Italien. Doch das war nicht alles, sie wussten auch von ersten Todesfällen auf Reichsgebiet.

»Die Pest will dich nicht in Ruhe lassen, alter Freund. Ist sie der Grund, weshalb du nach mir gesucht hast?«, fragte Konrad Crispin.

Die drei Männer saßen um einen kleinen Tisch auf einer Empore, dem Platz, wo sich zu den Glanzzeiten dieses schönen Gotteshauses, das nicht mehr als siebzig Jahre zählte, der Altarbereich befunden hatte. Konrad war verwundert, aber auch erfreut über das unerwartete Erscheinen seines Freundes Crispin in diesem merkwürdigen Refugium. Seit einigen Tagen hielt er sich nun bei Arnaud auf. Für den Eremiten war es keine Frage gewesen, Konrad Unterschlupf zu gewähren. Man müsse in

Notzeiten zusammenhalten, hatte Arnaud gesagt. Auch wenn es sich bei den beiden unterschiedlichen Kreuzritterorden, denen sie angehörten, um ehemalige Konkurrenten handelte, so hatten sie immer mit den gleichen Feinden zu tun gehabt – und damit waren nicht allein Mauren und Sarazenen gemeint, sondern vor allem Neider und Skeptiker aus dem eigenen, christlichen Lager. Man verstand einander also gut. Tage- und nächtelang hatten Konrad und Arnaud Gespräche geführt und auch miteinander gebetet, der alte Mann war in alles eingeweiht: Er wusste nun von der Flucht Konrads vor den Rächern, die in der Marienburg auf ihn warteten, und er wusste von der Seuche, deren Hauch Konrad fürchtete weitergetragen zu haben.

Crispin war also zu einer mittlerweile eingeschworenen Gemeinschaft gestoßen, als er das kleine Gotteshaus nach kurzer Suche gefunden hatte.

»Die Pestilenz setzt sich fort. Unter den Reisenden, die du im Kloster deiner Base zurückgelassen hast, sind bereits einige Seelen zu beklagen«, antwortete Crispin Konrad, während er sich bei Arnaud bedankte, der ihm einen Becher heißen Suds reichte, welcher aus zerkochten Speiseresten aller Art bestand – Spenden der hiesigen Menschen an den Einsiedler.

»Wer genau ist tot?« Konrad, der bislang ausgesprochen ruhig und für seine Verhältnisse sehr bedächtig gewesen war, wurde plötzlich hektisch und erhob sich bei dieser Frage leicht von seiner Bank.

»Ein Bursche und ein Mädchen waren schon begraben, als ich hinzukam. Zwei weitere junge Männer starben in der folgenden Nacht.«

»Das Mädchen hieß Lisa, nicht wahr?«, wollte Konrad wissen. Sein Blick hatte etwas Flehentliches.

»Es war nicht die Schwester unseres Bruders Friedrich. Sie lebt.«

Diese Information schien Konrad nur wenig zu interessieren. Ganz so, als habe er Crispin gar nicht zugehört, wiederholte er: »Lisa hieß sie, nicht wahr?«

»Das weiß ich nicht mehr.« Crispin kostete schlürfend von dem verblüffend wohlschmeckenden Eintopf. »Eine andere Frau, Marie mit Namen, war hingegen wohlauf«, fügte er schließlich hinzu und schmunzelte leicht hinter dem Becher, welchen er wieder an die Lippen setzte.

Konrad ließ sich daraufhin auf seine Bank zurückfallen und musterte seinen Freund kritisch. Dieser Crispin schien ihn durchschauen zu können wie venezianisches Glas.

»Es wird nicht bei den drei Toten bleiben«, sagte nun Arnaud. Er sprach mit sehr leiser, aber sehr deutlicher Stimme, welcher man noch gut seine okzitanische Herkunft anhörte. »Die Menschen in ganz Europa müssen sich auf eine Heimsuchung größten Ausmaßes vorbereiten. Es hat keinen Sinn, nach Schuldigen zu suchen. Diese Geißel Gottes findet auch ohne menschliche Hilfe ihren Weg, und nicht einmal unser inständigstes Beten und Bitten kann sie daran hindern.«

»Das fürchte auch ich, Bruder Arnaud«, bestätigte Crispin die Worte des Eremiten.

»Dennoch muss man hinaus und die Menschen warnen, damit sie sich auf die Schreckenszeiten vorbereiten können«, riet der Einsiedler nun.

»Aber der Pesthauch! Ich glaube fest daran, dass er von einem Menschen auf den anderen übergehen kann. Man sollte, wenn man bereits mit dieser Seuche zu tun hatte, niemanden in Gefahr bringen«, entgegnete Crispin, auf seine Erkenntnisse als Heiler pochend.

»So wie ich andere in Gefahr gebracht habe. Darum sitze ich nun hier in Klausur bei unserem guten Bruder Arnaud, der mir trotz meines Schicksals als irdischer Sensenmann todesmutig Obdach gewährt«, gab Konrad bissig zum Besten und lächelte leicht zu Crispin herüber, der diese Aussage nur wenig lustig fand.

»Bruder Konrad ist gefeit. Die Pest wird ihm nie wieder etwas anhaben können. Er kann hinaus in die Welt. Er ist kein Träger des Hauchs. Ganz gewiss ist er es nicht«, unterstützte der Einsiedler nun auf ernsthafte Weise die ironischen Worte Konrads.

»Ich zweifle nicht an Eurem Wissen, weiser Bruder Einsiedler. Aber dennoch frage ich mich, wie Ihr Euch da sicher sein könnt. Seitdem wir aus Italien aufgebrochen sind, ist die Pest unser Begleiter. Zwei Brüder haben wir verloren, und auch weitere Menschen, mit denen Konrad in Berührung gekommen ist, sind elendig zugrunde gegangen«, meinte Crispin streng.

»So wie überall Menschen zugrunde gehen und zugrunde gehen werden«, sagte Arnaud. »Aber in einem habt Ihr recht, Bruder Crispin: Wenn Ihr es für vernünftig erachtet, sich zurückzuziehen und die Gegenwart von anderen Menschen zu meiden. Denn damit, so denke ich, ist zumindest das eigene Überleben gesichert. Doch ist das unsere Aufgabe als Diener Gottes? Sollen wir es tatsächlich dem Papst gleichtun und allein darauf bedacht sein, das eigene irdische Fortbestehen zu bewahren, indem wir uns von der kranken Welt absondern? Ich weiß, dass ausgerechnet ich als Sonderling so nicht sprechen sollte. Aber in Zeiten wie denen, welche nun auf uns zukommen, sollte es unsere Pflicht sein, uns auf einen der ursprünglichen Hauptwerte unserer beider Orden zu besinnen: Und das ist der des Helfens und Heilens.«

»Ich werde trotz aller widrigen persönlichen Umstände zur Marienburg zurückkehren. Es gilt die Menschen unseres Hoheitsgebietes zu warnen und auf das vorzubereiten, was auch uns gewiss bald mit sehr viel größerer Wucht als bisher ereilen wird«, ergänzte Konrad die Worte des Einsiedlers. Er hatte seit seiner Ankunft bei Arnaud ausführlich mit diesem gesprochen und war wie er der Meinung, nicht weiter tatenlos aus einem Versteck heraus zuzusehen, wie der Tod sich übers Land legte.

Crispin atmete lange vernehmlich aus, stellte dann seinen leeren Becher auf den Tisch und blickte Konrad tief in die Augen: »Die widrigen Umstände, die deine Person betreffen, haben sich verstärkt, mein Freund. Das ist der eigentliche Grund für meine Suche nach dir. Ich glaube, ich kann es frank und frei auch vor Bruder Arnaud sagen.«

Dann erhob er sich feierlich, ganz so, als ob er einen Richterspruch über Konrad fällen wollte: »Solltest du ins Ordensland zurückkehren, Konrad, so wird das Schafott auf dich warten. Der junge Ritter, den du bei den Litauern zurückgelassen hast, er wurde von diesen gefangen und bei lebendigem Leibe verbrannt. Man ist mehr als wütend auf dich, und darum ist unser treuer Graumäntler Walter auch nun mit der Nachricht an den Hochmeister unterwegs, dass du, mein guter Freund …«, wieder schnaubte Crispin, als wäre er soeben in voller Rüstung neben einem galoppierenden Pferd hergerannt, »… dass auch du bedauerlicherweise an der Pest verstorben bist und somit deiner gerechten Strafe durch den Henker nicht mehr zugeführt werden kannst.«

Schweigen.

Langes, betretenes, erstauntes Schweigen.

Der ehemalige Tempelritter Arnaud war der Erste, der es brach. Trocken erklärte er: »Willkommen in der Gemeinschaft der verfolgten und ausgestoßenen Kreuzritter, Bruder Konrad. Seid getrost: Es hat auch durchaus seine guten Seiten.«

Damit schenkte er ihnen allen eine weitere Kelle Sud nach, während Konrad Crispin dankbar und entsetzt zugleich anstarrte.

»Wohin gehst du?«

»Ich weiß es nicht.«

Es war ein trister Tag. Längst hätte der Sommer kraftvoller sein müssen, doch er hatte erst durch wenige Sonnenstunden auf sich aufmerksam gemacht und schien den Kampf gegen Kälte und Nässe nun vollkommen aufgegeben zu haben. In der Nacht hatte es sogar Frost gegeben, und tagsüber wollte es nicht zu nieseln aufhören. Ein kräftiger, kurzer Regenguss, gefolgt von einem heftigen Gewitter, wäre Konrad lieber gewesen, denn dieses stete nasskalte Grau war ihm ein Gräuel. Dennoch, die Zeit zum Aufbruch war gekommen. Crispin musste zurück zur Marienburg, und auch Konrad wollte sich nicht länger in der kleinen steinernen Kapelle des Templer-Eremiten verbergen.

»Ich weiß nicht, wohin ich gehen soll. Wohin zieht es einen Totgesagten in der Regel? Ich habe keine Ahnung«, scherzte Konrad, während er den Blick von Crispins traurigem, mitleidigem Gesicht abwandte.

»Nimm wenigstens mein Pferd. Ich werde mir in der nächsten Ordenskommende ein neues besorgen«, schlug Crispin ihm vor. Er hatte wiederholt versucht, dem mittellosen Freund seine materielle Unterstützung anzubieten. Doch Konrad war zu stolz, um anzunehmen.

»Wenn man einen solch heruntergekommenen Kerl wie mich auf einem derart edlen Tier erwischt, dann knüpft man sofort einen Strick.« Konrad lachte gequält.

Auch auf seinen Habit, den Crispin von Regino zurückerhalten hatte, wollte Konrad lieber verzichten. Schwert und Ross waren dem Dieb angeblich selbst gestohlen worden, und auch alles Geld war verschwunden. So zumindest hatte Regino es Crispin erzählt, und Letzterer verfügte selbst nur mehr über ein winziges Säckchen mit Silbermünzen, von denen Konrad nur zwei annehmen wollte, da auch der Freund einen langen Rückweg vor sich hatte.

»Bevor ich es vergesse«, meinte Konrad und griff unter sein schlichtes Wams. »Dies ist der Ring unseres verstorbenen Sariantbruders Bertold. Schicke ihn an seine Familie und veranlasse, dass hundert Seelenmessen für ihn gelesen werden.«

Crispin war ratlos: »Wir haben ihn doch begraben. Woher hast du diesen Ring?«

»Ich will darüber nicht nachdenken«, winkte Konrad ab. »Es macht mich bloß wieder wütend. Einem Grabschänder, der es wagte, sich in Bertolds Mantel zu kleiden, habe ich ihn abgenommen.«

Crispin nahm den Ring, schloss die Augen und versank in ein stilles Gebet.

Konrad hingegen wurde unruhig. Wann würde Crispin endlich fortreiten? Musste man diesen Abschied denn so lange hinauszögern? Quälend war es für ihn, den ehemaligen Anführer ihrer gemeinsamen Reise, jetzt auf die Hilfe und die Almosen seines Mitbruders angewiesen zu sein. Und nicht nur das, er verdankte sein Leben der Lüge dieses so vorsichtigen, frommen Mannes, der bereits in den fernen Alpen seine eigene Gesundheit aufs Spiel gesetzt hatte, als er dem an der Pest erkrankten Konrad tagelang beigestanden und dessen Lager bewacht hatte.

»Gibt es einen Ort, an dem ich dich finden kann, falls sich in naher Zukunft die Wogen glätten?«, fragte Crispin, nachdem er sein Gebet beendet hatte. Ihm war einfach nicht wohl dabei, den Freund nun so nackt und ziellos zurückzulassen.

Konrad schüttelte den Kopf: »Ich weiß ja nicht einmal, wie ich mich vom heutigen Tage an nennen soll. Aber mach dir keine Sorgen, guter Freund, es wird mir irgendwie gelingen, auf dem Laufenden zu bleiben. Und wer weiß, vielleicht werde ich eines Tages tatsächlich von den Toten auferstehen und wieder im Ordensland erscheinen.«

»Aber lass mich dann nicht wie einen elenden Lügner aussehen«, lachte Crispin, doch das Lachen blieb ihm im Halse stecken.

»Jetzt verschwinde schon.« Konrad wies Crispin gerade mit einer auffordernden Handbewegung an, endlich sein bereits unruhig werdendes Ross zu besteigen, als er plötzlich aus dem dichten Nebelschleier drei Gestalten über den verlassenen Hof vor der Kapelle auf sie zukommen sah.

»Besuch, Bruder Arnaud«, rief er nach hinten, wo der Einsiedler in der eigentümlichen Behausung damit beschäftigt war, dem nun ehemaligen Deutschordensritter Konrad von Tiefenbrunn, welcher ebenfalls seine Abreise vorbereitete, ein Säcklein mit Proviant zu schnüren.

Der Eremit schritt nach draußen, und nun schauten sie zu dritt auf die anderen drei Gestalten, die sich ihnen langsam näherten. Man konnte sie in dem grauen, trüben Dunst nur schemenhaft erkennen, doch der Statur nach zu urteilen handelte es sich nicht um Kriegsleute, die womöglich ausgesandt waren, um den flüchtigen Ritter zu fangen.

»Ach, sieh einer an!«, rief Crispin als Erster. Er schien belustigt.

Und auch Konrads Gesicht erhellte sich, als er erkannte, wer da überraschenderweise auf dem Hofe des Eremiten erschien.

»Ich dachte eigentlich, guter Arnaud, bei Euch ein Versteck gefunden zu haben, wo man meiner nicht allzu rasch habhaft werden könnte. Doch wie es den Anschein hat, hätte ich den Ort meiner Bleibe auch gleich auf sämtlichen Marktplätzen des Reiches ausrufen lassen können«, sagte er leise zu dem neben ihm stehenden Einsiedler. Sein Blick jedoch war fest auf einen der drei Menschen gerichtet, die nun vor ihnen zum Stehen gekommen waren.

Auf Marie.

Marie errötete.

Sie hatte sich nach ihrem Aufbruch aus dem menschenleeren Dorf gegen Regino durchgesetzt und ihre beiden Gefährten überredet, einen kurzen Abstecher zu der von dem Pfarrer erwähnten Templerkapelle zu machen. Jeder im Umkreis kannte den dort lebenden Eremiten, und so war es ein Leichtes gewesen, diesen Ort zu erreichen. Allein der Grund, weshalb Marie ihn aufsuchen wollte, war schwerer zu finden als der Platz selbst.

Sie müsse dem Ritter Konrad etwas sehr Wichtiges sagen, hatte sie betont. Doch was sie ihm sagen wollte, das hatte sie Regino und Johann nicht verraten, denn um ehrlich zu sein, wusste sie es selber nicht. Es war ein merkwürdiger Zwang, der sie trieb, hierherzukommen.

Konnte es denn Zufall sein, dass sie von dem tapferen Pfarrer in dem Pestdorf von ebendieser Templerkapelle erfahren hatte, von welcher sie bis dahin gedacht hatte, dass sie lediglich in Majas finsteren Visionen existierte?

Nein. Ein Zufall war es nicht. Es war ein Wink, und diesem Wink wollte, ja, musste Marie folgen. Zumindest redete sie sich das ein.

Dennoch war es schwierig gewesen, Regino zu überreden, der offenbar wenig Lust verspürte, jetzt, da sie die Karte in Besitz hatten, noch einmal den beiden Rittern unter die Augen zu treten. Ihre Hilfe benötigte er nicht mehr, außerdem hatte Konrad ja immer noch ein Hühnchen mit dem Dieb zu rupfen, und davor fürchtete sich Regino besonders. Marie jedoch wollte sich nicht beirren lassen und hatte darauf gepocht, dass immerhin sie es war, die Fips das begehrte Stück abgenommen hatte und somit diesen kleinen Wunsch frei habe. Immerhin lag die Kapelle auf ihrem Rückmarsch zu der Unterkunft ihrer verbliebenen Reisegesellschaft. Sie mussten also keinen Umweg in Kauf nehmen.

Und nun standen sie da.

Sie standen einander gegenüber.

Regino blickte verlegen auf den Boden.

Johann war zu müde und zu traurig, um irgendeine Reaktion zu zeigen, und Marie errötete.

Dann riss sie sich zusammen, ging zwei Schritte vor und sagte mit fester Stimme: »Ich denke, dass es für Euch von Interesse ist, Ritter Konrad und Ritter Crispin, dass in einem nahen Dorf die Pest keinen einzigen Einwohner verschont hat. Keinen, bis auf den Pfarrer und ein zweijähriges Kind.«

Sagte es, ging wieder zwei Schritte zurück und wartete ab.

»Sie ist also tatsächlich angekommen«, meinte Arnaud, der Eremit, während Konrad und Crispin schweigend Blicke tauschten.

»Seid ihr etwa die einzigen Überlebenden eurer Gruppe?«, fragte Konrad nach einer ganzen Weile.

»Nein, die anderen warten unweit von uns«, antwortete Johann.

»Ich vernahm bereits durch meinen Bruder Crispin, dass Fräulein Adelheid es unvernünftigerweise vorzog, nicht im Kloster Marienthron zu bleiben …«, sagte Konrad. Seine Stimme klang dabei nachdenklich. Marie, die ihn klopfenden Herzens nicht aus den Augen ließ, fragte sich, welche Schlussfolgerung er nun aus dieser Aussage ziehen würde. Immerhin handelte es sich bei Adelheid sozusagen um Konrads Schutzbefohlene.

Nach einer Weile, in der sein Blick lange auf Marie geruht

hatte, wandte Konrad sich an Crispin und meinte leise, aber immer noch laut genug, dass die anderen es hören konnten: »Nun weiß ich, wohin ich gehen werde, mein Freund. Leb wohl.«

Maries Herz wollte fast zerspringen, ihre Augen begannen zu brennen.

Der ältere Ritter hingegen nickte ein wenig besorgt, schien aber die Entscheidung des Freundes hinzunehmen. »Gebt auf euch acht«, sagte er zu allen, verneigte sich dann noch einmal vor dem greisen Arnaud, bestieg sein Pferd und sprengte durch den Nebel davon.

Schweigend blickten sie ihm nach. Niemand verstand so recht, was da vor sich ging. Besonders Regino und Johann konnten es sich nicht erklären. Nicht, bis Konrad das Wort an sie richtete und ganz selbstverständlich meinte: »Ich werde mit euch gehen. Fräulein Adelheid benötigt einen Vormund.«

Ihm war offenbar gleich, ob die drei seine Gegenwart wünschten oder nicht.

Johann räusperte sich etwas verärgert, und Regino brummelte: »Das hat mir noch gefehlt.«

Marie hingegen wurde ganz schwindelig. War es Glück oder Sorge, die sie in diesem Moment empfand? Sie wusste es nicht.

Er würde sich ihnen also wieder anschließen.

Nichts anderes hatte sie sich im Grunde ihres Herzens gewünscht. Aber wäre die Erfüllung dieses Wunsches tatsächlich gut für sie und die Übrigen?

XXX

Fräulein Adelheid ist auf dieser Reise offenbar gezwungen, sich an recht bescheidene Unterkünfte zu gewöhnen«, meinte Konrad, nachdem sie den abgelegenen, etwas verwahrlosten Einzelhof vor Augen hatten, auf welchem Maja, Ulrich, Adelheid und Anna auf ihre Rückkehr warteten.

Ja, mehr Überlebende gab es nicht.

Der Tod hatte bereits gnadenlos in ihren Reihen gewütet, aber immerhin nicht mit einer solch erschreckenden Rücksichtslosigkeit wie in dem Dorf, in welchem sie nurmehr die Leiche der jungen Elisabeth hatten vorfinden können. Regino, dessen Herz und Gewissen noch immer arg unter dem Tod des Mädchens litten, zuckte bei der Erwähnung des Namens Adelheid zusammen. Er fürchtete sich davor, dem Fräulein von dem schrecklichen Ableben ihrer besten Freundin und Weggefährtin zu berichten, und hoffte inständig, dass Johann die unangenehme Aufgabe für ihn übernahm. Dieser schien ganz aufgeregt und sprengte bereits auf die Scheune zu, in der die vier Zurückgelassenen ein Zwischenlager gefunden hatten.

Marie hörte es als Erste.

Es war ein Pfeifen und ein Sausen, etwas zerschnitt die Luft, es wurde immer lauter, doch bevor sie aufschreien konnte, war Johann schon getroffen. Ein langer Speer bohrte sich in einen seiner Oberschenkel. Im nächsten Moment war ein weiteres solch bedrohliches Geräusch zu vernehmen. Dieses Mal war es kein Speer, sondern eine Heugabel, die unmittelbar vor Reginos Füßen im Matsch stecken blieb. Weitere Geschosse folgten, darunter riesige Steine, von denen auch Marie unsanft an Schulter und Knie getroffen wurde.

Man griff sie an. Und das mit einer ungeheuren Wut.

Konrad, der schnell bei dem verwundeten Johann war und ihn in Windeseile hinter einem alten Buchenbaum in Sicherheit brachte, konnte einige Gestalten ausmachen, welche sich nun nicht mehr vor ihnen zu verbergen versuchten.

Es waren drei Männer, zwei mittleren Alters und ein Greis, der jedoch sehr stämmig war und bei dem es sich offenbar um den Wortführer der Angreifer handelte. Doch viel zu sagen hatte er nicht.

»Verschwindet, ihr verseuchtes Pack! Macht, dass ihr fortkommt!«

Eine Fackel hielt er in Händen und entzündete an ihr einen Pfeil, den er blitzschnell auf einen zu einem Bogen umfunktionierten Ast mit Sehne spannte und in Richtung der vier Eindringlinge abschoss.

Der Pfeil traf die Buche, hinter der sie nun Schutz gesucht hatten.

»Was haben wir euch getan, Bauersmann?«, rief Konrad und wagte es, erhobenen Hauptes vor den Baum zu treten. Doch das hätte er besser unterlassen, denn wieder sauste ein Feuerpfeil heran. Es gelang ihm gerade noch, sich zu bücken. Er musste aber spüren, oder besser riechen, dass sein Haar ein wenig angesengt worden war.

»Giftmischer seid ihr! Hexenbrut! Hinfort mit euch, sonst machen wir auch euch den Garaus.«

»Aber unsere Freunde! Sie sind in dieser Scheune«, rief Marie und streckte ihren Kopf hinter dem Stamm hervor.

»Pah«, rief der Bauer nur und spuckte auf den Boden. »Wer anderen den Tod bringt, der erhält, was er verdient.«

Und dann spannte er wieder seinen Bogen, während die beiden anderen Männer neben ihm bedrohlich ihre Äxte schwangen. Es waren zwar lediglich Beile zum Holzhacken, aber geschickt geworfen, hätten sie eine kaum geringere Wirkung als eine Streitaxt gehabt, zumal keiner von ihnen vieren ausreichend bewaffnet oder gar gepanzert war.

Dennoch, Marie streckte erneut den Kopf hervor und fragte: »Sagt mir doch, ob sie noch leben. Wo sind sie?«

»In der Hölle« rief der Alte, und im gleichen Moment flog eine der Äxte auf Maries Kopf zu. Konrad gelang es gerade noch, sie hinter den Baum zu ziehen. Rasch griff er nach dem im Holz steckenden Wurfgeschoss, nahm es an sich und ging mit dieser Waffe langsam auf die drei Männer zu.

Es ging ihm gegen die Ehre, dass ein ausgebildeter Rittersmann sich von drei Bauern in die Flucht schlagen lassen sollte. Doch die Rechnung hatte Konrad ohne die wütenden Ackermänner gemacht: Wie die Berserker rasten sie nun auf ihn zu. Er nutzte das Beil als Keule und schlug einem der Angreifer auf den Schädel, sodass dieser am Boden liegen blieb. Die anderen zwei jedoch, darunter der Alte, hatten ihn nicht nur umkreist, nein, sie waren auf ihn gesprungen. Der greise Kerl saß ihm im Nacken und bohrte seine Finger in Konrads Augen, während der Jüngere nun seine Axt bereit machte, um ihm den finalen Streich zu versetzen. Und wäre dies nicht schon schlimm genug, so kam vom Hof her auch noch Verstärkung hinzu. Zwei äußerst kräftige Weiber und ein Junge von etwa dreizehn Jahren rasten auf die Kämpfenden zu. Sie waren mit Metzgerwerkzeugen bewaffnet, ihre Gesichter von Wut und Trauer verzerrt.

Johann war verletzt.

Regino, wie immer in brenzligen Situationen, untätig.

Also war Marie zum Handeln gezwungen.

So schnell sie konnte, griff sie nach einem großen am Boden liegenden Ast. Er war zwar morsch und deshalb nicht besonders fest, aber durch die Feuchtigkeit in diesem Jahr hatte er sich mit Wasser vollgesogen und taugte deshalb durchaus als Schlaginstrument. Noch bevor der Kerl mit dem Beil zuhauen konnte, spürte er den Ast zwischen den Beinen. Er schrie kläglich auf und taumelte nach hinten. Marie sprang ihm aus dem Weg, ließ ihn passieren und holte erneut aus, um nun dem Alten auf den Kopf zu schlagen. Es gab einen dumpfen Knall, und tatsächlich, der Mann fiel wie ein nasser Sack von Konrad herunter. Doch die Gefahr war nur für den Moment gebannt, denn beide waren lediglich benommen, und die zwei Weiber und der Halbstarke nun ebenfalls herbeigeeilt.

Der Zorn in ihren Mienen verriet, dass Verhandlungen zwecklos waren. Sie hatten sich vorgenommen, diese Fremden zu vertreiben oder aber totzuschlagen wie tollwütige Wölfe, die es wagten, sich in die Nähe des Gehöftes zu schleichen.

Es blieb ihnen nichts als die Flucht, und Konrad schien dies genauso zu sehen. Seine Augen schmerzten, aber dennoch konnte er Maries Umrisse wahrnehmen. Rasch griff er nach ihrer Hand und rannte mit ihr in den nahen Wald davon. Regino, der es zwar vorgezogen hatte, trotz des Angriffs friedlich zu bleiben, hatte seine Feigheit immerhin dahingehend überwunden, als dass er nicht allein geflüchtet war, sondern dem verletzten Johann geholfen hatte, sich vor den rasenden Bauern im Wald zu verstecken. Sie waren längst irgendwo in Sicherheit, als sich auch Marie und Konrad völlig außer Atem und darüber hinaus vollkommen verwirrt in die schützende Kuhle hinter einem entwurzelten Baumriesen warfen.

»Diese Wutentbrannten haben Ulrich und die anderen drei

einfach umgebracht«, keuchte Marie, nachdem sie sicher sein konnten, nicht weiter verfolgt zu werden.

»Sie haben sie getötet, oder aber etwas anderes ist ihnen zuvorgekommen«, sagte Konrad, seine verletzten Augen mit Moos kühlend.

Marie wusste, was er meinte. Ihre Gedanken waren bei Ulrich und Maja. Waren auch sie der Pest erlegen?

Konrad drückte weiter das feuchte Moos auf seine Augen und sagte nichts. Ja, es war davon auszugehen, dass die vier verloren waren. Eine Greisin, ein ohnehin geschwächter Bauer und zwei junge Frauen, darunter Konrads Mündel Adelheid. Dahingerafft vom Schwarzen Tod oder aber gemeuchelt von einer aufgebrachten Bauernschar.

Auf die vielen Jahre des Verzichtes, die hinter den Menschen lagen, folgten nun offenbar Zeiten des Verlustes. Wahrscheinlich hatte der alte Einsiedler recht: Man würde sich daran gewöhnen müssen.

Konrad sah nichts, aber er tastete nach rechts und fand Maries Hand. Er drückte sie fest und führte sie dann zu seinem Mund, um sie zu küssen. Sie schmeckte nach modrigem Laub, aber dennoch gut. Er war froh, dass sie nicht in dieser pestverseuchten Scheune geblieben war, so wie Adelheid. Marie lebte, sie war gesund – noch war sie gesund, und er hoffte inständig, dass dies so blieb. Wäre er vor die Wahl gestellt worden, das Leben dieses einfachen Bauernweibes oder das des edlen Stiftsfräuleins zu retten, er hätte sich für Marie entschieden. Doch vielmehr war es am heutigen Tage sie gewesen, die ihm das Leben gerettet hatte. Todesmutig war sie auf die wütenden Bauern zugegangen. Und Konrad fragte sich, was der Grund für dieses beherzte Handeln gewesen war. Unwillkürlich musste er ein wenig lächeln, als er darüber nachdachte, und spürte bald darauf ihre Lippen auf seinem Mund. Es war ein schöner, salziger Kuss, den sie ihm gab, sie hatte offenbar leise geweint. Konrad nahm sich die Mooskissen von den Augen, um Marie anzuschauen, doch diese war bereits wieder aufgestanden, wischte sich die Tränen ab und meinte:

»Wir müssen gehen und die beiden anderen finden. Johann ist schwer verletzt.«

Adelheid hatte nicht die leiseste Ahnung, wo sie sich befanden.

Noch nie in ihrem Leben war sie vollkommen auf sich allein gestellt gewesen. Immer war jemand an ihrer Seite, der sie beschützte. In ihrer jüngsten Kindheit hatte sie auf die Nähe und Wärme ihrer Amme vertrauen können, später dann auf treue Dienstleute und natürlich auf ihren Vater, sowie auf ihren geliebten Bruder Friedrich, und im Stift zu Quedlinburg waren es die Mitschwestern und die strenge, aber gütige Äbtissin gewesen, die immerzu ein Auge auf die zarte, so verletzlich wirkende Adelheid hatten. Selbst in den letzten Wochen, in denen sie auf der Flucht war und sich dieser sonderbaren Gruppe angeschlossen hatte, war stets jemand in ihrer Nähe gewesen, dem sie vertraute: Sei es Elisabeth, sei es Johann oder der Ritter Konrad gewesen. Und auch, nachdem Johann, Regino und Marie nach Halle aufgebrochen waren, und Adelheid zusammen mit der Greisin Maja, dem sturen Ulrich und der trauernden Anna in einer Scheune zurückgeblieben war, hatte das junge Fräulein sich sicher gefühlt. Es war die findige Maja gewesen, die ihr dieses Gefühl von Schutz und Geborgenheit vermittelt hatte.

Doch jetzt war Maja fort. Sie waren getrennt worden, nachdem die Einwohner des Einödhofes, auf dem sie rasten durften, plötzlich der Meinung waren, die Gäste hätten vergiftetes Essen an sie verschenkt. Drei in dem großen Bauernhaus lebende Kinder und ein Greis waren kurz nach Eintreffen der

Fremden erkrankt. Es war Adelheid selbst gewesen, die mit den Kleinen im Hofe gespielt und ihnen Konfekt aus dem Vorrat der Nonnen zum Naschen gegeben hatte. Aber sie konnte sich nicht vorstellen, dass diese Süßigkeiten schlecht gewesen waren. Dennoch, zwei der Kinder starben alsbald, und der Zorn der trauernden Großfamilie richtete sich daraufhin auf die Fremden in der Scheune.

Mit Fackeln standen sie eines Nachts in der Türe. Sie riefen Verwünschungen aus, fielen über Maja her, die sie als Zauberin bezeichneten, zerrten die Alte mit Gewalt ins Freie und nahmen auch Ulrich mit, da sie ihn als den einzig zurückgebliebenen Mann für den Anführer dieser todbringenden Gemeinschaft hielten. Anna und Adelheid blieben in der Scheune, sie wurden von zwei düster blickenden Frauen bewacht. Es waren schreckliche Stunden. Erst in der Morgendämmerung, als die beiden Frauen zu zwei kranken Familienmitgliedern, die immer noch dahinsiechend im Haupthaus lagen, gerufen wurden, konnten Anna und Adelheid fliehen. Seither waren sie unterwegs.

Allein.

Zunächst hatte Adelheid sich auf Anna verlassen. Das Mädchen war in der Natur groß geworden, sie kannte sich gut aus, konnte Pfade ausmachen, wo Adelheid lediglich Gestrüpp und Dornen erblickte. Doch wohin sie diese Pfade führten, das wusste auch Anna nicht. Sie liefen und liefen. Meile über Meile.

In einer kleinen Aschenbrennersiedlung wollten sie um Nahrung bitten, doch die Gegenleistung, die dafür von ihnen verlangt wurde, war ihnen zu groß. Wieder rannten sie davon und mieden von da an Dörfer und Siedlungen. Am dritten Tage ihrer Flucht wurde Anna plötzlich ganz schwach. Ihre Augen glänzten, sie konnte sich kaum auf den Beinen halten und schwitzte entsetzlich.

Seit dem gestrigen Morgen waren sie keinen Schritt mehr gegangen. Sie lagerten zurzeit in einer verlassenen Köhlerhütte im Wald, die jedoch in einem solch schlechten Zustand war, dass der Regen wie aus Kübeln hineinfiel. So konnte es nicht weitergehen. Adelheid fürchtete das Schlimmste für Anna. Zu oft in den letzten Wochen hatte sie mit ansehen müssen, dass die Plage auf diese Art ihren Anfang nahm. Anna würde sterben. Doch das sollte nicht hier in diesem feuchten Wald geschehen.

Schon seit Stunden hielt sie nun den Kopf des Mädchens, welches ihr bis vor Kurzem noch so feindlich gesonnen war, und streichelte ihr dunkles, schweißnasses Haar. Es war Adelheid gleich, ob der Hauch, von dem es hieß, er könne von einem kranken auf einen gesunden Menschen übergehen, zu ihr herüberwehte. In diesem Moment glaubte sie nicht, noch sehr viel mehr verlieren zu können, als sie eh schon eingebüßt hatte: Ihr Bruder Friedrich war an dem grassierenden Elend gestorben, ebenso ein großer Teil der Leute, denen Adelheid und Elisabeth sich angeschlossen hatten. Johann – um den der Großteil von Adelheids Gedanken kreiste – war verschwunden, ebenso der Ritterbruder Konrad und auch Marie. Und dann war da noch die Sorge um Elisabeth. Adelheid konnte sich nicht vorstellen, dass sich die Freundin, wie Regino es ihr hatte weismachen wollen, freiwillig zu ihrem Oheim hatte bringen lassen. Was war tatsächlich mit Elisabeth geschehen? Wahrscheinlich war sie längst verloren, so wie Maja und Ulrich, die der wütende Mob in den Wald geführt hatte. Gnadenlos war sicherlich das Gericht über die beiden ausgefallen.

Tränen besaß Adelheid keine mehr, aber ihr Glaube, vor allem der an die hilfreiche Hand der Gottesmutter Maria, war ungebrochen. Sie hob den Kopf und blickte durch das spitze, kegelförmige Dach der Köhlerhütte in den Himmel. Durch das

Rauchloch fiel ihr der Regen ins Gesicht, doch das störte sie nicht. Unverwandt schaute sie nach oben und begann zu beten:

»Hilf Maria, rette uns vor Pein und Tod!
Ach, neige, du Schmerzensreiche,
dein Antlitz gnädig unserer Not!«

Immer wieder wiederholte sie diesen einen Satz, der ihr soeben erst in den Sinn gekommen war, und der sich regelrecht in ihre Seele einbrannte. Lauter und lauter sprach sie, verfiel sogar in eine Art Wahnzustand, wie man ihn von den Mystikerinnen kannte, über welche sich Elisabeth so gern lustig gemacht hatte. Dann, nach langer, langer Zeit – es mochten Stunden gewesen sein, vielleicht waren es aber auch nur einige Augenblicke, Adelheid wusste es nicht zu sagen –, hörte der Regen auf. Abrupt brach er ab, ein Wind kam auf, vertrieb die Wolken und machte der Sommersonne Platz, die mit einem Male durch die grünen Blätter des Waldes einen einzigen Strahl unmittelbar durch das Rauchloch der Köhlerhütte warf und Adelheids Gesicht zugleich erhellte, wärmte und trocknete.

Es war ein Zeichen.

Ein Zeichen zum Aufbruch.

Sie musste handeln. Sie musste einen Weg finden. Sie musste Hilfe holen.

Sanft bettete sie die schlafende Anna auf der feuchten Moosunterlage und bedeckte sie mit allem, was Adelheid an eigenen Kleidungsstücken entbehren konnte. Nur mehr in ein weißes, feines Wollhemd gekleidet, lief sie dann rasch in den jetzt sonnigen Wald hinaus. Sie versuchte sich den Weg zu merken, um die Köhlerhütte alsbald wiederfinden zu können. Und tatsächlich: Keine fünfhundert Schritte entfernt erreichte sie einen breiten, von Wagenrädern ausgefahrenen Weg. Er führte bergan und war so gerade, dass er, sah man an ihm entlang, den Blick auf eine Burg freigab.

Adelheid atmete auf.

Dorthin würde sie nun gehen. Das war genau der richtige Ort. Ein ihr zwar fremder, aber dennoch vertrauter Platz. Sie hatte bislang keine Bauerndörfer, Köhlerhütten, Aschenbrennersiedlungen, wilde Wälder, tiefe Schluchten, dunkle Höhlen und stinkende enge Stadtquartiere gekannt. All das war ihr in den letzten Wochen zum ersten Male in ihrem Leben begegnet. Was sie jedoch seit frühester Kindheit kannte, waren Adelssitze, und einen solchen würde sie nun um Hilfe bittend aufsuchen. Wahrscheinlich würde man dort der verwahrlosten, jungen Frau ihre Herkunft nicht glauben. Und selbst wenn es ihr gelingen sollte, die hiesigen Herren davon zu überzeugen, dass sie es mit der in Not geratenen Tochter eines Grafen zu tun hatten, dann würden sie Adelheid gewiss zurück zu ihrer Familie und damit in die Arme ihres unerträglichen Bräutigams schicken. Doch das war ihr in diesem Moment gleich. Denn das alles war besser als der Tod.

Eilig machte sie sich also auf, sie wollte den trutzigen Bau möglichst bald erreichen, um noch vor Sonnenuntergang die kranke Anna aus ihrem nassen Unterschlupf zu bergen.

Ihr Herz raste, sie war nervös und ängstlich, aber dennoch entschlossen.

»Nun beruhigt Euch doch, mein Fräulein. Vier Burgmannen sind längst unterwegs. Sie werden das Mädchen schon finden.«

Kritisch ruhte der Blick der hohen Frau auf Adelheid. Freundlich und hilfsbereit betrug sie sich, aber dennoch verriet ihre Miene, dass die Burgherrin dem unerwarteten und eigentümlich gekleideten Gast nicht wirklich traute.

Es war nicht leicht gewesen, die Wachen zu passieren. Adelheid hatte ihren Stammbaum aufgezählt, beginnend bei einem Edelmann namens Gerhard der Bärtige, welcher als erster Adeliger seines Stammes die heilige Taufe empfangen und Kaiser Karl den Großen bis nach Spanien begleitet hatte. Eine ganze Weile hatte es gedauert, all die Namen, Beinamen und Verdienste bis hin zu ihrem Vater aufzulisten. Doch die Wachen waren unbeeindruckt geblieben, sie hatten lediglich gelacht, das junge Ding für verrückt gehalten und ihr geraten, sich ein wenig mehr anzuziehen, wenn sie nicht in die Hände von Kupplerinnen und Halunken geraten wolle. Dann war zufällig ein Kammerdiener erschienen, dem sie ihre Litanei erneut vortrug, und dieser, stutzig geworden, brachte sie schließlich zur Burggräfin, welcher Adelheid ein drittes Mal ihren Stammbaum präsentierte. Etwas anderes fiel ihr nicht ein, um zu beweisen, dass es sich bei ihr nicht um eine lose Herumtreiberin, sondern um ein in Verzweiflung geratenes Fräulein aus gutem Hause handelte, das dringend Hilfe benötigte.

Und die Gräfin handelte tatsächlich sofort. Umgehend entsandte sie einige ihrer Wachen, um nach der zurückgebliebenen Anna zu suchen. Dennoch war Adelheid weiterhin völlig außer sich. Sie zitterte am ganzen Leibe, wollte keinen heißen Punsch und auch kein Essen annehmen, lediglich eine Decke ließ sie sich reichen und erkundigte sich immer wieder, ob die Männer die Kranke in der Köhlerhütte denn auch wirklich finden würden.

»Meine Leute kennen den Wald in- und auswendig. Sie wissen genau, wo sie suchen müssen«, bestätigte die Gräfin erneut.

Sie war eine Frau mittleren Alters. Äußerst üppig, mit klugen Augen und einem recht schönen Gesicht, in dem lediglich das fliehende Kinn ein wenig störte. Nach Art ihres Standes trug sie eine prächtige, mit Schleiern drapierte Haube und ein wunderschönes dunkelblaues Kleid, welches ihre ausladenden, gesunden Rundungen trefflichst hervorhob. Adelheid hatte es hier mit einer äußerst selbstbewussten Frau namens Mathilde von Neuental zu tun. Als fünftgeborene Tochter eines einflussreichen süddeutschen Grafen hatte auch sie ihre Jugend in einem Damenstift verbracht, bis sie hierher an den östlichen Rand des Reichsgebietes, ins Hügelland der Neiße, an einen Gefolgsmann des Markgrafen von Brandenburg verheiratet wurde. Womit sie zwar nur die Ehegattin eines einfachen Edelmannes geworden war, aber immerhin eines Edelmannes, der so wenig Zeit daheim auf seinem Stammsitz verbrachte, dass seine Frau ein sehr eigenständiges Leben führen konnte. Ja, obwohl es den Grafen von Neuental durchaus noch gab, so war der eigentliche Herr der Burg seine Frau, und diese saß Adelheid nun an einer langen, mit weißem Tuch gedeckten und frischen Blumen geschmückten Tafel gegenüber.

Was für eine seltsame Erscheinung war dieses Mädchen doch.

In letzter Zeit hatten viele komische Gestalten an die Pforten der Burgmauer geklopft und um Einlass gebeten. Meist handelte es sich bei ihnen um Obdachlose, die sich als Pilger ausgaben, um sich somit ein kostenloses Nachtlager bei ihren christlichen Mitmenschen zu verschaffen. Oft hatte man es aber auch mit Flüchtlingen zu tun, die zum Teil den weiten Weg von Konstantinopel bis hierher gefunden hatten: Juden, zum Beispiel, die auf dem Weg ins Reich des Polenkönigs waren, welcher den Anhängern des hebräischen Glaubens sehr wohlgesonnen war. Sie boten äußerst exotischen Zierrat feil, den sich die Gräfin gern ansah, ohne jedoch die Fremden beherbergen zu wollen. Auch die angeblichen Ärzte, die um Einlass gebeten hatten – vier waren es mittlerweile –, nahm sie nicht auf: Sie stammten aus Italien oder Frankreich, priesen ihre Dienste im Baden, Schröpfen und Aderlassen an und wurden umgehend wieder fortgeschickt. Ebenso die gruseligen Geißler sowie andere ketzerische Wandermönche.

So unterschiedlich all diese hilfesuchenden Gestalten auch waren, eines hatten sie gemeinsam: Ausnahmslos sprachen sie von einer großen Plage, vor der sie auf der Flucht seien. Eine Plage, die bereits breite Teile ihrer alten Heimat heimgesucht habe. Und auch dieses Mädchen redete nun davon.

Mathilde hatte ihr Einlass gewährt, weil sie sich an diesem Tage schrecklich langweilte. Wahrscheinlich hätte sie auch den nächstbesten Bärenführer oder Feuerspucker zu sich vorgelassen, aber da solche heute ausblieben, hörte sie sich die Geschichte dieses hübschen Kindes an, aus dessen Mund eine meilenweite Galerie von Ahnen herausgesprudelt kam. So etwas konnte sich keine dahergelaufene Schwindlerin einfach so ausdenken, und da Mathilde etwas von edlen Kleidern und feinen Stoffen verstand, so war ihr zudem nicht entgangen, dass das Mädchen sehr teure Unterwäsche trug. Zwar hatte sie nichts weiter als Unterwäsche am Leibe, doch diese war eindeutig aus bester irischer Wolle gefertigt, eine Ware, welche man in dieser Gegend nur gegen sehr hohen Transportaufschlag über die Hanse erhalten konnte.

Handelte es sich bei dem unfrisierten, ungewaschenen jungen Ding tatsächlich um die Tochter eines Grafen von Steinberg, so wäre das eine Geschichte, die Mathildes tristen Tag bereichern könnte. Deshalb war sie durchaus geneigt, ihre Zweifel zu begraben und dieser Adelheid Glauben zu schenken. Was tat man nicht alles für ein wenig Zerstreuung?

»Ihr habt also Euer gesamtes Gefolge durch eine Seuche verloren?«, fragte Mathilde nun.

Adelheid hüllte sich noch fester in ihre Decke. Es war ein sonniger Tag, aber dennoch ließen Aufregung und Sorge sie bibbern. Und die kalten Burgmauern taten ihr Übriges, denn sie trugen nicht gerade dazu bei, die seltene Sommerwärme einzulassen. Sie überlegte, wie sie antworten sollte. Da sie ihre wahre Identität durch das Herbrabbeln ihrer Ahnentafel bereits preisgegeben hatte, so konnte sie gleich bei der Wahrheit bleiben. Immerhin hatte sie es mit einer freundlichen und hilfsbereiten Gastgeberin zu tun, und zudem war Lügen eine Fähigkeit, zu der Adelheid selbst dann, wenn sie es gewollt hätte, nicht imstande gewesen wäre.

»Es handelte sich nicht um mein Gefolge, hohe Frau. Vielmehr haben sie mich aufgenommen«, stammelte sie hinter blauen Lippen hervor.

»Sie? Wer waren sie?«

Musste man diesem Kind denn alles aus der Nase ziehen? Mathilde hatte sehr viel mehr erwartet. Sie hatte sich gefasst gemacht auf eine dramatische Geschichte über Tod und Leidenschaft, sie stellte sich vor, das junge Fräulein sei vielleicht von einer wilden Räuberbande überfallen, ihre Mägde geschändet und ihre Wachleute erdolcht worden. Aber nein, wie ein stummer Fisch saß sie nun da, bewegte ihr Mündchen, doch heraus kam so gut wie nichts. Da war ja das Aufzählen des Stammbaumes noch spannender gewesen.

»Zunächst war es nur eine Gruppe von Bauern, die in das Gebiet jenseits des Riesengebirges ziehen wollten, um dort zu siedeln«, sprach Adelheid weiter. Den ungehaltenen Blick Mathildes hatte sie gar nicht bemerkt.

»Und warum habt Ihr Euch ausgerechnet solchen Leuten angeschlossen?« Mathildes Miene verriet wieder Enttäuschung und sogar ein wenig Ekel. Langweilige Bauern. Da würde sie ja lieber mit Zigeunern gehen, die versprachen wenigstens noch lustigen Zeitvertreib.

Adelheid wurde sehr verlegen. Am liebsten hätte sie sich geweigert, auf diese Frage zu antworten, doch dann flüsterte sie ganz leise: »Ich bin geflohen. Aus dem Stift zu Quedlinburg.«

»Was sagt Ihr? Sprecht bitte lauter, mein Kind.«

»Ich bin aus dem Stift zu Quedlinburg geflohen.«

Mathildes rundes Gesicht erhellte sich mit einem Male. Nun wurde die Sache doch noch spannend. Sie spürte, dass man die Wahrheit nur behutsam aus diesem Mädchen herauskitzeln könnte, und deshalb entschied sie sich für ein vertrauliches Herangehen:

»Auch ich war einst ein Stiftsfräulein. Erschreckend zermürbend kann ein solches Leben sein. Wie oft habe ich doch des Nachts davon geträumt, dass ein junger Held kommt, um mich zu befreien ...«, seufzte Mathilde und schielte mit einem Auge zu Adelheid herüber. Diese errötete tatsächlich. Wunderbar, Mathilde glaubte, den Nagel auf den Kopf getroffen zu haben.

»Wer war Euer Held, mein Kind? Ist auch er an der Plage gestorben?«, fragte sie nun mit gespielt bekümmertem Gesicht.

Adelheid schüttelte den Kopf: »Mein Wunsch ist es, den Schleier für immer zu nehmen. Doch das behagt meiner Familie nicht. Darum bin ich gegangen.«

Mathilde schmunzelte hinter schmalen Lippen.

»Eine Aufmüpfige«, meinte sie dann. »Also gibt es keinen Helden?«

Wieder errötete Adelheid und schaute verlegen in ihren Schoß.

»Doch nicht etwa einer von den Bauern?«, stieß Mathilde daraufhin entsetzt hervor.

Adelheid wurde noch roter. Ihre Ohren begannen bereits zu glühen. Fast tat sie Mathilde leid, sodass diese vorerst das Thema ruhen ließ und an einer anderen Stelle weiterbohrte.

»Diese besagte Plage hat Eure Weggemeinschaft dann also auseinandergerissen?«

»Ja.«

Das Mädchen war erleichtert, dass sie nicht gezwungen war, etwas über ihr verwirrendes Verhältnis zu Johann sagen zu müssen. Viel lieber sprach sie über die Pest, dieses schreckliche Übel, das ihr in den letzten Wochen so viel Schmerz bereitet hatte. Sie begann sich in einen regelrechten Wahn zu reden, sprach sich alles von der Seele und dachte in der Gräfin eine einfühlsame Zuhörerin gefunden zu haben. Sie erzählte von ihrem Bruder Friedrich und dessen Tod, von dem Knecht Otto, der so stolz auf seine neue Mütze gewesen war, von Lisa und Josef, die hatten heiraten wollen, von dem starken, guten Wilhelm sowie den noch so blutjungen Brüdern Fritz und Gustav, sie berichtete auch von der verschwundenen Elisabeth, deren Schicksal ungewiss sei, von den wütenden Bauern, die der alten Maja und dem guten Ulrich die Schuld gegeben hatten, und von allen anderen, welche sie auf ihrer abenteuerlichen Reise begleitet hatten.

»... und so kann ich gar nicht sagen, welcher Verlust mir mehr zu Herzen geht. Natürlich ist es der Tod des geliebten Bruders, der mich innerlich zerreißt, aber sein Sterben habe ich nicht mitangesehen, das der anderen sehr wohl. Es waren die grausamsten Momente meines Lebens. Ihr könnt Euch nicht vorstellen, gute Gräfin, welch Schrecknis diese Plage mit sich bringt. Nur zu gut kann ich die Wut der Bauern verstehen, die in uns die Schuldigen für diese plötzliche, grausame Heimsuchung gesehen haben.«

Mathilde hatte Adelheid zugehört. Sie hatte ihr sogar gut zugehört.

»Ihr seid nicht schuld, Adelheid. Ihr habt nichts mit der Verbreitung dieses Unheils zu tun. Es sind die Juden. Sie haben die Brunnen vergiftet. So erzählen es die Reisenden aus Italien und Frankreich, die ab und an zur Burg kommen«, murmelte die

Gräfin ein wenig abwesend, nur um etwas zu sagen. Ihre Gedanken waren jedoch ganz woanders.

Das junge Ding hatte in ihrer rührseligen Erzählung einen Namen genannt, der Mathilde durchaus mehr interessierte als der Schreckensbericht über eitrige Beulen und brennendes Fieber.

Adelheid hatte von einem Konrad von Tiefenbrunn gesprochen.

Ritter des Ordo Teutonicus und ehrenhafter Helfer in der Not.

So zumindest war er von dem Mädchen dargestellt worden.

Doch Mathilde wusste nur allzu gut, dass ganz das Gegenteil der Fall war: Ein Übeltäter, Feigling, Heidenfreund und Mörder war dieser Ritter von Tiefenbrunn – und, der Erzählung dieses dummen Dings nach zu urteilen, nun auch fahnenflüchtig. Denn warum sonst sollte ein gestandener Ordensritter plötzlich die Gesellschaft von ausgerissenen Bauern einem Leben in der prächtigen Marienburg vorziehen?

»Wo hätte die Reise der bemitleidenswerten Bauern denn hingehen sollen, mein liebes Kind?«, fragte Mathilde mit trauriger Stimme.

»Nach Mähren ins Altvatergebirge wollten sie ziehen. Sie erhofften sich dort fruchtbares Land, Wohlstand und volle Mägen …«

»… doch das war ihnen wohl nicht vergönnt«, ergänzte die Burggräfin. »Aber vielleicht hat dieser Ritter, von dem Ihr spracher … Wie war noch gleich sein Name?«

»Konrad von Tiefenbrunn.«

»Vielleicht haben dieser Konrad von Tiefenbrunn und auch die Leute, die losgezogen sind, um Eure Mitschwester Elisabeth zu suchen, ja überlebt. Und vielleicht kommen sie schon bald gesund und wohlbehalten am eigentlichen Ziel ihrer Reise an.« Mathilde nickte Adelheid aufmunternd zu.

»Ja, dafür werde ich beten«, sagte das Mädchen mit verklärtem Blick. Ein wenig Hoffnung keimte in ihr auf. Sie konnte nichts wissen von den Hintergedanken ihrer Gastgeberin, sie dachte lediglich an Johann, dem sie so sehr wünschte, dass er lebendig das Altvatergebirge erreichen würde. Und nicht nur ihm und den übrigen Überlebenden wünschte sie es – sie wünschte es auch sich selbst …

Warum eigentlich nicht? Was sprach noch dagegen?

Weshalb nicht auf Annas Genesung hoffen und dann den gemeinsamen Weg zu zweit – oder im schlimmsten Falle auch allein – fortsetzen, bevor die Gräfin Adelheids Vater über das Auffinden der entflohenen Tochter in Kenntnis setzen konnte?

Wieso nicht weiterhin dieses Wagnis eingehen?

Was hatte sie noch zu verlieren, wenn sie weiterging?

Nichts.

Was hätte sie zu verlieren, wenn sie wieder in ihr altes Leben zurückkehrte?

So vieles.

Adelheid lächelte die Gräfin an. Sie hatte in diesem Moment einen Entschluss gefasst, einen kühnen Entschluss.

Im gleichen Augenblick öffnete sich die schwere Eichentüre des Saales, und ein in einen glänzenden Harnisch gekleideter Wachmann trat, sich verneigend, ein. »Das Mädchen aus dem Wald ist geborgen worden, hohe Frau.«

»Sie lebt?«, rief Adelheid gelöst aus.

Doch der Wachmann zuckte nur traurig mit den Schultern, was die Gräfin Mathilde nicht davon abhielt, freudestrahlend aufzustehen und zu sagen: »Oh, welch glückliche Nachricht. Führe er das Fräulein Adelheid zu der Bettstatt ihrer kranken Magd und schicke er mir danach umgehend den Schreiber Vogelbein in mein Privatgemach.«

Wieder verneigte sich der Wachmann vor seiner Herrin und

blickte dann mitleidig zu Adelheid herüber, die ihm mit entsetzter Miene entgegenschritt, um ihm stumm nach draußen zu folgen.

»Pass auf, dass dir das Vögelchen nicht entwischt«, wollte Mathilde ihrem Dienstmann noch mit auf den Weg geben, unterließ es aber: Solch ein einfältiges, frommes Ding wie das anmutige Fräulein Adelheid war gewiss nicht imstande, mutterseelenallein durch fremde Lande zu streifen. Sie würde es gewiss vorziehen, freiwillig hierzubleiben und sich weiter über Konrad von Tiefenbrunn und dessen Machenschaften ausquetschen lassen wie eine überreife Frucht.

Sobald die schwere Türe hinter Adelheid und dem Wachmann geschlossen war, lehnte Mathilde sich zufrieden in ihrem schweren Stuhl zurück. Die fad und dröge beginnende Geschichte hatte tatsächlich eine sehr spannende Wendung genommen.

Der flüchtige Kreuzritter war wieder aufgetaucht.

Und Mathilde hatte in Erfahrung gebracht, wohin sich dieser Strolch mit großer Wahrscheinlichkeit auf seiner Flucht begeben würde.

Das war eine Information, die ihren ältesten Bruder, den Grafen Gernot von Topfen, der noch immer den schmählichen Tod seines einzigen Sohnes Roderich beklagte, sehr beglücken dürfte.

Sie würde umgehend ein Schreiben an den Bruder aufsetzen und noch heute einen Boten zu ihm aussenden.

XXXI

Der Sommer des Schicksalsjahres 1348 neigte sich dem Ende zu, die Bäume färbten sich bunt, der Wind nahm zu und mit ihm der Regen, welcher den ganzen Sommer über ohnehin ein ständiger Begleiter der Reisenden gewesen war.

Konrad, Regino, Johann und Marie waren nur schleppend vorangekommen. Der Holzspeer der wütenden Bauern hatte sich zwar nicht tief in Johanns Bein gebohrt, doch beim eigenhändigen Herausziehen waren einige Splitter im Fleisch zurückgeblieben und hatten zu einer bösen Entzündung geführt. Marie hatte ihr Bestes getan, den Burschen zu versorgen, aber das Fieber blieb nicht aus. Zum Glück war es ein gewöhnliches Fieber und nicht ein solches, welches mit dem stets tödlichen Wundbrand einherging, und auch keines, welches sich als Vorbote der bösen Beulen herausstellte, die sie alle so fürchteten. Angetrieben von dem Willen, Adelheid wiederzufinden, von der Johann hoffte, sie sei vor der aufgebrachten Meute geflohen und nun mit Maja und den beiden anderen Überlebenden auf dem Weg ins Altvatergebirge, biss der junge Mann die Zähne zusammen und war nach wenigen Tagen wieder auf den Beinen. Dennoch mussten sie seinetwegen häufig rasten, denn immer wieder löste sich der Verband, und die Wunde begann erneut zu bluten oder gar zu eitern.

Die Elbe – der Fluss, hinter welchem sie eine neue Welt erwarteten – lag bereits hinter ihnen, auch die Neiße war überquert, woraufhin sie ins Böhmische Gebirge, von manchen auch Riesengebirge genannt, vordrangen und damit endlich das Königreich Böhmen erreichten. Von der drohenden Pest hatte sich nach und nach jede Spur verloren; sprachen anfangs hier und da noch fahrende Händler oder Pilger davon, so wusste man, je weiter sie gen Osten wanderten, nichts mehr von dem großen Sterben, geschweige denn, dass es irgendwo an diesen Orten bereits um sich gegriffen hätte. Von Meile zu Meile wurde die Landschaft unberührter, die Dörfer kleiner und die Abstände zwischen ihnen größer. Marie hatte das Gefühl, plötzlich in eine Märchenwelt vorzudringen, so wunderschön und geheimnisvoll erschienen ihr vor allem die teils sanften, teils schroffen Rundungen des Riesengebirges, an dessen südlichem, nahezu unbesiedeltem Rand sie sich fortbewegten.

Ja, der Tod hatte sie offenbar vergessen. Er war ihnen nicht mehr auf den Fersen. Doch besonders tröstlich war dieser Gedanke nicht, hatte das Sterben doch schrecklich in ihren Reihen gewütet und schlussendlich nur diesen kläglichen Rest von vieren übrig gelassen. Zwar waren vor allem Marie und Johann von der Hoffnung getragen, dass Maja, Ulrich, Adelheid und Anna die Zornesattacke der Bauern überlebt hatten, doch in schwachen Momenten mussten auch sie sich eingestehen, dass dies nicht sehr wahrscheinlich war. Zu wütend, zu verzweifelt und zu sehr von der Schuld der Fremden überzeugt waren diese Menschen gewesen – und bei dem, was sie so plötzlich hatten erleiden müssen, konnte man ihren Zorn sogar verstehen.

Marie stapfte tapfer über Geröllpfade und Wurzeln durch diese nur vom Rauschen des Windes und dem Rascheln der absterbenden Blätter erfüllten Natur. Ihre Beine hatten sich in den letzten Monaten an Tagesmärsche von bis zu sechs Meilen gewöhnt, sie schmerzten des Abends nicht mehr, das Fleisch an ihren Oberschenkeln war hart wie Stein geworden, und an ihren Füßen hatte sich eine solch grobe Schicht von Hornhaut gebildet, dass sie im Grunde auf ihr ohnehin durchgelaufenes Schuhwerk hätte verzichten können. Manchmal, wenn sie so ging, kam es vor, als ob sie sich vollkommen verlor, ihre Umwelt gar nicht mehr wahrnahm und nur noch den Weg vor Augen hatte, dem sie wie in einem Traumzustand stundenlang folgte, ohne zu rasten. Oft mussten die drei Männer dann nach ihr rufen, da sie es kaum schafften, ihr auf den Fersen zu bleiben.

So war es auch gewesen, als die drei am Fuße eines enormen, kahlen Berges, dem höchsten in dieser Gebirgswelt, einem wunderlichen Mann begegneten, mit dem sie sich unterhielten, während Marie unverwandt weiter- und weitergestapft war. Regino war begeistert von der Geschichte, vielmehr dem Vorhaben dieses Tunichtgutes namens Jakob Rehbock, in welchem der Gaukler umgehend einen Bruder im Geiste zu erkennen glaubte. Frei heraus hatte dieser Müllergeselle und Schlingel den Männern bei einer gemeinsamen Rast erzählt, er sei auf dem Weg nach Magdeburg, um sich dort dem Bischof als der von einer fast 30-jährigen Pilgerschaft heimgekehrte Markgraf Woldemar zu präsentieren. Der Markgraf von Brandenburg war seit Jahrzehnten tot – das wusste ein jeder –, und um die Erbschaft des Kinderlosen hatten so hohe Häuser wie die Wittelsbacher und Luxemburger gestritten, wobei Erstere sich durchzusetzen vermochten. Jetzt aber wollte der Müllergeselle Rehbock seinen Anspruch geltend machen, indem er sich als der wahre Woldemar ausgab, welchen es vor vielen Jahren urplötzlich zu einer Pilgerschaft ins Heilige Land getrieben habe, woraufhin er seinen eigenen Tod lediglich vorgetäuscht habe, um diese gottesfürchtige Fahrt in Ruhe antreten zu können. Eine äußerst unglaubwürdige Geschichte und somit ein zum Scheitern verurteiltes Vorhaben, über welches Konrad und Johann nur hatten lachen können, während Regino der festen Überzeugung war, dass es dem Lügenbold gewiss gelingen werde und er bald zum Markgrafen von Brandenburg erklärt werden würde.

Niemand glaubte – wahrscheinlich nicht einmal Rehbock selbst –, dass Regino mit dieser Überzeugung recht behalten würde, auch Marie nicht, welche erst nach fast einer Meile von den Männern eingeholt wurde und über die Geschichte vom Lümmel Jakob Rehbock herzlich lachen musste.

Das war das letzte Mal, dass sie ausgelassen hatte lachen können. Denn seit einigen Tagen ging es Marie schlecht. Ihr war schwindelig, sie musste oft pausieren und ließ sich mitunter einfach ins feuchte Moos fallen, weil sie nicht mehr mit den anderen Schritt halten konnte. Selbst der noch immer leicht humpelnde Johann war nun schneller als sie unterwegs.

Was war nur los mit ihr?

Besonders Konrad sorgte sich und suchte, wenn sie schlief, ihren Hals und ihre Hüften nach den eindeutigen, schrecklichen Zeichen ab. Auch Regino betrachtete sie mitleidig, während Johann sie ständig angrinste, was Marie sehr störte.

Ohnehin begann sie eine ganze Menge zu stören. Dinge, die ihr zuvor nie etwas ausgemacht hatten, waren ihr nun zuwider. So zum Beispiel war es ihr nicht mehr möglich, mit Regino von Angesicht zu Angesicht zu sprechen, da ihr der Geruch seines Atems Übelkeit verursachte. Manchmal kam es sogar vor, dass sie die wohlrationierte Wegzehrung, obwohl sie zuvor großen Hunger verspürt hatte, unmittelbar nach dem Essen wieder ausspie. Ihr selbst war dieses Verhalten unangenehm, sie versuchte es zu verheimlichen, sich zusammenzureißen, doch es gelang nicht.

Konrad, der noch immer fürchtete, nun sei auch sie von dem Übel befallen, musste eines Abends, als sie gemeinsam um ein kleines Feuer saßen und Marie wieder hinter einen Busch geflüchtet war, um sich dort zu erleichtern, von dem jungen Johann aufgeklärt werden:

»Die Pest? Nein, die hat ganz gewiss nicht die Pest«, beruhigte der Bursche den unwissenden Ordensmann. »Die hat was ganz anderes.«

»Was soll sie anderes haben?«, fragte Konrad verunsichert, während er dem Jungen ungeduldig dabei zusah, wie dieser den schmutzigen Verband an seinem Oberschenkel neu richtete.

Johann ließ sich mit der Antwort Zeit. Er genoss es, wenigstens in solchen Dingen dem so erfahrenen Ritter überlegen zu sein. Offenbar hatte man als Mann der Waffen, der die meiste Zeit seines Lebens unter Geschlechtsgenossen verbracht hatte, nur wenig Ahnung von den wirklich wichtigen Dingen des Lebens.

»Meine Mutter litt mehrmals an dieser schrecklichen Krankheit, und ein Mal wäre sie fast daran gestorben«, fuhr Johann nun fort.

Konrads Miene verfinsterte sich, er schien besorgt, aber auch wütend über das verklausulierte Gerede des Burschen. »Jetzt sprich. Was soll das für eine Krankheit sein?«

»Mein Alter war schuld, dass die Mutter so oft an diesem Übel litt«, antwortete Johann bloß und blickte zu Regino herüber, welcher nun endlich verstand und ebenfalls zu schmunzeln begann.

»Ja, ich hörte auch davon. In meinem Dorf war fast eine jede Frau davon befallen«, mischte dieser sich nun ins Gespräch ein.

»Wollt ihr mich zum Besten halten? Was wollt ihr mir sagen, ihr Halunken? Raus mit der Sprache!« Konrad fühlte sich verulkt und wurde etwas aufbrausend.

»Nun ja«, sagte Regino mit äußerst besorgter Miene. »Bei

den meisten ist es so, dass diese Krankheit mit einem großen, wachsenden, inwendigen Geschwür einhergeht.«

Johann senkte den Kopf ganz tief zwischen seine Beine, damit Konrad sein breites Grinsen nicht sehen konnte. War dieser Rittersmann denn tatsächlich so naiv?

Schließlich nahm sich der Bursche zusammen, hob den Kopf wieder und meinte: »Nein, Regino, ich glaube doch nicht, dass Marie an dieser Krankheit leidet.«

»Warum nicht?«, wollte der Gaukler wissen.

»Nun: Wer soll ihr dieses Leiden zugefügt haben? Also, wenn ihr mich fragt: Ich bin unschuldig.«

»Ich ebenso.« Der Gaukler legte seine rechte Hand aufs Herz und blickte zu Konrad herüber.

Der zornige Blick des Ritters war die ganze Zeit über von einem zum anderen gewandert. Am liebsten hätte er einen Knüppel vom Boden aufgelesen und die beiden frechen Kerle verprügelt. Doch jetzt verstand auch er endlich und wurde mit einem Male über und über rot. Es war nicht der Zorn, der diese Farbe in sein Gesicht brachte. Konrad schämte sich, so unwissend gewesen zu sein.

Regino und Johann prusteten los.

»Was der arme, alte Ulrich wohl dazu sagt, wenn wir ihn jemals wiedersehen?«, lachte Johann.

»Warten wir in diesen schrecklichen Zeiten nicht alle auf die Rückkehr des Messias?«, warf Regino ein. »Vielleicht ist der guten Marie ja auch bloß der Erzengel Gabriel erschienen.«

Jetzt nahm Konrad tatsächlich gleich zwei Stöcke vom Boden auf und warf sie gezielt mit der rechten sowie mit der linken Hand an die Köpfe der beiden Witzbolde. Diese verstummten sofort und rieben sich die wachsenden Beulen.

In ebendiesem Augenblick kam Marie zum Lagerplatz zurück. Alle schwiegen. Regino und Johann schauten betreten und Konrad äußerst verlegen, er konnte sie nicht einmal anblicken und rückte sogar ein Stück von ihr fort, als sie sich neben ihn setzte.

Johann bemerkte dieses Verhalten und verstand.

Er war enttäuscht.

Von dieser Sorte Mann war also der bis dahin so bewunderte, tapfere Kreuzritter.

Ein Drückeberger, wenn es ernst wurde.

Am nächsten Tag – sie wanderten noch immer am südlichen Rand des menschenleeren Riesengebirges entlang – war Marie wieder einmal zurückgefallen. Die drei Männer konnte sie nur mehr als kleine Gestalten in einer tiefer gelegenen Ebene ausmachen, wo diese nun stehen blieben, um auf sie zu warten.

Längst wusste auch sie, was mit ihr los war. Zunächst hatte sie es nicht wahrhaben wollen, doch dann waren die Erinnerungen sowie die eindeutigen und ihr durchaus vertrauten Anzeichen immer stärker geworden. Mehrere Male in ihrem Leben war sie schon schwanger gewesen, die Kinder hatte sie von Fips oder einem der zahlreichen Männer empfangen, denen sie zu Diensten hatte sein müssen. Doch keine dieser vielen Früchte hatte sie ausgetragen. Manchmal war die Natur ihr zuvorgekommen, aber meistens hatte Marie die zweifelhafte Kunst von Engelmacherinnen in Anspruch nehmen müssen. Fips hatte sie dazu gezwungen.

Nun jedoch war es anders. Jetzt, da Marie wusste, dass erneut Leben in ihrem Bauch heranwuchs, würde nichts sie daran hindern, das Kind auszutragen: kein Mann, kein anstrengender Marsch, keine unzureichende Nahrung und auch keine bösen Seuchen. Dieses Kind würde gesund und lebendig das Licht der Welt erblicken. Das war Maries Wunsch, auch wenn der Vater sich äußerst merkwürdig betrug.

Kein Wort hatte er seit gestern mit ihr gesprochen, nicht einmal wärmen wollte er sie in der Nacht, als es ihr kalt wurde und sie sich an seinen warmen Rücken geschmiegt hatte. Marie war sich sicher, dass nun auch Konrad wusste, was der Grund für ihren sich ändernden Zustand war. Er wusste, dass sie nicht an der Pest, einem verdorbenen Magen oder einem Schwächeanfall litt – das verriet der verschämte Blick, den er ihr dann zuwarf, wenn er glaubte, sie bemerke es nicht. Doch meistens schaute er sie gar nicht an, sondern versuchte so weit wie möglich von ihr fortzukommen. So wie auch jetzt, wo er und die beiden anderen bereits eine Viertelmeile von Marie entfernt auf sie warteten.

Sollten sie ruhig warten. Sie konnte nicht mehr. Wieder war ihr übel, ein flaues Gefühl durchwaberte ihren leeren Magen und drückte sich bis in den Hals hinauf. Immer wieder musste sie würgen, und die ganze Welt um sie herum schien sich zu drehen. Marie setzte sich am Wegesrand nieder. Hier war alles voller großer Felsbrocken, die ausreichend Möglichkeit zur Rast boten. Und eine Rast hatte sie dringend nötig.

Sie blickte an sich herunter. Ihre Augen wanderten über ihre seit einigen Tagen schmerzenden Brüste hin zu ihrem Bauch, der flach unter dem fleckigen Mieder verborgen war. Noch drückte nichts, aber dennoch löste sie die Schnüre des Mieders ein wenig und streichelte dann sanft über die Stelle um ihren Nabel.

Ihre Gedanken waren bei Konrad, diesem vertrauten und zugleich so fremden Mann und Vater ihres ungeborenen Kindes. Von Anfang an glaubte sie auf besondere Weise mit diesem Menschen verbunden zu sein, und dennoch wusste sie so wenig von ihm. Er war ihr so ähnlich, und deshalb fürchtete sie sich. Sie fürchtete ebendas, was auch der arme Ulrich stets gefürchtet hatte, wenn es um seine Liebe zu ihr, zu Marie, ging. Marie war sich nicht sicher, ob es möglich sein könnte, einen Rastlosen zu bändigen. Und aus eigener Erfahrung wusste sie, dass allein der Versuch, dies zu tun, alles zerstören konnte. Sie fühlte, dass Konrad sich allein durch die Tatsache dieser ungewollten Schwangerschaft bedrängt sah, und sie verstand das, auch wenn es sie wütend machte. Ja, es machte sie schrecklich wütend, denn sein Verhalten verriet ihr, dass er sehr bald nicht bloß des Nachts von ihr abrücken und des Tags um viele Schritte vorauslaufen, sondern ganz und gar das Weite suchen würde. Da waren sie gleich – und diese verbindende Ähnlichkeit schmerzte. Schon damals, nach ihrer ersten Nacht unter der Weide auf dem Klostergelände, hatte diese Gewissheit schrecklich geschmerzt. Damals hatte Marie geweint, als sie dem treu auf sie wartenden Ulrich begegnet war. Es waren keine Tränen einer reuigen Sünderin gewesen, nein, es war vielmehr die Trauer über den Verlust des soeben gewonnenen und sogleich wieder verlorenen Glücks gewesen. Liebesschmerz – ein Gefühl, das sie nie zuvor in ihrem Leben kennengelernt hatte und das nun wieder zurückkehrte. Es war wieder präsent und verstärkte das Drücken und Ziehen in ihrem Magen nur noch mehr. Da stand er, ganz klein und weit von ihr entfernt, er wartete auf sie. Noch wartete er. Aber wie lange? Wann würde der Tag kommen, an dem nur mehr Regino und Johann die Wegbegleiter der Frau wären, deren Bauch bald von Woche zu Woche runder werden würde?

Ein melodisches, dunkles Singen riss Marie aus diesen Gedanken. Auf dem schmalen, holprigen Weg, der an einem grünen, aber recht steilen Berghang entlangführte, näherte sich ein Karren. Darauf saßen zwei Mönche. Die ersten Menschen, denen sie seit nunmehr drei Tagen begegneten. Neugierig blickte Marie den offenbar gut gelaunten Geistlichen entgegen, die ohne Frage ein schönes Lied in einem wohleingeübten Kanon zum Besten gaben, während sie ihre beiden Maultiere geschickt über den unebenen Pfad lenkten.

Zisterzienserbrüder waren es, die sich da auf dem Weg von der fernen Abbaye de Silvacane in der Provence ins polnische Grünberg befanden. Sie hatten Reben geladen – prächtige, knorrige Gewächse mit sorgsam ausgegrabenen Wurzeln, die auf osteuropäischen Boden verpflanzt werden sollten, um den ursprünglich französischen Mönchen in ihren im Slawenland gelegenen neuen Klöstern ein wenig Heimatgefühl zu spenden. Und wer konnte es schon wissen? Vielleicht gedieh der Wein in diesen östlichen Landen ja sogar so erfolgreich, dass er nicht bloß für den eigenen, klösterlichen Verbrauch gut war, sondern auch zum Handel taugte.

Die Brüder waren in recht angenehmer Stimmung. Sie freuten sich, aus dem düsteren Frankreich ins sehr viel heiterere Polen zu ziehen, denn Heimweh nach den Hügeln der Provence verspürten sie keines mehr – nicht, nachdem sie über Monate hinweg Zeugen des irrsinnigen Sterbens gewesen waren, welches, je weiter man nun gen Osten fuhr, Gott sei es gedankt, nachließ.

Konrad blickte dem vollbeladenen Wagen zwiespältig entgegen, der jetzt rumpelnd und eiernd den Weg hinunter zu der Ebene rollte, auf der er mit Regino und Johann auf Marie wartete. Einerseits freute er sich, nach langer Zeit endlich einmal wieder auf Reisende zu treffen, die offenbar weit herumgekommen waren und gewiss viel zu erzählen hatten, andererseits fürchtete er, erkannt zu werden. Und die Wahrscheinlichkeit, dass unweit des Ordenslandes angesiedelte Zisterzienser darüber Bescheid wussten, dass eine einflussreiche Adelsfamilie auf der Suche nach einem ganz bestimmten Deutschordensritter namens Konrad von Tiefenbrunn war, diese Wahrscheinlichkeit war gar nicht gering.

Dennoch ging Konrad dem Wagen entgegen und griff an die Zügel der Maultiere, als diese schließlich die Ebene erreichten. Er verneigte sich leicht vor den beiden Geistlichen und begrüßte sie angemessen, so angemessen, dass ihnen sofort auffiel, dass es sich bei diesem etwas verwahrlosten Wanderer nicht um einen solch schlichten Menschen handelte, wie es sein Erscheinungsbild vermuten ließ. Konrad ging um den Wagen herum und half Marie von der Ladefläche herunter. Sie war von den beiden Mönchen an ihrem Rastplatz aufgelesen und ein Stück des Weges mitgenommen worden. Zwischen gewundenen, sorgsam verpackten Weinstöcken hatte sie einen kleinen Platz gefunden und ließ sich nun in die Arme Konrads gleiten, der sie nur für einen kurzen Moment leicht an sich drückte, um sie dann sofort wieder loszulassen. Er sprach kein Wort mit ihr, sondern fragte die Mönche in französischer Sprache, von wo sie aufgebrochen seien.

»Wir kommen von der Abbaye de Silvacane. Eine weite Reise haben wir hinter uns …«, antwortete der jüngere der beiden. Ein ordentlich feister, gänzlich kahler Mensch mit wachen Augen.

»… mit offenbar kostbarer Fracht«, führte Konrad den Satz zu Ende und begutachtete die Weinstöcke.

»Silvaner?«, fragte er dann, während er gegen einen knorrigen Ast klopfte.

Die Mönche beäugten ihn beide kritisch. Trotz ihrer blendenden Laune und der Unbedarftheit, mit der sie die fremde, am Wege sitzende Frau auf ihren Wagen eingeladen hatten, waren sie dennoch auf der Hut, mussten es sein, denn immerhin reisten sie bloß zu zweit, und Strauchdiebe – das wussten sie – erschienen durchaus in unterschiedlichster Gestalt. Dieser hier gab sich wie ein Edelmann, sprach Französisch, hatte Ahnung von Wein, trug aber nur Lumpen am Leibe und war in Begleitung von zwei weiteren Männern, von denen zumindest einer einen durchaus verschlagenen Eindruck machte.

»Burgunder«, antwortete der kleinere, ältere, ein wenig verhutzelte Bruder. »Uralte Reben. Der Stock hier vorn zählt fast zweihundert Jahre. Dennoch sind diese Hölzer nur von Wert für denjenigen, der es versteht, mit ihnen umzugehen.«

Konrad lächelte. Er verstand. Die Mönche fürchteten, es mit Wegelagerern zu tun zu haben, die ihnen ihre Fracht stehlen wollten.

»Was gibt es aus Frankreich zu berichten? Wir hörten von der Pest in Avignon«, sagte er nun und ließ von der Ladung ab, damit sich die beiden Gottesmänner wieder beruhigen konnten.

Die Mienen der Zisterzienser verfinsterten sich, einer der beiden begann lateinische Worte zu murmeln und bekreuzigte sich mit geschlossenen Augen.

Der jüngere, dickere antwortete: »Unaussprechlich sind die Gräuel der Geißel, die der Himmel über das Königreich Philipps VI. ausgeschüttet hat.«

»Es wütet also vorwiegend in Frankreich?«, fragte Konrad.

»Oh nein. Man hört es aus Konstantinopel, aus London, aus Rom und von nördlich wie südlich der Pyrenäen. Nur die deutschen Lande und das Gebiet der Slawen scheinen verschont zu werden. Denn auf unserer Fahrt hierher sind wir ihm nicht begegnet. Nicht, bevor wir Rast im Kloster Marienthron, Heim lieber Schwestern unseres Ordens, machen wollten.«

»Kloster Marienthron?« Konrad durchfuhr es heiß und kalt. Er blickte sich zu Marie und den beiden anderen um, die jedoch etwas abseits standen und aufgrund der fremden Sprache, in der er sich mit den Mönchen unterhielt, nichts verstehen konnten.

»Ein gespenstischer Ort ist es. Man ließ uns nicht hinter die Mauern. Die Menschen im nahen Dorf sagten uns schließlich, ein Fluch liege über dem Kloster, den dortigen Nonnen und Laien. Sie alle stürben nach und nach eines grässlichen Todes.«

»An der Pest«, meinte Konrad matt.

»Wir fürchten, dass es so ist«, bestätigte der Mönch. »Dennoch ist sie uns sonst an keinem weiteren Ort östlich des Rheinflusses begegnet. Wie auch immer ihre fauligen Dämpfe ausgerechnet das Kloster unserer lieben Zisterzienserschwestern erreicht haben, sämtliche sonstige Städte und Dörfer des Reichsgebietes scheinen verschont zu sein.«

»Noch sind sie verschont«, fügte Konrad an.

»Die Gelehrten zu Paris«, meldete sich jetzt der ältere, verwachsene Mönch zu Wort, »sie stellten fest, dass bereits vor einigen Jahren die Position der Sterne dieses Schrecknis ankündigten. Saturn, Jupiter und Mars standen zu der Zeit äußerst ungünstig zueinander, was darauf hindeutete, dass sich in der Erde und im Wasser giftige Dämpfe bildeten, welche nun aufsteigen und die Luft verpesten. Vielleicht ist es möglich, dass das Kloster unserer unglücklichen Mitschwestern zufällig in der Nähe eines solch verseuchten Sumpfes oder Erdloches steht.«

»Eine teuflische Vorstellung«, sagte der Dicke.

»Ja, teuflisch«, bestätigte Konrad geistesabwesend. Er glaubte nicht an prophetische Sterne und giftige Dampflöcher. Er fürchtete, dass den armen Schwestern und mit ihnen womöglich auch seiner Base die Seuche auf anderem Wege gebracht worden war. Durch ihn und die Kranken, die er bei sich führte, als sie Unterschlupf in dem Gästehaus des Klosters fanden.

»Zerriebene Diamanten und der Glaube an Gott werden uns helfen«, gab der Dicke nun als Ratschlag von sich, während er seine Maultiere wieder antrieb. Dann wies er, bereits langsam davonrollend, auf die nahen, imposanten Erhebungen des Riesengebirges und rief: »In diesen Bergen soll es edle Steine in Mengen geben. Entreißt sie dem hier hausenden, gottlosen Waldgeist, zermahlt sie und löst sie in Wein auf: Das ist das beste Mittel, um sich vor der Pest zu schützen.«

Und dann begann er erneut ein Lied, ein trauriges dieses Mal, in welches sein Bruder umgehend mit einstimmte. Erst als sie um einen großen Felsen bogen, erstarb nach und nach der Gesang, welcher bei Konrad noch lange Gänsehaut und Kälte hinterließ.

Er fühlte sich schuldig.

Womöglich ein ganzes Kloster samt der dort arbeitenden Laien war ausgelöscht, weil er ihnen den Tod gebracht hatte. In Italien, Frankreich, Spanien und England wütete die Pest allerorten, doch jenseits der Alpen offenbar nur dort, wohin es ihn, Konrad von Tiefenbrunn, verschlagen hatte.

Wer war es, der ihm diesen bösen, schweren Fluch aufgebürdet hatte?

Und warum? Lag es an der ungesühnten Schuld, die er durch den Tod des jungen von Topfen auf sich geladen hatte?

»Was haben sie erzählt?« Regino hatte sich leise angeschlichen und musterte Konrad mit erwartungsvollen Augen. Diesem war nicht danach zumute, dem Gaukler von dem Sterben im Kloster Marienthron zu berichten. Er wollte diese bittere Wahrheit lieber für sich behalten, es war seine Bürde, die er nicht zu teilen gedachte.

»Von Diamanten und einem Waldmann in den hiesigen Bergen haben sie erzählt«, brummte Konrad bloß, griff nach seinem auf dem Boden liegenden Beutel und stapfte, ohne die drei anderen zu beachten, weiter.

Marie blickte ihm traurig nach.

Regino jedoch lächelte beseelt, schaute ehrfürchtig zu den

nahen Bergen hinauf und flüsterte: »Meister Rübezahl, es gibt dich also wirklich, wenn selbst Gottesmänner von dir berichten. Was du und deine Diamanten in den böhmischen Bergen sind, das werden Regino und sein Gold im Altvatergebirge sein. Eines Tages können wir uns die Hand von Gleich zu Gleich reichen. Zwei geheimnisvolle Hüter ihrer heimlichen Schätze. Ja, das wär' doch was.«

Dann schnappte auch er sich sein Gepäck und schloss zu Johann und Marie auf, die dem voranschreitenden Konrad bereits langsam folgten.

XXXII

»Nun hebet auf eure Hände,
dass Gott das große Sterben wende!
Nun hebet auf eure Arme,
dass Gott sich über uns erbarme!
Jesus, durch deinen Namen drei,
mach, Herr, uns von Sünden frei!
Jesus, durch deine Wunden rot,
behüt uns vor dem jähen Tod!«

Dumpf, schleppend, klagend und in seiner Eintönigkeit erschreckend laut drang dieser Choral durch sämtliche Gassen der kleinen, bloß von Palisaden umgebenen, an der Neiße gelegenen Handwerker- und Ackerbürgersiedlung, welche vor wenigen Jahrzehnten noch eine slawische Gemeinde gewesen war. Es war ein sonderbares, aber dennoch in diesen Zeiten nicht außergewöhnliches Schauspiel, das sich hier zutrug und im Nu sämtliche Einwohner des Städtchens aus ihren Häusern und von ihren Feldern zum Kirchplatz strömen ließ. Ein Geißlerzug hatte den Weg in den kleinen Ort an der Neiße gefunden, eine Horde halbnackter, zerschundener, sich ihrer Sündhaftigkeit bewusster Menschen, die durch die Lande streiften, um allen anderen die heilige Pflicht inbrünstigster Bußfertigkeit vor Augen zu führen, indem sie sich unaufhörlich mit eisengespickten Peitschen marterten. Durch ihr eigenes Leid, so verkündeten sie, strebten sie an, das Leid aller anderen Christenmenschen zu mildern. Und tatsächlich litten sie sehr, sie bereiteten sich im Wahn der *Imitatio Christi* oft derartige Qualen, dass nicht selten einer oder mehrere von ihnen auf den Kirchplätzen der Städte, wo sie den Leuten ihre Rituale veranschaulichten, im eigenen Blute liegen blieben und starben. Natürlich war dies beeindruckend und erweckte bei vielen Zuschauern den Anschein von Wahrhaftigkeit.

Würde ein Priester oder Mönch der römischen Kirche derartiges Leid auf sich nehmen?

Nein, gewiss nicht. Im Gegenteil. Statt ihren zusehends hungernden und verarmenden Schäfchen zu helfen, wurden die Pfaffen immer fetter und schämten sich nicht, auch noch das Letzte von den darbenden Gläubigen zu nehmen, um die eigenen berstenden Tische zu decken und die Goldkammern des Papstes im romfernen Avignon aufzufüllen.

So dachten viele Menschen in diesen Zeiten, und darum wunderte es nicht, dass den durchaus schaurigen Geißlerzügen die Tore der Städte offen standen und sich Massen an Bewunderern um sie scharten, während es die Pfarrer derweil vorzogen, sich in ihren Kirchen zu verschanzen, bis der verrückte Spuk ein Ende gefunden hatte.

Waren die Geißler unterwegs, so konnte dies als sicheres Zeichen einer bereits eingetretenen oder drohenden Katastrophe gedeutet werden. Seien es Missernten, Heuschreckenplagen, Erdbeben, Hungersnöte, Kriege, Hochwasser, Seuchen oder auch nur böse Gerüchte. Sobald Derartiges erlebt wurde oder sich auch nur die Kunde darüber breitmachte, zogen sie durch die Lande, diese nahezu unbekleideten, oft kahlrasierten Sünder, welche in Erwartung des Jüngsten Gerichts alles liegen und stehen ließen, um einem charismatischen Führer zu folgen.

Unkontrollierbar waren sie und trotz ihrer zur Schau gestellten, fanatischen Frömmigkeit ein Gräuel für die Kirche. Es war bloß eine Frage der Zeit, bis der Heilige Stuhl sich gezwungen sah, etwas gegen dieses Treiben zu unternehmen. Doch noch erfreuten sich die Geißler zu großer Sympathien unter der Bevölkerung, als dass es der Inquisition möglich gewesen wäre, gegen sie als Ketzer vorzugehen. Sollte sich jedoch eines Tages eine Gelegenheit dazu ergeben, so würde man nicht lange zögern und dem Spuk ein gebührliches Ende bereiten.

»Das große Sterben«, wiederholte Maja die entscheidende Stelle in dem Singsang der unansehnlichen, stinkenden und wunden Gestalten, die in diesem Augenblick an genau dem Platz nahe der Marktkirche zum Stehen kamen, an welchem sie und Ulrich seit etwa einer Stunde rasteten.

Das große Sterben – dies war also der Anlass ihres Zuges: kein Hagelschauer, keine Heuschrecken, keine seltsamen Blitze am Himmel. Nein, es war die Pest, von welcher der Geißlerzug kündete.

Fasziniert beobachtete Maja die Schar, welche man ohne Weiteres in die Stadt ließ, während es sie und Ulrich sehr viel mehr Überredungskunst gekostet hatte, von den Wachleuten der Landwehr die Erlaubnis für einen kurzen Aufenthalt hinter dem schützenden Palisadenzaun zu erhalten. Sie benötigten dringend eine Rast und eine Aufbesserung ihrer schmalen Proviantbeutel. Seit Wochen streiften sie nun schon umher, verwirrt, mitunter verzweifelt und auch verängstigt, aber immer mit dem Ziel vor Augen, den Ort zu erreichen, an dem sie hofften, die verlorenen Überlebenden ihrer Reisegemeinschaft wiederzufinden. Die beiden wollten ins Altvatergebirge, und diese kleine Stadt an der Neiße stellte nun die letzte Station vor dem Übergang ins Königreich Böhmen dar: Bald hätten sie es geschafft.

Dabei hatte es noch bis vor einigen Wochen sehr düster ausgesehen. Nach ihrem Auszug aus dem Kloster bei Grimma an der Mulde waren sie von einer aufgebrachten Meute in den Wald geführt worden. Meucheln hatte man sie wollen. Maja als vermeintliche Zauberin und den armen Ulrich als Hexenmeister. Die Stricke waren bereits gebunden, ein geeigneter Baum ausgesucht. Doch dann war ein Wunder geschehen. Maja selbst, obgleich an Mirakel gewöhnt und der festen Überzeugung, solche nicht nur deuten und vorhersehen, sondern auch herbeirufen zu können, Maja selbst war überrascht gewesen: Nicht nur einer, nein gleich drei Bienenschwärme waren mit einem entsetzlich lauten Brummen mitten durch den Wald geflogen und hatten sich in drei großen, vibrierenden, donnernden Klumpen an ebendem Baum niedergelassen, an welchem schon die Stricke baumelten. Niemand hatte damals ein Wort herausbringen können, alle hatten sie nur mit offenen Mäulern gestarrt. Die Wut der Bauern war aus ihren Gesichtern gewichen, ihr gewaltsamer Tatendrang mit einem Male verraucht. Wie angewurzelt standen sie da, eine halbe Stunde, eine Stunde, vielleicht auch zwei. Die Nacht brach bereits an, und sie allesamt waren eingelullt von dem monotonen Dröhnen der Schwärme. Es waren Momente, so tief und andächtig, wie man sie nicht einmal in der Kirche erleben konnte. Unbeschreiblich, unerklärlich war dieser Abend gewesen. Bedrohlich, Unheil verkündend und dennoch beruhigend zugleich. So beruhigend, dass Maja beinahe vergessen hätte, die Gunst der Stunde zu nutzen, um zu fliehen. Erst der erdverbundene Ulrich hatte sie mit einem Zupfen an ihrem langen Rock daran erinnern müssen, dass sie nun ebenfalls ihre nur lose angebrachten Fesseln abstreifen und sich mit ihm in den noch immer dunklen Wald davonstehlen sollte. Und das hatten sie dann auch getan – die von der Symbolkraft der Bienenschwärme beeindruckten Leute zurücklassend. Erst am darauffolgenden Abend waren die beiden Flüchtlinge mutig genug gewesen, in die Scheune zurückzukehren, wo sie jedoch die dort zurückgebliebenen Mädchen Adelheid und Anna nicht mehr auffanden. Und auch die folgende Suche bis hierher in dieses Neißestädtchen war erfolglos geblieben. Kein Lebenszeichen von Adelheid und Anna, und auch keine Spur von Marie, Regino und Johann. Sie alle waren verschollen. Was blieb, war die Hoffnung, sie, oder wenigstens einige von ihnen, am Ziel ihrer Reise wiederzufinden.

Die Geißler hatten sich mittlerweile auf dem kleinen, mit schmutzigem Stroh und Unrat bedeckten Kirchplatz des Örtchens aufgebaut. Sie boten einen erbärmlichen Anblick, zerzaust, zerlumpt, aus mehreren selbst zugefügten Wunden blutend. Auch ihre Vorführung wirkte willkürlich und brutal, zog aber dennoch die Menschen in einen ähnlichen Bann, wie es der Bienenschwarm im Wald vermocht hatte. Man konnte die Augen nicht von ihnen lassen, und es war nicht bloß die Schaulust oder die Gier nach Blut, welche die Leute gaffen ließ, es war tatsächlich eine tiefe Ehrfurcht und auch Angst, die aus den Gesichtern der Stadtbewohner sprach.

Eine Orgie stummer Gewalt spielte sich da vor aller Augen ab. Man peinigte sich gegenseitig, kasteite einander mit dornengespickten Peitschen und murmelte dabei ununterbrochen fromme, aber auch flehentliche, an Gott gerichtete Worte. Für die Zuschauer waren diese freiwillig Leidenden nicht nur Objekte ihres tief empfundenen Mitgefühls. Nein, man spürte ihnen gegenüber auch Verehrung und hatte zugleich ein schlechtes Gewissen, denn diese Menschen litten – ganz wie Jesus es getan hatte – für die Sünden anderer. Und mit diesen Qualen versuchten sie den Himmel gnädig zu stimmen, seine Bestrafung der sündigen Menschheit zu mildern und die von ihm gesandten Geißeln zurückzurufen. So befremdlich und grausam es auch war, fast alle Umstehenden verstanden das Verhalten der Geißler und waren ergriffen von der dargebotenen Inbrunst und Bußbereitschaft.

»Unfug«, murmelte jedoch Ulrich. »Widerwärtiger, dreckiger Unfug ist das.«

Offenbar war er der Einzige, der in den Kasteiungen der Geißler keinen heiligen Akt, sondern vielmehr ein abartiges Spektakel erblickte.

»Wegen mir können wir wieder aus diesem Nest verschwinden, Maja.« Und schon wandte er sich zum Gehen, doch Maja blieb wie angewurzelt zurück.

»Was ist? Du findest doch nicht etwa Gefallen an diesem schweinischen Gebaren?«, drängte Ulrich. Er war in den letzten Wochen wieder flinker geworden, die entzündeten Wunden an seinen Füßen begannen zu heilen, nachdem Maja ihn dazu überredet hatte, sich klumpfußartige Gebilde aus mit feuchtem Schlamm durchtränkten Lumpen umzuwickeln. Zwar konnte er somit nur wie ein Storch einherschreiten, aber das war immerhin schneller als das schmerzhafte Humpeln, mit dem er sich bis dahin fortbewegt hatte. Ganz wie der alten Maja war auch Ulrich daran gelegen, das Altvatergebirge zu erreichen. Niemals im Leben hätte er es für möglich gehalten: Aber auch er, der sture, bodenständige Bauer, verfolgte nun ein Ziel, einen Traum. Er wollte ankommen und wiederfinden, was er verloren hatte. Ja, Ulrich hoffte auf eine neue Heimat, und er hoffte auch auf Marie. Sie war alles, was ihm noch geblieben war. Inständig betete er, dass ihr nichts zugestoßen war, als sie zusammen mit dem undurchsichtigen Regino und dem unerfahrenen Johann aufgebrochen war. Ja, hoffentlich war ihr nicht dieser Elende begegnet, dieser Ziehvater, dieser scheinbar so unsäglich herzlose Mensch namens …

»Vitus Fips«, stieß er mit einem Male entsetzt hervor. Denn

erst jetzt bemerkte Ulrich, dass Majas starrer Blick nicht auf das blutige Treiben der Geißler, sondern die ganze Zeit über auf eine verborgene Gestalt am anderen Ende des Kirchplatzes gerichtet war. Dort, hinter einem mit Reisig beladenen Karren versteckt, stand er tatsächlich, der Mann, an den Ulrich soeben noch gedacht hatte: Vitus Fips.

»Ist er es tatsächlich?«, fragte Maja ruhig. »Ich dachte es mir. Nie zuvor habe ich ihn mit eigenen Augen gesehen, aber dennoch dachte ich es mir.«

Ulrich hörte ihr nicht zu. Sein alterndes Herz begann mit einem Mal wild zu rasen. Wie ein Irrer stürzte er nach vorn, reckte den Kopf, stolperte über einen am Boden liegenden, halb bewusstlosen Geißler und wäre mit Sicherheit Fips direkt in die Arme gelaufen, wenn Maja ihn nicht plötzlich mit aller Kraft zurückgehalten hätte.

»Ich muss wissen, ob sie bei ihm ist!«, schrie Ulrich und wehrte sich gegen den sehr festen Griff der alten Frau.

»Wir dürfen uns ihm nicht zeigen. Lass uns verschwinden und ihn heimlich beobachten«, zischte Maja und war froh, dass das seltsame Betragen der beiden in dem allgemeinen Trubel, der auf dem Kirchplatz herrschte, nicht auffiel. Ulrich besann sich, duckte sich und ließ sich dann bereitwillig von Maja fortführen.

»Warum wundert mich das nicht?«, raunte Maja.

Die beiden waren Fips den ganzen restlichen Tag über gefolgt. Zwar erweckte er nicht den Anschein, Angehöriger der Geißlerschar zu sein, da er weder Klagelaute und Gesänge von sich gab noch an den brutalen Bußübungen teilnahm, aber dennoch hielt er sich stets in der Nähe dieser Leute auf und war besonders oft in der Gesellschaft des Anführers der Geißlertruppe zu finden. Diesem, einem etwa dreißigjährigen Kahlrasierten mit einer ungeheuer wohltönenden Stimme und riesigen, leidend wirkenden Augen, war es im Laufe seines Aufenthaltes in der kleinen Stadt gelungen, nicht weniger als fünfzehn Leute davon zu überzeugen, sich seiner Büßergruppe anzuschließen, welche ihren Weg weiter bis in die prächtige Stadt Prag fortsetzen wollte. Fünfzehn Bürger, Männer und Frauen, Halbwüchsige und Alte, Arme und auch Betuchte, die aus Frömmigkeit, Bußwilligkeit oder purer Verzweiflung Hab und Gut zurückzulassen trachteten, um das qualvolle Dasein eines Geißlers zu führen. Zu beeindruckend war die Darstellung der Leidenden gewesen, zu elend das Leben der vergangenen Jahre, zu düster die Aussichten für die Zukunft, als dass man ohne Vorkehrungen für das Seelenheil auf den gewiss bald nahenden Jüngsten Tag warten wollte. Und der Geißlerführer hatte in dieser Hinsicht weitere Überzeugungsarbeit geleistet. So herzergreifend hatte er gepredigt, dass selbst kritische Seelen schlussendlich sicher waren, es sei das Beste, alles Irdische fortan für wertlos zu erachten und sich stattdessen voll und ganz auf ein gottgefälliges Leben bis zum Tode zu konzentrieren.

Ja, der Wert irdischer Güter zählte für die Geißler nicht. So verkündete ihr Anführer mit den großen, treuen Augen. Doch nachdem sich der Zug zum Weitermarsch formiert hatte und die neuen Mitglieder aufgenommen waren, da hatte es dieser mit einem Male sehr eilig, ein heimliches Gespräch mit Vitus Fips zu führen, in welchem es durchaus um den Wert irdischer Güter ging.

Und eben dieses Gespräch belauschten nun Maja und Ulrich.

»Warum wundert mich das nicht?«, wiederholte die Alte, während sie ihren Kopf mühsam nach vorn reckte, um jedes einzelne Wort der beiden Männer zu verstehen.

Maja und Ulrich hockten hinter einem stinkenden Schweinetrog und mussten sich ständig gegen den neugierigen Rüssel einer hungrigen Sau wehren, deren winzige Ferkelchen quiekend um ihre Beine wuselten. Es war der Stall eines der größeren Ackerbürgerhäuser in diesem Städtchen, in welchem sämtliche Gebäude aus Holz errichtet und durchaus kunstvoll gearbeitet waren, das Ganze in einer Machart, die Ulrich nie zuvor gesehen hatte. In seiner Heimat lebte man in mit Lehm verputzten Flechtwerkhütten, oder aber, wenn man einigermaßen wohlhabend war, in einem Fachwerkhaus mit einem Fundament aus Bruchsteinen. Hier, in den Orten des Ostens, herrschte Holz vor. Alles war aus Holz, selbst die Stadtmauer, die Brunnen, die Kirchtürme und natürlich auch die Häuser und Ställe. Das lag in der Tradition der hier seit Urzeiten siedelnden Slawen, welche sich, so hatte Ulrich auf dem Weg bewundernd feststellen müssen, ausgezeichnet auf die Schnitzkunst verstanden. Überall traf man an Kreuzungen oder auch mitten im Wald auf lebensechte Figuren, welche mehr als häufig christlichen Anstand vermissen ließen, was sie natürlich umso interessanter machte.

Selbst dieser Stall ließ die Geschicklichkeit eines hervorragenden Holzarbeiters erkennen. Doch ebendieser hatte es samt seiner Frau und seiner erwachsenen Tochter vorgezogen, sein schönes Heim zu verlassen und sich den Geißlern anzuschließen. Ulrich und Maja hatten während der heimlichen Verfolgung von Vitus Fips ihren Weggang beobachtet. Die ehemaligen Bewohner waren keine halbe Stunde fort, da hatte sich der Halunke Fips auch schon in das verlassene Haus geschlichen. Seine Verfolger waren ihm gefolgt, und bald darauf auch der Geißlerführer. Mit diesem führte Fips soeben ein hektisches Gespräch: Offenbar hatte es der andere eilig. Immerhin warteten seine Schäfchen sehnsüchtig und ihre Wunden leckend auf ihn, um von ihm in den nächsten Ort geleitet zu werden.

»Dieses hier ist das beste Haus. Er hat alles zurückgelassen. Sieh in der Schlafkammer nach. Es würde mich nicht wundern, wenn dort Geld und Schmuck versteckt sind«, hörte man den Geißler flüstern.

»Ich weiß, ich weiß, Reinhold. Du musst mir nicht erzählen, wo ich nach Schätzen zu suchen habe«, erwiderte Fips. Seine Stimme klang ruhiger, aber nach wie vor krächzend und unangenehm.

Ulrich hatte ihn anders in Erinnerung. Das letzte Mal, als sie sich begegnet waren, hatte der Bauer den Fremden des Nachts in seine Hütte gelassen. Damals war Fips zwar vernarbt und entstellt gewesen, doch bei Weitem nicht so blass, abgemagert und eingefallen wie jetzt. Er machte einen schrecklichen Eindruck, wirkte fast wie ein aus dem Grabe auferstandener Untoter und passte durch dieses elende Erscheinungsbild sehr wohl zu den Geißlern, denen er sich jetzt offenbar angeschlossen hatte. Doch anstatt mit diesen in Ulrichs Augen irrwitzigen Gestalten zu beten und zu leiden, schien Fips es vorzuziehen, deren soeben verlassene Heime auszurauben. Das verwunderte Ulrich nicht, nach allem, was Marie ihm über ihren Ziehvater erzählt hatte.

»Warum wundert mich das nicht?«, wiederholte auch Maja nun zum dritten Male und bestätigte damit die Gedanken ihres Begleiters.

»So ein seelenloser Teufelsbraten«, flüsterte Ulrich. Bei allem Entsetzen über den skrupellosen Fips war er dennoch in gewisser Weise ein wenig erleichtert. Sie beobachteten den Mann nun schon den ganzen Tag, doch von Marie war keine Spur zu sehen gewesen. Ulrich hatte im ersten Moment befürchtet, seine Frau könnte sich erneut diesem Untier angeschlossen haben, doch das schien nicht der Fall zu sein. Zwar fehlte somit auch weiterhin jedes Lebenszeichen von ihr, doch lieber wartete Ulrich noch einige Wochen ab, als dass er sie als Begleiterin von Vitus Fips hätte vorfinden wollen.

»Zehn Meilen, und dann treffen wir uns wieder. Der dritte Teil der Beute ist für dich«, war nun wieder der Geißlerführer namens Reinhold zu vernehmen. »Ich vertraue dir.«

»Du kannst mir vertrauen. Wo soll ich das Zeug verstecken? Du darfst mich gern durchsuchen, wenn wir uns wiedersehen«, antwortete Fips.

»Wer weiß, ob du nicht irgendwo eine Kiste vergräbst, die du auf dem Rückweg wieder an dich nimmst. Dir traue ich einiges zu, Fips«, meinte der andere, woraufhin Maja in ihrem Versteck bestätigend nickte.

»Rückweg? Für mich gibt es keinen Rückweg. Bis zum Altvater werde ich euch begleiten, und dann trennen sich unsere Wege, Reinhold.«

»Nun gut. Von da an muss ich mir einen neuen Vertrauten suchen, der sich um die verlassenen Häuser meiner Schar kümmert«, lachte Reinhold nun und entblößte dabei riesige, gesunde Zähne.

»Aber fünf musst du mir mindestens dalassen. Kräftige junge Burschen. Keine Hungerhaken mit entzündeten Wunden. Arbeiten sollen sie können«, raunte nun Fips.

»So haben wir es abgemacht, und daran werde ich mich halten. Jetzt muss ich gehen. Meine Leute warten auf mich. Sie sollen ja nicht misstrauisch werden.«

»Geh nur!«, rief Fips dem anderen nach, während dieser bereits durch die dunkle Stalltüre, zu welcher der Mond hineinschaute, verschwunden war.

Nun war Fips allein, allein mit seinen beiden verborgenen Beobachtern, die bemüht waren, keinen Laut von sich zu geben. Eine Weile schaute der Narbenmann sich suchend in dem Stall um. Schließlich fing er an zu reden.

»Dann wollen wir uns mal an die Arbeit machen, meine lieben Freunde. Wo seid ihr nur? Versteckt ihr euch etwa vor mir? Ich weiß doch, dass ihr hier irgendwo sein müsst«, zischte Fips mit seiner unangenehmen Stimme, der er jedoch einen fast liebevollen Unterton verlieh.

Maja und Ulrich duckten sich noch tiefer hinter den Trog. Ihre beiden alten Herzen rasten. Was sollten sie jetzt tun? Er hatte sie also die ganze Zeit über bemerkt, dieser verschlagene Fuchs …

Gerade hatte Maja all ihren Mut zusammengenommen und wollte sich zeigen, als Fips auf einmal begeistert ausrief: »Da seid ihr ja, ihr kleinen Strolche. Väterchen dachte schon, ihr wäret davongelaufen.«

Er bückte sich, streckte eine Hand nach unten auf den Boden und ließ zwei bunte Ratten über seinen Arm nach oben bis zur Schulter laufen, wo sie es sich in seinem Nacken bequem machten.

»Pfui Teufel«, flüsterte Ulrich, während Maja erleichtert aufatmete.

Sie warteten, bis Fips in dem angrenzenden Wohntrakt verschwunden war, dann erst streckten sie ihre müden, eingeschlafenen Knochen aus.

»Ich schlage vor«, meinte Maja nun, »wir schließen uns dem Beelzebub an und begleiten ihn heimlich bis zu seinem Ziel. Immerhin ist es auch das unsere und er ein kundiger Führer.«

Ulrich nickte. Ausnahmsweise fielen dem ewig Skeptischen dazu keinerlei Einwände ein. Stattdessen erweiterte er Majas Einfall sogar noch um einen Vorschlag, der die Alte sehr überraschte:

»Weißt du, Maja, als ich jung war, sagte man mir nach, ich sei der beste Bogenschütze weit und breit. Es ist nicht schwer, sich einen Bogen zu bauen. Und ein einziger Pfeil sollte genügen.«

Maja verstand und lächelte.

»Bis zum Altvatergebirge, guter Ulrich, hast du noch genug Zeit, dich in dieser Kunst wieder zu üben. Und wenn es so weit ist, sollte tatsächlich ein Pfeil genügen. Mitten hinein ins schlechte Herz, und es hat endlich ein Ende mit diesem Unhold.«

Und damit klopfte sie ihrem Begleiter freundschaftlich auf die knochige Schulter.

XXXIII

Weit und breit noch immer kein Dorf, keine Siedlung, nicht einmal mehr Pfade, nur Gebirgszüge mit ihren teils schroffen, teils sanften Höhen und Tiefen. Die südlichen Hänge des Riesengebirges waren zermürbend. So wunderschön sie sich in dieser Verlassenheit auch darboten, so mühselig wurde das Marschieren über Felsbrocken, Bäche und Abhänge schließlich doch, denn besonders Marie verlangte es nach einem weichen, trockenen Lager und einer warmen Mahlzeit. So waren sie auch alle erleichtert, als sie von ihrem schmalen, von Wild getretenen Pfad, der vielmehr einem Steig gleichkam, einen gut erhaltenen Fahrweg erblickten, der in Richtung Südosten verlief. Schon die Tatsache, dass sie auf diesem Weg einen Galgen passierten, wies darauf hin, dass sie bald den unbewohnten Teil des Riesengebirges hinter sich gebracht hatten. Wo es eine Hinrichtungsstätte gab, da dürfte eine Burg, ein Dorf oder ein Städtchen nicht weit sein.

»Marie, du darfst nicht unter dem Ding hindurchgehen!«, rief Regino der einzigen Frau in ihrer Gemeinschaft zu, während er selbst sich an einen Mast des Galgens lehnte und nach oben zu dem verlassen und ausgefranst baumelnden Seil blickte. Keine zur Mahnung dienenden Überreste eines Strauchdiebes hingen an dem Balken. Zum Glück, denn ein solcher Anblick ließ Regino jedes Mal erschaudern und an sein eigenes mögliches, gar nicht einmal so unwahrscheinliches Ende denken.

»Ich weiß«, keuchte Marie und machte tatsächlich einen großen Bogen um den Galgen. Sie wusste, was der abergläubische Volksmund einer Schwangeren prophezeite, die unter einer solchen Stätte hindurchging: Einen Wechselbalg würde sie gebären oder eine schreckliche Missgeburt. Auch wenn Marie an so etwas nicht glaubte, so wollte sie dennoch kein Risiko eingehen, verzichtete auf eine Pause und hatte bald zu dem stur an der Spitze wandernden Konrad aufgeschlossen, während Regino und Johann an dem Galgen noch ihre makabren Späße trieben.

»Hier sind viele Wagenspuren«, meinte Konrad, auf den Boden deutend, ohne sich nach Marie umzuschauen. »Das heißt, wir werden bald eine bewohnte Gegend erreichen.«

»Ich wünschte, wir hätten auch einen Wagen.«

Marie konnte es sich selber nicht erklären. Ihr Körper hatte sich kaum verändert, ihr Bauch war nach wie vor flach, aber dennoch fühlte sie sich vollkommen schwach und entkräftet, die Knochen waren schwer, und die Übelkeit nahm von Tag zu Tag zu. Inständig hoffte sie, dass dieser Zustand vorüberginge. Sie wollte so gern den aufmunternden Worten Johanns glauben, der ihr aus seinem reichen Erfahrungsschatz als Sohn und Bruder gebärfreudiger Frauen erzählt hatte, dass sich spätestens drei bis vier Monate nach der Empfängnis der Körper an die anderen Umstände gewöhnt hatte.

»Dann wirst du zwar rund, aber dafür wieder munterer, Marie. Verlass dich drauf«, hatte er gesagt.

Doch von Munterkeit war Marie in diesem Moment noch weit entfernt, und der Mann, der da die meiste Zeit nur vor ihr ging und sie kaum wahrnahm, trug nicht unwesentlich zu dieser trüben Stimmung bei. Kein Wort hatte er bisher darüber verloren, dass er der Verantwortliche für Maries veränderten Zustand war. Kein einziges Wort. Natürlich hatte sie es ihm gesagt, und es war ihr nicht leichtgefallen. An einem ihrer letzten Lagerplätze war es gewesen, des Nachts, als die anderen beiden bereits schliefen. Aber anstatt ihr beizustehen oder sich gar zu freuen, hatte er sie bloß stumm angeblickt, dann lange verlegen zu Boden geschaut, war schließlich von seinem Lager aufgestanden und erst um Mitternacht, als er glaubte, sie schlafe tief und fest, zurückgekehrt. Am nächsten Morgen hatte er so getan, als hätte es das Gespräch gar nicht gegeben.

»Da ist tatsächlich ein Haus«, sagte er nun. Und diese Aussage war typisch für sein wortkarges Verhalten in den letzten Tagen. Mehr als schlichte Feststellungen kamen nicht aus seinem Mund.

Marie vermied es, sich weiter darüber zu ärgern. Viel wichtiger war, dass dort in einem geschützten Tal, über welchem jedoch gerade eine große, graue Regenwolke hing, tatsächlich ein Haus stand. Ein großes Gebäude war es sogar, von mehreren Hütten umgeben, und es schien bewohnt zu sein, denn Rauch stieg vom Dach empor.

»Wenn mich nicht alles täuscht, ist das sogar eine Poststation«, meinte Konrad. Er war stehen geblieben und blickte mit zusammengekniffenen Augen angestrengt in das Tal hinab.

Sollte er es wagen?

Sie befanden sich im Königreich Böhmen, der Hausmacht der Luxemburger, welche seit einem Jahr nun auch das gesamte Reich beherrschten. Es war nur noch eine Frage von Monaten, bis König Karl zum deutschen Kaiser gekrönt werden würde. Und Karl, das war bekannt, war ein ausgesprochen gut organisierter Herrscher, seine Boten und Reiter durchstreiften ganz Europa und besonders natürlich die Gebiete seiner Hausmacht, von wo der künftige Kaiser seine Haupteinkünfte erhielt. Darum auch diese Poststation, errichtet im Nichts zwischen Schlesien und Mähren. Hier wurden die Pferde gewechselt, gerastet und Informationen ausgetauscht. Es war gewiss kein Räubernest, das dort unten im Regen lag, es war ein Ort, an dem ein gesuchter Mann wie Konrad durchaus dem einen oder anderen Gesetzeshüter begegnen konnte.

Dennoch: Sie hatten seit Tagen nichts Richtiges mehr gegessen, kein trockenes Lager mehr gehabt, ihre Füße waren wund, all ihre Glieder müde, und zudem war Marie schwanger.

Er drehte sich nach ihr um und schaute unwillkürlich auf ihren Bauch. Als sie seinen Blick bemerkte und ihn sanft anlächelte, richtete Konrad rasch den Kopf wieder nach vorn und sagte heiser:

»Gehen wir. Dort kannst du dich ausruhen.« Lauter, und in Maries Ohren auch fröhlicher, rief er dann den beiden nun aufschließenden Männern zu: »Was ist, Burschen, gelüstet es euch nach einem Bier?«

Reginos und Johanns Augen begannen wie vom Blitz getroffen zu leuchten. Erst jetzt erkannten sie, was da nur wenige hundert Schritte entfernt vor ihnen lag.

»Zum Glück, Meister Ritter, habe ich Eure Silberlinge einst an mich genommen und sie wohl behütet«, rief Regino frech aus und zog nun einen durchaus schmal gewordenen Lederbeutel unter seinem Rock hervor. Es war tatsächlich der Beutel, den er Konrad in der Nacht an der Saale gestohlen hatte. Bislang hatte Regino es nicht für notwendig erachtet, ihn an seinen rechtmäßigen Besitzer zurückzugeben, und tat dies auch jetzt nicht. Forsch setzte er sich stattdessen an die Spitze des bloß aus vier Leuten bestehenden Zuges und eilte in langen Schritten den breiten Weg ins Tal hinunter, wo ihnen allesamt bald der verführerische Duft gesottenen Fleisches in die Nasen stieg.

Marie schreckte von dem Knarren der Türe hoch. Sie musste tief und fest geschlafen haben. Nur mühsam fand sie alle Sinne wieder: Dunkel war es, ein einziger Kerzenstumpf erleuchtete den holzgetäfelten, winzigen Raum, es roch nach beißendem Rauch, der von unten aus der beheizten Gaststube nach oben in die Schlafkammern zog. Eine knisternde, mit Stroh gefüllte Matratze spürte sie unter ihren nackten Beinen, in ihrem Mund haftete noch immer der bittere Geschmack von Erbrochenem, und die Stimme, die da leise zu ihr sprach, war die von Konrad.

»Geht es dir besser?«

Er stand nun vor ihrem Bett, einem grob zusammengezimmerten Kasten, der jedoch das bequemste Lager darstellte, in welchem Marie seit Jahren gelegen hatte. In der Hand hielt er einen dampfenden Holznapf.

Marie nickte. Sie war noch immer benommen und erinnerte sich jetzt wieder, dass sie unten in der Gaststube zusammengebrochen war, nachdem sie eine Zeitlang verzweifelt in dem stickigen, überheizten Raum nach Luft gerungen hatte.

»Ich habe dir Hühnerbrühe gebracht. Sie ist gar nicht schlecht. Hab schon davon gekostet.«

Er hockte sich nun neben sie auf den knarrenden Bettkasten und holte einen Löffel aus seinem Gürtel hervor, den er an seinem Hosenbein säuberte. Dann begann er Marie zu füttern.

Sie verspürte keinen Appetit und fürchtete, gleich wieder speien zu müssen, aber dennoch genoss sie diese zärtliche Geste. So nah waren sie sich lange nicht gewesen. Hatte er sich etwa besonnen?

»Es tut mir leid«, sagte er nun, nachdem sie stumm die Schale geleert hatten.

»Was?« Marie hätte ihn gern berührt, wenigstens seine Hand genommen, doch sie traute sich nicht. Zu sehr fürchtete sie sich vor dem, was er ihr womöglich zu sagen hatte. Es war nun also so weit. Er würde noch in dieser Nacht gehen und die von ihm geschwängerte Frau zurücklassen.

»Ich bin ein unerfahrener Tölpel. Ein Haudrauf, der zudem glaubt, die Weisheit mit Löffeln gefressen zu haben. Doch vom wahren Leben verstehe ich nichts.«

Marie war überrascht.

Was war das? Es klang ganz nach einer Beichte.

Nun legte sie doch ihre Hand sanft auf seinem Knie ab und ermunterte ihn somit, weiterzureden. Endlich sprach er, durchbrach die feste Mauer, welche ihn ständig umgab, und zeigte mehr von sich. Endlich.

»Es ist leicht, den starken Mann zu mimen, wenn man von Geburt an gelernt hat, mit Waffen umzugehen, edle Rösser zu reiten, gute Manieren an den Tag zu legen und sich vor niemandem fürchten zu müssen, weil man sich selbst mit den Größten auf Augenhöhe fühlt. Wirklich kämpfen musste ich nie. Köpfe eingeschlagen habe ich, Streiche eingesteckt, aber all das war nichts weiter als Zeitvertreib. Die wirklichen Prüfungen des Lebens blieben mir stets erspart, und um ehrlich zu sein, habe ich es auch immer sehr wohl verstanden, ihnen aus dem Weg zu gehen.«

Er lachte und schaute Marie leicht von der Seite an. In diesem Moment wirkte er wie ein kleiner Junge, spitzbübisch, aber dennoch unschuldig.

»Ja, in einem bin ich wirklich gut, Marie«, grinste er nun. »Ich bin ein Meister darin, mich aus dem Staube zu machen, wenn es unangenehm für mich wird. Weißt du, weshalb ich in den Orden eingetreten bin?«

Marie schüttelte den Kopf. Auch sie musste nun ein wenig lächeln. Es gefiel ihr ausgesprochen gut, mit ihm hier zu sitzen. So nah waren sie sich nie zuvor gewesen, nicht einmal in ihren innigsten Momenten.

»Wegen Irmgard zu Hohenfels.« Jetzt kratzte er sich etwas verlegen am Kopf und lächelte stumm in sich hinein.

»Wer ist Irmgard zu Hohenfels?«, fragte Marie.

»Sie war die Witwe eines Landgrafen unweit unserer Besitzungen. Der Graf war gestorben, ohne Erben zu hinterlassen. Mein Vater war sofort Feuer und Flamme, die Ländereien unserer beiden Familien zu verbinden. Sie hätten ein wunderbares Ganzes gebildet. Tja, und deshalb war er sehr angetan von meiner Bereitschaft, der Witwe Irmgard hin und wieder einen Besuch abzustatten. Ich war damals fast noch ein Knabe, jünger als Johann, und sie zählte fünfzehn Jahre mehr als ich. Doch das gereichte mir nicht zum Schaden.«

Er räusperte sich.

»Sie war dir also eine gute Lehrerin«, ergänzte Marie. Sie verstand sehr gut, was er sagen wollte.

»So ist es. Aber dann sollte es ernst werden, und plötzlich erschien mir die schöne Irmgard doch nicht mehr so verführerisch. Mein Vater, der schon alles in trockenen Tüchern wähnte, tobte vor Zorn, als ich ihm eines Tages unterbreitete, Jesus Christus sei mir im Traume erschienen und habe mir geradezu befohlen, das Kreuz zu nehmen. Das war natürlich eine Lüge, eine Ausflucht …«

»Ich verstehe.«

»So verließ ich die wütende Witwe. Diese tröstete sich alsbald mit meinem jüngeren Bruder, dem sie sogar vier Kinder gebar. Und ich ging ins Pruzzenland auf Heidenjagd. Zum Glück war die Wut meines Vaters alsbald verraucht, und er spendierte mir das teure Rüstzeug und auch die Handsalben, die notwendig sind, um in den erlauchten Kreis der Ordensritter aufgenommen zu werden.«

»Du bist also Ordensritter, weil du dich vor der Ehe fürchtest«, fasste Marie kurz und knapp zusammen.

»Nicht nur vor der Ehe, auch vor anderen Dingen bin ich davongelaufen. Ich bin ein Meister des Verlassens, und darum hocke ich nun hier, meines Standes verlustig, ehrlos und vogelfrei. Man sucht mich, weil ich einen hochedlen Jüngling, der vielmehr den Titel eines Schurken verdient hatte, auf dem Schlachtfeld liegen ließ, nachdem nicht der Feind, sondern ich ihn niedergehauen hatte. Er ist tot, hingerichtet von den Heiden.«

»Du wirst also verfolgt?« Marie war erstaunt. Längst hätte sie ahnen können, dass Konrad gewiss nicht allein aus Nächstenliebe mit ihnen ging. Auch er war auf der Flucht.

»Ja, ich bin ein Feigling. Ich sollte mich meinen Häschern stellen, ihnen entgegenreiten und sie zum Kampfe herausfordern, so wie es die Altvorderen getan hätten. Doch stattdessen verstecke ich mich und ziehe als schmutziger Pilger durch die Lande …«

»… in Begleitung unwürdiger Gestalten.« Marie meinte diesen Zusatz durchaus ernst.

Konrad kratzte sich erneut am Kopf. Zusammen schwiegen sie nun eine ganze, quälend lange Zeit, in welcher Marie wieder ein sehr ungutes Gefühl beschlich. Zu Recht, denn schließlich meinte Konrad leise:

»Ich würde auch dich gerne verlassen, Marie.«

Marie durchfuhr es in diesem Moment heiß und kalt zugleich, obwohl es sie nicht wundern durfte, was er da sagte, denn sie hatte es längst geahnt. Dennoch war die Gewissheit für sie nun ein schrecklich schmerzender Schock. Am ganzen Körper zitternd und frierend saß sie da und starrte auf die von dem Kerzenschein erhellte Kammerwand, an welcher eine riesige Spinne emsig in ihrem Netz damit beschäftigt war, eine noch zappelnde Motte einzuwickeln.

Sie spürte in der dumpfen Selbstvergessenheit, die sie umfing, gar nicht, dass Konrad sie plötzlich umarmte und ihren Kopf fest an seinen Hals drückte. Noch immer starrte sie zu der Spinne und zitterte. Auch dann noch, als er mit beiden Händen ihr Gesicht nahm und sie regelrecht dazu zwang, ihm in die Augen zu blicken, versuchte sie den Kopf abzuwenden.

»Ich kann nicht«, sagte er jetzt. Marie bemerkte nicht, wie seine Stimme bebte. »Hast du gehört: Ich kann nicht.«

Sie verstand nicht.

Dann küsste er sie. Und erst durch diesen warmen, innigen, belebenden Kuss schien sie wieder zu erwachen.

Was hatte er da gesagt?

Er würde sie gern verlassen, aber er konnte es nicht?

Marie wand sich los aus seiner Umarmung und verkroch sich in die hinterste Ecke ihres Bettkastens.

»Ich brauche dich nicht«, erwiderte sie fast trotzig mit fester Stimme und festem Blick, während ihre Arme sich schützend um ihren Bauch schlangen. »Wenn du gehen willst, dann geh.«

»Du hast mich nicht verstanden«, sagte er sanft und wollte ihr Gesicht streicheln, doch sie wich nur noch mehr zurück, wobei sie fast in die Wand hineinkroch.

»Ich will dein Mitleid nicht«, fauchte sie.

Konrad zog die Brauen hoch, er war ratlos. In einem war das Weibsvolk, egal welchen Standes, immer gleich, und zwar in dem absichtlichen Missverstehen männlicher Worte und Absichten.

»Im Grunde wollte ich dir bloß sagen, dass ich dich liebe und mir wünsche, bei dir zu bleiben. Aber für den Moment ziehe ich es vor, mit Regino und Johann ein Bier zu trinken«, brummte er schließlich erbost, stand auf und verließ den Raum.

Marie blieb zurück. Kalt war ihr nicht mehr, stattdessen durchschoss eine fast unerträglich kribbelnde Hitze ihren Körper und führte dazu, dass sich ihre versteinerte, wütende Miene entspannte.

Hatte sie richtig gehört?

»Ein Hoch auf das Leben!« Regino war bereits ordentlich angetrunken, und auch Johann stand ihm in nichts nach. Sie saßen an einem großen, grobgehauenen Tisch, hinter welchem sie fast wie Zwerge erschienen, und tranken sich mit dem mittlerweile vierten Krug Bier zu. Dabei ließen sie die Humpen so stark auf die Tischplatte krachen, dass das herrlich kühle Getränk verschwenderisch über die Ränder schwappte.

Seit Wochen waren sie nicht mehr so ausgelassen gewesen. Und im Grunde waren sie es auch jetzt nicht. Sie taten bloß so, ertränkten den Kummer, der beide gleichermaßen plagte, in Bier, um wenigstens diese raren Stunden des Verdrängens und vorübergehenden Vergessens zu genießen. Dazu hatten sie bei dem pausbäckigen Wirt nicht nur reichlich Bier bestellt, nein, mit den restlichen Silberlingen aus dem Geldbeutel Konrads ließen sie sich auch den Tisch reich decken. Endlich gab es wieder Fleisch, Kraut und frisches Brot.

Was verlangte das Herz eines darbenden Reisenden mehr?

»Du verprasst unser letztes Geld!«, lallte Johann fröhlich, als Regino zum Nachtisch gleich eine ganze Platte voller süßer Apfelküchlein orderte, griff aber dann selber gern und gierig zu.

»Nimm, Johann, nimm. Nicht mehr lang, und wir können unser Gold mit Handkarren in die Wirtshäuser bringen«, ermutigte Regino den Jungen.

»Also, ist es wirklich wahr? Wir gehen nicht des Landes, sondern des Goldes wegen in den Osten?«, fragte Johann kauend. Er hatte für diesen Abend all seine berechtigten Zweifel an der Glaubwürdigkeit des Lokators abgelegt und wollte dessen verheißungsvollen Geschichten nun gern glauben. Seitdem sie dem sterbenden Vitus Fips die Karte abgenommen hatten, hielt Regino mit den wahren Absichten, die ihn ins Altvatergebirge trieben, nicht mehr hinter dem Berg. Wie sollte er auch? Dem Ritter Konrad konnte man ohnehin nichts vormachen, Marie wusste längst Bescheid, und da durfte der Bursche Johann auch nicht außen vor bleiben.

»Natürlich gehen wir des Goldes wegen. Ein Geheimnis war es bisher. Nicht jeder sollte es wissen. Zu viele Neider hätte das auf den Plan rufen können. Aber nun, da wir so wenige sind und das Ziel so nah, kann ich es offen sagen, Johann: Eine große Höhle mit Wänden aus Gold wartet auf uns. Niemand kennt sie. Wir werden nach ihrem verstorbenen Entdecker die Ersten sein, die sie betreten.«

»Das glaube ich nicht.« Johanns Augen strahlten, dennoch schüttelte er den Kopf. »Du flunkerst wieder einmal, Regino. Wieder einmal willst du mich zum Narren halten. Du musst mir keine Lockspeise anbieten. Ich gehe auch ohne Gold mit dir. Wohin sonst sollte ich ziehen? Außerdem …«, jetzt wurde er ein wenig traurig und kratzte nachdenklich mit seinen schmutzigen Nägeln an einer harten Essenskruste, die an seinem Bierkrug haftete. »Außerdem hoffe ich doch, dass sie auch den Weg ins Altvater findet.«

Regino hob die Brauen und verdrehte die Augen in Richtung der verrußten, niedrigen Decke.

»Johann, Johann, soll ich ehrlich zu dir sprechen?«

Der Bursche nickte, fuhr aber weiterhin mit abwesendem Blick fort, an seinem Krug herumzupulen.

»Ich habe immer versucht, dir Hoffnung zu machen, was das Mädchen Adelheid betrifft«, begann Regino mit ungewohnt milder, sanfter Stimme. »Dachte, es sei besser für dich, wenn du annimmst, sie bald wiedersehen zu können. Doch ich glaube nicht, dass sie noch lebt. Und wenn, dann ist sie längst ins nächste Kloster geflohen. Glaube mir, ich bete dafür, dass ihr das traurige Schicksal der lebenslustigen Elisabeth erspart geblieben ist, aber dennoch …«

»Wenn die Hexe Maja bei ihr ist, dann werden sie den Weg finden«, protestierte Johann, der dem so eigentümlich ernsten Regino gar nicht weiter zuhören wollte. »Sie lebt.« Und damit schlug er seinen Humpen auf den Tisch, dass ihm das Bier beißend in die Augen spritzte.

»Ja, gewiss. Die Hoffnung, lieber Freund, sie stirbt zuletzt«, bestätigte Regino breit und aufmunternd grinsend und trank Johann zu.

»Lass uns über etwas Schöneres als den Tod sprechen. Erzähl mir von dem Gold«, forderte der Bursche den Gaukler nun auf, um nicht mehr länger seinen schmerzhaften Gedanken an Adelheid nachzuhängen. »Wieso hast du uns junge Leute aus dem Dorf mitgenommen? Doch nicht etwa, um deinen Fund mit uns zu teilen? Und was hatte dieser Fips damit zu tun?«

Regino räusperte sich und überlegte lange, was er nun sagen und was er besser verschweigen sollte.

»Nun«, sprach er gedehnt. »Fips war zugegebenermaßen der Vater des Gedankens. Doch leider war er kein guter, fürsorglicher Vater, und sein Schicksal ist kaum zu bedauern. Da gibst du mir doch recht, oder?«

»Wohl wahr. Aber dennoch war er dein Freund.«

»Nein, das war er nicht. Ich habe mich stets vor ihm gefürchtet.«

»So wie auch Marie sich vor ihm gefürchtet hat und dennoch fast ihr ganzes Leben bei ihm gewesen ist«, ergänzte Johann.

»Hat sie dir das erzählt?«, wollte Regino wissen.

»Ich bin kein Narr. Kann mir durchaus meine Reime aus dem machen, was ich aufschnappe«, erwiderte der Bursche stolz.

»Naja, irgendetwas seltsam Anziehendes und gleichzeitig Abstoßendes hatte dieser Kerl schon«, meinte der Gaukler nachdenklich. »Davon konnte man sich nicht freimachen. Zum Glück bin ich dem Leibhaftigen nie begegnet, aber ich stelle mir vor, dass ebendiese Wirkung auch vom Teufel ausgehen muss. Wie sonst gelingt es diesem ausgemachten Bösewicht und Höllenfürsten sonst, immer wieder unschuldige Seelen auf seine Seite zu ziehen?«

Johann zuckte mit den Schultern und nahm einen kräftigen Schluck Bier: »Vielleicht war Fips ja ein Beelzebub.«

»Wäre er dann an der Pest gestorben?«, fragte Regino. »Nein, es handelte sich bei ihm bloß um einen irdischen Ausbund an Boshaftigkeit und Verschlagenheit. Doch immerhin war er so verschlagen, dass er auch diesen geheimen Schatz ausfindig machen konnte, den nun wir – wir gutmütigen Menschenkinder – bergen und gerecht unter uns teilen werden.«

»Du hast uns tatsächlich aus unserem Dorf geführt, um mit uns einen Schatz zu teilen?«, fragte Johann ungläubig.

»Deine Zweifel sind berechtigt, mein Freund.« Regino schlug Johann mit seinen langen, dünnen Fingern auf die Schulter, eine Geste, so leicht, dass dieser die Berührung kaum spürte. »Das Gold liegt da nicht in Kisten herum. Es muss erst abgebaut werden. Und so etwas kann ich nicht allein.« Jetzt nahm er seinen dünnen Arm zurück, schob den Ärmel ein wenig nach oben und zeigte Johann die spärlichen, gleichsam nicht vorhandenen Muskeln seines Oberarmes.

Johann musste lachen und wollte gerade etwas erwidern, als sich die Türe der Gaststube öffnete und fünf äußerst wehrhaft und kostspielig gekleidete Reiter hereinkamen – auf der Brust eines jeden der fünf prangte ein und dasselbe Wappen.

»Hoher Besuch«, staunte Regino und freute sich, als die Männer ausgerechnet an ihrem – Johanns und seinem – Tisch

Platz nahmen. Es war immer gut, sich mit vornehmen Leuten zu unterhalten, da konnte man eine Menge dazulernen und sich brauchbares Wissen sowie nachahmenswerte Verhaltensweisen aneignen. Auch Johann fühlte sich nicht unbehaglich. Ihm gefiel es, die Rüstungen und Waffen der Männer in Augenschein zu nehmen und sich ebenfalls an ihrem unnahbaren, hochmütigen und damit so geheimnisvollen Gebaren zu ergötzen.

Diese Freude teilten die Neuankömmlinge offenbar nicht. Keines Blickes würdigten sie ihre beiden Tischnachbarn. Regino und Johann konnten sogar von Glück reden, nicht vom Wirt verscheucht zu werden. Allein die Tatsache, dass sie trotz ihres heruntergekommenen Erscheinungsbildes fürstlich getafelt hatten, schützte sie davor, sich nun in eine der hinteren Ecken ins mit Unrat durchtränkte Stroh verziehen zu müssen, wo sich die anderen, weniger betuchten Gäste der Poststation aufhielten.

Schweigend, aber äußerst wachsam tranken und schmausten die beiden weiter, während sich die Reiter von dem emsigen, fast unterwürfigen Wirt auftafeln ließen.

»Wie weit ist es zum Altvatergebirge?«, richtete nun einer der Neuankömmlinge mit fast donnernder Stimme das Wort an den Wirt, welcher diesem soeben eine randvoll mit Fleisch gefüllte Schüssel vorsetzte.

Regino und Johann schauten sich verwundert an. Da waren sie wohl nicht die Einzigen, die mit diesem Ziel unterwegs waren.

»Nun, einige Tagesreisen gen Südost habt Ihr noch vor Euch, werter Herr«, antwortete der Wirt. Er schien Schlesier zu sein und sprach Deutsch mit einem solch starken Akzent, dass Johann und Regino ihn kaum verstehen konnten. »Die Wege dorthin sind recht verschlungen und schwer zu finden. Aber mit den Rössern, die Ihr bei Euch habt, werdet Ihr gewiss sehr schnell sein.«

Trotz des Kompliments schnaufte der Reiter missmutig und tauchte sein Messer schmatzend ins Fleisch. Ein heißer Fettspritzer traf Regino auf der Nase.

Dieser räusperte sich leise und meinte dann: »Wenn ich etwas anmerken dürfte: Wir haben den gleichen Weg, mein ehrenwerter Tischnachbar.«

Alle fünf Reiter schauten nun zu dem schlecht gekleideten, schmutzigen, dünnen Mann herüber, der es gewagt hatte, sie beim Essen zu stören.

»Na und?«, raunte einer und gab dem Gaukler mit einem verächtlichen Blick zu verstehen, dass er fortan seinen Mund zu halten habe.

Regino fühlte sich gekränkt. Er wünschte sich in diesem Moment das gestohlene Kreuzrittergewand zurück. Auch wenn es ihm ein wenig weit um Hüften und Schultern war, so hätte es dennoch einen weitaus ehrfurchtgebietenderen Eindruck auf diese speisenden Edelmänner gemacht als sein Lumpengewand. Johann neben ihm ging es nicht anders. Auch ihn ärgerte das Verhalten seiner Tischnachbarn. Sollten diese hochnäsigen Kerle ruhig wissen, dass sie es nicht mit dahergelaufenen Obdachlosen zu tun hatten.

»Wir haben die Ehre, in Begleitung eines Deutschordensritters den Weg durch diese fremden Gefilde zu nehmen«, sagte er im Tonfall eines trotzigen Kindes, das sich vor seinen Spielfreunden mit der Stärke seines großen Bruders brüsten will. Gewiss hätten die Reiter unter anderen Umständen bloß über diese Aussage des tumben Bauernlümmels gelacht. Was scherte es sie schon, in wessen Begleitung ein solcher Knecht unterwegs war? Aber in diesem Fall war es anders.

»Ach«, meinte der Erste wieder, ein äußerst hochgewachsener, starker Bursche mit zusammengewachsenen Brauen, unter denen stechend blaue Augen hervorblitzten. »Mit einem Schwarzkreuzler?«

Sein Blick wanderte zu seinen Gefährten, die allesamt mit dem Essen, ja sogar mit dem Kauen innegehalten hatten.

»Wie ist der Name eures Herrn, Knechte?«, wollte nun der Älteste der fünf, ein drahtiger Rauschebartträger, wissen.

Regino wollte Johann soeben seinen spitzen Ellbogen in die Rippen hauen, um ihm deutlich zu machen, dass nun vorsichtshalber eine kleine Lüge angebracht wäre – man konnte ja nicht wissen, mit wem man es zu tun hatte –, doch da antwortete der Junge schon. Johann war nun einmal eine ehrliche Haut, ein Bursche, der in seinen jungen Jahren nur wenig Anlass zu Misstrauen und Vorsicht erfahren hatte.

»Ritter Konrad von Tiefenbrunn heißt der Mann, dem wir folgen dürfen«, sagte er stolz und freute sich, dass dieser Name auf die fünf Herren offensichtlich Eindruck zu machen schien. Sie freuten sich regelrecht, ihn zu hören.

»Sieh an!«, lachte der Drahtige und warf dem Blauäugigen einen fast glücklichen Blick zu.

»Wir kennen ihn gut, euren Herrn«, meinte nun der andere. »Wo ist er? Wir würden gern einen Humpen Bier mit ihm heben.«

Johann war zufrieden, dass es ihm gelungen war, die Aufmerksamkeit dieser edlen Männer zu erregen, und auch Regino schien nun nicht mehr argwöhnisch zu sein.

»Er befindet sich noch oben in einer der Gästekammern. Wir erwarten ihn aber jeden Moment zurück. Er ist ein Freund von Euch? Ein Kampfgefährte, nehme ich an.«

»So könnte man sagen«, erwiderte der Wortführer und schaute sogleich in Richtung der engen Stiege, auf die Regino nun wies.

»Da kommt er! Wie gerufen!«, rief der Gaukler freudig aus.

Und tatsächlich: Auf der dunklen, steilen Treppe erschien Konrad. Er wirkte ein wenig verwirrt, das Gespräch mit Marie bereitete ihm noch Kopfzerbrechen. Wie ein unerfahrener, dummer Trottel hatte er sich aufgeführt. Warum musste es bloß so schwierig sein, mit einer Frau zu reden? Und weshalb fand er, der es sogar gewohnt war, mit den Großen des Reiches Verhandlungen zu führen, einer einfachen Bauernfrau gegenüber nicht die richtigen Worte? Konrad verstand es nicht, und er wollte es auch gar nicht verstehen. Vielmehr freute er sich nun auf ein kühles Bier und auf die unkomplizierte Gesellschaft von Männern.

Mitten auf der Stiege hielt er kurz inne, um sich in der Schankstube umzuschauen. Er wollte sehen, ob Regino und Johann noch an ihrem Platz saßen, von dem Konrad vor einiger Zeit aufgestanden war, um nach Marie zu schauen. Doch sein Blick traf nicht den des Gauklers und des Bauernjungen, die ihm beide freudig zuwinkten.

Nein, Konrads Blick traf ein Wappen. Ein ganz bestimmtes Wappen. Es war ihm bekannt und in schmerzhafter Erinnerung, denn ebendieses Zeichen hatte der Bursche auf seinem Schild geführt, den er im letzten Sommer bewusstlos und blutend der Wut der Heiden überlassen hatte. Und dieses Wappen nun zeigte sich gleich mehrfach auf der Brust von fünf Männern, die zusammen mit Johann und Regino am Tisch saßen und ihre volle Aufmerksamkeit auf Konrad richteten. Anders als die beiden Freunde lachten diese fünf nicht. Ihre Gesichter waren starr, abwartend, und Konrad konnte erkennen, dass ein jeder von ihnen eine Hand unter dem Tisch an seine Waffe gelegt hatte.

Es war also so weit.

Ihm blieb nicht viel Zeit zu überlegen. Ein oder zwei Sekunden verharrte er da auf der morschen Stufe der Stiege und dachte nach. Mehrere Möglichkeiten standen ihm offen.

Er konnte einfach kehrtmachen, oben aus einer der Dachluken springen und wie ein Strauchdieb davonlaufen.

Er konnte auch zu ihnen hinuntergehen und wie ein ganzer Mann gegen sie kämpfen. Ohne Waffe allerdings, denn außer einem kleinen Dolch trug er nichts bei sich.

Oder aber er stellte sich.

Kurz drehte Konrad sich um und sah nach oben in den dunklen Gang des oberen Stockwerks. Dort hinter einer der niedrigen Holztüren saß sie und trug sein Kind unter dem Herzen. Was würden sie mit ihr anstellen, wenn er einfach das Weite suchte und sie hilflos zurückließe? Was würden sie mit ihr anstellen, wenn er sich gegen sie zur Wehr setzte und den Kampf gegen fünf bis an die Zähne bewaffnete Männer verlor?

Konrad atmete tief durch, dann setzte er seinen Weg nach unten fort. Langsam ging er auf den Tisch zu, an dem die sieben Männer weiterhin gespannt auf ihn warteten. Er überhörte die freundlichen Begrüßungsworte Reginos und übersah das lachende Gesicht Johanns. Konrad stellte sich gerade und aufrecht vor den Tisch, lächelte und sagte, dem Blauäugigen fest in die stechenden Augen blickend:

»Ich bin so weit. Gehen wir.«

Regino war sprachlos, und auch Johann wusste nichts zu sagen.

So mir nichts, dir nichts waren alle fünf Reiter aufgestanden, hatten eine Handvoll Münzen auf den Tisch geworfen und dann das Wirtshaus verlassen. Und Konrad war mit ihnen gegangen. Kein Wort des Abschieds, nicht einmal ein Blick. Aus dem Staub gemacht hatte er sich. Einfach so.

»Ein Drückeberger«, murmelte Johann schließlich enttäuscht. Er hatte es schon geahnt, nachdem Konrad so wenig freudig auf die Schwangerschaft Maries reagiert hatte. Dieser Ritter war offensichtlich nicht in allen Dingen des Lebens ein ehrenhafter Mann. Nicht, wenn es um Frauen ging, und nicht, wenn es die Freundschaft zu unstandesgemäßen Leuten wie ihn und Regino betraf. Diese Erkenntnis schmerzte.

»Was tust du?«, rief Regino, als Johann plötzlich aufstand und wie von einem ganzen Wespenschwarm gestochen hinaus in die Nacht lief.

Dort draußen standen sie und sattelten ihre Rösser. Konrad war bei ihnen, auch er erhielt ein Pferd. Rasend vor Wut lief der Bursche auf ihn zu.

»Nein, Johann, bleib, wo du bist!«, schrie ihm Konrad entgegen, doch es war zu spät. Schon zückten zwei der fünf Reiter ihre langen, im Mondlicht glänzenden Schwerter, und auch Johann griff nach seiner im Vergleich lächerlichen Waffe. Noch bevor einer der Männer zuschlagen konnte, war der Bursche bei Konrad angelangt. Alles ging furchtbar rasch. Mit seinem Kurzschwert in der Hand baute Johann sich kurz vor dem Ordensritter auf, blickte ihm zornig und enttäuscht in die Augen, und dann tat er es. Aus den Tiefen seines Rachens holte er alles hervor, was sein Körper dort vorrätig hatte, und spie Konrad mitten ins Gesicht.

Die anderen ließen ihre Schwerter sinken und begannen allesamt schallend zu lachen. Konrad wischte sich den Schleim aus den Augen und von der Nase.

»Gib gut auf sie acht«, sagte er bloß mit ruhiger Stimme zu dem wütenden Jungen. »Und jetzt geh wieder hinein. Bitte, Johann, geh wieder hinein.«

Noch immer zornig, aber dennoch verstört und irritiert zugleich, tat Johann, was Konrad ihm sagte. Mit gesenktem Kopf schritt er langsam zurück zum Wirtshaus, dessen Türe er krachend hinter sich zuschlug.

Konrad blickte ihm traurig nach und schaute ein letztes Mal auf ein schwach beleuchtetes, kleines Windloch im Obergeschoss des Gebäudes. Dort schlief sie.

Er seufzte und hielt schließlich freiwillig seine Hände dem Bärtigen entgegen, damit dieser ihm die Fesseln anlegen konnte.

XXXIV

Es gibt da eine heidnische Sage von einer weiblichen, bösen Gestalt mit todbringenden Haaren, die aus Schlangen bestehen. Schlägt man diesem Wesen einen seiner vielen Schlangenköpfe ab, so wachsen sie gleich dutzendfach nach. Ähnlich scheint es auch mit diesen hier zu sein.«

Maja und Ulrich verfolgten den Geißlerzug nun schon seit mehr als einer Woche entlang des nördlichen, recht üppig besiedelten Riesengebirges. Immer wieder mussten sie dabei erleben, wie einzelne aus den Reihen der leidtragenden Geißler starben und gleichzeitig in den schlesischen Ortschaften neue angeworben wurden, sodass die Masse des durch die Lande streifenden, grausig anzuschauenden Zuges trotz zahlreicher Verluste dennoch größer wurde. Auch jetzt standen die beiden erneut vor dem Leichnam einer noch sehr jungen, splitternackten Frau. Sie war übersät mit frischen Wunden, eiterndem Schorf und verheilenden Narben. Zusammengebrochen war sie, und man hatte sie einfach sterbend am Wegesrand zurückgelassen. Der Tod musste schon vor einigen Stunden eingetreten sein, denn ihr dürrer Leib war starr. Steif ragten Hände und Füße in die Luft, in dem geöffneten Mund gingen bereits Ameisen ein und aus.

Anfangs hatten die zwei Verfolger des Geißlerzuges sich noch die Mühe gemacht, die aufgefundenen Leichen zu verscharren oder wenigstens mit Reisig zu bedecken, doch seit drei Tagen nahm die Zahl der Toten so drastisch zu, dass Maja und Ulrich den Anschluss verpasst hätten, wenn sie damit fortgefahren wären, einem jeden die letzte Ehre zu erweisen. Ein kurzes Gebet musste genügen, denn meist lag schon hinter der nächsten Wegbiegung ein weiterer verstorbener oder sterbender Körper. Somit pflasterten die Klageleute ihren Weg und setzten den beiden Verfolgern makabre Markierungen, die es leichtmachten, ihnen auf den Fersen zu bleiben.

In einer Dreierkonstellation schritten sie einher. Vorn die Geißler mit ihrem Führer, dahinter, in gebührendem Abstand, Vitus Fips, der dafür sorgte, dass von den im Geiste bereits Jenseitigen keine Dinge von Wert im Diesseits zurückgelassen wurden, und hinter Fips schließlich Maja und Ulrich.

Es war alles andere als ein angenehmer und schöner Marsch. Zwar schien das Wetter es gut mit ihnen zu meinen, und auch das Tempo der Geißler war angemessen und für die müden Knochen Ulrichs und die alten Beine Majas durchaus erträglich, aber die ständige Konfrontation mit dem Tod machte den beiden zu schaffen und schlug sehr aufs Gemüt. Zumal sich ein anfänglich bloß befürchteter Eindruck nun bestätigt hatte: Die Geißler starben nicht an Mangel und Erschöpfung; nein, etwas anderes, Maja und Ulrich Wohlbekanntes, raffte sie dahin.

»Die Pest wird schon dafür sorgen, dass die Köpfe unserer Geißlerschar nicht mehr schnell genug nachwachsen können«, ergänzte Ulrich bitter den mythologischen Vergleich seiner Begleiterin und deutete dabei mit dem Finger auf eine schwarze Beule in der Achselhöhle der Toten.

Maja brummte darauf etwas Unverständliches und hockte sich ganz nahe bei der Leiche nieder, um die Beule, welche angesichts all der Narben, Wunden und blauen Flecken der Geißlerin kaum auffiel, näher in Augenschein zu nehmen.

»Der schwarze Kreuzträger. Der Schwarze Tod. Vielleicht ist

doch Fips und nicht Konrad die Gestalt, die mir in meinen vergangenen Träumen erschienen ist. Der Mann, der den Tod bei sich trägt«, murmelte sie.

Ulrich mochte es nicht, wenn Maja so sprach. In der letzten Zeit, die sie gezwungenermaßen gemeinsam verbracht hatten, hatte er die Alte gut kennengelernt. Er mochte das Weiblein. Sie war schlau, sogar gerissen, aber dennoch warmherzig und gutmütig. Eine prächtige Frau, wenn man so wollte. Zumindest war sie es gewiss in jungen Jahren einmal gewesen. Es war angenehm, mit ihr zu reisen, und seltsamerweise stritten sie selten, weil jeder die Eigenarten des anderen verstand und hinnahm. Doch sobald Maja damit anfing, von ihren Visionen und Träumen zu reden, löste sich Ulrichs Verständnis für das sonderbare Gebaren seiner Gefährtin in Unmut auf. Dummes Zeug war es seiner Meinung nach, wenn sie behauptete, vor ihrem inneren Auge Dinge zu sehen, die bald geschehen könnten. Er glaubte ohnehin nicht an Zeichen und Wunder, hatte schon immer über die Leute den Kopf geschüttelt, die im Flug der Raben oder in der Formation der Wolken irgendeine zukünftige Bedrohung sehen wollten. Auch das Auftauchen der Bienenschwärme im Wald, welche die Bauern und auch Maja so sehr in den Bann gezogen hatten, hatte Ulrich kaltgelassen. Es war ein Naturereignis ohne Bedeutung, das genauso stattgefunden hätte, wenn sie zu dieser Zeit nicht an diesem Ort gewesen wären.

Und so ging es ihm auch auf die Nerven, wenn Maja immer und immer wieder darüber nachsann, was es nun mit dem Kreuzträger auf sich hatte, der ihr stets in ihren Träumen erschien. War es nun Fips oder Ritter Konrad? Darüber zermarterte sie sich ihren Kopf. Für Ulrich hingegen stellte sich diese Frage nicht. Seine Meinung war eindeutig: Fips war ein Unheilbringer, ob nun mit Kreuz oder ohne, und Konrad ein Unheilstifter, ob nun mit Kreuz oder ohne. Beide waren sie Gestalten, denen man im Leben besser aus dem Weg ging, aber beide auch nicht so bedeutungsvoll, dass man sie für das Sterben Hunderter, ja vielleicht Tausender von Menschen verantwortlich machen könnte. So wie Maja das gern getan hätte. Diese Pest, die ganz offenbar im Lande wütete, war eine schreckliche Geißel Gottes, vielleicht eine Strafe, vielleicht eine Prüfung, aber ganz gewiss kein von Menschenhand überbrachtes Übel.

So dachte Ulrich, und er fühlte sich in diesem vernünftigen Denken der abergläubischen Maja sehr überlegen. Niemals hätte er es für möglich gehalten, sich darin zu täuschen, dass diese Krankheit durchaus von Menschenhand übertragen werden könnte.

»Fips hat den Tod zu den Geißlern gebracht. Er trägt den Mantel mit dem schwarzen Kreuz«, flüsterte Maja, weiter auf die Tote starrend.

»Wie soll ein Mantel so etwas anrichten? Ist er verzaubert? Vergiftet? Das Einzige, was sich darin tummelt, sind Läuse. Aber so wie ich dich kenne, siehst du selbst in solch winzigen Tierchen eine teuflische Bedrohung, nicht wahr, Maja?«

Maja antwortete nicht auf diese hämische Frage. Sie erhob sich langsam, schaute Ulrich lange und ausdruckslos an und zuckte dann mit den Schultern.

»Man kann nie wissen …«, murmelte sie schließlich und zeigte ihm mit einem Wink an, ihr weiter auf dem gemeinsamen Weg zu folgen.

Sie hatten Fips das letzte Mal kurz hinter einer verlassenen Mühle gesehen, wo er damit beschäftigt gewesen war, das dort gefundene Diebesgut zu sortieren und gleichzeitig seine sich vermehrende Rattenschar an der frisch verstorbenen Leiche eines Geißlers nagen zu lassen. Maja und Ulrich waren, was diesen Mann betraf, längst abgehärtet. Kaum eine seiner widerwärtigen Taten konnte sie noch entsetzen, dazu hatten sie während der vergangenen Tage zu viel beobachten müssen. Fips, das stand für sie beide fest, war ein Ausbund an Niedertracht und Unmenschlichkeit. Nicht nur, dass er Leichen plünderte und sie sogar ihrer Haare beraubte, nein, er verging sich an pestkranken Frauen, bestahl Kinder und empfand offenbar nicht einmal Abscheu davor, selbst den an den Wegkreuzungen am Galgen baumelnden, verwesenden Dieben in die Taschen und in sämtliche Körperöffnungen zu greifen, weil einer wie er nun einmal wusste, wo ein Schurke im Notfall Dinge von Wert verwahrte.

Einem solchen Monstrum also waren sie auf der Spur, und je länger sie Fips heimlich beobachteten, desto vertrauter wurde er ihnen auf eine seltsame Weise. Was er tat, war abartig und entsetzlich, entbehrte allerdings nicht einer gewissen Konsequenz. Fips blieb sich in seiner Schlechtigkeit treu, und sein Handeln wurde damit für die beiden Verfolger in gewisser Weise vorhersehbar. Dennoch hatte er offensichtlich eine Schwachstelle, die sowohl Ulrich wie auch Maja in Erstaunen versetzte, obgleich beide nur zu gut von dieser seiner Obsession wussten.

Allerdings hatte keiner von ihnen Fipsens Leidenschaft für Marie eine derartige Tiefe zugetraut.

Manchmal des Nachts, wenn sich der Unhold weit abseits der Geißler zusammen mit seinen Ratten ein Lager errichtete und auch Maja und Ulrich im notwendigen Abstand eine Bleibe suchten, dann konnten sie ihn leise reden, mitunter sogar singen hören. Er sprach zu seinen Ratten, die allesamt den Namen »Liebchen« trugen, und er sprach mit ihnen über Marie:

»Wisst ihr, meine Liebchen, es ist schön, einen Menschen an seiner Seite zu wissen. Natürlich habe ich auch euch gern, aber ein Mensch ist mir dennoch lieber. Doch glaubt mir, gar nicht mal so leicht ist es, einen Menschen zu finden. Ihr Ratten seid da weniger wählerisch, ihr vertragt euch, ihr paart euch, und wenn ihr einander über seid, dann beißt ihr euch tot und gesellt euch zu dem Nächsten. Wie gern würde ich es auch so machen. Glaubt mir, ich habe es versucht. Wie oft habe ich mir ein verträgliches Mädchen gesucht, mich mit ihr gepaart, sie mit mir genommen, sie beschenkt, und wie oft war ich sie ganz bald wieder satt. Nun, totgebissen habe ich keine, aber loswerden musste ich sie durchaus. Und ähnlich war es auch mit Mariechen. Ja, ich war ihrer überdrüssig. Sie taugte mir nicht mehr. Zu lange habe ich sie Tag für Tag und Nacht für Nacht bei mir gehabt. Aber dass sie so einfach fortläuft, nein, das war mir nicht recht. Wieso?, frage ich euch. Wieso war es mir nicht recht? Wisst ihr, ich glaube, dass ich mich gewöhnt habe an dieses Weib. Sie ist mein Mensch, mein Eheweib und mein Kind zugleich. Sie ist mein Gezücht, sie ist wie ich und dennoch anders, so fern und trotzdem eng mit mir verknüpft. Ihr wisst nicht, wie sehr ich mich dem Tag entgegensehne, an dem wir wieder beieinander sind. Vereint für die Ewigkeit. Vereint in Liebe? Ich weiß es nicht. Dazu muss ich sie ihr erst beibringen, die Liebe.«

Mehrmals waren die zwei Verfolger Zeugen derartiger Monologe geworden, und jedes Mal war es ihnen beim Zuhören kalt den Rücken heruntergelaufen. Es stand fest, dass dieser Mann besessen von dem Gedanken war, Marie zu finden und zu besitzen. Er würde nicht von dieser Idee ablassen, nicht solange er lebte. Mitunter war Ulrich versucht, dem Widerling sogleich den Garaus zu machen, doch Maja hielt ihn davon ab.

»Wir brauchen ihn noch. Die Zeit wird kommen«, flüsterte sie dann mit ihrer prophetisch-düsteren Stimme, die Ulrich so gar nicht gefiel, aber dennoch gehorchte er schweren Herzens. Denn Maja hatte recht: Nur Fips kannte den genauen Weg zu ihrem Ziel. Sie mussten sich also noch eine Weile gedulden und ihn weiter verfolgen, bis sie dem schändlichen Dasein dieses Gewissenlosen ein Ende bereiten könnten.

Seitdem sie ihn nahe der Mühle unweit der Ortschaft Waldenburg beobachtet hatten, war Fips' Spur verschwunden. Doch das beunruhigte die beiden nicht, wussten sie doch, dass er den Geißlern folgte, und deren Weg war nun einmal gepflastert mit den Toten aus ihrem Zug.

So auch jetzt. Nicht einmal eine halbe Meile, nachdem sie die letzte Leiche hinter sich gelassen hatten, lag bereits ein weiterer lebloser Körper hinter einem großen Stein verborgen am Wegesrand. Offenbar hatte der Leidende dort Schutz gesucht, bevor er den Tod fand, den Tod – und das stand für Ulrich und Maja erneut fest – durch die Beulenpest. Soeben schritten sie von dem Stein zurück auf den Weg, der hier, im gut erschlossenen nördlichen Teil des Riesengebirges breit genug war, um mit einem Gespann befahren zu werden, als sie die Hufe von mehreren Reitern auf sich zudonnern hörten.

»Die haben es eilig. Gehen wir besser beiseite«, rief Ulrich hastig und zerrte seine Gefährtin zurück ins Gras, wo sie beide durch den Schreck unsanft auf ihre alten, knochigen Hinterteile plumpsten.

Die sechs Rösser passierten sie zunächst im Eiltempo, wurden aber alsbald abrupt zum Stehen gebracht und gewendet. Man ritt auf die beiden im Gras hockenden Gestalten zu.

»Sind wir hier richtig? Wir wollen so rasch wie möglich die Burg Neuental, westlich der Neiße in der Markgrafschaft Brandenburg, erreichen«, fragte einer der Reiter, ein Hüne mit buschigen Brauen.

»Burg Neuental? Kenn ich nicht«, brummte Ulrich, während Maja ihm heimlich, aber unsanft in die Rippen stieß.

»Da!«, zischte sie ihm kaum hörbar ins Ohr.

Jetzt sah auch Ulrich ihn.

Auf einem der hinteren Pferde, eingeengt zwischen zwei weiteren berittenen Rössern, saß Ritter Konrad von Tiefenbrunn. Auch er hatte die beiden sogleich erkannt, seine angestrengte Miene verriet jedoch, dass sie sich ja bedeckt halten und ihre Bekanntschaft nicht zeigen sollten.

Maja übernahm nun das Gespräch mit den Wegsuchenden. Zwar wusste auch sie nicht, wohin es zur Burg Neuental ging, geschweige denn, wie weit es bis dorthin war, doch es gelang ihr, durch ihre vermeintlich weisen Ausführungen zumindest drei der Reiter so weit auf sich zu konzentrieren, dass Ulrich sich unbemerkt dem ungeliebten Konrad ein wenig nähern konnte. Denn dieser hatte ihm augenscheinlich etwas mitzuteilen. Zumindest wiesen die Zuckungen in seinem Gesicht darauf hin.

Als Ulrich nun näherschlich, erkannte er, dass Konrad an den Händen und auch an den Füßen gefesselt war. Ein Wunder, wie er sich – derart beeinträchtigt – so wacker auf dem bis vor wenigen Augenblicken noch galoppierenden Pferd hatte halten können. Doch diese Reitkunst war Ulrich egal – grundsätzlich interessierte das ganze ritterliche, angeberische Gehabe dieses Mannes ihn nicht. Was jedoch seine Neugierde weckte, war der Grund für die offensichtliche Gefangennahme des Ritters durch eine Handvoll Männer, die allesamt dem gleichen Stand anzugehören schienen. Daran, dass Konrad ihm eine Mitteilung über Marie machen könnte, dachte Ulrich nicht, war dieser doch bereits während ihres Aufenthaltes im Zisterzienserinnenkloster entwischt, nachdem er sich mit dem Eheweib des Bauern Filzhut vergnügt hatte. Und dieser Kerl war keiner von der Sorte, der einem Weib, das er bereits besessen hatte, auch nur eine Träne nachweinte, geschweige denn sie wiederzufinden trachtete. Wer wusste schon, was dieser vermeintliche Mönch in Rüstung in der Zwischenzeit getrieben hatte, dass es ihm nun beschert war, diese Fesseln zu tragen? Mitleid empfand Ulrich jedenfalls nicht, Genugtuung ja, zumindest ein wenig. Dennoch wollte er herausfinden, ob der Ritter ihm irgendetwas Wichtiges zu sagen hatte. Nur, wie sollte er das anstellen? Da kam ihm eine Idee.

Als Ulrich in der Nähe eines der neben Konrad wachehaltenden Reiter angekommen war, richtete er plötzlich das Wort an den seines Habits und offensichtlich auch seiner Ehre verlustig gegangenen Ordensritter.

»Du bist doch Gunter. Gunter Hammelbein aus Nimmerforst. Wie lange hab ich dich nicht mehr gesehen?«, sagte Ulrich und blickte dem verdutzten Konrad frech ins Gesicht. Dieser schien nach wenigen Augenblicken plötzlich zu verstehen, ein leichtes Lächeln huschte unmerklich über sein Gesicht.

»Das muss eine Verwechslung sein. Mein Name ist Konrad von Tiefenbrunn. Aber ich kenne einen Gunter Hammelbein, das ist wohl wahr«, gab dieser zurück, während seine Wächter sich verwundert anschauten. Sie ließen ihn jedoch gewähren. Was war schon dagegen einzuwenden, wenn ihr Gefangener sich mit einem dahergelaufenen Pilger über einen unbedeutenden gemeinsamen Bekannten unterhielt?

»Kann es sein, dass es der gleiche Hammelbein war, dem sein Weib ausgerissen ist?«, fragte Konrad nun. »Marie war ihr Name.«

Ulrichs Züge entgleisten. Was wollte der Ritter ihm damit sagen? Schnell fasste er sich und meinte: »Ja, das ist ihm tatsächlich widerfahren.«

»Nun, wenn ich mich nicht täusche, fand er sie alsbald in der Gesellschaft zweier Männer wieder. Wohlbehalten war sie. Eine lange Reise hatte sie hinter sich.«

»Ja, man munkelte davon«, Ulrich glaubte zu begreifen. »Ein

junger Bursche aus ihrem Dorf und ein fahrender Narr, nicht wahr?«

»Das kann gut möglich sein. Verziehen hat er ihr, der gute Hammelbein, und glücklich ist er noch mit ihr geworden. Zumindest war er das, als ich ihn zuletzt sah«, sagte Konrad nun.

»Ist er das?« Ulrich wurde mit einem Male ganz nervös.

»Ja, das ist er. Du weißt, wo sie jetzt leben, oder nicht?«

Ulrich nickte. Er ahnte, was der Ritter meinte. »Dann beabsichtigt er nicht in sein Dorf zurückzukehren?«, fragte er.

»Nein, dazu gibt es keinen Grund. Ich sah ihn kürzlich als wohlhabenden Mann, zusammen mit seiner schönen Frau und einem kleinen Knaben. Ihrem Sohn.«

»Ein Kind?« Ulrich war verwirrt.

»Oh ja. Hammelbein ist ganz vernarrt in dieses Kind. Er liebt es, als wäre es sein eigenes.«

»Was redet ihr da für ein dummes Zeug!« Einer der Reiter, ein bärtiger, dünner, aber dennoch durch und durch muskulöser Mann ritt nun an Ulrich heran und drängte ihn unsanft mit einem Stoß seines Unterschenkels beiseite. Dann trieb er mit einem Armwink die anderen Männer zusammen.

»Weiter!«, schrie er, bevor er voraussprengte. Auch die Übrigen wendeten ihre Tiere und stoben ihm nach.

Ulrich, der noch immer geistesabwesend und mit offenem Mund dastand, bemerkte es nicht, aber Maja sah sogleich, dass Konrad im Davonreiten etwas hatte fallen lassen. Sie eilte flink zu dem ausgefransten Stück Pergament, das dort im breiigen Schlamm einer flachen Pfütze lag.

Eine Karte war es. Eine Karte mit dem Titel: »Besagte Höhle im Altvater.«

Maja grinste von einem Ohr zum anderen. Triumphierend hielt sie dem noch immer erstarrten Ulrich das Duplikat der Fipsschen Karte unter die Nase.

»Der Schwarzkreuzler und Todesbringer – er ist doch ein Heiliger. Man möchte glauben, in ihm einen der gnadenlosen Engel der Apokalypse vor sich zu haben. Denn nicht nur Schrecken führt er mit sich, sondern auch Heil.«

Jetzt erst erwachte Ulrich aus seiner Gedankenstarre und nahm seiner Begleiterin die Karte aus der Hand.

»Die Karte zum Ziel?«, fragte er.

»So ist es«, bestätigte die Alte.

»Die Karte zu Marie, Johann und Regino.«

»Wir wollen es hoffen.«

»Wenn ich seine Worte recht verstanden habe, Maja, dann ist es so: Die drei sind auf dem Weg dorthin. Wir werden sie wiedersehen.«

Maja, bisher nur fröhlich, schien nun wie erlöst.

»Dank sei Gott dem Herrn. Alles wird gut. Jetzt können wir ihm endlich den Garaus machen, diesem elenden Höllengewächs! Stellen wir uns dem Schicksal, Ulrich. Der Zeitpunkt ist gekommen.«

»Wie du meinst.« Ulrich war wieder nachdenklich geworden. »Sie erwartet ein Kind«, murmelte er schließlich leise. Er konnte sich selber nicht erklären, warum er diesem alten Waldweib gegenüber so vertraulich geworden war. Immerhin gestand er ihr soeben die Schmach, dass seine Gattin sich von einem anderen Manne hatte schwängern lassen.

Doch Maja schien unbeeindruckt von dieser neuen Information. Fast liebevoll griff sie nach Ulrichs rauer, abgearbeiteter Pranke: »Ich wollte schon immer die gute Großmutter im dunklen Walde spielen. Und du, mein bester Filzhut, eignest dich ebenfalls sehr gut zum Stiefvater. Oder wollen wir besser Großvater sagen?«

Sie zwinkerte ihm von der Seite zu. Ulrich brummte unmutig. Er wäre so gern wütend, ja rasend gewesen, hätte so gern mit riesigen Steinbrocken um sich geworfen und ganze Büsche ausgerissen. Doch leider wollte sich diese in seiner Situation angebrachte Gemütsregung nicht einstellen. Vielmehr spürte er in seinem Herzen Erleichterung und auch Wärme. Zum ersten Male seit langer Zeit, seit dem Tage, an dem Marie des Nachts vor der Türe seiner Kate gestanden hatte, hatte er erneut das Gefühl, dass sich das Leben wieder zum Guten wenden könnte.

Unwillkürlich drückte er Majas kleine, runzlige Hand.

»Was der hochwohlgeborene Herr Konrad wohl angestellt hat? Kannst du es nicht sehen vor deinem inneren Auge?«, fragte er ungewohnt schelmisch.

»Das ist nicht Teil unserer Geschichte«, gab Maja bloß von sich, löste dann ihre Finger aus der Hand Ulrichs und wühlte geschäftig in dessen Tragekorb herum, den er auf den Rücken geschnallt hatte.

»Dein Bogen? Er ist doch gut genug, oder?«, fragte sie und holte die selbstgefertigte Waffe und drei Pfeile hervor. Eingehend prüfte sie die Spitzen der Geschosse.

»Bärenklau. Daraus wüsste ich eine herrlich brennende Zutat zu mischen. Zwei Tropfen auf die Pfeilspitze, und Fips findet sich sogleich in den Flammen der Hölle wieder.«

»Wir wollen doch nicht unmenschlich sein, Maja«, erwiderte Ulrich, prüfte aber seinerseits sorgsam die Pfeile. Im Grunde gefiel ihm die Idee seiner Gefährtin sehr gut. Er würde sich auf dem weiteren Weg umschauen, ob ihnen dort irgendwo diese seltene, hochgiftige Pflanze begegnete.

XXXV

Heute war der erste Tag, an dem sie wieder etwas essen konnte. Johann und Regino hatten sich schon große Sorgen um Marie gemacht und wirklich alles dafür getan, dass die schwangere Frau wieder zu Kräften kam. Denn anstatt an Rundungen zuzunehmen, war sie in den letzten Wochen nur noch dünner geworden und jetzt nicht mehr als ein Strich in der Landschaft. Lediglich der sich mittlerweile leicht wölbende Bauch wies darauf hin, dass ein Kind unter ihrem Herzen heranwuchs.

Marie ließ sich nichts anmerken. Sie litt still, sprach kein Wort mit den anderen über das Verschwinden Konrads. Und auch sich selbst versuchte sie zu täuschen, indem sie sich vormachte, all das kommen gesehen zu haben und längst darauf vorbereitet gewesen zu sein. Allein ihr körperlicher Zustand, als Spiegel ihrer Seele, zeugte von dem, was wirklich tief in ihrem Inneren vor sich ging.

Wie ein Lump hatte er sich aus dem Staub gemacht. Zusammen mit fünf weiteren Rittern war er noch in der Nacht auf und davon, in der er ihr zuvor seine Liebe gestanden hatte. Leere Worte waren das gewesen, vergessen, sobald sich ihm die Möglichkeit geboten hatte, in ein neues Abenteuer aufzubrechen. Wahrscheinlich dachte er nicht einmal mehr an Marie. Doch sosehr Marie sich auch wünschte, zornig auf ihn zu sein und die Erinnerung an ihn langsam verblassen zu lassen – es gelang ihr nicht. Sie litt entsetzlich, und es war nicht die Schwangerschaft – auch wenn sie sich das selbst weismachen wollte –, die sie davon abhielt zu schlafen und Nahrung zu sich zu nehmen.

Welches Glück war es doch, dass sie in Johann und Regino zwei treue und anständige Begleiter an ihrer Seite hatte. Rührend kümmerten sie sich um die Frau, die ihnen doch eigentlich nur ein Klotz am Bein sein musste, war sie doch schwanger von einem ganz anderen Mann. Sie wären nicht verpflichtet gewesen, sich um Marie zu sorgen, taten es aber dennoch, weil es der Anstand gebot. Ein Anstand, der dem Vater des Kindes, trotz all seiner zur Schau getragenen Ritterlichkeit, offenbar fehlte.

Auch jetzt waren die beiden wieder unterwegs, um für Marie frisches Brot aufzutreiben. Es war ihr unangenehm, dass sie derartige Mühen und Umwege auf sich nahmen, doch Regino und Johann hatten sich nicht aufhalten lassen, nachdem Marie an diesem Morgen endlich wieder ein wenig Haferschleim gegessen und daraufhin lapidar geäußert hatte, dass sie sich schon darauf freue, bald wieder richtiges Brot essen zu können.

Sie waren dem Ende ihrer Reise schon sehr nahegekommen. Der Herbst hielt Einzug, und in den Nächten wurde es mitunter bitterkalt. Besonders hier in den Erhebungen des Altvatergebirges, dessen westliche Ausläufer sie endlich erreicht hatten, schien der Frost seine Heimat zu haben. Es war eine berauschend schöne, weil so unwirtliche und märchenhafte Landschaft, in der es nur so von Wölfen, Luchsen und auch Bären wimmelte. Eine Gegend, die auf den Menschen faszinierend wirkte, in der er sich aber dennoch bloß als geduldeter Gast, als Durchreisender und staunender Beobachter fühlen durfte. Marie konnte sich kaum vorstellen, dass man hier dauerhaft leben konnte, aber da täuschte sie sich: Tiefe, dunkle Wälder, schroffe Felsen, steile Schluchten und weite Sümpfe wechselten sich ab mit immer wieder wie aus dem düsteren Nichts auftauchenden Siedlungen. Emsig betriebene Bergbaudörfer zumeist, in denen man außer nach Erz und Salz auch nach Gold grub.

In diesen winzigen Orten wurde man freundlich empfangen. Die Leute – viele von ihnen deutsche Siedler, die schon in der dritten oder vierten Generation in dieser Gegend lebten – waren aufgeschlossen und interessiert an den Neuigkeiten, die die Fremden brachten. Und die drei wiederum konnten von ihnen nützliche Bergbaukenntnisse in Erfahrung bringen.

Wie legte man einen Stollen an? Wie sicherte man ihn? Welches Werkzeug benötigte man? Wie stellte man es her?

Wie trennte man das Gold vom Stein? Wie schützte man sich vor einsickerndem Wasser? Wohin verkaufte man das geförderte Gut?

Trotz der eigenen Neugierde und trotz der Gastfreundlichkeit der meisten Grubenleute blieben Regino, Johann und Marie dennoch stets vorsichtig und versuchten, nicht zu viel über ihr Ansinnen zu verraten. Sie wussten, dass der von ihnen fortgeführte Plan von Vitus Fips kein rechtmäßiger war. Die Höhle, welche sie suchten, gehörte ihnen nicht, sie war bislang unentdeckt, sodass sie darauf bedacht sein müssten, dort heimlich zu graben. Um sich nicht versehentlich zu verplappern, zogen sie es deshalb meistens vor, ihr Lager abseits menschlicher Behausungen aufzuschlagen.

So auch an diesem Tag, an welchem sie etwa zwei Tagesmärsche von ihrem eigentlichen Ziel entfernt in einer recht kompakten, aber winzigen Blockhütte, die gewiss Jägern oder Holzfällern bei schlechtem Wetter als Unterschlupf diente, ein Lager fanden.

Marie war müde. Die vielen schlaflosen Nächte, in denen sie nach bösen oder auch viel zu schönen Träumen immer wieder aus ihrem mühsam erreichten Dämmerzustand gerissen worden war, um danach, sich hin und her wälzend, den Morgen zu erwarten, zehrten an ihr. Vielleicht würde sie ja jetzt, wo ihr Bauch mit warmem Haferbrei gefüllt war und sie ein sicheres und trockenes Dach über dem Kopf wusste, eine Weile schlafen können. Gähnend kuschelte sie sich ein in ihr bereits sehr mitgenommenes, schmutziges Wolltuch und war tatsächlich im nächsten Moment tief und fest eingeschlummert.

Es war ein Kitzeln an ihrer Wange, das sie zärtlich aufweckte. Eine sanfte, sehr schöne Berührung, die Marie zunächst in einen Traum von dem plötzlich zurückgekehrten Konrad einflocht. Da war er, wie der Prinz aus einem Märchen, der seine schlafende Geliebte wachküsste. Marie lächelte im Schlaf und räkelte sich wohlig. Sie ahnte, dass es nur ein Traumgespinst war, was sie da überfiel, aber es war so schön, dass sie sich verbot, aufzuwachen, sie wollte diesen Traum weiterträumen. Doch das Kitzeln in ihrem Gesicht wurde immer emsiger, und auch an anderen Stellen ihres Körpers spürte sie nun Berührungen, die so leicht, aber auch so wuselig zugleich waren, dass sie nicht mehr mit den zärtlichen Streicheleinheiten eines geliebten Menschen vergleichbar waren.

Da war etwas. Und es hatte nichts mit Maries Traum zu tun. Da war wirklich etwas in der Hütte.

Langsam öffnete sie ein Auge – und schreckte im nächsten Moment so hastig hoch, dass es ihr gefährlich im Bauch zog. Sogleich legte sie beide Hände darauf und streichelte sanft über die verspannte Stelle, unter der sie seit gestern leichte Bewegungen wahrzunehmen glaubte.

»Bloß eine Ratte«, seufzte sie erleichtert, während sie das dreiste Tier grob von ihrem Lager stieß. »Müssen diese Viecher denn überall sein?«

Noch immer benommen von dem tiefen Schlaf, aus dem sie gerissen worden war, legte sie sich zurück und schlummerte sofort wieder ein. Und wieder träumte sie. Sie träumte, zusammen mit Regino und Johann durch das Unterholz eines dichten Waldes zu gehen:

Der Weg ist steil und mühsam, immer wieder rutscht sie aus. Doch das macht ihr nichts, denn nur noch wenige hundert Schritte, und es ist geschafft. Die Höhle, sie ist bereits zu sehen, und so, wie es in Träumen zu sein pflegt, erscheint sie Marie wunderbarer, als sie tatsächlich ist: Golden schimmert es aus ihr heraus. Sie bildet einen Lichtblick am Ende des langen, unwegsamen Tunnels, der sie über Geröll, Wurzelwerk und rutschiges Moos nach unten in die Schlucht führt. Marie beeilt sich. Ihr Bauch ist bereits kugelrund. Sie will die Erste sein, die dieses Ziel ihrer langen, traurigen Irrfahrt erreicht. Sie läuft, das warm leuchtende Tor vor Augen, sie rutscht aus, sie fällt, rutscht und bleibt an einem Busch hängen. Unsanft bohrt sich ein harter, spitzer Dornenzweig tief in ihren Bauch. Marie schreit auf.

Und tatsächlich schrie sie auf. Laut und hörbar.

Wieder nur ein Traum. Wieder nur diese elende Ratte, die sich an ihrem schlafenden Körper zu schaffen gemacht hatte. Marie machte die Augen auf, um das Vieh zu verscheuchen.

Doch auf ihrem Bauch saß keine Ratte. Nein, dort war in der Tat so etwas wie ein spitzer Zweig, der sich in ihr Fleisch bohrte. Ein schmaler, glänzender Dolch war es. Maries leinenes, graues Unterkleid tränkte sich unter dessen Spitze bereits dunkel. Sie blutete.

Schockiert und fassungslos starrte sie auf ebendiese Stelle. Sie regte sich nicht, sie atmete nicht, sie fühlte bloß furchtbare, lähmende Angst um ihr Kind. Nur langsam und ganz vorsichtig hob sie jetzt ihr Kinn, um in dem recht düsteren Raum auszumachen, wer es war, der soeben im Begriff stand, eine schwangere Frau aufzuschlitzen.

»Du?«, flüsterte sie hinter trockenen Lippen. Ihr war schwindelig, sie fühlte sich einer Ohnmacht nahe, doch sie durfte das

Bewusstsein nicht verlieren. Sie musste bei Besinnung bleiben, sie musste sich wehren, am besten mit Worten, denn nur mit Worten konnte man diesem Unhold beikommen.

Er lebte.

Dabei hatte sie ihn doch sterben sehen.

Ein Geist war er jedoch nicht, denn Geister waren nicht imstande, Blut fließen zu lassen.

Nein, er hockte da als Mensch aus verrottendem Fleisch und faulendem Blut und grinste Marie an, während er die Spitze seines Dolches noch weiter gegen ihre Bauchdecke drückte. Marie versuchte ihre Muskeln anzuspannen, um sich gegen den langsamen Stoß zur Wehr zu setzen, doch dieser vergebliche Widerstand schien ihn nur noch mehr zu belustigen. Er hatte seinen Spaß an der Situation und nutzte sie mit all seiner wiedergewonnenen physischen Kraft aus.

»Du brauchst dich nicht zu fürchten, ich werde dir nichts tun«, sagte er jetzt, während er die Waffe jedoch nicht zurücknahm, sondern mit der anderen Hand hinter seinem Rücken ein zusammengelegtes Hanfseil hervorholte.

»Leg deine Hände hübsch gefaltet zusammen, mein Engel«, forderte er sie mit sanfter, ekelerregender Stimme auf. Marie gehorchte, denn der Fleck auf ihrem Unterkleid wurde immer größer. Noch war es bloß ihr Blut, das Blut, welches unmittelbar unter der Haut floss, doch sollte er tiefer stechen, so würde er bald die Frucht treffen.

Ohne Gegenwehr ließ sie sich von ihm die Hände fesseln. Sie war froh, dass er zu diesem Zweck den Dolch beiseitelegte. Unwillkürlich entspannte sich ihr Bauch. Sollte er sie doch binden, mit sich nehmen, sie schlagen, schänden und demütigen – die Hauptsache war, dass er ihr das Kind ließ. Dieses eine Kind – sie wollte es behalten. Endlich wollte sie eines ihrer Kinder behalten und nicht wieder dazu gezwungen werden, es mithilfe eiserner Geräte oder giftiger Tränke zu verlieren.

»Wir werden ein Stück laufen müssen, Marie.«

Er zog sie nun von ihrem Lager hoch und legte liebevoll einen wollenen, grauen Umhang mit schwarzem Kreuz um ihre Schultern.

Der todbringende Kreuzträger, dachte Marie.

Sie gab sich weiterhin Mühe, ruhig zu bleiben. Er wollte, dass sie ihn begleitete, und sie würde es tun. Aber sie müsste ein Zeichen setzen, eine Botschaft hinterlassen, damit Regino und Johann, wenn sie bald zurückkehrten, wüssten, was mit ihrer Gefährtin geschehen war.

Doch was sollte sie machen?

Angestrengt dachte Marie nach, während Fips, ganz als wäre er ihr ergebener Diener, damit beschäftigt war, sorgsam die wenigen Habseligkeiten Maries in einen Beutel zu packen. Auch er schien mit dieser Sorgfalt ein Zeichen setzen zu wollen, und zwar den unmissverständlichen Hinweis darauf, dass Marie gegangen war und nicht wieder zurückkehren würde.

Ihr Atem ging schwer, in ihrem Kopf pochte es dumpf, ihr Herz fühlte sich an wie ein heißer, schwerer, pulsierender Stein.

Sie wollte sich nicht ausmalen, was in den nächsten Stunden geschehen würde. Besser war es, sich auf das Hier und Jetzt zu konzentrieren und dafür zu sorgen, dass dieser Unberechenbare ruhig blieb. Doch mit der Tat, die Marie jetzt im Schilde führte, würde sie ihn gewiss zornig machen, denn eine solche ließe sich nicht vor ihm verheimlichen. Es würde ein lautes Quieken geben. Aber dennoch müsste sie es versuchen, denn das war die einzige Möglichkeit, um Johann und Regino einen eindeutigen Hinweis auf ihren Verbleib zu hinterlassen.

Die Ratte lief schon die ganze Zeit um Maries nackte Füße herum. Schwarz-weiß gescheckt war sie. Im Grunde ein schönes Tier, aber dennoch ekelerregend. Ihr nackter, langer Schwanz strich soeben durch den Zwischenraum von Maries Zehen. Es war ein schönes Gefühl, ließ sie aber trotzdem erschaudern. Ganz so, wie es sie ekelte, wenn dieser Mann, dieser von den Toten auferstandene Teufel, versuchte, zärtlich zu ihr zu sein.

Marie hob langsam ihren rechten Fuß. Das zahme Tier war nun direkt darunter, es schnupperte an der schmutzigen, verhornten Unterseite des Fußes. Das, was jetzt folgte, geschah schnell und mit sehr viel Kraft. Es gab ein knirschendes Geräusch und tatsächlich ein kurzes entsetzliches Quieken – dann war das Viech tot.

»Was soll das?«, fuhr Fips Marie an und war sofort zur Stelle, um die Ratte am Schwanz hochzuheben. Sämtliche Knochen schienen zermalmt zu sein, denn der leblose Körper baumelte herab, als bestehe er lediglich aus Haut und Fell. Achtlos warf Fips den Kadaver auf Maries verlassenes Lager.

»Du bist und bleibst mein Mädchen. Ganz die Alte. Bist du etwa noch immer eifersüchtig auf meine kleinen Freunde?« Er sagte dies freundlich. Marie nickte, woraufhin er sich vor sie stellte und ihr einen Kuss auf den Mund gab. Sie ließ es geschehen, es schmeckte nach Moder, nach Grabesfäule. Am liebsten hätte sie ausgespuckt, doch sie beherrschte sich.

Die tote, bunte Ratte war genau dort gelandet, wo Maries beide Begleiter sie auf jeden Fall finden würden, wenn sie von ihrem Streifzug zurückkamen. Sie würden wissen, was geschehen war, sie kannten diese Sorte Tier und ihren Besitzer mittlerweile, auch wenn sie ihn, genau wie Marie es fatalerweise getan hatte, längst für tot hielten.

Marie stolperte hinaus in den Wald.

Fips zog sie durchaus sanft hinter sich her. Immer wieder streichelte er dabei ihre Arme, berührte fast schüchtern ihre

Brüste und ließ Marie dabei erschaudern. Wenn er doch wüsste, wie widerlich er ihr war.

Erst gegen Abend erreichten sie einen verlassenen Stollen. Hier war noch bis vor wenigen Monaten nach einem der zahlreichen Bodenschätze dieser Gegend gegraben worden. Nun jedoch stand die Anlage verlassen, die Grube war erschöpft, aber die bescheidenen Behausungen der Arbeiter noch bewohnbar.

Ganz so, als handele es sich bei Marie um eine Kaiserin, ließ Fips sie an sich vorüber in eine der Hütten schreiten. Drinnen war alles vorbereitet. Er hatte offenbar genau geplant, sie hierher mitzunehmen. Der Tisch war gedeckt, es gab sogar Wein in edlen Krügen, silberne Teller und Becher standen auf weißem Tuch, ein kalter Braten verströmte seinen verführerischen Duft, daneben erkannte Marie Fladenbrote, verschiedenes Obst und Käse. Unwillkürlich lief ihr, obwohl sie glaubte, ihre Henkersmahlzeit vor Augen zu haben, das Wasser im Munde zusammen.

War dieser reich gedeckte Tisch schon herrlich anzuschauen, so bot die Bettstatt einen noch sehr viel einladenderen Anblick.

Weiße Laken und Federbetten, ja gleich mehrere Kopfkissen mit den farbenprächtigsten und weichsten Hüllen lagen darauf – es sah so aus, wie Marie sich die Bettstatt eines Sarazenenfürsten vorstellte.

Und das alles in einer alten Bergbauhütte.

»Freust du dich?«, fragte Fips nun. Er war hinter sie getreten und hauchte einen feuchten, schleimigen Kuss in ihren Nacken. Marie zog die Schultern hoch. Wieder nickte sie.

»Das habe ich alles nur für dich getan. Gesammelt habe ich es. Schon die ganze Zeit über habe ich nur die allerbesten Sachen zusammengesucht, um dir diese Überraschung zu bereiten. Doch es soll nur ein Vorgeschmack sein. Glaube mir, das

Leben, welches wir sehr bald führen werden, meine Schöne, es wird noch ungleich prachtvoller sein.«

Marie hatte bemerkt, dass er sich, während er sprach, kurz fortbewegt hatte. Sie wagte jedoch nicht, sich umzudrehen. Verzweifelt dachte sie darüber nach, wie es ihr an diesem schaurigen Abend gelingen könnte, ihn zu überwältigen. Sie musste es versuchen, denn daran zu denken, ihr gemeinsames Leben mit diesem Mann wieder aufzunehmen, war ihr ein größerer Graus als der Tod.

Etwas Kaltes legte sich plötzlich von hinten um ihren Hals.

Eine Schlinge? Würde er sie nun erwürgen? Wieder zuckte Marie zusammen.

»Ein Geschenk für meine Königin«, hauchte er in ihr Ohr. Er musste sich recken, um schließlich mit seinen verrottenden Zähnen an dem Ohrläppchen der größer gewachsenen Marie zu kauen. Marie stöhnte auf, aber ganz gewiss nicht aus Lust. Sie könnte es nicht mehr lange ertragen, bald würde sie vor Angst und Abscheu zusammenbrechen.

»Setz dich doch!«, sagte er jetzt und führte sie zum Tisch. Die goldene, edelsteinbesetzte Kette hing schwer um Maries Hals, eine von einem Folterknecht angelegte Halsschraube hätte nicht schlimmer sein können.

Bedächtig und äußerst sorgfältig tat er ihr von den Speisen auf, ohne jedoch zu fragen, ob sie dies überhaupt wünschte. Dann schenkte er ihr von dem Wein ein, setzte sich ihr gegenüber und hob seinen eigenen Becher.

»Auf uns, mein Kind. Wir wollen an Vergangenes anknüpfen und vieles besser machen. Du weißt, Marie, dass wir zusammengehören. Du weißt es, nicht wahr?«

»Ja«, antwortete Marie heiser und wenig überzeugend. Doch das schien Fips nicht zu stören.

»Ich bin ein reicher Mann, wie du siehst. Und ich werde

noch sehr viel reicher werden. Da kann ein dahergelaufener Mönchsritter mir nicht das Wasser reichen. Ist das Balg von ihm?«

Er trank einen kräftigen Schluck und deutete dann mit dem geleerten Becher auf Maries Bauch, auf den sich nun ihre gefesselten Hände schützend legten.

»Oh, ich Tölpel, du kannst ja gar nicht essen und trinken, mein Kind. Sei's drum. Zu schön ist der Moment, als dass ich ihn trüben möchte, und das würde ich, wenn ich diese Fesseln löse. Ich werde dich füttern.«

»Iss nur zuerst. Ich habe keinen Hunger«, entgegnete Marie hastig, um die angedrohte Nähe zu vermeiden.

»Nicht weit von hier lagern Zigeuner. Es würde mich wundern, wenn man bei ihnen keine Engelmacherin findet«, schmatzte Fips nun lapidar, nachdem er in ein saftiges Stück Wild gebissen hatte. »Wir benötigen keinen Klotz am Bein, Mariechen. Da gibst du mir doch recht.«

Marie spürte regelrecht, wie alles Blut in ihren Adern gefror. Eine eisige Kälte bemächtigte sich ihrer, sie konnte nicht einmal mehr die Lippen und Augenlider bewegen, so starr war sie vor Schreck.

»Wer war es? Sag es mir. Oder weißt du es gar nicht? Der Ritter, der Bauernbursche, der wirre Vogel Regino oder gar dein greiser Gatte? Wer hat dir diese Frucht da in den Leib gepflanzt? Die Auswahl ist groß, nicht wahr?«

Marie antwortete nicht. Angewidert beobachtete sie, wie er erneut mit seinen faulen Zähnen ein riesiges Stück Fleisch aus der fetttriefenden Keule riss.

»Ich bin dir nicht böse. Ich verzeihe dir, Marie, denn ich liebe dich«, flüsterte er nun zärtlich, nachdem er aufgekaut hatte, über den Tisch, und tatsächlich zeigten seine Augen so etwas wie Ehrlichkeit. Marie zog die Brauen zusammen: Das konnte nicht sein. Er war schon immer ein guter Lügner gewesen, aber nun hatte er das Schauspiel zu wahrhaft hoher Perfektion entwickelt.

»Aber ich dulde nicht das Kind eines anderen in meiner Nähe. Du verstehst mich doch.«

Marie versuchte schon die ganze Zeit über krampfhaft ihre Fesseln an der Tischkante aufzureiben, doch das weiche Tischtuch verhinderte dies und verriet ihr heimliches Tun, indem es immer wieder verrutschte.

»Ich habe mir erlaubt, einen Trank zu erstehen, der uns den Weg zu der Zigeunerin ersparen könnte. Wie weit bist du, Marie?«

»Zu weit. Es ist bereits der fünfte Monat.« Die Antwort entfuhr ihr rasch. Sie wusste, wovon er sprach. Schon zwei Mal hatte sie ein solches fruchttötendes Gebräu trinken müssen, um ungewollte Schwangerschaften zu beenden.

»Dann hilft bloß die Zange. Dennoch wollen wir es versuchen.« Fips nahm einen letzten Bissen von seiner Keule, kaute lange, schluckte in Ruhe herunter, spülte mit Wein nach und griff dann neben sich nach einem Krug, aus dem er eine zähe, dunkle Flüssigkeit in seinen geleerten Silberbecher goss. Es dauerte lange.

»Ich bleibe bei dir, Vitus. Das verspreche ich dir«, sagte sie nun, während das honigartige Getränk in den Becher troff. »Lass mir das Kind, und ich werde dir eine gute Frau sein.«

»Nein«, antwortete er bloß und genoss regelrecht den Augenblick, in welchem er die Vorbereitung des Tranks vollendet hatte. Genüsslich roch er an dem Gebräu, indem er geräuschvoll mehrfach durch die Nase ein- und ausatmete.

Wieder scheuerte Marie an ihren Fesseln, doch je mehr sie sich anstrengte, desto fester zogen sie sich zusammen.

»Es gibt eine wunderbar einfache und recht unschädliche

Möglichkeit, einem sich Sträubenden einen Trank einzuflößen, Marie. Du musst es also nicht freiwillig zu dir nehmen«, sagte er milde und erhob sich.

Feierlich stand er nun da, am Kopfe des alten Tisches, den Kelch in der Hand.

»Wenn du magst, dann kannst du ein Kind haben, Marie. Ich werde es dir machen, sobald du dich erholt hast und wir das Ziel unserer Reise erreicht haben.« Auch diese Worte klangen wieder ehrlich. Fips schwankte hin und her zwischen dem Ergötzen an der eigenen Grausamkeit und seinen wahren, wirklichen Gefühlen. Das war offensichtlich. Doch es war auch offensichtlich, dass seine tiefen, ehrlichen Empfindungen ebenfalls von ekelerregender Grausamkeit waren. Er glaubte tatsächlich, Marie etwas Gutes zu tun, indem er sie zwang, das Kind mit Absicht zu verlieren.

»Wenn du mich zwingst, das Zeug zu trinken, werde ich dich bei der nächsten Gelegenheit töten«, drohte ihm Marie nun mit fester Stimme und fester Miene.

»Zweimal hast du es bereits versucht, mein Kind. Und zweimal bist du gescheitert. Du vermagst es nicht. Und warum vermagst du es nicht? Es ist ganz einfach: Weil du mich liebst.«

»Aller guten Dinge sind drei«, gab Marie kühl zurück, während sich das Blut bereits in ihren Händen staute, die sie nach wie vor ununterbrochen an der Kante rieb.

Fips lachte auf. Teuflisch lachte er auf, er warf seinen Kopf in den Nacken und schickte mehrere hämische Stoßlaute in Richtung Decke. Er glaubte ihr offenbar nicht, hielt sie für unfähig. Und vielleicht hatte er sogar recht damit. Sie war unfähig, sie hatte es nicht vollbringen können, und sie wollte auch nicht daran denken, in die angedrohte Lage zu geraten, in der sie dem Mörder ihres ungeborenen Kindes den Garaus machen müsste.

Gerade senkte Fips wieder seinen Kopf, um Marie eine weitere Drohung entgegenzuschleudern, da vernahm sie plötzlich ein Rauschen über sich.

Unwillkürlich duckte sich Marie, und als sie wieder aufblickte, stand Fips noch immer da. Er stand da, am Kopfe des Tisches, und lachte nicht mehr. Er verdrehte die Augen und begann im nächsten Moment entsetzlich zu schreien.

»Es brennt!«, schrie er. »Es brennt!«

Marie war entsetzt und erleichtert zugleich, bei dem überraschenden Anblick, der sich ihr da bot.

»Feuer!«, kreischte Fips und zog sich mit eigener Kraft den Pfeil, der ihm in die Stirn gefahren war, heraus. Es schien sich bei diesem Mann tatsächlich um kein irdisches Wesen zu handeln, denn niemand wäre in einer solch tödlichen Lage zu einer derartigen Handlung fähig gewesen. Nicht so Fips. Anstatt umzufallen und zu sterben, tanzte er. Er tanzte vor Schmerz und hielt sich dabei immer wieder die blutende Stirn.

Gerade war er versucht, nach dem Abführtrank zu greifen, um mit seinem eigenen Gift die Wunde zu kühlen, als der Tod ihn endlich übermannte. Vornüber sank er auf den Tisch, sein starres, sterbendes Auge auf Marie gerichtet.

»Aller guten Dinge sind drei«, hauchte diese ihm sanft entgegen, während sie ihn so lange nicht aus den Augen ließ, bis er sein eigenes, einziges ein letztes Mal grotesk verdrehte und mit dem Gesicht in die Reste seines Wildbratens sank.

Jetzt erst wandte Marie sich um.

Die Ratte. Johann und Regino hatten die Ratte gefunden, die Lage richtig gedeutet und waren Maries Spuren durch den Wald gefolgt.

Sie erwartete die beiden Männer nun hinter sich in der Tür stehen zu sehen. Doch da täuschte sie sich.

Sie konnte es nicht fassen. Sie wollte es nicht glauben. Soeben hatte sie noch einen der schrecklichsten Momente ihres Lebens durchlebt, und nun erfuhr sie ein solches Glück?

»Ulrich!«, rief sie freudestrahlend und stand ruckartig auf. Doch ihre Fesseln verboten es. Hart fiel sie zu Boden und wurde sogleich von ihrem treuen Gatten aufgehoben, der ihr mit einem Messer die Stricke um Handgelenke und Knöchel löste.

Lange umarmten sie sich. Marie weinte. Sie weinte vor Glück, vor Erleichterung und wegen des schlechten Gewissens, das sie diesem lieben Menschen gegenüber so sehr plagte.

»Alles wird gut«, sagte Ulrich Filzhut liebevoll. Auch seine Stimme bebte.

»Ja, das wird es«, bestätigte Maja. Sie hatte Marie noch nicht begrüßt, sondern sich stattdessen sogleich darangemacht, die Leiche des vermeintlich unsterblichen Fips zu begutachten.

»Mausetot«, murmelte sie zufrieden, nachdem sie beide Arme des Toten angehoben und wieder fallen gelassen hatte. »Dennoch sollten wir ihn verbrennen, um sicher zu sein. Denn er trägt es tatsächlich bei sich, das Übel.«

Und damit wies sie auf eine verheilte Pestnarbe am Hals von Vitus Fips.

»Ja, verbrennen wir ihn«, bestätigte auch Marie und breitete ihre Arme aus, so wie es eigentlich nur Regino tat, um die verlorene und wiedergefundene Freundin zu begrüßen.

Lange saßen sie eng umschlungen da, bevor sie sich schließlich erhoben, um auf dem Platz vor dem verlassenen Stollen einen Scheiterhaufen zu errichten.

Es war ein reinigendes, ein befriedigendes, ein endgültiges Feuer, welches alsbald den nächtlichen Wald erleuchtete und die sterblichen Überreste von Vitus Fips auf ewig verschlang.

XXXVI

»Ah, Bruder Crispin, da seid Ihr ja.«

Der Hochmeister Heinrich von Dusemer hatte den erst kürzlich von seiner Visitationsreise zurückgekehrten Ordensritter zu sich rufen lassen, und Crispin war dieser Aufforderung mit einem beklemmenden Gefühl gefolgt, denn längst hatten sich Gerüchte hinter den trutzigen Backsteinmauern der Marienburg verbreitet. Gerüchte, die Crispin ganz und gar nicht behagten. Von Dusemer empfing ihn an einem ungewohnten Ort, der nichts Heimliches hatte und darum Crispins Unwohlsein ein wenig milderte. Insgeheim hoffte er, der Hochmeister wolle ihm lediglich mitteilen, dass die Munkeleien, welche seit drei Tagen kursierten, Unfug seien und es sich um reine Lügenmärchen handelte.

Auf die Baustelle war er zitiert worden – an den Ort, an welchem bereits zahlreiche Handwerker lärmend, schwitzend und verstaubt mit der Errichtung des in seinen Plänen äußerst imposanten Hochmeisterpalastes beschäftigt waren. Das große Rempter, ein wunderbarer, von zahllosen Säulen getragener Gewölbesaal, nahm bereits beeindruckende Formen an. Auch wenn die Ausschmückung der Wände durch Mosaike und Malereien noch fehlte, konnte Crispin sich gut vorstellen, wie sehr dieser Empfangsraum einen jeden zukünftigen Besucher der Marienburg unmittelbar von der Macht und der Standhaftigkeit des Ritterordens überzeugen müsste.

»Meister Fellenstein aus Koblenz hat mir soeben die überarbeiteten Pläne für den Turm gezeigt. Ich bete zu Gott, dass ich es noch erleben darf, dieses Gebäude wenigstens ein einziges Mal in Augenschein nehmen zu dürfen«, rief der Hochmeister Crispin zu, welcher ihm noch immer durch den riesigen Raum entgegenschritt, um sich schließlich demütig vor ihm zu verneigen.

»Ein wahrlich meisterhaftes Bauwerk«, staunte Crispin ehrlich, ohne dem Hochmeister schmeicheln zu wollen. Denn Dusemer war unempfänglich für Schmeicheleien. Er liebte die Wahrheit, auch wenn sie schmerzte.

Das Oberhaupt des Deutschen Ordens befand sich bereits im Greisenalter, aber dennoch sah man ihm noch immer an, dass er einst ein standhafter Krieger gewesen war, der in jungen Jahren sogar den bärenstarken Litauerfürsten Vytenis im Zweikampf besiegt hatte, woraufhin dieser dem Ordensritter außerordentlichen Mut und Ritterlichkeit bescheinigte. Eine große Ehre für Dusemer, auch wenn, oder gerade weil diese Worte aus dem Mund des heidnischen Feindes kamen. Trotz seiner körperlichen Stärke war Dusemer aber dennoch kein Haudrauf, sondern hatte sich gerade in den Jahren, in denen er nun das Amt des Hochmeisters bekleidete, durch große Umsicht ausgezeichnet. Umsicht, aber nicht Nachsicht.

»In den nächsten Tagen erwarten wir die Lieferung des Glases für die Fenster. Solch riesige Fenster mit Glas auszustatten, wird eine heikle Angelegenheit werden …«

»Es wird gelingen, Hochmeister, da bin ich mir sicher. Außerdem könnt Ihr auf die Erfahrungen Eures Baumeisters vertrauen«, dämmte Crispin die Bedenken Dusemers ein.

Dieser lächelte zufrieden, verabschiedete sich mit einem Nicken von dem Baumeister Fellenstein und führte Crispin sodann in eine staubige, aber einigermaßen ruhige Ecke der

Baustelle, wo sie ungestört miteinander reden konnten. Das Gesicht Dusemers wurde nun, da er nicht mehr von dem Fortschreiten seiner Baupläne schwärmen konnte, sehr viel ernster, ja besorgt. Crispin ahnte nichts Gutes.

»Ihr habt sicherlich davon gehört, dass Graf von Topfen recht übereilt die Marienburg samt der Asche seines Sohnes verlassen hat«, sagte der Hochmeister.

»Ja, ich hörte davon«, bestätigte Crispin und blickte den anderen erwartungsvoll an.

»Ihr kennt den Grund für diesen fluchtartigen Aufbruch?«, die Stimme Dusemers klang nun streng, fast wie in einem Verhör.

»Mir sind lediglich Gerüchte zu Ohren gekommen«, gab Crispin zurück.

»Wir wollen nicht lange um den heißen Brei herumreden, Bruder Crispin. Von Topfen ist abgereist, weil ihn die Nachricht über die Gefangennahme unseres vermeintlich an der Pest verstorbenen Bruders Konrad erreicht hat. Man ist seiner an der Grenze zwischen Schlesien und Mähren in einem Wirtshaus habhaft geworden. Angeblich habe er sich nicht widersetzt, als die Männer von Topfens ihn in Fesseln legten und mit sich nahmen.«

Crispin wurde heiß und kalt zugleich. Er wusste nicht, ob er nun kreidebleich oder purpurrot anlief. Sorge und Scham erdrückten ihn gleichzeitig. Es stimmte also doch. Konrad war aufgespürt worden und er selbst somit als Lügner enttarnt.

Dusemer musterte sein schweigendes Gegenüber eine Weile scharf, ohne dabei eine Miene zu verziehen. Dann meinte er:

»Um ehrlich zu sein, ist es für mich eine Erleichterung, diesen griesgrämigen, rachsüchtigen Grafen nicht weiter als ständigen Gast in unseren Mauern beherbergen zu müssen. Aber dennoch wünsche ich über die Hintergründe des Vorfalls aufgeklärt zu werden. Die Wahrheit, Bruder Crispin, nennt mir die Wahrheit. Umgehend!«

»Die Wahrheit«, antwortete Crispin matt. »Die Wahrheit ist, dass Konrad die Pest überlebte. Er ist nicht an ihr gestorben, so wie der Kumpan Friedrich von Steinberg und der Sariantbruder Bertold Rodenbach. Ich riet ihm, nachdem ich von dem schrecklichen Tod des jungen von Topfen erfahren hatte, zur Flucht. Es ist allein meine Schuld, dass er sich nicht sogleich gestellt hat, so wie er selbst es beabsichtigte. Und zudem habe ich die Sünde der Lüge auf mich genommen und erzählt, er sei der Pest erlegen. Ich habe selbst Euch belogen, verehrter Hochmeister.«

Crispin ging mit diesen Worten reumütig vor Dusemer auf die Knie und blickte zu Boden.

»So ahnte ich es längst«, sagte dieser leise, nun in einem sehr viel milderen Tonfall. »Wir haben dem angeblich Verstorbenen alle ritterlichen Ehren erwiesen, mehrere Messen für ihn gelesen und seiner in Trauer gedacht. Für uns, Bruder Crispin, für den Orden der Brüder vom Deutschen Haus Sankt Mariens in Jerusalem, ist Konrad von Tiefenbrunn tot. Ich weiß nicht, wer der Herumtreiber ist, den von Topfens Mannen in Mähren aufgegriffen haben, und ich will es auch gar nicht wissen. Sollen sie ihn in ihrer Obhut behalten und mit ihm nach eigenem Gutdünken verfahren.«

Crispin, bis dahin schuldbewusst und demütig, blickte nach diesen Worten erstaunt, ja entsetzt zu Dusemer hoch. Ohne vom Hochmeister die Erlaubnis dazu erhalten zu haben, richtete er sich dann auf. Den Zorn, der sich in seinem Gesicht zeigte, konnte er nicht verbergen.

»Der gute Ruf unseres Ordens erlaubt es nicht, dass einer unserer gestandensten Ritter von einem Grafen aus liederlichem Geschlecht verschleppt und hingerichtet wird wie ein

Strauchdieb«, stieß er hinter zusammengebissenen Zähnen hervor.

Dusemer war nach dieser unerwarteten und heftigen Reaktion des sonst so bedächtigen Franzosen so überrascht, dass er nichts sagen konnte. Stattdessen starrte er den wütenden Crispin schweigend an, doch dessen Züge zeigten keine Zeichen von Reue. Er schämte sich seiner Kritik an der Amtsführung des Hochmeisters offenbar nicht. Und das gefiel Dusemer. Denn ein treuer Mann wie dieser Crispin de Montbard, ein wahrer Freund, war die einzige Möglichkeit, die blieb, um den Fall Konrad von Tiefenbrunn zu lösen, ohne einen diplomatischen Ernstfall oder gar eine kriegerische Auseinandersetzung zu provozieren.

»Graf von Topfen ist ein Niemand«, sagte Dusemer ruhig, ganz so, als habe er Crispins Worte einfach vergessen und den Mangel an Ehrfurcht gar nicht wahrgenommen. »Ich mag ihn nicht, mochte ihn noch nie. Seine Familie ist gewiss nicht liederlich, aber durchaus im Verfall begriffen, da habt Ihr recht, Crispin. Seine Grafschaft ist klein und unergiebig. Fragt nicht, wo dieser Flecken liegt, ich weiß es selber nicht. Winzig soll er sein, aber von hohem strategischem Wert, und darum buhlen die drei mächtigsten Geschlechter unseres Reiches, die Luxemburger, die Wittelsbacher und die Habsburger, gleichzeitig um die Gunst dieses Mannes. Und das macht ihn gefährlich.

Er ist schlau und geschickt. Wie eine Schlange hat er sich beispielsweise in der pikanten Tiroler Angelegenheit von einer Partei zur nächsten gewunden. Sicherlich ist Euch von diesem Erbschafts- und Ehestreit zu Ohren gekommen, Bruder Crispin. Eine äußerst heikle Sache war das. Und von Topfen war dabei. Im einen Moment sah man ihn in der Nähe der Herzogin Margarete, der Frau, die von ihrem ehemaligen Gatten als ›Maultasch‹ bezeichnet wird. Im nächsten war er wieder bei ebendiesem, dem Luxemburger Johann Heinrich, Bruder König Karls, zu finden. Und auch die Wittelsbacher zählten und zählen ihn noch immer zu ihren Vertrauten. Einige von den kleineren Adeligen verloren damals ihren Kopf, vor allem die, welche sich auf die Seite der hässlichen Herzogin geschlagen hatten, als sie es wagte, ihren königlichen Gatten zu vertreiben.

Nicht so von Topfen. Zu gerissen, zu wendig, zu geschmeidig ist er. Knüpft überall geschickte Bande, die ihn schützen. Wie auch immer er es anstellt, aber er hat sie allesamt, ohne dass sie selbst es wissen, in der Hand: die Mächtigen dieses Reiches. Und darum, guter Crispin, sollten wir uns diesen Mann nicht zum Feinde machen. Unser Orden ist stark, so scheint es, aber dennoch sind wir nicht unverwundbar. Und je reicher wir werden, desto größer ist die Gefahr, den Unmut der Mächtigen zu erregen. Wem sage ich das? Ihr selbst habt als Kind in Frankreich den Untergang der Templerbrüder erleben müssen. Wir können es uns nicht leisten, wegen des Jähzorns eines unserer Brüder einen großen Konflikt heraufzubeschwören. Ich habe Bruder Konrad mit Bedacht auf die Visitationsreise entlassen, in der Hoffnung, dass die Zeit alles zum Guten wendet. Doch das ist nicht geschehen. Im Gegenteil, die Umstände sind schlimmer geworden. Der junge Graf ist tot und die Rachsucht seines Vaters so groß, dass er nicht einmal an den Pesttod seines Feindes hatte glauben wollen. Nun hat er ihn gefunden, und wir tun gut daran, Crispin, uns nicht weiter um diese Angelegenheit zu kümmern. Schweigen wir sie einfach tot.«

Crispin, bislang ungehalten und wütend, hatte sich im Verlauf des langen Monologs seines Hochmeisters ein wenig beruhigt. Und auch wenn die Rede Heinrich von Dusemers erneut mit einem wenig ritterlichen, ja feigen Vorschlag endete, so konnte Crispin dennoch in den Augen Dusemers erkennen, dass dies nur die offizielle Version seines Planes war.

»Das Ordenskapitel wird also nicht weiter über diesen Fall beraten?«, sagte Crispin.

»So ist es. Das Kapitel einzuberufen und dann im Kapitel zu beratschlagen, würde viel Zeit in Anspruch nehmen. Zu viel Zeit«, bestätigte Dusemer, noch immer mit diesem auffordernden Blick, der Crispin unermüdlich fixierte.

»Wie aber, verehrter Hochmeister, soll dann über meine Buße entschieden werden?«

»Die Strafe für eine solche Sünde wie die, die Ihr begangen habt, dürfte der Ausschluss aus dem Orden sein, Bruder Crispin. Es grenzt an Verrat, den Hochmeister und sämtliche Mitbrüder in einer derart wichtigen Angelegenheit absichtlich hinters Licht zu führen. Ich schlage Euch vor«, und nun trat Dusemer ein wenig näher an Crispin heran, um flüstern zu können: »Legt Euer Habit ab und begebt Euch auf eine eilige Pilgerreise in den Südwesten des Reiches. Ein Freund braucht Euch. Wagt es jedoch nicht, jemals wieder einen Fuß hinter diese Mauern zu setzen.«

Crispin schluckte.

Was sollte er von diesem Vorschlag halten? Dusemer hatte ihn soeben aus dem Orden verstoßen. Es war unrechtmäßig, und Crispin hätte das Recht gehabt, dagegen zu protestieren.

Doch das würde er nicht tun.

Er würde den Vorschlag des Hochmeisters annehmen. Alt wurde er langsam und hätte es verdient, seinen Lebensabend in der Marienburg mit all den dort gebotenen Annehmlichkeiten zu verbringen. Doch Gott wollte es anders. Er forderte den betagten Krieger Crispin de Montbard zu einem weiteren, letzten Abenteuer heraus. Und diesem Willen wollte und konnte er sich nicht entziehen.

Crispin verneigte sich tief, und als er wieder aufblickte, sah er in Dusemers lächelndes Gesicht.

»Passt auf Euch auf, und rettet ihm den Kopf. Ich lasse zwei solch kampferprobte, mutige und, trotz aller Schwächen, ehrenhafte Ritter nur ungern ziehen. Doch es muss wohl sein. Gott sei mit Euch.«

Damit reichte er Crispin einen schweren Beutel voller Münzen. Dusemer hatte diese Lösung offenbar geplant und darauf gehofft, dass Crispin sich als geeignet erwies, sie anzunehmen.

Widerwillig griff dieser nach dem Beutel und küsste daraufhin den Ring des Hochmeisters.

»Ich danke Euch«, sagte Crispin und zog sich dann langsam zurück.

XXXVII

Der Winter verstrich langsam und ereignislos. Die große Pest schien verklungen zu sein, und so war es den Menschen Europas möglich aufzuatmen und sich von dem erlebten Schrecken zu erholen. Nie zuvor hatte man die kalte, ungemütliche Jahreszeit, die dem Gifthauch offenbar entgegenwirkte, so sehnsüchtig in Empfang genommen. Italien, Frankreich, Spanien, England, Byzanz und andere südlich gelegene Länder waren im letzten Jahr vom Tod überschattet gewesen, ganze Städte entvölkert, ganze Geschlechter für immer ausgelöscht worden. Den Norden und Osten des Kontinents hatte die Pest verschont, nur hier und da war sie vereinzelt aufgetaucht, ohne jedoch in dem alles verschlingenden Maße zu grassieren, wie es Orte wie Genua, Florenz, Paris, Konstantinopel oder London hatten erdulden müssen. Die Kunde von ihr jedoch hatte sich europaweit verbreitet und größte Sorge und auch Panik in den Gebieten ausgelöst, in denen das Sterben noch nicht angekommen war. Man hatte es erwartet, versucht, dagegen anzubeten, den Himmel angefleht, ihn verzweifelt nach guten oder schlechten Zeichen abgesucht, genauso wie man den eigenen Körper stets nach dem eindeutigen Zeichen dieser Geißel Gottes absuchte: dem schwarzen Mal, welches sich meist an Hals, Lenden oder in den Achselbeugen zeigte. Aber es kam nicht. Der Herr hatte das Übel von großen Teilen des europäischen Kontinents abgewendet. So hoffte man.

Doch als der Winter von 1348 auf 1349 ein Ende nahm, da mussten auch die Menschen der noch unbefleckten Gebiete einsehen, dass diese Hoffnung vergeblich gewesen war: Das Sterben begann aufs Neue. Es hatte nur geruht, um mit der wärmenden Frühlingssonne wieder zu erwachen. Im März 1349 traf es in Wien ein und wütete verheerend, um danach seinen Siegeszug über das gesamte römisch-deutsche Kaiserreich anzutreten.

Auch Konrad von Tiefenbrunn hatte den gesamten Winter in Ruhe verbracht. In einer entsetzlichen, zermürbenden, stockfinsteren Ruhe.

Im Herbst des Jahres 1348 hatte er zusammen mit seinen Häschern die Burg des Grafen von Topfen im Schwäbischen erreicht, um von da an als der Gefangene seines rachedurstigen Feindes in dessen Kerker zu warten. Und Konrad wartete. Er wartete zunächst Stunden, dann Tage und Nächte, Wochen und schließlich Monate, doch nichts geschah. Gar nichts.

Nicht einmal der Folterknecht erschien, um ihn in die nahegelegene Kammer zu führen, wo Konrad beim Betreten seines Verlieses das eine oder andere durchaus bekannte peinliche Instrument hatte stehen sehen. Nein, von Topfen folterte seinen Gefangenen nicht. Er verhörte ihn auch nicht. Er ließ ihn einfach nur in Ketten gelegt im Dunkeln sitzen. Dabei weilte der Graf durchaus auf seiner Burg, das wusste Konrad, denn von Topfen besuchte ihn zuweilen. Etwa eine Woche nach Konrads Ankunft – so genau vermochte er es selbst nicht zu sagen, da er Tag und Nacht in der Finsternis nicht unterscheiden konnte –, etwa eine Woche also nach Konrads Ankunft war von Topfen zum ersten Male erschienen. Konrad kannte ihn, er war mit ihm kurz nach dem Verschwinden seines Sohnes auf der Marienburg zusammengestoßen. Von Topfen war damals außer sich gewesen, hatte Konrad als »Mordbube« und »Heidenfreund« beschimpft, ihm mit dem Tod gedroht. Konrad hatte den schmächtigen Mann nicht ernst genommen, er hatte sogar Mitleid mit ihm gehabt, denn er verstand die Wut des Vaters über den Verlust seines einzigen Sohnes durchaus.

Doch jetzt, bei den Besuchen, die der Graf seinem Gefangenen abstattete, wirkte von Topfen alles andere als wütend und aufgebracht. Vielmehr machte er einen äußerst zufriedenen Eindruck, wenn er sich, in einen Pelz gehüllt, schweigend vor dem frierenden, hungernden und stinkenden Ritter auf einen gepolsterten Armstuhl setzte und dabei an einer saftigen Keule nagte, um sich danach die Kehle mit Wein zu benetzen und die fettigen Finger in einer Schale voll Rosenwasser zu baden. Dieses Zeremoniell wiederholte sich seither fast täglich, und nie sprach von Topfen ein Wort. Vielmehr labte er sich an der zusehends verfallenden Erscheinung des verhassten Mörders seines Sohnes, der ganz und gar nicht mehr dem starken Muskelprotz glich, als welchen man Konrad von Tiefenbrunn gemeinhin in Erinnerung hatte. Immer dürrer und dürrer wurde er, immer fahler, aschfahl. Von Tag zu Tag schwand er mehr dahin, bis er irgendwann, so hoffte von Topfen, nur mehr aus Staub bestehen würde. Ganz so, wie es seinem geliebten Sohn Roderich widerfahren war, von dem der Vater durch den Hochmeister Dusemer nichts weiter als ein Häufchen Asche überreicht bekommen hatte. Asche, die – da machte von Topfen sich nichts vor – sehr wahrscheinlich nicht einmal von Roderich stammte. Eine Geste war es, ein Symbol des Trostes, welches Dusemer dem trauernden von Topfen in einer reich verzierten Urne überlassen hatte, denn in Wahrheit waren die Überreste des verbrannten Sohnes von den wilden Heiden gewiss in alle Himmelsrichtungen verstreut worden.

Und so sollte es auch mit diesem Ritter geschehen, der dafür gesorgt hatte, dass Roderich wehrlos in die Hände der Litauer gefallen war. Auch seine Überreste würden verteilt und an die Krähen verfüttert werden, doch zuvor wollte von Topfen sich noch eine Weile an dem Verfall ergötzen, dem dieser verabscheute Mensch hier in seinem Kerker ausgesetzt war.

Konrad hatte einige Male versucht, das Wort an den Grafen zu richten, wenn dieser sich seinen Stuhl hatte bringen lassen, um das übliche Ritual vor den Augen des in Ketten Liegenden zu vollziehen. Doch sobald Konrad einen Laut von sich gab, war sogleich der bullige Wärter zur Stelle, um ihm mit einem dünnen Stock ins Gesicht zu schlagen. Von Topfen war offenbar nicht nach Reden zumute.

Und auch der Wärter sprach kein Wort mit Konrad. Selbst dann nicht, wenn sie beide allein in diesem Kellerverlies waren und der Bulle mit der außergewöhnlich stark gewölbten Stirn dem Gefangenen seine spärliche Essensration brachte. Er antwortete auf keine der Fragen Konrads, nickte nicht, schüttelte nicht den Kopf, sodass Konrad nach einigen Tagen aufgab.

Die Zeit, sie wollte nicht verstreichen. Allein durch die zunehmende Kälte nahm Konrad wahr, dass der Winter Einzug gehalten hatte, denn Licht drang keines in seinen Kerker. Es war immer wieder eine Erlösung und nahezu schon willkommene Abwechslung, wenn von Topfen durch Fackelschein seinen provokativen Besuch ankündigte. Und auch das schimmelige Brot und das faulige Wasser, welches der Wärter dem Verhungernden hin und wieder brachte, stellte nahezu ein Freudenfest für Konrad dar.

Ansonsten herrschte Stille, absolute Düsternis und Stille. Allein das Rascheln der Ratten und Mäuse in dem seit Jahrzehnten nicht gewechselten und vom Unrat vorheriger Kerkerinsassen verunreinigten Stroh war zu hören. Nicht einmal die Geräusche aus der über ihm trutzenden Burg drangen in dieses Verlies, welches so tief in den Berg gegraben war, dass Konrad glaubte, der Weg zur Hölle dürfte gewiss nicht mehr weit sein.

Der Hunger und auch die Kälte brachten mitunter jedoch schöne Momente mit sich. Sie lähmten den Körper und versetzten ihn in einen Zustand, der dem Tod sehr nahekam und Konrad in wunderbare Traumgefilde entführte.

Dann war er wieder bei ihr. Bei der Frau, nach deren Nähe er sich so sehr zurücksehnte. Er baute für sie und ihren gemeinsamen Sohn eine Hütte inmitten eines blühenden, duftenden Frühlingswaldes, geschützt vor allen Unbilden des Lebens. Die Vögel zwitscherten, die Sonne lachte, und Konrad war frei. Befreit nicht nur aus diesem Kerker, sondern befreit auch von der Bürde seines Ordens.

Doch das waren nur Träume.

Erwachte Konrad, dann musste er daran denken, wie es ihr jetzt wohl tatsächlich erging.

Gewiss hasste sie ihn. Sie hielt ihn für einen Lump, einen Taugenichts und Feigling, der vor einer schwangeren Frau Reißaus genommen hatte. Und nichts anderes war er. Vielleicht, so gestand er sich in der langen Zeit, die er zum Nachdenken hatte, ein, vielleicht hätte er tatsächlich Reißaus genommen, wenn die Mannen des Grafen nicht erschienen wären, um ihn zu holen. Ja, vielleicht hätte er Marie eines Tages grundlos verlassen. Er traute es sich selber zu. Doch jetzt, da er hier saß, angekettet, fest verankert in der nasskalten Mauer eines stinkenden Verlieses, jetzt wünschte er sich nichts sehnlicher als die Nähe ebendieser Frau. *Mir sind die Ketten des Feindes lieber als die eines Weibes,* so hatte er in früheren Zeiten stets vollmundig getönt und war sich dabei sehr tapfer und stark vorgekommen. Doch es war nichts weiter als Angst gewesen, Angst vor dem Eingeständnis der eigenen Schwäche. Aber war es denn tatsächlich eine Schwäche, ein Weib zu lieben und das Bedürfnis zu empfinden, bei ihr zu sein?

Zu spät.

Es war zu spät, um sich darüber den Kopf zu zerbrechen. Konrad würde Marie und ihr gemeinsames Kind nie wiedersehen. Von Topfen hatte vor, ihn in diesem Loch elendig verrecken zu lassen, und das würde ihm in den nächsten Tagen gelingen.

Immer geringer wurden die Rationen, mit denen der Gefangene versorgt wurde, und auch die Besuche des Grafen nahmen ab. Konrad konnte es nicht genau sagen, aber er hatte das Gefühl, dass der Graf nun seit wenigstens fünf Tagen nicht mehr bei ihm gewesen war. Und auch der Wärter ließ sich nicht blicken. Kein Fackelschein, kein verrottendes, stinkendes Wasser. Das Todesurteil war demnach gesprochen, und es lautete Tod durch Verhungern. Denn Durst litt Konrad nicht, die feuchten Wände des Verlieses spendeten genügend Feuchtigkeit, die sich leicht mit der Zunge ablecken ließ. Eklig schmeckte es, aber bei Weitem nicht so eklig wie das rohe Fleisch der Ratte, die Konrad in seiner Not an diesem Tage gegessen hatte. Er hatte ihren leblosen Körper zwischen seinen nackten Zehen gespürt und es nach Stunden mühseliger Verrenkungen geschafft, den Kadaver mit Hilfe seiner angeketteten Füße bis auf seine Brust zu befördern, von wo aus er ihn angewidert, aber hungrig mit den Zähnen zerlegte.

Ja, die Ratte war tot. Tot wie all die anderen Ratten in diesem Verlies. Doch Konrad sah ihre Kadaver nicht, es war zu dunkel und er war zu schwach und zu unwissend, um zu ahnen, was dieses Rattensterben zu bedeuten hatte.

Einigermaßen gesättigt von dem rohen Fleisch und ermüdet von der Mühe, die es ihn gekostet hatte, an diese ekelhafte Speise zu gelangen, verfiel Konrad erneut in einen langen Schlaf, von dem er sich wünschte, er würde ihn nie wieder loslassen. Doch das tat er.

Schritte.

Konrad erwachte davon. Er hörte eindeutig Schritte.

Von Topfen. Er kam endlich wieder. Oder war es der Wächter?

Wie auch immer. Ganz gleich, wer es war, und sollte es der Henker sein, Konrad freute sich, nach so langer Zeit ein Lebenszeichen wahrzunehmen.

Ein schwacher Lichtschein erfüllte nun den Kerkerraum, der durch eine schmale Gittertüre vom nahen Gang getrennt wurde. Erwartungsvoll blickte Konrad dem Licht entgegen. Die Schritte kamen näher, jedoch nur langsam. Ein leises Fluchen war zu vernehmen.

Der Wärter?

»Mausetot«, konnte Konrad nun verstehen. Und nach diesem Wort hörte er einen dumpfen Laut, ganz so, als habe jemand gegen etwas Großes, Schweres getreten, einen Mehlsack etwa, oder aber einen leblosen Körper.

»Was für ein elendes Höllenloch«, vernahm er jetzt.

»Was?«, krächzte Konrad heiser, kaum vernehmlich, fast stumm. »Was?«, wiederholte er im gleichen Ton. Er richtete diese Frage an sich selbst, denn er konnte es nicht fassen.

Nein, es war nicht wahr.

Ein Traumgespinst.

Viel zu schön, um wahr zu sein.

Und dann quälte ihn dieser Traum auch noch weiter. Er ließ noch mehr Freude und Hoffnung in ihm aufkeimen, denn die wohlbekannte Stimme, die das Licht gebracht hatte, rief auf einmal seinen Namen:

»Konrad! Konrad! Bist du hier irgendwo?«

»Crispin!«, krächzte Konrad. Doch seine Stimme war zu

ungeübt, zu eingerostet, um sich vernehmlich bemerkbar machen zu können.

Stattdessen begann Konrad verzweifelt mit seinen Ketten zu rasseln. Er bewegte sich wie ein Irrer, sein Gesicht verzog sich dabei zu einer lachenden Grimasse, und immer wieder stieß er heiser den Namen seines Freundes aus.

Das Licht kam näher.

Eine Gestalt erschien vor dem Gitter.

Eine Fackel wurde durch die Eisenstäbe in den ausgeschachteten, winzigen Raum gehalten und beleuchtete Konrad sowie die zahlreichen toten Mäuse und Ratten, die dort auf dem Boden lagen.

»Konrad? Bist du es?«, fragte die Stimme erstaunt.

Es war in der Tat sein alter Freund Crispin. Ohne Ordenshabit, aber noch immer mit dem gleichen strengen, aber gütigen Gesicht, der gut rasierten Oberlippe und dem spitzen, nach vorne stehenden Kinnbart. Es war Crispin. Doch während Konrad den Freund sofort erkannte, musterte dieser den Gefangenen noch eine ganze Weile in stillem Entsetzen, bevor er schließlich sagte:

»Du siehst grässlich aus, Konrad von Tiefenbrunn, aber du lebst. Hab ich dich gefunden!«

Mit diesem einem Jubel gleichenden Ausruf verschwand Crispin kurz wieder im Gang. Konrad hörte erneut diesen dumpfen Tritt gegen etwas Lebloses, dann ein Klirren, das nur von einem Schlüsselbund herrühren konnte, und schon war Crispin wieder da und öffnete das Verlies.

»Du zäher Bursche, du!«, lachte er und wollte Konrad gerade fest umarmen, schreckte aber vor dessen abgemagertem, schwachem Körper und dem mit Rattenblut verschmierten Gesicht zurück. Vorerst. Dann griff er den Freund doch bei den knochigen Schultern und drückte ihn lange an sich.

»Die Pest. Sie ist hier auf Burg Topfen. Alle sind sie tot oder geflohen. Von Topfen selbst liegt, bereits von Maden zerfressen, in seinem Bett. Überall finden sich Leichen von Menschen und Tieren. Deinen Wächter hat es gleich hier vor deinem Verlies erwischt. Nur du, du alter Lump, sitzt noch atmend in deiner gemütlichen Wohnstube und erfreust dich des Lebens. Gütiger Gott, wie froh bin ich, dich endlich gefunden zu haben! Allerorten wütet es in dieser Gegend. Die Überlebenden werden zu Rasenden. Der Tod geht um, Konrad. Aber er hat auch etwas Gutes. So schlimm diese Seuche ist, sie hat es mir erleichtert, dich hier ohne Weiteres herauszuholen. Während du offenbar vor diesem Übel gefeit bist, sind deine Feinde dahin. Allesamt.«

»Ich glaube es nicht«, flüsterte Konrad heiser. Tränen traten ihm in die Augen. »Ich glaube es nicht. Du bist wirklich da? Ich bin frei?«

»Wir beide sind nun frei. Vogelfrei sogar«, lachte Crispin und begann mit der mühseligen Arbeit, Konrad von seinen Ketten zu befreien.

XXXVIII

»Da! Da ist es! Da ist es!«

Regino führte inmitten des wuchernden Unterholzes, welches selbst für eine Kröte kaum Platz zum Vorwärtskommen bot, einen Veitstanz auf. Er hüpfte in die Höhe, schleuderte die Arme durch die Luft, riss dabei Blätter und ganze Zweige von den Bäumen und jubelte wie ein Kind, das beim Versteckdichspiel gewonnen hatte.

»Sei still. Du machst ja noch alle Leute auf uns aufmerksam«, ermahnte Ulrich ihn in gewohnt griesgrämiger Manier. Er war der Nächste, der sich zu der verheißungsvollen Stelle durchgekämpft hatte. In den Wochen nach der Rückkehr zu dem Rest ihrer Gruppe hatte er zu seiner alten Drahtigkeit zurückgefunden. Noch immer sehr mager, erwies er sich dennoch als äußerst robust und widerstandsfähig, hielt leicht mit den jüngeren Leuten Schritt und mauserte sich auch bald zum eigentlichen Anführer des ganzen Unternehmens, was unter anderem auch daran lag, dass Ulrich sich als Einziger von den nunmehr fünf Reisenden nicht von den Schauermärchen beeindrucken ließ, welche in der Gegend, in der sie ihre Goldhöhle zu finden trachteten, erzählt wurden.

Eine ganze Weile hielten sie sich nun schon inmitten des Altvatergebirges auf. Selbst hier im Zentrum dieser Gegend, die noch waldreicher und schroffer war, fanden sich durchaus Siedlungen. Auch sie waren zumeist von Grubenarbeitern und

Holzfällern bewohnt, denn neben Gold, Salz, Blei, Eisen und ebendiesem grenzenlosen Wald gab es kaum Äcker und Wiesen. Und das Gebiet erweckte auch ganz und gar nicht den Eindruck, in dieser Form urbar gemacht werden zu wollen. Wild war es, düster, unheimlich und dennoch so anziehend – ganz so wie die Weißen Frauen, von denen man sich erzählte und die seit dem letzten Winter in der Gegend um das Dörfchen Hotzenplotz ihr Unwesen trieben.

In eben diesem Örtchen Hotzenplotz hatten die fünf gerastet, als ein altes Männlein, ursprünglich ein Siedler aus dem Schwäbischen, der schon als junger Knabe hierhergekommen und des Deutschen noch mächtig war, als ebendieser freundliche Greis ihnen von den Geistern erzählte:

»Reisende, ich rate euch, bleibt immer auf den Pfaden. Verlasset niemals die Wege. Die Heulerinnen sind unterwegs.«

So hatte der Alte begonnen und damit in Marie und Johann sogleich einen ordentlichen Schauder ausgelöst. Auch Reginos Neugierde war geweckt, von Maja ganz zu schweigen, deren Blick zwischen Faszination und Schrecken wechselte. Bloß Ulrich hatte die folgenden Worte stets mit ungläubigem Kopfschütteln quittiert und still immerzu »Unfug« vor sich hin gemurmelt. Doch den greisen Schwaben schien das nicht zu beirren. Er, wie sämtliche Bewohner der Gegend, war nämlich von der Wahrheit dieser Erzählung überzeugt, denn mehr als einer hatte sie nicht nur gehört, die Heulerinnen, nein, zahlreichen Menschen waren sie auch schon leibhaftig im tiefen Wald begegnet. Und so erzählte er seiner gespannten Zuhörerschaft, die sich in seiner bescheidenen, aber massiven Holzhütte um ein kleines, knisterndes Feuer versammelt hatte, von ebendiesen seltsamen Spukgestalten:

»Weiß sind sie. Kreidebleich. Dem Grab entstiegen, in welches sie viel zu jung gelegt worden waren. Niemand kennt sie, niemand hat sie je zuvor gesehen. Wie wandelnde Lichter schreiten sie in den Wäldern des Altvater umher. Seit Anbeginn des Winters, seitdem die Tage kürzer und die Nächte länger werden, werden sie immer wieder gesehen. Meist jedoch hört man nur die Klagelaute der Winselmütter. So nennen die Menschen diese Weiber. Denn so jung und rein sie auch erscheinen, so schrecklich und markerschütternd sind ihre Schreie. Wem sie auf seinem Weg durch den Wald begegnen, dem droht der baldige Tod. Einigen ist es bereits so ergangen. Jüngst erst einem Jäger, der nur wenige Tage, nachdem er die Weißen Frauen gesehen hatte, von einem wilden Keiler getötet wurde. Wenn sie nur im Walde bleiben würden, so könnte man sie meiden. Längst umgehen die Menschen das Gebiet um die Dachsschlucht in einem großen Bogen. Auch jetzt, nach der Schneeschmelze, wagen sich nicht einmal die tapfersten Holzfäller dorthin, um das Bruchholz zu räumen. Denn dort wurden sie am häufigsten gesehen.«

»Dachsschlucht?«

Diese Frage kam wie aus einem Munde sowohl von Maja als auch von Marie. Die beiden Frauen schauten sich an, und auch Ulrich hielt kurzzeitig in seinem zweifelnden Kopfschütteln inne. Marie griff unwillkürlich nach der Karte, die sie in einem um die Hüften geschnürten Beutelchen verstaut hatte. Sie holte sie jedoch nicht hervor. Sie alle hatten sich nämlich hoch und heilig versprochen, niemandem etwas von dem endgültigen Ziel ihrer Reise im Altvater zu verraten, was die Suche natürlich umso schwieriger machte. Denn die dem üblen Fips entwendete Karte allein nützte mangels ihrer notwendigen Ortskenntnis in dieser spärlich erschlossenen Gegend nur wenig. Dennoch: Sie hatten beschlossen, es allein zu schaffen, ohne die Aufmerksamkeit der hiesigen Bewohner auf sich zu ziehen. Immerhin musste ihr Unterfangen nun einmal heimlich bleiben.

»Ja, in der Dachsschlucht«, fuhr der Alte unbekümmert fort. Er hatte nichts von der Aufregung mitbekommen, die dieser Name bei seinen Zuhörern auslöste. »Das ist tief, tief im Walde, in einer tiefen Spalte des Kleinen Großvaters, eines der höchsten der Berge hier. Dorthin wagt sich selbst in friedlichen Zeiten kaum jemand. Schon die slawischen Heiden erzählten sich entsetzliche Geschichten über diesen Ort, aber seitdem es heißt, dass die Winselmütter dort hausen, kommt niemand mehr auch nur in die Nähe dieser Stelle.«

»Und das ist auch gut so«, hatte Ulrich auf einmal zu sprechen begonnen. »Wir selbst hatten es mit einer solchen weißen Frauengestalt in unserem Dorfe zu tun.«

Johann schaute den Bauern Filzhut ungläubig an. Was sprach Ulrich da? Noch nie hatte er von einem weiblichen Geist in ihrer westfälischen Heimat unter der Oldenburg gehört.

Ulrich schien die Verwirrung des Burschen zu bemerken und schenkte diesem einen eindeutigen Blick, der besagte, er solle bloß die Klappe halten. Johann gehorchte. Was auch immer dieser sture Hund im Schilde führte, eines hatte Ulrich längst unter Beweis gestellt: Er war nicht nur ein sturer, er war auch ein äußerst gerissener Hund.

»Diese Gestalten«, berichtete Ulrich weiter, an seinen Gastgeber gewandt, der ihm gespannt zuhörte, »sind sehr gefährlich. Ich kann mich gut erinnern, wie erschrocken meine Großmutter an einem Winterabend aus dem Spinnhaus in die Stube gelaufen kam. Die Winselmutter war erschienen und hatte durch das Fenster des kleinen Grubenhäuschens geblickt, in dem sich die Weiber zum Spinnen getroffen hatten. Entsetzlich geheult hat sie dabei und war dann verschwunden. In den nächsten drei Tagen starben zwei der Frauen eines unerklärlichen Todes, und zwei weitere waren fortan von einer unheilbaren Besessenheit befallen. Das Kreischen des Geistes hatte ihnen den Verstand geraubt. Immer wieder wurde die Weiße Frau im Dorfe gesehen. Ein Säugling, vier Ziegen und drei Hunde fielen dem Spuk noch zum Opfer. Man begann zu verzweifeln. Doch dann entdeckte ein Schweinehirte, der bis tief in die Nacht auf der Suche nach einer entlaufenen Sau war, durch Zufall die Heimstatt der Weißen Frau. Sie lebte in einem weit im Walde gelegenen, düsteren Moor, über dessen Oberfläche sie, im Mondeslicht strahlend, wandelte. Vor Schreck ergraut, lief der Bursche zurück ins Dorf und berichtete den Leuten. Man beratschlagte lange und kam endlich zu dem Schluss, der Winselmutter fortan Frieden zu schenken, indem man ihre Heimstatt, das Moor, weitläufig mied. Keine Schweinehirten, keine Holzsammler, keine Jäger kamen mehr in die Nähe dieser Stelle, und somit kehrte auch die Winselmutter nie wieder zurück in unser Dorf.«

Als Ulrich endete, waren aller Augen gebannt auf ihn gerichtet. Es gab keinen im Raume, der von einer Gänsehaut verschont geblieben war. Nicht einmal Ulrich selbst. Doch war es bei ihm weniger der Grusel als vielmehr die Zufriedenheit mit seiner eigenen Lügengeschichte, die ihm die Haare geradezu wohlig zu Berge stehen ließ.

»Du meinst, fremder Mann, wir haben den Frieden dieser Geister gestört?«, fragte nun ihr Gastgeber.

»So kann es sein. Wahrscheinlich hausen sie schon seit vielen, vielen Jahren an diesem Ort, den du eben nanntest. Wie war noch gleich der Name?«

»Dachsschlucht.«

»Ja, Dachsschlucht. Dort wird ihre Wohnstatt sein. Jemand muss sie dort aufgescheucht haben, und deshalb irren sie nun durch den Wald und suchen auch eure Siedlungen auf. Geht nie mehr auch nur in die Nähe dieser Schlucht, und der Fluch wird ein Ende haben.«

»Dein Ratschlag erleichtert mich. Ich werde mich bemühen, dass alle Menschen dieser Gegend wissen, dass sie die Dachsschlucht unbedingt meiden sollen. Es ist dort ohnehin nichts zu finden«, sagte der Alte nun, während Ulrich durchaus ein schlechtes Gewissen beschlich, diesen gutmütigen Menschen derart angeflunkert zu haben.

Der Weg hatte ihn zu einem nicht minder großen Lügner wie Regino gemacht, welchen er bis dato so sehr verabscheut hatte. Unglaublich, zu welcher Wandlung ein redlicher Bauer fähig war, wenn er sich gezwungen sah, seine Scholle zu verlassen. Sei's drum, es ging um das Überleben der Gruppe, und er nahm den Leuten ja nichts weg, indem er ihnen etwas vorenthielt, von dem sie gar nicht wussten, dass es existierte. Was er ihnen nahm, war die Angst vor einem Hirngespinst. Und das war doch immerhin eine gute Tat.

Noch immer wurde Ulrich angestarrt. Johann und Regino blickten nach wie vor verwirrt, doch in den Augen der beiden Frauen konnte er durchaus erkennen, dass sie begriffen hatten, was der schlaue Filzhut da im Schilde führte. Er machte sich den Aberglauben der Einheimischen zunutze, um sie möglichst weit von dem Ort fernzuhalten, an dem die Gruppe in Kürze, sobald auch der letzte Schnee geschmolzen war, die Goldhöhle zu finden und zu nutzen gedachte.

Wie schlau dieser einfache Bauer doch war.

Aber dennoch: Die Geschichte, welche der greise Schwabe aus Hotzenplotz erzählt hatte, sie war damit nicht unglaubwürdiger geworden.

Wer sagte denn, dass es diese Winselmütter nicht tatsächlich gab? Die Weiße Frau aus dem Moor bei der Oldenburg – sie war erstunken und erlogen, aber die wandelnden, weiblichen Geister im Altvater konnten durchaus echt sein.

Und so plagte alle, bis auf Ulrich, auch noch lange nach diesem Abend in der Hütte ihres Gastgebers aus Hotzenplotz die Angst vor ebendiesen Geistern. Besonders als sie sich nach der Schneeschmelze aufmachten, um sich immer tiefer und tiefer in den unbewohnten Wald vorzuwagen und damit der besagten Dachsschlucht von Stunde zu Stunde näherrückten.

Nur Regino hatte offenbar seine Furcht vergessen, als er nun, nach tagelangem, endlos langem Marsch durch verwachsenen Urwald ebendiesen Ort erreichte: die besagte Dachsschlucht.

»Das muss sie sein, Ulrich. Ich bin mir sicher. Gib mir die Karte. Bitte.«

Regino streckte die Hand aus, doch Ulrich machte keine Anstalten, die Karte aus der Hand zu geben. Er war nun ebenfalls an der steil abfallenden Kante angekommen, die den Blick tatsächlich tief in eine dunkle, unheimliche Schlucht freigab, gefüllt mit vermoosten Gesteinsbrocken und unzähligen hinabgestürzten Bäumen. Da war kein Höhleneingang zu erkennen, keine gülden leuchtende Pforte, nicht einmal ein Felsenloch. Doch auch Ulrich war sich sicher, dass sie nun ihr Ziel erreicht hatten. Denn die Karte, die er von Konrad erhalten hatte und nun genau studierte, besagte ebendies: Sie waren tatsächlich am Ziel!

»Marie! Wir haben es geschafft.«

Ulrich nahm seine schwangere Frau, die sich nun auch mühsam die letzten Schritte durch das Gehölz kämpfte, liebevoll in Empfang.

»Oh«, sagte Marie, als auch sie hinabblickte. Ähnliche Laute des Erstaunens und der Enttäuschung entfuhren sowohl Maja als auch Johann, die als Letzte eintrafen.

Lange standen sie allesamt an dem Abgrund und blickten stumm hinunter. Ein jeder mit seiner eigenen, ganz persönlichen Vision vor Augen.

Regino hoffte auf Ruhm und Ehre.

Ulrich hoffte auf Ruhe und Zufriedenheit.

Maja auf Sicherheit und Frieden.

Johann indes hoffte noch immer auf die Liebe, aber angesichts dieser Wildnis konnte er sich nicht vorstellen, dass das zarte Burgfräulein Adelheid es jemals bis hierher schaffen würde. Er müsste auf sich selbst vertrauen, genug Gold schürfen, um sich ein schönes Ross, ein gutes Schwert und eine schwere Rüstung kaufen zu können. Erst dann, nach vielen, vielen Jahren, in denen er sich seine Sporen verdient hätte, würde er es wagen, Adelheid zu finden, um sie aus den Fängen ihres ungeliebten Gemahls zu befreien und zu entführen.

Und Marie?

Marie war weit entfernt davon, sich derart romantischen Tagträumen hinzugeben. Sie hatte sie verloren, die Liebe, und sie glaubte nicht einmal in ihren glücklichsten Momenten daran, sie jemals wiederzufinden. Dafür war Ulrich wieder da. Dieser vertraute, treue Freund, dieser redliche Mann, der so viel erduldete, so viel verzieh. Ihr Verhältnis zueinander hatte sich geändert, seitdem er Vitus Fips getötet und Maries ungeborenes Kind somit gerettet hatte. Es war ein innigeres, liebevolleres Verhältnis geworden. Sie spürte, dass Ulrich nicht mehr von ihr erwartete, und das machte das Zusammensein mit ihm leichter, ungezwungener, ja sogar lustiger. Marie fühlte sich nicht mehr wie sein Weib, konnte es nicht, jetzt, wo sie das Kind eines anderen unter dem Herzen trug. Und Ulrich schien dies hinzunehmen. Mitunter hatte Marie sogar den Eindruck, dass es ihm nicht einmal schwerfiel, dass nun auch ihm eine Last genommen war und er es genoss, mit ihr jetzt in reiner, ungezwungener Freundschaft umzugehen. Er hatte ihr sogar von seinem Zusammentreffen mit Konrad erzählt und auch nicht verschwiegen, dass dieser gefesselt gewesen war.

Marie hatte diese Nachricht erschüttert, warf sie doch ein

ganz anderes Licht auf den Fortgang Konrads, der womöglich nicht freiwillig gewesen war. Waren seine Worte doch nicht gelogen? War seine Liebe echt? Wäre er tatsächlich bei ihr geblieben? Es schmerzte, darüber nachzudenken, denn derlei Gedanken waren sinnlos. Marie wusste, weshalb Konrad gesucht wurde, er hatte es ihr noch am Abend seines Verschwindens gesagt. Sie hatten ihn also gefunden, mit sich genommen und …

Sie schüttelte den Kopf, um das Bild zu vertreiben, welches sich ihr immer und immer dann aufzwang, wenn sie an das Schicksal des Vaters ihres Kindes dachte. Wie gern hätte sie nun, da sie die Höhle gefunden hatten, an die goldene Zukunft gedacht, die ihr und ihrem Kind vielleicht vergönnt war. Doch sie konnte nicht. Am liebsten hätte sie laut geschrien. So laut sie konnte, ihre Wut, ihren Schmerz und all die Last ihres bisherigen Lebens in diesen dunklen Abgrund, der vor ihren Füßen klaffte, hineingebrüllt.

Fast hätte sie es getan. Sie hatte den Mund bereits geöffnet. Doch dann erklang ein anderes Schreien.

Es kam von unten. Von dort, wohin sie gleich absteigen wollten. Tief aus den tiefsten Tiefen der Schlucht. Es war entsetzlich und schallte in dutzendfachem Echo von den Wänden des Abgrundes wider.

Marie hielt sich die Ohren zu. Und auch die anderen, selbst Ulrich, erstarrten zu Salzsäulen.

»Die Winselmütter«, sagte Maja schließlich, aus ihrer Starre erwacht, mit entschlossener Stimme und machte sich trotz dieser gruseligen Vermutung sogleich daran, den steilen Abhang hinunterzusteigen. Unglaublich behände und schnell war die kleine, alte Frau unterwegs.

»Maja, was tust du da?«, rief Marie ihr nach. »Komm zurück.«

Doch Maja ließ sich nicht beirren. Schon war nur noch ihr Kopf zwischen all den wuchernden Büschen in der Tiefe zu erkennen. Das Winseln und Jammern hatte indessen nicht nachgelassen. Im Gegenteil, es war sogar schlimmer geworden, und Maja befand sich nun auf dem Weg zur Quelle dieser Unlaute.

»Nun lauft ihr nach! Oder soll ich es etwa machen?« Marie wandte sich verängstigt und verärgert zugleich an Regino und Johann, die keine Anstalten machten, Maja von ihrem selbstmörderischen Vorhaben abzuhalten. Stattdessen rührten sie sich nicht einmal, als auch Marie sich mit ihrem mächtigen Bauch daranmachte, die Schlucht hinunterrutschen zu wollen. Sie war schon ins Schlittern geraten, als Ulrich sie von hinten an den Schultern packte und zurückhielt.

»Ihr törichten Weiber«, schimpfte er. »Eine verrückter als die andere.«

Und dann setzte er sich auf den Hosenboden und rutschte mir nichts, dir nichts den Abhang hinunter. Marie schaffte es nicht einmal mehr, ihm nachzurufen, was ohnehin nichts genützt hätte, da sie das Klagen der Spukgestalten dort unten ohnehin nicht hätte übertönen können.

»Wir bleiben besser, sonst bist du am Ende ganz allein, Himbeere«, stotterte Regino. Johann hingegen war gar nicht in der Lage zu sprechen, er blickte lediglich kreidebleich und mit entgleisten Gesichtszügen in den Abgrund hinunter.

So verging eine ganze Zeit.

Angestrengt versuchte Marie Ausschau nach Ulrich und Maja zu halten, wenigstens ein Rascheln der Bäume und Büsche in der Tiefe wahrzunehmen. Doch die beiden blieben verschwunden.

Waren sie abgestürzt? Oder gar angesichts der Geisterfrauen zu Stein erstarrt?

Da! Da waren sie.

Marie stieß Johann in die Rippen und deutete mit dem Finger auf zwei winzige Punkte am Grunde der Schlucht. Sie bewegten sich gezielt auf eine bestimmte Stelle zu, die jedoch so verborgen hinter Felstrümmern und herabgestürzten Baumstämmen zu liegen schien, dass Marie sie nicht ausmachen konnte.

An das Jammern und Schreien hatten sie sich derweil bereits so sehr gewöhnt, dass es fast einem schmerzhaften Erlebnis gleichkam, als es mit einem Male abrupt aufhörte und stattdessen nur mehr einen dröhnenden Nachhall im Kopfe der drei Wartenden hinterließ.

»Was ist geschehen?«, fragte Regino und wagte sich endlich auch wieder näher an die Schlucht, um mit den anderen beiden hinabzublicken.

Stille.

Nur das Zwitschern der Vögel und das Rauschen der Blätter war zu vernehmen.

Und dann: ein Lachen. Das fröhliche, erleichterte Lachen mehrerer Menschen.

Unheimlich war das. Marie wurde entsetzlich kalt. Was war das nur für ein verwunschener Ort, an den Vitus Fips sie hier gelockt hatte? Sogar nach seinem Tod verstand es dieser Teufel noch, Menschen zu quälen.

Gerade wollte sie wieder all ihren Mut zusammennehmen und nach den beiden mutigen Leuten dort unten rufen, als deren fröhliche Stimmen zu ihnen emporhallten.

Doch Ulrich und Maja riefen nicht nach allen ihren Gefährten. Sie riefen nur einen Namen: »Johann!«

Johann wurde noch bleicher als bleich, er begann zu wanken und wäre beinahe nach vorn in die Tiefe gestürzt. Was wollten die von ihm?

»Ein Wunder, Johann, ein Wunder!«, rief Maja jetzt.

»Na, komm schon, Bursche. Oder willst du den schönsten Tag deines Lebens verpassen, du Glückspilz?«, hörte man nun Ulrich.

»Johann ein Glückspilz?«, Regino klang fast ein wenig beleidigt, beanspruchte er dieses Prädikat doch ganz allein für sich.

Und dann scholl da noch eine dritte Stimme von unten hoch. Sie klang heiser, sehr heiser, aber dennoch vertraut: »Johann, wir sind hier! Anna und Adelheid!«

Johann, bis dahin kreidebleich, verfärbte sich mit einem Male rosig und gesund. Kurz verharrte er noch ungläubig auf der Stelle, doch dann regte er sich. Nie zuvor hatte Marie einen Menschen derartig schnell springen sehen. Vor Entsetzen schrie sie auf, als Johann einen gehörigen Satz nach vorn machte und in langen, meist rutschenden Schritten in Windeseile im Abgrund verschwand.

»Glückspilz«, bestätigte Regino nun doch die Aussage Ulrichs.

»Worauf warten wir?«, stieß Marie ihn strahlend an.

»Ja, worauf warten wir? Lass uns endlich einmal einen Blick hineinwerfen: in unsere Glitzergrube. Komm, mein Goldmariechen.«

Damit nahm er sie an die Hand und führte sie ganz sacht samt ihrem enormen Kugelbauch hinab in den Abgrund, in welchem der Beginn ihres neuen Lebens auf sie wartete.

Regino war umgehend in der »Glitzergrube« verschwunden, als sie den Boden der Schlucht erreicht hatten. Alle anderen jedoch scharten sich glücklich um die beiden »Winselmütter«, die sich in einer kleinen Nebenhöhle der Goldgrube eingerichtet hatten.

»Wie habt ihr nur hierher gefunden?«, fragte Ulrich immer wieder kopfschüttelnd, während Johann sprachlos seine Adelheid in den Armen hielt und Marie das Mädchen Anna an sich drückte. Maja schritt unterdessen das Gelände ab und nickte dabei immerzu anerkennend.

»Ritter Konrad hat uns den Weg genannt«, meinte Adelheid, nun plötzlich traurig werdend. Auch Marie durchfuhr es bei diesen Worten schmerzhaft.

»Wo habt ihr ihn getroffen?«

»Bei der Gräfin Mathilde, auf der Burg Neuenthal, wo Anna von ihrer Krankheit genas. Er wurde dort eines Tages hergebracht und als Gefangener gehalten, wollte mir aber nicht sagen, weshalb. Könnt ihr es euch erklären?«

Adelheid schien wirklich ahnungslos zu sein.

»Was haben sie mit ihm gemacht?«, fragte Marie hektisch, ohne auf die Frage des Mädchens zu antworten.

Adelheid zuckte betreten mit den Schultern. »Ich schlich mich in das Verlies, in dem er saß, und konnte nur kurz mit ihm reden. Er war sehr schroff zu mir und verbot mir zu weinen. Ich könne ihm nicht helfen, solle ihm stattdessen gut zuhören. Dann nannte er mir aus dem Kopf alle Einzelheiten einer Karte, die ich umgehend aufzeichnen sollte, wenn ich wieder zurück in unserer Kemenate sei. Dort, so meinte er, würden wir euch alle wiederfinden. Am folgenden Tag wurde er weiter fortgebracht. Ich weiß nicht, wohin.«

Marie schluckte und musste sich an Ulrich festhalten. Adelheid und auch die Übrigen blickten sie mitfühlend an.

»Keine Sorge, der ist fest«, krächzte es in dem Moment aus dem Hintergrund, wo Maja immer noch den Boden abschritt. Meinte sie damit den wirklich ungewohnt trockenen und harten Untergrund der Schlucht, oder etwa Konrad? Marie schaute sie verwirrt an, woraufhin die Alte ihr gütig zunickte und mit ihrem eigentümlichen Tun fortfuhr.

»Was geschah dann?«, wollte Ulrich wissen, dem nicht wohl

dabei war, wenn man über diesen Ritter sprach, der ihm bei aller Liebe zu Marie verständlicherweise ein Dorn im Auge war.

Nun meldete sich Anna, das scheue Mädchen aus dem Dorf, die bislang auf dem Weg nur wenig in Erscheinung getreten war, zu Wort: »Adelheid wartete auf mich, bis ich wieder gesund war. Sie hätte längst fliehen sollen, denn die Gräfin hatte bereits ihrer Familie Bescheid gegeben. Doch sie wollte nicht ohne mich gehen.«

»Ja, Anna wurde wieder gesund. Sie hatte die Beulen und ist trotzdem genesen«, rief Adelheid nun wieder freudig aus. »Wir machten uns heimlich aus dem Staub, als die Gräfin mit irgendwelchen neuen Gästen beschäftigt war. Die Karte hatte ich mir gemerkt und sie nach der Beschreibung des Herrn Konrad gezeichnet. Aber ohne Anna wäre ich niemals heil hier angekommen.«

Anna lächelte bei diesen Worten etwas verlegen. Und trotz ihrer schiefen Zähne fand Marie, dass ihr dieses Lächeln sehr gut stand. Ja, sie sah sogar recht hübsch aus.

»Und dann hatte sie auch noch die Idee mit den Weißen Frauen«, fuhr Adelheid fort. »Als wir nämlich diese Schlucht endlich gefunden hatten und niemanden von euch in dieser winterlichen Wildnis vorfanden, mussten wir uns etwas einfallen lassen, um die Zeit bis zu eurer Ankunft zu überbrücken. Der Ritter Konrad hatte mir verboten, mit jemandem über diese Goldgrube zu reden, also durfte auch niemand wissen, dass wir hier sind. Dennoch brauchten wir Essen, Decken und andere Dinge, um den Winter zu überstehen. Also hatte Anna den Einfall, dass wir spuken gehen.«

»Adelheid nennt es spuken, aber im Grunde sind wir auf Raubzug gegangen. Die Leute waren so verschreckt, dass wir ihnen sogar Hühner aus dem Stall holen konnten, ohne dass uns jemand nachgelaufen kam«, kicherte Anna, und auch die anderen lachten, während Adelheid rot anlief.

»Es ist eine große Sünde, ich weiß«, flüsterte sie schuldbewusst.

»Mundraub ist das, und der wird nicht unbedingt mit dem Strang geahndet«, brachte Regino in diesem Moment seine ihm liebe und oft angewandte Weisheit ein. Er kam soeben aus der großen Höhle, die hinter einem zugewachsenen Eingang verborgen lag. Seinem zufriedenen Gesicht nach zu urteilen, hatte er darin gefunden, was er suchte.

»Nun schwatzt nicht so viel, sondern folgt mir, meine Lieben, ich habe euch etwas zu zeigen«, forderte er nun die anderen wild gestikulierend auf und war gleich darauf wieder zwischen altem Efeu und Ranken im offenbar goldenen Dunkel verschwunden.

XXXIX

Konrad und Crispin zogen ostwärts.

Die menschenleere Burg des Grafen von Topfen hatten sie seit zwei Tagen hinter sich gelassen. Sie waren nicht nur dort, sondern auch in den Orten, die sie nun im Süden des Reiches, in Richtung Regensburg der Donau folgend, durchquerten, immer wieder auf die bereits so schrecklich vertraute Pest gestoßen. Dieser wütende Tod hatte für Konrad und auch für Crispin längst sein Grauen verloren, zu sehr waren sie gewöhnt an seine Gegenwart und zu wenig überrascht, wenn er ihnen in den Bauernhäusern und auf den Pfaden am unteren Laufe der Donau begegnete.

War es nun eine Geißel Gottes, ein Zeichen der Apokalypse, ein böser Streich der Hölle, oder aber – wie immer mehr Menschen gern zu glauben schienen – eine Freveltat brunnenvergiftender Juden? Niemand wusste eine klare Antwort, und die meisten suchten auch nicht mehr danach. Man ergab sich seinem Schicksal und wartete darauf, was es bereithielt. Zahlreiche Menschen legten ihre Arbeit nieder, Felder wurden nicht mehr bestellt, man verbarrikadierte sich in seinen Häusern, oder aber man suchte das Leben, kostete die letzten Stunden auf Erden aus, indem man seine ganze weltliche Habe versoff und verhurte. Flüchtlinge, Pilger und Geißler zogen durch die Lande – überall begegnete man fremden Menschen, und nicht selten brachten sie ebendas mit sich, vor dem sie sich schützen oder aber ihre Mitmenschen warnen wollten. Es war also nicht ungewöhnlich, in diesen Tagen auf den Straßen des Reiches unterwegs zu sein. Und so fielen auch die beiden vogelfreien ehemaligen Ordensritter, die in schlichter grauer Montur, bärtig und zerzaust auf zwei alten Mähren ritten, niemandem auf.

»Du willst wirklich nicht zurück in den Ordensstaat? Dusemer würde dich gewiss wieder aufnehmen. Jetzt, wo von Topfen tot ist«, sagte Konrad, während er gleichzeitig die Beulennarbe an seinem Hals betastete. Dieses Mal, welches ihn als fest und unberührbar durch die grassierende Seuche auswies.

»Du bist tot, und ich bin unehrenhaft entlassen, Konrad. Es gibt keinen Weg zurück«, antwortete Crispin, und seine Stimme klang dabei nicht einmal verbittert, sondern eher erleichtert.

»Na, dann sieh dir das hier mal genau an, mein Freund.« Konrad reichte dem anderen einen Leinenfetzen herüber.

»Eine Karte. Das Ding also hast du gestern Abend so fieberhaft mit dem kostbaren Blut unseres kläglichen Taubenbratens beschmiert.« Crispin nahm den Lumpen an und betrachtete ihn, während sie weiter langsam ihres Weges ritten.

»Aus dem Gedächtnis habe ich sie gemalt. Aber ich denke, es müsste stimmen.«

»Der genaue Ort, an den es dich zieht. Dachsschlucht im Altvater.« Crispin ahnte, um welches Ziel es sich hierbei handelte. Der lustige Barde Regino hatte auf ihrer gemeinsamen Reise immer wieder davon gefaselt.

»So ist es. Begleitet Ihr mich, werter Ritter Crispin Vogelfrei?«, fragte Konrad erwartungsvoll. Er wünschte sich, nach allem, was die beiden Freunde zusammen durchgemacht hatten, sehr, Crispin auch weiterhin an seiner Seite zu wissen.

»Was bleibt mir anderes übrig?«, entgegnete dieser lapidar.

»Ich habe ohnehin den Eindruck, vom Herrgott zu deinem Schutzengel ausersehen worden zu sein.«

»Wärst du mein Schutzengel, dann hätte der Vater im Himmel dich nicht monatelang vergeblich nach mir suchen lassen, während ich in diesem elenden Verlies dahinsiechte und nun bloß aus Haut und Knochen bestehe. Einst sagte man mir nach, ich sei ein ansehnliches Mannsbild …«, beschwerte sich Konrad spöttisch. Innerlich jubelte er über den Entschluss des Freundes.

»Schönheit ist vergänglich, und Eitelkeit eine Todsünde«, konterte Crispin ungerührt. »Außerdem kannst du froh sein, dass ich die Burg Topfen nicht sofort finden konnte. Wäre ich noch vor Ausbruch der Pest dort aufgetaucht: Wie hätte ich dich dann so einfach aus dem Kerker holen können?«

»Naja, offenbar scheint auch Tapferkeit vergänglich zu sein, Crispin. Jetzt nimmst du dir schon eine Seuche zur Hilfe, um nicht zu deinem Schwert greifen zu müssen. Was ist nur aus dem edlen Ritterstand geworden?« Konrad schüttelte hämisch den Kopf.

Anders als er schien Crispin diesen Spott durchaus ernst zu nehmen, denn mit eiserner Miene und steif nach vorn gerichtetem Kinnbart zog er auf einmal sein Schwert, den einzigen ritterlichen Gegenstand, der ihm geblieben war.

»Was ist dir? Ich meinte es doch nicht so«, protestierte Konrad.

Crispin reckte als Antwort nur seinen spitzen Bart noch mehr nach vorn in Richtung der engen Wegbiegung, die vor ihnen lag.

»Da drüben sind Buschklepper unterwegs«, zischte er. »Die haben gerade zwei Pilger in den Wald gezogen.«

Noch bevor die beiden Reiter an der Stelle angekommen waren, an der Crispin die Räuber gesehen hatte, kam auch schon eines der Opfer in kopfloser Flucht auf den Weg zurückgestolpert und fiel unmittelbar vor den Füßen von Konrads Pferd zu Boden. Schon war einer der Diebe zur Stelle und wollte mit einem Beil auf den Flüchtling einschlagen, als Crispin, noch bevor der Räuber seiner gewahr geworden war, herangaloppiert kam und diesem mit einem gezielten Hieb den Schädel spaltete. Wankend bewegte sich der Strauchdieb noch einige Schritte vor und zurück, bevor er schließlich tot in eine Pfütze fiel, deren schmutziges Wasser sich sofort dunkelrot färbte.

Aus dem nahen Gebüsch waren erneut Schritte zu vernehmen, und wieder kam eine Gestalt hervorgeschossen, auf die Crispin erneut mit seinem blutigen Schwert losgegangen wäre, hätte er nicht im letzten Moment in dem Mann den zweiten der überfallenen Pilger erkannt. Der Rest der Räubermeute schien indessen Reißaus zu nehmen, man hörte sie unter allmählich verklingenden Flüchen im nahen Wald verschwinden.

Konrad war von oben bis unten mit dem Blut des Mannes bespritzt, den sein treuer Freund soeben in recht grober, aber durchaus gewohnter Manier zur Strecke gebracht hatte. Doch er bemerkte es gar nicht, obgleich ihm die roten Tropfen bereits von der Nasenspitze in den Bart rannen. Wie gebannt starrte Konrad auf den Pilger, der als Zweiter auf den Weg zurückgelaufen war und dem Crispin um Haaresbreite ebenfalls einen tödlichen Streich verpasst hätte.

Er trug eindeutig das schlichte Gewand eines Pilgers, aber dennoch war Konrad sich sicher, wen er da eigentlich vor Augen hatte.

Schon mehrmals hatte er ihn gesehen.

Zweimal war dieser, als junger Bursche noch, zusammen mit seinem mittlerweile verstorbenen Vater auf Preußenfahrten ins Ordensland gegangen, hatte zusammen mit Konrad an Litauerjagden teilgenommen. Und auch in der Schlacht von Crécy, gegen die so erschreckend überlegenen Engländer, hatte Konrad an der Seite dieses Mannes gekämpft, welcher in ebendieser Schlacht seinen Vater verlor.

Ja, Konrad war sich ganz sicher, wer dieser Pilger war, der lediglich in Begleitung eines einzigen Gefährten zu Fuß auf einem ungeschützten Pfad an der Donau unterwegs war.

Es war Wenzel aus Böhmen.

Seit seinem siebenten Lebensjahr Karl genannt.

Seines Zeichens König von Böhmen und zudem gewählter Rex Romanorum, also auch König über das deutsch-römische Reich.

Wie von Geisterhand geleitet, rutschte Konrad jetzt vom Rücken seines Pferdes herab und ging vor dem schlicht gewandeten Mann zu Boden. Den Kopf geneigt, hielt er zum Zeichen der Demut die rechte Hand an der Stirn, während sich sein Ellbogen auf dem rechten, angewinkelten Knie abstützte. Es war eine edle Geste und damit ungewöhnlich für einen solch verwahrlosten Reiter einer klapprigen Schindmähre, dem man gewiss nicht zugetraut hätte, jemals zuvor in seinem elenden Leben einer solch hochgestellten Persönlichkeit begegnet zu sein, vor der eine derart gekonnte Verbeugung hätte vollzogen werden müssen.

Der Pilger stutzte, und auch Crispin konnte sich das eigentümliche Verhalten des Freundes nicht erklären: Hatte Konrad im Kerker des Grafen von Topfen etwa seinen Verstand eingebüßt? Warum erwies er einem einfachen Wanderer eine solche Ehrerbietung?

Doch mit den ersten Worten des Pilgers fiel es auch Crispin wie Schuppen von den Augen, denn auch er war dem jungen König noch zu Lebzeiten des alten, blinden Johann von Böhmen, seines Vaters, begegnet. Nur hatte, anders als der abenteuerlustige Haudegen Johann, dessen sehr viel ruhigerer, besonnener, wenig kampffreudiger Sohn Karl keinen bleibenden Eindruck bei Crispin hinterlassen.

»Nun, offenbar habt Ihr mich enttarnt«, sagte Karl, an Konrad gewandt. »Sagt mir, meine Lebensretter, wo wir uns schon einmal begegnet sind? Auch ich kenne Eure Gesichter, kann sie aber nicht zuordnen.«

Jetzt stieg auch Crispin von seinem müden Pferd herab und verneigte sich in gleicher Manier vor dem König. Es war ihm äußerst unangenehm, ihn nicht sogleich erkannt, ja, sogar mit seinem Schwert nach ihm ausgeholt zu haben.

»Ihr seid durch mein Dorf in Mähren gezogen, mein König. Dort haben mein Gefährte und ich Euch einst gesehen, und hier, an diesem Ort, trotz Eurer Pilgergewandung gleich wiedererkannt«, log Konrad, bevor Crispin seinen sehr viel ehrlicheren Mund auftun konnte, um womöglich die Wahrheit zu sagen, welche durchaus fatal hätte sein können. Denn Graf von Topfen, ob er nun tot war oder nicht, galt als äußerst einflussreich und besonders in Anbetracht der Thronstreitigkeiten, welche nach wie vor die großen Geschlechter des Reiches in unterschiedliche, aber dennoch stets wechselnde Lager spalteten, wäre es wenig klug gewesen, sich als der gesuchte Feind eines womöglich wichtigen Verbündeten des Königs zu erkennen zu geben.

»Wo in Böhmen liegt Euer Dorf?«, fragte Karl nun und wies beide Männer mit einer Kopfbewegung an, sich nun aus dem Straßenschlamm erheben zu dürfen.

»Im Altvatergebirge, nahe der schlesischen Grenze.«

»Nun, ein Gebiet, welches dank des im letzten Jahre geschlossenen Vertrages zu Namslau jetzt voll und ganz der böhmischen Krone zugeschrieben werden darf. Gab es darum doch lange Zeit sogar blutige Streitigkeiten mit dem polnischen König. Ihr kommt also aus einer befriedeten, ruhigen Gegend.

Was treibt Euch dann ausgerechnet hierher in den Westen, wo die Pest so arg zu wüten beginnt?«

Der König war offenbar sehr an seinen Lebensrettern interessiert, die nun in arge Bedrängnis gerieten, denn wohl war Konrad ganz und gar nicht dabei, den Herrscher des Reiches anzulügen. Ein Herrscher, der jedoch nicht von jedermann und erst recht nicht von vielen Großen im Reich als ihr Gebieter anerkannt wurde. Der Luxemburger, welcher in Paris aufgewachsen war und über Böhmen regierte, hatte sich bislang als äußerst papsttreu erwiesen und galt als den deutschen Interessen wenig zugetan. So wunderte es auch nicht, dass erst kürzlich von einem Teil der Kurfürsten ein Gegenkönig erhoben worden war – Günther von Schwarzburg –, gegen den der nur wenig kampflustige Karl jetzt in den Krieg zu ziehen gedachte und deshalb ein Heer in der Gegend von Worms und Speyer zusammenrief.

Wie es sein konnte, dass er unter diesen heiklen Umständen noch die Muße besaß, im Pilgergewand an der Donau herumzustreifen, dazu ohne Leibwache, allein in Begleitung eines einzigen, wenig wehrhaften Mannes, war Konrad vollkommen schleierhaft. Dennoch tröstete ihn diese Tatsache, denn immerhin zog selbst der König es in diesen Tagen vor, sich zu verkleiden und als jemand anderen auszugeben, als er war. Also würde es auch einem flüchtigen Kreuzritter verziehen sein, wenn er, um sein Leben zu retten, zu einer Notlüge griff:

»Mein Begleiter und ich, wir haben eine Wallfahrt hinter uns. In der alten Stadt Trier waren wir, um die Reliquien des Apostels Matthias zu bestaunen und um den Erlass unserer Sünden zu bitten«, berichtete Konrad, ohne dabei rot zu werden.

Crispin warf ihm einen scharfen Blick zu, beschloss aber zu schweigen. Karl hingegen schien mit dieser aufgetischten Lüge durchaus zufrieden zu sein, seine Augen begannen regelrecht zu leuchten. Denn bei all seinem kaufmännischen, äußerst vernünftigen, als wenig königlich verschrienem Geschick besaß er dennoch eine Schwäche, die einem jeden streng kalkulierenden Hansehändler die Haare zu Berge hätte stehen lassen: Der König schwärmte für Reliquien und tat alles dafür, seine bereits große Sammlung stetig zu erweitern.

»Die Gebeine des heiligen Matthias. Beeindruckend«, sagte er. »Nun, auch ich befinde mich soeben auf dem Rückweg von einem äußerst guten Geschäft. Darum auch diese Verkleidung.« Der König deutete auf sein Büßerkleid. »Mitunter ist es wichtig, sich nicht erkenntlich zu geben, besonders dann, wenn man Geschäfte machen will. Einem König wird nicht immer alles geschenkt. Als armer Pilger jedoch war es mir möglich, in einem nahen Kloster eine äußerst kostbare Reliquie – mehrere Nägel vom Kreuze des heiligen Andreas – für einen angemessenen Preis zu erwerben. Dieser Tunichtgut von einem Abt dachte noch, er hätte mich nun ausgenommen bis aufs letzte Hemd, indem er den Betrag – natürlich als Opfergabe getarnt – immer weiter nach oben trieb. Aber dennoch hätte ich als Rex Romanorum gewiss mehr zahlen müssen. Diese Geistlichen sind nämlich im Erheischen von Pfründen wahre Könner.«

Konrad und Crispin wunderten sich über die Ehrlichkeit, ja die Redseligkeit, mit welcher der König ihnen begegnete. Offenbar war Karl nach dem überstandenen Schrecken mit den Wegelagerern, von denen einer unmittelbar neben ihnen lag und ausblutete, bester Laune.

»Euch jedoch, meine Lebensretter, würde ich sehr gern meine Dankbarkeit in Form einer kleinen Zusprechung erweisen. Wer ist der Grundherr Eures Dorfes?«

»Der Bischof von Olmütz«, antwortete Konrad, ohne es genau zu wissen. Er befürchtete, sich nunmehr zu sehr in seinem

Lügengeflecht zu verfangen. Und auch Crispin neben ihm wurde zusehends unruhiger.

»Ihr seid jedoch freie Männer, wie ich annehme.«

»Ja«, sagte Crispin nun rasch, bevor Konrad auf einen falschen Gedanken kam, der womöglich noch dazu geführt hätte, dass beim Bischof von Olmütz ein königlicher Erlass zur Freilassung zweier völlig unbekannter Leibeigener eingereicht würde.

»Dann hat der Bischof Euch Land zu Lehen gegeben?«

»Äußerst wenig, mein König. Wir können kaum davon leben. Seht uns an, wie zerlumpt wir sind.« Nun war Konrad wieder schneller, und Crispin konnte nur mehr seufzen. Er sah sich und seinen Freund bereits auf dem Marktplatz von Olmütz als Hochstapler vor dem Scharfrichter stehen.

»Das ist wahr.« Karl musterte die beiden lange von oben bis unten. »Doch das soll nicht so bleiben. Gern würde ich Euch wenigstens eines meiner schlesischen Dörfer zum Lehen geben, denn Ihr scheint redliche Männer zu sein.«

»Aber nein doch, mein König …«, begann Crispin, wurde jedoch von Konrad unterbrochen:

»Wir wollen die Großzügigkeit des Königs nicht zu sehr herausfordern und zudem keinen seiner bereits belehnten Vasallen erzürnen, indem uns eines seiner Dörfer zugeteilt wird. Aber wenn wir einen kleinen Wunsch äußern dürften: So wären wir sehr glücklich, mit einem winzigen Stück Urwald belehnt zu werden. Ein Flecken, der bislang von niemandem erschlossen wurde. Er liegt auf Eurem Herrschaftsgebiet, mein König.«

»Warum wollt Ihr ausgerechnet ein Stück Urwald haben?« Nun zeigten Karls Augen zum ersten Male den für ihn so typischen nüchternen Blick. Konrad wusste nur zu gut, in diesem Mann einen klugen Rechner vor sich zu haben, der – ganz anders als sein aufbrausender Vater – sämtliche Vor- und Nachteile abwog, bevor er handelte.

»Dort vermute ich eine Höhle voller Gold«, antwortete Konrad deshalb ebenso nüchtern, woraufhin Karl zu lachen begann.

»Ja, im Altvatergebirge wird schon lange danach gesucht. Mitunter auch ein wenig gefunden. Ihr sollt Euren Wald haben. Auch das Regal zum Schürfen von Gold werde ich Euch ausstellen, jedoch nicht zum vollen Erhalt. Falls Ihr Gold findet und hebt, so soll der dritte Teil an die böhmische Krone gehen.«

Konrad verneigte sich tief, sodass Karl sein zufriedenes Grinsen nicht sehen konnte. Und auch Crispin tat es ihm gleich, er jedoch verbarg weniger ein Grinsen als vielmehr eine beeindruckte Miene.

Konrad von Tiefenbrunn war schon immer ein geschickter Diplomat gewesen. Verwegen im Kampf, aber geschmeidig in Verhandlungen, Letzteres eine Eigenschaft, welche dem etwas handfesteren, dafür frommeren Franzosen abging. Er war nie traurig darum gewesen, doch in diesem Moment fühlte er wirklich so etwas wie Stolz auf seinen Freund. Ihm könnte es nun gelingen, das Unterfangen dieser verlausten Gruppe von Obdachlosen, angeführt von einem windigen Gaukler und verfolgt von der Pest, königlich zu legitimieren. Wahrlich eine gute Tat!

Jetzt musste nur noch zweierlei eintreten. Zum einen: Die schöne Marie, von der Konrad dem Freund durchaus verlegen zu berichten gewusst hatte, lebte noch und könnte sich über dieses Geschenk ihres verschollen geglaubten Liebsten freuen. Zum zweiten: Die Höhle gab es wirklich, und sie steckte tatsächlich voller Gold. Beides blieb abzuwarten.

Abzuwarten blieb jedoch nicht die Ausstellung der Urkunde,

welche noch vor Ort vorgenommen wurde. Und das vom König höchstselbst, der sich von seinem noch immer durch den Überfall erschrockenen Diener aus einem Beutel Federkiel und Tinte sowie ein bereits auf der Vorderseite beschriebenes Pergament reichen ließ.

»Das ist die Echtheitsurkunde meiner Andreas-Reliquien. Ich hätte sie ohnehin fortgeworfen, denn sie ist mit falschem Namen unterzeichnet. Niemand braucht zu wissen, dass der König sich beim Erwerb von Dingen einer kleinen Flunkerei bediente«, lachte Karl, und auch Konrad lachte ein wenig verlegen, vielleicht auch erleichtert, während Crispin bloß: »Wohl wahr! Wohl wahr!«, murmelte und dem Freund dabei unmerklich in die Rippen stieß.

Dann setzte Karl sich unweit der Stelle, wo die Leiche in der Pfütze lag, auf einen Baumstamm und begann, das Pergament auf den Knien, auf dessen Rückseite in deutschen, demnach verständlichen Lettern zu schreiben:

»Wir, Karl von Gottes Gnaden Römischer König, zu allen Zeiten Mehrer des Reiches und König zu Böhmen, verleihen öffentlich mit diesem Brief und tun kund all denen, die ihn sehen oder lesen hören, dass wir haben angesichts eines getreuen Dienstes, die Uns und dem Heiligen Römischen Reich die …«

An dieser Stelle stockte der König und sah zu den etwas nervös abwartenden beiden ehemaligen Ordensrittern herüber.

»Wie sind eigentlich Eure Namen?«, fragte er.

»Johann unter der Oldenburg«, antwortete Konrad rasch.

»Regino von Bunseborn«, stammelte Crispin weniger abgeklärt.

»... zwei tapferen Johann unter der Oldenburg und Regino von Bunseborn unverdrossentlich getan haben und noch tun sollen. Und darum leihen Wir ihnen und ihren Erben und Nachkommen den Wald ...«

Wieder hielt der König inne.

»... um die Dachsschlucht im Altvatergebirge.«

»... um die Dachsschlucht im Altvatergebirge bei all ihren Würden, Rechten und Nutzen. Zugleich wird ihnen das königliche Regal zum Schürfen von Golde erteilt. Sollten sie in dem ihnen geliehenen Walde auf Gold stoßen, so ist es ihnen Pflicht und Ehre, den dritten Teil an die Krone zu Böhmen abzugeben.

Besiegelt ist dieser Brief mit Unserem königlichen Insiegel, gegeben auf einem Pfade an der Donau, am Tage, als man zählte seit der Geburt Christi dreizehnhundert Jahre und neunundvierzig, am Tage des heiligen Adalbert von Prag, im vierten Jahr Unseres Reiches.«

Und dann holte Karl aus den Tiefen seines Pilgerhemdes tatsächlich seinen königlichen Siegelring hervor, ließ sich von Crispin, der einen gelben Kerzenstumpf dabei hatte, ein wenig Wachs unter das Pergament träufeln und drückte den Ring hinein.

Jetzt nahm die Zeremonie in verkürzter und der Umstände halber etwas absonderlicher Form ihren Lauf. Und danach konnten sich Konrad und Crispin, oder vielmehr Johann und Regino, als Lehnsnehmer des Königs fühlen.

»Eine ungewöhnliche Urkunde, nicht wahr, mein König?«, sagte Konrad zum Abschied.

»Nicht so ungewöhnlich wie die, die ich vor wenigen Monaten einem alten, zerlumpten Kerl ausstellen ließ, der sich doch tatsächlich als der tot geglaubte Markgraf Woldemar ausgegeben hat. Dieser Pilger nämlich ist nun nicht nur um ein kleines Waldstück reicher, nein, er hat gleich die gesamte Mark Brandenburg eingestrichen.«

Konrads Züge entgleisten. Er konnte sich noch sehr gut an diesen Kerl erinnern, Jakob Rehbock mit Namen, dem er zusammen mit Regino und Johann damals auf ihrem Weg im Riesengebirge begegnet war. Ein ausgewiesener Hochstapler, der sich prächtig mit dem nicht weniger schlimmen Regino verstanden und nicht einmal mit seinem Plan hinter dem Berg gehalten hatte, zum Erzbischof von Magdeburg marschieren zu wollen, um sich als der rechtmäßige askanische Herrscher Brandenburgs auszugeben. Offenbar war es ihm wirklich geglückt.

Und offenbar war auch Karl sich darüber im Klaren, dass er den falschen Woldemar belehnt hatte, doch das schien ihm nichts auszumachen:

»Tja, durch diese meine ungewöhnlichste Urkunde sitzt nun ein ebenso verlumpter Kerl, wie Ihr es seid, auf dem Markgrafenstuhl zu Brandenburg. Und die Wittelsbacher, die dachten, sie könnten das Erbe der ausgestorben geglaubten Askanier antreten, sie ärgern sich.«

Ein wenig hämisch lachend, nickte er den beiden sich vor ihm verneigenden Männern noch einmal zu und verschwand dann mit seinem Diener. Nicht weit, nur zwei Meilen entfernt, so hatte er versichert, warte eine ganze Eskorte auf ihn.

»Ich weiß nicht, was ich von diesem König halten soll«, murmelte Crispin, als sie wieder ihre Pferde bestiegen, um weiterzureiten. »Und noch sehr viel mehr wundere ich mich über dich, du Leutbescheißer!«

»Was ärgerst du dich, Crispin? Außer dem armen Kerl, dem

du so brutal den Schädel gespalten hast, ist doch an diesem Tage allen Beteiligten nur Gutes widerfahren. Komm, jetzt wollen wir uns aber beeilen, damit wir noch vor der Pest zu der nun rechtmäßig erworbenen Goldgrube kommen«, meinte Konrad und gab seinem dürren Pferd die Sporen.

Er schien es jetzt wirklich eilig zu haben.

XL

Ein herrliches Stück Land haben wir uns da zu Lehen gegeben lassen.«

Crispin sprach diese ironischen Worte mit gedämpfter Stimme, denn ihm war gar nicht wohl in dem Wald, den sie nun schon seit zwei Tagen durchstreiften.

Man hatte die beiden Männer gewarnt, als sie sich in einer Bergbausiedlung im endlich erreichten Altvatergebirge nach der Dachsschlucht erkundigten. Von menschenverschlingenden Weißen Frauen war die Rede gewesen. Sie sollten dort in der Dachsschlucht hausen, verflucht seien sie, und ihre klagenden Laute schollen, wenn der Wind entsprechend wehte, bis weit in die meilenweit entfernt gelegenen Dörfer hinein, wo sie kürzlich erst einem Holzfäller den Verstand geraubt hätten. Von Menschen, die es wagten, in ebendiesem verwunschenen Wald zu siedeln, wusste man jedoch nichts. Man hatte keinen gesehen, weder den Gaukler Regino, noch den jungen Johann – und auch keine hochschwangere Marie. Und aus diesem Grund war auch Konrad äußerst mulmig zumute, während er neben seinem Freund durch das undurchdringliche Dickicht ritt, welches ihnen oft kein Weiterkommen erlaubte.

Ja, Konrad hatte Angst und war deshalb alles andere als gut aufgelegt. Er fürchtete sich nicht vor den Geistern. Er fürchtete sich auch nicht davor, dass sich dieses Stück Land, welches sie vom König selbst zum Lehen erhalten hatten, als wertlos erwies. Vielmehr fürchtete er sich davor, sie dort nicht anzutreffen. Sie und ihren gemeinsamen Sohn, der nun, da der Sommer angebrochen war, schon zur Welt gekommen sein müsste.

»Meinst du etwa, wir sind bereits da?«, brummte er in Richtung Crispin, dessen hämische Betrachtungsweise ihrer doch recht ungewissen Situation ihm gar nicht gefallen wollte.

»Wie wollen wir wissen, ob wir da sind?«, gab Crispin zurück. »Es sieht doch alles gleich aus: Wald, Felsen, Schluchten, Wald, Felsen, Schluchten, und das in einem fort. Vielleicht reiten wir auch bloß im Kreise und haben es bloß noch nicht bemerkt.«

»Ruhe«, zischte Konrad barsch, woraufhin Crispin das Gesicht verzog. Mit diesem Mann war, je näher sie dem Ziel kamen, immer weniger gut Kirschen essen. Doch ganzer Kerl, der er war, weigerte sich Konrad, mit dem Freund über die Gründe für seine trübsinnigen, teils sogar jähzornigen Launen zu sprechen. Er war nicht einmal gewillt zuzugeben, dass er überhaupt schlechter Laune war. Aber Crispin kannte Konrad lang genug, um zu wissen, dass es eine Herzensangelegenheit war, die dem ehemaligen Ordensritter so zusetzte und deren Wirren er offenbar lieber mit sich selbst ausmachte.

»Ist ja gut«, brummte Crispin ein wenig gekränkt.

»Hörst du das nicht?«, fragte Konrad und stob ein Stück nach vorn, um dann sein Pferd inmitten dichtesten Unterholzes zum Stehen zu bringen. Crispin folgte ihm ein wenig langsamer und begann ebenfalls zu lauschen.

Tatsächlich, jetzt hörte er es auch.

»Da schreit eine Frau«, sagte Konrad leise.

»Also sind wir tatsächlich an der Schlucht angekommen.« Crispin war auf einmal äußerst unbehaglich zumute. »Dann stimmt es, was die Leute sich erzählen.«

Die Schreie wurden immer deutlicher.

Etwas zögerlich lenkten die beiden Reiter ihre Pferde weiter in Richtung der schrecklichen Laute.

»Das hört sich ja entsetzlich an.«

Konrad fühlte sich alles andere als mutig in diesem Moment. Er hatte nichts dagegen, offen von einem Feind angegangen zu werden, und konnte sich auch auf einen Angriff aus dem Hinterhalt einstellen, aber derart unheimliche Bedrohlichkeiten ließen auch einem Mann wie ihm die Knie zittern. Dennoch war er dieser Winselfrau, wie man sie in der Bergbausiedlung genannt hatte, dankbar, denn somit wussten sie jetzt immerhin, wo genau sie die besagte Schlucht zu suchen hatten. Fern war sie nicht mehr, es galt jetzt also allen Mut zusammenzunehmen, den Schreien zu folgen und nicht weiter darüber nachzudenken, was sie dort erwarten könnte.

Je näher sie kamen, desto dunkler und gequälter wurden die Schreie der Frau.

»Als würde sie sterben«, meinte Crispin, der hinter Konrad ritt.

Doch dieser antwortete nicht. Wie gebannt suchte er nach einem Weg, und bald – sie und ihre Pferde waren bereits vollkommen von Dornen und spitzen Ästen zerstochen – fand er auch einen. Einen Trampelpfad. Niedergestampft von unzähligen emsigen Füßen und den Rädern einfacher, schmaler Karren. Es war der erste von Menschenhand geschaffene Weg, den sie seit zwei Tagen erreichten, und das inmitten der bislang unwirtlichsten aller Gegenden. Etwas zögerlich lenkte Konrad sein Pferd auf den Pfad. Crispin tat es ihm nach.

Im selben Moment fand das Schreien ein abruptes Ende.

»Weiter«, trieb Konrad den Freund an, doch meinte er damit vielmehr sich selbst, denn im Grunde wäre er liebend gern von diesem düsteren Ort geflüchtet. Ob nun ein klagender Geist in

Frauengestalt oder aus noch jüngst heidnischen Zeiten beibehaltene finstere Rituale – ganz gleich, was es war, was hier sein Unwesen trieb, es war Konrad fremd.

Der Weg führte weiter.

In zahlreichen Schlingen und Windungen führte er nach unten. Tiefer und tiefer in den Wald und in eine Schlucht hinein, die jedoch nicht einsehbar war, denn Buschwerk und Geröll versperrten die Sicht und ließen den Pfad wie einen grünen Tunnelgang erscheinen.

»Was ist das?« Konrad hielt sein Pferd an.

Der Pfad war zu Ende. Doch er gab nicht etwa den Blick frei auf unberührten Urwald oder etwa einen sich vor ihnen auftuenden Abgrund. Nein, er gab den Blick überhaupt nicht frei, denn sie standen plötzlich vor einem Tor.

Fragend blickte Konrad sich nach Crispin um.

»Meine Mutter hat mir als Kind von Waldalben erzählt. Es würde mich nicht wundern, wenn dies der Eingang zu ihrem Reich ist«, flüsterte dieser kaum hörbar und prüfte mit staunendem Blick die felsigen und buschigen Seiten sowie das Blättergewölbe dieses natürlichen Tunnels, den sie entlanggeritten waren und der nun vor einem durchaus kunstvoll aus grobem Holz gezimmerten Tor mündete.

»Wir stehen mitten im Wald und kommen nicht weiter. Nicht einmal mit einer Axt könnte man sich hier einen anderen Weg bahnen. Dieses Tor ist der einzige Durchgang«, meinte Konrad. Er war bereits vom Pferd gestiegen und nahm jetzt die Pforte in Augenschein, welche sich trotz heftigen Ruckens nicht öffnen ließ.

»Zaubersprüche und Rätsel sollen in solchen Momenten hilfreich sein«, scherzte Crispin, ließ es sich aber nicht nehmen, ein Kreuzzeichen zu machen, denn im Grunde fand er diese Situation, in der sie sich befanden, alles andere als lustig.

Doch dann – sie hatten nicht mehr damit gerechnet – hörten sie hinter dem Tor eine Stimme.

»Wer da?«

Es war die Stimme einer Frau, einer noch sehr jungen Frau. Jedoch nicht Marie, das erkannte Konrad sogleich.

»Zwei Reiter, die um Einlass bitten. Wir sind auf der Suche nach einem Burschen namens Johann, einem Spielmann namens Regino und einem Weib namens Marie. Womöglich sind noch zwei weitere junge Frauen bei ihnen«, antwortete er, laut gegen das Holz sprechend.

»Seid Ihr es, Ritter Konrad?« Die weibliche Stimme klang nun noch heller und aufgeregt.

»So ist es.« Konrad war nicht minder nervös. »Adelheid?«, rief er dann und drehte sich pochenden Herzens zu Crispin um, dem das alles vollkommen schleierhaft war.

Es dauerte eine Weile, ein Schrauben und Lösen von Knoten war auf der anderen Seite im Gange. Dann öffnete sich unerwartet geschmeidig die mannshohe, breite Luke und gab den Blick auf ein unerwartetes, erstaunliches Bild frei.

Sie sahen eine Ebene. Oder vielmehr den flachen Grund einer tiefen Schlucht, in der jedoch durch fleißige Hände eine Ebene entstanden war, auf welcher drei schlichte, neue Holzhütten entstanden, von denen bereits eine fertig war. Hühner liefen herum. Im Hintergrund klaffte in der Felswand ein großes Loch, in welchem ein mit Gesteinsbrocken gefüllter Handkarren stand.

Doch für diese Wunderwelt hatte Konrad keine Augen. Er starrte vielmehr auf die Frau, die ihnen das Tor geöffnet hatte und ihn aus ihren hübschen Augen anstrahlte.

»Ihr habt es tatsächlich hierhergeschafft. Ich hätte es nicht für möglich gehalten«, stammelte er.

»Und Ihr lebt tatsächlich. Die alte Maja hat immer wieder

behauptet, dass das Große Sterben Euch nichts anhaben kann, und wir hätten ihr so gern Glauben geschenkt. Jetzt weiß ich, sie hatte tatsächlich recht. So finden wir alle wieder zusammen. Es ist Gottes Wille und seine Fügung. Ihr kommt im rechten Moment«, sprudelte es aus ihr heraus, und gleich nahm sie ihn bei der Hand.

Wie im Schlaf folgte Konrad ihr. Doch sie kamen nur einige Schritte weit, da öffnete sich die Tür einer der Hütten, und ein Mann mit einem Bündel schritt heraus. Gefolgt von einem kleinen, hutzeligen Weiblein, das immer wieder aufgeregt rief:

»Frische Luft. Es benötigt frische Luft, dann wird es schon schreien.«

Verzweifelt streichelte der Mann immerzu mit groben Händen über das in ein Tuch gewickelte Ding. Er – und auch die Alte – waren so sehr damit beschäftigt, dass sie ihre Besucher gar nicht bemerkten.

»Ulrich. Maja«, sagte Konrad. Es erschien ihm alles wie ein Traum. Doch er konnte sich noch nicht entscheiden, ob es ein schöner oder aber ein Albtraum war, denn etwas Entscheidendes fehlte noch.

Ulrich blieb stehen und erstarrte, als er Konrad sah. Maja hingegen ging auf die Knie und richtete beide Hände dankend gen Himmel. So verweilten sie allesamt eine ganze Weile.

»Nun geh schon. Gib es ihm«, forderte Maja schließlich den bewegungslosen Ulrich auf. Sie war die Erste, die wieder zu sich gefunden hatte und sich darauf besann, dass nicht Zeit zum Staunen, sondern höchste Zeit zum Handeln war.

Hektisch stolperte Ulrich nun auf Konrad zu. Ein Gemisch aus Sorge, Widerwillen, aber auch Hoffnung war in seinem faltigen Gesicht zu erkennen.

»Es ist Eures«, stotterte er heiser und reichte dem über und über verwunderten Konrad das Bündel. »Es mag nicht schreien, und das bereitet uns Kummer.«

Erschrocken richtete Konrad seinen Blick auf das Ding, was er da unbeholfen in Händen hielt. Leicht war es, blut- und schleimverschmiert, bewegungslos. Nie zuvor hatte er so etwas im Arm gehalten. Hilfesuchend sah er sich nach Crispin und Adelheid um, doch auch die beiden rührten sich nicht.

»Meines?«, fragte er verwirrt.

»Deine Tochter«, antwortete Maja und nickte ihm auffordernd und ungeduldig zu.

Doch Konrad wusste nicht, was er tun sollte.

Unwillkürlich nahm er seinen kleinen Finger und strich über das zarte Gesichtchen des Säuglings. Es fühlte sich warm und weich an. Ein seltsames Gefühl durchströmte Konrad. Was war das? So etwas hatte er noch nie zuvor in seinem Leben gespürt. Fast schämte er sich ein wenig und hoffte, dass die anderen nicht bemerkten, wie unglaublich glücklich und gleichzeitig schwach er sich in diesem Moment fühlte. Was machte dieses kleine Ding nur mit ihm? Er kannte es doch gar nicht! Als er mit seiner Fingerspitze schließlich in die Nähe des winzigen Mündchens kam, öffnete sich dieses blitzschnell, umschloss seinen Finger und begann gierig zu saugen.

Erschrocken suchte Konrad wieder Rat bei den anderen, doch die zuckten nur lächelnd mit den Achseln. Und dann ging es los.

Der Finger schien nicht besonders gut zu schmecken, denn mit einem Male war die Dachsschlucht erfüllt von einem Schreien, das selbst die Klagelaute der vermeintlichen Winselmutter in den Schatten stellte.

»Quietschfidel«, jubelte Maja und klopfte dem ebenso erleichterten Ulrich auf die Schultern, während Konrad auf ungeschickte und erfolglose Weise versuchte, den Säugling zu beruhigen. Erleichtert war er, als Adelheid ihm das Kind abnahm und er wieder Luft schnappen konnte. Alles drehte sich um ihn, und er glaubte sich nach wie vor in einem Traum.

Doch dann stellte er sie, die Frage, deren Antwort er so fürchtete. Er richtete sie an Ulrich: »Lebt sie?«

Ulrich, zuvor noch freudig und erleichtert wegen des verzögerten, aber dafür umso deutlicheren Lebenszeichens des Neugeborenen, wurde nun ernst. Er löste sich von der Umarmung der alten Maja und ging auf Konrad zu.

»Geh hinein, Ritter Konrad. Geh hinein, in die Hütte dort. Sie wird sich freuen, dich zu sehen. Glücklich wird sie sein.«

Konrad hörte seine Worte nicht zu Ende an. Rasenden Herzens lief er zu der besagten Hütte, aus der ihm nun Johann und Regino entgegenkamen. Auch sie hatten das erlösende Schreien gehört und wollten nach dem kleinen Neuankömmling sehen. Ohne die beiden bass erstaunten Männer zu begrüßen, hastete Konrad hinein, stolperte und fiel regelrecht vor Maries Lager.

Anna war bei ihr und kümmerte sich um sie.

Blass war Marie, ihre Haare klebten nass am Kopf, ihre Augen waren blutunterlaufen, die Laken von wässrig-roten Flecken durchtränkt. Aber sie lebte. Sie lebte und war nicht, wie Konrad befürchtet hatte, bei der Geburt des Kindes gestorben.

»Du hast so entsetzlich geschrien. Ich habe es bis tief in den Wald hinein gehört«, stammelte er und warf sich auf die geschwächte Frau, um sie zu umarmen.

Marie wusste nicht, wie ihr geschah.

Was passierte hier?

Soeben hatte sie nach einer ganzen Nacht und einem halben Tag voller Schmerzen ihr erstes Kind geboren. Soeben noch musste sie annehmen, dass das kleine Mädchen vor seinem ersten Atemzug sterben würde.

Dann endlich war der erlösende Schrei aus dem Hof erklungen. Das war ihr erstes Glück nach all den schrecklichen Qualen gewesen.

Und jetzt?

Da war dieser Mann. Er sah schrecklich aus. Abgemagert, mit schlechter Haut, verfilztem Haar und einem Bart, der fast bis zur Brust reichte. Aber dennoch erkannte sie ihn sogleich. Er war da. Er war zurück.

Alles war gut.

Marie drückte Konrads zerzausten Kopf an sich und begann zu weinen. Bitterlich weinte sie. Zum ersten Male in ihrem Leben flossen die Tränen in Strömen über ihre blassen Wangen und wollten gar nicht mehr versiegen.

Und als sich die Hütte nach und nach mit all den an diesem Ort versammelten Menschen füllte und Adelheid der glücklichen Mutter die nun rosige kleine Tochter reichte, da weinte sie sogar noch mehr.

»Raus jetzt hier!«, dröhnte plötzlich Majas Stimme über all die anderen Köpfe hinweg. »Mutter und Kind brauchen Ruhe! Raus! Es reicht, wenn der Schwarzkreuzler bleibt und stille Wache hält. Wir wollen keine Aufregung mehr. Aufregung hatten wir allesamt mehr als genug.«

Unwirsch zog sie dann einen nach dem anderen, auch den verdutzten Crispin, aus der Hütte hinaus und befahl ihnen, die nächste, noch im Rohbau befindliche Behausung aufzusuchen, wo bereits ein Tisch mit einfachen, aber liebevoll zubereiteten Speisen gedeckt war.

»So, nun wollen wir endlich feiern«, hörten Marie und Konrad von fern den befehlenden Ton Majas.

»Auf das Leben!«, scholl Ulrichs gelöste Stimme zu ihnen herüber.

»Auf das Leben«, stimmten nun die Übrigen, teils fröhlich, teils erschöpft, teils verwirrt, aber allesamt erleichtert mit ein.

»Auf das Leben«, flüsterte auch Konrad – nun allein mit Marie und ihrer kleinen Tochter.

»Ja, das Leben«, bestätigte Marie.

EPILOG

Die große Pestilenz oder der Schwarze Tod, wie man den Seuchenzug später nannte, legte sich noch weitere drei Jahre wie ein düsteres Leichentuch über Europa. Während der Süden, der Westen und auch der Norden mehrfach verheerend heimgesucht wurden, wodurch ein Drittel der dortigen Menschen den Tod fand, hatte der Osten des Kontinents weniger zu leiden. Doch verschont blieb auch er nicht.

Im Sommer 1350 erreichte die Pest das Ordensland, wenige Wochen später auch Schlesien und Böhmen. Sie wütete in diesen Gegenden nicht flächendeckend, aber immerhin zwei lange Jahre.

Die Siedler in der Dachsschlucht inmitten eines dichten Waldes im Altvatergebirge erfuhren von diesem Sterben nichts. Nahezu abgeschottet von der Außenwelt, deren Dörfer sie nur selten – und das meist heimlich – aufsuchten, bildeten sie eine kleine, friedliche Gemeinschaft ehemals Vertriebener und Heimatloser, Vertriebener und Heimatloser, die unermüdlich damit beschäftigt war, aus ihrer Höhle Golderz ans Tageslicht zu befördern. Vordem von Tod, Trauer und bösen Schicksalsschlägen verfolgt, erlebten sie in ihrer abgelegenen Siedlung Monate, ja Jahre der geschützten Verborgenheit. In diesem versteckten Schutzraum wurden Familien gegründet, Freundschaften gepflegt und gemeinsame Zukunftspläne geschmiedet. Die Apokalypse war für sie vorüber, sie hatte einem jeden von ihnen übel mitgespielt und tiefe Narben hinterlassen, aber dennoch keinen endgültigen Sieg davongetragen. Auf ihrer kleinen, abgeschiedenen Insel harrten sie aus, während die Welt um sie herum weiter gegen das Unheil kämpfen musste.

Doch auch deren Leid fand bald ein Ende und erlaubte Regino und Anna, Maja und Ulrich, Johann und Adelheid, Konrad und Marie sowie ihrem geistlichen Vater Crispin und vier Kindern, die im Laufe der Zeit in der Schlucht geboren wurden, die Isolation zu verlassen und der alten, neuen Welt erstmals einen längeren Besuch abzustatten.

Alles in dieser äußeren Welt hatte sich verändert. Ein vollkommen anderes Bild bot sich dem staunenden Betrachter.

Ganz so, als seien die überlebenden Menschen Europas aus einem langen, bösen Albtraum erwacht, atmeten sie nach dem Abebben der großen Pest auf und machten sich umgehend daran weiterzuleben. Die Seuche hatte vieles geraubt und tiefe Wunden gerissen, aber auch neue Möglichkeiten geschaffen. Die Kraft eines jeden Einzelnen wurde nun gebraucht, und somit stieg auch der Wert eines jeden Einzelnen an. Arme Dörfer wurden verlassen, um durch die Seuche freigewordenen, besseren Boden zu besiedeln, die Zünfte öffneten ihre bis dahin streng verschlossenen Türen auch solchen Lehrlingen, die sie zuvor als ehrlos abgelehnt hätten, die Löhne in den Städten stiegen, und das Leben auf dem Land wurde angenehmer. Die Welt war nicht untergegangen, nein, vielmehr hatte ein neues Zeitalter begonnen.

Besonders der von der Pest in manchen Teilen sogar gänzlich verschonte Osten Europas begann aufzublühen und dem arg gebeutelten Westen schon bald seinen Glanz zu präsentieren. Unter dem Kaiser Karl IV. wurde Prag zur Goldenen Stadt, zum beeindruckenden Juwel Europas.

Und das Gold emsiger Bergleute aus einer ganz bestimmten Höhle im Altvatergebirge trug gewiss einen nicht geringen Teil zu dieser prachtvollen Entwicklung bei …

Simone Neumann

wurde 1977 in Höxter geboren. Nach ihrem Studium der Geschichte und Slavistik arbeitete sie in einem Münchner Verlag als Lektorin. Seit der Geburt ihrer beiden Kinder ist sie freie Redakteurin und Autorin und kann sich endlich einen Jugendtraum erfüllen kann – das Schreiben historischer Romane. Simone Neumann lebt in München.